オベリスクの門

N・K・ジェミシン

ついに〈第五の季節〉が訪れた。赤道地方を中心に破滅的な地殻変動が襲い、帝国首都ユメネスは壊滅する。父ジージャに連れ去られた娘ナッスンは、ロガを治療できるという南極地方のある地を目指して旅をする。一方、ナッスンを追う母エッスンは地下都市カストリマにたどり着き、再会したアラバスターに〈月〉と呼ばれるものの存在を聞かされる。〈父なる地球〉、失われた〈月〉、石喰いたち、そして人間――彼らが舞台に出そろったいま、物語は大きく動きはじめる。前人未踏、3年連続で三部作すべてがヒューゴー賞長編部門受賞のシリーズ第2弾！

登場人物

エッスン……オロジェンの女
ナッスン……エッスンとジージャの娘
アラバスター……エッスンの元導師
シャファ……守護者
ジージャ……ナッスンの父
トンキー……地科学者
イッカ……カストリマの女長《おさ》
レルナ……ティリモ出身の医者
アンチモン
ホア
}……石喰い《いしく》

オベリスクの門

N・K・ジェミシン
小野田和子訳

創元ＳＦ文庫

THE OBELISK GATE

by

N. K. Jemisin

我が子に戦場に立つ心構えをさせねばならない人々に

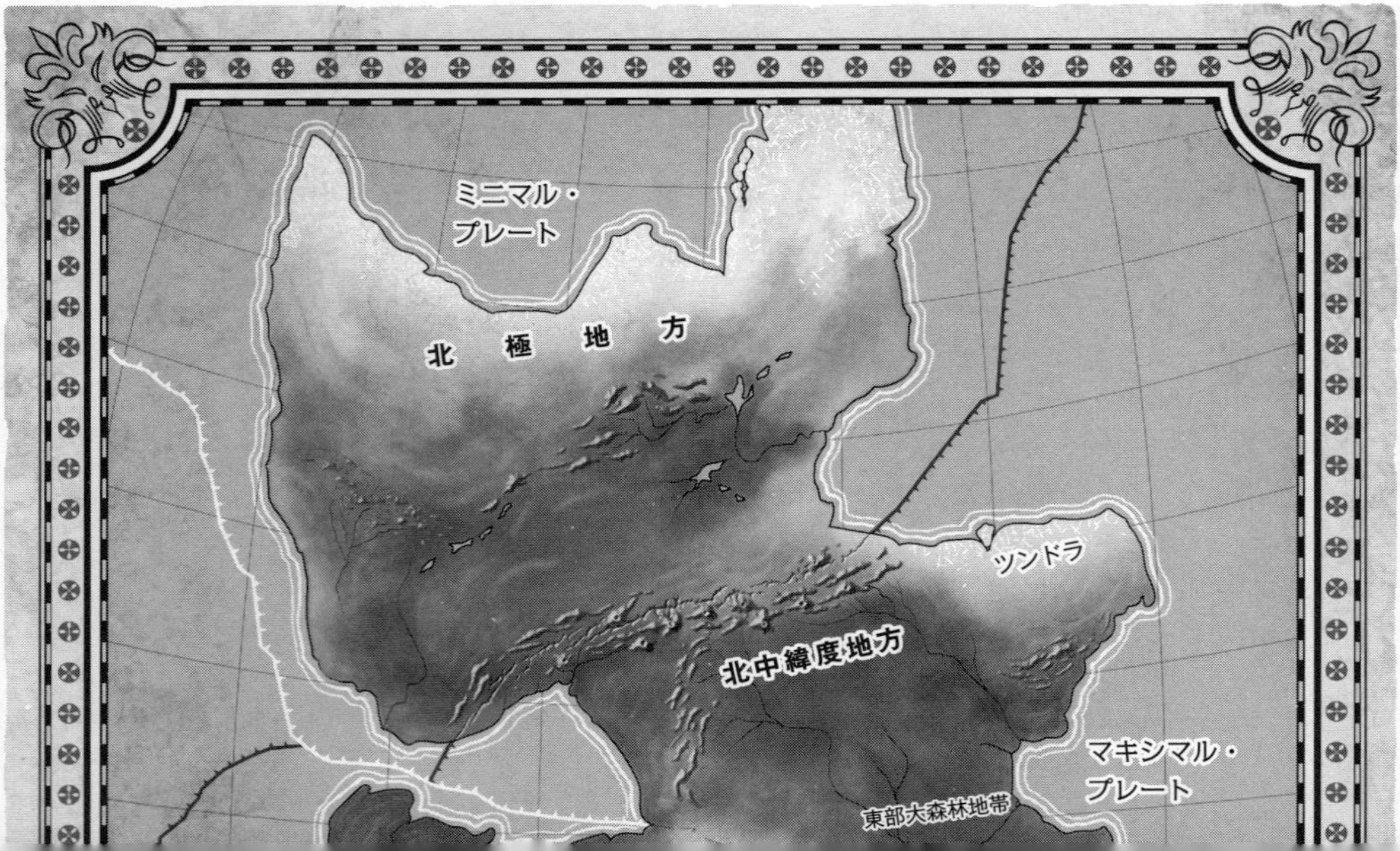
ミニマル・
プレート
北極地方
ツンドラ
北中緯度地方
マキシマル・
プレート
東部大森林地帯

スティルネス
距離（マイル）
0
1000
2000
西海岸地方
メルツ砂漠
断層
ユメネス
ユメネス－アライア高架道
東海岸地方
アライア
アレビド
ミオヴ
ティリモ
南中緯度地方
キアシュ・トラップ
テカリス湖
アコック山
南極地方
N
W
E
S

オベリスクの門

1　ナッスン、危ういところで

ふうむ。いや。この話し方はよくないな。

けっきょくのところ、ある人、といったとき、それは彼女自身のことであり、ほかの人のことでもあるんだ。その人がどんな人物かを最終的にかたちづくるのは人と人との関係性だ。わたしはわたしであり、あんたでもある。ダマヤは彼女自身だったたし、彼女を受け入れるのを拒んだ家族でもあったたし、彼女を細部までかたちづくったフルクラムの連中でもあった。サイアナイトはアラバスターだったたし、イノンだったたし、哀れにも壊滅してしまったアライアやミオヴの人たちでもあった。いまのあんたはティリモであり、灰まみれで道をたどる旅人であり、あんたの死んだ子どもたちであり……まだ生きている子どもでもある。いずれあんたが取りもどすことになる子ども。

話の腰を折ろうとしているわけじゃない。けっきょくのところ、あんたはエッスンなんだから。それはもうあんたもわかっている。そうだろう？

ということで、つぎはナッスンだ。世界が終わったときわずか八歳だったナッスン。

彼女はある日の午後、見習い先から帰ってきて、居間の床に倒れて死んでいる弟とそばに突っ立っている父親を見つける。そのとき彼女の幼い心になにがよぎったのか、われわれには知るよしもない。なにを考え、なにを感じ、なにをしたのか想像することはできる。推測はできる。だがけっして知ることはない。たぶんそれがいちばんいいのだろう。

ひとつはっきりしていることがある――見習い先といっただろう？　ナッスンは伝承学者になる訓練を受けていたんだ。

スティルネス大陸と自称石伝承の番人たちとは奇妙な縁で結ばれている。伝承学者の記録は、遥《はる》か昔にあったと伝えられる〈卵の殻《から》の季節〉の時代から存在している。〈卵の殻の季節〉というのは、なにかのガスが噴きだしたことが原因で、数年間にわたって北極地方で生まれた子どもたちの骨がちょっとしたことで折れてしまうほどもろく、成長するにつれて――成長できればだが――曲がってしまうという現象が起きたといわれる〈季節〉だ。（ユメネスの古代学者のあいだでは、この原因となったガスがストロンチウムなのか砒素《ひそ》なのか、そして北の果てのツンドラに住む青白いひ弱な野蛮人の子ども数十万人が影響を受けたというだけで〈季節〉と称していいものかどうか、何世紀にもわたって論争がつづいた。しかし一般的に北極地方人がひ弱だといわれるようになったのは、この出来事に端を発している。）伝承学者はおよそ二万五千年前のことだといっているが、ほとんどの連中は真っ赤な嘘だと思っている。が、じつは伝承学者はもっと古くからスティルネス大陸に存在していた。二万五千年前というのはたんに伝承学者などほとんど役立たずの存在だと曲解されるようになった時期にすぎないのだ。

かれらは自分たちがどれほど忘れられた存在になってしまったか、それすら忘れてしまっているが、それでもいることはいる。伝承学者という階層は――階層といえるかどうかは定かでないが――第一大学から第七大学まで一貫して、その仕事はまがいもので不正確だと否定しつづけ、各時代の為政者たちがかれらの言説を弱体化させることに力を注いできたにもかかわらず、きょうまで生きのびてきた。もちろん幾多の〈季節〉にもめげずだ。その昔は伝承学者になるのはレグウォという人種の者だけだった――くすんだ赤味を帯びた肌色と生まれつき黒いくちびるが特徴の西海岸地方人で、かれらは、もっと温和な時代の人々が神々を崇拝していたように、なによりも尊いのは歴史を保存することだと考えていた。レグウォ人は、生きのびていくのに欠かせない知恵を誰もが見ることができるよう、石伝承を山肌に刻みこんだ。天まで届きそうな巨大な銘板をつくったのだ。しかし、なんたることか――スティルネスでは山など造山能力者《オロジェン》の赤子が癇癪《かんしゃく》を起こす程度のことで崩れてしまう。もう少し力があれば、ひとつの人種を全滅させることもできる。

というわけで、いまでは伝承学者すなわちレグウォ人とはならないが、たいていの伝承学者はくちびるを黒く染めている。レグウォをしのんで、といいたいところだが、じつは誰ひとり理由を知る者はいない。いまは伝承学者といえば――くちびるが黒くて、ポリマーの銘板の束を持っていて、たいていはむさくるしい格好で、まっとうなコム名を持っていないことが多い。ただし、コム無しではないぞ。建前では〈季節〉になったら生まれたコムに帰れることになっているが、仕事柄、流浪の旅をつづけているから遠くへいきすぎていて帰れないことが多い。実際には〈季節〉の期間でも多くのコムがかれらを受け入れている。どんなに禁欲的なコムでも寒い夜が延々とつづく日々には娯楽が必要だからな。というわけで、伝承学者は芸に磨きをかける——音楽とか、おもしろおかしい話とか。それに子どもらの面倒を見る人手が割けないときには、教師や保育士の役割も果たす。いちばん重要なのは、昔の人たちが生きのびるのにどれほど苦労したか、人々に改めて思い出させる役割を担っていること。これはどこのコムでも必要とされる役割だ。

ティリモにやってきた伝承学者はレンスリー〈伝承学者〉ストーンと呼ばれていた。〈伝承学者〉はみんな石《ストーン》というコム名、〈伝承学者〉という用役《ようえき》カースト名を使う。〈伝承学者〉は用役カーストとしてはかなりの少数派だ。）とくにどうということもない女だが、彼女のことを知っておかねばならないわけがある。彼女はもとはレンスリー〈繁殖者〉テンティークだったんだ。それがテンティークにやってきた伝承学者に恋をして、うら若い乙女だった彼女はその伝承学者にそそのかされて、それまでの退屈なガラス職人としての暮らしに別れを告げた。もしテンティークを出る前に〈季節〉がきていたら、彼女の人生はもう少しおもしろいものになっていただろう。〈季節〉中の〈繁殖者〉の任務はいわずもがなだからな——もっとも、それもまたコムを出る原因になっていたのかもしれないが。それともよくある若気の至りというだけのことか。なんともいえないが。レンスリーが恋した伝承学者はその後、赤道地方のペンフエンという町のはずれで彼女のもとを去っていった。残ったのは傷ついた心と伝承でいっぱいの頭と、翡翠《ひすい》のかけらと丸く磨かれた宝石、それに靴の跡がついた菱形《ひしがた》の真珠母貝が入った財布だった。レンスリーは真珠母貝で石打ち工《く》に自分用の銘板をひと組つくらせ、翡翠のかけらで旅に欠かせない食料や消耗品を買いそろえて銘板ができるまでのあいだ泊まっていた宿屋の代金を払い、酒場で強い酒をしこたまあおった。そして装備をととのえ、心の傷を縫い合わせると、ひとり旅立った。こうしてこの仕事は綿々とつづいていくわけだ。

レンスリーは旅の道すがらの中継ぎ駅で商売をはじめたのだが、その店にナッスンが姿をあらわしたとき、自分が見習いになりたてだった頃のことを思い出したとしてもふしぎはなかっただろう。(誘惑するしないの話ではない――レンスリーは年上の女が好みだったからな。そう、女だ。思い出すとすれば夢見がちな愚かな娘という部分だろう。)その前の日、レンスリーはティリモを通りかかり、市場の屋台店で買い物をしながら、黒く塗ったくちびるで笑顔をふりまいて存在をアピールしていたが、託児院から帰る途中のナッスンが足を止めて、畏敬の念と理由もなくいきなり湧きあがってきた希望を宿した目でじっと見つめていることには気がついていなかった。

きょう、ナッスンは託児院をさぼり、報謝を持ってレンスリーを捜しにきている。これは昔からの習わしだ――供物のことだぞ、教師の娘が託児院をさぼることじゃない。中継ぎ駅には先客がいた。町からきた二人の女だ。女たちはベンチにすわってレンスリーの話を聞いている。レンスリーの報謝入れのカップはもうきらきら輝く色とりどりの破片でいっぱいになっている。四《よ》つ郷《ごう》の印が刻まれた破片だ。レンスリーはナッスンの姿を見て目をぱちくりさせている――やけに足が長くてやたらと目の大きいひょろっとした女の子で、収穫期でもなければこの時間には託児院にいっていなければおかしい年頃なのはひと目でわかる。

ナッスンは中継ぎ駅の戸口で立ち止まる。はあはあ息を切らしていて、なんとも派手な登場の仕方だ。先客二人がふりむいて彼女を見つめる。いつもおとなしいジージャの長女だ。ナッスンは先客がいることで、勢いにまかせて用件を口にするのをかろうじて思いとどまる。母親から、何事も慎重のうえにも慎重にといわれているからだ。(託児院をさぼったことはいずれ母親の耳に入るだろうが、ナッスンはべつにかまわないと思っている。)だが彼女はごくりと唾を飲んですぐさまレンスリーに近づき、なにかをさしだす――黒っぽい石だ。なかにほぼ立方体に近い小さなダイヤモンドらしきものが埋まっている。

ナッスンが持っている金といったら小遣いだけだし、その小遣いも伝承学者が町にきていると聞いたときには本とお菓子に使い果たしてしまっていた。だが、このあたりに有望なダイヤモンド鉱山があることはティリモの住民は誰ひとり知らない――知っているのはオロジェンだけ。それも、その気で探さなければわからない。このダイヤモンドを見つけてはまずいということは彼女もわかっている。造山能力《オロジェニー》をおもてに出してはいけない、使っていいのは数週間に一度、近くの谷で御法度の実地訓練を二人でするときだけ、と母親にきつくいわれているのだ。ダイヤモンドは割って小銭にするのがむずかしいから通貨として使う者はいないが工業や鉱業などの分野ではそれなりに重宝されている。ナッスンはいまレンスリーにさしだしたきれいな石になんらかの価値があることはわかっているが、まさか家が一、二軒買えるほどのものとは夢にも思っていない。まだ八歳の子どもだからな。

そしてナッスンは、自分がさしだした黒い石から突きでたキラキラ光る四角いものを見たレンスリーの目が大きく見開かれるのに気づいたとたん、あまりのうれしさに先客がいることも忘れて思わず口走ってしまう。「わたしも伝承学者になりたいんです！」

もちろんナッスンは伝承学者が実際はなにをするのかまるでわかっていない。ただただティリモから出ていきたいという思いがあるだけだ。

このことについては、あとで詳しく話そう。

このナッスンの報謝を受け取らないなどというばかなことはレンスリーはしない。だが、すぐに返事をするわけでもない。ひとつにはナッスンは可愛い子だし、彼女がいま宣言したことは、ほかの子にもよくあることだが、いっときの気持ちの高まりにすぎないと思うからだ。(これはあながちまちがいではない——ナッスンは先月は土技者《どぎしゃ》になりたいと思っていたのだから。) レンスリーは返事をする代わりにナッスンにすわるようにいって、それからその日の午後いっぱい、日が傾いて谷の斜面に木々の長い影がのびるまでずっと、わずかな聴衆相手に話しつづける。先客の二人は、立ちあがると、まだぐずぐずしているナッスンにいっしょに帰るよう目でうながした。ティリモの連中は、きりもなく話を聞きたがる子どもをいましめようともしない、伝承学者にたいして礼を欠いている、などとよそで話されてはまずいからだ。客がひけるとレンスリーは火を焚《た》き、前の日にティリモで買った豚のバラ肉少々と野菜とコーンミールで夕食をつくりはじめる。そしてできあがりを待つあいだリンゴをかじりながら、ナッスンが持ってきた石を指先で回し、見とれる。見とれながら、悩む。

翌朝、彼女はティリモに向かう。あたりさわりのないことをいくつかたずねて、ナッスンの家にいきつく。このときエッスンはもう託児院にいっている。はからずも教師として最後になる授業をするためだ。ナッスンも託児院にいっている。もっとも昼食までなんとか時間を潰して、また伝承学者のところへいくつもりだが。ジージャは〝仕事場〟にいる。仕事場と称してはいるが、要するにあとから掘ってつくった地下室だ。彼は日中そこで騒々しい音のする道具を使ってたのまれ仕事をこなしている。ユーチェはおなじ部屋の藁《わら》布団で寝ている。なにがあっても起きない。地球の歌が子守唄なのだ。

レンスリーがノックするとジージャが戸口にあらわれる。レンスリーはほんの一瞬だがぎょっとする。ジージャはエッスンとおなじ中緯度地方人の混血だが、サンゼ人の特徴がより強く出ている――大柄で肌は褐色、筋肉質で頭はつるつるに剃《そ》りあげている。その見た目で気押されてしまうが、顔にはなんのてらいもなく客を歓迎する笑みが浮かんでいて、レンスリーは自分の判断がまちがってはいなかったとほっとする。善良な男だ。だますことはできない。

「これを」彼女はそういってダイヤモンドの原石をさしだす。こんな高価なものを、いくつかの話とどうせ数カ月後には心変わりしてしまうにちがいない弟子修業の対価として子どもから受け取るわけにはいかない。説明を聞いたジージャは困惑して顔をしかめながらも、たいそうていねいに礼をいって石を受け取る。そして彼女が町を去るまでになるべく多くの人がその芸に触れることができるよう、彼女の寛大さ、筋目の正しさを町の人たちに伝えると約束する。

レンスリーは帰っていく。彼女の出番はこれで終わりだ。しかしこれはとても重要な役どころなんだ。だからこそ、わざわざ彼女の話をしたんだからな。

ジージャが息子に敵意を抱くような出来事はひとつたりとなかった。わかるな。彼は何年かすごすうちに、自分の連れあいと子どもにはなにかあると感づいていた。心の奥底でどうもおかしいと思ってしまうようななにかがあると。その奥底のそよぎがいつのまにか軽いざわつきになり、この話がはじまったとたんにはっきりとした刺激になったのだが、ここではまだ否定する気持ちのほうが強くて、それ以上考える気にはなれなかった。けっきょくのところ、彼は家族を愛していたんだ。そして真実はまさに……思いもつかないものだった。ほかにいいようがなかった。

　このことがなくても、あれこれ考えた挙げ句にいずれはわかっていただろう。くりかえすぞ——いずれはわかっていたんだ。ほかの誰のせいでもない。

だが、もしすっきりした説明が欲しいというなら、なにが転機になったのか、ラクダの背骨を折る最後の藁の一本はなんだったのか、溶岩チューブのふたを壊したものはなんだったのか知りたいというなら……それはこの石だ。なぜならジージャは石のことをよく知っていたから。彼は腕のいい石打ち工だった。石のこともティリモのことも知っていたし、ティリモ周辺に古い火山由来の火成岩の岩脈が縦横に走っていることも知っていた。ほとんど地表には出ていないが、ナッスンが誰もが拾えるような場所に顔を出していたダイヤモンドを偶然見つけた可能性はゼロではない。めったにあることではない。が、絶対にないともいえない。

　レンスリーが帰ったあとも、この思いはずっとジージャの心の表層に浮かんだままだった。真実はその下にある。いまにも躍りでようとしているレビヤタン（聖書にある巨大な海獣で悪の象徴）だ。しかし彼の心の水面はいまは凪《な》いでいる。否定する思いが強いからだ。

ところがそのときユーチェが目を覚ます。ジージャはお腹がすいていないかとたずねながらユーチェを居間へ連れていく。ユーチェはすいていないと答える。そしてジージャに向かってにっこり笑うと、強力なオロジェニーを持つオロジェンの子どもならではの正確無比な感覚でジージャのポケットを見つめていう。「父さん、どうしてそこが光ってるの?」

小さな子が回らぬ舌でいった可愛いひとことだ。が、石がそこにあると知っているということが仇《あだ》になった。たしかにジージャのポケットには石が入っているが、ユーチェがそれを知っているはずはないのだから。

ナッスンはその石がきっかけだったとは知らない。ナッスンに会っても、そのことはいうな。

その日の午後、ナッスンが帰ってきたときにはユーチェはすでに死んでいた。居間に横たわって冷たくなっていくユーチェの亡骸《なきがら》のそばにはジージャが立っている。呼吸が荒い。幼い子を殴り殺すのにさほどの力はいらないが、彼は殴りながら過呼吸に陥っていた。ナッスンが居間に入ってきたとき、ジージャの血流はまだ二酸化炭素が足りない状態だ——彼はめまいや震え、寒気に襲われている。理性的にものが考えられるわけがない。だからナッスンが居間の戸口でぴたりと足を止めて、目のまえの劇的な光景がなにを意味しているのかゆっくりと理解しはじめたとき、ジージャは思わず口走ってしまう。「おまえもなのか?」

彼は大男だ。大声で詰問されて、ナッスンは飛びあがる。ユーチェの亡骸に注がれていた視線がさっとジージャに走る。それが彼女の命を救うことになる。彼女の瞳は母親とおなじ灰色だが、顔の輪郭はジージャそっくりだ。それを見たとたん、パニックに陥っていたジージャがふと我に返る。

彼女もほんとうのことをいう。それがよかった。ジージャはそれ以外なにをいっても信じなかっただろう。「うん」と彼女は答える。

このとき彼女は心底怖いと思ってはいない。目のまえにある弟の亡骸、そしてそれがなにを意味するのかを考えまいとする心の動きが、認識力を完全に封じてしまっているのだ。ジージャがなにをたずねているのかすら、はっきりとはわかっていない。わかってしまえば、父の手についているのが血で、弟はただ床で寝ているわけではないと認めることになってしまうからだ。認めることはできない。いま、この場では。それ以上まとまったことは考えられないから、極限状態に追い詰められた子どもにはよくあることだが、ナッスンは……あともどりする。目のまえの光景は、たとえ理由はわからなくても、恐ろしい。そして両親のうちでナッスンにより近い存在だったのはジージャのほうだ。ジージャも彼女がお気に入りだった――最初の子、まさか授かるとは思っていなかった子、顔立ちもユーモアのセンスも自分そっくりの子。好きな食べものもいっしょ。跡を継いで石打ち工になってくれないかと淡い期待も抱いていた。

ナッスンはわけがわからないまま泣きだしていた。そして思考がビービーわめき、心が悲鳴をあげるなか、彼女はジージャに一歩近づく。ジージャが拳を固めるが、彼女は怖いとは思わない。ジージャは自分の父親。彼女が欲しいのは慰めだ。「父さん」と彼女はいう。

ジージャが思わずたじろぐ。まばたきする。見つめる。まるでナッスンを見るのははじめてとでもいうように。

そして悟る。彼女を殺すことはできない。たとえ彼女が……できない。可愛い娘なのだから。

ナッスンはもう一歩まえに出て手をのばす。ジージャはどうしてもそれに応えて手をのばすことができない。ただじっとしている。ナッスンは自分に近いほうにある彼の手首をつかむ。

彼はユーチェの亡骸をまたいで立っている——ナッスンは思うように彼の腰にしがみつくことができない。だが腕に顔を押しつけることはできる。思い切り押しつけることが慰めになる。

彼女はぶるぶる震えている。彼は彼女の涙が肌を伝い落ちるのを感じている。

彼は立ち尽くしている。呼吸がしだいに落ち着いていく。握った拳がゆっくりほどけていく。

彼女は泣きつづけている。しばらくして彼がまっすぐに彼女に向き合うと、彼女は両手で彼の腰にしがみつく。彼女に目をやるには、自分がユーチェにしたことから目をそらすしかない。

簡単な動きだ。

彼が彼女にささやきかける。「荷造りしなさい。お祖母《ばあ》ちゃんのところへ二、三日いくときみたいにな」ジージャの母親は数年前に再婚してシュームに住んでいる。隣の谷にある町、もうすぐ完全に破壊されてしまう町だ。

「お祖母ちゃんのところへいくの？」彼の腹に顔を押しつけたままナッスンはたずねる。

彼が彼女の後頭部に触れる。これまでもよくそうしていた。娘がこれが好きだからだ。赤ん坊の頃、そこを手ですっぽり覆ってやると、とてもうれしそうな声をあげた。地覚《ちかく》器官が脳のその部分にあるので、彼がそこに触れると彼のことをよりはっきり認識できるのだ。オロジェンならではのことだが、どうして彼女が後頭部をさわられるのがそんなに好きなのかは、二人とも知らない。

「これから、おまえがもっといい子になれるところへいく」彼がやさしく話しかける。「聞いたことがあるんだよ。そこへいけば、おまえを助けてもらえる」もう一度、可愛い娘にもどしてもらえる、いまのような……。彼はこの考えからも目を背ける。

彼女はごくりと唾を飲み、うなずいて一歩さがる。そして彼を見あげる。「母さんもいくの？」

ジージャの顔をなにかが、地揺れのように微妙なものが、よぎる。「いいや」

日が暮れたら、この家から、母親から逃れて、どこぞの伝承学者といっしょに出発するつもりでいたナッスンは、ようやくほっと胸をなでおろす。「わかったわ、父さん」彼女はそういうと荷造りをしに自分の部屋に向かう。

ジージャはそのうしろ姿を息を詰めたまま長いこと見つめている。そしてふたたびユーチェから目をそらすと自分の荷物をまとめ、外へ出て馬車に馬をつなぐ。二人は一時間とたたないうちに南をめざして出発する。そのすぐあとを世界の終焉《しゅうえん》が追いかけていく。

§

〈溺れた砂漠の季節〉に滅びたジャマリアでは、末子を海に捧《ささ》げると海が海岸に押し寄せて残る者たちを連れ去るのを防ぐことができると考えられていた。

――西海岸地方断絶半島近くのハンル四つ郷にて記録された
伝承学者の話〝繁殖者の最後の抵抗〟より
信憑性《しんぴょうせい》に疑いあり

2　あんたはひきつづき

「え？」とあんたはいう。

「月、だ」愛すべき怪物、正気の狂人、スティルネス大陸一の力を誇るオロジェン、そしていまは石喰《いしく》いのおやつになりつつある雪花石膏《アラバスター》はあんたをじっと見つめている。昔と変わらぬ強い眼差《まなざ》しだ。あんたは彼の意思を感じる。彼が大自然の力そのものたりえているのはその意思の力ゆえだ。その彼が乗り手として操っているかのような強い眼差し。彼が従順と思っていたなんて守護者は愚か者だ。「衛星、だ」

「え？」

彼が小さく苛立《いらだ》たしげな声を洩《も》らす。彼は、部分的に石になりつつあることを除けば、あんたたちが友だち以上恋人未満だった頃と少しも変わっていない。もう十年以上たつ。あんたはあの頃、べつの自分だった。「天体学はたわごとではない」と彼がいう。「われわれを殺そうとしているのは大地、地球火《ちきゅうび》、なのだから、空のことを研究するのはエネルギーのむだだとスティルネスじゅうの誰もが考えている、そう教えられたのは承知しているよ、サイアン。とはいえ、少しは現状に疑問を持つことを学んだのではないかと思っていたんだがな」

「いろいろと忙しくて」あんたは昔とおなじようにぴしゃりといい返す。だが昔のことを考えると、その頃なにをしようとしていたかに思いがおよぶ。そしてその思いは、生きている娘、死んだ息子、そして遠からず夫になるはずだった男へとつながり、あんたは身をすくめる。

「それから、わたしのいまの名前はエッスンよ。そういったわよね」

「なんでもいい」唸《うな》るような溜息《ためいき》を洩らしてアラバスターが慎重に壁にもたれかかる。「ここへは地科学者といっしょにきたそうだな。その人に教えてもらうといい。最近はエネルギー切れでな」たぶん、喰われるほうはエネルギーをごっそり持っていかれるのだろう。「まだ最初の質問に答えていないぞ。いまでもできるのか？」

方尖柱《オベリスク》を呼び寄せることができるのか？　最初にホアを通じてそう聞いたときにはまるでピンとこなかった。たぶんあんたが、彼がa.生きていること、b.石に変わりつつあること、そしてc.大陸を二つに引き裂き、永遠につづくかもしれない〈季節〉を引き起こしたオロジェン当人であることに気づいて、それだけで頭がいっぱいになってしまっていたからだろう。

「オベリスクのことね？」あんたは首をふる。否定の意味というより、困惑してのことだ。あんたの視線は彼のベッドのそばにある奇妙なものへとさまよっていく。極端に長いピンク色の黒曜石ナイフのようなもので、オベリスクのような気もするが、それはありえない。「いったいどういう——いいえ。わからないわ。ミオヴ以来、試したことがないから」

彼が静かに唸り、目を閉じる。「きみはほんとうに錆《さ》び役立たずだな、サイアン。エッスン。技能というものにたいして、なんの敬意も抱いていない」

「充分、敬意は持っているわ、ただ――」

「そこそこやっていける程度、他人より上に立ってなにか利益が得られる程度止まりだ。ここまで飛べといわれれば、そこまでは飛ぶ。目当ては、いまよりいい部屋だの指輪だの――」

「プライバシーよ、わかってないわね、そして自分の人生を少しは好きなようにできる力、それに錆び敬意を――」

「きみはあの担当の守護者のいうことを聞いた。ほかの誰のいうことも聞かないくせに――」

「ちょっと」十年間の教師経験で、あんたの声には黒曜石の切れ味が備わっている。事実、アラバスターはいいつのるのをやめて目をぱちくりさせている。あんたはとても静かにこういう。

「わたしがなぜ彼のいうことを聞いたのか、あなたはようく知っているはずだわ」

　一瞬、静寂がおりる。あんたも彼もそのあいだに態勢を立て直す。

「そのとおりだ」ついに彼が口を開く。「悪かった」帝国オロジェンはひとり残らず担当守護者のいうことを聞く――聞いていた。死ななかった者、ノード・ステーションに送りこまれずにすんだ者はひとり残らずだ。ただしアラバスターは例外――彼が自分の守護者になにをしたのか、あんたは知らないままだ。

　あんたは納得してぎごちなくうなずく。「謝罪を受け入れるわ」

　彼が慎重に息を吸いこむ。疲れが見える。「エッスン、やってみてくれ。オベリスクを動かせるかどうか。きょう。どうしても知りたいんだ」

「どうして？　不動の光《スティル・ライト》とかいうものとどういう関係があるの？　いったい――」

「衛星《サテライト》だ。とにかくきみがオベリスクを制御できなければなにもかもがちぐはぐになってしまう」目がゆっくりと閉じかかっている。これはたぶんいいことなのだろう。彼の身になにが起きているにせよ、生きのびるには力が必要だろうから。生きのびられるものなら、だが。

「ちぐはぐなんてものじゃない。そもそもどうしてオベリスクのことをきみにいわずにいたか、覚えているだろう?」

覚えている。昔、あんたがまだ空を漂う現実のものとは思えない巨大な結晶になんの注意も払っていなかった頃、オロジェニーの驚くべき離れ業をどうやってなしとげたのかアラバスターにたずねたことがある。そのときは彼は答えようとしなかった。あんたはそんな彼を憎んだが、それを知ったらどれほど危険か、いまはわかっている。オベリスクが増幅器、オロジェニーの増幅器だということを理解していなかったら、あんたは守護者の攻撃から身を守るためにガーネットのオベリスクに手をのばすことはなかっただろう。しかし、もしあのガーネットのオベリスクが、なかに凍りついた石喰いがいてひび割れている状態、半分壊れた状態でなかったら、あんたは死んでいた。その力で頭のてっぺんから爪先まで焼け焦げてしまうのを防ぐだけの力も自制力もなかったのだから。

そしていまアラバスターは、あんたに意図的にオベリスクに手をのばしてなにが起きるか見てほしいといっている。

アラバスターはあんたの表情からすべてを読み取ってしまう。「たしかめるんだ」彼がいう。そして完全に目を閉じてしまう。息遣いにかすかにカラカラいう音が混じっている。肺のなかに砂利でも入っているかのような音だ。「トパーズがどこか近くにきている。今夜、呼びかけてくれ。そしてあすの朝……」急に体力がなくなって弱ってしまったのか、言葉が途切れる。「近づいてきているかどうかたしかめるんだ。近づいてきていなかったら教えてくれ。誰かほかの者を探す。あるいは自分でできるかぎりやってみるか」

誰を見つけてなにをさせるのか、あんたには糸口さえつかめない。「いったいどういうことなのか説明してくれる気はあるの?」

「いいや。なぜなら、なにがどうあろうと、エッスン、きみに死んでほしくないからだ」彼が深々と息を吸いこんでゆっくり吐きだす。つぎに出てきた言葉はいつになくやさしく響いた。「会えてうれしいよ」

あんたは顎を引き締めて、どうにか答える。「ええ」

彼はそれ以上なにもいわない。彼にとってもあんたにとっても、それが充分に別れの言葉になっている。

あんたは、かたわらに立っている石喰いに目をやりながら立ちあがる。アラバスターは彼女をアンチモンと呼んでいた。石喰いらしく彫像のようにじっと立ち、その黒すぎる目があんたを過剰なまでにじっと見つめている。その立ち姿は一応古典的といえるものだが、あんたはそこになにかしら皮肉なものを感じ取る。優雅に首を傾《かし》げ、片手を腰に当て、もう片方の手は宙に浮かせて、指をしなやかに、どこを指すでもなく泳がせている。こちらへこいということなのか、それとも手の甲を向けてさよならをしているのか。なにか秘密があってそれを知ってほしいと思っているけれどいいたくない、というときのジェスチャーともとれる。

「彼のこと、よろしくね」とあんたは彼女にいう。

「わたしは大事なものはいつだってちゃんと世話をする」と口を動かさずに彼女が答える。

それがどういうことなのか、あんたは考えようともしない。あんたは診療所の戸口に向かう。戸口ではホアが待っている。なんとも奇妙な人間の男の子の姿をしたホア、じつは石喰いのホア、あんたを大事なものとしてあつかうホア。

彼はあんたを見つめている。悲しげな顔だ。あんたが彼の正体に気づいてから、ずっとそんな顔をしている。あんたが首をふって彼の横を通りすぎ、外へ出ると、彼は遅れずについてくる。

カストリマはいまようやく夜になろうかという頃だ。広大な晶洞《しょうどう》の内部はそれをかたちづくっている巨大水晶が放つやわらかな白光がつねにあふれているから昼だか夜だかわかりにくい。ほかのコムなら暗くなるにつれて必然的に人の動きもゆるやかになるものだが、ここではまだ住民がものを運んだり、大声で声をかけあったり、わさわさ動きまわって日常の仕事をこなしている。この状況に慣れるまで何日かはなかなか眠れないだろうな、とあんたは思う。が、それはかまわない。オベリスクは昼夜の別など関係ないのだから。

あんたとホアがアラバスターとアンチモンに会っているあいだ、レルナは礼儀正しく外で待っていた。あんたたちが出てくるとすぐに、いかにも心待ちにしていたという顔で近づいてくる。「地上にいかなくちゃならないの」とあんたはいう。

レルナは顔をしかめる。「門番が許してくれませんよ、エッスン。このコムにきたばかりの新顔は信用されていませんからね。カストリマが生きのびられるかどうかは、その存在を秘密にしておけるかどうかにかかっているんです」

アラバスターに再会したことで昔の記憶がどっとよみがえったと同時に強情さもよみがえってきている。「止めたければ止めてみればいいわ」

レルナが足を止める。「門番が止めたら、ティリモでしたのとおなじことをする気ですか？」

錆びくそ。その一撃に少し揺らいで、あんたも足を止める。ホアも立ち止まり、ほうという顔でレルナをじっと見ている。レルナの目に怒りはない。その表情は静かで怒りにはほど遠い。やれやれ。わかりましたよ。

ひと呼吸おいてレルナは溜息をつき、近づいてくる。「イッカのところへいきましょう」と彼がいう。「なにをしなければならないか、彼女にいうんです。地上に出たいとたのみましょう――彼女が必要と思うなら護衛役として門番もいっしょにいく。いいですね？」

あまりに当然の話で、あんたはどうしてそう考えなかったのか自分でもふしぎでならない。いや、理由はある。イッカはあんたとおなじオロジェンかもしれないが、あんたはフルクラムにいた頃、幾度となくほかのオロジェンに邪魔をされたり裏切られたりしてきたから、〝同類〟だからというだけで信用する気にはなれないのだ。だが、イッカにもチャンスを与えるべきだ。〝同類〟なのだから。

「わかったわ」あんたはそういうと、レルナのあとについてイッカのもとに向かう。

イッカの家はコムの長《おさ》をつとめる女の家だというのに、広さはあんたのところとおなじだし、どこをとってもなんのちがいも見当たらない。きらきら輝く巨大な白い水晶の横腹にどういう方法でかきれいにくりぬかれたアパートメントだ。ただしドアの外で二人の人間が待っている。ひとりは水晶に寄りかかり、もうひとりは手すり越しにカストリマ全体を見渡している。レルナが二人のうしろに並んで、あんたにもおなじようにしろという。ちゃんと順番を待つしかない。オベリスクはどこかへいってしまうわけでもないしな。

カストリマを眺め渡している女はあんたより少し年上のサンゼ人だが、かなり色黒のほう、たっぷりした髪はややくせのある灰噴《はいふ》き髪で、ただごわついているというよりちりちりの雲のようだ。いくらか東海岸地方人の血が入っているのだろう。そして西海岸地方人のも少し——目のまわりに蒙古《もうこ》ひだがある。その眼差しは人を値踏みしているようで、用心深くて、少しあんたを下に見ている感がある。「あんた、新顔だね」女がいう。質問ではない。

あんたはうなずく。「エッスンよ」

女が片方の口の端をあげてにやりと笑う。あんたは目をぱちくりさせる。女の歯がやすりで削って尖《とが》らせてあるからだ。サンゼ人はもう何百年も前にその習慣を捨てたはずなのに。〈歯の季節〉のあと、評判がよくなかったからな。「わたしはフジャルカ〈指導者〉カストリマ。われらが大地の小さな穴にようこそ」女の笑みが大きくなる。あんたはへたな冗談に顔をしかめそうになるのをぐっとこらえる。が、彼女の名前を聞いて考えをめぐらせてもいる。ひとつのコムに統治責任者以外にも〈指導者〉カーストの人間がいるのは、ふつうはよくないことだ。

不満を抱えた〈指導者〉カーストの人間は、危機が訪れるとクーデターを起こすという厄介な習慣を持っている。だがそれはイッカの問題だ。あんたのじゃない。

もうひとり、水晶に寄りかかっているのは男で、あんたを見ているようすはない——だがあんたは男の目がなにを見ているにせよ、その動きを追うことなく遙《はる》か彼方《かなた》の一点に据えられていることに気づく。痩せていてあんたより背が低い。髪とひげは干し草のまんなかに顔を出したイチゴを思わせる。あんたは彼がなにかに意識を向けている圧をかすかに感じる。といってもあんたと同類という気はしない。もしそうならピンとくるはずだ。男があんたの存在に気づいたそぶりを見せないので、あんたも声をかけない。

「彼は数カ月前にここにきたんです」とレルナがいう。あんたの意識はあたらしいお隣さんたちからレルナへと移る。あんたは一瞬、イチゴ干し草頭の男のことをいっているのかと思ったが、すぐにアラバスターの話だと気づく。「忽然《こつぜん》とあらわれたんですよ、晶洞のなかのいわば広場のようなところのまんなかに——〝陸屋根《ろくやね》〟に」彼があんたのうしろのほうを見てうなずく。なんのことかとあんたはふりむく。ああ——先の尖った水晶が並ぶカストリマのまんなかに、上から半分のところですっぱりと切ったような、大きな六角形の平面が鎮座している。コムのどまんなかに近い位置だ。階段状の橋がいくつかかかっていて、椅子と手すりが見える。〝陸屋根〟。

レルナが先をつづける。「なんの前触れもありませんでした。オロジェンたちはなにも地覚《ちかく》しなかったし、見張り番の不動《スティル》たちもなにも見ていない。彼とあの石喰いは、ただいきなり……あそこにいたんです」

彼はあんたが驚いて顔をしかめたのに気づいていない。あんたにとっては、スティルがスティルという言葉を使うのを聞くのはこれがはじめてだった。

「石喰いたちは彼がくることを知っていたかもしれませんが、かれらは何事もごく限られた相手にしか話しません。しかも、このことにかんしては、そういう相手にすらいわなかったんです」レルナの視線がホアのほうへ漂っていく。ホアはまさにその瞬間、絶妙のタイミングで知らんぷりを決めこむ。レルナは首をふる。「イッカはもちろん、彼を放りだそうとしました。望むなら慈悲深く殺してやるともいいましたけどね。彼がこのあとどうなるかはいわずもがなです——穏やかに効く薬とベッド、それが親切というものです。ところがイッカが〈強力《ごうりき》〉を呼ぶと、彼はなにかしたんです。明かりが消えて、空気も水も止まった。たった一分間でしたが一年のように感じられました。彼がすべてをもとどおりにすると、みんな大騒ぎでした。というわけでイッカは彼にここにとどまってもいい、傷の手当もするといったんです」

さもありなん。「彼は十指輪だから」とあんたはいう。「それに大ばか野郎なの。欲しがるものはなんでも与えて、あだやおろそかにしないことね」

「彼はフルクラムの出身なんですね？」レルナが畏敬の念のようなものを込めて息を吸いこむ。「地球火、まさか帝国オロジェンで生きのびた者がいたとは知りませんでした」

あんたは思わず彼を見る。内心、おかしいというより驚きのほうが強い。だが考えてみれば彼が知っているはずがないのだ。ほかのことに思いがおよんで、あんたは真顔になる。「彼は石になりつつあるのね」

「ええ」レルナの声は悲しげだ。「あんなのは見たことがない。どんどん悪くなっています。彼がはじめてここにきた日は指だけでした……あの石喰いが……自分のものにしたのは。どういうふうに進んでいくのか、見たことはありません。慎重に、わたしや助手がいないときを選んでやっているんです。彼女がやっているのか、それとも彼が自分でやっているのかもわからないし……」彼が首をふる。「彼に聞いても、ただにやっと笑って『もう少しだけ、たのむ。ある人がくるのを待っているんだ』というだけで」レルナは困り顔であんたを見る。

それはそうだろう――アラバスターはどういうわけか、あんたがくるとわかっていた。いや、そうともいいきれないな。彼は誰か、誰でもいい、必要な技を持つ者がくるのを待っていた。イッカは何マイルも先にいるロガを呼び寄せることができるのだから、ここにいればチャンスは大きい。もしあんたがオベリスクを呼び寄せることができるなら、そのときは彼が待っていたのはあんただったということになる。

それからまもなくして、イッカが戸口の掛け布の陰から顔を出す。フジャルカに向かってうなずき、イチゴ干し草頭の男をにらみつける。男がしぶしぶ溜息まじりに彼女のほうを向くと、彼女はあんたとレルナとホアに目をやる。「ああ。どうも。いいわ。みんな入ってきて」

あんたは抗議の声をあげる。「内密に話したいことがあるの」

彼女があんたを見つめ返す。あんたは困惑して目を細める。とまどい、苛立つ。彼女はあんたを見つめたままだ。レルナがあんたの横で右足から左足へと体重を移す。無言のプレッシャーだ。ホアはあんたにならって、ただ見守っている。あんたはやっと二人がいわんとしていることに気づく——ここは彼女が仕切っている彼女のコム、ここにいたいなら……。あんたは溜息をつき、ほかの連中のあとについてなかに入る。

イッカの家のなかは、コムのほかの場所に比べて暖かく、薄暗い——壁は光っているのにこの差が生まれているのは一枚の布のせいだ。天井に布が張ってあって夜のような雰囲気になっている——たぶんほんとうに夜なのだろう。いいアイディアだ、自分の家でもやってみよう、とあんたは思う——むろん、よく考えてのことではない。そう長いことここにいることにはならないはずなのだから。が、またそこで考える。ナッスンとジージャがたどる道筋を見失ってしまった以上、ここは長期戦として考えるべきだ。が、やはり——。

「さて」とイッカがうんざりしたような口調でいって、簡素な低い長椅子に腰をおろし、足を組んで、顎を拳で支える。ほかの連中も腰をおろすが、イッカはあんたを見ている。「なにか変化が起きていることはわかっている。ずっと考えていたんだ。あんたたち二人はちょうどいいときにきてくれた」

あんたは、〝あんたたち二人〟というのはあんたとレルナのことかと思ったが、彼はイッカのすぐそばの長椅子に腰をおろしていて、どこか肩の力が抜けた、ほっとしたような空気を漂わせている。このせりふを前にも聞いたことがあるのだな、とあんたは思う。だとしたら、あんたとホアのことだ。ホアは床に腰をおろしていて、そのせいでよけい子どもっぽく見える……実際はちがうのに。おかしなもので、あんたはなかなかそれを記憶に留めることができない。

あんたは慎重にゆっくりと腰をおろす。「ちょうどいいとき?」

「やっぱりいい考えとは思えないな」イチゴ干し草がいう。彼はイッカのほうを向いて、横目であんたを見ている。「この連中のことはなにもわかっていないんだぞ、イーク」

「きのうまで外で生きのびてきたことはわかってるわ」フジャルカがいう。長椅子の肘掛けに肘をのせて身体を預けている。「それだけでも意味がある」

「意味なんかない」イチゴ干し草が断言する——いい加減、名前が知りたい、とあんたは思う。

「うちの〈狩人《かりゅうど》〉だって生きのびられる」

〈狩人〉。あんたは思わず目を細める。これは古い用役《ようえき》カーストのひとつだ——帝国法では軽視されているから、いまではもうこのカーストに生まれつくという者はひとりもいない。文明化された社会には狩猟採集者は必要ないのだ。それがカストリマでは必要と思われているのだとしたら、イッカの話だけではわからないこのコムの状態の一端が知れるというものだ。

「うちの〈狩人〉はこのあたりのことをよく知っているわ。〈強力〉もね。たしかに」フジャルカがいう。「近くのことはね。でも新顔はうちのテリトリーの外のことを知っている——人のこともどんな危険があるのかも、なにもかも」

「あなたたちの役に立つようなことを知っているかどうかはわからないわ」とあんたは話しはじめて、ふと眉をしかめる。二つ三つまえの道の家あたりから、あることが気になっていたからだ。赤道地方人は手首に上等な絹の腰帯や布きれを巻いた者がやたらと目についた。ほかの人間は疲れ切ってすわりこんでいるのに、かれらはあんたをじろじろ見ていた。どの道の家で野営していても、かれらはほかの生存者たちを見まわして、ほかよりいい装備をしていたり、健康そうだったり、とにかく並み以上と思えるサンゼ人を物色していた。そしてそういう相手に話しかけ、翌朝になるときたときより大人数の集団になって出発していった。

あれにはなにか意味があるのだろうか？　同類同士寄り集まるのは昔からのことだが、人種や民族は大きな意味を持たなくなって久しい。旧サンゼが証明したとおり、多様な専門性を持つ者がおなじ目的のために集まった共同体《コミユニティ》のほうが効果的なのだ。それでもユメネスはいまや亀裂の底の鉱滓《こうさい》だし、帝国の法律も帝国ふうのやり方もなんの有効性もない。とすると、これは変化の最初の兆候なのかもしれない。もしかしたら数年後にはあんたもカストリマを出て、あんたとおなじ中緯度地方人ばかりのコム——肌がほどよい茶色で、大柄だが大きすぎない体格、髪は巻き毛や縮れ毛でけっして灰噴き髪や直毛ではない者だけが寄り集まったコム——を見つけるしかなくなる可能性もある。その場合、ナッスンがいっしょということもありうる。だが、いったいいつまで二人の正体を隠しておけるだろう？　ロガを歓迎するコムはない。例外はここだけだ。

「あたしたちよりは知ってるさ」イッカの声で、とりとめのない考えをめぐらせていたあんたは我に返る。「それにああだこうだ議論するのも面倒だし。彼にも数週間前におなじことをいったんだが」とレルナを顎で指す。「アドバイザーが欲しいんだ——この〈季節〉のことを大地から空まで知っている人間が。あんたはまさにその人物だ。あたしが誰かと交代させるまではね」

あんたは少なからず驚く。「わたしはこのコムのことはなにも知らないのよ！」

「それはあたしの仕事——彼の、彼女の仕事だ」イッカがイチゴ干し草とフジャルカのほうを見てうなずく。「とにかく、あんたも学んでいけばいいんだから」

あんたはあんぐりと口を開ける。そしてふいに思い出す。イッカはこの集まりにホアも同席させている。「地球火に錆びバケツ、あなたは石喰いもアドバイザーにするというの？」

「もちろん。ここにも石喰いはいる。あたしたちが思っているより大勢ね」彼女はホアをじっと見つめている。ホアも彼女を見ている。無表情で、なにを考えているのかまったくわからない。「あんたがそういったんだよ」

「ほんとうのことだ」ホアが静かにいう。そして——「でも、かれらの代弁はできない。それにわれわれはあんたのコムの一員ではない」

イッカが腰をかがめて彼をにらみつける。その顔に浮かんでいるのは敵愾心《てきがいしん》と用心深さの中間のものだ。「あんたたちは、たとえ潜在的な脅威としてだけでも、このコムに衝撃を与える存在だ」と彼女がいう。そしてちらっとあんたを見る。「それにあんたたちが、うーん、慕っている相手は、たしかにこのコムの一員だ。少なくとも、その相手の身になにが起こるかは気になると思うけど。そうだろう？」

あんたは、イッカの石喰い、あのルビー色の髪の女の姿が数時間前から見当たらないことに気づく。しかし、だからといって彼女が近くにいないということにはならない。見えないからいないというわけではないことを、あんたはアンチモンで学んでいる。イッカの問いに、ホアは無言を通している。あんたは急に、おかしな話だが、彼があんたのためにいつも見える状態でいてくれることをうれしく思う。

「あんた、そしてドクターにたのんだ理由は」イッカがいう。身体を起こしてあんたに話しかけるが、視線はまだホアに向けられている。「いろいろな視点が欲しいからさ。〈指導者〉、たとえ指導したがっていなくてもね」そういってフジャルカを見る。「もうひとり、地元出身のロガで、あたしのことをとんでもない愚か者だと思っているうえに、それを公言してはばからないやつ」イチゴ干し草を見てうなずく。イチゴ干し草は溜息を洩らす。「道のことをよく知っている〈耐性者〉にして医者。石喰い。あたし。そして、あんた、エッスン、その気になればあたしたちを皆殺しにできるやつ」うっすらと笑う。「そうしないようにする理由を提供しておくのは理屈に合ってるってもんだ」

あんたは頭が真っ白で、なにも答えが浮かんでこない。あんたは素早く考えをめぐらせる。もしカストリマを壊滅させる力があることが資格になるのなら、イッカはアラバスターもアドバイザー・グループに加えるべきだろう。だがそうなると、聞きにくいことを聞かなければならないことになりかねない。

フジャルカとイチゴ干し草に向かって、あんたはたずねる。「あなたたちは二人ともここの出身なの？」

「いいえ」とフジャルカが答える。

「そうだよ」とイッカがいう。フジャルカがイッカをにらみつける。「あんたは小さいときからここに住んでいるんだよ、フジャ」

フジャルカが肩をすくめる。「それを覚えているのは、あなただけじゃないの、イーク」

イチゴ干し草がいう。「おれはここで生まれて、ここで育った」

オロジェンを殺さないコムで大きくなった二人のオロジェン。「あなたの名前は?」

「カッター〈強力〉」あんたはつぎの言葉を待つ。彼は口の片端だけで笑っている。目はまったく笑っていない。

「カッターの秘密は、簡単にいえば、大人になるまでばれなかったんだ」とイッカがいう。長椅子のうしろの壁に寄りかかって、疲れたのか、目をこすっている。「それでも疑うやつは多かった。噂がひろがって、前の長のときにはこのコムの者と認めてもらえなかったんだ。もちろん、あたしはちゃんとした名前を与えようと、五回も六回も提案した」

「おれが〈強力〉という名を捨てればの話だよな」とカッターが応じる。彼はまだ例の薄い笑みを浮かべている。

イッカが目をこすっていた手をおろす。顎をぎゅっと引き締めている。「自分がほんとうは何者なのか隠していても、けっきょくはみんな知ってしまったじゃないの」

「得意げに見せびらかしたからって、あんたはそれで救われたわけじゃない」

イッカが深い溜息をつく。顎の筋肉がこわばり、ゆるむ。「だからあんたにアドバイザーになってほしいと思ったのかもしれないね、カッター。まあいい、話を先へ進めよう」

というわけで話は先に進んでいく。

イッカがカストリマが直面する問題をつぎつぎにあげていくあいだ、あんたは自分がここにいることがいまだに信じられないまま、まだおぼろげにしか見えない状況を読み解こうとする。これはあんたがこれまで出会ったことのないたぐいのものだ――共同浴場の湯がぬるい、陶工は圧倒的に足りないが縫い子はだぶついている、穀物貯蔵洞穴のひとつに菌が繁殖していて、ほかの貯蔵洞穴までひろがると数カ月分の穀物を焼却処分しなければならなくなる、肉が不足している。あんたはひとりの人間のことだけ考えていた状況から、大勢の人間のことを考えなければならない状況に転じてしまった。いささか急な展開だ。

「わたし、さっきお風呂に入ったばかりだけれど」あんたは茫然《ぼうぜん》自失状態から抜けだそうと、唐突に話しだす。「お湯はちょうどよかったわ」

「そりゃあ、あんたにはいいお湯だったろう。何カ月も不便な暮らしをしてきて、せいぜい冷たい川の水を浴びるのが関の山だったわけだから。たいていのカストリマの住人は信頼できる土壌と好きなように加減できる蛇口がないところに住んだことがないんだ」イッカが目をこする。「集会がはじまってから一時間かそこらだが、もっと長く感じられる。「みんなそれぞれのやり方で〈季節〉に対処してるんだ」

文句ひとつついわないのが対処していることになるとはあんたには思えないが、まあいい。

「肉が不足しているのは差し迫った問題ですね」レルナがしかめっ面でいう。「ここ数回のコムの配給、肉がありませんでした、卵も」

イッカの表情がいっそう険しくなる。「ああ。足りないんだよ」あんたのために彼女が説明する。「もう気がついているかもしれないが、このコムには緑地がないんだ。そもそもこのあたりの土は痩せていて、花を植えるぐらいはできるが、牧草や干し草づくりには向かない。そこへ持ってきて〈季節〉がはじまる前の二、三年はみんな〈窒息〉以前にはあった壁を再建するかどうかの議論にかかりきりで、農業コムからいい土を荷車数十台分買い入れる契約を結ぶことすら思いつかなかった」彼女が溜息をついて、鼻柱をこする。「坑道は縦穴や階段だらけで家畜を地下へおろすこともできないしね。あたしたち、みんなそろって、どうしてこんな地下で暮らそうと思ったのか気が知れないよ。だから助けが欲しいと思っているわけ」

彼女が疲れているのは驚きではないが、過ちを率直に認めるところは驚きだ。が、そこが問題でもある。そこであんたはいう――「〈季節〉のあいだは、ひとつのコムに指導者はひとりだけ。それが大原則よ」

「ああ、指導者はまだあたしだ。それは忘れないで」警告かもしれないが、そうは聞こえない。もしかしたらカストリマでの彼女の地位は、事実として受け入れられているだけ――みんなが彼女を選び、いまのところは彼女を信頼しているというだけ――のものなのかもしれない、とあんたは思う。住人たちは、あんたのこともレルナのこともホアのことも知らないし、フジャルカとカッターを信頼しているようにも見えない。イッカがあんたたちを必要としている以上に、あんたたちにはイッカが必要なのだ。だがそのとき、イッカが唐突に首をふる。「もうこの話はこれでおしまい」

よかった。というのも、けさは道のこと、生きのびること、そしてナッスンのことだけを考えていたあんたとしては、いまとの落差が大きくなりすぎて、その乖離《かいり》感に圧倒されそうになってきていたからだ。「わたしは上にいかなくちゃならないの」

あまりに唐突に、いきなり話題を変えたものだから、全員の視線があんたに集まる。「錆びなんのために？」とイッカがたずねる。

「アラバスターに」とあんたがいってもイッカはきょとんとしている。「ここの診療所、でいいのかしら、そこにいる十指輪のこと。彼にあることをしてくれとたのまれたの」

イッカが顔をしかめる。「ああ、彼」あんたはこの反応につい頬をゆるめてしまう。「それはおもしろいね。ここにきてから誰にもひとことも口をきいていないんだ。ただあそこにいすわって、あたしたちの抗生物質を使い果たし、あたしたちの食料を食べているだけ」

「わたしはペニシリンを一回分、つくっただけですよ」レルナがぐるりと目を回してみせる。

「事の本質をいってるの」

あんたはアラバスターがこのあたりの微小な揺れや北からの後揺れを鎮めているのではないかと考える。だとしたら彼はコムから得ている以上のものをコムに与えていることになる。だが、イッカがそれを地覚できていないのなら、説明してもむだだろう——それにアラバスターのことをあれこれ話していいものかどうか、あんたはまだそこまでイッカを信用しきれていない。「彼は昔からの友だちなの」それでいい。不完全かもしれないが、要するにそういうことなのだから。

「友だちがいるタイプとは思えないね。あんたもだけど」イッカはあんたを長いこと見つめる。

「あんたも十指輪なの?」

あんたの指が勝手に曲がる。「昔は六つ、つけていたわ」レルナがさっとあんたのほうを向き、じっと見つめる。まあいい。カッターの顔がピクッとひきつる。なんとも表現しようのない動きだ。あんたは先をつづける――「アラバスターはわたしがフルクラムにいた頃の導師だったの」

「なるほど。それで上にいってなにをしろといわれてるんだい?」

あんたは口を開きかけて閉じる。あんたはフジャルカを見ずにはいられない。フジャルカはふんと鼻を鳴らして立ちあがる。そしてレルナは、あんたが自分のまえでこの話はしたくなかったにちがいないと察したのだろう、表情が硬い。彼になにを聞かれようと文句をいえる筋合いではないが、それでもやはり、彼はスティルだ。が、ついにあんたはいう。「オロジェンの仕事よ」

それでも足りない。レルナは無表情になっているが、眼光は鋭いままだ。フジャルカが手をふって掛け布のほうへ歩きだす。「じゃ、あたしは失礼するわ。カッター、あなたもよ。あなたはただの〈強力〉なんだから」そういって大声で笑う。

カッターは身を硬くするが、驚いたことに立ちあがってフジャルカのあとにつづく。あんたはしばしレルナに目をやるが、彼は腕を組んでいる。どこへもいく気配はない。しかたがない。ようすを見ていたイッカが疑わしげな顔でいう。「いったいなんなの、導師さまの最後のレッスン？　どう見ても先がそう長くはなさそうだものね」

あんたは思わず顎を引き締める。「それはどうかわからないわ」

イッカはしばし考えていたが、よし、というようにうなずいて立ちあがる。「わかった。〈強力〉を何人か連れていこう。手配ができたら出発だ」

「待って。あなたもいくの？　どうして？」

「好奇心てやつかな。フルクラムの六指輪にどんなことができるのか見てみたいんだ」彼女はにやりと笑って、最初に出会ったときに着ていた長い毛皮のチュニックを手にする。「あたしにもできるかどうか、やってみてもいいしね」

自己流でオベリスクとつながろうという無謀な試み。あんたは考えただけで激しく動揺してしまう。「だめよ」

イッカが冷めた表情になる。レルナはあんたを見つめている。あんたが目的を果たすことができるのかどうか疑っているような目つきだが、すぐさま視線をそらせる。あんたは素早く態勢を立て直す。「わたしでさえ危険を覚悟ですることなのよ。前にもやったことがあるけど」

「なにを？」

ああ、もううんざりだ。彼女は知らないほうがいいが、レルナがいうとおり、このコムで暮らしていく気なら、この女を首尾よく味方につけなければならない。「教えても自分で試したりしないと約束して」

「約束なんかする気はないね。あんたのことはなにも知らないんだから」イッカが腕組みする。

あんたは大女だが、イッカのほうが少しだけ背が高い。髪が突っ立っていても追いつかない。サンゼ人の多くは灰噴き髪を彼女のように大きくふくらませて、たてがみを思わせる形にしている。動物とおなじで相手を威嚇する意味合いのものだが、その裏に自信がなければ効果はない。そしてイッカには自信が、そしてそれ以上のものが備わっている。

だが、あんたには知識がある。あんたはすっくと立って彼女の目をまっすぐに見る。「あなたにはできないわ」どうか信じてと祈りながら、あんたはいう。「あなたは訓練を受けていないから」

「あたしがどんな訓練を受けたか、あんた知らないよね」

あんたは、地上でナッスンの足跡を見失ったことに気づいて壊れそうになってしまったあの瞬間を思い出して、まばたきする。あの、イッカがあんたに送ってきた一陣の風のような力。頬をごく軽くはたかれたような感覚があんたのなかを通りすぎていった。そして何マイルも離れたところにいるオロジェンをカストリマに引き寄せる、オロジェニー的な技。イッカは指輪こそはめていないが、オロジェニーは本来、ランクづけとは無縁のものだ。

となると、どうしようもない。「オベリスク」観念して、あんたはいう。そしてちらりとレルナを見る。レルナは目をぱちくりさせて顔をしかめる。「アラバスターが、オベリスクを呼んでみてくれといっているの。だから、呼べるかどうかやってみようと思っているわけ」

驚いたことにイッカは目を輝かせてうなずく。「やっぱりね！　あれにはなにかあると前から思っていたんだ。だったら、さっさといこう。絶対にこの目で見なくちゃ」

ああ。くそ。

イッカがチュニックを羽織る。「三十分、もらうよ。三十分後に〝展望台〟で会おう」カストリマの入り口の小さいデッキのことだ。はじめてここにきた者は、巨大な晶洞のなかのコムの奇怪さにひとり残らず息を呑む。それだけいうと、イッカはあんたのすぐ横を通ってアパートメントから出ていく。

あんたは首をふりながらレルナを見つめる。レルナがしっかりとうなずく――いっしょにいきたいということだ。ホアは？　彼はいつもどおりあんたのうしろにいて、聞かなくてもわかるだろう、という顔で静かにあんたを見ている。というわけで、けっこうな人数になりそうだ。三十分後、イッカとあんたは展望台で落ち合う。イッカはカストリマの住人を四人連れてきている。みんな武器を持ち、地上でカモフラージュになるくすんだ色の服を着ている。下ってきたときより上りのほうが厳しい――上り坂と上り階段が延々とつづく。やっと上までたどり着いてみると、イッカが連れてきたうちの何人かはあんたより息があがっている。が、それはそうだろう、あんたは毎日何マイルも歩く暮らしをつづけていたのに、かれらは地下の町で安全に心地よく暮らしていたのだから。（イッカはいくらか呼吸が速くなっている程度だ。万全の体調を維持している。）到着したのは地上にある偽装家屋のひとつの偽装地下室だったが、あんたが最初に入ったのとはちがう建物だった。しかしあんたは驚かない――ここの〝門〟には複数の出入り口があって当然だからだ。とはいえ地下の通路はあんたが最初に考えていたより複雑だ――急いで脱出する必要が生じたときのために、心に留めておかねばならない。

偽装家屋には、ほかとおなじように〈強力〉の見張りがいて、何人かが地下室への入り口を固め、さらに何人かが家の一階にいて外の道に目を光らせている。一階の見張りの異状なしという報告を聞いて、あんたは夜更けの降灰のなかへ出ていく。

カストリマの晶洞に入ってどれくらいだろうか、丸一日もたっていないというのに、地上の光景が見慣れないものに思えて、あんたは驚く。鼻を突く硫黄の匂い、銀色のもや、地面に絶え間なくはらはらと舞い落ちるふわふわの大きな灰片や散り積もった落ち葉。そういうものを、あんたは何週間ぶりかで意識する。その静けさに、カストリマがいかに騒々しいか改めて気づく。地下の町は人の話し声や滑車のキーキーいう音、鍛冶場から響く金属音、そして晶洞のどこかにある謎の機械類の絶え間ないハム音があふれている。だが、この地上ではなんの音も聞こえない。木々は葉を落としてしまっている——端がまくれあがった乾燥した岩屑《いわくず》の向こうに動くものはなにひとつ見当たらない。枝の合間からは鳥のさえずりも聞こえてこない——〈季節〉がくると、たいていの鳥は縄張りをつくらず交尾もしない。鳴けば捕食者を呼び寄せるだけだ。道に旅人の姿はないが、灰の積もり方はさほどではない。つい最近まで人が通っていた証拠だ。だが、それ以外は、風さえも鳴りを潜めている。太陽は沈んでしまっているのに、空にはまだ光があふれている。雲が、こんなに南のほうだというのに、〈割れ目〉の光を反射しているのだ。

「人の往来は?」イッカが見張りのひとりにたずねる。

「四十分前に家族ふうの一団が通りました」見張りの男が、場にふさわしい小声で答える。

「装備は万全。ぜんぶで二十人ほど。年齢は年寄りから子どもまでさまざま。全員、サンゼ人で、北へ向かっていました」

それを聞いて、全員が男を見る。イッカがくりかえす──「北へ？」

「北です」見張りの男、それがこのうえなく美しい睫毛《まつげ》の持ち主なのだが、イッカをじっと見て肩をすくめる。「どこか目的地があるようなようすでした」

「ふうん」イッカが腕組みして、とくに寒いわけでもないのに小さくぶるっと身を震わせる──〈第五の季節〉の寒さが本格的になるのはまだ何カ月も先のことだ。カストリマ地下はとても暖かいので、その暖かさに慣れた人間にはカストリマ地上はうすら寒く感じられる。いや、もしかしたらイッカはあまりに荒涼としたコムの光景に思わず身震いしただけなのかもしれない。静まり返った家々、枯れ果てた庭、かつては人々が行き来していた小道は灰に埋もれている。あんたはこれまでこのコムの地上の外観は餌だと考えていた──好ましい人間を惹《ひ》きつけ、敵対的な人間の気を散らす蜜壺《みつつぼ》だと。しかしここもかつてはほんもののコム、不動でこそないものの明るく活気あふれるコムだったのだ。

「さて、と」イッカが深々と息を吸いこんで微笑《ほほえ》むが、あんたはその笑みがこわばっていると感じる。彼女が低くかかった灰の雲を顎で指す。「そいつを見る必要があるのなら、すぐに幸運に恵まれるとは思えないね」

そのとおりだ──あたりは灰のもやに包まれ、数珠つなぎになった赤味を帯びた雲の向こうはなにひとつ見えない。あんたはデッキからおりてとりあえず空を見あげるが、どうはじめたものか迷う。いや、はじめていいものかどうかもよくわからない。考えてみれば、オベリスクとつながろうとしたときは、一度めも二度めも、死んでいておかしくなかったのだから。それに、アラバスターがこれを望んでいるという事実がある。彼は世界を破壊した男だ。なんにせよ彼が望むことはするべきではないのかもしれない。

しかし彼があんたを傷つけたことは一度もない。世界はあんたを傷つけたが、彼に傷つけられたことはない。もしかしたら世界は破壊されて当然なのかもしれない。それに長い年月のうちに彼がいくらかあんたの信頼を勝ち得たということも否定しきれない。

だからあんたは雑念を払おうと目を閉じる。そしてやっと、たしかに周囲には聞くべき音が存在していることに気づく。カストリマ地上の家々の材木が灰の重さや気温の変化に反応して軋《きし》んだり、反り返ったりするかすかな音。近くの家庭菜園の枯れ果てた草のなかを生きものが数匹、走り回る音。ネズミかなにか、小動物だ。心配はいらない。カストリマの住人のひとりが、どういうわけかひどく大きな呼吸音をたてている。

足元の地球の活発な震え。いや。方向がちがう。

空にはたっぷり灰があふれているので、あんたは意識の力で雲の形をそれなりにつかむことができる。灰は、要するに、岩が粉になったものなのだから。だがあんたが把握したいのは雲ではない。あんたは地球の地層を探るように、雲を探っていく。なにを探しているのかはっきりとはわからないままに——。

「まだ時間がかかるんですかね？」カストリマの住人のひとりが溜息をつく。

「どうして？　お熱いデートの約束でもあるの？」イッカがものうげにいう。

彼はいなくてもいい。彼は――。

彼は――。

なにかがいきなりあんたを西のほうへ引っ張る。あんたはグイッとそっちを向き、昔、アライアというコムにいたときのある夜のこと、そしてべつのオベリスクのことを思い出して、大きく息を呑む。あれはアメシストだった。彼はそれを見る必要はなかった。そっちを向くことが必要だった。視線の先、力線の先。そうだ。そして、あった、あんたの意識からのびる線のずっと先に。あんたは自分の意識がなにか大きなものに引き寄せられていくのを地覚する。大きな……黒いもの。

色が濃い。とても濃い。アラバスターはトパーズだといっていなかったか？　これはトパーズではない。もっと馴染《なじ》みのあるもののような気がする。なんというか、ガーネットを思い起こさせるような。アメシストでもない。なぜだろう？　ガーネットは壊れていた、狂っていた（なぜこんな言葉が出てくるのか、あんたにもわからない）、が、それでもなぜかアメシストより力強かった。オベリスクが秘めているものを力といってしまうと単純すぎる。豊かさ。ふしぎさ。色が濃いほうが秘めている力が大きいのだろうか？　だが、もしそうだとしたら……。

「オニキス」とあんたは声に出していい、目を開ける。

ほかのオベリスクはあんたの視線の周辺でブーンと音をたてている。距離は近いし、つながれる可能性も高いが、このあんたの本能的なものに近い呼びかけには応えていない。濃色のオベリスクはとても遠くにある。西海岸地方の遙か彼方、どこか〈未知の海〉の上だ。いくら飛んでいるとはいえ、ここまでくるには何カ月もかかるだろう。だが。

だが。オニキスはあんたの声を聞いている。どうしてわかるかといえば、昔、あんたの子どもたちがあんたを無視しているふりをしていてもちゃんとあんたの声を聞いていることがわかった、その経験があるからだ。オニキスは重々しく方向を変えている。いつ以来かわからないほど久方ぶりに謎の工程が目覚めて、オニキスは海面から何マイルも下まで揺るがす強烈な音と振動を発している。(どうしてあんたにわかるのか？　あんたはこれを地覚しているわけではない。ただ、わかるのだ。)

そしてオニキスはこっちに向かって動きだす。邪悪な、すべてを蝕《むしば》む〈地球〉め。

あんたはあんたとオニキスとをつなぐ線上であとずさる。と、なにかひっかかるものを感じる。そして、ああそうだった、と思い至ってそいつにも呼びかける——トパーズだ。オニキスより軽くて、生きいきしていて、なぜか反応がいい。たぶん、塩味の効いた料理に添えられたくるりと丸まった柑橘類《かんきつるい》の皮のようにその原子間の隙間にかすかにアラバスターの存在を感じ取ったからだろう。彼がちゃんとお膳立てをしておいてくれたのだ。

そしてあんたははたと我に返り、イッカのほうを向く。イッカはしかめっ面であんたを見ている。「わかった?」

イッカがゆっくりと首をふる。だが否定の意味ではない。少しはわかっているようだ。あんたは彼女の表情からそう読み取る。「あたしは……あれは……なんだったのか。よくわからない」

「あれがここにきても、絶対に手をのばしてはだめよ」あんたは二つともここにくると確信している。「絶対に、どれにも手をのばしてはだめ。絶対に」オベリスク、とはいいにくい。スティルが大勢いるし、まだスティルに殺されるような目に遭っていないとはいえ、オロジェンがいま思っている以上に危険なものだとかれらに知らせる必要はない。

「もしやったらどうなるんだい？」純粋な好奇心から出た質問で、けっして挑戦的なものではないが、それでも質問自体が危険を招くこともある。

あんたは正直に答えることにする。「死ぬことになるでしょうね。どういうふうにかはわからないけれど」じつをいえばあんたは、彼女が自然発火して叫び声をあげる白熱の炎と力の柱になり、おそらくはカストリマ全体を道連れにすることになるだろうと思っている。だが百パーセント確信しているわけではないから、確実なことだけを口にする。「あの――あれは赤道地方のコムで使われているバッテリーのようなものなの」くそ。「使われていた、だわね。聞いたことある？　バッテリーというのは電気が使えるようにエネルギーを蓄えておくもので、水力発電が滞ったときとか、地熱――」

イッカが腹立たしげな顔をしている。そうだ、彼女はサンゼ人――バッテリーを発明したのはサンゼ人だ。「錆びバッテリーのことくらい知ってるさ！　揺れの最初の兆候がきただけで、酸で大火傷《おおやけど》だよ。電気の蓄えといったって、たいした量でもないのに。あんたが話してるのはバッテリーのことなんかじゃない」

「わたしがユメネスにいた頃、あそこでは砂糖電池を開発していたわ」とあんたはいう。イッカもオベリスクという言葉を口にしていない。よし——彼女も了解しているわけだ。「酸や鉛より安全よ。バッテリーにもいろいろあるの。でも、そこにつなげる回路にたいしてバッテリーが強力すぎると……」それで充分伝わるだろうと踏んで、あんたは言葉を切る。

彼女はまた首をふっているが、あんたは彼女は納得していると判断する。彼女がくるりと背を向けて、考えながらゆっくりと歩きだしたので、あんたはレルナに目をやる。彼は終始無言であんたとイッカのやりとりを聞いていた。いまは考えこんでいるようすだ。あんたはそれが気にかかる。スティルがこのことを深く考えるのはいただけない。

ところが驚いたことに、彼はこういった。「イッカ。このコムはどれくらい前から存在しているんですかね？」

イッカが足を止め、しかめっ面で彼を見る。ほかのカストリマ人たちは居心地悪そうに身じろぎしている。きっと、自分たちは絶滅文明の廃墟《はいきょ》に住んでいるのだということを思い出さざるをえないからだろう。「なんの手がかりもないけど。どうして？」

彼が肩をすくめる。「なんだか似ているなあと思って」

そう聞いてあんたもピンときた。カストリマ地下の水晶。あれがどうして輝いているのかは、解けない謎だ。空に浮かぶ結晶、あれがどんな方法で動いているのかも、解けない謎。どちらの仕組みもオロジェンだけが使えるようにつくられている。

そして石喰いは、どちらも使えるオロジェンに尋常ならざる興味を抱いている。あんたはちらりとホアを見る。

しかしホアは空を見ていない。あんたのことも見ていない。デッキからおりて歩道から少しはずれた灰だらけの地面にしゃがみこんで、なにかをじっと見ている。その視線の先にあるのは、隣の家の前庭だったところにある小さなこんもりとした場所だ。どこにでもある灰が降り積もっただけのものに見える。高さは三フィートほど。ところがあんたはそこから干からびた小さな動物の脚が突きでているのに気づく。猫だろうか。ウサギかもしれない。たぶんこのあたりの灰の下には何十もの小さな死骸が埋まっているのだろう――〈季節〉のはじまりには大規模な個体激減が起こりがちだ。それにしても、この死骸には地面と比べてあまりにも多くの灰が積もっているように見える。いささか奇妙だ。

「古すぎて食えないぞ、ぼうず」男のひとりがいう。やはりホアがそれを見ているのに気づいたらしいが、その〝ぼうず〟が何者なのかは知るよしもない。ホアは男を見て目をぱちくりさせ、下くちびるを嚙《か》む。絶妙な具合で困惑を表現している。じつに見事に子どもを演じていると思うと、立ちあがってあんたのそばにやってきた。あんたは彼が困惑を演じているわけではないことに気づく。ほんとうになにか気がかりなことがあるのだ。

「あれはほかのものが食べることになる」と彼はとても小さな声であんたにいう。「もう、もどったほうがいい」

なんと。「あなたはなにも怖いものなんかないじゃないの」

彼の顎が引き締まる。ダイヤモンドの歯がびっしり生えた顎が。筋肉の下はダイヤモンドの骨なのだろうか？　彼があんたに持ちあげられるのを徹底的に避けているのもふしぎはない――大理石並みに重いからにちがいない。だが、彼がいう。「あんたを傷つけるものは怖い」

そして……あんたは彼の言葉を信じる。なぜなら、それがこれまでの彼の奇妙な行動すべてに通じるものだと、突然気がついたからだ。カークーサになんの躊躇《ちゅうちょ》もなく立ち向かっていったあの素早さ、あれはあんたのオロジェニーも太刀打ちできなかったかもしれない。ほかの石喰いにたいする獰猛《どうもう》さ。あんたの人生で、あんたを守ろうとしてくれた者は数人いたかどうか。あんたは衝動的に手をあげて彼のふしぎな白い髪をなでる。彼が目をぱちくりさせる。彼の目に、なにかしら非人間的ではないものが顔をのぞかせる。どう考えればいいのか、あんたにはわからない。だが、あんたは彼のいうことを聞くことにする。

「もう、もどりましょう」とあんたはイッカたちに声をかける。アラバスターにたのまれたことはすませた。余分なオベリスクもくると報告しても彼は怒りはしないだろう、とあんたは考える――もし彼がまだ知らないのなら、の話だが。これで、こんどこそ、どんな錆びごとが起ころうとしているのか、彼も教えてくれるだろう。

§

はじまる前には、住人ひとり当たり一年分の食料――穀物十ルレット、豆五ルレット、ドライフルーツ四分の一トラデット、および獣脂、チーズ、保存肉などを半ストレット――

を堅固な岩盤内に蓄えよ。毎年、望ましい命の数だけ増やしていくこと。はじまったあとには、番人として一貯蔵所につき三人以上の力強き者たちを岩盤の上に立たせよ――ひとりは貯蔵品を守るため、二人は番人を守るため。

――銘板その一〃生存について〃第四節

そうだ。あんたは彼でもある、というかミオヴのあとまではそうだった。だが、いまの彼は別人になっている。

3　シャファ、忘却の彼方へ

§

クラルス号を壊滅させたのは空気を利用したオロジェニーの力だ。オロジェニーは本来、空気を利用することを意図してはいないが、使えないという理由はない。閃長石《サイアナイト》はすでにアライアで、そしてそれ以降も、水を利用したことがある。水には鉱物が含まれているし空気には塵《ちり》の粒子が含まれている。空気には、大地とおなじように、熱も摩擦も質量も運動ポテンシャルもある——ただ空気中の分子は大地のものよりお互いが離れていて、原子構造もちがうというだけのことだ。いずれにしても、オベリスクが関係してくるとこういう細かいことも学問的な話になってくる。

シャファはオベリスクのパルスを感じた瞬間に、なにが起こるのか悟っていた。彼は古手の、古手もいいところの、サイアナイトの守護者だ。恐ろしく年をとっている。彼は石喰《いしく》いが力のあるオロジェンに隙あらばなにをしようとしているか知っている。そしてなぜオロジェンの目を大地にばかり向けさせ、空に向けさせないことが重要なのかも知っている。彼は四指輪が――彼はいまだにサイアナイトは四指輪だと思っているわけだが――オベリスクとつながったときなにが起きたのか目撃していた。彼が彼女のことを心から心配していることに、あんたは気づいている（彼女は気づいていなかった）。制御云々《うんぬん》のことだけではない。彼は彼女を可愛いと思っていたし、彼女を守っていた。彼女が知っている以上に、さまざまなかたちで。彼女が苦しみ悶《もだ》えて死ぬことなど、彼には耐えられなかった。つぎに起きたことを考えると、これは皮肉な話だが。

サイアナイトが全身を硬直させて光に染まり、クラルス号の船首の狭い船室が小刻みに震えて強固な押しとどめがたい力の壁に変わったとき、シャファはたまたま、ぐらつきだした隔壁の正面ではなく脇に立っていた。しかし彼の連れの、サイアナイトの野性味あふれる恋人を殺したばかりの守護者は彼ほど幸運ではなかった――隔壁はまさにどんぴしゃりの高さ、角度で男の首をはねながら、壁からちぎれて飛んでいった。一方、シャファはクラルス号の広い船倉のなかをうしろ向きに吹っ飛んでいく。船倉は空っぽ。しばらく海賊行為をしていなかったからだ。吹っ飛んだ末に隔壁に激突したときの衝撃が骨を粉々に砕くほどではなく、折る程度ですんだのはまったくの幸運のなせる業だ。さらには彼が激突したとき、その隔壁が船のほかの部分同様ゆがんで崩れかけていたのもいい方向に働いた。

そして、海底から持ちあがってきたナイフのように尖《とが》った岩盤の大釘が、あたりを埋め尽くす破片を貫きはじめても、シャファの幸運はつづく――彼の身体を刺し貫く大釘は一本たりとなかった。一方、サイアナイトはといえば、オベリスクに、そしてあとあとエッスンの人生にまで余震を残すことになる激しい悲しみの第一波に心を奪われ、我を失っている。（シャファは、彼女の手が幼い子どもの顔に置かれ、鼻と口を覆い、ぐっと押しつけられるのを見ている。彼には理解できない。彼女は、彼が彼女に愛情を注いだように彼女の息子にも愛情を注ぐということがわからなかったのだろうか？　彼は幼子をやさしく、そっと、針金の椅子にすわらせてやるつもりだったのに。）サイアナイトはいま、巨大な地球規模の強力ななにかの一部になっていて、かつては世界でいちばん重要な存在だったシャファのことなど眼中にない。彼は嵐のなかを吹き飛ばされながら、意識のどこかのレベルでそう気づき、そのことが彼の心に火傷《やけど》を負わせ、深い傷を残す。そしてつぎの瞬間には彼は海中にいて、死にかけている。

守護者を殺すのはむずかしい。シャファがこうむった多くの骨折も内臓に受けたダメージもそれだけでは彼の息の根を止めることはできなかった。ふつうの環境だったら、溺死ということもありえない。守護者は別格なのだ。だがかれらにも限界はある。溺れる、プラス内臓の損傷、プラス容赦ない力による外傷、それだけそろえばかれらも持ちこたえられない。彼は海中でもんどり打ち、破壊された船の破片や石のかけらにぶち当たりながら、そう悟る。どっちが上なのかもわからないが、一方向だけほかよりかすかに明るい。しかし彼はいっきに沈んでいく船尾に引っ張られて、それとは逆方向へ進んでいく。彼は身体をのばし、岩にぶつかり、体勢を立て直し、下降流に逆らって水をかく。片腕は折れているというのに。肺のなかは空っぽだ。空気はぜんぶ吐きだしてしまっている。それでも必死に水を吸いこまないようにしている。水を吸いこんだら死ぬからだ。死ぬわけにはいかない。まだまだやらねばならないことが山ほどある。

だが彼も、少々特殊とはいえ、人間だ。凄《すさ》まじい水圧がいよいよ高まり、視界を黒い点が蝕《むしば》み、水の重みで全身がしびれてくると、肺いっぱいに吸いこまずにはいられなくなる。痛い──胸に塩酸、喉に炎、それでも空気は皆無。これまでの長く辛い人生、もっとひどいことにも耐えてきた、ほかのことなら耐えられる、が、いまこの瞬間までシャファの心を導き守ってきた秩序立った慎重な理性が、突然、耐えきれなくなってしまった。

彼はパニックに陥っている。

守護者がパニックに陥るなど、あるまじきことだ。が、彼はわかっている──もっともな理由があると自覚している。ほかに選択肢はない。冷たい暗闇の奥へと引きずりこまれながらも、彼は手足をばたつかせ、悲鳴をあげている。生きたいと望んでいる。これは彼のような存在にとって第一級の、最悪の、罪だ。

突然、恐怖が消える。悪い兆候だ。一瞬のち、恐怖に代わって怒りが生じる。ほかのなにもかも覆い尽くすほどの強烈な怒り。彼は悲鳴をあげるのをやめ、怒りに震えるが、震えながらも理解している──この怒りは彼自身のものではない。パニックに陥っている最中、彼は脅威にたいして自身を開け放っていた。そして、彼がなによりも恐れていたその脅威は、まるで最初からそこが自分のものであったかのようにずかずかと入りこんできていた。

そいつが彼にいう――生きたければ、なんとかしてやってもいいぞ。

ああ、邪悪な地球。

さまざまな申し出、約束、示唆、そしてその報酬。シャファはその気になればもっと多くの力を、水流や痛みや酸素不足と戦う力を、得ることができる。その気になれば生きられる……対価を払えば。

だめだ。だめだ。彼は対価がどれほどのものか知っている。それを払うくらいなら死んだほうがましだ。だが、死のうと決意するのと、まさに死に瀕《ひん》しているときにその決意を実行に移すのとは別物だ。

シャファの頭蓋骨の奥でなにかが燃えている。その炎は、鼻や喉や胸で燃えている炎とはちがって、冷たい。そこでなにかが目覚めようとしている。着々と準備を整えている。力を集約している。彼の抵抗が崩壊するのを待ち望んでいる。

われわれはみな、やらねばならないことをやるのだ、という誘惑者のささやきが聞こえてくる。これはシャファ自身が何世紀にもわたって幾度となく自分を納得させるために使ってきた理由づけそのものだ。これで数知れぬ残虐行為を正当化してきた。人はやらねばならないことをやる。任務だから。生きるために。

もういいだろう。冷たい存在が彼を支配する。

力が彼の手足に満ちてくる。いきなり心臓の鼓動が再開し、ほんの数回脈打つうちに折れた骨がつながり、酸素不足で多少の不具合はあるものの内臓が従来の機能を取りもどしている。彼は海中で身をよじり、いくべき方向を嗅ぎ取りながら泳ぎだす。上へ、ではない。もう上へはいかない——突然、彼は海中に酸素を見いだし、それを呼吸する。えらがあるわけではないのに、肺胞が突然いつも以上に多くの酸素を吸収している。とはいえ、たいした量ではない。全身にいきわたるほどの量はない。細胞が死ぬ。とくに脳の非常に特殊な部分の細胞が。彼はそれを、ぞっとするほど自覚している。彼をシャファたらしめているものがゆっくりと死んでいくのを自覚している。だが、対価は支払わねばならない。

もちろん彼はそれに抗《あらが》う。怒りが彼を前進させようとする、海中にとどめようとする。だが彼はそうすれば自分のすべてが死んでしまうと知っている。だから彼はまえへ泳ぐ、がそれと同時に目を細めて暗闇の向こうの光を見ながら、上へ泳ぐ。ひどく時間がかかる。瀕死の状態がつづく。しかし少なくとも彼のなかにある激しい怒りのいくばくかは彼自身のものだ。こんな状態に追いやられたという凶暴なまでの怒り。屈服させられつつある自分への憤怒《ふんぬ》。それが、手足がビリビリしはじめているというのに、それでもなお動かしつづけていられる原動力になっている。しかし——。

彼は海面にたどり着く。海面から躍りでる。パニックに陥らないよう必死に精神を集中させながら、海水を吐きだし、咳《せ》きこみ、ついに空気を吸いこむ。ひどく痛む。それでも、ひと息吸いこんだとたんに瀕死の状態から脱する。脳や手足に必要なものがいきわたる。まだ視界に黒いしみが残り、後頭部の恐ろしいほどの冷たさは消えていないが、彼はシャファだ。シャフア。彼は爪を立ててそれにしがみつき、唸《うな》り声をあげて浸食してくる冷たさを追い払う。地下《ちか》火《び》、彼はまだシャファだし、彼がそれを忘れることはけっしてない。

(しかし、彼はそれ以外の多くのことを失っている。理解しておいてくれ——われわれが知っていたシャファという存在、ダマヤが恐れることを学び、サイアナイトが公然と反抗することを学んだシャファという存在はもう死んでいる。いま残っているのは、習慣的に微笑《ほほえ》みをたたえ、ゆがんだ父性本能に突き動かされ、彼自身だけのものではない怒りを秘めた男だ。この怒りは、この先彼の行動すべての原動力になっていく。

あんたは失われたシャファという存在を悼み、嘆くことになるかもしれない。それはそれでかまわない。彼はかつてはあんたの一部だったのだから。)

彼はまた泳ぎだす。おおよそ七時間も泳いだ頃——この力は、記憶と交換して得たものだ——水平線の向こうにまだ円錐《えんすい》形の煙があがるアライアが見えてくる。もっと近くに浜があるが、彼はアライアめざして泳ぐ。あそこへいけば助けが得られる、となぜか彼にはわかっている。

もう日没からだいぶたっていて、あたりは真っ暗だ。海水は冷たく、喉はカラカラだし、そこらじゅうが痛む。ありがたいことに深海に住む怪物には襲われずにすんでいる。彼が直面している唯一の脅威は、彼自身の意思、そしてそのみずからの意思が海との戦い、あるいは彼の心を蝕む冷たい怒りとの戦いに負けてしまうのではないかという疑問だ。近くにいるのは彼になんの関心も抱いていない星々……そしてオベリスクだけという事実も救いにはならない。一度だけふりかえってオベリスクを見る——いまは星が煌《きら》めく夜空を背景にした、チラチラ光るおぼろげな物体だ。いまは無色に見える。船の甲板でその存在に気づいたときと位置はほとんど変わっていないようだ。そのときは獲物に神経を集中させていたので、オベリスクの存在は無視していた。が、もっと注意を払うべきだった。近づいてきているのかどうか観察すべきだった。たとえ四指輪でも条件がそろえば脅威になりうることを思い出すべきだった。それに——。

彼は顔をしかめ、仰向《あおむ》けに浮いてしばし動きを止める。（これは危険だ。すぐに疲れが全身にひろがりだす。彼を支えている力には限りがある。）彼はオベリスクをじっと見つめる。四指輪。誰だ？　なんとか思い出そうとする。誰だったか……大事な人間がいたような。いや。彼はシャファだ。大事なのはそれだけだ。彼はふたたび泳ぎだす。

夜明け近くになって、彼は足の下に砂利まじりの黒い砂を感じる。つんのめるようにして水からあがる。自分自身も陸地での手足の動きも異質なものに感じながら、なかば泳ぐようにゆっくりと歩く。背後に打ち寄せる波が遠ざかっていく——行く手に一本の木がある。彼はその根元に倒れこんで眠りめいたものに陥る。眠りというよりは昏睡《こんすい》に近い。

目が覚めると日が昇っていて、ありとあらゆる痛みで全身が燃えるように熱い——肺はヒリヒリするし、手足は痛いし、それほど重要でない部分の骨折はズキズキ、喉はカラカラ、皮膚はひび割れている。（それとはべつに深い部分の痛みもある。）呻《うめ》くと、彼の顔になにかの影が落ちた。「大丈夫か？」そうたずねる声に手触りに近いものを感じる。ザラザラでカサカサで低い。

まぶたを剝くようにして目を開けると、真ん前に爺《じい》さんがしゃがみこんでいる。東海岸地方人だ。痩せていて、肌はカサカサ、髪は巻き毛の白髪が後頭部に残るだけ。シャファがあたりを見まわすと、かれらがいるのは木々が影を落とす小さな入り江だった。爺さんの手漕《てこ》ぎ舟が、そう遠くない浜辺に引きあげられていて、釣竿《つりざお》が突きだしているのが見える。入り江の木々はみんな枯れていて、砂は灰といっしょに風に吹き飛ばされていく――かつてアライアだった火山にまだかなり近いところにいるということだ。

どうやってここにたどり着いたのか？　泳いだことは覚えている。どうして海のなかにいたのか？　それは思い出せない。

「わたしは――」シャファは話しはじめるが、舌が乾いて腫れあがっていて、むせてしまう。爺さんが起きあがらせてくれて、ふたをとった水筒をさしだす。塩気があって革の味がする水をこんなにもうまいと感じたのは生まれてはじめてだ。二、三口飲むと、爺さんが水筒を引っこめる。それが正しいのはシャファもわかっているが、やはり唸り声をあげて一度だけ水筒に手をのばしてしまう。だが、一度だけだ。たのむから、とせがむほど彼は弱くない。

（欠乏しているのは水分だけではない。）

「船が難破したのか？」爺さんが首をのばしてあたりを見まわす。そう遠くないところに、サイアナイトが海底から引きあげたナイフのような岩が山の尾根さながらに海賊の島から本土まで連なっているのが見える。「あっちにいたのか？　あれはなんだったんだ？　揺れみたいなものか？」

いくらなんでもこの年寄りがなにも知らないとは思えない――だが、ふつうの人間がこの世界のことをいかになにも知らないか、シャファはいつも驚かされてきた。（いつも？　彼はいつもそんなに驚かされてきたのか？　ほんとうに？）「ロガだ」と彼はいう。疲れ切っていて、かれらを指す蔑称ではなく五文字の正式名称のほうを口にするのもむずかしい。

「地球から孵《かえ》った汚らわしい獣どもめ。だから赤ん坊のうちに溺れ死にさせねばいかんのだ」爺さんは首をふりながらシャファのことに意識をもどす。「おまえさん、でかいから担げんな。引きずったら痛いしな。どうだ、立てるか？」

シャファは爺さんの手を借りてなんとか立ちあがり、よろよろと手漕ぎ舟まで歩く。そして震えながら舟の舳先《へさき》に腰をおろす。爺さんは舟を漕いで入り江を出ると海岸沿いに南へ下っていく。シャファが震えている原因のひとつは寒さだ――服は身体の下になっていたほうがまだ濡れている。それにいまだに精神的なショックが残っているせいもある。だが、それ以外にもうひとつ、なにかまったくべつの要素もある。

（ダマヤ！　必死に頑張って、彼はこの名前、そしてあるイメージを思い出す――小さな怯《おび》え顔の中緯度地方人の女の子の上に、背の高い挑戦的な中緯度地方人の女が重なる。彼女の目には愛情と恐れがあり、彼の心には悲しみがある。彼は彼女を傷つけてしまった。彼女を捜しださねばならないが、彼の心のなかに埋めこまれているはずの彼女という観念に手をのばすと、そこにはなにもない。彼女はほかのなにもかもといっしょに消えてしまっている。）

爺さんは舟に乗ってからずっと問わず語りでしゃべり通しだ。名前はリッツ〈強力《ごうりき》〉メッター。メッターはアライアの南、数マイルのところにある小さな漁村で、住人はあのアライアでの騒動のあと、どこかに移住すべきかどうか話し合ったが、その後、火山が突然、活動休止状態になったので、邪悪な地球もとりあえず今回はかれらにまで手を出さないことにしたのだろうということになった。爺さんには子どもが二人いて、ひとりはばか者、もうひとりは自分勝手。孫は三人いて、ぜんぶばか者のほうの子だが、願わくばあまりばかな大人にはならないでほしいと思っている。メッターはありふれた海岸地方のコムで、あまり豊かではないからちゃんとした壁がつくれず立ち木と丸太でごまかしているが、住人はみんなやるべきことをきちんとやる、どういうことかわかるだろう、みんなちゃんとおまえさんの面倒を見てくれる、だから心配するな。

（おまえさん、名前は？　と、むだ話の最中に爺さんがたずねるのでシャファが答えると、それだけではないだろうといわれたが、シャファには名前はひとつしかない。あっちでなにをしていたんだ？　それに応えて、シャファのなかの沈黙があくびをする。）

　村は半分が陸に半分が海上にある、なんとも危なっかしいつくりで、ハウスボートや支柱にのった家が桟橋でつながっている。リッツがシャファを桟橋におろすと、住人が集まってきてシャファを取り囲む。いくつもの手が出てきて、触れられるたびにシャファは身を縮めるが、みんな彼を助けようとしているのだ。住人たちの内奥には彼が必要とするものがほとんどないと感じるから彼は悪いほうに解釈してしまうのだが、それはけっしてかれらの落ち度ではない。

住人たちは彼をせきたて、さあこっちへと案内する。彼はきれいな冷たい水を浴びせられ、シヨートパンツと手織りの袖なしシャツを着せられる。彼が髪を洗うときに髪を上に持ちあげると、うなじの何針も縫った大きな傷があらわになり、住人たちが驚きの声をあげる。傷は髪のなかまでつづいている。(この傷のことは彼自身、なんなのだろうと思っている。)彼が着ていた服のこともみんないぶかしい目で見ている。太陽と海水にさらされてすっかり色褪《いろあ》せているが、あえていえば茶色がかった灰色というところか。(彼はバーガンディのはずだと思っているが、なぜなのかはわからない。)

また水を飲む。まともな水だ。こんどはたっぷり飲ませてもらえた。少し、食べものも口にする。そして、心の奥底でひっきりなしに怒りの言葉をつぶやきながらも、何時間か眠る。

目を覚ますともう夜も更けていて、ベッドのそばに小さな男の子が立っている。ランタンの灯心は短くしてあるが、それでもそこそこ明るいので、その子が手にしている洗濯済みの服がシャファにもはっきりと見える。ポケットがひとつ裏返しになっていて、そこにだけもともとの色が幾分か残っている。バーガンディだ。

シャファは片肘をついて身体を起こす。この子はなにか用がある……そんな気がするのだ。

「やあ」

男の子はリッツによく似ていて、数十年ばかり雨風にさらして髪の毛が寂しくなったらリッツと瓜二《うりふた》つといっていい。だがその目には、リッツにはまったく不似合いな、いちかばちかに賭けた必死な思いが宿っている。リッツは自分の居場所というものを心得ている。この男の子は、十歳くらいだろうか、もうコムの一員と認められている年頃だ……が、どこか、とも綱が結ばれていないような雰囲気がある。それがなんなのか、シャファには心当たりがある。「これ、あなたのです」男の子がそういって服を少し持ちあげる。

「ああ」

「あなたは守護者なんですか？」

おぼろげな記憶が、つかのま浮かんで消えていく。「それはなんなんだ？」

シャファ同様、男の子も困惑しているようだ。一歩ベッドに近寄って止まる。（もっと近くにこい。近くに。）「みんなが、あなたはなにも覚えていないっていってました。生きていたのは運がよかったって」男の子は自信なげにくちびるを舐《な》める。「守護者は……守るんです」

「なにを守るんだ？」

信じられないという思いが男の子の心から恐怖を洗い流す。男の子はさらに近寄ってくる。「オロジェンを。つまり……あなたたちはオロジェンからふつうの人たちを守るんです。オロジェンがみんなを傷つけないように。そしてオロジェンのことも、ふつうの人たちから守るんです。そういうふうにいわれています」

シャファはしっかり起きあがってベッドの端から足をぶらんとおろす。傷の痛みはほとんど感じない。内なる怒りの力で、彼の肉体はふつうではありえないほど速く癒えている。実際、ひとつのことを除けば、気分がいいといってもいいくらいだ。

「オロジェンを守る」彼は考え深げにいう。「このわたしが？」

男の子は少し笑ったが、その笑みはたちまち消えてしまう。この子は、なにかの理由でとても怯えている。ただしシャファを怖がっているわけではない。「ふつうの人たちはオロジェンを殺す」と男の子が静かにいう。「見つけたら殺す。守護者といっしょならそんなことはしないけど」

「そうなのか?」野蛮なやつらだとシャファは思う。だがそのとき彼は、あの海面に突きでた尖った岩の連なりのことを、そして自分がそれをまちがいなくオロジェンの仕業だと確信したことを思い出す。だから赤ん坊のうちに溺れ死にさせねばいかんのだ、とリッツはいっていた。ひとり見逃したな、とシャファは思う。そしてヒステリックな笑いをかろうじて噛《か》み殺す。

「ぼくは誰も傷つけたくない」男の子がしゃべっている。「でも、いつか……訓練を受けないままだと、傷つけてしまうと思う。あの火山が動いているあいだ、もう少しでやりそうになってしまったんです。そうしないようにするのに必死でした」

「もしそのときやってしまっていたら、おまえは死んでいただろうし、たぶんほかにも大勢の人が死ぬことになっただろうな」とシャファはいう。そしていぶかしげにまばたきする。どうしてそんなことがわかるのだろう? 「ホットスポットはとても不安定だから、おまえが安全に鎮めようとしても無理だ」

男の子の目がぱっと輝く。「やっぱりわかるんですね」男の子はさらに近づいてシャファの膝のそばにしゃがみこむ。そして小声でいう。「助けてください。母さんに……見られたと思うんです、火山が……ふつうにしていようとしたけど、だめだった。母さんはわかっていると思います。もし母さんが爺ちゃんに話したら……」まるで息ができなくなったかのように、急に喘《あえ》いで大きく素早く息を吸いこむ。涙をこらえてはいるが、動きはしゃくりあげているのといっしょだ。

溺れるのがどんなものかシャファは知っている。彼は手をのばして男の子の分厚い雲のようなみっしりと生えた髪を頭のてっぺんからうなじまでなでると、指をうなじに置いたままにする。

「しなければならないことがある」とシャファはいう。なぜなら、言葉どおり、しなければならないことがあるからだ。彼の内部の怒りとささやき声には、けっきょくのところ目的があったのだ。そしていまやそれが彼自身の目的になっている。集めろ、訓練しろ、本来あるべき姿に、武器に仕立てあげろ。「わたしといっしょにいくとすると、遥《はる》か遠くまで旅することになるぞ。家族には二度と会えなくなる」

男の子は視線をそらせる。険しい表情になっている。「わかったら殺されてしまいます」

「そのとおりだ」シャファは押す。とてもやさしく押す。そして男の子から、あるものをまずは少しだけ引きだす。あるもの？　それがなんという名前だったか思い出せない。もしかしたら最初から名前はないのかもしれない。大事なのは、それがたしかに存在し、彼はそれを必要としているということだ。それがあれば、ズタズタになってしまった自分、かけらの寄せ集めになってしまった自分をもっとしっかりひとつにまとめておくことができると、なぜか彼にはわかっている。だから彼は引きだす。最初のひと引きで出てきたそれは何ガロンもの燃えさかる塩のまんなかに突然注がれた水のように甘く、鮮烈だ。いっきに飲み干したくて、リッツの水筒のときとおなじように追いもとめるが、あのときとおなじ理由でなんとか自分を押さえこむ。もう手のなかにあるものだ。いまは我慢できる。我慢していれば、いずれこの子はもっと多くのものをもたらしてくれる。

よし。頭がはっきりしてきている。ささやき声を避けてものを考えるのが、前よりもやりやすくなっている。彼にはこの子が、そしてこの子とおなじ子たちが必要だ。その子たちを探しにいかねばならない。そしてかれらの力を借りて、やがては――

――やがては――

――まあいい。まだすべてがはっきりしているわけではない。永遠にもどってこないものもあるだろう。ならば、それなしでなんとかするしかない。

男の子は彼の表情を探っている。シャファが自分のアイデンティティのかけらをつなぎあわせようと苦労しているあいだ、男の子はずっと自分の未来と格闘していたのだ。これ以上似合いの組み合わせはない。「ぼくはあなたといっしょにいきます」と男の子がいう。これまでずっと自分には選択肢があると考えていたのはまちがいない。「どこへでも。死にたくないんです」

数日前、別人として船の上にいたとき以来はじめて、シャファは微笑む。そしてふたたび男の子の頭をなでる。「おまえはすばらしい魂の持ち主だ。できるかぎりおまえの力になろう」男の子の緊張がふっと解ける――その目に涙があふれる。「旅に必要な荷物をまとめてきなさい。親にはわたしが話をする」

なんの苦もなくすらすらと口から言葉が出てくる。前にもいったことがあるからだが、それがいつだったのかは思い出せない。だが、ときには思ったほど事がうまく進まない場合もあることは覚えている。

男の子は感謝の言葉をつぶやいてシャファの膝をつかみ、手にぐっと力を込めて感謝の気持ちの大きさを伝えると、小走りに部屋を出ていく。シャファは男の子が残していった色褪せた制服をふたたび羽織る。指が、縫い目がどうなっていたかまで覚えている。ケープもあったはずだが見当たらない。どこでなくしたのか覚えていない。歩きだすと、部屋の壁際に鏡があるのが目に入って立ち止まる。身体が震える。こんどは喜びからではない。

ちがう。あまりにもちがいすぎる。髪は太陽と塩にさらされて荒れ放題、パサパサに乾いて力なく垂れさがっている——黒々として艶やかだったはずなのに、いまは日に焼け、くすんで痩せ細っている。制服はぶかぶかで肩から垂れさがっている。なんとか陸にたどり着こうとあがくうちに、肉体の一部を燃料として使ってしまっていたのだ。制服の色もちがうし、彼が何者だったのか、何者であるはずなのかをはっきりと示すものはなにもない。そして目は——。

邪悪な地球、と彼は、氷のようなほぼ真っ白な目を見つめながら思う。自分の目がこんなふうに見えているとはついぞ知らなかった。

ドアの近くの床板がキーッと鳴り、彼は自分のものとは思えない異質な目をすっと横に動かす。そこには男の子の母親が立っていて、手にしたランタンの明かりのなかで目を瞬《しばたた》いている。「シャファ」と彼女がいう。「起きたような物音がしたから。あら、アイツは？」

男の子の名前にちがいない。「これを持ってきてくれたよ」とシャファは制服に触れる。女が部屋に入ってくる。「おや。そうしてすっかり乾いてみると、どうやら制服のようだね」シャファはうなずく。「あたらしくわかったことがある。わたしは守護者だ」

女の目が大きく見開かれる。「ほんとに？」疑っているような目つきだ。「アイツが迷惑をかけてたようですね」

「迷惑ということはない」シャファは女を安心させようと、にっこり笑う。ところがなぜか女の眉間のしわがピクピク動いて、なおさら渋い顔になってしまう。ああ、そうだ——彼は人を魅了するすべも忘れてしまっていたのだ。彼が女のほうに近づいていくと、女があとずさっていく。彼は女が怖がっているのに気をよくして、足を止める。「あの子も、自分のことがいくらかわかっているようだから、わたしが連れていくことにする」

女の目が大きく見開かれる。口がぱくぱく動いて、ぴたりと止まり、顎が引き締まる。「わかっていました」

「そうなのか？」

「知らないほうがよかったけど」女がぐっと唾を飲む。手がこわばっている——女の身の内をなんらかの感情が駆け抜け、ランタンの小さな炎が揺らぐ。「あの子を連れていかないで。お願いです」

シャファは首を傾《かし》げる。「なぜだ？」

「あの子の父親が死ぬことになります」

「爺さんはどうなんだ？」シャファは一歩近寄る。（近寄る。）「おじやおばは？　いとこは？　あんたは？」

女の眉間のしわがまたピクピク動く。「あたしは……なんといったらいいんだか」女が首をふる。

「かわいそうに。かわいそうにな」シャファが静かにいう。この同情心も自動的に湧きあがってきたものだ。彼は深い悲しみを覚えている。「しかし、もしわたしがあの子を連れていかなかったら、あんたはあの子を守ってやれるのか？」

「え？」女はシャファを見る。女の顔には驚きと警戒心が浮かんでいる。この女はこれまで一度でも、そのことを考えたことがあるのだろうか？　ないのははっきりしている。「守る……あの子を？」そうたずねたことが、女がその任にふさわしくない証だ、とシャファは解釈する。だから彼は溜息《ためいき》をつき、女の肩に手を置くかのように腕をのばして、残念といいたげに首をふる。女はほんの少し緊張を解く。シャファの手が肩ではなく首筋のカーヴに沿って置かれたことには気づいていない。シャファの指が目的の位置に納まると、女はたちまち身をこわばらせる。「なに――」つぎの瞬間、女は絶命して倒れる。

シャファは床に倒れこむ女を見て驚く。一瞬、困惑する。これでよかったのか？　そしてすぐに理解する――女からどろりとしたなにか、アイツが持っていたものに相通じるほんの少量のなにかを得たことで、彼の思考がいっそう鮮明なものになったのだ。これはオロジェンにたいしてなら、わかちあえるだけの量を持っている相手にたいしてなら安全な行為だ。女はスティルだったのだろう。しかしシャファは気分がよくなったと感じている。実際——。

まだ足りない、と心の奥の怒りがささやく声がする。ほかもやれ。かれらはあの子にとって脅威、それはすなわちおまえにとっても脅威ということだ。

そうだ。それが賢明というものだろう。

だからシャファは静まり返った暗い家のなかを歩きまわってアイツのほかの家族にひとりひとり触れていき、かれらの一部をむさぼっていく。ほとんどの者は目を覚まさないままだ。ばか息子からはほかの者より多く吸収できた——オロジェンといってもいいだろう。（守護者といってもいい。）いちばん少ないのはリッツ。たぶん年をとっているからだろう——あるいは目を覚まして、シャファが口と鼻にかぶせた手をふりはらおうともがいたせいかもしれない。リッツは枕の下から魚をさばくナイフを取りだしてシャファを刺そうとする。こんな恐怖を味わう羽目になるとは、なんと哀れな！　シャファはリッツのうなじに手を当てようと、彼の頭をきゅっとひねる。すると、ポキッと音がしたが、シャファは気づきもしない。やがてリッツから出ていたなにかの流れがゆるやかになり途絶えて使いものにならなくなってはじめて、ああそうだった、と遅まきながらシャファは思い出す。死人にはこれをしてもむだだ。つぎからはもっと慎重にやらなければ。

だが、身の内の張り詰めた痛みが治まって、いまはずっと気分がよくなっている。とはいえ……十全ではない。もう二度とあの十全感は望めない。それでも身の内にべつの存在が大きく育ってきたいま、多少なりと失地回復できていることがありがたい。

「わたしはシャファ〈守護者〉……ワラント？」と彼はつぶやきながら、最後の言葉が急に出てきたことに驚く。ワラントとはどんなコムだ？　考えても思い出せない。それでも名前がわかったのはうれしい。「わたしは必要なことをしただけ。世界にとって最善のことをしただけだ」

この言葉にまちがいはない、と彼は感じる。そうだ。彼は目的を持つという感覚を必要としていたのだ。それはいま彼の脳の奥底に鉛のようにどっしりと存在している——これまでそこになかったとは信じられないほどだ。では、いまは？「わたしにはやるべき仕事がある」

アイツが彼を居間で見つける。アイツは小ぶりの鞄《かばん》を持ち、興奮気味に息を弾ませている。

「母さんと話している声が聞こえたけど……もう話したんですか？」

シャファはかがんで男の子と目の高さを合わせ、両肩をつかむ。「ああ。なんといえばいいのかわからないといっていた。それきり、あとはひとこともしゃべらなかったよ」

アイツの顔がしわくちゃになる。横目で大人たちの部屋に通じる廊下のほうを見ている。その廊下の先にいる者はみんな死んでいる。ドアはすべて閉じられ、物音ひとつしない。しかしシャファはアイツの兄弟といとこたちには手を出さなかった。なぜなら彼は完全に怪物というわけではないからだ。

「母さんにさよならをいってきてもいいですか？」とアイツが静かにたずねる。

「それは危険だと思うぞ」とシャファは答える。その言葉に嘘はない。まだこの子を殺さねばならないようなことにはなってほしくないのだ。「こういうことはさらりと終わらせるのがいちばんだ。さあ――おまえにはわたしがいる。わたしはけっしておまえから離れることはない」

男の子はそれを聞いて目を瞬き、少し背筋をのばして震え気味にうなずく。この子はそのシャファの言葉が身に染みてわかる年になっているのだ。アイツは数カ月前から家族に恐怖心を抱いていたのだから、このせりふが効くだろう、とシャファはうすうす気づいていた。そんな孤独な弱った心につけこむのはたやすい。それにまんざら嘘ではないし。

二人は、なかば死に絶えた家を離れる。シャファはその男の子を連れていかなくてはならないと思っている……どこかへ連れていかなくてはならないと。どこか黒曜石の壁と金色の柵のあるところ、十年後には炎の洪水に見舞われて壊滅してしまうところ、だからその場所が思い出せないほうがいいのかもしれないところ。なんにせよ、怒りに満ちたささやき声は彼をほかの方向へ向かわせようとしはじめている。どこか南のほうへ。彼がなすべき仕事があるところへ。

彼はアイツを安心させようと肩に手を置く。いやもしかしたら自分自身を安心させようとしているのかもしれない。二人は連れ立って夜明け前の闇のなかへと踏みだしていく。

§

だまされてはならぬ。守護者は古サンゼより遙かに、遙かに古くから存在しているのだ。
かれらはけっして我らのために働いているわけではない。

——処刑された皇帝マッシャティの、記録に残る最後の言葉

4　あんたは困難に直面する

オベリスクを呼んだあと、あんたは疲れ切っていて、アパートメントの自分の部屋にもどって備え付けのシーツもなにもない固い藁《わら》布団に横になって手足をのばしたとたん、自分が横になったという意識もないまま眠りに落ちる。真夜中——というか、光る壁の明るさは変わらないから、あんたの体内時計がそういっているだけなのだが——まばたきして目覚めるが、ついさっき横になったばかりという感覚だ。しかしホアはあんたの横で丸くなっている。こんどばかりはほんとうに眠っているようだ。それにドアの向こうの隣の部屋からはトンキーのいびきがかすかに聞こえてくる。あんたは、腹はすいているものの、ずっと気分がよくなったと感じている。たぶん何週間ぶりかで、しっかり休めたからだろう。

とにかく腹が減っているので起きて居間にいくと、テーブルに小さい麻布の鞄《かばん》がのっている。トンキーが手に入れたものにちがいないが、口が半分開いていて、キノコや乾燥豆などの貯蔵食がのぞいている。そうだ——カストリマの一員として受け入れられたのだから、コムの貯蔵食の割り当て分がもらえるのだ。どうもキノコ以外はちょっとつまんで食べるようなものではなさそうだし、キノコも見たことがない種類だ。キノコのなかには火を通さないと食べられないものもある。食欲をそそられるが……カストリマは新来の人間になんの警告もなしに危険な食べものを与えるようなコムか否か、そこが問題だ。

うーん。よし。あんたは避難袋を取ってきてカストリマまで持ってきた残りものを漁《あさ》り、乾燥オレンジと貯蔵パンのかけらと最後に立ち寄ったコムで物々交換したまずい乾燥肉の塊《かたまり》で食事代わりにする。乾燥肉は水道管ネズミの肉ではないかとあんたは思っているが、食べものとは滋養になるもの、と伝承学者はいっている。

あんたが乾燥肉をやっとのことで飲みこんで、オベリスクを呼ぶだけで――なんにせよオベリスクがらみのことで、だけという表現がふさわしいかどうか疑問だが――どうしてこれほど体力を奪われるのかと眠い頭で考えているときのことだ。あんたは外からリズミカルにひっかくような甲高い音が聞こえてくるのに気づく。が、すぐに忘れてしまう。このコムは理屈に合わないことだらけだ――奇妙な音に慣れるには何カ月とはいわないまでも何週間かはかかるだろう。(何カ月? そんなに簡単にナッスンをあきらめてしまうつもりなのか?)だからあんたはその音がだんだん大きく近くなってきても無視して、あくびばかりしている。そして立ちあがってベッドにもどろうとしたときだ。あんたは遅まきながら、その音が叫び声だと気づく。

あんたは顔をしかめてアパートメントの戸口までいき、薄いカーテンを開ける。とくに心配しているわけではない――あんたの地覚《ちかく》器官はぴくりともしていないし、仮にこのカストリマ地下が揺れに襲われたとしたら、どんなに急いで家を出ようと助かる者はひとりもいないのだから。外では大勢の住人が動きまわっている。あんたのアパートメントの戸口のすぐそばを、あんたが食べようかどうしようか迷ったのとおなじキノコが入った大きなカゴを持った女が通りかかる——女はちょうど出てきたあんたにうわの空で会釈すると、叫び声のほうをふりむこうとしてカゴを落としかけ、その拍子にたぶん共同トイレから出してきたにちがいない覆いをかけた車輪つきの貯蔵容器を押している男とぶつかりそうになる。カストリマでは昼夜のサイクルがきちんと定まっているわけではないから、実質的に眠らないコムといっていい。仕事のシフトもふつうは三交代だが、ここでは六交代制。それを知っているのは、あんたもシフトに組みこまれているからだ。あんたのシフトがはじまるのは正午——カストリマの住人は十二鐘《しょう》といっているが——その時間になったら、あんたは鍛冶場の近くにいるアーティスという女を訪ねることになっている。

だがそれとこの騒ぎとはなんの関係もない。というのは、ふぞろいにのびているカストリマの水晶の向こうに、この晶洞《しょうどう》への入り口になっている大きな四角いトンネルから何人かの住人が入ってくるのが見えたからだ。みんな走っている。誰かを抱えて走っている。その誰かが叫び声の主だ。

それを見ても、あんたは無視してベッドにもどろうという気になっている。もう〈季節〉がはじまっているのだ。人が死ぬのは防ぎようがない。ましてここの連中はあんたの仲間でもない。気遣う義理はない。

誰かが「レルナ！」と叫んだ。その声があまりにも切羽詰まっているので、あんたは小さく身震いする。あんたがいるバルコニーからはレルナのアパートメントがある灰色のずんぐりした水晶が見えている。水晶三本先だ。あんたがいる場所より少し下にある。レルナの戸口のカーテンが勢いよく開いて、レルナが走りでてくる。シャツを羽織りながら、いちばん近い階段を駆けおりていく。行き先は診療所だ。走りつづける一団もそこをめざしているらしい。

あんたは、なんとはなしに自分のアパートメントの戸口をふりかえる。木の化石のように眠りこけているトンキーは出てきていない――が、ホアはいる。彫像のようにじっと動かず、あんたを見つめている。その表情のなにかが気になって、あんたは眉をひそめる。彼は同類がするような、なんの感情もあらわさない無表情の石顔ができないらしい。もしかしたら顔がほんものの石ではないのかもしれない。とにかく、あんたが彼の表情を見てまず思い浮かべたのは……哀れみ、だった。

あんたはつぎの瞬間には、考えるより先にアパートメントをあとにして晶洞の底めざして走っている。（そして走りながら考える――仲間の人間の叫び声を聞いてもとっさに動く気にはならなかったのに、正体を偽る石喰《いしく》いの顔に哀れみが浮かんでいるのを見たとたん突っ走っている。そういう怪物なんだ、あんたは。）カストリマは、もうお手上げといいたくなるほど複雑なつくりだが、いまは誰もが騒ぎの大元めざして橋や歩道を走っているから、あんたはその流れについていけばいい。

現場に着いてみると診療所のまわりには人だかりができていて、ほとんどが好奇心や不安や心配を抱えて右往左往している。レルナと怪我をした仲間を担いだ連中はもう診療所のなかに入っていて、ぞっとするような金切り声がいったいなんなのか、いまはあんたにもはっきりとわかる——これは耐えられない痛み、それでも耐えるしかない凄《すさ》まじい痛みを訴える、喉も引き裂けんばかりの悲鳴だ。

あんたが人垣を押し分けて診療所のなかに入ろうとしたのは、なにか意図があってのことではない。あんたは医療のことはなにも知らない……が、痛みは知っている。しかし驚いたことに、集まった連中は、なんだよといいたげな顔であんたを見ると——まばたきして、すっと横にどく。目を大きく見開いた連中がぽかんとしている連中に早口でなにかささやくと、みんな道をあけてくれる。ほおお。あんたはカストリマでは有名人なんだ。

あんたは診療所に入るが、入ったとたん注入器のようなものを手にして走るサンゼ人の女に弾き飛ばされそうになる。危ないにもほどがある。あんたはその女のあとについて診察台のそばまでいく。診察台では六人の男が悲鳴をあげる男を押さえつけている。ひとりが横に動いた隙に、あんたは診察台の上の男の顔をちらりと見る——が、知らない顔だ。どこにでもいる中緯度地方人の男で、肌や服、髪にうっすらと灰がついているところを見ると地上に出ていたにちがいない。注入器を持った女が男たちを肩で押しのけて、注入器の中身を投与するような動きをすると、まもなく男が全身を震わせて口を閉じはじめる。悲鳴がゆっくり消えていく。ゆっくり、ゆっくりと。男が一度だけ、激しくビクッと身をひきつらせる——押さえつけている男たちが全員、揺さぶられるほどの激しさだ。そして幸いなことに、男はついに意識を失う。

シーンという音がしそうな静けさがおりる。レルナとサンゼ人の治療者は動きつづけているが、男を押さえつけていた連中は一歩さがって、互いになにをすればいいんだとたずねるように顔を見合わせている。いまや静まり返った困惑の空気が満ちるなか、あんたは診療所のいちばん奥のほうを見ずにはいられない。そこにいるのは、新来の客たちには気づかれぬままじっとすわっているアラバスターだ。彼の石喰いは、あんたが前に見たときとおなじ場所に立っているが、その視線はやはり絵のように劇的な光景に注がれている。診察台越しにアラバスターの顔が見える――彼の視線がすっと横に動いてあんたの視線と出合い、すぐにまた離れていく。

男たちが何人かうしろにさがったので、あんたはまた診察台の男に視線をもどす。最初はなにが問題なのかわからない。ただ、ズボンがまだらに妙な具合に濡れていて、泥のようになった灰がこびりついているだけだ。濡れたところは赤くはないから血ではないが、なんともいいようのない匂いがする。塩水に浸けた肉。熱々の脂身。ブーツは脱がされていて、はだしの足がまだときどき小さくひきつる。意識はないのに、のびた足指にはまだ力みが残っている。レルナがハサミでズボンを切り開いていく。湿ったズボンが剝《は》がされて、あんたが最初に気づいたのは男の足に点々と散っている小さな丸くて青い半球状のものだった。直径二インチ、高さ一インチくらい、光沢があって、皮膚とは異質なものだ。ぜんぶで十個から十五個。ひとつひとつのまわりの肌は手をひろげたくらいの範囲がピンク色を帯びた茶色に変色している。あんたはひと目見て、宝石か、と思う。見た目はまさにそうなのだ。金属光沢のある青で、美しい。

「くそっ」と誰かが小声でいう。衝撃を受けて動揺している声だ。するとほかの誰かがいう。

「なんて錆《さ》びだ」あんたのうしろで誰かが診療所の戸口を固めていた連中と短い押し問答をしたと思うと、強引になかに入ってきた。その女はあんたの横に立つ。あんたがじろりと見ると、イッカだ。困惑と嫌悪感をにじませて目を大きく見開いていたが、つぎの瞬間には己を律して無表情にもどる。そして彼女は見つめている全員がはっと我に返るほど鋭い口調でいう。「なにがあったの?」

(あんたはここで、遅まきながらといおうか、いまだからこそといおうか、石喰いがもうひとり室内にいることに気づく。活人画のような診察台まわりからそう遠くないところだ。彼女には前に会っている——あんたがカストリマに着いたばかりのときイッカといっしょにあんたを出迎えた赤毛の女。彼女はいま熱い眼差《まなざ》しでイッカを見つめているが、その石の視線はときおりすっとあんたにも向けられる。あんたは突然、ホアがあんたについてきていないことを強烈に意識する。)

「外周のパトロールをしていて」灰まみれの中緯度地方人の男がイッカにいう。〈強力《ごうりき》〉には見えない。小柄すぎる。もしかしたら、あたらしい〈狩人《かりゆうど》〉なのかもしれない。男は診察台まわりの一団のそばまでやってくると、まるでこのまま怪我人の男を見つめていたら心が折れてしまう、そうならないようにするにはイッカを見つめるしかない、とでもいうような眼差しでイッカを見据えている。「おれたちは塩の採掘場のそばを歩いてたんだ。狩りによさそうなところだと思って。そうしたら小川のそばにすり鉢みたいな穴があって。ベレッドが——どういうことなんだか。やつがいなくなった。最初は二人の叫び声が聞こえたんだが、原因はわからなかった。おれは上流で動物の足跡を調べていて、駆けつけたときにはタータイスしかいなかった。灰のなかから抜けだそうとしているみたいだったから引っ張りだしてやったんだが、そのときにはもうあれが取りついていて、あとからあとから靴をはいあがってきていたから、おれは靴を切り捨てるしかなくて――」

ウッという声が聞こえて、あんたの視線はしゃべっている男からそれる。レルナが手をふり動かし、痛みがあるのか指をぎゅっとのばしている。「錆びピンセットを取ってくれ！」彼がそばの男にいうと、男がビクッと身を震わせてピンセットを取りにいく。レルナが罵り言葉を口にするのを聞くのは、あんたにとってはこれがはじめてだ。

「おできみたいなものかな」男になにかを注入したサンゼ人の女がいう。自分の言葉を信じていないような口ぶりだ――自分をというよりはレルナを納得させようとするかのように彼に話しかけている。（レルナは女を無視して、むずかしい顔のまま、痛めていないほうの手で火傷《やけど》のような傷の縁を探りつづけている。）「きっとそうだよ。蒸気口とか間欠泉とか古い錆びて腐食した地下パイプに落ちたんだよ」だとするとあの青いものは偶然くっついただけということになる。

「――でなければ、おれも取りつかれていた」〈狩人〉が虚《うつ》ろな声でしゃべりつづけている。「すり鉢みたいな穴はただ灰がゆるんだ場所だと思っていたんだが、じつは……あれはなんだったのか。アリ地獄みたいなもので」〈狩人〉はごくりと唾を飲んで、歯を食いしばる。「ぜんぶ取りきれなかったから、ここへかつぎこんだんだ」

イッカが口元をぐっと引き締めたと思うと腕まくりして、茫然《ぼうぜん》と立っている連中を押しのけ、まえに出てきて大声で叫ぶ。「手を貸せ！　手伝う気がないなら錆び出ていけ」集まっている連中の何人かがそばの人間を引っ張って出ていく。何人かは宝石のようなものをつかんで剝がそうとしたが、レルナとおなじように叫び声をあげて手を引っこめてしまった。宝石のようなものに変化が見える。光沢のある表面が薄く剝がれて二つに割れ、上にあがったと思うとぴしゃりと元の位置にもどった――と、あんたの頭のなかでいきなり大転換が起きる。あれは宝石ではない――虫だ。甲虫の仲間で、金属光沢の外皮は硬い羽だ。羽をあげた瞬間、その下に見えた丸い胴体は半透明で、なかでなにかが飛び跳ね、沸き返っていた。その沸騰《ふっとう》するほどの熱は、あんたがいる場所からでも地覚できる。その周囲の男の肌からは湯気があがっている。

誰かがレルナにピンセットを渡し、レルナが甲虫を剝がそうとすると、また甲虫の羽が開いて、なにかがシュッとレルナの指にかかる。レルナは叫び声をあげてピンセットを落とし、ビクッとあとずさる。「酸だ!」と誰かがいう。ほかの誰かがレルナの手をつかんで、すぐさまかかった液体をふこうとするが、どういうことなのか、あんたにはもうわかっている。ひと息遅れてレルナが喘《あえ》ぎ声でいう。「ちがう! お湯だ。熱湯だ」

「気をつけろ」と遅ればせながら〈狩人〉がいう。あんたは男の片手に水ぶくれが一直線に並んでいるのに気づく。そしてもうひとつ、男が診察台もそこにいる連中のほうもいっさい見ようとしないことにも。

たしかに見ていられないほど悲惨な光景だ。錆び虫どもが男を茹《ゆ》で殺そうとしている。だが、あんたが視線をそらすと、こんどはアラバスターが目に飛びこんでくる。彼はまたあんたを見ている。全身火傷を負っているアラバスターは、死んでいて当然のはずだ。大陸を分断するほどの亀裂を引き起こした揺れの震央近くにいながら、まだらに三度の火傷を負っただけですんでいる。ユメネスの溶けた道路に灰になって散らばっていて当然なのに。

彼の視線を感じながらあんたはそう気づくが、彼は火の試練を受けた〈狩人〉にはなんの関心もないという顔をしている。この他者への無関心は、あんたにとっては馴染《なじ》みのものだ――フルクラム仕込みの無関心。あまりにも多くの裏切りに遭い、あまりにも多くの友だちをこれといった理由もなく失い、あまりにも多くの〝見るに堪えない〟残虐行為を見てきたことから生まれる無関心だ。

にもかかわらず。アラバスターのオロジェニーの反響は軽率といいたくなるほど強烈で、ダイヤモンド級に精密だ。その感覚が痛いほどに馴染み深いものなので、あんたは傾いていく船の甲板や人気のない高架道や風吹きすさぶ岩礁の島の記憶を目を閉じてふりはらおうと戦わねばならない。彼が回転させている円環体は愕然《がくぜん》とするほど小さい――幅が一インチあるかどうか。あまりにも薄くて、あんたはU字部分の支点《フルクラム》を見つけることができない。こんな状態でも彼はあんたより上なのだ。

そのとき、喘ぎ声が聞こえた。あんたが目を開けると虫のなかの一匹が震えながら生きたヤカンのようにシューッという音をたてている――と思うとぴたりと動かなくなった。茹でられた肌にしがみついていた脚がポンとはずれる。死んでいる。

だがつぎの瞬間、あんたの耳に低い唸《うな》り声が飛びこんでくる。ふと目をやると、アラバスターが頭をさげてまえかがみになっている。かたわらにいる彼の石喰いが軋《きし》りながらゆっくりとかがみこむ。表情は静かなままだが、姿勢を見れば案じていることがわかる。赤毛の石喰いも——内心苛立《いらだ》ちながら、あんたはこの石喰いを、とりあえずルビー・ヘアと呼ぶことにする——彼女もアラバスターを見つめている。

ならば、そういうことだ。あんたは診察台の男のほうをふりかえる——と、レルナが目に入る。レルナは魅入られたように凍りついた虫を見つめている。彼の視線があがり、診療所内を走ってあんたの視線につまずき、止まる。あんたはそこに質問が込められているのに気づいて首をふる——いいえ、わたしは虫を凍らせてはいない。だがレルナがたずねているのはそんなことではない。たずねている、とさえいえないのかもしれない。彼が知りたいのは、あんたがやったのかどうかではない。あんたにできるかどうかだ。

レルナ、ホア、アラバスター——きょうのあんたは無言の意味深長な視線に動かされているようだ。

あんたが一歩二歩とまえに出て地覚器官に神経を集中させると、熱源の虫が地熱の排出口のように地覚できる。虫の小さな身体のなかに制御された圧力がぎゅっと詰まっている——この圧力で水分を沸騰させるのだ。あんたがなにかしていることを周囲の者に知らせるために、いつものように手をあげると、悪態や軽蔑の意味を込めたシーッという声、そして人々があわてて遠ざかっていく足音、押し合いへし合いする音が聞こえてくる。みんな、あんたがつくるであろう円環体から逃げようとしているのだ。愚か者めが、とあんたは思う。円環体が必要なのは周囲から熱を奪うときだけだと知らないのか？　虫にはあんたが必要とするものがたっぷり詰まっている。むずかしいのは熱を引きだす力を虫にだけ集中させて、そのすぐ下で高温になっている男の肌には影響がおよばないようにすることだ。

イッカの石喰いがゆっくりと近づいてくる。あんたは彼女の動きを見るというよりは地覚している――まるで山があんたに向かって動いてくるようだ。ルビー・ヘアが立ち止まる。突然、行く手にべつの山が出現したのだ――ホアがいる。まったく動かず、ひんやりと落ち着いている。いったいどこからあらわれたのか？　だがいまはこの生きもののたちのことを考えているひまはない。

あんたはどこで立ち止まるべきか正確な位置を見定めようと、目と地覚器官とを使って、ゆっくり近づいていく……が、やり方はすでにアラバスターが見せてくれている。だから彼がやったように虫の熱い身体から円環体を発生させ、一匹一匹凍らせていく。なかにはシュッと派手な音をたてて弾けるものもあるし、そのうちのひとつはポンと剝がれて部屋の奥まで飛んでいった。（その方向にいた連中は、あんたを避けるより素早い動きで身をかわした。）そして仕事が終わる。

みんなあんたを見つめている。あんたはイッカに目をやる。あんたは肩で息をしている。ここまで精密に焦点を定めるのは山腹を狙うよりずっとずっとむずかしいからだ。「ほかになにか揺らす必要のあるものは？」

イッカがあんたの言葉の意味を即座に地覚して目を細くする。そしてあんたの腕をつかむ。すると――うん？　逆転が起きている。あんたがオベリスクにしたときのように、いまここにオベリスクはないのに、あんたのオロジェニーが流れでていく。あんたが意図してそうさせているわけではないのに。と、突然、外でたくさんの叫び声があがり、あんたは診療所のドアの外に目をやる。診療所は一から建てられた建物で、晶洞の巨大な水晶をくりぬいてつくられたものではないから、なかの明かりは電気ランプだけだ。ところがあんたがカーテンを脇に引いた戸口から外を見ると、コムじゅう、どこもかしこも晶洞の水晶があきらかにいつもより明るく光っている。

あんたはイッカをじっと見つめる。イッカは、そのとおり事実よ、あんたとあたしは対等なんだからといいたげにうなずく。自分にこういうことができるくらいあんたは気づいていて当然、指輪持ちのフルクラム・オロジェンにできないことを野生のオロジェンがやってのけるという事実を素直に受け入れなさい、といっているようでもある。そしてイッカはつかつかとまえに出てピンセットをつかむ。レルナは指の火傷をものともせず、また残った虫を引き剝がしにかかる。こんどはあっさり剝がれる。体長とおなじくらいの長さの吻《ふん》が茹でられた男の肌から抜けてくる——あんたはそれ以上見ていられない。

（あんたはまた目の片隅でちらりとルビー・ヘアを見る。彼女は、あんたと彼女とのあいだに彫像のように立っているホアを無視して、いまはイッカに微笑みかけている。口がほんの少し開いていて、きらきら輝く歯がちらっと見える。あんたはそれを意識から抹消する。）

そこであんたは診療所の奥へさがって、クッションを積み重ねた上にいるアラバスターの横に腰をおろす。彼はまえかがみになったまま、ふいごのように呼吸している。石喰いが万力のような手で肩をつかんで倒れないように支えているのに、このありさまだ。あんたは遅ればせながら彼が切り株のような手首を腹に押し当てているのに気づく――そして、ああ、地球。前は右の手首にだけかぶさっていた灰茶色の石が、いまは肘まで達している。

彼が頭を起こす――顔が汗で光っている。まるでまた破局噴火を封じこめたかのように疲れ果てているようだが、いまはとりあえず意識はあるし微笑んでいる。

「相変わらず、よい生徒だな、サイアン」と彼がつぶやく。「だが、錆び地球、きみに教えると高くつく」

カーンカーンカーンと了解を告げる無音の鐘の音が衝撃となってあんたのなかを駆け抜ける。アラバスターはもうオロジェニーを使えない。使えば……重大な結果をもたらすことになる。あんたは衝動的にアンチモンを見るが、彼女の視線が石化したばかりのアラバスターの腕に釘付けになっているのに気づいて、吐き気を覚える。が、彼女は動かない。ややあってアラバスターがなんとか背筋をのばし、支えてくれているアンチモンの手を感謝の眼差しで見やる。「あとで」と彼が静かにいう。あとでわたしの腕を食べてくれ、という意味だとあんたは悟る。

アンチモンは彼の肩をつかんでいた手を背中に置き換えて、彼を支えつづける。

彼女を押しのけてあんたの手で彼を支えたいという衝動が強すぎて、あんたはこの二人の姿も見ていられない。

あんたはぐっと力を入れて立ちあがり、ほかの連中のあいだをすり抜けて診療所の外に出る。そして晶洞の壁から生えだしたばかりの短い、てっぺんがたいらな水晶に腰をおろす。あんたの邪魔をする者はいないが、視線は感じるし、ささやき声もこだまして耳に入ってくる。こんなところに長居するつもりはないのに、あんたは動かない。なぜなのか、理由は自分でもわからない。

やがて、あんたの足に影が落ちる。あんたが見あげると、レルナが立っている。そのうしろをイッカが通りすぎていく。男が話をしようと声をかけているが、イッカは憮然《ぶぜん》とした表情で無視しようとしている。残りの連中もようやく帰りはじめているが、あんたが開けっぱなしの入り口から診療所のなかを見ると、まだいつもより多くの人間がいる。たぶん半茹でになった気の毒な〈狩人〉の見舞客だろう。

レルナはあんたを見ていない。晶洞の向こう側の壁を見つめている。ここのあいだにある何十本もの水晶柱が放つ霞《かすみ》のような輝きで、遥《はる》か彼方《かなた》の壁はぼうっとかすんでいるのだが。彼は煙草《たばこ》を吸っている。そのいやな匂いと巻紙の黄色っぽい色からしてメローだ――ダーミンサー・メラの葉と花のつぼみを乾燥させたもので、軽い麻薬のような作用がある。南中緯度地方はその産地として有名だ。南中緯度地方でしいて有名といえるものがあるとすれば、という程度のことだが。メローはあんたにいわせれば健康に悪いものなのだから。それでもやはり彼が煙草を吸う姿はあんたにとって意外なものだった。彼は医者だ。

「大丈夫？」とあんたはたずねる。

彼はすぐには答えず、深々と煙草を吸う。しゃべる気がないのかとあんたが思いはじめた頃、彼が口を開く。「ぼくは、ここにもどってきたときにはあの男を殺す気でいたんです」

あんたもすぐに、ああそうか、と思う。あの虫は男の肌を焼き、筋肉を焼き、もしかしたら骨まで焼いていたかもしれない。ユメネスの医者たちがいて最新の生物科学製剤があれば、たぶん傷が癒えるまで生かしておくこともできただろう——だがその場合でもあの男は二度と歩くことはできなかったにちがいない。カストリマがどんな器材や薬を提供してくれようと、レルナにできる最善の治療は足の切断しかなかった。それでも男は命をつなぎとめたかもしれない。しかしいまは〈季節〉だからコムの住人はみんな灰と寒さから身を守る住まいを自力で確保しなければならない。足のない〈狩人〉を相手にしてくれるコムなどめったにあるものではないし、このコムはすでにひどい火傷に苦しむ男を養っている。

（イッカが、必死になにか説得しようとしているらしい男を無視して遠ざかっていく。）

というわけで、レルナはとうてい大丈夫とはいいがたい。だからあんたは少し話題を変えることにする。「あんな虫、これまで見たことがないわ」

「地元の人は沸騰虫《ふっとうむし》と呼んでいますが、どうしてなのかは、いままで誰も知りませんでした。川のそばで繁殖して体内に水を蓄えているんです。日照りのときには、いろいろな動物があれを食べています。あの虫はふだんは屍肉《しにく》を食べているんです。無害なんですよ」レルナは腕についた灰を払い落とす。カストリマは暖かいので、彼はゆったりした袖なしのシャツ一枚という格好だ。腕に点々と……なにかがついている。あんたは目を背ける。「しかし〈季節〉になると、いろいろなものが様変わりしますからね」

そうだ。火を通した屍肉のほうが長持ちするからだろう。

「あなたは診療所に入った時点ですぐに、あれを取ってやることができたわけですよね」とレルナが言葉を継ぐ。

あんたは、うん？　と目を細くする。そしていまの言葉は攻撃だったのだと心に刻む。思ってもいないところからあまりにも静かに放たれたので、あんたとしては意外すぎて怒りも湧いてこない。「できなかったわ」とあんたはいう。「少なくとも、できるなんて知らなかった。アラバスターが――」

「あの人にはなにも期待していません。彼は死ぬためにここにきたんです。生きるためじゃない」レルナがくるりとふりむき、面と向かってあんたを見たとたん、彼の物静かな態度の裏には純然たる怒りがあることにあんたは気づく。眼差しは冷静だが、それ以外のすべてに怒りがあらわれている――蒼白《そうはく》なくちびる、顎の筋肉のこわばり、ひろがった鼻の穴。「あなたはどうしてここにいるんですか、エッスン？」

あんたは思わずひるむ。「知ってるでしょう。ナッスンを捜しにきたのよ」

「ナッスンはもうあなたの手の届かないところへいってしまった。あなたの目的は変わってしまっているんです――あなたは生きのびるためにここにきた。ほかのみんなとおなじです。いまはあなたもぼくらの仲間なんです」彼のくちびるがゆがむ。どこか満足そうにも見える。「こんなことをいうのは、そのことをわかっていてもらわないと、あなたが錆び発作を起こしてぼくら全員を殺しかねないと思ったからです」

あんたは返事をしようと口を開ける。が、彼がグイッと一歩詰め寄ってきたので、思わず息を呑んでしまう。「絶対にそんなことはしないといってください、エッスン。あなたをよく思わない人たちがぼくをつかまえて喉を掻《か》き切るんじゃないかと、それが心配で夜中にこのコムを出ていかなくちゃならないようなことには絶対にならないといってください。コムの外へ出たら、また命懸けの毎日で、いくら人を助けようとしても、みんなつぎからつぎへと目のまえで死んでいく、そのうちぼくもあの錆び虫に喰われて——」

　彼は声を詰まらせて言葉を切り、くるっと背を向ける。あんたは彼のこわばった背中を見つめ、なにもいわずにいる。返す言葉がないからだ。あんたがティリモで人を殺したことを彼が口にするのは、これで二度めだ。意外なことだろうか？　彼はティリモで生まれ、ティリモで育った——あんたがあの町をあとにした日、彼の母親はまだ生きていた。あんたは考える。ひょっとしたら、あの最後の日、あんたは彼の母親も殺していたのかもしれない。

　苦い罪の意識を覚えずに口にできる言葉はない、が、あんたは言葉を絞りだす。「ごめんなさい」

　彼が笑い声をあげる。彼らしくない不快な、怒りのこもった笑い声だ。そして彼は元の姿勢にもどり、晶洞の遠くの壁に目をやる。いつもの自分をいくらか取りもどしたようだ——顎の筋肉がそれほどひきつらなくなってきた。「その気持ちに嘘はないと証明してください」

　あんたは首をふる。否定の意味ではない。困惑したからだ。「どうやって？」

「噂がひろがっています。コム最大の噂話といっていいものが二つあって、どちらもあなたがイッカとはじめて会ったときの話です。そのときあなたは、大勢のロガがなにをささやきあっているのかはっきりと認識したはずです」彼がロガという言葉を使うのを聞いて、あんたはぎくりとする。昔はあんなに礼儀正しい子だったのに。「地上で、あなたはこの〈季節〉が何世紀もつづくといった。あれは誇張だったのですか、それともほんとうのことなんですか？」あんたは溜息《ためいき》をついて髪をなでる。根元のほうがよれてぐしゃぐしゃだ。ひと房ずつねじり直さないといけないのだが、やっていない。そんなひまはなかったし、やる意味もないと思っていたからだ。

「〈季節〉はかならず終わるわ」とあんたはいう。「〈父なる地球〉はちゃんと均衡を保つから。問題はどれくらい長くつづくかということだけ」

「どれくらいつづくんです？」質問とはいえないような質問だ。語尾が上がっていない。最初からあきらめている。答えの察しがついているのだ。

そして彼にはあんたのできるだけ正直で正確な考えを知る権利がある。「一万年くらいかな？」ユメネス断層からの噴出が止まって空がきれいに晴れるまで。地殻変動のスケールからいったらけっして長くはないが、ほんとうに危険なのは灰が引き起こすであろう事態だ。温かい海面を大量の灰が覆えば、北極、南極の氷が増える。その結果海水の塩分濃度が高くなる。より乾燥した気候になる。永久凍土層が増える。氷河が育ち、ひろがっていく。そうなっても、地球上のいちばん住みやすい部分、赤道地方の空気は熱く、有毒なままだ。

〈季節〉のなかでいちばん恐ろしいのは冬だ。飢餓《きが》に見舞われ、厳寒にさらされる。しかし空がきれいに晴れたあとも、断層は何百万年にもわたる冬をもたらすかもしれない。といってもそれはどうでもいいことだ。そうなるずっと前に人類は死に絶えているのだから。どこまでもつづく真っ白な平原の上にオベリスクだけが浮かんでいることだろう。

それを驚異の眼差しで見る者も、無視する者も、もう残ってはいない。

レルナのまぶたがピクピクとひきつる。「ふうむ」驚いたことに、彼はくるりとあんたのほうを向く。もっと驚いたことに、彼の顔から怒りが消えているように見える。その代わりに浮かんでいるのは、馴染み深いもの悲しさのようなものだ。しかしあんたをひどく困惑させたのは――

「それで、あなたはあれをどうするつもりなんです？」

という問いかけだった。

あんたの口がまさにあんぐりと開く。そしてひと呼吸おいて、あんたはなんとか答えを口にする。「どうにかできるなんて、わたし自身、気づいていなかったのよ」沸騰虫をどうにかできるとは気づいていなかったのとおなじことだ。アラバスターは天才。あんたは単純労働担当。

「あなたとアラバスターは、オベリスクでなにをするつもりなんです？」

「アラバスターは、よ」とあんたは訂正する。「わたしはひとつ呼び寄せるように彼にいわれただけ。たぶん――」口にするのは心が痛む。「彼にはもうそのたぐいのオロジェニーが使えないからだと思うわ」

「アラバスターが断層をつくったんですよね？」

あんたは歯がカチカチと鳴らないよう、素早く口を閉じる。あんたはたったいま、アラバスターはもうまともにオロジェニーを使えないといってしまった。地下の岩石庭園に住むことになったのは彼のせいだという話は、大勢のカストリマの住人が聞きおよんでいるにちがいない。かれらは、石喰いになっていようがいまいが、いずれ彼を殺す方法を見つけることだろう。

レルナがゆがんだ笑みを浮かべる。「ちょっと考えればわかることですよ、エッスン。彼の傷は蒸気火傷や微粒子による擦過傷、それに腐食性のガスによるもので、火によるものではない――爆発的噴火のすぐそばにいた場合に特徴的な傷です。どうやって生きのびたのかは知りませんが、そのしるしははっきりと残っています」彼はそういって肩をすくめる。「それにぼくはあなたがたった五分で汗ひとつかかずに町を壊滅させたのをこの目で見ている。だからそれを手がかりに十指輪だったらなにができるか考えてみたまでです。オベリスクをなにに使おうというんです?」

あんたは肚《はら》を決める。「レルナ、あなたは六通りのやり方でわたしに質問できる。そうしたらわたしは六通りのやり方で『知らない』と答える。だって、知らないんだもの」

「少なくとも、こうじゃないかという考えくらいはあると思いますけどね。でも嘘をつき通したいなら、そうすればいい」彼は首をふる。「いまはここがあなたのコムなんですから」

彼はそういうとあんたからの答えを待っているかのように口をつぐんでしまう。あんたは答えを断固拒否することに全力を注いでいる。だが、彼はあんたのことを知りすぎるほど知っている――あんたがなにをいわれるといやがるか知っている。

だから彼はダメ押しする。「エッスン〈ロガ〉カストリマ。それがいまのあなただ」

「ちがう」

「ならば、出ていってください。あなたが出ていくと決めたらイッカにも止められないことはみんなわかっています。あなたは必要だと感じたら、ぼくら全員を殺す。だから、出ていってください」

あんたはしゃがみこんで自分の手を見つめる。膝のあいだにぶらりとさがった手を。頭は空っぽだ。

レルナが首を傾《かし》げる。「あなたには出ていく気はない。ばかじゃありませんからね。出ていったとしてもたぶん生きのびていけるでしょうが、ナッスンがまた会いたいと思っているような人ではなくなってしまう。それに、あなたはなにをさしおいても、いつかはナッスンに会えるように生きていたいと思っている……どんなに可能性が低かろうとね」

あんたの両手が一度だけビクッとひきつる。そしてまただらりとさがってしまう。

「この〈季節〉が終わらなければ」レルナは話しつづける。その口調が、この〈季節〉はどれくらいつづくのかとたずねたときとおなじ疲れ果てた単調な口調なのが胸に刺さる。まるでまちがいのない事実をしゃべっているような、ぼくはそれが事実と知っている、その事実が憎くてならないといいたげな口調。「食料が足りなくなります。人肉食で少しはしのげるでしょうが、そう長くはつづかない。その時点でコムは侵略者に変貌するか、ただ分裂していくつものコム無しの窃盗団になるか、どちらかでしょう。しかしそうなったところでぼくらは救われない。先は知れている。やがてカストリマの生き残りも飢えることになる。〈父なる地球〉が最後には勝つ」

あんたがそのことに正面から向き合おうとしようがしまいが、それは事実だ。それに、短いコム無し暮らしのあいだになにがあったかわからないが、その経験が彼を変えてしまった、そのさらなる証でもある。が、たんに悪いほうへ変わったということではない。彼は、全体を強くするためには、ときとして凄まじい激痛をもたらすしかない――折れている骨をふたたびへし折り、手足を切り落とし、弱い者は殺すしかない――と知っている、そういうたぐいの治療者になったということだ。

「ナッスンはあなたに似て強い」と彼は静かに容赦なく話をつづける。「仮に、ナッスンがジージャに殺されずに生きているとしましょう。そしてあなたが彼女を見つけてここに連れてくるとします。ここでなくても、どこかほかの安全そうなところでもいい。貯蔵食料がなくなれば、彼女もほかの人たち同様、飢えることになる。しかし、やろうと思えばオロジェニーを使って、ほかの人から食料をせしめることもできるでしょう。ひょっとしたら相手を殺して、残った貯蔵品を自分のものにするかもしれない。それでもいつかは貯蔵品も底を突きます。そうなったらコムを出ていくしかない。野生動物に出くわさないよう、思わぬ災難に遭わないよう祈りながら、灰に埋もれたものを漁ってどうにか喰いつないでいく。きっと最後まで残った生存者のひとりになることでしょう――孤独で、飢えて、寒くて、自分を憎んで。あなたを憎んで。あるいはそうなる前に終わっているかもしれない。生き残る本能だけに突き動かされて獣のようになって、それでもだめかもしれない。最後には獣に倣《なら》って、自分を食べるようなことも——」

「やめて」とあんたはいう。ささやき声だ。慈悲深く、彼は口をつぐむ。そしてまたくるりと背を向け、半分忘れていたメローを深々と吸いこむ。

「ここにきてから誰かと話しましたか?」やがて彼がたずねる。話題を変えたという雰囲気ではない。あんたは緊張したままだ。彼が診療所を顎で指す。「アラバスターと、いっしょに旅してきたあの風変わりな二人以外の人と。集まりに同席したとかではなく——話をしたかということです」

ひとりもいない。あんたは首をふる。

「エッスン、噂がひろがっているんです。いまではみんなが自分の子どもがどんなふうにゆっくりと死に向かっていくのか考えているんです」ついに彼はメローを弾き飛ばす。火がついたままだ。「どう頑張っても自分たちにはどうしようもないと思っているんです」

でもあなたならできる、と彼は言外に語っているのだ。

できるのか?

レルナがいきなり立ち去っていく。あんたがぎくりとするほどの唐突さだ。あんたは彼が話し終えたことに気づいていなかった。もったいないという気持ちが身体に染みついているあんたは、捨てられた煙草を拾いあげる。そしてしばし、どういうふうに吸えば咳《せ》きこまないのか考える——一度も吸ったことがないからだ。オロジェンが麻薬のたぐいを摂取することは認められていない。

そしてオロジェンは〈季節〉を生きのびると想定されているわけでもない。フルクラムに貯蔵庫はなかった。誰も口にはしなかったが、もしユメネスが〈季節〉で大打撃を受けたら守護者はフルクラムを跡形もなく一掃してあんたたちを皆殺しにするにちがいないとあんたは確信していた。あんたたちは〈季節〉の襲来を防ぐのに役立つ。しかし、もしフルクラムがその任務を果たせなければ、もし〈黒き星〉のお偉方が、あるいは皇帝が、ちらりとでも不安を感じていたりしたら、あんたも仲間の帝国オロジェンも生きのびることは許されない。

ならばあんたはどうしていままで生きのびられたのか？　一介のロガが、どんなサバイバル技能を提供できるのか？　あんたは揺れで人が死ぬのを防ぐことができる。ああ、そうとも。食べるものがないときには、さぞかし役に立つことだろう。

「いい加減にしなさい！」すぐそのへんからイッカの声が聞こえてくる。が、あたりに立ち並ぶ水晶柱を見まわしても姿は見えない。イッカは怒鳴っている。「もう決まったことなんだから！　あそこでやるべきことをやるつもり？　それともここであたし相手にむだにしゃべりつづけるつもり？」

あんたは立ちあがる。膝が痛い。声がするほうへ向かう。

あんたは途中で若い男とすれちがう。涙が頬を伝っている。激しい怒りと、兆しはじめた深い悲しみの涙だ。男は疾風《はやて》のようにあんたの横をすり抜けて診療所にもどっていく。あんたはそのまま進んで、ついにイッカを見つける。彼女は背の高い細い水晶柱の横に立ち、片手を水晶の側面に置いて、下を向いている。ふさふさの髪に隠れて顔は見えない。少し震えているな、とあんたは思う。

だがそれは気のせいかもしれない。イッカはかなり冷淡な人間というイメージだ。しかしそれはあんたにもいえる。

「イッカ」

「あんたまでよしてちょうだい」とイッカがつぶやく。「もう聞きたくないんだよ、虫殺しのお姉さん」

あんたは遅まきながら気づく——あんたが沸騰虫を殺したことで、イッカはいっそう厳しい選択を迫られることになってしまったのだ。これまでだったら、〈狩人〉は殺してやるのが慈悲というもの、だから彼女はただ殺せと命じればそれでよかった。悪いのは虫ということですむ。いまはコムの大方針、実用主義で決めなければならない。決める責任はイッカにある。

あんたは首をふりながら近づいていく。イッカが顔をあげて背筋をのばし、すぐさまふりむく。あんたは彼女のオロジェニーが身構える態勢に入るのを地覚する。だが彼女はなにをするでもない。円環体をつくるわけでもないし、周囲から熱を奪いはじめるわけでもない。そもそもそんなことはしないのだろうか？　それはフルクラムのテクニックだ。このどこでどんな訓練を受けたのかわからない野生のオロジェンが自分の身を守るためにどんなことをするのか、あんたはなにひとつ知らない。

あんたのなかには、どこか超然とした視点で、それがどんなものなのか知りたいという思いがある。が、一方で冷静なあんたもいて、そのあんたが彼女の顔に緊張が見えることに気づく。

だからあんたは、まだ火がついたままのメローをさしだす。

彼女はそれを見て目を瞬《しばた》く。彼女のオロジェニーが休止状態にもどるが、彼女は視線をあげてあんたを見つめる。そして首を傾げ、とまどい、考えている。やがて彼女が片手を腰に当て、もう片方の手であんたの指からメローをひったくって深々と吸う。すぐに効き目があらわれる――水晶にもたれかかってメローをくゆらすうちに、顔の緊張がゆるんで疲れが浮かびでてくる。彼女がメローをさしだす。あんたは彼女の横に立って受け取る。

それから十分ほど、ちびて吸えなくなるまで煙草はあんたたち二人のあいだをいったりきたり。そして吸い終えても、あんたたちはその場を動かない。暗黙の了解というやつだ。やがて背後の診療所から誰かが激しく泣き崩れる声が聞こえてくると、あんたたちはうなずきあい、別々の方向へ歩きだす。

§

分別ある文明社会が、いちばん大きな貯蔵用洞窟を死体でいっぱいにしておくなどというむだなことをするとは、不可解きわまりない！　どこの誰であろうと、そのような人々が滅び去るのは当然のことです。人骨、骨壺《こつつぼ》、その他もろもろの残骸を片付けるのに一年、全体の実地測量および修復にさらに半年はかかるでしょう。しかし、わたしが要請したとおり黒上着たちを送りこんでもらえれば、もっと短縮できます！　一部の石室が不安定なことを考えれば、費用が〈地球〉まるごとかかろうとかまいません。

しかしここには石版があります。韻文のようですが、風変わりな言語であるため解読不能。石伝承のようなものです。石版の数は三枚ではなく五枚。どうすべきだと思われますか？

わたしならこの地区全体を第四に引き渡してやります。そうすればかれらもわたしたちが歴史を破壊しているなどと愚痴るのをやめるでしょうから。

——熟練職女フォグリッド〈革新者〉ユメネスから赤道地方東地区土技者《どぎしゃ》認可局に宛てた報告書：「フィラウェイ市地下墓地再利用に関する提言」

修士階級検閲のみ

幕《まく》間《あい》

ジレンマ――あんたは、あんたがなりたくないと思う大勢の存在で成り立っている。そのなかにはわたしも含まれる。

だがあんたはわたしのことをほとんど知らない。だから細かいところまでとはいかないまでも、おおよその背景くらいは説明しておくことにしよう。はじまりは――わたしが生じたきっかけは――戦争だ。

戦争という言葉では表現しきれない。人が、いては困る場所に害獣や害虫がいるのを見つけて、火や毒を使って退治しようとする、それを戦争というだろうか？　いや、この比喩も不充分だ。誰も個々のネズミや南京虫《なんきんむし》を憎んでいるわけではないのだから。誰もあの一匹、あそこにいるあの一匹、三本脚の、背中に斑点があるクズ野郎を選びだして復讐《ふくしゅう》するわけではない。人が一生を終えるまでのあいだに害虫は何百代も代替わりする、そのすべてが復讐の相手だ。三本脚の背中に斑点があるクズ野郎どもが人にとって不快な存在以上のものになる可能性はあまりない――ところが、あんたやあんたの同類は惑星の表面にひびを入れて〈月〉を失ってしまった。もしもティリモのあんたの家の庭に住んでいたネズミどもがジージャがユーチェを殺すのに手を貸していたとしたら、あんたは町を出る前にその庭を揺すって粉々にして火をつけて廃墟《はいきょ》に変えていただろう。どっちみちあんたはティリモを破壊したわけだが、もし特定の相手を意識したものだったら、もっとひどいことになっていたにちがいない。

だが、いくら憎しみをつのらせようと、あんたは害虫を抹殺しきれないだろう。生き残ったやつらは大きく変貌する――よりしぶとく、強くなり、背中の斑点も増える。あんたが苦難を与えたことで、やつらの子孫はいくつもの派に分裂する。なにに関心があるかはそれぞれちがう。あんたにはなんの関係もないものもある。あんたが持つ力ゆえにあんたを崇《あが》めるやつもいれば軽蔑するやつもいる。あんたがやつらを壊滅させようと必死になるのとおなじように、あんたを破滅させようと必死になるやつらもいるだろうが、やつらが敵意をつのらせて実際の行動に出る強さを持つ頃には、あんたはやつらの存在すら忘れている。やつらにとっては、あんたが敵意を燃やしているという話はもはや伝説だ。

そしてなかにはあんたの敵意をやわらげたい、少なくともそこそこ耐えられる程度に穏便にすませてくれるよう説得したいと考えるやつもいる。わたしもそのひとりだ。

ずっとそうだったわけではない。かなり長いこと、わたしも復讐心に燃える一派のひとりだった……が、つねに立ちもどる原点があった――生命は〈地球〉なしでは生きていけないという、その一点だ。それでも生命が戦争に勝ち、〈地球〉を破壊してしまう可能性は非現実的と切り捨てることはできない。何度か、そうなりそうになったことはある。

そんなことはあってはならない。われわれが勝つことは許されないのだ。

というわけで、これは告白なんだよ、わがエッスン。わたしはあんたを裏切っていたし、この先また裏切ることもあるだろう。あんたはまだどっちの側につくかも決めていない。そしてわたしはすでにほかの連中があんたを自陣に引き入れようとするのを阻止した。あんたの死への道のりも決めてある。だが、少なくともあんたの一生が、世界が終わるまで意味を持つものになるよう最大限の努力をするつもりだ。

5　ナッスン、手綱を握る

母さんは父さんに嘘をつくようにいった、とナッスンは父親を見ながら考えている。父親はもう何時間も馬車を走らせつづけている。父親の目はじっと道路を見据えているが、顎の筋肉はピクピク動きっぱなしだ。片方の手――ユーチェを最初に殴り、ついには殺してしまったほうの手――は手綱を握りながらもまだ震えている。ナッスンにはわかっている。彼はまだ怒り狂っていて、たぶんまだ頭のなかでユーチェを殺している最中なのだろう。どうしてなのか、ナッスンには理解できない。ナッスンはそれがいやでしかたない。だが彼女は父親を愛し、恐れ、崇拝しているから、父親の怒りをなんとかやわらげたいという気持ちもある。彼女は自分自身にたずねる――わたしがなにをしたせいで、こんなことになってしまったのだろう？　そして出てきた答えは――嘘。自分が嘘をついたから。嘘をつくのはいつだって悪いことだ。

だが、彼女は好んで嘘をついたわけではない。ほかのこととおなじで、母さんに命じられたからしたことだ――手をのばしてはだめ、凍らせてはだめ、これから大地を動かすけれど反応してはだめよ、反応するなといったでしょ、耳を澄ますのも反応していることなのよ、ふつうの人はそんなふうに耳を澄ましたりしないの、母さんの話をちゃんと聞いてるの、錆びやめなさい、〈地球〉にかけて、ちゃんとできないの、泣きやみなさい、はいもう一度。つぎからつぎへと命令ばかり。文句ばかり。ときには脅しで氷が飛んできたり、ひっぱたかれたり、ナッスンの円環体が反転して気分が悪くなったり、二の腕をつかまれてグイッと引っ張られたり。たまにナッスンのことを愛しているといったりもしたが、その証拠は一度も見たことがない。父さんはちがう。父さんは石打ちの技でカークーサをつくってこれで遊べといってくれたし、おまえは母さんとおなじ〈耐性者〉だからといって避難袋に入れる救急手当セットをくれたりした。たのまれ仕事がないときにはティリカ川に釣りに連れていってくれた。母さんは、草の生えた屋根の上にいっしょに寝転がって星を指差し、絶滅文明のなかには星に名前をつけていたものもあったけれど、もう誰も覚えていない、なんて話をしてくれたことは一度もない。父さんは平日の夜に口もきけないほど疲れているなんていったことは一度もない。父さんは母さんとちがって、ナッスンが朝、お風呂に入ったあと、耳がよく洗えているかどうかやベッドがちゃんと整えてあるかどうか確認したりしないし、ナッスンがいけないことをしたときでもただ溜息《ためいき》をついて首をふって、「おやおや、ちゃんとわかっていたはずだよな」というだけだ。なぜならナッスンはいつもちゃんとわかっているから。

　ナッスンが家を出て伝承学者になりたいと思ったのは父さんのせいではない。父さんがいまこんなふうにかんかんに怒っているのが、ナッスンにはいやでしかたない。これもやはり母さんが自分にしたことが原因ではないかという気がしている。

　だからこういってみる。「わたしはいいたかったの」

父さんはなにも反応しない。馬たちはゆっくりと一歩一歩進んでいく。荷馬車の行く手には道路がまっすぐにのびている。あたりの森や山が少しずつうしろに遠ざかっていく。頭の上には明るい青空。きょうはすれちがう人はあまり多くない——荷馬車にずっしりと商品を載せた人たちに手紙配達人、パトロール中の四つ郷《よごう》警護員くらいのものだ。荷馬車の連中のうち何人かはしょっちゅうティリモにきているから父さんのことを知っていて会釈したり手をふったりするが、父さんは応えない。ナッスンはこれも気に入らない。彼女の父親は愛想のいい人だ。いま隣にすわっている男はまるで知らない人のように感じられる。

彼が返事をしないからといって聞いていないということにはならない。だからナッスンは先をつづける。「いつになったらいっていいのか母さんに聞いたの。何度も聞いた。でも絶対にだめだって。父さんには理解できないからって」

父さんはなにもいわない。まだ手が震えている——さっきよりはましだろうか？　ナッスンにはわからない。自信がなくなってくる——父さんは怒っているのか？　ユーチェのことで悲しんでいるのか？　（自分はユーチェのことで悲しんでいるのか？　実感がない。弟のことを考えると、浮かんでくるのは、おしゃべりでキャッキャッとよく笑って、ときどき人に噛《か》みついて、たまにオムツを汚す、そして四つ郷全体におよぶほどのオロジェニーの力を発揮できる小さな子の姿だ。家にあったくしゃくしゃの動かないものがユーチェのはずはない。あれは小さすぎるし、元気のかけらもなかった。）ナッスンは父親の震える手に触れたいのに、なぜかためらう自分がいる。どうしてなのかはわからない——怖いのだろうか？　もしかしたらこの男がまるで見覚えのない男で、彼女は人見知りだからかもしれない。でも。ちがう。彼は父さんだ。父さんがいまこんなふうにおかしくなっているのは母さんのせいだ。

だからナッスンは手をのばして父さんの手を握る。ぎゅっと強く。怖がっていないと知ってほしいから、そして怒ってはいるけれど、父さんにたいしてではないと知ってほしいからだ。

「わたしはいいたかったの！」

世界がぼやける。最初ナッスンはなにが起きているのかわからず、封じこめる。驚いたり苦痛を感じたりしたらそうしなさいと母さんにさんざん叩きこまれたことだ——恐怖にたいする身体の本能的反応を封じこめる、地覚器官《ちかく》が本能的に足元の大地をつかもうとする動きを封じこめる。どんな状況だろうと、ナッスンはオロジェニーで反応してはならない。なぜならふつうの人はそんなことはしないから。それ以外ならなにをしてもかまわない、という母さんの声が頭のなかで響いている。叫ぶ、泣く、ものを投げつける、立ちあがって戦う。でもオロジェニーはだめ。

だからナッスンは必要以上に強く地面に身体を打ちつけてしまう。反応しないという技をまだきちんと習得しきれていないし、オロジェニーで反応しないようにすると自然と身体が硬直してしまうからだ。そして世界がぼやけたのは、荷車の御者台から落ちただけでなく、帝国道の縁から飛びだし、小川が流れこむ小さな池に向かって砂利だらけの斜面を転げ落ちてしまったからだ。

（その池に注ぎこんでいる小川は、数日後にエッスンが石鹸《せっけん》の使い方も忘れてしまった奇妙な白い男の子を水浴びさせることになる小川だ。）

　ナッスンはドスンとひっくり返って止まる。頭がくらくらして息ができない。まだ、なんの痛みも感じない。やがて世界が落ち着いて、やっとなにが起きたのかはっきりしてくる――父さんにぶたれて、荷馬車から叩き落とされた――父さんは斜面を這《は》いおり、大声で彼女の名前を呼びながらかがみこんで彼女を抱き起こす。じつは父さんは泣いている。ナッスンが、視界をぼやけさせていた土埃《つちぼこり》と星をまばたきして払いのけ、わけもわからず手をのばして父さんの顔に触れると、頬が濡れている。

「すまなかった」と彼がいう。「すまなかったな。おまえを傷つけたくはないんだ、そんなことはしたくない、おれにはもうおまえしかいないんだから――」彼は彼女をぐっと引き寄せ固く抱きしめる。が、痛い。彼女はそこらじゅう傷だらけだ。「すまなかった。ほんとうに――錆《さ》び――すまなかった！　ああ地球、ああ地球、錆びつくりの邪悪な息子め！　この子はだめだ！　この子まで取られてなるものか！」

　悲痛なすすり泣きだ。長く尾を引く、喉が軋《きし》るような、ヒステリックなすすり泣き。ナッスンはその意味をあとで（ずっとあとというほどではないが、しばらくしてから）悟ることになる。このとき父親は傷つけた娘だけでなく殺してしまった息子のことも思って泣いていたのだと、彼女はあとになって気づく。

　しかしそのときの彼女は、父さんはまだわたしを愛していると感じて、父親といっしょになって泣いてしまう。

こうして父さんがナッスンをひしと抱きしめ、ナッスンは安心感とぬぐいきれないショックとで震えていたときのことだ、北のほうで大陸が真っ二つに引き裂かれた衝撃がさざ波となって二人のもとに届いたのは。

二人はほぼ半日、帝国道を旅してきたところだ。ティリモでは、ほんの少し前、エッスンが衝撃波の力を分岐させて町を避けて通るようにしたところ――そのせいでナッスンに届いた衝撃波は、より強力なものになっている。しかもナッスンは殴られて半分意識が朦朧《もうろう》としているし、技術は未熟で経験も少ない。だから彼女は揺れが、その純然たる力が、押し寄せてくるのを地覚すると、完全にまちがった反応を示してしまう――また封じこめてしまったのだ。

彼女が喘《あえ》いでいきなり身体を硬直させたので、父親は驚いて顔をあげる。ちょうどそのときだ、ハンマーが大地を打ったのは。彼でさえそれがのしかかるように迫ってくるのを地覚するが、なにしろ凄《すさ》まじい速さ、凄まじい力で押し寄せてくるので心の奥で**逃げろ、逃げろ、逃げろ**という声が乱調子の鐘のように響くだけでなにひとつできない。だが、逃げてもむだだ。揺れは、要するに洗濯したシーツをバサッとふってしわを取る、あれが大陸規模で起きて軽い小惑星衝突くらいの速度と力で移動していく、と思えばいい。一カ所にじっとしているちっぽけでもろい人間のスケールで考えれば、足元の地層が波打ち、木々が揺れて木っ端微塵《こっぱみじん》になる騒ぎだ。すぐ横の池の水が実際に宙に浮かび、一瞬静止する。父さんはそれを見つめている。世界中どこもかしこも容赦なく皮を剝《は》ぎ取られていくなかで唯一静止しているその一点を見つめている。

しかしナッスンは、なかば混乱しているとはいえ、やはり一端《いっぱし》のオロジェンだ。エッスンのように波が襲いかかる前にその力を打ち砕くことはできなかったが、それでもどうにか気力をふりしぼって次善の策をとる。目には見えない力の塔を地層にできるだけ深く打ちこみ、地殻そのものをわしづかみにする。波の運動力が襲いかかると、その上の地殻が曲がる寸前に彼女はそこから熱と圧力と摩擦を奪いとって燃料として自分の塔に注ぎこみ、地層と表土をまるで糊付《のりづ》けしたかのように固定してしまう。

大地からはいくらでも力を引きだせるが、彼女はとりあえず円環体を回転させる。自分から円環体までの間隔は大きくあけている。父親がいっしょにいるからだ。父親は絶対に、絶対に、絶対に傷つけるわけにいかないから、彼女は円環体を不必要なほどしっかりと激しく回転させている。本能がそうしろといっているからだ。本能はいつも正しい。すべてを凍らせる円環体の中心部はハリケーンの目のように安定した領域で、そのなかに入ろうとするものはなんであれ崩壊してしまう。たとえ何十発も銃弾を撃ちこまれようとびくともせず、なかにいる者の命が脅かされることはない。

つまり、世界が真っ二つになろうとそれはその領域以外のよその出来事ということだ。つかのま、宙に浮いた池の水以外の現実はなにも見えなくなる。あらゆるものを粉々に砕いてしまうハリケーンと、ハリケーンの目のなかの静まり返ったオアシス。

そして衝撃が過ぎ去っていく。池の水がバシャッと元の位置に落ち、泥まじりの雪が跳ね返って二人にかかる。砕け散らずにすんだ木々が跳ね返ってまっすぐになるが、なかには反動で反対方向に曲がり、そのまま折れてしまうものもある。遠くでは——ナッスンの円環体の外では——宙に跳ねあげられていた人や動物や丸石や木が地面に叩きつけられている。悲鳴があがる。人間の悲鳴も人間でないものの悲鳴も。木が裂ける音、石が砕ける音、なにか人間がつくった金属製のものが引きちぎられる甲高い音。背後の、さっき抜けてきたばかりの谷の奥では岩壁が砕けて雪崩のように崩れ落ちる轟音《ごうおん》が響き、大きな玉髄《ぎょくずい》の晶洞石《しょうどうせき》が湯気とともに吐きだされる。

そして静まり返る。その静寂のなかで、ナッスンはようやく父親の肩から顔をあげてあたりを見まわす。なにも考えられない。彼女を抱きしめていた父親の腕がゆるんで——ぎょっとする——そして彼女は身をよじり、父親の腕をふりほどいて立ちあがる。父親も立ちあがる。二人は長いこと、これまで見知っていた世界の残骸をただただ見つめて立ち尽くす。

やがて父親がゆっくりと彼女のほうを向く。彼女がその顔に見いだしたのは、ユーチェが最後の瞬間に見たにちがいないものだった。「おまえがやったのか?」と彼がたずねる。

オロジェニーのせいでナッスンの頭は冴《さ》えわたっている。これは必然的なことだ。要するに生存メカニズムなのだ——地覚器官が強い刺激を受けるときには、ふつうアドレナリンが増えるなど逃走に備える肉体の変化が伴う。必要とあれば持続的オロジェニーも。その場合、思考が格段に明瞭になる。というわけでナッスンは、父親が彼女が穢《けが》れているのを知って取り乱したのは純粋に彼女のためを思ってのことではないと気づいてしまう。そしていま彼女が見ている父親の目のなかにあるのは愛とはまったくちがうなにかだということにも。

この瞬間、彼女は胸が張り裂けそうな悲しみに襲われる。これもまた、山ほどある小さな、静かな悲劇のひとつだ。それでも彼女は答える。なぜなら、けっきょくのところ彼女はあの母親の娘なのだから、そしてエッスンは幼い娘に、なにはさておき生きのびるための訓練をしてくれたのだから。

「こんな凄いことはわたしにはできないわ」とナッスンはいう。静かな、どこか超然とした声だ。「わたしがやったのはこれ――」そういって彼女は二人がいる円形の安全地帯を指差す。円の外は混沌《こんとん》の極みだ。「ぜんぶは止められなくてごめんなさい、父さん。止めようとはしたんだけど」

さっきは涙が救ってくれたが、こんどは父さんという言葉がものをいう。彼の表情に潜んでいた殺意がまばたき、薄れ、ねじれる。「おまえは殺せない」と彼が自分にいいきかせるようにつぶやく。

ナッスンは彼が震えているのを目にする。彼女が歩み寄って彼の手を取るのも本能のなせる業だ。彼はたじろいでいる。また彼女を突き飛ばそうと考えているのかもしれないが、こんどは彼女も踏んばる。「父さん」と彼女はふたたびいう。さっきより切なさを増した訴えるような声で。これまでも何度か彼がナッスンを手にかけそうになったとき、その決意がぐらついたのは、そのたびに彼女が自分の可愛い娘だということを思い出したから、自分がきょうにいたるまでずっとよい父親だったことを思い出したからだ。

これは人を操る技といっていい。ついさっきから、彼女のなかのなにかが正道をはずれてしまっている。これから先、彼女が父親にたいして愛情を示す行動はすべて計算された、演技めいたものになる。事実上、ここで彼女の幼少期は終わりを告げる。だが、すべてが終わってしまうよりはましだと彼女は思っている。

そして作戦は成功する。ジージャがパチパチと素早くまばたきしたと思うと、なにか彼自身でも理解できないことをつぶやく。彼の手ががっしりと彼女の手をつかむ。「さあ、道路にもどろう」と彼がいう。

(いまや彼女の頭のなかでは、彼は〝ジージャ〟になっている。この先ずっと、永遠に、彼はジージャで、ナッスンが手綱を引いて彼を操る必要があって口にするとき以外、二度と〝父さん〟になることはない。)

というわけで二人は道路にあがる。アスファルトや石ころにしたたか背中を打ちつけてヒリヒリするせいで、ナッスンは少し動きがもたついている。道路は見えるかぎりずっと先までひびが入っているが、荷馬車のまわりはさほどひどく割れてはいない。馬たちは荷馬車につながれたままだが、一頭は革綱がからまって膝を折っている。骨折していなければいいが。もう一頭もまだ動揺している。ナッスンは馬たちを落ち着かせようと、ひざまずいているほうをなだめて立ちあがらせ、もう一頭にも緊張が解けるよう声をかける。一方、父親のほうはあたりに倒れているほかの人々のようすを見にいっている。ナッスンの円環体の内側にいた人々は無事だ。外側にいた人々は……。

馬たちが震えながらも動けるようになると、ナッスンはジージャのあとを追い、彼が立ち木に叩きつけられた男を抱えあげようとしているのを見つける。男は背骨が折れているようだ――意識はあって悪態をついているが、もう使いものにならない足がバサリと落ちる。動かさないほうがいいはずだが、ジージャはまちがいなくここに放っておくほうが危ないと思っているようだ。「ナッスン」とジージャがいう。肩で息をしながら、どうにか男をしっかり抱きかかえようとしている。「荷馬車の寝床を片付けろ。プレザントウォーターにいけばちゃんとした病院がある。ここから一日でいける。急げばたぶん――」

「父さん」とナッスンはいう。「プレザントウォーターはもうないわ」

彼が動きを止める。（怪我人が呻《うめ》く。）しかめっ面でふりむく。「なんだって？」

「シュームももうない」と彼女はいう。でもティリモは大丈夫よ、母さんがいるから、とはつけ加えない。たとえ世界が終わるとしても、あそこにはもどりたくない、と彼女は思っている。ジージャは通ってきた道路をさっと見やるが、もちろん見えるのは倒れた木々と道路沿いに散らばる裏返ったアスファルトの塊《かたまり》がいくつか……そして死体。たくさんの死体。見たかぎりでは、これがずっとティリモまでつづいているのだろう。

「なんて錆びだ」と彼が洩《も》らす。

「北の方の地面に大きな穴が開いたの」ナッスンは先をつづける。「もの凄く大きいの。それがこれの原因。まだこれからもたくさんの揺れやなにかを起こすわ。灰やガスがこっちにくるのが地覚できる。父さん……これは〈季節〉なんじゃないかな」

怪我人の男が喘ぎ声をあげる。痛みからだけではない。ジージャの目がかっと見開かれ、恐怖の色に染まる。だが彼は「たしかなのか？」とたずねる。ここが大事なところだ。

なぜ大事かといえば、それはつまり彼がナッスンのいうことに耳を傾けているということだからだ。耳を傾けるということは、ある程度信頼しているということ。ナッスンは勝ったという気持ちが湧きあがってくるのを感じるが、なぜなのかはよくわかっていない。

「うん」と答えて、彼女はくちびるを噛む。「ほんとうにひどいことになりそうよ、父さん」

ジージャの視線がまたティリモの方角へ漂っていく。条件反射だ――コムの住人は〈季節〉になったら喜んで迎え入れてくれるのは自分が属しているコムだけだとわかっている。それ以外の場所は危険と隣り合わせだ。

しかしナッスンにはもどる気はない。もう出てきてしまったのだから。いまジージャは、少し変わった愛し方だけれど彼女のことを愛しているし、コムから連れだしてくれたし、いうことに耳を傾けてくれるし、理解してくれている。彼女がオロジェンだとわかっているのに。そのところは母さんはまちがっていた。母さんはジージャは絶対にわかってくれないといっていた。

彼はユーチェのことはわかっていなかった。

ナッスンはぐっと歯を食いしばる。ユーチェは幼すぎた。わたしはもっと賢くやる。母さんは完全に正しいわけではなかった。わたしは母さんよりも賢くやる。

だからナッスンは静かにいう。「ねえ父さん、母さんは知ってるのよ」

それがどういう意味なのかナッスンにもはっきりとはわかっていない。ユーチェが死んだことを知っているというのか？　誰がユーチェを殴り殺したか知っているというのか？　母さんはジージャが自分の息子にそんなことができると本気で思っているのか？　ナッスンにはとても信じられない。だがジージャはまるで非難されたかのようにたじろいでいる。そして長いこと彼女をじっと見つめる。その表情が不安から恐怖へ、恐怖から絶望へ……そしてゆっくりあきらめへと変わっていく。

彼は怪我している男を見おろす。ナッスンはまったく知らない男だ——ティリモの住人ではない。動きやすそうな服を着て、手紙配達人用のいい靴を履いている。彼が走ることはもう二度とないし、どこだかわからないが自分のコムに帰ることもできないだろう。

「すまない」とジージャがいう。そして、なにが、とたずねようと息を吸いこんだ男の首をへし折る。

やがてジージャが立ちあがる。また両手が震えているが、くるりとふりむいて片手をひろげる。ナッスンはその手を取る。二人は荷馬車にもどり、ふたたび南へと進みはじめる。

§

〈季節〉はかならずもどってくる。

——銘板その二〝不完全な真実〟第一節

6　あんたは信念を貫く

「え、なに？」とトンキーが髪の毛のカーテンの向こうから目を細めてあんたにたずねる。あんたは〈狩人《かりゅうど》〉が使うクロスボウの太矢に羽根をつけたり修理したりする仕事の手伝いを終えてアパートメントに帰ってきたばかりだ。あんたは特定の用役《ようえき》カーストに属しているわけではないから、いろいろなカーストの仕事を日替わりで毎日少しずつ手伝っている。イッカのアドバイスにしたがってそうしているのだが、イッカはこのコムに溶けこむというあんたの決意を全面的に信用しているわけではない。ただ、少なくともあんたがそうしようと努力していることは好ましく思っている。

もうひとつイッカにいわれたことがある。トンキーはこれまでコムの寛大さにあぐらをかいて食べて寝て風呂に入る以外なにもしていないから、あんたとおなじようになにかさせろ、というのだ。コムの社会性を維持するためにある程度の寛大さは必要としても、だ。いまトンキーは自分の部屋で床に膝をついて水を張った洗面器の上にかがみこみ、ナイフをふるってもつれた髪をぶった切っている。あんたは充分に距離をとっている。白カビの匂いと体臭が部屋にこもっているし、洗面器のなかで切った髪といっしょになにかが動いているからだ。トンキーはコム無しを装うために不潔なふりをする必要があったのかもしれないが、実際には不潔ではなかった、ということではないらしい。

「月」とあんたはいう。〝つき〟――奇妙な言葉だ。どっちにアクセントをおけばいいのかよくわからない。アラバスターはほかになんといっていた？「それから……衛星。地科学者に教えてもらうといいといってたわ」

トンキーがとくに頑固な毛束をギシギシ切りながら顔をしかめる。「さあ、なんの話だかさっぱりわからないね。〝月〟なんて、聞いたこともない。わたしの専門分野はオベリスクなんだからね、覚えてる？」そういってから彼女はまばたきして手を止める。半分切った毛束がだらんと垂れさがる。「でも、専門的なことをいえば、オベリスク自体、まさに衛星だわ」

「え？」

「うーん、〝衛星〟というのはね、動きも位置もほかのものに従属している物体のこと。すべてを制御している物体が主天体。それに従属しているのが衛星。わかる？」トンキーは肩をすくめる。「天体学者がそういってるの。いつもわけのわからないことばかりいってるけど、これはまあ意味が通じるわ。軌道力学」トンキーはそういって目をぐるりと回す。

「ええ？」

「専門用語。空のプレートテクトニクス」あんたが信じられないという顔で見つめていると、トンキーはひらひらと手をふって、こういう。「とにかく、オベリスクがティリモにいたあなたのところへ寄っていったという話はしたよね。あなたがいくところへオベリスクもいく。つまり、あなたが主天体でオベリスクが衛星ということになるわけ」

あんたはぶるっと身震いする。いやなイメージが頭に浮かんだからだ——細い、目に見えないつなぎ鎖があんたからアメシストへ、もっと近くにいるトパーズへ、そしてあんたのなかで黒々とした存在感を増しつつあるオニキスへとのびているイメージ。そして奇妙なことに、フルクラムのことまで脳裏に浮かんでくる。フルクラムを離れて旅する自由を手にしたときも、あんたをフルクラムにつなぎとめていた鎖のイメージ。あんたはいつもフルクラムに引きもどされていた、でなければフルクラムがあんたのあとを追ってきた——守護者というかたちをとって。

「鎖ね」とあんたは静かにいう。

「ちがう、ちがう」トンキーがうわの空でいう。彼女はまた毛束と格闘している。いよいよ厄介なことになっているらしい。ナイフの切れ味が鈍っているのだ。あんたはホアといっしょに使っている部屋にもどって荷物のなかから砥石《といし》を出す。あんたがトンキーに砥石をさしだすと、トンキーは驚いたように目をぱちくりさせるが、すぐにありがとうとうなずいて、ナイフを研ぎはじめる。「もしあなたとオベリスクが鎖でつながれているとしたら、オベリスクがあなたのあとを追ってきたのは、あなたがそうさせていたからということになる。引力ではなくて、力で。もしあなたがオベリスクを思いどおりに動かせていたのならね」そう聞いてあんたは小さく楽しげな声を洩《も》らす。「でも衛星は、あなたが反応させようとするしないとは関係なく、あなたの動きに反応する。あなたの存在、そしてあなたがこの世界にかけている重量に引っ張られるの。自分ではどうにもならないから、あなたのそばをうろついているわけ」彼女が濡れた手をふわふわとふるのを、あんたはじっと見つめる。「もちろんオベリスクには動機もないし意思もない――あるなんて考えるのはばかげてる」

あんたが奥の壁際にしゃがみこんでいまの話を反芻《はんすう》しているうちに、トンキーはまた作業にもどる。短くなった髪がばらけていくにつれて、あんたにも見覚えのあるものが見えてくる。グレーの灰噴《はいふ》き髪の代わりにあんたとおなじ黒っぽいカールした髪が。中緯度地方人の髪――彼女の家族にとってはこれも家系に背くものだったのだろう。そしてそれ以外のずばりサンゼの標準といえる身体的特徴、といっても背は少し低めで体型が洋梨型なのはサンゼ的ではないが、それは〈繁殖者〉を使って体型改善を図ったりしないユメネス人の一族の出だからで、そこを除けば遥《はる》か昔にフルクラムに入りこんだときのことを思い起こさせるものがある。

アラバスターがこの月というもののことを口にしたとき、オベリスクのことが頭にあったとはあんたには思えない。とはいえ――「わたしたちがフルクラムで見つけた、あのソケット、あそこでオベリスクがつくられたっていってたわよね」

トンキーが心底興味を持っている分野にもどったのは一目瞭然。彼女はナイフを置いて身をのりだす。垂れさがったふぞろいの髪の奥に見える顔が興奮で輝いている。「ううむ。ぜんぶじゃないかもしれないけどね。記録されているオベリスクの寸法は少しずつちがっていたりするから、あのソケットにぴったり合うのはほんのいくつか――もしかしたらひとつだけ――だろうと思う。でなかったら、オベリスクを入れるたびにソケットが変化していたとかね。オベリスクに合わせて変わってた！」

「ソケットに入れるって、どうしてわかるの？　もしかしたら最初は……そこで育てて、面取りするとか、掘りだすとかして、それから運びだしたのかもしれないし」それを聞いたトンキーはなにやら考えこんでいる——彼女が考えつかなかったことに気がついて、あんたはなんとなく誇らしい気分になる。「それに、誰がそういうことをしていたの？」

トンキーが目を細めて肩の力を抜く。興奮がみるみる冷めていく。そしてついに彼女が口を開く。「ユメネスの〈指導者〉は、おそらく〈壊滅の季節〉のあと世界を救った人たちの子孫だろうといわれているの。その時代から伝わっている文書があってね、各一族が責任を持って守ることになっている秘密文書で、用役カーストとコム名を授かったら見られることになっているの」彼女が顔をしかめる。「うちの家族は見せてくれなかったわ。その前から、わたしを手放すことを考えていたから。だから金庫破りみたいなことをして生得権を行使させてもらったの」

あんたはうなずく。いかにもあのビノフらしいと思ったからだ。しかし一族に伝わる秘密という話は胡散《うさん》臭いとあんたは思っている。ユメネスはサンゼ以前には存在していなかったし、サンゼはいくつもの〈季節〉のあいだにあらわれては消えていった無数の文明のいちばんあたらしいものにすぎない。〈指導者〉の伝説には、自分たちの社会的地位を正当化するためにでっちあげた神話という匂いがつきまとう。

トンキーの話はつづく。「金庫室にはいろいろなものがあったわ。地図とか、見たこともない言語で書かれた書類とか、わけのわからないもの――たとえば小さい、円周が一インチくらいしかない完璧な球体の黄色い石とかね。その石はガラスのケースに入っていたんだけれど、密閉されていて、触れるべからずという警告が貼ってあった。たぶん人の身体に穴を開けるといわれていたものだと思う」あんたは身をすくめる。「じゃあ、一族に伝わる話がまんざら嘘ではないか、驚くべきことに富と権力を手にすれば貴重な古代の品々を収集しやすくなるか、どちらかということね。それとも両方かしら」トンキーはあんたの口調に込められたものに気づいて、楽しそうに頬をゆるめる。「うん、たぶん両方ってことはないわね。とにかく石伝承とはちがって、ただの……言葉なの。推論的な知識。それを確定的なものにする必要があったの」

いかにもトンキーらしい。「だからあなたはフルクラムに忍びこんでソケットを見つけようとした。それを見つければあなたの一族に伝わる錆《さ》び昔話が正しいと証明できるから、でしょ？」

「見つけた地図のなかの一枚に書いてあったの」トンキーが肩をすくめる。「もし昔話の一部が――ユメネスにソケットがあって、それがユメネスをつくった人たちによって意図的に隠されているという話が――真実だとしたら、残りも真実という可能性がある、ということよ」トンキーはナイフを脇に押しやって楽な姿勢にすわり直し、片手でだるそうに髪をすいて切った毛を下に落としている。痛々しいほど短くなった髪はふぞろいで、あんたはハサミで整えてやりたくなってしまうが、トンキーがもう一度髪を洗うまで待つことにする。

「昔話のほかの部分にも真実といえるものがあるの」とトンキーがいう。「つまりね、そういう昔話には錆び甘ったるい嘘が山ほどある。そうじゃないというつもりはないわ。でも第七大学でオベリスクは有史以前から、それもかなり前からあると教わった。〈季節〉にかんしては一万年前、一万五千年前、それどころか二万年前に起きた証拠もある――でもオベリスクはそれより古いのよ。〈壊滅〉より前という可能性もある」

〈壊滅〉というのは最初の〈季節〉、世界を壊滅寸前に追いこんだ〈季節〉だ。〈壊滅〉があったといっているのは伝承学者だけで、第七大学はかれらの話のほとんどを事実と認めていない。つむじまがりの虫が疼《うず》いて、あんたはいう。「〈壊滅〉なんてなかったのかもしれないし、〈第五の季節〉は最初からずっとあったのかもしれないわよ」

「かもしれないね」といってトンキーは肩をすくめる。少し突っかかってやろうというあんたの目論見《もくろみ》に気がついていないのか、受け流しているだけなのか。たぶん後者だろう。「専門家の会議で〈壊滅〉のことを持ちだしたら、まちがいなく五時間はつづく論争の火蓋を切って落とすことになるわ。ほんとうにろくでもない役立たずども」トンキーは過去に思いを馳《は》せて笑みを浮かべるが、ふっと真顔にもどる。あんたはすぐにピンとくる。第七大学があった都市ディバースは赤道地方のユメネスのすぐ西にある。

「でもわたしは信じないわよ」とトンキーがいう。もう立ち直っている。「〈季節〉が最初からずっとあったなんて」

「どうして?」

「わたしたちがいるから」トンキーはにやりと笑う。「つまり生物、ということだけど。変化が少なすぎるのよ」

「どういうこと？」

トンキーが身をのりだす。オベリスクの話のときほど興奮してはいないが、長いこと秘めてきた知識が彼女に火をつけたのはまちがいない。一瞬、隠し事が苦手な生意気そうな顔が輝き、あんたはそこにビノフを見いだす——が、話しだした彼女はもう地科学者のトンキーにもどっている。「『〈季節〉がくると、なにもかも変わる』でしょ？　でも半端なのよ。こんなふうに考えてみて——陸で育ち、陸を歩くものたちはみんなこの世界の空気を吸い、この世界のものを食べ、ふつうの気温変化のなかで生きている。そのために変わる必要はない——わたしたちはまさにそうあるべき姿で生きている、だって世界はそういうふうにできているんだから。そうでしょ？　いちばんだめなのは人かもしれない。だって動物みたいに毛を生やす代わりに手を使ってコートをつくらなくちゃならないんだから……でもちゃんとつくれる。わたしたちはそういうふうにできているのよ。縫い物ができる器用な手と動物を仕留めたり繁殖させたりして毛皮を手に入れられる頭脳がある。でも灰が肺のなかに入って固まったりしないように濾過《ろか》する機能はない——」

「それができる動物もいるわよ」

トンキーがあんたを見てしかめっ面をする。「話の腰を折らないで。失礼よ」

あんたが溜息《ためいき》をついて、どうぞと身振りで示すと、トンキーは機嫌を直してうなずく。「では。そのとおり。〈季節〉がくると肺に濾過膜ができる動物もいる——水中で呼吸できるようになって陸よりは安全な海に住むようになるとか土のなかに潜って冬眠するとか、いろいろいる。わたしたちはコートのつくり方だけでなく貯蔵庫や壁や石伝承のつくり方も考えだした。でもそういうものはぜんぶあとからの思いつきよ」彼女は言葉を探して、大きく手をふりまわす。「たとえば……ゴムとゴムの中間地点で荷馬車の車輪のスポークが一本だめになったら、まにあわせのものでなんとかする。でしょ？　木の棒でも、なんなら金属の棒でもいいからとにかく折れたスポークがあったところにあてがって、車輪修理屋にたどり着くまで、車輪をもたせる。カークーサが〈季節〉になると突然、肉好きになるのは、まさにそれなのよ。どうしていつもは肉を食べないのか？　どうしてこれまでずっと肉を食べてこなかったのか？　それはもともとそういうふうにつくられていないから、肉でないものを食べるほうが得意だから。〈季節〉になると肉を食べるのはカークーサが絶滅するのを防ぐために投入された土壇場の苦肉の策なのよ」

「それは……」あんたは少しばかり畏敬の念に打たれている。突拍子もない話に聞こえるが、この理論はなぜか正しいという気がするのだ。突っこめる穴がなさそうだし、突っこみたいのかどうか自分でもよくわからない。トンキーは丁々発止《ちょうちょうはっし》の論理合戦をしてもいいと思える相手ではない。

トンキーがうなずく。「だからオベリスクのことを考えずにはいられないのよ。あれをつくったのは人、つまり種としてはわたしたちも少なくともオベリスクとおなじくらい古くから存在していたってことになるわけ！　なにかを壊して、一からやりなおして、またそれを壊すにはかなりの時間がかかる。あるいは、もし〈指導者〉に伝わる話が真実だとしたら……修理するのにそれだけの時間がかかるということなのか。本格的に修復するまでなんとか乗り切れる程度の応急処置的な修理をするのにね」

　あんたは思わず顔をしかめる。「待って。ユメネスの〈指導者〉はオベリスクが――絶滅文明が残したガラクタが――修理に役立つと考えているの？」

「基本的にはね。〈指導者〉に伝わってきた話では、バラバラになりそうだった世界をオベリスクがひとつにつなぎとめたといわれている。それに、いつか〈季節〉というものを終わらせる方法が見つかる、それにはオベリスクが関係している、というようなことがほのめかされているの」

〈季節〉がなくなる？　想像することすらむずかしい。避難袋がいらなくなる。貯蔵品もいらない。コムは永遠に残る、永遠に発展していく。都市がみんなユメネスのようになれる。

「そうなったら凄いわね」とあんたはつぶやく。

　トンキーがあんたに鋭い視線を投げる。「あのねえ、オロジェンも修理道具のようなものかもしれないのよ。だとしたら、〈季節〉がなくなれば、あなたたちも必要なくなる」

　この言葉を聞いて不安を覚えるべきなのか安堵《あんど》すべきなのかわからないまま、あんたは眉をひそめてトンキーを見つめ返す。やがて彼女は指で髪を梳《す》きはじめ、あんたは返す言葉がないことに気づく。

ホアがいない。どこにいるのかわからない。あんたはルビー・ヘアを見つめていたホアを診療所に残してきていて、少し眠ろうとアパートメントにもどったときにもホアはいっしょではなかった。石ころが入った包みはまだあんたの部屋のベッドのそばにあるから、すぐにもどるつもりにちがいない。たぶん、なんでもないのだろう。それでも何週間もいっしょにいたせいで、あの奇妙な、そこはかとない存在感が欠けていると妙な喪失感を覚えてしまう。だが、いないほうがいいのかもしれない。あんたはこれから人に会うつもりだ。その場には……敵意が入りこまないほうがうまくいくだろう。

§

あんたはまたゆっくりと静かに診療所に向かう。夕方、だとあんたは思っている——カストリマ地下ではいつもとまどってしまうが、身体はまだ地上のリズムに順応したままなので、あんたはいまはそれを信じることにする。デッキや歩道にいる人たちのなかには、通りすぎるあんたをじろじろ眺めるやつもいる——このコムが噂話に相当の時間を割いているのはまちがいない。が、そんなことはどうでもいい。気になるのはアラバスターがもう回復したかどうかだ。あんたは彼と話をしなくてはならない。

朝あった〈狩人〉の亡骸《なきがら》は跡形もない——なにもかもきれいに片付いている。レルナがなかにいる。洗いたての服に着替えていて、あんたが入っていくと、ちらりと視線を投げる。その表情にはまだよそよそしさがあることにあんたは気づくが、彼は一瞬、視線を合わせるとうなずいて仕事にもどる。手術器具らしきものでなにかしているようだ。彼のそばにはもうひとり男がいて、ずらりと並んだ小さなガラス瓶にピペットでなにか入れている——顔をあげもしない。それが診療所というものだ。誰でも入ってこられる。

診療所のまんなかを通る、両側に簡易寝台が並ぶ長い廊下を半分も進まないうちに、あんたはなにかの音が、ブーンというような音が、ずっと聞こえているのに気づく。最初は単調に聞こえたが、よくよく耳を澄ますと音の高低や和音、ちょっとしたリズムのようなものが聞き取れる。音楽か？　まるで耳馴染《なじ》みのない、分析しにくい、歌詞がつけられるのかどうかも定かでない音楽。最初は、どこから聞こえてくるのかさえわからなかった。アラバスターは、けさとおなじ場所にいる。床に積み重ねた毛布やクッションの上だ。どうしてレルナが彼を寝台に寝かさないのか、あんたには見当がつかない。そばのナイトテーブルにはフラスコやきれいな包帯、ハサミ、軟膏《なんこう》の壺《つぼ》などが置かれている。便器はありがたいことに洗ったあとで空っぽだが近くにいくとまだ匂う。

アラバスターと石喰《いしく》いのまえにしゃがみこんだあんたは、音楽の出所は石喰いだと気づいて驚く。アンチモンはアラバスターの〝巣〟のそばにあぐらをかいてすわっている。まったく動かないので、まるで誰かがわざわざあぐらをかいて片手をあげている女の像を彫ってそこに置いたかのようだ。アラバスターは眠っている——が、ほとんどすわっているようなおかしな姿勢で、あんたはいぶかしく思うが、よくよく見るとアンチモンの手に寄りかかっている。これが唯一、心地よく眠れる姿勢なのだろうか？　きょうは両腕に包帯が巻いてあって軟膏でてかてか光っている。シャツを着ていないのでわかったのだが、あんたが思っていたほどひどい状態ではない。胸や腹には石化した部分はないし、肩周りには小さな火傷《やけど》がいくつかあるもののほとんど治っている。とはいえガリガリに痩せていて筋肉はほとんどないし肋骨《ろっこつ》が浮きでているし腹はくぼんでいる。

それに右腕は朝、見たときよりだいぶ短くなっている。

あんたはアンチモンを見あげる。音楽は彼女の内側から聞こえてくる。黒い目はアラバスターを見据えている――二人ともあんたが入ってきても微動だにしない。流れてくる音楽は耳慣れないが穏やかな曲調で、アラバスターも気持ちよさそうだ。

「あなた、ちゃんと彼の面倒を見ていなかったようね」とあんたはいう。彼のあばらを見ていると、彼のまえに食べものを置いて彼がいやいや食べるのをじっとにらんでいた数限りない夜のことが思い出される。彼は人が見ていると思うとよく食べるから、イノンと共謀して大勢で食卓を囲むように仕向けることも多かった。「わたしたちから彼を奪うつもりなら、最低限しっかり食べさせなくちゃ。太らせてから食べるなりなんなりしなくちゃ」

音楽は途切れずに流れつづけている。そしてついに、とてもかすかな石が軋《きし》る音とともに彼女のカボションカットの黒い目があんたのほうを向く。その目は一見、人間のものに似てはいるが、いかにも異質だ。白目の部分は乾いた艶のない素材でできている。疲れや不安やその他もろもろの人間らしさがあらわれる血管も濁りも黄色みがかった部分もない。黒い光彩のまんなかに瞳孔があるのかどうかもわからない。あんたの知るかぎり、彼女はその目でものを見ることはできず、肘を使ってあんたがどこにいるか感知しているはずだ。

その目と対峙《たいじ》して、あんたは突然、恐怖心がずいぶんと小さくなっていることに気づく。

「あなたが彼を連れていってしまったから、わたしたちの力だけではどうにもならなくなってしまったのよ」いや、これは自分は不完全だという思いから出た嘘だ。イノンは野生だから守護者や訓練されたフルクラム・オロジェンに太刀打ちできる見込みはなかった。しかし、あんたは？　なにもかも台無しにしたのはあんただ。「わたしひとりではどうしようもなかった。もしアラバスターがいてくれたら……。あなたが憎かった。あのあと放浪しているときに、いつかあなたを殺す方法を見つけてやると誓った。昔、出会った石喰いのようにオベリスクに閉じこめてやろうか。海底の誰も掘りだせないほど深いところに埋めてやろうか」

彼女はあんたを見ているが、なにもいわない。呼吸の乱れすら読めない。なぜなら彼女は呼吸していないから。しかし音楽が止まって静まり返っている。少なくとも、これは彼女の反応と思っていい。

無意味なことをしてしまった。だがそのとき静寂が大きくのしかかってくる。それにつまらないことをしたという思いがぬぐえない。だからあんたはひとことつけ加える――「みっともないわね。すてきな音楽だったわ」

（あとになって、あんたはベッドでこの日一日の失敗のあれこれを思い返し、いまのわたしはあの頃のアラバスターとおなじだ、どうかしている、と遅まきながら考えることになる。）

それからまもなくしてアラバスターが頭を起こし、静かな唸《うな》り声を洩らすと、あんたの頭も心もいっきにひと昔前に放りこまれる。あれから十年以上の歳月が流れ、二人は大きくぐるりとめぐってふたたび出会ったわけだ。彼は一瞬、ここがどこなのか、いまがいつなのか、あんたが誰なのかわからないという顔であんたを見てまばたきする。あんたのことがわからないのはあの頃より髪が倍にのびているし、肌艶は悪くなっているし、着ているものも〈季節〉褪《あ》せしているからだろうとあんたは思う。すると彼がまたまばたきする。あんたは深々と息を吸いこむ。と、二人ともいっきに、いま、ここ、の世界に立ちもどる。

「オニキスとは」と彼がいう。起きたばかりで声が嗄《か》れている。もちろん彼はわかっているのだ。「いつもながら手に余ることに手を出しているんだな、サイアン」

名前がちがっているが、あんたはわざわざ訂正したりしない。「あなたはオベリスクといったのよ」

「錆びトパーズといったはずだ。だが、もしオニキスを呼び寄せることができたのなら、わたしはきみの進歩を過小評価していたことになる」彼は首を傾《かし》げて考えこむ。「制御力がそこまで研ぎ澄まされるとは、この何年かのあいだ、いったいなにをしていたんだ？」

最初はあんたもなにも思いつかない、が、すぐにピンときた。「子どもを二人産んだの」オロジェンの子どもがあたりのものを破壊しないようにしておくには、かなりのエネルギーがいる。とくに乳幼児の頃は。あんたは片目を開けて眠るすべを覚え、あんたの地覚《ちかく》器官は赤ん坊が怖がったり幼児が癇癪《かんしゃく》を起こしたりする気配が少しでもしたときに備えてつねに身構えていた。もっと怖いのは、子どもの反応をうながすような局所的な揺れで、あんたはひと晩に十指に余る天災を鎮めていた。彼がうなずくのを見て、あんたは遅まきながらミオヴにいた頃、夜中に目を覚ますとアラバスターが疲れた顔でコランダムを見つめていたのを思い出す。コランダムが誰にもなんの危害もおよぼさないことがはっきりしたときには、あなたは心配しすぎだと彼をからかったものだ。

いまごろになってわかるとは自分が情けない、地球に焼かれてしまえ。

「わたしは生まれて何年かは母親のもとにいた」アラバスターがひとりごとのようにいう。彼が海岸地方人の言葉を話せると知ったときから、そうではないかとあんたも思っていた。しかしフルクラム育ちの母親がどうしてその言葉を知っていたのかは永遠の謎だ。「その後、事実上、脅威と見なされるような年頃になると母親とは引き離されたが、それまでにわたしがユメネスを凍らせてしまうのを母親が防いだことは何回かあった。スティルがわれわれを育てるのは無理だろうな」彼は遠い目をして口ごもる。「その後、偶然に母親と出会ったことがある。わたしはわからなかったが、向こうはなぜかわたしだとわかったんだ。そのとき彼女は上級顧問だと――だった――と思う。たしか九指輪で最高レベルに達していたな」そういって彼はふっと黙りこむ。たぶん、自分の母親も殺してしまったという事実を嚙《か》みしめているのだろう。それとも他人同士として廊下で出会い、そそくさと別れたこと以外になにかなかったかと記憶をたどっているのか。

ふいに彼の焦点が現在へ、あんたへと絞られる。「いまのきみも九指輪並みかもしれないな」

あんたの心には驚きとうれしさが湧きあがるが、あんたはそれを気取られまいと無関心を装う。「そんなことはもうどうでもいいのかと思っていたわ」

「そのとおりだ。ユメネスを八つ裂きにしたとき、フルクラムは跡形もなく消してやろうと、そこは気を遣った。街があった場所にはまだ奈落の縁に建物が残っている。いまだに落ちずに残っていればだが。しかし黒曜石の壁は瓦礫《がれき》と化しているし、本館は確実に最初に穴に落ちるようにした」彼の声には深い、悪意のこもった満足感がにじんでいる。ついさっき、あんたが石喰いどもを殺してやりたいと思ったときの声にそっくりだ。

(あんたはアンチモンをちらりと見る。彼女は片手でアラバスターの背中を支えながら、じっと彼を見つめている。彼の手足や前腕が彼女の胃袋にあたるもののなかに収まっていると知らなければ、献身的な愛情か親切心で彼を支えていると思ってしまいそうだ。)

「指輪のことを持ちだしたのは、判断基準があったほうがわかりやすいと思ったからだ」アラバスターが慎重に身体を起こし、まるであんたの心の声が聞こえていたかのように、先っぽが石で覆われた、ずんぐりとした右腕をのばす。「このなかを見てみろ。なにが見えるかいってごらん」

「なにがどうなっているのか教えてくれる気はあるの、アラバスター?」そうたずねても彼は答えないので、あんたは溜息をつく。しょうがない。

あんたは彼の腕に目をやる。いまは肘までしかない。そしてあんたは考える。なかを見るとはどういうことなのか? そのとき思いがけず、彼が自分の身体の細胞から意思の力で毒を排出した夜のことがよみがえってきた。だがあのとき彼は自分の力だけでなしとげたわけではなかった。あんたは眉をひそめて、衝動的に、彼のうしろにある奇妙な形をしたピンク色のものに目をやる――やけに長い、大きな柄がついたナイフのような、だがじつはオベリスクだというもの。尖晶石《スピネル》、と彼はいっていた。

あんたは彼をちらりと見る――彼はあんたがスピネルのオベリスクに目をやったのを見ていたにちがいない。彼は動かない――火傷を負い、石がかさぶたのように張りついた顔はぴくりともしないし、なくなってしまった睫毛《まつげ》が揺れることもない。ならば、いい。彼がやれということをする分には、なんでもありだろう。

だからあんたは彼の腕をじっと見つめる。いちかばちかでスピネルを使いたくはない。なにをしでかすかわからないのだから。そこであんたはまず意識を彼の腕のなかに送りこんでみる。ばかなことをしているという気がする――あんたは地表から何マイルも下にある地層を地覚することに生涯を費やしてきたのだから。ところが驚いたことにあんたの知覚はまちがいなく彼の腕をしっかりつかんでいる。小さくて異質で、近すぎるし、いかにもちっぽけだが、たしかにそこにある。なぜなら彼の腕の少なくとも表層は石だからだ。カルシウムに炭素、以前は血液だったにちがいない酸化した鉄の粒々、そして――。

あんたはためらい、眉をひそめて目を開ける。(閉じた覚えはないのだが。)「あれはなに?」「なんだろうな?」彼の口の火傷で閉じてしまっていないほうの端がきゅっとあがって、皮肉めいた笑みが浮かぶ。

あんたは顔をしかめる。「このなかになにかあって、あなたがこの石の素材に――」なっていく。「――いえ、わからない。これは岩石であって、岩石でない」

「腕のずっと奥のほうの肉は地覚できるか？」

できるはずがない。ところが焦点を限界まで絞ると――目を細め、舌を口の天井に押しつけ、鼻にしわを寄せると――そこにもある。大きなネバネバした粒が弾んでぶつかりあっている――あんたは胸が悪くなって、すぐに地覚するのをやめる。少なくとも石は清潔だ。

「もう一度見るんだ、サイアン。臆病者といわれたいのか」

腹を立ててもおかしくないところだが、あんたもこの程度の侮辱は受け流せる年になっている。あんたは肚《はら》を決めて、吐き気に襲われないよう深々と息を吸いこみ、もう一度やってみる。

彼の体内はなにもかもが濡れていて、肉の層と層のあいだでは水が分離されてもいないし――。

あんたはいったん作業を止めて、さらに焦点を絞る。ゲル状物質のあいだでもなにかが動いている、が、ゲル状物質より動きがゆっくりしているし、どちらかといえば無機的な動きだ。肉でも石でもない、なにか。非物質的な、それでいてちゃんとそこにあってあんたが認識できる、なにか。彼を構成する微細なもののあいだに糸を渡すように数珠つなぎになってチラチラ光っている。たえず動いていて格子状に交差している。これは……電圧か？　輝き、流れているエネルギー。潜在能力。意思。

あんたは首をふって、焦点を彼に引きもどす。「あれはなに？」

こんどは彼が答えを明かす。「オロジェニーの素だ」彼は芝居がかった声でいう。顔の表情をあまり変えられないからだ。「わたしは以前きみに、われわれがしていることは論理的ではないといった。われわれは大地を動かすためにわれわれ自身のなにかを系に注ぎこんで、それとはまったく無関係のものを引きだすんだ。そしてそこにはつねに大地とわれわれとをつなぐものが含まれている。これだ」あんたは眉をひそめる。彼は昔のように興奮で目を輝かせ、身をのりだしてくる——が、なにか軋るような音がして、彼は痛みで縮みあがる。そして慎重にすわり直すと、ふたたびアンチモンの手に寄りかかってしまう。

　だがあんたは彼の話をしっかり聞いている。彼のいうとおりだ。オロジェニーがどう作用するのか、これまでまともな理屈を聞いたことがあるだろうか？　一度もない。意思の力と集中力と知覚力とで山を動かせるはずがない。この世にこんな作用の仕方をするものはほかにない。踊りがうまいからといって雪崩を止めることはできないし、聴覚を研ぎ澄ましたからといって嵐を巻き起こすことはできない。それでもどこかで、あんたはこれが存在し、あんたの意思を現実のものにすると知っていた。これが……なんなのかわからないが、これが。

　アラバスターはいつでも、まるで本を読むようにあんたの心を読んでしまう。「オベリスクをつくった文明世界にはちゃんとこれをあらわす言葉があった」あんたが直観的に真実を把握したと察してうなずきながら、アラバスターがいう。「われわれにはないのには、理由があるのだと思う。数え切れないほどの世代にわたって、われわれがしていることはなんなのか、オロジェンに理解させようと考える者がひとりもいなかったからだ。かれらはただ、われわれがそれをすることだけを望んでいたんだ」

あんたはゆっくりとうなずく。「アライアの一件があったから、どうしてわたしたちがオベリスクを操る方法を学ぶことを誰も望まないのかはわかっているわ」

「オベリスクなど錆びてしまえ。かれらはわれわれがなにかもっとよいものをつくりだすことを望んでいなかった。もっと悪いこともな」彼は慎重に深々と息を吸いこむ。「もう石を操るのはやめだ、エッスン。あの、わたしのなかにあるもの、見ただろう？　きみが制御するすべを学ばなくてはならないのは、あれだ。あれがどこにあろうと知覚するすべを学ぶんだ。オベリスクはあれでできていて、オベリスクがしていることができるのは、あれのおかげなんだ。われわれは、きみもおなじことができるようにしなければならない。とりあえずはきみを十指輪にしないとな」

とりあえずは。ずいぶんと簡単にいってくれる。「なんのために？　アラバスター、あなた、いっていたわよね……月のこと。それがなんなのか、トンキーに聞いてもなにもわからなかった。それにあなたがいったことすべて、断層をつくったとか、わたしになにかもっとひどいことをさせたいとか――」あんたの視界の端でなにかが動いた。あんたが視線をあげると、レルナといっしょに仕事をしていた男が両手で碗《わん》を持ってやってくるのが目に入る。アラバスターの夕食だ。あんたは声を落とす。「いっておきますけど、わたしはやらないわよ。あなたに手を貸してもっと事態を悪化させるようなことは。あなたはもう充分にやったんじゃないの？」

アラバスターも近づいてくる看護師に目をやる。そして彼を見ながら低い声でいう。「〈月〉は、かつてはこの世界のものだったんだよ、エッスン。空にある物体で、星よりもずっと近くにあった」彼は相変わらずあんたのことをサイアンと呼んだりエッスンと呼んだりする。どうにも気になってしょうがない。「〈月〉が失われたことが〈季節〉が引き起こされた原因のひとつなんだ」

〈父なる地球〉は昔からずっと生きものを憎んでいたわけではない、と伝承学者はいっている。彼が憎むのは、たったひとりの子どもが失われたことが許せないからだ。

だが一方、伝承学者が語る物語ではオベリスクは無害だといわれている。

「どうして知って――」あんたは言葉を切る。看護師の男があんたのそばまでやってきたからだ。あんたはすわり直してそばにある簡易寝台にもたれかかり、男がスプーンでアラバスターに食べさせているあいだ、いま聞いた話をじっくりと消化する。アラバスターが食べているのはなにかを潰したどろりとしたもので、量はたいしてない。アラバスターはすわったまま赤ん坊のように口を開けて食べさせてもらっている。目はずっとあんたを見たままだ。あんたは居心地が悪くて、目をそらすしかなくなる。彼との関係で変わってしまったことはいくつもあるが、なかにはあんたにとって耐えがたいものもある。

やがて男が食事を食べさせ終えて、あんたのほうを見る。無表情だが、食べさせるのはあんたがやるべきだったんじゃないのかという声が聞こえてきそうな視線を投げて、男は離れていく。ところが、あんたが背筋をのばしてもっといろいろ聞こうと口を開けたとたん、アラバスターがいう。「たぶんすぐにその便器を使うことになると思う。もう腹の具合をあまりうまくコントロールできないんだが、とりあえずまだ規則的にもよおすんでね」あんたの表情を見て、彼はほんの少し苦みの混じった笑みを浮かべる。「きみが見たくないのとおなじくらい、こっちも見せたくないんだ。だから、きみにはまた改めてきてもらうということにしないか？　正午なら、尾籠《びろう》な生理機能に邪魔されずにすむと思うんだが」

ずるい。いや。それは当たらないし、あんたは責められてもしかたない立場だが、彼にも応分の責任があるはずだ。「どうしてこんなことに？」あんたは彼の腕やひどいありさまの身体を指していう。「わたしはただ……」事情がわかれば、あんたも受け入れやすくなるかもしれない。

「わたしがユメネスでしたことの結果だ」といって彼は首をふる。「サイアン、将来、なんらかの選択をするときのために覚えておくといい——選択によっては凄《すさ》まじい対価を払わねばならない場合もあるということをな。しかし、ときにはそれだけの対価を払う価値があることもあるんだ」

どうして彼がこの、このおぞましい緩慢な死をなにかの対価などと考えているのか、あんたには理解できない——ましてや、その結果引き起こされたのが世界の破壊ということになればなおさらだ。それに、そのことが石喰いや月やオベリスクやその他もろもろとどうつながるのかもわからない。

「もう少しどうにかならなかったの？」あんたはいわずにいられない。「なんとか……生きながらえるとか」そしてもどってくるとか、とはあんたはいえない。ミオヴが消え去ったあと、サイアナイトがティリモでジージャと出会い、失った家族の縮小版をつくる前に、もどってきてふたたび彼女とつつましく暮らすことはできなかったのか。彼女があんたになる前に。
答えは彼の生気を失った目が物語っている。昔、ノード・ステーションで虐待の末に死んでしまった彼の息子のひとりの亡骸《なきがら》を見ていた、あのときとおなじ目だ。イノンの死を知ったときもこんな目をしていたような気がする。ユーチェの死を知ったあとのあんたも、まちがいなくおなじ目をしていた。もう答えは必要ない。人はけっして補いきれないほど多くのものを奪われてしまうことがある。あんたたち二人はあまりにも多くのものを奪われた——奪われて奪われて奪われて、残されたものが希望だけになるまで奪われて、そしてあんたはその痛みに耐えきれずに希望を手放した。あんたはもうひとつ奪われるくらいなら死ぬか、殺すか、なにものにもいっさい愛着を持たないようにするほうがまし、というところまで追い詰められていたんだ。

あんたはコランダムの口と鼻を手で覆ったとき心に湧きあがった感情のことを考える。思いではない。思いはわかりやすい、誰にでも想像のつくものだった——奴隷として生きるくらいなら死んだほうがまし。だがあの瞬間あんたが感じたのは冷たい、ぞっとするような愛だった。あんたの息子の人生が、あの日までのすばらしい健全なものとして残るようにしてやろうという決意、たとえ息子の人生をあんたの手で早々と終わらせることになろうともそうしてやろうという決意だった。

アラバスターはあんたの質問に答えようとはしない。あんたも、もう答えを必要としていない。あんたは彼が少なくともあんたのまえでは尊厳を保てるよう、ここを出ようと立ちあがる。

あんたが彼に与えられるものはもうそれしかない。あんたの愛も敬意も、もう誰にとってもさして価値のないものになってしまっている。

あんたはもうひとつ質問をするのだが、それはまだ尊厳について考えていたからかもしれない。会話を絶望感で終わらせたくないのだ。それはまたあんたなりのオリーヴの枝をさしだす行為でもある。つまり彼に和平を申し出て、彼がどうしてもあんたに教えたいと思っていることを学ぶ決意をしたと彼に知らせる行為なのだ。あんたは、〈季節〉をもっとひどいものにするとか、なんにせよ彼がしようとしていることに興味はない……が、彼が少なからずそれを必要としていることははっきりしている。彼があんたとつくった息子は死んでしまった、二人してつくった家族は永遠に不完全なものになってしまった、がそれでもやはり彼はあんたの導師なのだ。

(これはあんたにも必要なことだ、とあんたのなかの皮肉屋は気づいている。じつに実りの少ない取引だ――ナッスンと彼、母親としての目的とかつての恋人、ばかげた謎とそれよりもっと切実でもっと大事な、ジージャが自分の息子を手にかけた理由。だが、ナッスンという原動力を見失ってしまったいま、あんたにはそれに代わるなにかが必要だ。なんでもいい、まえに進んでいくための原動力が。)

だからあんたは彼に背を向けたまま、いう――「かれらはなんて呼んでいたの?」

「うん?」

「オベリスクをつくった人たちよ。かれらの時代にはオベリスクの素材にちゃんと名前があったと、あなた、いったでしょ」アラバスターの身体の細胞と細胞のあいだで動いていた銀白色のもの。彼の石化しつつある部分にびっしりと寄り集まっていた。「オロジェニーの素。いまでは名無しになってしまったけれど、かれらはなんと呼んでいたのかしら？」

「ああ」彼が動きだす。便器を使う準備だろう。「名前はどうでもいいんだ、エッスン。なんなら自分でつくればいい。必要なのは、それが存在すると知っていることだ」

「わたしはそれがなんと呼ばれていたのかを知りたいの」これは彼があんたに無理やり飲みこませようとしている謎のひとかけだ。あんたとしてはその謎を指でつまんで、いっきに飲みこまないようにして、飲みこむ途中で少しでも味をたしかめるくらいのことはしたい。それに、オベリスクをつくった人々は強大な力を持っていた。もしほんとうにかれらが子孫に〈季節〉をもたらすようなことをしたのだとしたら、愚かといってもいいかもしれないし、まちがいなくひどいやつらだともいえる。しかし強大な存在だったのはたしかだ。ひょっとしたら名前がわかれば、なにか力を得られるかもしれない。

　彼が首をふりはじめるが、それでどこかに痛みが出るとみえて、首をふるのをやめて溜息をつく。「かれらはあれを魔法と呼んでいた」

　なんの意味もない、ただの言葉だ。しかしもしかしたらあんたはそれに意味を与えることができるかもしれない。「魔法」とあんたはくりかえし、頭に叩きこむ。そして軽くうなずき、ふりむかずに診療所をあとにする。

§

石喰いたちはわたしがそこにいることを知っていた。それはまちがいない。ただかれらはまったく気にしていなかった。

わたしはかれらが微動だにせず立ったまま話しているのを何時間も観察した。声はどこからともなく響いてきていた。かれらが話す言葉は……奇妙なものだった。北極地方語だろうか？　海岸地方語のどれかか？　とにかく聞いたことのない言葉だった。だからというわけではないが、正直にいうと、十時間ほどたった頃、わたしは眠りこけてしまった。やがてなにかが砕けたり崩れたりする大音響で目を覚ました。〈壊滅〉がわが身に降りかかったかと思うほど凄まじい音だった。思い切って目を開けると、石喰いの片方が砕け散って地面に転がっていた。もう片方は相変わらずじっと立っていたが、ひとつだけちがっていることがあった。わたしのほうを向いていたのだ――まぶしいほど光り輝く笑みを浮かべて。

――ウーズ〈繁殖者〉（出生時は〈強力《ごうりき》〉）ティカストリーズ
（アマチュア地科学者）の体験記
第五大学は認証していない。

7　ナッスン、月を見つける

南へ向かう旅は、ナッスンとジージャにとって長く、不安に満ちたものになっている。二人はほとんどずっと荷馬車で旅しているので、徒歩であとを追っているエッスンより進み具合が速く、エッスンとの距離は開く一方だ。ジージャは食べものや消耗品と交換で人を荷馬車に乗せてやっていて、これがまた速く進める一因になっている。しょっちゅう止まって取引しなくてすむからだ。進み具合がいいおかげで、二人は気候の変化や降灰、肉食のカークーサや沸騰《ふっとう》虫《むし》などの問題が持ちあがる前に先へ先へと進んでいて、最悪の状態に遭遇せずにすんでいる。

カストリマ地上を通りすぎるときもかなりのスピードだったので、ナッスンはイッカの招集の声をほとんど感じ取れなかった――そのあとはっきり感じ取ったのは夢のなかで、彼女はその声に引っ張られて白い水晶の光を浴びながら暖かい大地のなかへ、下へ下へと進んでいった。だが、その夢を見たときにはもうカストリマから十マイルも離れていた。その日はジージャがもっと進んでから野営しようと考えたからだ。そうでなければ、まるで手招きしているような無傷の空き家の集まりという蜜壺《みつつぼ》にはまってしまうところだった。

どうしてもコムに立ち寄らなければならないときでも、いくつかのコムは出入りが制限されているだけで、まだ〈季節令〉は発令されていなかった。たぶん最悪の事態はそれほど南まではひろがらないと考えられていたのだろう――〈季節〉が大陸全体にいっきに影響をおよぼすことはめったにないのだ。ナッスンはけっして自分の正体を他人に明かしたりはしないが、もし明かすことができたら、この〈季節〉から逃れられる場所はどこにもないと告げていただろう。スティルネスのなかでも場所によっては最悪の事態に至るのがほかより遅いところもあるかもしれないが、最後にはどこも等しく影響を受けることになってしまうはずだ。

立ち寄るコムのなかには、このままここにいろといってくれるところもある。ジージャはもう若いといえる年ではないが、まだまだ元気だし石打ち工《く》としての技術も〈耐性者〉という用《よう》役《えき》カーストも価値がある。ナッスンはもう訓練しさえすればどんな技術も身につけられる年頃になっているし、見るからに健康そうで年の割に背も高く、母親譲りの強靭《きょうじん》な中緯度地方人並みの体格に育っていきそうな片鱗《へんりん》が見えている。二人が立ち寄れそうなところは多くない。貯蔵品がたっぷりあって住人が親切な地力のあるコムならいいのだが、ナッスンがそこにとどまりたいと思っても、ジージャはいつもだめだという。口には出さないが、どこか目的地があるのだ。

立ち寄らなかったコムのなかには、二人を殺そうとしたところもある。これはまったく理屈に合わない。男ひとりと小さな女の子ひとりでは殺して奪うほどのものなど持っているはずはないのだが、〈季節〉になると理屈が通用しないことも多い。逃走劇もあった。ジージャは、二人を門から入れておいて閉じこめようとしたコムから逃げるために男の頭に長ナイフで切りつけたことがあった。そこで馬と荷馬車を失ってしまったが、向こうはたぶんそれが狙いだったのだろう。とにかくジージャとナッスンは逃げだすことができた。それこそがいちばん大事なことだ。そこから歩きになって進む速度は落ちたが、二人とも生きている。

ほかのあるコムではなんの警告もなしに、いきなりクロスボウを射かけてきた。二人が無事だったのはナッスンのおかげだ。ナッスンは父親に両手を回すと、歯を大地に押し当ててそのコム全体からあらゆる命と熱と動きを引きだした。その結果、コムは銀色に輝くスレートの壁とじっと動かない硬直した死体でできた、キラキラ光る霜に覆われた砂糖菓子と化してしまった。

（ナッスンはもう二度とおなじことはしない。そのあとジージャが彼女をどんな目で見るようになったかを考えれば、当然のことだ。）

二人はその生気の失せたコムに数日とどまって空き家で身体を休め、必需品を補給する。二人がいるあいだ誰もこのコムに手を出さなかったのは、ナッスンが壁を凍らせたままにして、ここは危険とはっきり警告を出していたからだ。しかしもちろん長居は無用だ。いずれは周辺のコムが徒党を組んで、かれら全員の存在を脅かすことになるにちがいないロガを殺しにやってくる。湯と新鮮な食料を数日間、楽しんで――ジージャがコムの冷凍鶏肉《とりにく》でご馳走《ちそう》をつくったりもして――二人はまた歩きだす。死体が溶けて臭いはじめる前にな。

旅はそんなこととの連続だ――追い剝《は》ぎや詐欺師に出くわしたり、命を落としかねない有毒なガスが漂ってきたり、温血動物がそばにくると木製の大釘を発射する木があったり。だが二人はすべて無事に切り抜ける。ナッスンはいつも空腹で、腹一杯食べられることはめったにないのに、ぐんぐん成長していく。そして一年近くがすぎ、ジージャが噂で聞いていた場所にそろそろたどり着くという頃には背が三インチものびていた。

二人はついに南中緯度地方を抜け、南極地方に足を踏み入れる。ナッスンはジージャが自分をニフェに連れていくつもりなのではないかと思いはじめていた。ニフェは南極地方にある数少ない都市のひとつで、その近くにはフルクラムの支所があるといわれている。ところがジージャはペレスティン－ニフェ帝国道を離れて東へ向かいはじめる。そして途中でときおり足を止めては、方向があっているかどうか人に聞きながら進んでいく。ジージャが声をひそめて人に道をたずねるのは、いつもナッスンが寝てからで、相手は食事をともにしたあと二、三時間しゃべって分別があると思えた人間に限られていたが、何回かそんなことがあったあと、ナッスンはついに行き先を知ることになる。「教えてくれ」とジージャが小声でいうのをナッスンは耳にする。相手は地元のコムの住人で偵察に出てきていた女で、ジージャがおこした焚《た》き火のそばで女がつかまえた動物の肉を焼いて夕食をすませたあとのことだ。「〈月〉って、聞いたことがあるかね?」

ナッスンにとってはわけのわからない質問だ——月という言葉もなんのことかさっぱりわからない。だが女は深々と息を吸いこんでいる。そしてジージャに道を教えはじめる。帝国道ではなく南東に向かう地方道に入るとすぐに川が曲がっているところに出るから、そこから南へ向かう。ナッスンは女が目をすがめて見ている視線を感じて、そこから先は寝たふりを決めこむ。だがそのうちジージャがおずおずと女の寝袋を温めようかと申し出る。そのあとナッスンは父親が肉のお礼に――そしてナッスンがそばにいることを女に忘れさせるために――女を抱き、女が呻《うめ》いたり喘《あえ》いだりする声を聞かなければならないことになる。朝になると、二人は女が起きないうちに出発する。あとをつけられてナッスンに危害を加えられる恐れもあるからだ。

何日かのち、二人は川のところで方向を変えて森のなかに入り、木陰の道をたどる。藪《やぶ》や下生えのまんなかに淡い色のリボンを置いて突き固めたとしか思えないような道だ。このあたりではまだ空が長い時間、陰ることはない。ほとんどの木はまだ葉が落ちていないし、二人が通ると動物が跳びはねて逃げていく音が聞こえる。この道にはほかに誰もいないが、あきらかに最近、何人かが通ったとみえる。でなければもっと草が生い茂っているはずだ。ときどき鳥のチッチッという声やクルルという声も聞こえてくる。南極地方は荒涼とした人口も少ない地域だと、ナッスンはべつの暮らしをしていたときに教科書で読んだことがあった。コムは少ないし帝国道はさらに少なく、冬は〈季節〉でなくても厳しい。ここの四つ郷《よごう》は横切るのに何週間もかかる。南極地方にはツンドラ地帯があり、大陸の最南端は固い氷になっていて、それがずっと沖合までのびているといわれている。夜空には、雲を通して見ることができればだが、ときおりふしぎな色とりどりの踊る光があふれることがあると、ナッスンは本で読んだことがある。

しかし南極地方のこのあたりでは、少し肌寒いにもかかわらず、空気は湿気が多く、もわっと熱を帯びている。ナッスンには足元の盾状火山のマグマが閉じられた空間で重々しく沸き返っているのが地覚《ちかく》できる——実際、じわじわと噴火していて、溶岩がちょろちょろ南のほうへ流れだしている。彼女の意識の地形図上では、あちらこちらにガスの噴気孔があり、温泉や間欠泉となって地表に出ているものもいくつか感知できる。木々の緑が保たれているのは、この湿気と地熱のおかげだ。

やがて行く手が開けると、目のまえにナッスンが見たこともないようなものが立ちあらわれる。石造りのもの、とナッスンは思う——石でできているにはちがいないが、よく見ると何十もの茶色がかった灰色の長い柱状の石が小さく波打つように重なりあって上り坂をつくり、低い山か高い丘のようになっている。この石の川のてっぺんには、こんもりとした木々の緑の天蓋が見える——その部分には傾斜はなくて、真っ平らだ。そしてたいらな部分に茂る木々の合間から丸屋根か貯蔵塔のようなものがちらりと見えている。どうやら人が住んでいるようだ。しかし細長い柱状の石をのぼっていかないかぎり——のぼるのはかなり危険そうだが——どうやって上までいくのか、ナッスンにはわからない。

ただ……ただ。彼女の意識をカリッとひっかくものがあり、それが圧迫感になって、じわじわと確信に変わっていく。ナッスンはちらりと父親を見る。父親もやはり石の川を見つめている。ユーチェが死んだ日以来この何カ月かのあいだに、ナッスンはそれまで以上にジージャのことがよくわかるようになっている。自分の人生が彼にかかっているからだ。彼女は、ジージャは見た目は強そうで喜怒哀楽をあらわさないが、じつはもろい人間だと思っている。彼に入ったひびはあたらしいが、地殻構造プレートの端のように危険だ——つねにひりついていて、いっこうに落ち着かず、ちょっとこすっただけで長い年月閉じこめられていたエネルギーが解き放たれ、近くにあるものをひとつ残らず破壊してしまう。

だが、やり方を知っていれば、地揺れを操るのは簡単だ。

だからナッスンは彼を注意深く見守りながらいう。「父さん、これはオロジェンがつくったのよ」

彼女は彼が緊張するだろうと予想していたのだが、そのとおり彼は緊張する。自分を落ち着かせるために深く息を吸いこむだろうと思っていたが、それも予想どおりになる。彼はオロジェンのことを考えただけで、母さんが赤ワインを飲んだときのようになってしまう――呼吸が速くなって、手が震えて、ときには膝がガクガクしたりもする。父さんはバーガンディ色のものを家に持ちこむことさえできなかった――でもときどきうっかりして持ちこんでしまうと、母さんはどんないいわけをしても耳に入らなくなってしまう。そうなったら母さんの震えや荒い息、それから手をもみしぼったりする動きが収まるのを待つしかなかった。

（もみしぼるではなくて、さするだ。ナッスンはちがいがよくわかっていなかったが、エッスンは片方の手をさすっていた。昔々の骨折の痛みをなだめていたのだ。）

ジージャが落ち着いたようなので、ナッスンは話をつづける。「あの斜面をあがっていけるのはオロジェンだけだと思う」じつは彼女はそうにちがいないと確信している。石の柱は、一見したところわからないが、動いている。この地域全体がこのうえなくゆっくりと噴火している火山なのだ。ここでは溶岩流がじわじわと押しあげられる動きが絶え間なくつづき、冷えるのに何年もかかるため溶岩が収縮していく過程で長い六角形の柱が形成される。その上昇してくる圧力を押し返し、ゆっくりと冷えていく熱を味わい、あらたに柱を引きあげることは、たとえ訓練されていない者でも、オロジェンにとってはたやすいことだろう。それに乗って、てっぺんの平地までいくのだ。二人の目のまえにある石の柱のなかには色が薄くて、角がシャープであたらしいものがたくさんある。最近それをやったオロジェンが何人もいるということだ。

そのときジージャがいきなりグイッとうなずいて、ナッスンはぎくりとする。「ここには、おまえみたいな者たちがいる……いるはずだ」彼は絶対にオのつく言葉やロのつく言葉を使わない。いつも、おまえのようなとかおまえの仲間とかあのたぐいというい い方をする。「だからおまえをここへ連れてきたんだよ」

「ここはフルクラムの南極地方支所なの？」もしかしたら支所がある場所を勘違いしていたのかもしれない、と思って彼女はたずねる。

「いや」彼の口元がゆがむ。断層線が震える。「もっといいところだ」

彼が進んでこの話をするのははじめてだ。呼吸も落ち着いてきているし、彼女が自分の娘だということを必死に思い出そうとしているときのあの目つきでもなくなっている。ナッスンは彼の地層を少し探ってみることにする。「もっといいところ？」

「もっといいところだ」彼は彼女を見て、いつ以来か思い出せないほど久しぶりに以前と変わらぬ笑みを浮かべる。父親が娘に微笑《ほほえ》みかける、あのふつうの笑みだ。「かれらはおまえを治すことができるんだよ、ナッスン。そういわれているんだ」

なにを治すの？　ともう少しでいいそうになるが、とっさに生存本能が働いて、ばかなことを口に出す前に彼女は舌を嚙《か》む。彼の目に映る彼女を苦しめている病、世界の半分を踏破してまで幼い娘の身体から追いだしたい毒、といったらひとつしかない。

治す。治す。オロジェニーを？　どう考えればいいのか、彼女には見当もつかない。いまの自分以外のものになる……ということだろうか？　ふつうになるということ？　そんなことができるのか？

あまりにも衝撃的で、彼女は一瞬、父親のようすを見守るのを忘れてしまう。ふとそのことを思い出して、彼女は身震いする。父親がじっと彼女を見ていたからだ。しかし父親は彼女の表情を見て満足げにうなずく。彼女の驚きの表情こそ、彼が見たかったものなのだ——驚き、でなければふしぎそうな表情、あるいは喜びかもしれないが。もしそれが嫌悪や恐怖だったら、そこまではっきりした反応は見せなかっただろう。

「どうやって？」と彼女はたずねる。これくらいの好奇心なら許されるはずだ。

「さあな。しかし旅の人から聞いたことがあるんだ、前に」彼がおまえのような者というときにはひとつの意味しかないように、前にといったらなんの前なのかは決まっている。二人にとってはいわずもがなのことだ。「五年か十年くらい前にできたらしい」

「じゃあ、フルクラムは？」彼女はわけがわからず首をふる。もしどこかにあるのなら、きっと……。

ジージャの顔がゆがむ。「訓練されようが、革ひもでつながれようが、動物は動物だ」彼は湧きあがってくる石でできた斜面をふりかえる。「父さんは、可愛い娘にもどってきてほしいんだ」

わたしはどこへもいっていない、とナッスンは思うが、不用意に口に出したりはしない。石の斜面の上まであがっていけそうな道はないし、道しるべのようなものも近くには見当たらない。ひとつには〈季節〉ならではの防備ということもあるかもしれない――現に、壁だけでなく、とても乗り越えられそうもない障害物を置いたり、偽装したりしているコムはいくつか見かけた。ここのコムの住人がてっぺんの平地までいける秘密の方法を知っているのはまちがいないが、ナッスンとジージャは解けない謎を突きつけられて立ちすくんでいる。この丘の向こう側へいくのも簡単ではない――向こう側に階段があるかどうか見にいくこともできるが、たぶん何日もかかるだろう。

ナッスンは近くにある丸太に腰をおろす――もちろん、〈季節〉がはじまって攻撃的になってしまった虫やなにかがいないかどうか念入りに調べてからだ。（ナッスンは、自然も父親もおなじように細心の注意を払って接しなければならないと学んでいた。）彼女はジージャがいったりきたり、ときどき立ち止まっては石の柱が地面からすっくと立ちあがっているところを蹴ったりするのをじっと見守る。彼はひとりごとをいっている。なにをしなければならないか認めるのに時間が必要なのだろう。

ついに彼が彼女のほうを向く。「おまえ、できるのか？」

彼女が立ちあがる。すると彼は急な動きにびっくりしたのかよろよろっとあとずさる。そして立ち止まると、彼女をにらみつける。彼女はその場に立ち尽くし、彼が彼女を恐れると彼女がどんなに傷つくか見せつける。

彼の顎の筋肉がピクピク動く――怒りが少しばかり薄れて無念さに変わっていく。（あくまでも少しばかりだが。）「そのためにはこの森を殺さなければならないのか？」

ああ。そう聞かれて、彼の心配の一端が彼女にも理解できた。ここはかれらが久しぶりに目にした緑の森だ。「いいえ、父さん」と彼女はいう。そして、「ここには火山があるの」と足元を指差す。彼がまたビクッとして、ときどき彼女に投げかけるのとおなじあのむきだしの憎しみがこもった目で地面をにらみつける。だが〈父なる地球〉を憎むのは、〈季節〉が永遠になくなることを祈るのとおなじくらい無意味なことだ。

彼は深呼吸して口を開く。ナッスンは、彼がそうかというのを期待して、すでに笑顔を――彼がほっとするために欠かせない笑顔を――つくる準備をしている。こうして二人とも完全に無防備になっているそのとき、あたりの森のなかからカチッという大きな音が響いて、どこに潜んでいたのか鳥の群れが飛び立つ。なにかがすぐそばの地面にシュシュッと入りこみ、ナッスンはその衝撃のかすかな反響が近辺の地層に走るのを感じてまばたきする。なにか小さな、しかし強い力で突き刺さるもの。と、ジージャが悲鳴をあげる。

以前のナッスンは、驚くと反射的に凍りついていた。母さんの訓練のたまものだ。その条件付けの効果はこの何カ月かでいくらか薄れてしまったし、まだまだ成長の途中ということもあるが、それでも彼女は意識を大地に沈める――ほんの数フィートだが、それでも。しかし彼女は、さかとげのついた太い金属の矢が父親のふくらはぎをずしりと貫くのを目にして、身も心も凍りついてしまう。「父さん！」

ジージャは地面に片膝をつき、足を抱えて歯のあいだから悲鳴にはならないまでも強い苦痛を訴える声を洩《も》らしている。大きな矢だ——長さ数フィート、円周は二インチもあるだろうか。その矢が彼の肉を押し分けているさまが、よく見える。先端はふくらはぎの先の地面に刺さっていて、彼はまさに釘付けにされた格好。クロスボウではない。銛《もり》だ。ずんぐりとした柄の先端には細い鎖までついている。

鎖？　ナッスンは、さっと意識を走らせて鎖の先をたどる。誰かが鎖を握っている。近くの地層をドスンドスンと踏みならす足がある。落ち葉をバリバリ踏んで進んでくる。木々の幹の向こうで影が素早く動き、消える——前に聞いたことのある北極地方語でなにか呼びかける声が聞こえたが、意味はわからない。盗賊だ。近づいてくる。

彼女はまたジージャを見る。ジージャは大きく息を吸いこもうとしている。顔が真っ青だ。出血がひどい。だが彼が痛みで大きく見開いた目で彼女を見あげたとたん、彼女はコムで襲撃されたときのことを思い出す。彼女が凍らせてしまったコムのこと。そしてそれ以降、彼が彼女を見る目が変わってしまったこと。

盗賊。殺さなければ。それはわかっている。殺さなければこちらが殺される。

だが父親は可愛い娘をもとめている。動物ではなく、可愛い娘を。

彼女は見つめて、見つめて、肩で息をし、見つめることをやめられず、考えることもできず、行動することもできず、ただそこに立って震えて荒い息をすること以外なにもできずに、生きのびるか可愛い娘でいるかのあいだで引き裂かれている。

そのとき、誰かが溶岩流の峰から石の柱をポンポンと伝って素早く、機敏な動きでいっきにおりてきた――ナッスンが見つめているのはこの光景だ。人間業ではない。しかし男は丘の麓の砂利だらけの地面にかがみこんだ姿勢で着地する。どさりと重い不吉な音が響く。がっしりした体格だ。男は中腰になったままだが、それでも大柄なことはナッスンにもわかる。ナッスンの背後の木陰にじっと視線を据えたまま、男は長い不気味な黒曜石ナイフを抜く。(なのにどういうわけか、男が着地したときの衝撃が彼女の感覚器官にはいっさい響いてこなかった。これはどういうことなのか？　それに……。彼女は首をふる。虫の羽音だろうと思ったが、奇妙なバズ音は音ではない。ただ感じるのだ。)

男が動きだす。茂みをめざして突っ走っていく。走ったあとに土煙が舞いあがるほど足の蹴りが強い。ナッスンはぽかんと口を開けて男の姿を目で追うが、男は緑の茂みのなかに消えてしまう。すると、またあの意味のわからない叫び声があがる――と、男が姿を消した方向から、強烈なパンチを食らったときのような低い喉声が聞こえてくる。木々のあいだを縫ってこっちに向かってきていた連中の動きがぴたりと止まる。ナッスンがふと見ると、もつれたツタといかにも古そうな風化した石とのあいだの少し開けたところに北極地方人の女が凍りついたように立っている。その女が向きを変えて誰かに呼びかけようと息を吸いこんだ瞬間、ぶれて見えるほどの素早さで男が女のうしろに立ち、その背中にパンチを浴びせる。いや、ちがう、ナイフだ――そして男は女が倒れる前に消えてしまう。その攻撃の迫力とスピードは見ている者が茫然《ぼうぜん》とするほどだ。

「ナ、ナッスン」ジージャの声にナッスンはまたビクッとなる。じつは、つかのま彼がいることを忘れていたのだ。彼女は彼の元にいき、鎖を踏んでしゃがみこむ。誰かが鎖を使って父親をそれ以上傷つけるのを防ぐためだ。父親が彼女の腕をつかむ。痛いほど強く。「おまえは、ああ、逃げろ」

「いやよ、父さん」彼女は鎖が銛にどうつながれているのか見極めようとしている。銛の柄はつるんとしていて凹凸がない。鎖をはずすか、さかとげのついた銛先を切り落とすかすれば、父さんの足から柄を抜いて父さんが動けるようになる。でもそのあとは？　とにかくひどい傷だ。出血多量で死んでしまわないか？　どうしたらいいのか彼女にはわからない。

彼女が鎖の端をねじればはずれるかもしれないと小刻みに動かしていると、ジージャがそれを制するように低く唸《うな》る。「だめだ……たぶん骨が……」ジージャの身体がぐらりと傾く。くちびるが真っ青だ。これはまずい、とナッスンは思う。「早く、いけ」

ナッスンは耳を貸さない。鎖は柄の端に溶接されている。謎の男があらわれて、とりあえず手詰まりな状況が解消されたいま、彼女は鎖をいじりながら必死に考える。（だが、手が震えている。彼女は深呼吸して恐怖心を鎮めようとする。森のなかから喉がゴボゴボいうような呻き声や怒りに満ちた叫び声が聞こえてくる。）彼女はジージャの荷物のなかに石打ちの道具があるのは知っているが、銛は鋼鉄製だ。待て――金属は充分に冷えれば折れるんじゃなかったか？　高さがあって幅が狭い円環体をつくれれば、ひょっとしたら……？

彼女はそんなことはしたことがない。へたをしたら父親の足まで凍らせてしまうかもしれない。だがなぜか、本能的に、できるはずだと彼女は感じている。母さんが教えてくれたオロジェニーの考え方、熱と運動を取り入れて熱と運動を押しだすというオロジェニーの考え方をほんとうにそのとおりだと実感できたことはこれまで一度もない。それが正しいことはわかっている——それでうまくいくことも経験で知っている。でもなにかが……ちがう。大雑把《おおざっぱ》すぎる。彼女はいつも、もしそれを熱だと考えなければ……と思っていた。その考えに発展的に終止符を打つことのないまま、きょうまできている。

母さんはここにはいない。ここにあるのは死。そして父親は彼女を愛してくれるこの世でたったひとりの人だ。その愛は痛みに包まれて届きはするが。

だから彼女は銛の柄の端に手を置く。「父さん、動かないでね」

「な、なんだ？」ジージャは震えているが、どんどん弱ってもいる。そのほうがいい。そのほうが邪魔されずにやるべきことに神経を集中させることができる。ナッスンはもう片方の手をジージャの足に置く——彼女のオロジェニーは、まだうまくコントロールしきれない頃から、まるで尻込みしているみたいに彼女を避けて作用していて、彼女を凍らせることはなかった。

そして彼女は目を閉じる。

火山の熱の下になにかある。地中で躍動する動きのさざ波のなかに散らばっている。波と熱を操るのは簡単だが、このなにかは知覚することすらむずかしい。だから母さんはそれではなく波と熱を探せと教えたのだろう。しかし、もしそれをつかむことができれば、熱や波よりも微妙で繊細で精密なそれをつかむことができれば……もしそれを鋭利な刃先のような形にして、極限まで鋭く磨きあげて、銛の柄を一刀両断にできれば――。

彼女とジージャとのあいだの空気がかき回されて高音のシュッシュッという音をたてる。すると銛の柄についている鎖の端がぽろりとはずれる。断ち切られた金属の断面は鏡のようになめらかで午後の陽の光を受けてキラキラ光っている。

ほっと大きく息をついて、ナッスンは目を開ける。すると、ジージャが緊張している。そして恐怖と闘争心が入り交じった表情でナッスンのうしろのほうを見ている。ナッスンがぎょっとしてふりむくと、あのナイフ使いの男がいるではないか。

男の髪は北極地方人特有のこしのない黒髪で、腰のあたりまでのびている。とても背が高いので、ナッスンはその顔を見ようとして尻もちをついてしまう。いや、それともいっきに疲れが出たせいか？　彼女にもわからない。男の息遣いは荒く、着ている服――手織りふうの布地で、びっくりするほどきれいなひだが入った古そうなズボン――には盛大に血が飛び散っている。いちばん派手に血にまみれているのは右手の黒曜石ナイフだ。彼は、彼女がたったいま切断したばかりの金属のようにまばゆく輝く目で彼女を見おろしている。そしてその笑みは鋭い刃先にとても近いものがある。

「やあ、お嬢ちゃん」と、男がいう。ナッスンはただじっと見つめるばかりだ。「なかなか見事な技だな」

ジージャは銛が刺さったままの足で動こうとしている。あまりにも痛々しい。金属が骨をすり砕こうとして砕ききれない音を響かせて、彼は咳《せ》きこむような苦悶《くもん》の声を洩らしながら、なんとかナッスンをつかもうとしている。ナッスンは彼の肩をつかむが、彼は重い、自分は疲れている、そこでふいに恐怖にとらわれる——もしこの黒曜石ナイフを持った男と戦わねばならないとなったら、自分には勝てる力はないと悟ったのだ。彼女の手の下でジージャの肩が震えている。そして彼女もおなじくらい激しく震えている。だからみんな熱の下のものは使わないのだろうか？　彼女と父親は彼女の愚かなふるまいの代償を払うことになるのだろうか？

しかし黒髪の男は、ついさっきあれほどの俊敏な残忍さを見せた人物とは思えない、驚くほどゆっくりとした動きでかがみこむ。「怖がらなくていい」と男がいう。そしてまばたきする。その目になにかはっきりしない疑問のようなものがよぎる。「前に会ったことがあるかな？」

ナッスンは、こんな世界一長いナイフを持った氷白の目の大男に会ったことはない。ナイフは脇にだらりとさがっているとはいえ、まだ男の手にあり、血が滴っている。彼女は少しやりすぎというくらい激しく首をふる。

男がまたまばたきすると、不確かな疑問のようなものは消え、笑みがもどる。「獣どもは死んだ。わたしはおまえたちを助けにきたんだ、そうだろう？」ちょっとおかしな質問の仕方だ。彼は確認をもとめるような聞き方をしている——そうだろう？　なぜかそれがあまりにも誠実そうに、あまりにも心の底からいっているように聞こえるのだ。そして彼がいう。「誰にもおまえを傷つけるようなことはさせない」

そういったあとに彼の視線が父親の顔のほうにすっと動いたのはただの偶然だろう。しかし。ナッスンのなかのなにかが、ほんの少しゆるむ。

ジージャがまた動こうとして苦悶の声をあげると、男の目つきが鋭くなる。「それは不快だろう。手を貸そう——」男はナイフを下に置いてジージャに手をのばす。

「錆《さ》び近づくな——」ジージャがいう。あとずさりしようともがき、その痛みで全身をひきつらせている。息も荒く、汗が噴きだしている。「誰なんだ？　もしかして？」彼の目が六角形の柱でできた流動する丘のほうにぐるりと動く。「あそこから？」

ジージャの反応を見て身体を起こした男が、ジージャの視線の先を見やる。「ああ、そうだ。コムの見張りがあんたたちがくるのを見ていた。そうしたら盗賊どもが近づいてくるのが見えたから、わたしが助けにきたというわけだ。あの一党とは前にもひと悶着あってな。脅威を取り除く絶好の機会になった」男の白い視線が切断された銛を一瞬とらえてからナッスンにもどる。男はずっと微笑みを浮かべたままだ。「しかし、おまえがあいつらと争うことにならなくてよかった」

男はナッスンの正体を知っているのだ。ナッスンは父親はシェルターにならないと知りつつ、寄り添って身を縮める。習慣のなせる業だ。

父親はひどく緊張している。呼吸がいっそう速くなってゼイゼイいっている。「あんた……あんたは……」ごくりと唾を飲む。「おれたちは〈月〉を探しているんだ」

男の笑みが大きくなる。彼にはどこか赤道地方のなまりがある——赤道地方人はみんなこんなふうに歯が真っ白で頑丈そうだ。「ああ、なるほど」と彼がいう。「もう見つけているぞ」

父親が、ほっとしたのだろう、地面にへたりこむ。足にさわらない程度にだが。「ああ……ああ。邪悪な地球、ついに」

ナッスンはもう我慢できない。「〈月〉ってなに？」

「〈見いだされた月〉」男が首を傾《かし》げる。「それがわれわれの共同体《コミュニティ》の名前。非常に特別な者のための非常に特別な場所だ」そういうと男はナイフを鞘《さや》に納め、てのひらを上にしてさしだす。

「わたしはシャファだ」

手をさしだされた相手はナッスン。ナッスンだけだ、がナッスンにはその理由がわからない。彼が彼女の正体を知っているからだろうか？　ジージャの両手は血まみれだが、彼女の片手はきれいだからだろうか？　彼女はぐっと唾を飲んで彼の手を握る。その手がすぐさましっかりと彼女の手を包みこむ。彼女はなんとか声を出す。「わたしはナッスン。これは父さん」つんと顎をあげる。「ナッスン〈耐性者〉ティリモです」

ナッスンは母親がフルクラムで訓練を受けたことを知っている。つまり母さんの用役カースト名は〈耐性者〉ではない。それにナッスンはまだ十歳にもなっていないから、たとえティリモに住んでいたとしてもコム名をつけることは認められていないはずだ。それでも男は、まるで彼女の言葉が嘘ではないかのように重々しく頭をさげる。「さあ、それでは」と男がいう。

「二人でおまえの父さんが自由に動けるようにできるかどうか、やってみようじゃないか」

彼が立ちあがる。彼に引っ張られてナッスンも立ちあがる。そしてジージャをふりかえりながら、このシャファと二人でならジージャを持ちあげて銛を抜くことができるかもしれない、それに素早く抜けばそれほど痛くないかもしれない、と考える。だが彼女がそれを口にする前に、シャファが彼女のうなじに二本の指を押しつける。彼女はきゅっと身を縮めて攻撃体勢をとるが、彼はすぐさま防御体勢をとり、両手を挙げて指をひらひらさせ、武器は持っていないとアピールする。彼女はうなじが濡れているのを感じる。たぶん血がついたのだろう。

「やることをやっておかないとな」と彼がいう。

「え？」

彼が父親を顎で指す。「わたしが身体を持ちあげるから、足をたのむ」

ナッスンは困惑して、また目を瞬《しばたた》く。男はジージャのそばへいき、ナッスンは彼といっしょに父親を釘付けの状態から解放しようと奮闘するが、父親の苦痛を訴える叫び声に気を取られて、あの奇妙なうなじへのタッチはなんだったのだろうと考えていられなくなってしまう。

しかし、彼女はずっとあとになって、あのタッチの直後、男の指先が銛の柄の断面のようにチラチラ光っていたことを思い出すことになる。蜘蛛《くも》の糸のように細い、熱の下の光の糸がチラチラ光りながら彼女から彼へのびていったように見えたのだ。そしてその光の糸が、一瞬、ほかの糸を照らしだしていたことも思い出す――彼の全身にひろがる、硬いガラスに鋭い衝撃が加わったときのような、ぎざぎざの線でできた蜘蛛の巣状の編み目模様。その蜘蛛の巣の中心、衝撃が加えられた一点は、彼の首のうなじのあたりにあった。ナッスンはその瞬間、彼はそこではひとりぼっちではない、と思ったことを、あとあと思い出すことになる。

だがいまは、それはどうでもいい。二人の旅は終わって、ナッスンはとにもかくにも家にたどり着いたのだから。

§

守護者は、かれらがつくられた地、ワラントのことを語ろうとしない。それがどこにあるのか知る者はいない。たずねても、かれらは微笑むだけだ。

——伝承学者の説話〝無題七五九番〟より
遍歴中のメル〈伝承学者〉ストーンにより、チャータ四つ郷イーディン・コムにて記録されたもの。

8　あんたは警告を受ける

あんたがそのささやき声を耳にしたのは、所帯用の一週間分の分配品を受け取ろうと列に並んでいたときのことだ。あんたに向けられたものではないし、人に聞かれないようにと抑えている声だったが、とにかく聞こえてしまう。話している人間が興奮して、つい声が大きくなってしまっているのだ。「地球火《ちきゅうび》すぎるやつだらけだ」年上の男が若い男にいっている。物思いにふけっていたあんたは、それを聞いてそのやりとりを意識し、分析しはじめる。「イッカはいい。しっかり居場所を勝ち取っているからな、そうだろう？　優秀なのが数人程度でなくちゃだめなんだ。しかしあとの連中はどうだ？　おれたちに必要なのはひとり、ひとり――」

男はすぐに連れの男にシーッとたしなめられる。あんたは遠くでロープと滑車を使ってカゴに入った鉱石を洞穴の端から端へとたぐり寄せている連中に視線を据える。だから若いほうがふりむいたときも、あんたがかれらを見ていたとは気づかない。だが、あんたはこのことをしっかり記憶に留める。

あの沸騰虫《ふっとうむし》の騒ぎから一週間だが、あんたはもう一カ月もたったような気がしている。昼と夜の区別がつかないせいだけではない。ナッスンの行方を見失い、それといっしょにすぐにも達成したい目標を見失ってしまったことも影響している。目標が消えてしまうと、なんだか気力が薄れて、ふらついているような気分になる。〈放浪の季節〉の磁石の針さながら、といったところだ。あんたは腰を落ち着けてみようと決めて、意識の持ち方を変えてみたり、あらたな限界を探ってみたりしたものの、あまり効果はない。カストリマの晶洞《しょうどう》は時間だけでなく大きさの感覚も狂わせようと挑んでくる。晶洞の壁のそばに立つと、反対側の壁はさまざまな角度で林立する何十もの先の尖《とが》った水晶の柱にさえぎられて見通せないので、なんだかごちゃごちゃした印象だ。水晶をまるごと使ったアパートメントが立ち並んでいるのに誰も住んでいないようなところを通るとスカスカだなと感じ、昔はいまよりずっと多くの住人がいて、その人たちを住まわせるためにつくられたのだということに気づく。地上の交易所はティリモより小さかった――だがあんたはカストリマに人を集めようというイッカの努力が例外的に成功を収めていることに気づきはじめている。少なくとも、あんたが出会ったコムの住人の半分はあんたとおなじ新参者だ。（イッカがアドバイザー・グループを即席でつくろうというときに、新参者を何人か入れたいと思ったのは当然の話だろう――あたらしい、ということがここの集団の特徴なのだ。）あんたが出会ったのは神経質な金属伝承学者やジージャとはまるでちがう三人の石打ち工《く》、週に二回レルナのところで仕事をしている生物科学者、そして前は贈答用の革の工芸品を売って生計を立てていたが、いまは〈狩人《かりゅうど》〉が持ちこむ獣皮をなめす仕事をしている女といった連中だ。

　新参者のなかには渋い顔の者もいる。レルナのようにそもそもカストリマの住人になる気はなかった連中だ。ところが、前は商人と鉱夫しかいなかった共同体《コミュニティ》にとって役に立つとイッカか誰かが判断したら、それはその人物の旅の終わりを意味していた。しかしそういう連中のなかには、コムに貢献しコムを守ると決意していることが誰の目にもあきらかな熱血漢もいる。〈断層生成〉や後揺れでコムが破壊され、ほかに行き場がない者たちだ。とはいえ全員が役に立つ技術を身につけているわけではない。たいていはまだ若いといえる部類の連中だ。〈季節〉になると年寄りや体力のない者を受け入れるコムはほとんどないから、これは当然だろう。それに、かれらから聞いた話だと、たいていの新参者はイッカからある特別な質問をされている――オロジェンといっしょに暮らせるか？　コムに入れるのは、イエスと答えた者だけだ。そして、イエスといえるのは若者が多い。

（暮らせないと答える者は、いわなくてもわかるだろうが、旅をつづけることは許されない。そのままいかせれば、どこかほかのコムに入ったりコム無しの集団に加わったりするかもしれない。そこであのコムはまちがいなくオロジェンを住まわせていると知られたら、襲撃される可能性もあるからだ。都合がいいことに、そう遠くないところに石膏《せっこう》採掘場がある。もちろん風下だから、カストリマ地上に屍肉喰《しにくく》いが近づくのを防ぐ効用もある。）

そしてカストリマにはもともとの住人もいる――〈季節〉がはじまるずっと前からここにいた連中だ。その多くは、こうしなければコムは生きのびられないとわかってはいても、コムが様変わりしてしまったことを嘆いている。とにかく小さなコムだったから、新参者を入れざるをえないのだ。レルナがくる前は医者がいなかった。いたのは産婆の仕事と実践的な外科治療、そして蹄鉄工《ていてつこう》の副業として家畜の治療ができる男だけだ。そしてオロジェンは二人だけ――イッカとカッターだが、〈季節〉がはじまるまでカッターがオロジェンだと確信している者はひとりもいなかった。これについては、いずれあんたも聞いておくべき物語がある。オロジェンがいなければカストリマ地下は死の罠になってしまうから、もともとの住人の大半はしぶしぶだが、イッカが同類を呼び寄せるのを認めている。というわけで古くからのカストリマの住人はあんたを疑いの目で見ているが、ひとついいことがある。かれらは新参者全員をおなじように疑いの目で見ている。かれらが気にしているのは、オロジェンとしてのあんたの地位ではない。あんたになにができるのかまだわからない、それが気になっているのだ。

（そうとわかれば、これほど胸のすくことはない。あんたが何者かではなく、なにをするかで判断されるのだからな。）

あんたは最近、午前中は水耕栽培作業員の仕事をしている――湿った布を敷いたトレイで種を発芽させ、芽生えた苗を生物科学者が苗の育成用に考案した水と化学薬品の入った浅い水槽に移す仕事だ。心がなごむ作業で、あんたはティリモにいた頃やっていた家庭菜園のことを思い出す。（食用シダの畑のまんなかにすわっていたユーチェが、あんたが止めるまもなく土を口いっぱいほおばってしまってひどいしかめっ面をしていたことがあった。あんたはそれを思い出して微笑《ほほえ》むが、すぐに痛みを覚えて無表情にもどる。コランダムのことでは、あんたはまだ微笑むことができない。あれからもう十年以上たつのだが。）

夜はイッカの家にいく。彼女とレルナ、フジャルカ、そしてカッターとコムのことについて話し合うためだ。たとえば、帝国法では〈季節〉中の市場経済活動は禁じられているから、ジエヴァー〈革新者〉カストリマを送風機を売った罪で罰するべきかどうかとか、クレイ爺《じい》さん（といってもそれほど年をとっているわけではないのだが）、その爺さんが共同浴場の湯がぬるいと再三文句をつけてくるのをやめさせるにはどうすればいいか、といった問題だ。クレイ爺さんには、みんな苛《いら》ついている。そして陶工のオントラグ、彼女は弟子入りした二人の不出来な陶器をことごとく割ってしまうのだが、そんなことがこれ以上つづくようなら誰が介入するのか？　弟子たちは、オントラグ婆《ばあ》さんがくたばる前に技術を学んでおけとイッカに命じられて弟子入りしただけなのだ。この分だと、婆さんがくたばる前に二人が婆さんを殺しかねない。ばかばかしい、いかにもありふれた、とんでもなく退屈なことばかりだ……が、あんたはそれが気に入っている。どうして？　さあ、どうしてだかな。あんたが二度経験した家族との暮らしで日々話し合っていたことと似ているからか？　あんたは、サンゼ基語をへんなくせがつかないように早めにコランダムに教えるべきか、それともコランダムがミオヴから出たいといいだしたときに教えるべきかでイノンといい争ったことを思い出す。ジージャが果物は低温貯蔵庫に入れると味が落ちるといい、あんたは味はどうでもいい、入れたほうが長持ちするといってもめたこともあった。ほかのアドバイザーとの議論は、もちろんもっと重要だ——あんたたちの出す結論が千人以上の人間に影響を与えるのだから。だが、どちらにもおなじ愚かしい、ちまちましたものを感じる。ばかげた、些細《ささい》なことへのこだわりは、あんたにとっては生まれてこの方ほとんど味わったことのない贅沢《ぜいたく》だ。

あんたはまた地上へいったりもした。灰が降りしきるなか、見張り所になっている家のポーチに黙って立っていたときのことだ。その日は空のようすがいつもと少しちがっていて、濃いめの灰色がかった赤ではなく淡い灰色がかった黄色だし、雲の形も〈断層生成〉以来目にしてきたビーズが連なったような形ではなく、長い波のような形になっていた。見張りをしている〈強力《ごうりき》〉のひとりが空を見あげていった。「いろいろとよくなってきているのかもしれないな」雲が黄色みを帯びているので陽光のように感じられるのだ。太陽もときどき顔をのぞかせるが、白っぽい弱々しい円盤で、ときにはやさしくゆらゆらと動く曲線に縁取られていたりもする。

あんたは地覚《ちかく》できていること、つまり雲が黄色いのはいつもより多くの硫黄が含まれているからだということを見張りの男に教えたりはしない。もしいますぐに雨が降ったらカストリマ・コムの食料のかなりの部分を供給してくれているコム周辺の森が死に絶えてしまうということも口にはしない。どこか北のほうで、アラバスターが引き裂いた断層が地下の空隙に長年溜《た》まっていたガスをゲップのように吐きだしたのだろう。あんたとフジャルカといっしょにきていたカッターはあんたをちらっと見て、用心深く無表情を取り繕っている——彼もわかっているのだ。だが彼もなにもいわない。その理由はあんたもわかる気がしている——見張りのため、彼のよくなっていてほしいという切ない願いを思ってのことだ。他者への思いやりを共有したこの出来事で、あんたはカッターのことを前よりも好きになった。

ところが少し顔の向きを変えたとたん、この気分は吹き飛んでしまう。近くに石喰《いしく》いがいるのだ。そう遠くない家の影のなかに潜んでいる。一見したところ男のようで、バターイエローのマーブル柄に茶色い縞目《しまめ》が入っている。髪は黄銅色の巻き毛。誰を見ているわけでもない。動きもしない。髪がどんよりした陽射《ひざ》しとは対照的なメタリックな色でなかったら、そこにいるのにも気づかなかっただろう。あんたは、もう三度めだろうか四度めだろうか、どうしてかれらはカストリマのあたりに集まっているのだろう、と考える。ホアがあんたを助けているように、なにか力を貸そうとしているのか? あんたたちがひとりでも多くおいしい食べられる石になってくれるのを期待しているのか? ただ退屈だからか?

あんたはこの生きものとつきあうのは苦手だ。だからバター・マーブルを頭から追いだして目をそらす。そのあとそこから移動する段になってちらっとそっちを見たが、もう石喰いの姿はなかった。

あんたたち三人はある〈狩人〉に案内されて森を抜け、ここにきていた。〈狩人〉たちが、見せたいものがあるといっていたからだ。イッカはシフトの長さだかなんだかの件で〈強力〉と〈耐性者〉の仲介をしなければならないということで、いっしょにきてはいない。レルナは誰でも参加できる傷の治療法講座を開いていて、その講義があるので同行していない。ホアは前の週からずっと行方知れずだ。しかし、あんたたちにはカストリマの〈強力〉が七人、〈狩人〉が二人、そしてカストリマにきた最初の日に会った色白で金髪の女――後日、エスニと名乗った女――が同行している。エスニは〈強力〉としてカストリマに受け入れられているが体重はせいぜい百ポンドくらいだし、色白で灰よりも頼りない。だが聞いた話では〈断層生成〉の前は牛追い一族の長《おさ》だったという。つまり大型の動物やエゴの強すぎる人間の世話をするすべを知っているわけだ。彼女とその一族は、南極地方のずっと奥地にある故郷のコムよりカストリマのほうがずっと近いという理由で自発的にカストリマの住人になったらしい。彼女たちが追っていた牛の群れは、乾燥肉や酢漬け、塩漬けの肉に加工されていて、〈断層生成〉以降、カストリマにある貯蔵肉はこれがすべてだ。

歩いている最中はみんな無言だ。下生えのなかで小動物がカサカサ音をたてたり、遠くで木に穴を開けるコツコツという音が聞こえるだけで森も沈黙しているので、あんたたちも沈黙せざるをえない。森は姿を変えつつある。背の高い木々は何カ月も前に葉を落とし、じわじわ侵略してくる寒さと酸性になりつつある表土から身を守るために樹液を出している。だが低木や中くらいの高さの木はその状況に合わせて少しでも多くの光を取りこもうと葉をよりいっそう茂らせ、ときどき夜になると葉を下向きに折り曲げて灰を落としている。そのせいで道をはずれたところでは灰の積もり方が薄くて、たまには落ち葉の層が見えたりもする。

おかげで地形にあたらしく加わったものがいっそう見やすくなっている——あちこちに塚ができているのだ。高さはたいてい三、四フィート程度で固まった灰と葉っぱや小枝でできている。天気のいい日にはかすかに湯気を立てているから見つけやすい。ときには塚の下のほうから小さい骨だの動物の脚や尻尾の残骸だのが突きだしていることもある。沸騰虫の巣だ。そう多くはない……が、一週間前に森のこのあたりを歩いたときには見た記憶がない。(もしあったら熱を地覚していたはずだ。)〈季節〉になるとほとんどの動植物はなんとか生きのびようと奮闘するが、ごく稀《まれ》にやりすぎてしまうものもある——捕食者が消え、理想的な条件が整って、餌があるところならどこでも盛大に繁殖し、数の力で種を確実に存続させ、繁栄していくのだ。ふと気づくと、あんたはしょっちゅう靴を見ている。ほかの連中もおなじだということにも気づく。

やがてあんたたちは森がひろがる盆地全体を見渡せる尾根に到着する。そこから見ると〈断層生成〉の余波で木々が幅広い帯状になぎ倒されて枯れていて、森がカストリマのオロジェンたちの力で守られているゾーンの外にあることがよくわかる。灰がなければ何百マイルも先まで見通せるはずだ。とはいえ灰は降っていても空が明るくて降灰量の少ない日なので数十マイル程度先までは見える。それで充分だ。

黄金色の光のもやの向こう、たいらになった森になにかが突っ立っているのが見える。枝葉を落とした若木か長い枝が何本も地面に刺してあるのだ。まっすぐに立てようとしたのだろうが多くはあちこちに傾いている。それぞれの先っぽで赤黒い布きれがはためいていて目をひく。その赤が染料なのかなんなのかはわからない。なにしろ杭《くい》一本一本に死体が留めつけられているのだから。杭は死体の口やほかの部分から突きだしている——串刺しにされているのだ。

「うちの住人じゃないね」フジャルカがいう。彼女は遠眼鏡で見ている。焦点を合わせながらのぞいているのだが、そばで〈狩人〉のひとりが両手を半分あげてうろうろしている。貴重な道具をフジャルカがまちがって落としはしないかと気が気ではないのだろう。あるいはフジャルカの性格を知っていて、ぽいと放りだしはしないかと恐れているのか。「いや、ここからじゃはっきりいうのはむずかしいが、とりあえず知ってる人間じゃないし、あんなところまで人を出したことはないと思う。それに身なりも汚い。たぶんコム無しの一団だろう」

「手に余ることに手を出したやつ」〈狩人〉のひとりがつぶやく。

「うちのパトロールは全員、問題ないとわかっている」エスニが腕組みしながらいう。「〈強力〉以外の人間の動きを追ったりはしないが、だってほら〈狩人〉は好き勝手に動くから——でも出入りはきちんと記録している」彼女は前もって遠眼鏡で死体を念入りに見終えていた。コムの指導者も地表に出てじかに見ろと要求したのは彼女だ。「やったのは旅人だと思うな。故郷のコムにもどろうとしていて時機を逸してしまった集団で、襲ってきたコム無しよりしっかり武装していて、運もよかった連中」

「旅人はあんなことはしない」カッターが静かにいう。彼はいつも静かだ。一見したところ面倒なことをいいだしそうなのはフジャルカだが、彼女の場合、いかにも恐ろしげな見かけとは裏腹にじつは予測がつきやすいし、驚くほどおおらかだ。ところがカッターは、あんたやイッカをはじめ、ほかの人間がなにかいうと、ほぼなんでもかんでも反対する。静かな物腰の奥にいるのは頑固なチビの錆《さ》び野郎だ。「串刺しのことだ。長いこと一カ所にとどまるのは理屈に合わない。わざわざ時間をかけて串になる木を切って、先を尖らせて、それを立てる穴を掘って、何マイルも先から見えるように配置するんだぞ。旅人は……旅するものだ」

カッターはフジャルカよりもずっと腹が読みにくい、とあんたはいまにして気づく。フジャルカは本来持っているおおらかさや活力が隠せないタイプだから、本人もあえて隠そうとはしない。カッターはおとなしそうな外観の陰にとんでもない強さを隠している。それを外から見るとこんなふうに見えるのか、とあんたはいま思い知った。だが、彼のいうことは的を射ている。

「じゃあ、誰がやったと思うの？」あんたは当てずっぽうでぶつけてみる。「ほかのコム無し集団とか？」

「やつらもあんなことはしないだろう。いまはもう死体をむだにしたりはしないさ」

あんたは内心たじろぐ。ほかの連中も何人か、溜息《ためいき》をついたり身じろぎしたりしている。だがこれはほんとうのことだ。まだ動物はいるが、冬眠しないものは獰猛《どうもう》になっていたり鎧《よろい》をつけていたり毒を持っていたりで、よほどしっかりと装備した〈狩人〉でもなければそう簡単には仕留められなくなっている。コム無しが高性能のクロスボウを持っていることはまずないし、捨て鉢になっていると動きもがさつになりがちだ。それに沸騰虫も出てきているから、死体の奪い合いも激しくなっている。

当然のことだが、もしカストリマでもあたらしい肉の供給源をすぐに見つけられないようなら、あんたもほかの連中も、もう死体をむだにしてはいられない。たじろぎはするが、多くの目的にかなうことなのだ。

フジャルカがやっと遠眼鏡をおろした。「ああ」と溜息を洩《も》らす。カッターの指摘への答えだ。「くそっ」

「え？」まるでほかの連中が急に知らない言葉でしゃべりだしたみたいに、あんたはぽかんとしてしまう。

「誰かが縄張りに目印をつけてるんだよ」フジャルカが肩をすくめながら遠眼鏡を使って杭を打つ真似をする――〈狩人〉が器用に遠眼鏡をひったくる。「近づくなという警告だが、ほかのコム無しにたいする警告じゃない――コム無しはそんなものおかまいなしに死体を引きずりおろしておやつにするだろうよ。あたしたちにたいする警告だ。境界を越えたらどうなるか、見せつけてるんだよ」

「あの方角にあるコムはテッテヒーだけだ」〈狩人〉がいう。「友好的だったんだがなあ、もう何年も。それにおれたちは向こうの脅威になるような存在じゃない。あの方向にほかのコムも使えるような水源はないんだ――川は北のほうへ遠ざかっていくかたちだからな」

北。あんたはそこが気になる。理由はわからない。ほかの連中にわざわざいうほどのことでもないが、それでも……。「そのテッテヒーから最後に連絡があったのはいつ？」沈黙しか返ってこない。あんたがぐるりと見まわすと、全員があんたを見つめている。なるほど、それが答えということか。「じゃあ、誰かをテッテヒーにいかせないと」

「その誰かさんは串刺しになるかもしれないのに？」フジャルカがあんたをにらみつける。「このコムには、いなくなっていい人間はひとりもいないんだよ、新参者」

あんたが彼女の怒りに火をつけたのはこれがはじめてだが、たいした怒りっぷりだ。彼女のほうが年上だし身体は大きいし、尖らせた歯に加えて、にらんだ目つきがまた凄い。猛々《たけだけ》しい、黒い目。だが彼女にはどこかイノンを思わせるところがある。だからあんたは、ほかの感情はともかく、怒りだけは感じない。

「どっちにしろ、交易団を送らなくちゃならないわ」あんたはできるだけ穏やかにいう。相手はパチパチまばたきしている。コムの肉不足が深刻になってきている問題を話し合うなかで、あんたなりについ最近出したばかりの必然的な結論だ。「この警告があるからには、しっかり武装して、誰もうかつには手を出せないくらいの大人数にしないと」

「誰だか知らないが、もし向こうがこっちより大きい、こっちよりしっかり武装した集団だったら？」

〈季節〉になると、問題は強さだけとはかぎらない。あんたはそれを知っている。フジャルカも知っている。だが、あんたはいう。「オロジェンをひとり、いっしょにいかせればいいわ」

フジャルカが掛け値なしに驚いた顔で目をぱちくりさせ、片眉をあげる。「交易団を守ろうとしてこっちの人間も半分殺しちゃうようなのを？」

あんたは横を向いて片手をのばす。が、誰もあんたから遠ざかろうとしない。みんな帝国オロジェンがたびたびくるような大きなコムの出身ではないから、あんたの身振りの意味がわからないのだ。しかしあんたが数歩先の藪《やぶ》で直径五フィートの円環体を回転させると、みんな息を呑み、なにかブツブツつぶやきながらあとずさっていく。塵《ちり》旋風のなかで灰と枯葉が渦を巻き、硫黄色の午後の陽射しを受けて氷が煌《きら》めく。そこまで速く回転させる必要はなかった。あんたは劇的効果を狙ったのだ。

そしてあんたは下の盆地に立つ串刺しの死体の列めがけて、回転する円環体から引きずりだしたものを使う。なにしろ遠いから最初はなにが起きているのかわからない――だが、やがてそのあたりの木々が震えだし、死体が刺さった棒が大きく揺れはじめる。と思うと、地面に割れ目ができ、あんたは身の毛のよだつ飾りがついた棒を割れ目のなかに落とす。あんたがみんなを驚かさないようゆっくり両手を合わせると、木々の震えが止まる。だがそのあとすぐ、あんたが立っている峰がかすかに振動するのを全員が感じる。あんたが後揺れを少しだけこっちに向かわせたからだ。これも必要のないことだった。ただいいたいことをはっきりさせるためにしたことだ。

あんたが目を開けてフジャルカのほうを向くと、フジャルカは感心したようすで、警戒心はまるで感じられない。これは賞賛に値することだ。「お見事」とフジャルカがいう。「つまりあんたはそばにいる人間を殺さずに人を凍らせることができるってことね。でも、ロガがみんなおなじことができるんだったら、誰もロガを嫌ったりしないよね」

イッカの考えがどうだろうと、あんたはやっぱりこの錆び言葉が大嫌いだ。

それにフジャルカの意見に賛成していいものかどうかもよくわからない。世間はオロジェニーとはなんの関係もないさまざまな理由でロガを嫌っている。あんたは返事をしようと口を開ける——そして固まる。フジャルカが仕掛けた罠に気づいたからだ。このやりとりを終わらせる道はひとつしかない。そしてあんたはその道を選びたくない……が、もう避けようがない。

錆びくそっ。

というわけであんたは新フルクラムみたいなものの責任者になってしまう。

「愚かなことを」とアラバスターがいう。

あんたは溜息をつく。「わかってるわ」

§

翌日、非現実的なものの原理——オベリスクはどういう機序で動くのか、その結晶構造はどのようにして生物の細胞間の力の奇妙なつながりに匹敵するものを生みだしているのか、そして誰も見たことがないし、その存在すら証明されていない細胞より小さなものに関する理論がどのように生まれたのか——といった話を二人でしていたときのことだ。

あんたは毎日、午前中の仕事のシフトと夜の政治論議のあいだにアラバスターとこういう話をしている。なぜかといえば、死期が迫っているアラバスターが焦燥感に駆られているからだ。とはいえアラバスターの体力には限界があるから、話は長くはつづかない。それにこれまでのところ、あまり有意義な会話とはいえない。アラバスターの教え方がお粗末だから、というのが最大の理由だ。大声で命令し、講義するだけで、あんたが質問してもいっさい答えない。せっかちで怒りっぽい。多少は絶え間ない痛みのせいもあるだろうが、アラバスターがアラバスターだからという理由が大きい。彼はまったく変わっていないのだ。

あんたは自分がどんなに彼を、この癇癪《かんしやく》持ちのくそ野郎を、どれほど恋しがっていたか、しょっちゅう感じている。だからぐっとこらえることにしている……とりあえず、しばらくは。

「とにかく誰かが若い連中を教育しなくちゃならないのよ」とあんたはいう。コムのオロジェンの多くは子どもだが、これは単純に野生のオロジェンは幼少期を無事に生きのびるのがむずかしいからだ。年長のオロジェンが子どもを教育している、爪先を石にぶつけたときにあたりのものを凍らせないようにするにはどうすればいいか教えている、そのおかげもあってカストリマはかつての赤道地方のコムのように安定している、という話はあんたも耳にしたことがある。だが、しょせん野生が野生を教育しているのだ。「それにもし、なんにせよ、あなたがわたしにやれといっていることをやって失敗してしまったら——」

「誰ひとりとして錆びてよい子どもなどいない。もし少しでもかれらのことを気にかけているのなら、それはきみも地覚しているはずだ。しかし技術だけの問題ではない。天性の才能の問題でもあるんだ——フルクラムがわたしときみに子どもをつくらせようとしたのは、まさにそれがあるからなんだぞ、エッスン。ここの子どもらのほとんどはエネルギーの再分配を無事切り抜けることはできないだろう」〝エネルギーの再分配〟というのは、あんたたち二人が熱と運動を利用するオロジェニー——フルクラム流のオロジェニー——の言い換えとしてつくった言葉だ。いまアラバスターがあんたに教えようとしているもの——あんたにしてみればまるで理屈に合わないことを基盤にしているから、なかなか身につかず悪戦苦闘しているもの——のことは、あんたは魔法の再分配と呼びはじめている。じつをいえばそれも正確ではない——再分配ではないのだから。しかしもっとよく理解できるようになるまではそれでいい、とあんたは思っている。

アラバスターはまだあんたが教えることになったオロジェニーのクラスのこと、そしてクラスに入る子どもたちのことでぐずぐずいっている。「子どもに教えるなんて、きみの時間のむだ遣いだ」

こうして却下されてみると、どういうわけか、だんだん我慢ならなくなってくる。「教育が時間のむだだなんて、そんなことは絶対にないわ」

「単純な託児院の教師みたいなものいいだな。ああ、待てよ」

あんたの正体を何年間かカモフラージュしてくれた職業を軽んじた安っぽいあてこすりだ。聞き流せばいいところだが、あんたはガラスで切った傷に塩をすりこまれたように感じて、ピシリといい返す。「だ・ま・れ」

アラバスターはまばたきして、精一杯、顔をしかめてみせる。「わたしにはゆっくりじっくりきみを甘やかしている時間はないんだ、サイアン――」

「エッスン」とあんたはいう。いまは聞き逃すわけにいかない。「あなたがすぐに死のうがどうしようが、わたしには錆びどうでもいいことだわ。そんな口のきき方は二度としないで」あんたは錆びどっと疲れを感じて立ちあがる。

彼はあんたを見つめている。アンチモンはいつものようにそこにいて黙って彼を支えているが、その目が一瞬あんたのほうに動く。あんたはそこに驚きを見たような気がしたが、たぶん自分の思いを投影させただけなのだろう。「わたしがすぐに死のうがどうしようが、どうでもいい」

「ええ、そうよ。錆びどうしてわたしが気にしなくちゃいけないの？　あなたはわたしやほかの人たちが死のうがどうしようが気にしていない。わたしたちにたいして、こんなことをしたんだもの」部屋の反対側にいるレルナが顔をあげて眉をひそめるのを見て、あんたは声を落とさなければならないことを思い出す。「あなたはわたしたちより先に、わたしたちより簡単にくたばることになる。わたしたちは、あなたが灰のなかの塵になったずっとあとで飢えて死ぬのよ。わたしにもうなにも教える気がないのなら、勝手にすればいいわ――わたしはどうすればこの状況を改善できるか自分で考えるから！」

　あんたが握り拳を固めてきびきびと早足で診療所のまんなかあたりにさしかかったときだ。彼がいい放つ。「そのドアを出ていけば、きみはかならず飢えて死ぬ。ここに残れば、チャンスはある」

　あんたは足を止めず、肩越しに怒鳴る。「あなたは答えを出せたんですものね！」

「十年以上もかかったんだぞ！　それが――このくそったれの、剝《は》がれ錆びの、石頭の、冷血の――」

　晶洞がいきなり激しく揺れる。診療所だけではなく晶洞全体が揺れている。外から気をつけろと怒鳴る声が聞こえてきて、それがものをいう。あんたは立ち止まり、拳をいっそう強く固めて、彼がカストリマの真下に置いた支点に対抗する円環体をぶつける。が、彼のは頑として動かない――あんたはまだ正確さに欠けるし、そもそも頭に血がのぼりすぎていて力が発揮しきれないのだ。しかし、揺れが止まる――あんたが止めたのか、それともあんたがしたことに彼が驚いて止めたのか。あんたとしてはどっちでもかまわない。

あんたはくるっとふりむいて、もの凄い剣幕《けんまく》で彼に向かっていく。と、アンチモンが姿を消し、つぎの瞬間には彼の横に立っている。衛兵の無言の警告だ。あんたは彼女のことなど気にかけないし、アラバスターがまたまえかがみになって苦しげにゼイゼイいっているのも、なにもかもどうでもいい。

「よく聞きなさいよ、この自分勝手なくそ野郎」彼と石喰いにしか聞こえないようにかがみこんで、あんたは息巻く。アラバスターは見るからに痛そうに震えている。前の日までは、これを見たらあんたも口をつぐんでいた。が、いまは怒りが強すぎて同情などしていられない。

「あなたはただ死ぬのを待っているだけかもしれないけれど、わたしはここで生きていかなくちゃいけないの。あなたが制御できないせいでここの人たちがわたしたちを憎むようにでもなったら――」

いや、待て。あんたは気持ちを乱されて口ごもる。こんどはあんたにも彼の腕に起こりつつある変化が見てとれる――左腕はもっと長かったはずだ。彼の身体の石化はゆっくりと着実に這《は》い進んでいく。肉がべつのものに変質していくシューッという音がかすかに聞こえてくる。そしてほとんど自分の意思に反して、あんたはアラバスターに教えられたとおりに視点を移動させ、彼のなかの氷のような泡のあいだにある、結合に必要なあのつかまえにくい巻きひげを探す。すると突然、いつもより明るく、銀のように輝く巻きひげがピンと張って格子をつくり、これまで見たことのない動きで整列していくのが目に入ってくる。

「きみはとんでもなく傲慢な錆びの素だな」と彼が食いしばった歯のあいだから洩らす。あんたは彼の腕の驚異に気を取られていたのだが、これを聞いたとたん、そんな気持ちは吹き飛んで、よりによって彼に傲慢といわれ侮辱されたという思いが燃えあがる。「エッスン。きみはまるで、過ちを犯したのは自分だけ、内側は死んでしまっているのに生きていかなければならないのは自分だけとでもいうようにふるまっている。きみはなにひとつわかっていない。人のいうことにいっさい耳を貸そうとしない――」

「それはあなたがなにもいおうとしないからよ！　あなたはわたしがあなたの話に耳を傾けることをもとめている、でもあなたはなにもわかちあおうとしない、ただ要求して宣言して、そして、そして――わたしは子どもじゃないのよ！　邪悪な地球、わたしは子どもにだってそんな話し方はしないわ！」

（あんたのなかの裏切り者がこうささやく――いや、あなたもやっている、ナッスンにはそういう話し方をしていた。するとあんたのなかの忠義者がこう切り返す――それはあの子がわかろうとしなかったから、やさしくゆっくりとやっていたら、あの子の安全は守れなかった、あれはあの子のためだったんだし……。）

「それは錆び、きみのためなんだ」アラバスターがなにかをすりつぶすような耳障りな声でいう。彼の腕を這いのぼっていく石化の動きは止まっている。今回は一インチくらいで終わったようだ。運がよかった。「わたしはきみを守ろうとしているんだ、地球にかけて！」

　あんたはじっと動かずに彼をにらみつけ、彼はあんたをにらみ返す。そして静寂がおりる。

あんたのうしろでなにかずっしりした金属製のものを下に置くカチッという音がする。あんたがレルナのほうをふりかえると、レルナは腕組みしてあんたを見ている。カストリマの住人のほとんどは、オロジェンも含めて、あの揺れがじつはなんだったのか知ることはないが、レルナは知っている。あんたたちの身振りを見ていたからな。もはやあんたは彼に説明するしかない——できれば彼がアラバスターにまたあの、なにか毒の入ったどろどろのものを飲ませる前に。

ここであんたは、はたと思い出す。いまはもう昔とはちがう、昔とおなじ対応をしていてはいけないのだ。アラバスターが変わっていないのなら、あんたしだいだ。あんたは変わったのだから。

そこであんたは背筋をのばして深々と息を吸いこむ。「あなた、誰にもなにも教えたことがないのね、そうでしょ？」

彼が目を細めて顔をしかめる。あきらかに、あんたの口調が変わったのはなにか裏があるにちがいないと思っている。「きみに教えた」

「いいえ、アラバスター。あの頃はあなたが信じられないことをして、わたしはただあなたがすることを見て、死なないように気をつけながら真似をしていただけ。あなた、ほかの大人に意識的に情報を伝えようとしたこと、ないでしょ？」答えは聞かなくてもわかっているが、彼に答えさせることが重要なのだ。彼はこのことを自覚しなくてはならない。

彼の顎の筋肉がぎゅっと引き締まる。「やろうと努力はした」

あんたは声をあげて笑う。彼の弁解がましい口調がすべてを物語っている。あんたはまた少し考えて——ついでに深呼吸して自制心を呼び起こして——ふたたび腰をおろす。アンチモンがあんたたちの上にのしかかるかたちになるが、あんたはなんとか彼女を無視していう。「よく聞いて。あなたはわたしにあなたを信用していい理由を示してくれなくちゃだめなの」

彼が目を細める。「いまだにわたしを信用していないというのか?」

「あなたは世界を破壊したのよ、アラバスター。そしてもっと状況を悪化させるようなことをしろ、とわたしにいった。わたしはもう『黙っていわれたとおりにしろ』と絶叫されても、したがうつもりはないの」

彼の鼻の穴がふくらむ。石化の痛みは収まったようだが、彼は汗まみれで、まだ呼吸も荒い。だがそのとき彼の表情のなにかが変化したと思うと、急にがっくりとかがみこんでしまう。といっても石化が進んでいるから限度はあるが。

「わたしは彼を死なせてしまった」と彼はつぶやいて目をそらす。「きみが信用しないのは当然だ」

「いいえ、アラバスター。守護者たちがイノンを殺したのよ」

彼はうっすらと微笑んでいる。「彼もな」

そしてあんたは思い知る。十年以上たつというのに、まるできのうのことのようだ。「いいえ」とあんたはまた否定する。しかしその口調はさっきより静かで、力がない。彼は、コランダムのことにかんしてはあんたを許せないといっていた……が、きっと彼が許せないのはあんたひとりではないのだろう。

長い沈黙がつづく。

「いいだろう」ついに彼が口を開いた。とても静かな声だ。「話してやる」

「なにを？」

「あのあと、わたしがどこにいたのか」彼はアンチモンを見あげる。アンチモンは相変わらずあんたたちを見おろしている。「これはどういうことなのか」

「彼女にはまだ早すぎる」石喰いがいう。彼女の声を聞いて、あんたは飛びあがる。

アラバスターが肩をすくめようとして身体のどこかが疼《うず》いたのか、ビクッとして溜息をつく。

「わたしもそうだった」

アンチモンはあんたたち二人をじっと見おろしている。あんたを見つめる視線はあんたが出ていこうとしてもどってきたときから変わっていないが、なぜか閉じこめられている感覚が強まった気がする。が、あんたの心情の投影にすぎないのかもしれない。ところがそのとき、彼女が突然、消えてしまう。こんどはあんたもその瞬間を見ていた。彼女の姿がぼやけて非現実的な半透明のものになり、まるで足元に穴が開いたかのように地面のなかへ落ちていった。すっと消えてしまった。

アラバスターが溜息をつく。「隣にすわれ」

あんたは顔をしかめる。「どうして？」

「またセックスするためだ。それ以外ないだろう？」

あんたはかつて彼を愛していた。たぶんいまもそうだろう。あんたは溜息を洩らして立ちあがり、壁際へ移動する。彼の背中は火傷《やけど》しているわけではないが、あんたはゆったりと壁にもたれると、そっと彼の背中に手を置き、アンチモンがしていたように彼が身体を起こしていられるよう支えてやる。

アラバスターはしばらく黙ったままだったが、やがていう。「ありがとう」

そして……彼はあんたにすべてを語る。

§

細かい降灰を吸うな。赤い水を飲むな。温かい土の上を長いこと歩くな。

——銘板その一〝生存について〟第七節

9　ナッスン、必要な存在になる

あんたはエッスンだから、〈見いだされた月〉の前に彼女が知っていた世界は、ティリモと〈第五の季節〉になってからの灰で暗くなった道路だけだということはいう必要はないだろう。あんたは娘のことはよくわかっている、そうだろう？　だから〈見いだされた月〉が彼女にとっては生まれてはじめて持ったと思えるもの――ほんとうの家――になるのも納得できるはずだ。

〈見いだされた月〉は新コムではない。中心にあるのはジェキティという町で、何百年か前に〈窒息の季節〉がはじまるまでは立派な都市だったところだ。その〈季節〉のときにはアコック山の噴火で南極地方が灰に覆われた――が、ジェキティが壊滅に近い状態になってしまったのはそのせいではない。当時のジェキティには大量の貯蔵品があったし木材とスレートでできた壁もあった。大都市ジェキティが死んだのは人為的なミスが重なったからだ――ある子どもがランタンに火をつけようとして油をこぼしたことが原因で火事が起き、それがコムの西側にひろがって、なんとか鎮火できたときにはコムの三分の一が焼けてしまっていた。その大火災でコムの長《おさ》が亡くなり、後任になるべく三人の候補者が名乗りをあげたが、派閥争いや内部抗争がつづいて壁の焼け落ちた部分の再建が遅れてしまった。そこへティビット流――毛皮に覆われたティビットという小動物が食料不足になると蟻《あり》のように大集団になって餌に群がるんだ――それが襲いかかって、地面より高いところへ逃げるのが遅れた住人はひとり残らず犠牲になり……建物の一階に置かれていたコムの貯蔵品も根こそぎやられてしまった。生存者はかろうじて残った食料でしばらくは生きのびたものの、やがて飢えに襲われる。そして五年後、やっと空がきれいになった頃には、〈季節〉がはじまったとき十万人いた住人が五千人以下になっていた。

いまのジェキティはそれより小規模だ。〈窒息〉のあいだにいい加減に修理された壁はいまだにそのままだし、貯蔵品は帝国が定めた基準にまで増えてはいるが、それは書類上だけのことで、古いもの、だめになってしまったものを処分してあたらしいものと入れ替える作業がまともにできていなかった。もう何年も、ジェキティに入りたいといってくる者はほとんどいない。南極地方の標準的レベルに照らしても、ここは不運なコムと見なされている。若者は交渉したり結婚したりでほかの、いくらでも仕事がある発展中のコムに移っていき、苦難の記憶は薄れる一方だ。シャファが十年ほど前にこの段々畑で農業を営む寝ぼけたようなコムを見つけて、当時、長をつとめていたメイテという女を説得し、コムの壁の内側に特別な守護者施設をつくるということになったとき、メイテはそれが生まれ育ったコムの転換点になると期待していた。守護者はどんな共同体《コミュニティ》にとっても有益な存在になるからな、そうだろう？　事実、いまジェキティには守護者がシャファを含めて三人いるし、さまざまな年齢の子どもが九人いる。

前は十人いたのだが、ひとりがある晩、癇癪《かんしゃく》を起こし、その最中に短時間だがかなり強い地揺れが発生して、その子は姿を消した。メイテはなにもたずねなかった。守護者が守護者の仕事をしているのだから、それでいいということだ。

ナッスンと父親はコムにきた当初このことは知らなかったが、そのうち人づてに聞いて知ることになる。治療者――年配の医者と薬草医――の手当でジージャが危機的状況を脱したのは一週間後のことだ。傷の手術のあとまもなく高熱が出て、けっきょくそれだけかかってしまった。ナッスンはそのあいだずっと看病していた。そしてジージャがまちがいなく助かるとはっきりすると、シャファは二人をメイテに紹介し、メイテはジージャが石打ち工《く》と知ると大喜びした。コムにはもう何十年も石打ち工がいなかったから、いつも二十マイルも離れたディベテリス・コムにいる石打ち工に仕事をたのんでいたのだ。コムには窯が付属した古い空き家があるのだが、鍛冶場のほうが役に立つというので、ジージャは鍛冶場として使えるようにできると伝えた。メイテは一カ月かけて彼の人柄をたしかめた。住人の話ではジージャは礼儀正しくて人当たりがよくて分別があるということだった。彼は健康面も問題ない。〈耐性者〉の名にふさわしく怪我の治りは順調だし、幼い女の子ひとりを連れてほかに同行者もなしに無事に長旅を乗り切ったのだからな。彼の娘がとても行儀がよくて献身的だということもみんな認めている――とうていロガとは思えないほどだという。そんなわけで一カ月後にはジージャはジージャ〈耐性者〉ジエキティという名を授かる。コムでは彼を受け入れる儀式をおこなった。コムがあたらしい住人を受け入れるのは久しぶりのことだから、ほとんどの住人にとってははじめての経験で、メイテ自身、儀式の細かい点は古い伝承本を調べなければならなかった。儀式のあとにはパーティも開かれた。とてもいいパーティで、ジージャは光栄だと挨拶している。

ナッスンはただのナッスンのままだ。彼女はいまだに初対面の住人にたいしてはナッスン〈耐性者〉ティリモと名乗っているが、彼女のことをそう呼ぶ者はひとりもいない。シャファが彼女に興味を持っていることは誰の目にもあきらかだ。だが彼女はなにひとつ問題を起こさないから、ジェキティの住人はジージャにたいしてとおなじように彼女にも愛想よく接している。まあ、少しばかり警戒心を強めてはいるが。

ありのままのナッスンをなんの屈託もなく抱きしめてくれたのは、ほかのオロジェンの子どもたちだ。

いちばん年上はアイツという名前の海岸地方人の若者で、耳慣れない高低差の大きいアクセントでしゃべる。ナッスンにとっては異邦人の匂いのするしゃべり方だ。彼は背が高く、憂鬱そうな顔をしている。たとえいつも影のある表情を浮かべていても、ナッスンの目にはそれは彼の美しさを損なうものとは映らない。ジージャが一命をとりとめるとわかったつぎの日、ナッスンを歓迎してくれたのが彼だ。「〈見いだされた月〉はおれたちの共同体だ」と彼は深みのある声でいった。ナッスンはその声にときめいてしまう。彼に案内されて、ナッスンはシャファたちがジェキティの壁のいちばん弱い部分のそばにつくったこぢんまりした施設にいく。丘の上の囲い地だ。彼が彼女を連れて近づいていくと、門扉が左右に開く。「ユメネスにはフルクラムがあった。ジェキティにはここがある——おまえがおまえ自身でいられる場所、いつも安全な場所だ。シャファもほかの守護者も、おれたちのためにここにいてくれる、それを忘れるなよ。ここはおれたちのものなんだ」

〈見いだされた月〉の敷地は壁に囲まれている。ジェキティの壁とは別物で、この地域でよく目につく柱状の石でできている——が、石のサイズはぜんぶ均一で一糸乱れずきちんと並んでいる。それがオロジェニーで引きあげられたものだということは、ナッスンも地覚《ちかく》するまでもなく気がつく。囲い地のなかには小さな建物がいくつかある。あたらしいものもあるが、だいたいはコムの人口が減って放棄されていたものだ。前はなんだったのかはともかく、いまはすべて一新されて、守護者たちの住まいや食堂、広々したタイル張りの実習場、貯蔵小屋、そして子どもたちが暮らす寮として使われている。

ナッスンはほかの子どもたちにも魅了されている。二人は西海岸地方人で、小柄で茶色い髪と黒い髪、つり目。姉妹で、よく似ている。名前はイージンとインジェン。ナッスンはこれまで西海岸地方人を見たことがなかったので、向こうがこっちを見ていることに気づくまでじっと見つめてしまう。二人が彼女の髪にさわらせてといってきて、彼女は二人の髪にさわらせてとたのむ。そこで三人はなんとばかばかしいことをいいあっているのだろうと気がついてクスクス笑いだし、お互いに頭をさわりあうこともなく、あっというまに友だちになる。それから南中緯度地方人のペイド、彼は少なからず南極地方人の血が入っているようで髪は明るい黄色、肌は輝かんばかりに真っ白だ。他の子たちはそれをからかいの種にするが、ナッスンが自分もときどき日焼けするというと——といっても何分間かではなく何時間もかかるということは慎重に伏せてだが――彼はぱっと顔を輝かせた。

　ほかの子たちは全員、南中緯度地方の南極寄りの地域にあるコム出身で、ひと目でサンゼの血筋とわかる特徴を備えている。デシャティは守護者が見つけるまでは石打ち工になるための修業をしていたといって、ナッスンに父親のことを根掘り葉掘り聞いてきた。（ナッスンは彼女に父親と直接話さないようにと警告する。デシャティはすぐに承知したが、悲しそうな顔をしていた。）ウーデはある種の穀物を食べると具合が悪くなるのでしっかり食事がとれず、とても小柄でひ弱だが、オロジェニーは子どもたちのなかでいちばん強力だ。ラシャーはナッスンを冷たい目で見て、彼女のアクセントがおかしいといって鼻で笑うが、彼女のしゃべり方と自分のしゃべり方とどこがちがうのかナッスンにはさっぱりわからない。みんなは、それは彼女の祖父が赤道地方人で母親がコムの〈指導者〉だからだという。ああ、ラシャーはオロジェンだからそんなことはもうなんの関係もない……しかし、育ちがそうさせてしまうんだな。

　シャークというのはシャークの名前ではないが、ほんとうの名前をいおうとしないので、ある日の午後、みんなでやる雑用から逃げだそうとしたのがきっかけで逃げる《シャーク》と呼ばれるようになったという。（逃げだそうとしたのはそのとき一度だけだったが、名前は定着してしまったわけだ。）ピークもあだ名がそのまま呼び名になっているのだが、彼女の場合は極端な恥ずかしがり屋で、いつも誰かのうしろからのぞき見《ピーク》しているから、そう呼ばれるようになった。彼女は片目を失っていて、頰にひどい傷跡がある――みんな、ピークがいないところでは、あれはお祖母《ばあ》さんに刺された傷だと噂している。彼女のほんとうの名前はシフだ。

ナッスンは十人めで、みんな彼女のことをなにもかも知りたがる——どこからきたのか、好きな食べものはなにか、ティリモではどんなふうに暮らしていたのか、カークーサの赤ん坊はとてもふわふわしているけれど、抱いたことはあるか。そしてシャファがナッスンを気に入っているとわかると、小声でいろいろなことを聞いてくるようになる。〈断層生成〉の日はなにをしていたのか？　あんなオロジェニーの技をどうやって身につけたのか？ いろいろ聞かれているうちに、ナッスンはオロジェンの親からオロジェンの子が生まれることはめったにないことを知る。そのケースにいちばん近いのはウーデで、彼の叔母が彼の正体に気づいて、彼女にできる範囲のことをまわりには内緒で教えてくれたが、それもせいぜいまちがって人を凍らせてしまわないようにする方法程度のことで終わっている。ほかの子たちはこれを厳しい経験を通して学んでいる——この話をしているあいだ、イージンはひとことも口をきかなかった。デシャティなどは〈断層生成〉まで自分がオロジェンだと知らなかったというのだが、ナッスンにとっては理解しがたい話だ。いちばん多く質問してきたのはデシャティだが、いつも小声でほかの子がまわりにいないときに恥ずかしそうに聞いてくる。

もうひとつナッスンが発見したのは、自分がほかの子よりずっと、ずっと、ずっと、出来がいいということだ。訓練にかかわることだけではない。アイツは彼女より長い年月、訓練を受けてきているが、彼のオロジェニーはウーデの身体より細くてひ弱だ。アイツはまわりに危害を加えないようオロジェニーをコントロールすることはできるが、オロジェニーでたいしたことが、たとえばダイヤモンドを見つけるとか、暑い日に自分が立っているところだけ涼しくするとか、銛《もり》を真っ二つにするとか、そういうことができるわけではない。みんなが見つめるなか、ナッスンが銛の切断の仕方をなんとか説明しようとしていると、近くの建物の壁際に立っていたシャファがやってきて（子どもたちが集まって練習したり遊んだりしているときはかならず守護者がひとり見守っているのだが）彼女を散歩に連れだした。

「おまえがわかっていないのは」と彼女の肩に手を置いて歩きながら、シャファがいう。「オロジェンの技術は練習すればいいというものではない、生まれつきの能力がかかわっているということだ。これまで、すばらしい才能の持ち主を誕生させるために、さんざん苦労してきた」彼はがっかりだといいたげに、小さく溜息《ためいき》をつく。「しかし高度の能力を持って生まれた者は、ほとんど残っていない」

「父はそれが理由でわたしの弟を殺しました」とナッスンはいう。「ユーチェのオロジェニーはわたしより凄かった。でもやったことといったら耳を澄ますことだけで、ときどきへんなことをいってました。わたしはそれを聞いて笑ってた」

彼女は穏便ないい方をしている。まだ口にすると心が痛むし、口にすること自体めったにないからだ。ジージャはけっして聞こうとはしなかったから、いままで自分の悲しみのことをあれこれ話し合える相手はひとりもいなかった。二人はジェキティの南側にある段々畑のそばにきている。溶岩原の谷底を見おろす段々畑が連なっているところだ。畑にはまだ穀類や葉もの野菜、豆類などがびっしりと育っているが、太陽光が弱まってきているせいで、なかには元気のないものも出はじめている。灰の雲がこれ以上分厚くなれば、もう作物は育たない。たぶんこれが最後の収穫になるだろう。

「そうか。それこそが悲劇なんだよ――残念なことだ」シャファが溜息をつく。「わが兄弟たちはあまりにも熱心に仕事をしすぎたとわたしは思っている。訓練を受けていないオロジェンは危険だと声高に広めすぎた。まちがいだったわけではない。ただ……大袈裟《おおげさ》にいいすぎたんだろうな、たぶん」彼は肩をすくめる。彼女は、父親が自分を憎しみのこもった目で見ることがあるのは、この大袈裟ないい方のせいだという気がして、一瞬、怒りを覚える。しかしその怒りは漠然としていて、どこに向けられているのかはっきりしない――彼女は、とくに誰かというわけではなく、世界を憎んでいる。憎む運命なのだ。

「彼はわたしを邪悪だと思っています」と彼女はわれ知らず口にしている。

シャファは彼女を長いこと見つめる。その眼差《まなざ》しに一瞬、困惑の色が走り、ときおり見せる眉をひそめたふしぎそうな表情が浮かぶ。ナッスンはとくに意識したわけではなく、ほんの一瞬、彼を地覚する、と――彼のなかでまたあの奇妙な銀色の糸がまばゆく揺らめいて肉を通り抜け、後頭部あたりのどこかから彼の精神をグイグイ引っ張っている。彼のその表情が消えるや否や、彼女は地覚するのをやめる。彼は彼女がオロジェニーを使うことにかんしては空恐ろしいほど敏感で、なんにせよ彼女が彼の許可なしになにかするのを嫌っているからだ。しかし輝く糸に引っ張られているときは、それほど敏感ではなくなっている。

「おまえは邪悪ではない」と彼は断言する。「おまえはまさに自然がつくりだしたもの。これは特別なことなんだぞ、ナッスン――おまえの同類のなかでも異例といえる特別で、強力な存在なんだ。フルクラムにいたら、もう指輪を授かっていただろうな。たぶん四つか五つ。おまえの年では驚くべきことだ」

これを聞いてナッスンは、充分に理解できたわけではないが、しあわせを感じる。「ウーデがフルクラムの指輪は十まであるっていってたけど？」ウーデは、三人の守護者のなかでいちばんおしゃべりな瑪瑙《めのう》のような目をしたニダの心をつかんでいる。ニダはときどきわけのわからないことを口走るが、それ以外のときはナッスンも役に立つ知識をおすそわけしてもらっている。だから子どもたちは全員がキャアキャアキャア騒ぎながら意識をそらす方法を身につけてしまった。

「ああ、十指輪まである」どういうわけかシャファは不機嫌そうな顔をしている。「しかしな、ナッスン、ここはフルクラムではない。ここではおまえは自分を自分で訓練しなければならない。ここには年長のオロジェンはいないのだからな。だが、そこがいいところだ。なぜなら……おまえならできることがあるから」シャファの顔がひきつる。また彼のなかで銀の糸がチラチラと揺れ動き、静まる。「おまえがやる必要があること……フルクラムの訓練ではできないことがあるんだ」

ナッスンはしばし銀の糸のことを忘れて、このことを考える。「わたしのオロジェニーをなくす、みたいなことですか？」父親がシャファにそうたのんだことは彼女も知っている。

「おまえがある段階まで進歩すれば、それも可能だろう。しかし、その段階に達するいちばんの早道は、持てる力を先入観なしに使うすべを身につけることだ」シャファがちらりと彼女を見る。表情はさりげないが、なぜか彼女にはわかってしまう――彼は、たとえ可能だろうと、彼女をスティルに変えたくないと思っている。「オロジェンとして、子どもながらそれなりに自制できる技量を持って生まれたおまえは運がいい。もの心がつくまではさぞかし危険だったろうな」

こんどは肩をすくめるのはナッスンのほうだ。彼女は視線を落として二本の玄武岩の柱の隙間を這《は》いのぼっている雑草を足でつつく。「そうだと思います」

彼が彼女をちらりと見る。視線が鋭くなっている。彼にはどこかおかしなところがある――それをいえば〈見いだされた月〉の守護者たちはみんなどこかおかしい――が、彼女がなにか隠し事をしようとすると、そのおかしな部分が影を潜める。まるで彼には曖昧にしようとする目論見《もくろみ》が地覚できるかのようだ。「おまえの母親のことをもっと聞かせてくれ」

ナッスンは母親のことは話したくないと思っている。「たぶんもう死んでいます」母親が〈断層生成〉の揺れがティリモを避けるよう脇にそらそうと力を尽くした感触を記憶しているが、おそらく死んでいるにちがいない。だが、まわりの人間はそのことに気がついたはずだ。母さんはいつも揺れのあいだはオロジェニーを使うなといっていた。たいていのオロジェンはそれで正体がばれてしまうからと。ばれたらどうなるか、その答えがユーチェの末路だ。

「たぶんな」彼が鳥のように首を傾《かし》げる。「おまえのテクニックにはフルクラムの訓練に通じるものがある。おまえのテクニックは……精密だ。あそこまでできる粗粒砂岩《グリット》は――」彼が口ごもる。また、一瞬、困惑の表情が浮かぶ。そして微笑《ほほえ》む。「子どもは珍しい。どんな訓練を受けたんだ？」

ナッスンはまた肩をすくめて、両手をポケットに突っこむ。話したら、彼に嫌われてしまうだろう。もしそうでないとしても、彼女をいまより軽く見るようになるのはまちがいない。どうでもいいと思うようになってしまうかもしれない。

シャファはすぐそばの段々畑の縁に腰をおろす。じっと彼女を見たまま控えめに微笑んでいる。待っている。そのせいでナッスンの頭には三つめの最悪の可能性が浮かんでしまう――もし彼女が話すのを拒否したら、そして彼が怒って父親もろとも〈見いだされた月〉から追いだされてしまったら？　そうなったら彼女にはもうジージャがいるだけだ。ほかになにもない。

そこで――彼女はもう一度、シャファの表情を盗み見る。彼がほんのわずかに眉をひそめる。不機嫌になったわけではない。案じているのだ。本気で案じているらしい。彼女のことを案じているのだ。この一年、誰ひとりとして彼女のことを案じてくれた人はいなかった。

というわけで、ナッスンはやっと口を開く。「二人でよくティリモから離れた谷の端にいきました。母さんは、父さんにはわたしを連れて薬草をとりにいってくるといってたの」シャファがうなずく。赤道地方のノード・ネットワークでカバーされた地域以外のコムでは、子どもたちに薬草のことを教えるのが一般的だ。〈季節〉になったら役に立つ知識だからな。「〝女子の時間〟といってて、父さんは笑ってました」

「それで、そこでオロジェニーの実習をしたんだな？」

ナッスンは自分の手を見ながらうなずく。「父さんがいないときには家でもオロジェニーの話をしてました。〝女子のおしゃべり〟といって」波動の力学や数学。いつまでもつづくテスト。ナッスンが答えるのが遅かったり、まちがっていたりすると怒られた。「でも谷端では——わたしが連れていかれたところでは——実習だけでした。地面にいくつも円を描いて。わたしは大きな丸石を押してあちこち動かさなくちゃいけないんだけれど、円環体は五番めの円より小さくしなくちゃいけないの、つぎは四番めより小さく、そのつぎは三番めより小さく。ときどき、その丸石を投げつけられたりしたわ」三トンの石が唸《うな》りをあげて迫ってくるのは恐ろしかったし、もしわたしが止められなかったら、母さんは止めてくれるのだろうかと考えるのも恐ろしかった。

ナッスンは止めることができた。だから答えはわからないままだ。

シャファがクスクス笑っている。「すばらしい」ナッスンのとまどう顔を見て、彼はこうつけ加える。「それはまさにフルクラムでオロジェンの子どもたちが受けている——受けていた——訓練そのものだ。しかしおまえの訓練はかなりのスピードで進められたようだな」また首を傾げて考えている。「父親に隠れて、たまにしか実習できなかったのだとしたら……」

ナッスンはうなずく。左手が閉じて開いてをくりかえす。まるで勝手に動いているかのようだ。「やさしく教えている時間はないといわれました。それに、とにかくわたしは強すぎたし。効果がありそうなことをやるしかなかったんです」

「なるほどな」シャファはそういったが、それでもナッスンはまだ彼の視線を感じている。彼は待っている。まだ話すことがあると知っているのだ。彼が先をうながす。「しかし、大変だったろうな」

ナッスンはうなずく。「訓練なんて大嫌いでした。一度、母さんに向かって怒鳴ったことがありました。意地悪って。母さんなんか大嫌い、母さんの思いどおりになんかならないって」

シャファの呼吸は、彼のなかで銀色の光がぎくしゃく動いたり明滅したりしていないときは、驚くほど規則正しい。あまりにも規則正しいので寝ている人みたいと思ったことがあるほどだ。彼女は彼の呼吸音に耳を澄ます。寝ているわけではないのに、こちらの気持ちが凪《な》いでくる。「母さんはもの凄く静かになって、それからこういったんです。『ほんとうに自分をコントロールできるの?』って。そしてわたしの手を取ったんです」ここで彼女はきっとくちびるを噛《か》む。「そして折った」

シャファの呼吸が、ほんの一瞬止まる。「おまえの手を?」

ナッスンはうなずく。そしててのひらに指を走らせる。手首と指の付け根の関節をつなぐ長い骨の一本一本。いまだに冷えると、ときどき痛みが出るところだ。彼がそれ以上なにもいわないので、彼女は先をつづける気になる。「母さんはわたしが嫌おうがどうしようが、かまわないといいました。オロジェニーをうまく使えるようになりたいと思わなくてもかまわないって。そしてわたしの手を取って、なにも凍らせるなといったんです。丸い石を持っていて、それでわた、わたしの……わたしの手を殴った」石が肉を打つ音。母親が骨の位置を元にもどすときの湿ったポンという音。自分の悲鳴。耳のなかでドクドクと脈打つ血流の音を切り裂いて入ってくる母親の声——おまえは火なのよ、ナッスン、金網のなかに閉じこめておかないと危険な稲妻なの、でも痛みに耐えて自分をコントロールできれば安全だと確信できる。「わたしはなにも凍らせなかったわ」

　そのあと母親はナッスンを家に連れて帰り、ナッスンは転んでおかしな手のつき方をしてしまったとジージャに説明した。そして言葉どおり、二度とナッスンを谷端に連れていくことはなかった。ジージャはあとになって、あの年から、ナッスンはずいぶんおとなしくなったといっていた。母さんは、女の子は大きくなればそうなるものなのよと答えていた。

ちがう。父さんをジージャと呼ぶなら、母さんのことはエッスンと呼ばなければならない。

　シャファは黙りこくっている。だが彼はもう彼女がどんな子なのかわかっている——実の母が覚悟を決めさせるために手の骨を折らなければならないほど頑固な子。母親は一度も愛を注いだことがなく、ただ磨きをかけただけ、父親は彼女が不可能なことをなしとげて、いまの彼女でなくなればまた愛してくれる、そんな子ども。

「それはまちがいだったな」とシャファがいう。かろうじて聞こえる程度の小声だ。彼女は驚いて彼を見る。彼は地面を見つめている。顔には見たことのない表情が浮かんでいる。ときどき見せるあのとまどったような困惑しているような表情とはちがう。これはなにか彼の記憶にあること、そして顔に浮かんでいるのは……罪悪感か？　悔やんでいる。悲しんでいる。「愛する者を傷つけるのはまちがいだ、ナッスン」

　ナッスンは彼を見つめる。彼女まで息が詰まってしまう。胸が痛くて息を吸いこまざるをえなくなってはじめて自分が息を止めていたことに気づく。愛する者を傷つけるのはまちがい。

まちがい。まちがい。ずっとまちがっていた。

そのとき、シャファが手をさしだす。彼女はその手を取る。彼が引っ張ると、彼女は喜んで倒れこむ。彼女は彼の腕のなかにいて、その腕は強くしっかりと彼女を抱きしめている。父親がユーチェを殺す前にしてくれていた、あの抱きしめ方だ。その瞬間、彼女は思う。シャファとは出会ってほんの数週間なのだから、彼女を愛してくれていなくてもかまわないと。彼女は彼を愛している。彼を必要としている。彼のためならなんでもする。

シャファの肩に顔を埋めて、ナッスンはふたたび銀色の煌《きら》めきを地覚する。こんどは彼と接触しているので、彼の筋肉がわずかに縮みあがるのも感じる。ほんのかすかな揺らぎで、原因がなんなのかはわからない――虫に刺されたのかもしれないし、夕方になって風が冷たくなってきたからぶるっと震えたのかもしれない。だがなぜか彼女はそれが実際の痛みからきたものだと悟る。彼の制服に顔を押し当てて眉をひそめながら、ナッスンは慎重にシャファの後頭部のあの奇妙な場所に手をのばす。銀色の糸が出ているところだ。糸は、なぜか飢えている――彼女が糸に近づくと、糸はなにかを探すように彼女を舐《な》める。好奇心を覚えて、ナッスンは糸に触れ、地覚する……なんだろう？　かすかに引っ張られる。そして疲れを感じる。

シャファがまたビクッと身を縮めて身体を離す。彼女との距離が腕の長さまでひろがる。

「なにをしているんだ？」

彼女はぎごちなく肩をすくめる。「あなたが必要としていたから。あなたが痛がっていたから」

シャファがゆっくりと首を左右にふる。否定の意味ではない。そこにあるはずなのに消えてしまったなにかの行方を捜すような動きだ。「わたしはいつも痛みを抱えているんだよ。痛みは守護者の一部なんだ。しかし……」彼はいぶかしむような表情をしている。これでナッスンは彼の痛みが、少なくともいまは、消えているのだと察知する。

「いつも痛いんですか？」彼女は顔をしかめる。「あの頭のなかのものが？」

彼の視線がすぐさまピシリと彼女をとらえる。彼女は彼の氷白の目を怖いと思ったことはない。恐ろしく冷たくなっているいまもだ。「うん？」

彼女は自分の後頭部を指差す。地覚器官がある場所だと、託児院の生物科学の時間に教わった。「なにか小さいものがあるんです。あなたのここに。なんだかわからないけど、あなたに会ったときに地覚しました。あなたがわたしの首にさわったときに」彼女はピンときて、まばたきする。「あのときなにかを取ったんですね。あなたを悩ませているものが減るように」

「ああ。そのとおりだ」彼の手が彼女の頭にのびてきて、二本の指が背骨のいちばん上、頭蓋骨の縁の下に添えられる。いつも彼が彼女に触れるときより力が入っている。二本の指は、まるでナイフを真似ているように硬い。

だが、彼女は気づく。彼は真似ているわけではない。彼女は森のなかの〈見いだされた月〉にたどり着いて盗賊に襲われた、あの日のことを思い出す。シャファはとても、とても、強かった――二本の指で骨も筋肉も紙のようにやすやすと貫くほど強かった。彼なら、彼女の手の骨を折るのに石を使う必要はなかっただろう。

シャファの眼差しが彼女を探り、これから彼がなにをしようとしているのか彼女が一から十まで理解していることを探り当てる。「怖くはないんだな」

彼女は肩をすくめる。

「どうして怖くないのかいってみなさい」有無をいわさぬ声だ。

「ただ……」彼女はまた肩をすくめるしかない。どういえばいいのか、ほんとうにわからないのだ。「だって……つまり、もしちゃんとした理由があったら?」

「どんな理由があるかおまえにわかるはずがない」

「わ、か、ります」彼女は顔をしかめる。自分がじれったくてしょうがないのだ。そのときうまい説明が浮かぶ。「父さんが弟を殺したとき、父さんには理由なんてなかった」彼女を馬車から叩き落としたときも。彼女を見て、九歳の子どもでもわかるほどあからさまな殺意を抱いていたときも。

氷白のまばたき。そこから、見ている者が思わず引きこまれてしまうような光景が展開していく——シャファの、ナッスンを殺そうという深い思いをたたえた表情がゆっくりと溶けて、またあのふしぎそうな表情になり、ナッスンの胸が詰まるほど深い悲しみが浮かぶ。「おまえは少なくともなにか理由があれば殺されるのもしかたないと思えるほど、理不尽な悲惨な出来事を山ほど目にしてきたんだな?」

彼はさすがに話がうまい。彼女は力いっぱいうなずく。

シャファが溜息をつく。ナッスンは彼の指が揺れるのを感じる。「しかしこれは、わたしが指示したのでないかぎり、知ってはならないことだ。昔、知ってしまった子を殺さずにおいたことがあったが、そうすべきではなかったといまは思っている。わたしが情けをかけたことで二人とも苦しむことになった。そのことはいまだに忘れられない」

「あなたが苦しむのはいや」とナッスンはいう。そして彼の胸に手を置いて、彼のなかの銀色の煌めきに、もっと奪えと念じる。すると銀色のものがチラチラ明滅しながら彼女のほうに漂ってくる。「いつも痛いんでしょ？　それはよくないわ」

「痛みをやわらげてくれるものはいろいろある。たとえば微笑むとエンドルフィンが分泌されて――」彼がビクッとして彼女の後頭部から手を離し、銀の糸が彼女を見つけると同時に彼女の両手を彼の身体から引き離す。本気で案じている。「そんなことをしたら死んでしまうぞ！」

「どうせわたしを殺すんでしょ」それが賢明なことだと彼女は思っている。

彼はじっと見つめている。「われらが父たちであり母たちである〈地球〉よ」そういうと同時に、彼の体勢がゆるみ、殺意が流れでていく。そして彼が溜息を洩《も》らす。「このことは――おまえがわたしの体内で地覚したもののことは、ほかの者には絶対に話すな。もしおまえが知っていることをほかの守護者に知られてしまったら、おまえを守りきれないかもしれないからな」

ナッスンはうなずく。「絶対にいいません。あれはなんなのか教えてくれますか？」

「いつか、そのうちな」彼が立ちあがる。ナッスンは彼が引っこめようとする手にしがみつく。彼は困り顔で彼女を見ているが、彼女はにっこり笑って彼の手を小さく揺する。ひと呼吸おいて、彼が首をふる。そして二人は囲い地へもどっていく。ナッスンはその日以降、囲い地を家と考えるようになる。

§

ベビーベッドにいるオロジェンを見つけだせ。円の中心に気をつけろ。そこにいるのが〔判読不能〕

——銘板その二〝不完全な真実〟第五節

10　あんたは大仕事をまかされる

あんたは、彼は狂っていると何度も何度もいってきた。彼を愛するようになってからでさえ、彼を軽蔑しているのだと自分にいいきかせていた。なぜだ？　それは早い段階で、いずれ自分も彼のようになる可能性があると悟っていたからかもしれない。いやそれより、彼と離ればなれになり再会を果たすずっと前に、彼は狂っていないとうすうす気づいていたからか。けっきょくのところ、誰もがロガはみんな〝狂っている〟と思っている——あまりにも長い時間、石とかかわっているせいで、一見、〈邪悪な地球〉と結託しているように見えるせいで、人間らしさが足りないせいで、頭が混乱していると思っている。

しかし。

〝狂っている〟という言葉は、命令にしたがうロガが、したがわないロガを指して使う言葉でもある。あんたはかつては命令にしたがっていた。そのほうが安全だと思ったからだ。彼は、命令にしたがっても守護者やノードやリンチから守られることはなく繁殖行為や軽蔑から逃れることもできないとしたら、なんの意味があるのかと何度も何度も、あんたが見て見ぬふりなどできないよう容赦なく、見せつけてくれた。最初から仕組まれた八百長ゲームだ、参加する意味などないと。

あんたは臆病者だったから、彼を嫌うふりをしていた。しかしあんたはやがて彼を愛するようになり、いまでは彼はあんたの一部。なぜなら、あんたは勇敢になったからだ。

§

「下へ下へと進む途中ずっとアンチモンと戦っていた」アラバスターがいう。「愚かだった。もし彼女がわたしを放してしまったら、一瞬でも集中が途切れてしまったら、わたしは石の一部と化していただろう。ただ潰されるというのではなく……混ぜこまれていた」彼は途中で切断された腕をあげる。彼をよく知るあんたは、彼が指を揺らしているのだと気づく。もしまだ指があったらの話だが。彼は自分でも気づかぬままに溜息《ためいき》をつく。「イノンが死んだ頃にはマントルのなかに入っていたと思う」

静かな声だ。診療所は静かだ。あんたは顔をあげてあたりを見まわす。レルナはいない。助手のひとりが空いている寝台に横になってかすかにいびきをかいている。あんたも小声で話す。二人だけの内密の話だ。

考えるだけでも辛いが、あんたはたずねなければならない。「知っていたの……？」

「ああ。彼がどんなふうに死んだか、地覚《ちかく》していた」彼は一瞬、沈黙する。あんたのなかで彼の、そしてあんた自身の悲しみが鳴り響く。「地覚せずにはいられなかった。かれらが、あの守護者たちがしたことも魔法だ。ただあれは……まちがっている。かれらにかかわるなにもかもとおなじで、汚染されている。かれらが人を揺さぶってバラバラにするとき、その人物と調和すると、揺度九《ようど》に見舞われたような感覚になる」

いうまでもなく、あんたたちはイノンと調和していた。彼はあんたの一部だったからな。あんたはぶるっと身震いする。彼があんたを大地やオロジェニーやオベリスクや魔法統一理論にもっと調和させようとしているからだが、あんたはあんなことは二度と経験したくないと思っている。あんたが抱きしめ、愛した肉体があんなことになってしまう恐怖をその目で見、体験する、あれほど辛いことはない。揺度九よりずっとひどかった。「止められなかった」

「そうね。あなたには止められなかった」あんたは彼のうしろにすわって、彼がまっすぐすわっていられるよう片手で支えている。彼はこの話をしはじめてからずっと、あんたから目を離して、あらぬ方を見つめている。ふりむいて肩越しにあんたを見ることもしない。ふりむけば痛みが走るからだ。しかし彼の声にはどこかほっとしているようなところがある。

彼が先をつづける。「彼女が、わたしが死なないように圧力や熱をどう操っていたのか、わたしにはわからない。自分がどこにいるかを知って、きみのところにもどりたくて、でもどうしようもないと悟って、窒息しそうで、あれでどうして気が狂わなかったのかわからない。きみがコランダムになにをしたか地覚したところで、それ以上地覚するのはやめた。それからあとの旅のことは覚えていない、というか思い出したくない。われわれはきっと……いや、わからない」彼は震える、というか震えようとする。あんたは彼の背中の筋肉がピクピクひきつるのを感じる。

「気がついたときには、また地表にいた。そこは……」躊躇《ちゅうちょ》している。彼の沈黙はあんたの肌がチクチク痛みだすほど長くつづく。

(わたしはそこにいたことがあるんだが、言葉で説明するのはむずかしい。うまく表現できないのはアラバスターのせいではない。)

「世界の裏側に」アラバスターがやっと口を開く。「都市がある」

あんたにはさっぱり意味がわからない。あんたの頭のなかでは世界の裏側には人跡未踏の空白がひろがっているだけ。地図にはただ海があるだけだ。「なにか……島のようなところ? 裏側にも陸地があるの?」

「そんなようなものだ」彼はもう気軽に微笑《ほほえ》むこともできない。だが、あんたは彼の声音にそれを聞き取る。「巨大な盾状火山があるんだよ。ただし海面下にな。これまで地覚したなかで最大のものだ——南極地方がすっぽり入るくらい大きい。都市はその頂上にあって、海上に出ている。まわりにはなにもない。作物を植える土地も、津波をさえぎる山も。港も、船を係留する場所もない。ただ……建物があるだけだ。ほかでは見たことのないいろいろな種類の木や草花が茂ってはいるが、森ではない——都市に刻みこまれているような感じだ。どういえばいいのかわからないんだが。インフラは全体を安定的に支え、機能させているようだが、どれも見たことのないものばかりだ。いろいろな管やら水晶やら、まるで生きているように見えてな。どう機能しているのか、十分の一も伝えきれない。そしてその都市のまんなかには……穴がある」

「穴が」あんたは想像をめぐらせる。「泳ぐための？」

「いや。水は入っていない。穴は火山に通じている、そして……その先まで」彼が深々と息を吸いこむ。「都市はその穴を維持するために存在している。都市全体がその目的を果たすためにつくられているんだ。その名前がまた、石喰《いしく》いが教えてくれたんだが、まさに名は体をあらわす――コアポイント、というんだからな。そこは廃墟《はいきょ》なんだ、エッスン――ほかのとおなじ絶滅文明の廃墟、ただしここは無傷だ。道路はひび割れしていない。建物は空っぽだが、まだ使える家具があったりする――自然素材ではないものでつくられていて、腐らないんだ。住もうと思えば住める」ふと口ごもる。「じつは住んだことがあるんだ。アンチモンに連れていかれたときに。どこもいくところはないし、話し相手もいない……石喰い以外はな。何十人もいたんだ、エッスン、何百人かもしれない。都市をつくったのは自分たちではないというんだが、いまや都市全体がかれらのものだ。何万年も前から」

彼は話の腰を折られるのが嫌いだから、あんたも口をはさまないよう注意しているが、彼はときおり口をつぐむ。あんたがなにかひとことというのを期待しているのか、それともあんたが話の中身を吸収する時間を与えているつもりなのか。あんたはただ彼の後頭部を見つめているだけだ。残った髪がのび放題になっている――すぐにもレルナにハサミと櫛《くし》を借りなくては、とあんたは思う。あんたの頭に浮かぶまともな考えは、これだけだ。

「目のまえに突きつけられると考えずにはいられなくなる」声が疲れている。講義が一時間を超えることはめったにないが、もう一時間以上たっている。もしいまあんたのなかに驚き以外の感情が残っているとしたら、それは罪悪感だろう。「オベリスクがかかわっているんだが、あれは……」あんたは彼が肩をすくめようとするのを感じ取る。気持ちはよくわかる。「触れたり、通り抜けたりできるようなものではない。しかしこの都市は……。歴史が記録されているのは、ううん、一万年前からだったか？　大学での論議に決着はついていないが、〈季節〉をすべて勘定に入れれば二万五千年前からになる。しかし人はそれよりずっと前からいた。われわれの祖先が灰のなかから這《は》いだして仲間同士でキャッキャッとしゃべりだしたかもしれないだろう？　三万年前か？　四万年前か？　ただ生きていくという唯一の課題をクリアするために知恵と知識を総動員して壁のなかでひしめいている、いまのような情けない生きものになるまでには長い時間がかかっている。いまわれわれにできることといったら——まにあわせの器具で少しでもましな手術をする方法を編みだすとか、少ない光でより多くの豆を収穫できるよう少しでもいい化学薬品をつくるとか、そんなものだ。昔はもっとずっとすばらしいことができていたのに」彼はまた長いこと沈黙する。「きみとイノンとコランダムのことを思って、三日間泣きつづけたよ、われわれの祖先がつくったその都市でな」

彼があんたのことも嘆いてくれたと知って、あんたの心は痛む。自分にはそんな価値はない、とあんたは思っている。

「あのときわたしは……かれらが食べものを持ってきてくれた」アラバスターが当然いうべきことをはぶいてそのまま話を進めてしまうので、最初はなにをいっているのかわからない。

「それを食べて、そのあとわたしはかれらを殺そうとしたんだ」声が皮肉めいたものに変わる。「じつをいうとあきらめるのにだいぶ時間がかかったんだが、かれらはずっとわたしを養いつづけてくれた。わたしはかれらに何度も何度もたずねた。どうしてわたしをここへ連れてきたのか。どうしてわたしを生かしておくのか。最初のうちは、わたしと口をきくのはアンチモンだけだった。みんな彼女に一任しているのだろうと思っていたら、ただほかの連中はわたしの言葉がわからないだけの話だった。一度も人と接したことがないという者もなかにはいた。みんなじっとわたしを見つめていて、ときにはシッシッと追い払わなくてはならないこともあった。どうやらわたしに魅了される者と毛嫌いする者がいたらしい。そういう感覚はお互いさまだった。

そのうちわたしもかれらの言葉を覚えていった。覚えざるをえなかった。都市の一部では、その言葉が通じたんだ。正しい言葉を知っていれば、ドアを開けたり、明かりをつけたり、部屋を暖めたり冷やしたりすることができた。とはいえすべてが完全に機能しているわけではなかった。都市はまちがいなく壊れつつあった。ゆっくりとだがな。

しかし穴は……。穴のまわりにはぐるっと標識があって、近づいていくと明かりが灯《とも》った」

（あんたは突然、フルクラムの中心にあった建物のことを思い出す。ソケットに向かって歩いていくと細長いパネルがつぎつぎに灯り、炎もフィラメントも見えないのに輝いていた。）「建物ぐらい大きな遮蔽物がいくつもあって、ときどき夜になると光っていた。近づきすぎると目のまえの空中に光る警告文があらわれて、サイレンが鳴った。だがアンチモンはわたしが……

機能するようになると、その日のうちにそこへ連れていった。遮蔽物の上に立って真っ暗な穴を見おろしたんだが、あまりにも深くて……」

口ごもらずにはいられないようだ。ごくりと唾を飲んで、また話しだす。

「そこへいく前に彼女は、わたしをミオヴから連れだしたのは、かれらとしてはわたしを死なせるわけにいかなかったからだといっていた。そして、そこで、コアポイントの中心で、『このためにあなたを助けたのよ。これこそがあなたが向き合うべき敵。これと向き合うことができるのは、あなたしかいない』といったんだ」

「どういうこと？」あんたは混乱しているわけではない。ちゃんと理解できているつもりだ。ただ理解したくなくて、自分は混乱しているにちがいないと決めつけているのだ。

「彼女がそういったんだ」と彼が答える。彼は腹を立てているが、あんたにではない。「一言一句たがわず。どうして覚えているかといえば、イノンとコランダムが命を落とし、きみが錆《さ》び犬どものまえに身を投じる羽目になった原因はそれだと思っていたからだ――元をたどれば、ろくでもない過去のどこかの時点で、お利口なご先祖さまの一派が、なんの理由もなく世界の中心まで達する穴を掘ろうと決めたからだ。いや理由はある。力だ。アンチモンがそういっていた。どういう理屈なのかわからないが、かれらはやってのけた。そしてその力を利用するためにオベリスクやさまざまな道具をつくった。

ところが、なにかがおかしくなってしまったんだ。どうやら詳しいことはアンチモンも知らないらしい。あるいは石喰いたちはいまだに議論をつづけていて、合意に至っていないということなのかもしれないが。とにかく、なにかまちがいが起きた。オベリスクが……うまく作動しなかった。そして月が惑星のそばから遠くへ、弾き飛ばされてしまった。たぶんそれが原因だ。ほかにもいろいろ起きたかもしれない。が、原因はともかく、その結果が〈壊滅〉だ。ほんとうにあったことなんだ、エッスン。それが〈季節〉を引き起こしたんだ」あんたが触れている彼の背中の筋肉が少し収縮する。緊張している証拠だ。「わかるか？　われわれはオベリスクを利用するんだ。スティルにとっては、ただのばかでかい奇妙な石だ。あの都市、あの驚異のすべて……あの絶滅文明はオロジェンが司っていた。われわれが、世にいわれているとおり、世界を破壊してしまったんだ。ロガが」

彼はその言葉を全身が震えるほど鋭く、憎々しげに発した。あんたは彼の身体がいっきにこわばるのを感じている。その激情が彼自身を傷つけている。彼はそれを承知で、あえて口にしたのだ。

「かれらが見誤ったのは」彼が先をつづける。声が弱々しくなっている。「忠誠心の問題だ。伝承ではわれわれは〈父なる地球〉の手先ということになっているが、じつは逆で、われわれは彼の敵なんだ。彼はスティルを憎んでいるが、それ以上にわれわれのことを憎んでいる。われわれがしたことが原因だ。だから彼はわれわれをコントロールするために守護者をつくり――」

あんたは首をふっている。「バスター……あなたそれが、惑星が、ほんとうにいるみたいに話している。つまり、生きているみたいに。意識を持っているみたいに。〈父なる地球〉にまつわる話はぜんぶ、世界がどうしてこんなふうになってしまったのか説明するための物語よ。ときどき出てくる妙なカルト集団の話といっしょ。毎晩寝る前に空の上にいる老人に向かってどうかわたしたちを生かしておいてくださいとお願いする、という人の話を聞いたことがあるわ。人には、この世界にはいまある以上のものが存在すると信じることが必要なのよ」

そして世界はクソだ。子どもを二人亡くし、人生を何度も台無しにされてきたいま、あんたはそう思っている。惑星が復讐《ふくしゅう》を目論《もくろ》む悪意ある勢力だなどと夢想する必要はない。惑星はただの岩。人生は往々にしてこういうものというだけのことだ――悲惨で、短く、最後は、運がよければ、忘却のうちに終わる。

彼が笑いだす。これも彼を傷つけることになるが、あんたは肌がチクチク痛むのを感じる。この笑いがユメネス－アライア高架道を旅したときの笑い、死に絶えたノード・ステーションで耳にした笑いだからだ。アラバスターはけっして狂ってはいなかった――器の小さな人間ならわけがわからないまましゃべり散らしてしまいそうなことを彼は知っていて、それがときどき表に出てくるのだ。そうやって折に触れて怒り狂った狂人のように積もり積もった憎悪を吐きだすことで、彼はバランスを保っているのだ。そしてそれはこれからまたあんたの単純素朴な部分をぶち壊すぞという警告でもあると、いまではあんたも悟っている。

「たぶんかれらもそう思っていたのだろう」アラバスターがいう。笑いは収まっている。「世界の中心核《コア》まで穴を掘ろうと決めた連中もな。しかし見ることも理解することもできないものだからといって、それがきみを傷つけないということにはならない」

たしかにそうだと、あんたもわかっている。だがもっと重要なのは、それをアラバスターの口から聞くということだ。あんたはにわかに緊張する。「なにを見たの？」

「すべてだ」

あんたの肌がチクチク痛む。

彼が大きく息を吸う。そしてふたたび話しはじめる。こんどは一本調子な口調だ。「これは三者間の戦いだ。もっとたくさんかかわってはいるが、きみが心にかける必要があるのは三者だけだ。その三者ぜんぶが戦いを終わらせたがっている――問題はどう終わらせるかだ。戦いの種はわれわれ、そう――人なんだ。あとの二者はわれわれをどうすべきか決めようとしている」

そう聞くと、いろいろわかってくる。「〈地球〉と……石喰いが？」

「いや、ちがう。かれらも人なんだぞ、エッスン。まだわかっていなかったのか？　かれらはわれわれとおなじように、なにかを必要としている、欲しがっている、感じている。かれらはわたしやきみよりずっとずっと長いこと、戦っている。なかには最初から戦いつづけている者もいるんだ」

「最初から？」なんだろう、〈壊滅〉か？

「ああ、一部の者はそれくらい古くからいる。アンチモンもそのひとりだ。きみについてきたあの小柄なのも、そうだと思う。ほかにもいる。かれらは死ぬことができないから……ああ。戦いの端緒をすべて見ているんだ」

あまりのことに、あんたはまともに反応することができない。ホアが？　七歳くらいにしか見えない子が三万歳。あのホアが？

「片方はわれわれが――人が――死滅することを望んでいる」アラバスターがいう。「まあ、それも決着をつけるひとつの方法なのだろう。もう片方は人が……無力化することを望んでいる。生きてはいるが、無害な状態にするということだ。石喰いのようにな――〈地球〉はかれらをなるべく自分に似せてつくろうとした。他者にたよらず生きていけるものに。そうすれば、他者に害をおよぼすことはないだろうと考えたんだ」溜息をつく。「惑星も耳をそばだてることができると知ったら、心強いんじゃないかと思うが」

あんたが縮みあがったのは、いまの言葉に反応したからではない。あんたはまだホアのことを考えている。「彼はもともとは人間だった」とあんたはつぶやく。そう。いまは遠い昔をしのんで、長いことご無沙汰していた衣服をまとった仮の姿。しかしかつては、彼はあんな姿をしたほんものの血肉を持つ少年だった。彼にサンゼの特徴がまったくないのは、彼が生まれた頃、サンゼは人として存在していなかったからだ。

「みんなそうだ。だからみんなおかしいんだ」彼はとても疲れている。そのせいか声がいっそう低くなっている。「わたしは五十年前のことなどほとんど思い出せない――五千年前のことを思い出そうとしたらどうなるか想像してみろ。一万年前のこと。二万年前のこと。自分の名前を忘れてしまうという状況を想像してみろ。だからかれらは何者なのか聞かれてもなにも答えないんだ」はたと思い当たってあんたは息を呑む。「石喰いがあれほどわれわれとちがうのは、身体がなにでできているとか、そういうことが原因ではないとわたしは思っている。誰もそんなに長く生きてまったく異質なものにならずにいることはできない、だからだと思うんだ」

彼は、想像しろとよくいうが、あんたはできない。できなくて当然だ。しかしホアのことを考えることはできる。石鹼《せっけん》を珍しそうに見ていたホア。あんたのそばで丸まって寝ていたホア。あんたが彼を人間のようにあつかうのをやめたときのホアの悲しみ。彼はほんとうに一生懸命やっていた。最善を尽くしていた。それでも失敗に終わってしまった。

「三者いるっていったわよね」とあんたはいう。できないことを嘆くより、できることに集中する。アラバスターが大儀そうに、あんたの手にずっしりと寄りかかってきている。休憩が必要なのだ。

アラバスターは、寝てしまったのかと思うほどずっと黙ったままだ。が、また話しはじめる。「ある晩、アンチモンがいないときに抜けだしたことがある。あそこにいって……何年たった頃だったか。いつのまにか時間が曖昧になっていたんだ。かれら以外、話し相手はいないし、かれらはときどき人は話す必要があるということを忘れてしまう。大地の下は火山の唸《うな》り以外なにも聞こえない。世界のあちら側では星々もまったくちがう……」声が小さくなって消えていく。また時間が曖昧になってきているようだ。「わたしはオベリスクがどんな意図でつくられたのか突き止めたくて、ずっと図式を調べていた。胸が痛んだ。きみが生きていることは知っていたから、きみに会いたくて会いたくて気が狂いそうだった。そうしたら、いきなり、とんでもない、錆びかけた考えが浮かんだ——あの穴を抜ければ、きみのところへ帰れるかもしれない、と思ったんだ」

彼の手が残っていれば握りしめるのに。代わりにあんたの指は彼の背中をぎゅっとつかむ。やはり代わりにはならない。

「だから穴まで走って飛びこんだ。死ぬつもりはないんだから自殺ではない——自分にそういいきかせた」またあの痛切な微笑み。「だが、ちがった……。穴のまわりのものは機械装置だが、警告するためだけのものではなかった。わたしがなにかの引き金になったのか、それともそういうふうに起動するシステムになっていたのか。わたしは下に向かって進んでいた、しかし落ちているわけではなかった。どういう方法でか動きがコントロールされていた。速いんだが、安定した動きだった。死んでいて当然だった。圧力、熱。岩こそ関係ないものの、アンチモンがわたしを連れてくぐりぬけてきたのとおなじ状況だ。しかしアンチモンはいっしょではない。だから死んでいて当然なんだ。立坑には等間隔で明かりが灯っていた。窓じゃないかと思う。昔は、ほんとうに地下に人が住んでいたんだ！　しかし、基本は真っ暗闇だ。

やがて……何時間だったのか何日もたっていたのか……スピードが落ちてきた。着いたんだ——」

彼が口ごもる。あんたは彼の皮膚に鳥肌がたっているのを感じる。

「〈地球〉は生きている」声がざらつき、嗄《か》れて、かすかにヒステリックになっている。「古い伝承のなかにはただのつくり話もある、それはきみのいうとおりだ、が、あれはちがう。そのとき、わかったんだ。石喰いがわたしになにを伝えようとしていたのか。〈断層〉をつくるのに、なぜオベリスクを使わなければならなかったのか。この世界との戦いがあまりにも長くつづいているから、われわれは忘れてしまったんだよ、エッスン、しかし世界は忘れていない。われわれはすぐにも戦いを終わらせねばならない。さもないと……」

アラバスターがふいに言葉を切る。しばし、息詰まるような沈黙がつづく。あんたは、その古代からの戦いがすぐに終わらないとどうなるのか聞きたくてしかたがない。〈地球〉の中心核で彼になにが起きたのか、ここまで彼を動揺させるほどのなにを見、なにを経験したのか、知りたい。だがあんたはなにもいわない。あんたは勇敢な女だが、手に入れられるもの、入れられないものはちゃんとわきまえている。

彼がつぶやく——「わたしが死んだら、埋葬しないでくれ」

「なにを——」

「アンチモンに与えてやってくれ」

自分の名前が聞こえたかのように、突然アンチモンが姿をあらわす。あんたたちの目のまえに立っている。あんたは、これはもうアラバスターの体力の限界がきているから話は終わりにしろということだと気づいて、アンチモンをにらみつける。あんたは彼のひ弱さに憤慨し、彼が死に瀕《ひん》していることに腹を立てている。そしてその憎しみのスケープゴートを探さずにはいられないのだ。

「いやよ」とあんたは彼女を見ながらいう。「彼女はわたしからあなたを奪った。そのままあなたを彼女のものにしておくわけにはいかないわ」

彼がクスクス笑いだす。あまりにも疲れた笑いで、あんたの怒りもしぼんでしまう。「彼女か〈邪悪な地球〉かどちらかなんだよ、エッスン。わかってくれ」

彼が横に傾きだす。たぶんあんたは自分で思っているほど怪物ではないのだろう、あきらめて立ちあがる。アンチモンの姿がぼやける。あの石喰い特有のゆっくりしたぼやけ方だ。そして彼女は彼の横にしゃがみこんで両手で彼を支える。彼はすうっと眠りに落ちていく。

あんたはアンチモンを見つめる。彼女のことはずっと敵だと思っていたが、もしアラバスターのいうことがほんとうだとしたら……。

「だめ」あんたはぴしゃりという。彼女にいうつもりではなかったが、けっきょくはおなじことだ。「まだあなたを味方とは思えない」永遠に思えないのかもしれない。

「たとえあなたがそうだとしても」と石喰いの胸のなかから聞こえてくる声がいう。「わたしは彼の味方。あなたのではない」

なにかを欲しがり、なにかを必要とする、われわれとおなじ人。あんたとしてはそれも受け入れがたいが、彼女があんたを嫌っていると知ってなぜかほっとする。「アラバスターはあなたがなぜあんなことをしたのかわかっているといったわ。でも彼がなぜあんなことをしたのか、いまなにを望んでいるのか、わたしにはわからない。彼は、これは三者間の戦いだといっていたけれど、第三の派閥はいったい誰なの？　彼はどの派閥の味方なの？　〈断層〉は……なんの助けになるの？」

どう頑張っても、あんたにはアンチモンがかつては人間だったとは思えない。そう思えない要素が多すぎる――顔がぴくりとも動かないことも、声が出てくる場所がちがうことも。あんたが彼女を嫌っているという事実も。「〈オベリスクの門〉は物理的エネルギーと神秘的エネルギーの両方を増幅させる。一カ所で必要充分なエネルギーを生みだせる場所は地表にはない。〈断層〉なら確実に大量のエネルギーを生みだせるはず」

つまり……。あんたは身をこわばらせる。「つまり、わたしが〈断層〉を環境エネルギー源として使って円環体を通じて流しこめば――」

「ちがう。それではあなたが死ぬだけ」

「あら、ご忠告ありがとう」といいながらも、あんたは理解しはじめている。これはアラバスターの講義を受けるようになってからずっと抱えているのとおなじ問題だ――このことにかかわってくるのは熱と圧力と運動だけではない。「〈地球〉も魔法を大量に生みだしているということ？　わたしがその魔法をオベリスクに押しこんでやれば……」あんたは彼女の言葉を思い出して目を瞬《しばたた》く。「〈オベリスクの門〉？」

アンチモンの視線はアラバスターに注がれている。そののっぺりした黒い瞳がすっと動いてあんたの視線と出会う。「ひとつひとつ異なる二百十六のオベリスクがコントロール・カボションを通じてネットワークを形成している」あんたがその場に突っ立ったままコントロール・カボションとは錆びなんなのかと考え、あんなものが二百いくつもあるのかと驚いていると、彼女がつけ加える。「あれを使って〈断層〉のエネルギーを注ぎこめば充分なはず」

「なんのために？」

あんたははじめて、彼女の声が感情を帯びるのを耳にする――苛立《いらだ》ちがにじんでいる。「〈地球〉‐〈月〉系に均衡をもたらすため」

なんと。「アラバスターは〈月〉が弾き飛ばされてしまったといっていたけれど」

「ぶざまな長い楕円《だえん》軌道へね」あんたがぽかんと見つめていると、彼女はまたわかりやすくい足してくれる。「もどってくるの」

ああ、〈地球〉。ああ、錆び。ああ、まさか。「わたしにそのろくでもない〈月〉をつかまえろというの？」

彼女はただあんたを見つめている。そしてあんたは遅まきながら自分が大声で叫んでいたことに気づく。あんたは悪いことをしたという思いでアラバスターを見るが、彼は目を覚ましてはいない。遠くの寝台で寝ている看護師もだ。あんたが黙りこむと、アンチモンがいう。「選択の自由はある」そしてまるでいま思いついたかのように、こうつけ加える。「〈月〉の軌道修正は二回する必要があるのだけれど、最初の修正はもうアラバスターがすませている。スピードを落として、また惑星のそばを通過する軌道に変えるためのもの。二回めの修正はほかの誰かがやらねばならない。〈月〉を安定した軌道にのせ、魔法の配列にもどすためのものよ。また均衡がとれるようになれば、おそらく〈季節〉は終焉《しゅうえん》を迎える。あるいはあなたたちにとってはなくなったのとおなじくらい、ごく稀《まれ》なものになる」

あんたは息を呑むが、理解はできている。〈父なる地球〉のもとに迷子になってしまった子どもを帰してやれば、彼の怒りも鎮まるだろうということだ。だとしたらそれが第三の派閥ということになる——たとえその過程で〈断層〉ができて何百万人が死ぬことになろうとも、人と〈父なる地球〉とが互いに許容しあって休戦協定を結ぶことを望む一派。必要とあればどんな手段を講じてでも平和的共存をめざそうという一派だ。

〈季節〉の終焉。そう聞かされても……想像がつかない。〈季節〉は昔からずっとあるもの。だがそれは真実ではないと、あんたはいま知った。

「ならば、選択の余地はないわ」ついにあんたはいう。「〈季節〉を終わらせるか、この〈季節〉が永遠に燃えつづけてなにもかもが死んでいくのを見ているか、どちらかでしょう？　わたしは——」〈月〉をつかまえる、というせりふは口にすると滑稽に聞こえる気がする。「わたしはあなたたち石喰いが望んでいることをするわ」

「選択の余地はつねにある」アンチモンの眼差《まなざ》しが、その異質さに変わりはないが、ふいに微妙な動きをする——もしかしたらあんたのほうが繊細な変化を読み取れるようになったのかもしれない。急に彼女が人間に見えてくる。とてもとても辛そうな、苦しそうな人間に。「いっておくけれど、わたしの同類がみんなおなじことを望んでいるわけではない」

あんたは顔をしかめて彼女を見るが、彼女はそれ以上なにもいわない。

もっといろいろ聞きたいし、もっとしっかり理解したいとあんたは思うが、彼女のいうとおりだった——まだ準備ができていなかった。頭がくるくるまわりだし、そこに詰めこまれた言葉がぼやけてごちゃまぜになっていく。とても手に負えない。

なにかを欲しがり、なにかを必要とする。あんたはぐっと唾を飲む。「ここにいてもいいかしら?」

アンチモンは答えない。あんたはわざわざ聞く必要はなかったのだろうと解釈して、すぐそばの寝台へ移動する。その寝台は頭のほうが壁に接するかたちで置かれていて、あんたはアラバスターとアンチモンの背中を見ることになるが、石喰いの後頭部を眺める気にはなれない。そこであんたはアラバスターの顔が見えるように枕をつかんで寝台の足元のほうへ頭を持っていき、くるりと身体を丸める。昔は、イノンの広い肩の向こうに彼の姿が見えているとよく眠れたものだ。これはその安心感とはちがう……が、やはりなにかがある。

しばらくすると、アンチモンがまた歌いはじめる。妙に身も心もほぐれてくる。あんたは何カ月ぶりかで心地よい眠りにつく。

§

南の空を逆行する〔判読不能〕を探せ。
それが大きくなったら、〔判読不能〕

——銘板その二〝不完全な真実〟第六節

よ。あんたはたとえほんのわずかでも、彼になりたくはないだろう。彼がナッスンの一部だという話はそれ以上に聞きたくないはずだ……が、いまはそのことは考えるな。

11 シャファ、横になる

また彼の話だ。彼はあんたにひどいことをした。あんなことがなければよかったのにと思う

§

いまだにシャファと名乗っている男は、いまやその名に値せず、同一人物とはいえないのだが、彼自身の断片の夢を見ている。

守護者はそう簡単に夢を見ることはできない。シャファの地覚器官《ちかく》の左葉《さよう》深くに埋めこまれたものが眠りと覚醒のサイクルに干渉するのだ。彼は睡眠を必要としないことがよくあるし、必要とするときでも身体が夢を見られるほどの深い睡眠状態に入っていかないことが多い。（ふつうの人間は夢を見られるような睡眠状態を奪われると、おかしくなってしまうものだ。守護者はその手の狂気に免疫があるのか……それとも四六時中、狂っているだけなのか。）彼

は最近よく夢を見るのはよくない兆候だと気づいているが、かといってどうしようもない。代償を払う道を自分で選んだのだから。

というわけで彼は簡素な家の寝台に横になって呻《うめ》き、ピクピク身体をひきつらせ、心はさまざまなイメージにふりまわされてあちこちへ飛んでいる。彼の心は練習不足だし、かつては夢を構成していたであろう要素はほんのわずかしか残っていないから、見る夢は貧弱だ。その後、彼はこのことを自分にいいきかせるように声に出してしゃべり、頭を抱えて、バラバラになった自分のアイデンティティのかけらをひとつにまとめようとするのだが、それを聞いて、わたしはなにが彼を苦しめているのか知ることになる。彼はのたうちながら夢を見る……

……二人の人物の夢。彼の記憶からはほとんどのものが抜け落ちてしまっているのに、この二人のことだけは驚くほど鮮明で、二人の名前も、彼との関係も、なぜ覚えているのかもはっきりしている。二人のうち女のほうは太くて黒い睫毛《まつげ》に縁取られた氷白の目をしているので、自分の母親だろうということは彼にも推測がつく。もうひとりは男で、もっとふつうだ。ふつうすぎる――シャファの守護者の心にたちまち疑念が湧きあがるほど、入念にふつうを装っている。ふつうに見えるように懸命に装っている野生のオロジェンたち。二人がどうして彼をもうけることになったのか、彼はどうして二人と別れることになったのかは〈地球〉のなかに失われてしまったが、少なくとも二人の顔には興味深いものがある。

……ワラント、そして層をなす火山岩をくりぬいた黒い壁の部屋。やさしい手、哀れむような声。誰の手なのか、誰の声なのか、シャファは覚えていない。彼は針金でできた椅子にのせられる。（ああ、そういう椅子を使ったのはノードが最初ではない。）この椅子は自動化された高性能なもので動きもなめらかだが、シャファの目にはどこか古いもののように見える。その椅子がウィーンと音をたてて形を変え、回転して、彼は明るい人工照明のもと、うつ伏せで宙に浮いている状態になる。顔は左右から硬い棒ではさまれ、首筋はむきだしで世界にさらされている。うしろや上から古代の機械装置の音が聞こえてくる。あまりにも難解で奇怪なものなので、その名前も本来の目的もとっくの昔に忘れられてしまった。（彼はこの頃、本来の目的など簡単にねじ曲げられてしまうものだと学んだことを覚えている。）まわりからは、彼といっしょにここに連れてこられた者たちの鼻をすする音やお願いと訴える声が聞こえてくる――みんな子どもだ。自分はこの記憶のなかの子どものひとりだ、と彼は気づく。そして彼の耳に子どもたちの悲鳴が飛びこんでくる。ウィーンという音、なにかを切る音と混ざりあっている。もうひとつ、低い湿っぽいハム音も聞こえる。彼が二度と聞くことのない音だ。（が、これはオベリスクのそばにいったことのあるあんたやほかのオロジェンにとっては馴染《なじ》み深い音でもある。）彼が二度と聞くことがないのは、彼自身の地覚器官がこれ以降、大地の動きや揺れではなくオロジェニーに敏感に反応するように改変されてしまったからだ。

シャファは必死にもがいたのを覚えている。子どもとはいえ、力は強いほうだった。彼は装置が近づいてくる前に頭と上半身を拘束具からふりほどこうとした。そのせいで最初の切開部分が本来の位置よりずっと下にずれてしまい、彼は危うく命を落とすところだった。装置は容赦なく位置を修正する。細長い鉄片が挿入され、彼はその冷たさを感じる。身体のなかにいきなりほかの存在が入りこんできた冷たさだ。誰かが傷跡を縫う。痛みは凄《すさ》まじく、ちゃんと役目を果たせる程度にやわらげる方法は教わるものの、けっして消えることはない――この移植術を無事に切り抜けた者全員に共通するもの、それがあの微笑《ほほえ》みだ。エンドルフィンは痛みをやわらげるからな。

……フルクラムの夢。本館の中央にある天井の高い部屋、大きく口を開けた穴へとつづく通路と穴の周囲の見慣れた人工照明、穴の内壁を覆い尽くす無数の細長い鉄片。彼とほかの守護者たちが、ズタズタになって穴の底で潰れている小さな死体を見おろしている。ときどき、子どもがここを見つけてしまうことがある――哀れで愚かな子どもたち。かれらにはわからないのだろうか？〈地球〉はほんとうに邪悪で冷酷だ。シャファはできるものなら全員を守ってやりたいと思っていた。生きのびた子もいる――守護者のレシェットが担当していた女の子だ。その子はレシェットが近づいていくと縮みあがったが、シャファにはレシェットがその子の命を奪いはしないとわかっていた。レシェットは昔から必要以上にやさしくて親切で、子どもたちはそのせいで苦しむことになる……。

……旅の夢。彼の氷白の虹彩《こうさい》と不変の微笑みを見てたじろぐ見知らぬ旅人たちの無数の視線。かれらはそれがなんなのか知らないのに、なにかまともでないものを見ていると察している。ある夜、宿で出会った女は恐怖より好奇心に忠実になろうとした。シャファは忠告したが女は譲らず、彼は快楽が得られれば限界に近くなっている痛みが何時間か、ひょっとしたらひと晩中、やわらぐのではないかと考えずにはいられなくなる。いっときでも人間らしさを感じられるのはいいものだ。しかし彼は警告どおりに数カ月で巡回の旅を終える。彼女は子を宿していたが、彼の子ではないといいはった。しかし彼は曖昧なままにしておくわけにはいかなかった。彼は黒曜石ナイフを使うことになる。ワラントでつくられているナイフだ。女は彼にやさしくしてくれたから、彼は子どもだけを狙う――できることなら赤ん坊は死産で彼女は生きのびてくれれば、と思っていた。ところが女は怒り狂い、怯《おび》え、大声で助けを呼び、彼ともみあいになって自分のナイフを抜く。こうなってはおしまいだ。彼は全員を殺して問題を解決する――女の家族、十人ほどの見物人、集団で襲いかかってきた町の住人の半分。彼が自分は人間ではない、人間だったことは一度もないということを忘れることはけっしてない。

……ふたたびレシェットの夢。こんどは彼女を見てもすぐには誰だかわからない――髪はすっかり真っ白だし、かつてはすべすべだった肌がいまはしわだらけでたるんでいる。彼女は昔より小さくなっている。骨がもろくなって背中が丸くなってしまったせいだ。北極地方人は年をとるとそうなることが多い。しかもレシェットはシャファより何世紀も長く生きてきているのだ。かれらにとって、年をとるとは、弱くなるとか老齢になるとか身体が縮むとか、そういうことを意味しているわけではない。(幸福と、痛みの軽減だけではないなにかを意味する微笑みも、かれらには無縁のものだ。)彼は彼女のあとを追って小屋までやってきた。その小屋から彼のほうへ、彼女がよろよろと近づいてくる。彼は、彼女の顔に浮かんだ大きな、彼を歓迎する笑みを見つめている。彼女が彼のまえで足を止めたとたん、彼はぼんやりした恐怖を覚え、嫌悪感が急速にふくらんでいくのを感じる。そして彼は手をのばし、反射的に彼女の首をへし折る。

……ある女の子の夢。ある女の子。何十人、何百人のなかのひとり——長い年月のうちにみんな混ざりあってぼやけてしまう……が、この子はちがう。彼はその子を納屋で見つけた。かわいそうに怯えていた。その子はすぐに彼のことを好きになった。彼も彼女を愛し、彼女にはなるべくやさしく接しようと念じ、服従することを教えこむためにその子の手の骨を折り、愛ある脅しをかけ、与えるべきではないチャンスを与えたときもできるかぎりやさしくと心がけた。レシェットのやさしさに影響を受けたのだろうか？　そうかもしれない、そうかもしれない……が、その子の顔。目。彼女にはなにかがある。のちに彼女がアライアでオベリスクが浮上した一件にかかわっていたと聞いても、彼は驚かなかった。特別な子だ。彼は、彼女が死んだとは思っていない。事実、彼女を更生させようと考えるとき、そして彼女は彼が殺さなければならないようなことはしないという頭のなかの声に、どうかそうであってくれと祈るとき、彼は誇らしい思いが満ちてくるのを感じる。あの女の子……

……その顔。彼は低い叫び声をあげて目を覚ます。あの女の子。

ほかの二人の守護者が〈地球〉を代弁する裁きの目で彼を見る。かれらは彼同様、いや彼以上に欠陥だらけだ。三人とも、守護者はこうあるべしという規範にことごとく反している。彼は自分の名前を覚えているが、かれらは覚えていない。彼とかれらのちがいはそこだけ……のはずだ。なのにどういうわけか、彼はかれらのことを自分よりずっと劣っていると感じている。筋が通らない。彼はよいしょと寝台から立ちあがってゴシゴシ顔をこすり、外へ出ていく。

子どもたちの小屋。見回りの時間だ、と彼は自分にいいきかせるが、足は一直線にナッスンの寝台に向かっている。ランタンをかかげてナッスンの顔を見る。ナッスンはぐっすり眠っている。そうだ。彼女の目、そしてどうかすると頬骨のあたりにあるものが、いつも彼の心を、記憶の断片をくすぐっていた。そしてそのしっかりした目、鼻、口元がついにひとつにまとまる。彼のダマヤ。死ななかった、生まれ変わった、あの女の子。

彼はダマヤの手の骨を折ったことを思い出して、たじろぐ。なぜあんなことをしていたのだろう？　どうしてあの頃はあんな恐ろしいことばかりしていたのだろう？　レシェットの首。ティーメイの首。アイツの家族。大勢の町の住人。どうしてだ？

ナッスンが身じろぎして、小さく寝言をいう。シャファが無意識に手をのばして顔をなでてやると、ナッスンはすぐに静かになる。彼の胸に鈍い痛みが走る。もしかすると愛なのかもしれない。彼はダマヤもレシェットも、ほかの人々も愛していたことを思い出す。それなのにあんなことをしてしまった。

ナッスンが小さく身じろぎして半分目を覚まし、ランタンの明かりのなかでまばたきする。「シャファ？」

「なんでもないんだよ」と彼はいう。「すまなかったな」大きなことから小さなことまで、さまざまな意味合いの謝罪。だが彼は恐れを抱いている。あの夢が消えてくれない。きれいさっぱり消してしまいたいと思わずにいられない。彼はついに口走る。「ナッスン、わたしが怖いか？」

ナッスンはなにがなんだかよくわからずにまばたきする——そしてにっこり微笑む。彼のなかのなにかがほどけていく。「ぜんぜん」

ぜんぜん。彼は唾を飲みこむ。急に喉が詰まる。「そうか。さあ、寝なさい」

ナッスンはすぐに寝入ってしまう。もしかしたら最初からちゃんと起きてはいなかったのかもしれない。だが彼は彼女のそばにとどまり、彼女のまぶたがピクピク動いてまた夢の世界にもどっていくまで見守る。

ぜんぜん。

「二度とあってはならない」と彼はつぶやく。またあの記憶がよみがえって心が疼《うず》く。だがつぎの瞬間には気分が変わり、改めて肚《はら》をくくる。過去の出来事はどうでもいい。あれはべつのシャファの話だ。もし本来の彼自身以下のものになることが、かつてのシャファという怪物以下のものになることを意味するのなら、なんの悔いもない。

背筋に水銀の稲妻のような痛みが走る。微笑んで止めるひまもない素早さだ。彼の決意になにかが異を唱えている。反射的に彼の手がピクピク動いてナッスンのうなじのほうへのびていく……が、彼はその動きを止める。だめだ。彼にとって彼女は痛みからの解放以上のものだ。

彼女を利用するんだ、と命じる声がする。彼女を壊せ。母親に似て強情すぎる。したがうように訓練するんだ。

だめだ、とシャファは頭のなかで切り返して、報復の鞭打《むちう》ちに耐えようと自分の身体を抱きしめる。たかが痛みだ。

だからシャファはナッスンの毛布をかけ直してやり、額にキスしてランタンの火を消し、外に出る。町を見おろす高みに向かい、そこに立ってかつての自分の最後を忘れようとつとめ、もっといい未来にするぞと自分に誓って、歯ぎしりしながら夜を明かす。やがてほかの二人の守護者も小屋の入り口の階段に出てくるが、彼は背中にかかる視線のよそよそしい圧力を無視する。

12　ナッスン、上へ落ちる

この話もまた、大部分が推測の域を出ない。あんたはナッスンのことを知っているし、ナッスンはあんたの一部だが、あんたはナッスンになることはできない……それにここまでの話で、あんたは自分が思っているほどナッスンのことを知らないということもはっきりしてきたと思う。（ああ、だが、どこの親もそんなものだ。）もうひとりはナッスンの存在をまるごと包みこむという務めを負っている。しかしあんたは彼女を愛している。そしてそれは、わたしの一部もおなじようにせずにはいられないということを意味している。

だから、愛をたよりにわかりあっていこう。

§

ナッスンは意識を大地の奥深くにつなぎ留めて耳を澄ます。

はじめは全体を地覚《ちかく》してもいつもの衝撃があるだけだ――地層の微細な撓曲《とうきょく》と収縮、ジェキティの下にある古い火山の比較的穏やかな活動、柱状の玄武岩が絶え間なくゆっくりと上昇して冷え、縞《しま》柄を形成していく音。これには彼女もすっかり慣れている。彼女は夜が更けて両親がベッドに入るまで待たずに、いつでも自由にこれに耳を傾けることができるのがうれしくてしかたない。ここ、〈見いだされた月〉では、彼女が望むならいつでも〝るつぼ〟を使っていいとシャファから許可がおりている。ほかの子どもたちも練習する必要があるから、ナッスンは独占しないよう心がけている……が、ほかの子は彼女ほどオロジェニーを楽しんでいない。ほとんどの子は自分が使える力のことにも、その力をマスターするとどんな凄いことができるのかということにも関心がないらしい。数は少ないがオロジェニーを恐れている子もいる。ナッスンには理解できない話だ——が、それをいえば、どうして前は伝承学者になりたいなどと思っていたのか、いまは自分でも理解できない。いまの彼女には完全にほんとうの自分でいれる自由があるし、もう自分自身を恐れることもない。いまは、ありのままの彼女を信じ、彼女に期待し、彼女のために戦ってくれる人がいる。だから彼女はありのままの彼女になる。

というわけでいまナッスンはジェキティのホットスポットのなかの小さな渦にのり、せめぎあう圧力のまんなかで完璧にバランスをとっている。怖いなどという気持ちはまったく起きない。これがフルクラムの四指輪でも苦労するほどのことだとは彼女は気づいていない。ただし彼女のやり方はフルクラムの四指輪のやり方とはちがって、動きと熱をつかまえて自分自身を通すようにするかたちだ。そう、熱と運動を吸収することはするのだが、円環体を使うわけではない。意識を使うのだ。フルクラムの教官ならそれではほかのものに影響をおよぼすことはできないというところだが、彼女はちゃんとできるという本能の教えにしたがっている。渦のなかに腰を据えて渦とともにぐるぐる回りながら、彼女は緊張することもなく渦の摩擦と圧力の下になにがあるのかのぞき見る。下にあるのは――銀。

　これは、シャファに聞いてもほかの誰に聞いてもいったいなんなのか知らないことがはっきりしたので、彼女が自分でつけた名前だ。ほかのオロジェンの子どもたちは誰も感知できないという――アイツは一度だけなにか地覚したような気がすると答えた。彼女がおずおずと、銀は大地のなかより人のなかにあるときのほうが見やすいから――そのほうが凝縮されているし、力強いし、集中度が高いから――大地ではなくシャファに神経を集中させてみてくれないかとたのんだときのことだ。ところがアイツがそのとおりにすると、シャファは身をこわばらせ、つぎの瞬間、彼をにらみつけた。アイツは縮みあがった。その顔はそれまで以上にうしろめたそうで、苦しそうで、ナッスンは彼を傷つけてしまったと感じて気がとがめた。だから二度と、試してほしいとたのむことはなかった。

　しかしほかの連中はその程度のこともできない。いちばん役に立つのは二人の守護者、ニダとアンバーだ。「フルクラムではこれを見つけたら選《え》りのけていたわ。呼び声が聞こえたとか、じっと耳を澄ましてしまったとか、そういうときはね」ニダはそう話しはじめる。ニダは話しだすと止まらないので、ナッスンは覚悟を決める。ニダがおしゃべりをやめるのは、ほかの守護者が声をかけてきたときだけだ。「構造をコントロールする代わりに昇汞《しょうこう》（塩化第二水銀）を利用するのは危険よ。まちがいない。警告しておく。研究目的で接してみるのは大事だけれど、そういうことをした子のほとんどはノードの奉仕作業に送りこんできた。われわれはほかのどんな子よりもそういう子を切って——切って——切り捨ててきた。なぜなら、空に手をのばすことは禁じられていたから」驚いたことに、彼女はここで口をつぐむ。ナッスンは、空がなんの関係があるのだろうといぶかしむが、そこは賢い子だ、質問したりはせずに、またニダが話しはじめるのを待つ。

ところが、ニダとは対照的にのんびりしていて物静かなアンバーがうなずく。「それより先に進むことを許した子はほんの数人しかいなかった」と彼がわかりやすくいい直す。「繁殖用だ。好奇心もある。フルクラムのプライドもある。だが、それ以上のものではない」

おしゃべりから頭を切り替えると、いくつかわかったことがあるのにナッスンは気づく。ニダもアンバーもシャファも、元はちゃんとした守護者だったけれど、いまはちがう。三人とも組織の信条を捨てて、古いやり方に逆らう道を選んだ。そして、銀を使うことはふつうの守護者にとってはまちがいなく由々《ゆゆ》しき問題——でも、なぜだろう？ 技術を磨くこと、〝先に進むこと〟を許されたフルクラム・オロジェンはほんの数人しかいないのだとしたら、もし大勢がそれをやったらどんな危険があるのだろう？ そして三人の元守護者たち、前はその技術を〝選りのけていた〟守護者たちは、どうしていまは彼女が自由気ままにそれをすることを許してくれるのだろう？

このやりとりのあいだシャファもその場にいたが、彼はひとこともしゃべらなかった。ただ微笑《ほほえ》んで、ときどき彼のなかで銀が火花を散らし、グイッと引っ張るたびにピクッと身体をひきつらせているだけだ。最近はこういうことが多い。どうしてなのかナッスンにはよくわからない。

　ナッスンは昼間は〈見いだされた月〉ですごし、夕方になると家に帰る。ジージャはジェキティにある自分の家に腰を据えていて、ナッスンは帰るたびに新鮮な家庭らしいくつろぎを感じられるのがうれしい。驚くほど鮮やかな青いペンキを塗った木のドア、上空の灰が濃くなるにつれて発育が悪くなってはいるものの、小さな緑地で育っている挿し木。ジージャがおまえが使えといってくれた小部屋の敷物は、彼が黒曜石ナイフと物々交換したものだ。その部屋はティリモにいたときの部屋ほど大きくはないが、そこの窓からはジェキティ台地を取り巻く森が見おろせる。空気が比較的澄んでいるときには、森の向こうに海岸が見えることがある。森の緑の彼方《かなた》の白い線、という程度だが。そしてその向こうには青がひろがっていて、彼女はその青に魅了されている。彼女は海を間近で見たことはないが、アイツがふしぎな話を聞かせてくれた――海は塩と奇妙な生きものの匂いがして、浜辺には砂という細かい粒が打ちあげられているが、塩のせいで植物はほとんど育たない。ときどき蟹とか烏賊とか砂牙という生きものがのたくったりブクブク泡を吹いていたりするが、砂牙《すなきば》は〈季節〉のときだけあらわれるといわれている。つねに津波の危険があるから、みんななるべく海のそばには住まないようにしている――実際、ナッスンとジージャがジェキティに着いて数日後のこと、彼女は東のほうの遙《はる》か沖合に大きな揺れのなごりを地覚したのだが、それといっしょになにか巨大なものが移動して海岸沿いの陸地にぶち当たったときの反響も地覚した。遠く離れたところにいてよかったと、そのときはじめて彼女は思った。

それでも、また家に住めるのはうれしい。彼女はずいぶん久しぶりに、まともな暮らしをしていると感じはじめている。ある晩、夕食のときに彼女が父親にアイツから聞いた海の話をすると、父親は疑り深そうな顔で、どこでその話を聞いたのかという。彼女がアイツのことを話すと、父親は黙りこくってしまう。

「ロガの子だな？」と、しばらくして彼がたずねる。

ナッスンはここでやっと本能が警告を発するピーンという音に気づく。いつもはジージャの気分の変化に注意しているのに、このときはついうっかり忘れていたのだ。ナッスンは沈黙してしまう。が、答えないとジージャがもっと不機嫌になるから、しかたなくうなずく。

「どの子だ？」

ナッスンはくちびるを噛《か》む。だが、アイツはシャファの担当だ。シャファは誰であれ担当のオロジェンが傷つくようなことは許さないだろう。だから彼女は答える。「いちばん年上の子。背が高くて、とても色が黒くて、悲しそうな顔をしている子」

ジージャは食事をつづけているが、ナッスンは彼の顎の、ものを噛むのと関係のない筋肉が動くのを見守る。「あの海岸地方人のぼうずだな。見たことがある。もうあいつと話はするな」

ナッスンはぐっと唾を飲み、危険を承知でいってみる。「父さん、わたしはみんなと話をしなくちゃならないの。そう教わっているの」

「教わっている？」ジージャが顔をあげる。首を傾《かし》げて、落ち着いた表情だが、その実、怒り狂っている。「そいつはいくつだ？　二十歳か？　二十五か？　それなのにまだロガなんだぞ。

まだ。もうとっくに治せていていいはずなのに」

ナッスンは一瞬、混乱する。オロジェニーを治す。そんなことはこれまで訓練を受けてきて、一度も考えたことがないからだ。たしかに、ジージャはそういうことが可能だといっていた。ああ——長年ずっとここにいるアイツは、もし治すつもりでいるのだとしたらこの治療をちゃんと生かせていないことになる。ナッスンはあることに気づいてぞっとする——ジージャはオロジェニーを消すことが可能だというシャファの言葉を疑いはじめている。ナッスンがもう治ることを望んでいないと知ったら、ジージャはどうするだろう？

いいことはひとつもない。「そうね、父さん」と彼女は答える。

いつもどおり、この返事で彼の気持ちはやわらぐ。「訓練中に話さなければならないのなら、それはいい。守護者を怒らせるようなことはしないほうがいいからな。だが、それ以外は口をきくんじゃないぞ」

彼は食事が終わるまで文句をいっていたが、とりあえずは文句だけですんだので、ナッスンもやっとリラックスする。

翌朝、〈見いだされた月〉で、彼女はシャファにいう。「うまくなっていることを隠す方法を習わなくちゃいけないんです」

彼女がこの話をしたのは、シャファが鞄《かばん》を二つ持って〈見いだされた月〉の敷地までつづく上り坂を歩いているときのことだ。鞄はずっしりと重い。彼は並外れた力持ちだが、その彼でも息が荒くなっているので、彼女は歩いているあいだは答えをもとめて彼を困らせるようなことはしない。敷地内の小さな貯蔵小屋のひとつに着くと、彼は鞄をおろしてひと息つく。子どもたち用の食料などはここに置いておくほうが、ジェキティにある貯蔵庫や共同食堂とのあいだをいったりきたりするより楽なのだ。

「危険な目に遭ったりはしていないんだろうな?」と彼が静かにたずねる。だから彼女は彼が好きなのだ。

彼女は下くちびるを嚙んでうなずく。自分の父親を疑わなければならないなんて、おかしいと思っているからだ。彼は彼女を長いことじっと見つめている。厳しい顔つきだ。冷ややかに考えをめぐらせている。彼はこの問題の唯一の解決法を考えているにちがいないと感じて、彼女はぎくりとする。「やめて」と彼女は思わず口走る。

彼が片眉をあげる。「やめて……?」と彼は先をうながす。

ナッスンは醜悪な一年をすごしてきた。シャファは少なくともその残忍さという点では偽りがなく、わかりやすい。だから彼女は迷うことなく肚《はら》をくってつんと顎をあげる。「やめてください、父さんを殺すのは」

彼は微笑むが、眼差《まなざ》しは冷たいままだ。「なにかがそういう恐怖を引きだすんだ、ナッスン。おまえやおまえの弟や母親の嘘とはなんの関係もないなにかが。なんにせよそれがおまえの父親に傷を残した――その傷が膿《う》んでしまったのははっきりしている。彼はその悪臭を放つ傷に触れるものはおろか、近づいただけのものまで激しく攻撃する……おまえも知ってのとおりな」彼女はユーチェのことを思い浮かべて、うなずく。「これは論理的に説いてどうこうできることではないんだ」

「できます」と彼女は口走る。「前にやったことがあります。やり方は知ってるんです……」説得の仕方を知っているということだが、彼女はまだその言葉を知らないので実際にはこういう――「彼がなにか悪いことをするのをやめさせられるんです。何度もやってます」たいていはうまくいっている。

「一度でも失敗したらそれでおしまいだ。一度で充分だ」彼は彼女をじっと見つめる。「ナッスン、万が一にも彼がおまえを傷つけるようなことがあったら、わたしは彼を殺す。もし自分の命より父親の命のほうが大事だと思っているのなら、覚えておきなさい。わたしはそう思っていないということをな」そういうと彼は小屋のほうを向いて鞄の中身をしまう作業をはじめる。話はそれで終わりだった。

しばらくしてから、ナッスンはこのやりとりのことをほかの子どもたちに話す。するとチビのペイドがいう。「〈見いだされた月〉に移ってきて、みんなといっしょに暮らしたらいいんじゃないかな」

イージンとシャークとラシャーはそばにすわってくつろいでいる。午後、ずっとるつぼの床の下に埋められた印のついた石を見つけたりあちこち動かしたりする訓練をしていたので、ひと休みしているところだ。この三人も話を聞いてうなずき、賛成、賛成とつぶやく。「それがあたりまえよ」と、いつもの横柄な調子でラシャーがいう。「下でかれらに囲まれて暮らしていたんじゃ、ほんとうのわたしたちの仲間にはなれないわ」

ナッスン自身、それは何度も考えてきた。だが……。「彼はわたしの父親なのよ」そういって両手をひろげる。

だが誰の理解も得られず、かわいそうにという視線を返す子もいる。かれらの多くは信頼していた大人に暴力をふるわれたことがあり、その傷跡をいまだに抱えているのだ。「彼はスティルなのよ」とシャークが鋭くいい返す。このせりふが出ると、たいていの子にとってそれでこの話はおしまい、あとは知ったことじゃないということになる。だからナッスンもそれ以上、説得するのをあきらめてしまう。

そういう思いは当然、彼女のオロジェニーに影響をおよぼしはじめる。口には出さないが、彼女は心のどこかで父親を喜ばせたいと思っているのだから、あたりまえの話だ。大地と全力でかかわるには、自分自身のすべてと喜びから生じる自信とが必要だ。そしてその日の午後、訓練が再開されて彼女がホットスポットの回転する銀の糸に触れようとすると、まったくうまくいかず、息を呑んで一歩一歩しがみつくようにして無意識状態から立ちもどると、るつぼの十個の輪ぜんぶが凍りついていて、シャファが仁王立ちになっている。

「おまえは今夜ここに泊まりなさい」彼女を抱っこしてカチカチに凍った地面を歩き、ベンチまでもどると、彼はそう告げる。彼女は歩くこともできないほど疲れ切っている。死なないようにするために全力を使い果たしてしまったのだ。「あす、おまえが起きたらわたしもいっしょにおまえの家にいって、おまえの荷物をこっちへ運ぶことにする」

「い、いやです」子どもたちがいやというのをシャファが嫌うことは知っているが、それでも彼女は喘《あえ》ぎながらそういってしまう。

「おまえがなにをいやがろうと、わたしにはどうでもいいことだ。これはおまえの訓練の妨げになっている。だからフルクラムは子どもを家族から引き離していたんだ。おまえがしていることは、ほんのわずか気をそらせることも許されないほど危険なことだ。たとえどんなに愛する者のことでも気を取られてはならない」

「でも」彼女にはそれ以上強硬に反論する力が残っていない。彼は彼女を温めようと両手で包みこむ。彼女の円環体は肌からたった一インチほどのところにあったのだ。

シャファが溜息《ためいき》をつく。誰か毛布を持ってこいと大声で指示した以外、しばらくは無言だ。毛布を持ってきたのはアイツだ。彼はなにが起きたのか見てとると、すぐに毛布を取りに走っていた。(ほかの子どもたちも一部始終を見ていた。みんな困惑している。あんたもナッスンの危険な幼児時代から気がついていたように、彼女はとてもとても誇り高い子だ。)やっとナッスンの震えが止まり、地覚器官が規則正しく叩かれているような感覚が消えると、シャファが口を開く。「おまえはもっとすばらしい目的を達成するために存在しているんだ。ひとりの男の望みをかなえるためではない——わたしのためでもない。おまえはそんなちっぽけなもののためにつくられたわけではないんだぞ」

彼女は顔をしかめる。「じゃあ、なんの……なんのためにつくられたんですか?」

彼は首をふる。彼の身体のなかで銀がチラチラ光っている。彼の地覚器官に刺さっているものがその意思をふたたびうねうねと動かす、あるいは動かそうとすると、銀の網状組織が活気を帯びて右に左に動きだす。「大きな過ちを正すためだ。かつてはわたしもその過ちに加担していた」

ナッスンの身体は眠りたいと訴えているが、これほど興味深い話を聞かずに寝てはいられない。「その過ちって、なんだったんですか?」

「おまえの同類を奴隷にするという過ちだ」ナッスンが深くすわり直して、しかめっ面で彼を見ると、彼はまた微笑むが、こんどは悲しげな笑みだ。「いや、われわれは旧サンゼのもとで、かれらの奴隷状態を永久のものにしたといったほうが正確だろう。フルクラムは名目上、オロジェンが運営しているというかたちだった——われわれが命令にしたがうように慎重に選り抜き、教えこみ、仕込んだオロジェンたちだ。死か、ほんのわずかな受け入れられる可能性か、選択を迫られて、かれらは自暴自棄になり、われわれはそれを利用した。われわれがかれらが絶望するよう仕向けたんだ」

なぜか彼はそこで言葉を切り、溜息をつく。深々と息を吸いこむ。吐きだす。微笑む。これを見ればナッスンには地覚しなくてもわかる。シャファの頭のなかに住み着いている痛みがまた熱くなりはじめているのだ。「そしてわたしの同類——かつてのわたしのような守護者——は、この非道な行為の共謀者だった。おまえは父親が石をゴツンと割るのを見たことがあるだろう? ハンマーで叩いて弱いところを粉々に吹き飛ばす。その圧力に耐えられなければ石は砕け散ってしまう。そしてまたべつの石でおなじことをする。それが、昔、わたしがやっていたことだ。子どもたちにたいしてな」

ナッスンにはとても信じられない話だ。たしかにシャファは冷酷で暴力的だが、それは敵にたいしてのことだ。一年間、コム無しの暮らしをしてきたナッスンは、無慈悲になることも必要だと学んだ。だが〈見いだされた月〉の子どもたちといっしょにいるシャファはとてもやさしくて親切だ。「わたしにたいしても？」と彼女は思わずたずねてしまう。曖昧な質問の仕方だが、彼はちゃんと理解してくれる――もしその頃、わたしを見つけていたら？

彼が彼女の頭に手を置き、すうっとすべらせてうなじに指先を当てる。こんどはなにも引きださないが、その動きで慰められるのだろう。彼はとても悲しそうな顔をしている。「おまえでもだ、ナッスン。わたしはあの頃、たくさんの子どもたちを傷つけていた」

とても悲しそうだ。ナッスンは、たとえその頃なにか悪いことをしていたとしても、彼にはそんなつもりはなかったのだろうと解釈する。

「おまえの同類をそんなふうにあつかうのはまちがいだった。おまえたちも人だ。われわれがしたことは、おまえたちを道具にしてしまったのは、まちがいだった。われわれに必要なのは味方だ――この暗くなっていく一方の時代、これまで以上に味方が必要なんだ」

ナッスンはシャファにたのまれればなんでもするだろう。しかし味方はある特定の仕事をするために必要な存在であって、友だちとはちがう。この二つを見分ける力もナッスンは旅で身につけた。「なんのためにわたしたちを味方にしたいんですか？」

彼の視線が冷ややかに、不安げなものになっていく。「遥か昔に壊れてしまったものを直すためだよ。そしてあまりにも昔にはじまったので、なにがきっかけだったのかほとんど誰も覚えていない、いやそれがいまもつづいていることさえ忘れている争いを終わらせるためだ」彼が手をあげて自分の後頭部をさわる。「わたしは昔のやり方を捨てたときに、その争いを終わらせる手助けをすると誓ったんだ」

なるほど、とナッスンは思う。そしていう。「それであなたが傷つくのはいや」彼女は彼の銀の地図についたしみを見つめている。とても小さなしみだ。父親がときどき服に開いた穴を繕うのに使っている針よりも小さい。それでもそのしみは明滅する光を背景にした負の空間で、影でのみ、あるいはそれ自体よりもそれがおよぼす影響で、その存在が知れるものだ。露を宿した揺れ動く網のまんなかでじっとしている蜘蛛《くも》にたとえてもいい。しかし蜘蛛は〈季節〉のあいだは冬眠してしまうが、シャファのなかのそれは彼を責め苛《さいな》みつづけている。「あなたがそれが望むことをしているのなら、どうしてそれはあなたを傷つけるの？」

シャファがまばたきする。そして彼女をそっと抱きしめて微笑む。「それはな、そいつが望んでいることをわたしがおまえに無理やりやらせようとしないからだ。わたしはそいつの望みをおまえに選ぶ自由があるものとしておまえに見せている。もしおまえがいやだといったら、わたしは引きさがる。そいつは……おまえたちをあまり信用していないんだ。じつをいうと、それにはもっともな理由があるんだが」彼は首をふる。「その話はまたこんどにしよう。いまはおまえの地覚器官を休ませてやらないとな」彼女はすぐに地覚するのをやめる——といっても彼を地覚しようと思っていたわけではないし、地覚しているあいだも自分では気づいていなかったのだが。つねに地覚することが習慣になりはじめているのだ。「少し寝るといいんじゃないかな」

というわけで彼は彼女を抱っこして寮に運び、誰も使っていない寝台に寝かせる。彼女は繭のように暖かい毛布にくるまって身体を丸め、彼がほかの子どもたちに彼女の邪魔をしないようにという声を聞きながら眠りに落ちていく。

そして翌朝、彼女は自分の悲鳴と毛布から出ようとしてもがく苦しげな喘ぎ声で目を覚ます。誰かが彼女の腕をつかむ。なにもかもまちがっている——いまであってはならないし、彼女であってはならないし、彼女が望む相手でもないし、我慢できることではない。彼女は大地に向かってぎくしゃくと進んでいく。彼女の呼びかけに答えるのは熱でも圧力でもなく、織り合わさっていく銀の光だ。それは力をもとめる彼女の無言の呼びかけを響かせ、くりかえし、悲鳴をあげる。その悲鳴は糸だけでなく波になって大地にひろがっていく。さらに水中へも空中へも、そして

そしてやがて

いいいい

そしてやがて

なにかが彼女の呼びかけに答える。空にあるなにかが。

彼女はそうしようと思ってしているわけではない。アイツは悪夢を見ている彼女を起こそうとしただけで、意図してこの結果を引きだしたわけではない。それはいうまでもない。彼はナッスンを好いている。ナッスンは可愛い子だ。アイツは何年か前、シャファがかすかに血の匂いを漂わせてやけにニコニコ微笑んでいたあの日、彼といっしょに海岸地方の家を出て以来、

人を疑わない少年ではなくなってしまったとはいえ、シャファがあれほどナッスンのことを気にかけるのはなぜか、その理由に疑いの余地はないと思っている。守護者はずっとなにかを探していたのだ。そして、いろいろありはしたが、アイツはシャファがそれを見つけられるようにと祈っていた。

怯《おび》え、混乱して、ぎくしゃくと進むうちにナッスンがアイツを石に変えてしまったことは、いずれあんたにとっては慰めになることだろう。ナッスンにとってはそうはならないが。

これは遠くの地底でアラバスターに起きていたこととはちがう。あっちはもっとゆるやかで無慈悲で、それでいてもっとずっと洗練されていて、技巧的。アイツを襲ったのは破滅的な激変——中途半端にランダムに再配列された無秩序な原子のハンマーの一撃だ。自然にかたちづくられるべき格子が乱れて混乱している。それはナッスンの手がアイツを払いのけようとしたときに彼の胸からはじまり、その場にいるほかの子どもたちがはっと息を呑むより速くひろがっていく。彼の浅黒い肌が硬くなり虎目石《とらめいし》のような鈍い輝きを放つ。つぎは肉だが、彼を壊さないかぎり虎目石の下のルビーを見ることは誰にもできない。アイツはほぼ即死状態で、彼の心臓は黄水晶《きすいしょう》と深紅のガーネットと白瑪瑙《しろめのう》が縞模様をつくる横紋筋《おうもんきん》にサファイアの血管がかすかに浮いた宝石に結晶化する。彼は美しい失敗作だ。一瞬の出来事で、恐怖を感じる間もない。このことはナッスンにとって唯一の慰めになるかもしれない。

だがそのとき、これが起きたあとのどこにも逃げ場のない数秒間、ナッスンがもがき、水のような青い光のなかを上へ落ちていく、どこまでも落ちていく状態から心を引きもどそうとし、デシャティの喘ぎが悲鳴に変わり（それを聞いてほかの子どもたちが動きだし）、ピークがまえに出てきて光沢のある鮮やかな色彩のアイツの似姿をあんぐりと口を開けて見つめているあいだ、ほかの場所でも同時にいくつかのことが起きている。

そのうちのいくつかはあんたにも推測がつくかもしれない。百マイルくらい離れているだろうか、サファイアのオベリスクがチラチラと輝いて、一瞬、現実的な固形のものになったと思うと、つぎの瞬間には明滅して半透明にもどり——重々しくジェキティの方角へ漂いはじめる。ちがう方角のもっと遠いところでは、大地の奥深く、マグマ性の斑岩《はんがん》の鉱脈のなかで人間を思わせる形をしたものが、ふいになにかに興味を引かれてふりかえる。

あんたには推測のつかないことも起きている——いや、わたしはジージャを知らないがあんたはよく知っているから、推測できるのかもしれないな。しかし、娘が少年の陽子を引き裂いたまさにその瞬間、ジージャは〈見いだされた月〉がある台地の上まで苦労してのぼりきったところだ。ひと晩まんじりともせずに明かして怒り心頭の彼は、礼儀などそっちのけで大声で娘の名前を呼ぶ。

ナッスンには彼の声は聞こえない。寮の寝台で痙攣《けいれん》している。ほかの子どもたちの悲鳴を聞いて、ジージャは寮のほうを向く——が、その方向に動きだす前に二人の守護者がかれら用の建物から出てきて敷地を横切っていく。アンバーは早足で寮に向かうが、シャファは方向を変えてジージャの行く手をさえぎる。ナッスンはこういうことすべてを、目撃していた子どもたちからあとになって聞くことになる。（わたしもそうだ。）

「娘がゆうべ帰ってこなかったんだ」ジージャが、行く手をふさぐシャファに訴える。ジージャは子どもたちの悲鳴を聞いて心がざわついているものの、それほど驚いているわけではない。寮のなかでなにが起きているにせよ、悪の巣窟にちがいない〈見いだされた月〉でのことだ、まともなことのはずがないと彼は思っている。シャファと相対した彼は顎をぐっと引き締めている。あんたはなにかのときに見たことがあるだろう、自分は正しいと思っているときの顔。つまり彼には引きさがる気はないということだ。

「あの子はここにいることになる」とシャファがいう。礼儀正しく微笑んでいる。「毎晩、家に帰るのは訓練の妨げになるとわかったのでね。ここまでのぼってこられるくらい足もよくなったようだから、きょうこのあと、あの子の荷物を持ってきてもらえないだろうか？」

「あの子は――」アンバーが寮に入ろうとドアを開けた一瞬、悲鳴が大きくなるが、ドアが閉まったとたんなにも聞こえなくなる。ジージャは眉をひそめるが、首をふって大事なことに集中する。「あの子をこんなところにいさせるわけにはいかない！　これ以上いっときたりとあの子をあんな連中といっしょに、あんな――」侮蔑的な言葉を吐けずに彼は口ごもる。「あの子はあの連中の仲間ではない」

シャファが、まるでなにか彼にしか聞こえないものに耳を傾けているかのように、ほんの一瞬、首を傾げる。「あの子が？」黙想中の隠者のような口調だ。

ジージャは困惑して沈黙し、つかのまシャファを見つめる。が、つぎの瞬間には悪態をついて、シャファの横をすり抜けようとする。ジェキティに着いたときに怪我した足はたしかにだいぶよくなってはいるが、まだまだ引きずっている状態で、銛《もり》で傷ついた神経や腱《けん》は完全に治るとしてもかなり時間がかかりそうだ。しかし、たとえジージャがもっと機敏に動けたとしても、どこからともなくあらわれて彼の顔を覆ってしまう手をよけることはできなかっただろう。

それはシャファの大きな手で、ぼやけて見えるほどの素早い動きでジージャの顔を覆い、ぴったりと密着する。ジージャはそれが目と鼻と口にかぶさってくるまでまったく気づかず、かぶさったと思うと身体ごと持ちあげられて背中から地面に叩きつけられてしまう。ひっくり返ったジージャは目がくらんでなにが起きたのかわからず、驚きのあまり痛みも忘れて、まばたきするばかりだ。すると、手が離れていき、ジージャの視点から見るとそこに守護者の顔がある。鼻と鼻がくっつきそうな近さだ。

「ナッスンには父親はいない」とシャファが静かにいう。（ジージャはあとになって、シャファがこのせりふをいうあいだずっと微笑んでいたことを思い出す。）「彼女には父親も母親も必要ない。彼女はまだこのことをわかっていないが、いずれわかる日がくる。あんたなしでもやっていける方法をすぐにでも彼女に教えてやろうか？」そして彼は二本の指の先をジージャの顎のすぐ下に当てて、やわらかい肌をぐっと押す。その力の込め方で、ジージャはすぐに自分の命はここでなんと答えるかにかかっていることを悟る。

ジージャは息を詰めたまま、長いことじっと動かない。彼の頭のなかには、たとえ推測の域を出ないようなものでも語る価値のあるものはいっさい見当たらない。彼はなにもいわないが、音は出している。子どもたちがこのときのようすをあとになって話すのだが、細かいことははぶかれてしまっている——実際には、膀胱《ぼうこう》と肛門《こうもん》がゆるまないように踏んばっている男、自分が死に直面していること以外なにも考えられない男の、息をこらえた情けない鼻を鳴らす音が聞こえていた。声というよりほとんどが鼻から、喉の奥から出てくる音だ。咳払《せきばら》いしたくなっているような音。

シャファはその情けない音を答えととったようだ。微笑みが一瞬、大きくなる——目尻にしわができて歯茎が見える、心からの、嘘のない笑顔。彼はナッスンの父親を素手で殺すことにならなくてすんだことがうれしいのだ。そして彼はジージャの顎のすぐ下に置いていた手をとてもゆっくりと持ちあげてジージャの目のまえで彼がまばたきするまで指をゆらゆらと揺らす。

「さあ」とシャファはいう。「ではまた常識人同士にもどろうか」彼は身体を起こして寮のほうを向く——もうジージャのことなど頭にないのはあきらかだが、ふと思い出してつけ加える。「彼女のものを持ってくるのを忘れないように。たのんだよ」そして彼は立ちあがり、ジージャをまたいで寮に向かう。

そのあとジージャがなにをしたかは誰もなんの関心も持っていない。なにしろひとりの少年が石に変わり、ひとりの少女がロガとしても異様な恐るべき力を発揮したのだから。その日のことで誰もが覚えているのは、そのことだけだ。

誰もがといってもジージャは例外だろう。彼はそのあと足を引きずりながら黙って家へ帰っていった。

寮ではナッスンが水のような青い光の柱からやっとのことで意識を引きもどしたところだ。

彼女の意識は光の柱にほとんど食い尽くされそうになっていた。彼女は気づいていないが、これは驚くべき離れ業だ。痙攣が収まってやっと意識がもどり、彼女の上にかがみこんでいるシャファが見えたとき彼女にわかっていたのは、なにか恐ろしいことが起きて、そのあと彼女の面倒を見るためにシャファがきている、ということだけだった。

(彼女は芯のところが、やっぱりあんたの娘だ。わたしは彼女のことを判断する立場にはないが……うん、まぎれもなくあんたの娘だ。)

「話してごらん」とシャファがいう。彼は寝台の端にすわっている。とても近い。彼女からアイツが見えないようにしているのだ。アンバーがほかの子どもたちを外へ追いだそうとしている。ピークがヒステリックに泣きじゃくり、ほかの子はショックを受けて黙りこくっている。ナッスンは自分のトラウマと向き合っている最中だから、ほかの子のことには気づいていない。「あったの」と彼女は話しはじめるが、過呼吸になっている。シャファが大きな手で彼女の鼻と口を覆い、少しすると彼女の呼吸が落ち着いてくる。正常に近くなるとシャファは手を離し、うなずいて彼女に話すようにうながす。「あったの。青いものが。光と……わたしは上へ落ちていって。シャファ、わたし、上へ落ちていったの」彼女は自分が怯えていることに困惑して顔をしかめる。「そこから逃げなくちゃならなくて。痛かった。もの凄く速かった。燃えていた。とっても怖かった」

シャファが、よくわかるとでもいうようにうなずく。「それでもおまえは生きのびた。ほんとうによかった」彼女はシャファにほめられて、よく意味もわからないまま顔を輝かせる。彼はしばし思案していう。「ほかになにか地覚しなかったか？　接続しているあいだに」

（彼女はずっとあとになるまで、この接続するという言葉に驚きを感じることはない。）

「北のほうにある場所があったわ。地面のなかに線があった。そこらじゅうぜんぶに」スティルネス大陸全土に、という意味だ。シャファが興味深そうに小首を傾げると、それに励まされて彼女は話しつづける。「人が話しているのが聞こえた。その人たちが線に触れているところで。結び目のなかに人がいた。線が交差しているところに。でもその人たちがなにをいっているのかは、わからなかった」

シャファがじっと動かなくなる。「結び目のなかに人。オロジェンか？」

「そうかな？」この質問に答えるのはとてもむずかしい。遠くにいる見知らぬ者たちのオロジェニーは握る力が強かった――ナッスンより強い者もいた。さらにその強い者たちには全員に奇妙な、ほとんどおなじといっていいなめらかさがあった。磨いた石に指をすべらせるようななめらかさが。ひっかかる感触がまったくないのだ。かれらはみんなとてつもなく遠くまで手をのばしていた。なかにはティリモより北のほうまで――世界が熱く赤く燃えているすぐそばまで――のばしている者も何人かいた。

「ノード・ネットワークだ」シャファが考え深げにいう。「ふうむ。誰かが北のほうのノード保守要員を生かしつづけているということだな？　じつに興味深い」

まだほかにも地覚したことがあるので、ナッスンはしゃべりつづけるしかない。「もっと近くには大勢いたわ。わたしたちが」〈見いだされた月〉の仲間たちのような感じで、かれらのオロジェニーは魚のようにキラキラ光って突っ走り、たくさんの言葉がかれらに接続している銀線に沿って群れをなし反響しあっていた。会話、ささやき、笑い。コム、と彼女の心がほのめかす。なにかの共同体。オロジェンの共同体。

(彼女はカストリマを地覚しているわけではない。あんたがいぶかしく思っているのはわかる。)

「何人いた?」シャファの声はあくまでも静かだ。

人数は彼女には判断できない。「ただ大勢が話しているのが聞こえるだけ。人がたくさんいる家がいくつもあるみたいな感じで」

シャファが横を向く。彼女には横顔が見えている。シャファのくちびるがきゅっと動いて歯がむきだしになる。こんどばかりは、微笑んでいるわけではない。「南極のフルクラムだ」

いつのまにかそっと部屋に入ってきていたニダが、ドアのそばからたずねる。「一掃されたんじゃなかったの?」

「あきらかにちがうようだな」シャファがまったく抑揚のない声でいう。「ここが見つかるのは時間の問題だろう」

「そうね」そういってニダは静かに笑う。ナッスンはシャファのなかの銀の糸が収縮するのを地覚する。微笑むと痛みがやわらぐ、と彼はいっていた。守護者が微笑めば微笑むほど、笑えば笑うほど、痛みが強いということだ。「打つ手は唯一……」ニダがまた笑う。こんどはシャファも微笑んでいる。

しかし彼はまたナッスンのほうを向いて彼女の顔にかかった髪をかきあげる。「おまえは冷静にならないといけない」そういうと彼は立ちあがって、彼女にアイツの亡骸《なきがら》が見えるように脇にどく。

彼女はシャファの腕のなかでひとしきり叫び、泣き、震える。それが収まると、ニダとアンバーがアイツの彫像を外へ運びだす。当然、生きていたときのアイツより重いはずだが、守護者はとても力がある。ナッスンは二人がアイツをどこへ運んでいくのか知るよしもない。悲しげな笑みをたたえ、やさしい目をした、海辺育ちの美しい若者。ナッスンは彼が最終的にどうなるのか知ることはない。彼女が知っているのは自分が彼を殺したということだけだ。彼を殺したことで、彼女は怪物になってしまった。

「そうかもしれないな」彼女が泣きながら洩《も》らした言葉を聞いて、シャファはそう答える。彼はもう一度彼女を抱きしめて、たっぷりした巻き毛の髪をなでる。「しかし、おまえはわたしの怪物だ」あまりにも激しく落ちこんで怯えていた彼女は、そう聞いただけで少し気分が明るくなる。

§

石は変わることなく残る。石に書かれたことは変えてはならない。

——銘板その三〝構造〟第一節

13　あんたは遺跡のまんなかにいる

あんたは生まれてからずっとカストリマに住んでいるような気がしはじめている。が、そんなはずはない。ここもただのべつのコムのひとつ、名前がちがうだけのところ、またあたらしいスタートを切ったというだけのこと、いや、とりあえずスタートを切りかけているというだけか。ほかがみんなそうだったように、これにもたぶん終わりがくる。だが……ここでは誰もがあんたの正体を知っている。それはやはりほかとはちがう。フルクラムのいいところ、ミオヴのいいところ、サイアナイトでいることのいいところをひとつあげれば、それはあんたが本来の自分でいられたことだ。あんたはその贅沢《ぜいたく》をまた改めて味わいはじめている。

あんたはまた地上に――かれらの呼び方に習えばカストリマ地上に――いる。町の象徴的存在の緑地だったところに立っている。カストリマの周囲の土地はアルカリ性の砂地だ――あんたはイッカが酸性雨が少し降ってくれると土壌がよくなると本気でいっているのを聞いたことがある。あんたは、そうなるにはもっと有機物が必要なのではないかと思うのだが……ここにくるまでのあいだに沸騰虫《ふっとうむし》の塚が三つもあったところを見ると、どうやら有機物は乏しいらしい。

助かるのは塚が見つけやすいことだ。地面を覆う灰の層よりほんの少し高くなっているだけでもすぐにわかる。塚のなかにいる虫が、オロジェニーに使える手近な熱と圧力の源としてあんたの意識をくすぐるのだ。ここまで歩いてくる途中で、あんたは子どもたちに周囲の、より温度の低いゆるやかな環境とはちがう、その閉じこめられた熱と圧力をどう地覚《ちかく》すればいいか教えてやった。年少の子たちは塚を地覚するたびに息を呑み、あそこにあると指をさして、いくつ見つけられるか競いあっていた。

沸騰虫の塚は先週より今週のほうが数が多くなっている。これは悪いニュースだ。もしかしたらよいことではないかもしれないが、あんたは子どもたちに心配そうな顔を見せないようにしている。

子どもはぜんぶで十七人――カストリマの全オロジェンの大多数を占めている。二人は十代だが、あとは十歳以下で、ひとりはまだ五歳だ。ほとんどが孤児か孤児同然の子だが、あんたはべつに驚きはしない。あんたが驚いたのはその子たち全員が比較的うまく自分をコントロールできていて、とても機転がきくということだ。そうでなければ〈断層生成〉を生きのびることはできなかったにちがいない。みんな揺れがくることをいち早く地覚して、どこか人里離れたところへ逃げ、本能にまかせて命をつなぎ、立ち直り、それから誰かが円形の無傷の地域の中心にいるのは誰なのか探しはじめる前に、またべつのどこかへ移ったのだろう。大半はあんたとおなじ中緯度地方人の混血だ――サンゼ人のブロンズとは少しちがう肌の色、完全なとはいえない灰噴《はいふ》き髪、北極地方人と海岸地方人とのあいだのあらゆる段階を網羅する目の色と体格。あんたがティリモで教えていた託児院の子どもたちとさして変わらない。ただ教える内容と、当然それにともなって教え方も、ティリモのときとはちがう。

「わたしがやることを地覚して――地覚するだけよ、まだ真似してはだめ」とあんたはいって、自分のまわりに円環体をつくる。何回か、ちがう方法でやってみせる――高さがあって緊密なのを回転させたり、安定はしているが幅が広くて端が子どもたちのそばまでいくようなのを回転させたり。（子どもたちの半分はワッと声をあげて大急ぎで逃げていく。それこそ正しい行動――正解だ。ぼうっと突っ立ったままのあとの半分は不正解。あんたはそっちをなんとかしなければならない。）「では、ひろがって。あなたはそこ、あなたはそこ――みんな、それくらいあいだをあけるようにして。立つ場所が決まったら、これからわたしがつくるのとそっくりおなじ円環体を回転させなさい」

　これはフルクラムの教え方とはちがう。フルクラムでは何年も時間をかけられたし、安全な壁があったし、頭の上には気持ちのいい青空があったから、やさしくゆっくりと、子どもたちが恐怖を克服するだけの時間、成長して未熟さを乗り越えるだけの時間をかけて教えることができた。しかし〈季節〉がきてしまったら、やさしくしている時間はないし、カストリマのとげだらけの壁のなかでは失敗は許されない。あんたは、用役《ようえき》カースト仲間の一団に加わるときや共同浴場に向かうときに、不満そうな声を聞いたり憤然とした表情を見せつけられたりしたことがある。イッカはカストリマは特別なところだと思っている――ロガとスティルが協調して暮らし、生き残るために手を携えているコムだと。あんたは、彼女は単純すぎると思っている。カストリマがこの子たちを突然攻撃しはじめる日はいつかかならずくる。子どもたちにはその日のための準備をさせておかなければならない。

だからあんたは手本を見せ、子どもたちにその真似をさせて、まちがいを言葉で正せるときには口でいうだけですませるが、一度、年長の子が円環体を大きくひろげすぎて仲間のひとりを凍らせそうになったときには円環体反転でピシリと叩いて正した。「絶対に気を抜いてはだめ！」少年は凍った地面にすわりこみ、目を大きく見開いてあんたを見つめていた。あんたはその子の足元の地面を隆起させて、その子をひっくり返らせるという手も使っていた。そしてあんたは仁王立ちになってその子を見おろし、わざと脅すような口調で怒鳴った。その子は危うくほかの子を殺すところだったのだ――なんとしても怖い思いをさせなければならない。「あなたがミスをしたら、人が死ぬのよ。そうしたいの？」少年が必死に首をふる。「では、立って、もう一度やってみなさい」

あんたは全員が少なくとも円環体の大きさをコントロールする基本的な力を身につけるまで容赦せずに鍛え抜く。そういう力がなぜ、どうやって働くのかを理解する助けになる理論やその力から本能を分離する方法を完璧にするための安定化実習をはぶいて、こういう訓練だけをするのはまちがっているという気もする。だがあんたは自分が何年かかけて身につけたことを何日かで子どもたちに教えこまなければならないのだ――あんたが名人だとすれば、子どもたちはせいぜいその名人技を雑に真似するだけの素人にすぎない。カストリマへの帰り道、子どもたちは終始、押し黙っている。あんたは、何人かは自分を憎んでいるのではないかと感じる。

じつをいえばあんたは、全員が自分を憎んでいると確信している。だがそのほうがかれらはますますカストリマにとって役に立つ存在になれる――そしていつかカストリマがかれらに牙を剝く日がきたとき、かれらはその攻撃を受けて立つだけの力を持った存在になっているはずだ。

（この考え方の流れはあんたにとって馴染《なじ》み深いものだ。かつてナッスンを訓練していたとき、この訓練が終わって自分が憎まれることになってもかまわないと自分にいいきかせていた――ナッスンは自分の人生を生き抜いていくなかであんたの愛を知ることになる、と思っていた。だが、それが正しいと感じたことは一度もなかった、そうだろう？　だからユーチェにはもっとやさしく接した。そしてのちのちナッスンが理解できる年頃になったらあやまろうと、ずっと思っていた……ああ、あんたの心のなかは後悔だらけだ。たくさんの後悔があんたの心の中心核で、圧縮された鉄のように重々しく回転している。）

「きみは正しい」とアラバスターがいう。あんたが診療所の寝台に腰かけて子どもたちの訓練の話をしたときのことだ。「だが、まちがってもいる」

アラバスターを訪ねる時間がいつもより遅くなってしまったので、彼は巣のまんなかで落ち着きなく、見るからに痛そうにしている。レルナがいつも飲ませている薬の効き目が切れる頃なのだ。彼といっしょにいるときはいつもなにを優先させるか迷ってしまう――彼にはあんたにこういうことを教えている時間はあまりないとわかってはいるが聞きたいことが山ほどある。その一方で彼の命を少しでも長らえさせたいという思いもあるから、毎日彼の体力を奪っているという自覚が氷河のようにあんたの神経を削り取っていく。切迫感と絶望は相性が悪い。今回は手短にすませようとあんたは決めていたが、きょうの彼はたっぷり話がしたそうに見える。彼はアンチモンの手に寄りかかって目を閉じている。あんたはこれは一種の体力温存法なのかもしれないと考えずにはいられない。まるで、あんたを見ているだけで疲れる、といわれているような気がする。

「まちがっている？」あんたは先をうながす。あんたの声には警告の色が混じっていたかもしれない。あんたはいつだって自分の生徒を、それが何者であれ、守る立場に立っていたからな。

「ひとつには、きみの時間を浪費していることになるからだ。かれらが石押し以上の精度を身につけることはありえない」アラバスターの声には軽蔑が色濃くにじんでいる。

「イノンは石押しだったわ」あんたはピシリという。

彼の顎の筋肉がきゅっと締まり、彼はしばし思案する。「ならば、たとえ親切な教え方でなくても、きみが子どもらに石を安全に押す方法を教えるのはいいことなのかもしれないな」もう彼の言葉に軽蔑の色はない。謝罪にとても近いニュアンスだ。彼は謝罪するつもりなのだろうとあんたは思う。「しかしわたしはその考え方は支持しない――そもそもきみがかれらを教えること自体、まちがいだ。かれらを訓練することは、きみの訓練の妨げになる」

「え？」

彼はまたあんたに切断された腕を地覚させる。すると――うっ。なんということだろう。彼の細胞のあいだのものを把握するのが、急にむずかしくなってしまった。知覚を調整して合わせるのに時間がかかるし、合ったと思っても小さな粒子の熱とピクピクした動きだけに気を引かれてしまいがちになる自分をとっさにグイッと引きもどすことばかりくりかえさなければならないありさまだ。午後に一回、子どもたちを訓練しただけで、あんた自身が身につけたことが一週間、いやそれ以上前の状態に逆もどりしてしまっている。

「フルクラムの教え方にはそれなりの理由があったんだ」あんたが腰をおろして目をこすりながら挫折感と戦っていると、彼はやっと説明しはじめる。いまは目を開けている——が、あんたを見つめるその目は半開きだ。「フルクラムの教え方は、きみをエネルギーを再配分する方向へ向かわせ、魔法から遠ざけることを目的とした、一種の条件付けだ。円環体などなくてもかまわない——環境エネルギーを集める方法は幾通りもある。だがフルクラムではオロジェニーを発揮するためには意識を下へ向けろと教える。絶対に、上へとは教えない。上には重要なものはなにもない。自分のすぐ身の回りのものだけが重要、遠くのものは重要ではない、と教える」彼は精一杯、できる範囲で首をふる。「考えてみると驚くべきことだ。スティルネス大陸にいる者はひとり残らずそうなんだからな。海になにがあるのか、空になにがあるのか、まったく関心を持っていない——自分自身の地平線を見もしなければ、その向こうになにがあるのか考えもしない。われわれは何世紀ものあいだ、天体学者のことをばかげた理論を並べたてていると嘲笑《あざわら》ってきたが、じつは驚くべきはかれらがなんと空を見あげて理論を体系化していたということなんだ」

彼のこういうところを、あんたはほとんど忘れかけていた——彼には夢想家の一面、反逆者の一面があって、いつもさまざまな物事がずっとどんなふうだったかを考えている。それは最初はそうではなかったかもしれないという思いがあるからだ。彼の言い分には正しい面もある。スティルネス大陸で暮らしていると、考え直してみようとかあらたな方向性を探ってみようという気にはまずならない。けっきょくのところ知恵は石に刻まれている――だから誰も変わりやすい金属を信用していないのだ。あんたと彼がいっしょに暮らしていた頃、アラバスターがささやかな家族の磁心だったのにはちゃんと理由があったわけだ。

ああ、あんたはきょうは懐古趣味に陥っている。そのせいだろう、あんたはこう口にする。「あなたはただ十指輪というだけではないと思うの」彼は驚いて目をぱちくりさせる。「あなたはいつも考えている。あなたは天才なのよ――ただその天賦の才が誰も敬意を払わない分野のものだというだけでね」

アラバスターはしばしあんたを見つめる。その目が細くなる。「酔っ払っているのか?」

「いいえ、酔ってなんかいないわ――」邪悪な地球、甘い思い出はそこまでだ。「錆《さ》び訓練をつづけて」

話題が変わって、あんたよりも彼のほうがほっとしているようだ。「つまりそれが、きみがフルクラムで受けた訓練だ。きみはオロジェニーは努力の問題と考えろと教わった。しかしじつは……ものの見方の問題なんだ。それと認識の」

あんたはアライアで心に傷を負ったから、火山岩のかけら二個程度の野生が近くにあるオベリスクに手をのばしたりしては困るとフルクラムが考えるのはよくわかる。だがあんたはここでちょっと立ち止まって、彼が説明したちがいについて考えてみる。たしかにエネルギーを使うのは魔法を使うのとはまったくちがう。フルクラム方式だとオロジェニーは、手やてこを使う代わりに意思の力を使って重いものを派手に動かすために全力を注ぐという感じ。しかし魔法はなんの努力もいらない感じだ——少なくとも使っているあいだは。疲労はあとからやってくる。だが使っているときは、ただそれがあるとわかっているだけだ。それを見るための訓練を自分でやっているという感覚。

「どうしてフルクラムはそんなことをしたのかしら」あんたはマットレスを指で叩きながら考える。フルクラムはオロジェンがつくった。少なくとも過去のどこかの時点で、何人かは魔法を地覚していたはずだ。しかし……はたと気づいてあんたは身震いする。ああ、そうだ。もっとも強力なオロジェン、もっとも簡単に魔法を感知し、その結果エネルギーの再配分をマスターするのがむずかしかったオロジェンはノードに送りこまれて一生を終えていたのだ。

アラバスターはフルクラムのことだけでなく全体をもっと大きくとらえている。「たぶん」と彼がいう。「かれらには危険性がわかっていたのだろうと思う。魔法を使うのに不可欠な繊細なコントロール力に欠けるロガがオベリスクと接続して死ぬということだけでなく、ときには成功してしまう者が——不純な動機で試して成功してしまう者が——出てくるかもしれないということも危惧していたのだろう」

あんたは古代の死んだ機械のネットワークを作動させる正しい動機とはなんだろうと考える。アラバスターはそのあんたの表情を読んでいる。「フルクラムを溶岩が煮えたぎる穴にぶちこんでやりたいと思ったロガはわたしが最初とは思えない」

「そして戦いだ。これを忘れてはならない。フルクラムを仕事の対象にしている守護者は、いわば前に話した派閥のひとつだ。かれらは現状維持を望んでいる――安全で役に立つ存在につくりあげられたロガ、すべての仕事をこなし、自分たちが世界を動かしていると思っているスティル、じつはすべてを仕切っている守護者。かれらは天災をコントロールできる人々をコントロールしているんだからな」

「なるほど」

そう聞いてあんたは驚く。いや、そこまで考えられなかった自分に驚く。だがそれは間近に守護者がいなかったから、かれらのことを考える機会が少なかったせいだ。もしかしたらこれも、上を見るなとか、あの不気味な微笑《ほほえ》みを思い出すなといったこととおなじで、考えないようにするくせがついていたのかもしれない。

いまこそかれらのことをしっかり考えなければ、とあんたは思う。「でも〈季節〉がきたら、守護者は死ぬ……」くそっ。「死ぬ、とかれらはいっている」くそっ。「もちろん死なないのよね」

アラバスターが笑い声とおぼしき錆び音を出す。「わたしはきみに悪影響を与えているようだな」

昔からずっとそうだった。あんたは微笑まずにはいられないが、話は終わっていないので感慨にふけっているひまはない。「でもかれらはコムには入らない。だとしたら〈季節〉を乗り切るためにはどこかほかのところへいかなくてはならない」

「たぶんな。もしかしたらそれが〝ワラント〟というところなのかもしれない。どこにあるのか誰も知らないが」彼は言葉を切る。考えこんでいるようだ。「別れる前に、わたしのに聞いておくべきだったな」

守護者とすんなり別れられる者はいない。「殺してはいないといってたわよね」

彼がまばたきして遠い記憶から立ちもどる。「ああ。わたしは彼女を治した。まあ、そんなようなものだ。かれらの頭のなかにあるもののことは知っている」知っている。血と、てのひらがズキズキする感覚。シャファはなにか小さくて血まみれのものをもうひとりの守護者に渡していた。とても慎重に。あんたはうなずく。「かれらに特殊な能力を与えるけれど、かれらを汚染したりねじ曲げたりするものよね。フルクラムの上級者たちが小声で話しているのを聞いたことがあるわ。汚染にも程度があって……」彼が歯を食いしばる。見るからにその話題には触れたくないという顔をしている。理由はあんたにも想像がつく。なにかの拍子に、あの触れただけで相手を殺してしまう上半身裸の守護者のことを思い出したのだろう。「とにかく、わたしのからそれを取りだしたんだ」

あんたはぐっと唾を飲む。「守護者がほかの守護者からそれを取りだして殺すのを見たことがあるわ」

「ああ。汚染がひどくなりすぎるとな。そうなるとほかの守護者にとっても危険な存在になるから、粛清するしかないんだ。そこにやさしさが入りこむ余地はないと聞いたことがある。仲間にたいしても獣のように情け容赦ないんだ」

怒っていると守護者ティーメイはシャファに殺される前にいっていた。帰還のときに向けて、準備している。あんたは大きく息を吸いこむ。記憶は鮮明だ。なぜならあれはあんたとトンキー――ビノフ――がソケットを見つけた日だからだ。あんたの初指輪試験の日、ずっと昔の、まだ人生がどう転がっていくかわからなかった頃の記憶。あんたはあの日のことは生涯なにひとつ忘れないだろう。そしていま――「あれは〈地球〉なんだわ」

「なにが？」

「守護者のなかにあるもの。あれは……汚染物質よ」それを制御することになる者たちを変化させ、かれらを宿命の鎖でつないだ。「彼女は〈地球〉になりかわってしゃべりだしたのよ！」

こんどばかりはあんたが彼を驚かせたとあんたにもはっきりわかった。「ということは……」彼はしばし考える。「そうか。そこで所属チームが変わるんだ。現状維持と守護者の利益のために働くのをやめて、〈地球〉の利益のために働きはじめる。ほかの守護者がかれらを殺すのもふしぎはない」

そしてあんたはどうしてもわかっておかなくてはならないことをたずねる。「〈地球〉はなにを望んでいるの？」

アラバスターの眼差《まなざ》しは暗く、憂いに沈んでいる。「生きものは、子どもを盗んでいった敵に相対したとき、どうしたいと思う？」

あんたの顎がきゅっと引き締まる。復讐。

あんたは寝台から床におりて寝台の枠に寄りかかる。「〈オベリスクの門〉のことを話して」

「ああ。きみなら興味を持つだろうと思っていた」アラバスターの声はまた穏やかになっているが、その表情には、断層をつくった日もこんな顔をしていたのだろうと思わせるものがある。「基本原理を思い出せ。並列スケーリング。牛一頭の代わりに二頭を横に並べて軛《くびき》につなぐ。ロガが二人で力を合わせると、それぞれの力を足した以上のことができる。これはオベリスクにかんしてもいえる。ただしオベリスクの場合は……指数関数的に働く。軛ではなく行列だ。ダイナミックな」

よし、ここまではあんたもついてきている。「じゃあ、わたしはオベリスクをぜんぶ鎖でつながなくちゃいけないわけね」

彼がかすかにうなずく。「それには緩衝装置が必要だ。少なくとも最初は。わたしがユメネスで〈門〉を開けたときはノード保守要員を数十人使った」

心のない武器に変えられてしまった、失神状態のねじ曲げられた数十人のロガ……アラバスターはどうやってか、かれらが所有者に背くように仕向けた。なんと彼らしい。なんと完璧な。

「緩衝装置？」

「衝撃をやわらげるためだ。そして……接続の流れをスムーズにするため……」彼が口ごもって溜息《ためいき》をつく。「どう説明したらいいのかわからない。やってみればわかるだろう」

いつやるのか。彼にはもう心づもりができているはずだ。「あなたがしたことで、ノード保守要員たちは死んでしまったの？」

「正確にはそうではない。わたしは〈門〉を開け、断層をつくるためにかれらを使った……そしてそのあと、かれらは本来やるべきことをやろうとした――揺れを止めようとした。大地を安定させようとした」あんたはすべてを理解して顔をゆがめる。極限状態にあったあんたでさえ、衝撃波がティリモに到達したとき、それを止めようとするほど愚かではなかった。唯一安全を確保できる方法は、その力をほかへそらすことだ。しかしノード保守要員には安全を確保しようという気持ちもなければコントロールする力もない。

「全員を使ったわけではない」じっくりと考えながらアラバスターがいう。「ずっと西のほうや北極地方、南極地方にいた者たちには、わたしの力は届かなかった。あれ以降、ほとんどの者が死んでしまった。かれらを生かしておく者がいなくなってしまったからな。しかしまだほんの数カ所、活動しているノードがあるのが地覚できる。ネットワークのなごりだ――南のほう、南極のフルクラムの近くと、北のほう、レナニスの近くにある」

いうまでもなく、活動しているノードがあれば彼は南極地方までずっと地覚することができる。あんたが地覚できるのはせいぜいカストリマから百マイル程度のところまでだ。それもかなり努力しないとそこまでいかない。たぶんフルクラム南極地方支所のロガたちがなんとか生きのびて、自分たちより不幸なノードにいる仲間の面倒を見ることにしたのだろうが……。

「レナニス?」ありえない。レナニスは赤道地方の都市だ。赤道地方の都市のなかでもいちばん南寄り、西寄りにあって、ユメネスの人々は南中緯度地方の田舎町よりちょっとましな程度としか思っていなかった。しかしまちがいなく赤道地方の都市だから消えてしまっていて当然なのだが。

「あの断層はわたしが見つけた古い断層線に沿って北西方向にのびている。レナニスからは数百マイルそれているから……たぶん、それだけ離れていればノード保守要員もなにか手を打つことができたのだろう。大半は死んでしまっただろうし、残った者も面倒を見るスタッフが仕事を放棄してしまえば死ぬしかないわけだが、そのへんはなんともいえないな」

彼が黙りこんでしまう。たぶん疲れたのだろう。きょうは声が嗄《か》れているし、目が充血している。またなにかの感染症か。火傷《やけど》がなかなか治らなくて、つぎからつぎへといろいろな感染症にかかってしまうとレルナがいっていた。痛み止めの薬が切れかかっているのもよくない。

あんたは彼の話、アンチモンの話、そして自分が試練や苦痛を通じて学んだことを整理しようとする。数が重要なのかもしれない。二百十六のオベリスク、何人いるかわからない緩衝装置としてのほかのオロジェン、そしてあんた。その三つを結びつける魔法……いったいどうやって結びつけるというのか。それらすべてがネットワークを構築して地球火《ちきゅうび》に呪われた〈月〉をつかまえる。

そうしてあんたが考えているあいだ、アラバスターがなにもいわないので、もしや寝てしまったのかとあんたは彼を見あげる。が、彼は起きている。目を細めてあんたを見ている。「なんなの?」あんたはいつものくせでつい身構えて顔をしかめる。

彼は口の火傷していないほうの半分でかすかに微笑む。「きみは変わらないな。わたしが助けてくれというと、消え失せろ、死んじまえ、と返す。なにもいわずにいると、わたしのために奇跡を起こしてくれる」彼は溜息をつく。「邪悪な地球、どんなにきみに会いたかったことか」

これは……痛い。予想外にこたえる。あんたはすぐにその理由を悟る——ずいぶん長いこと誰もそんな言葉をかけてはくれなかったからだ。ジージャは愛情深いほうかもしれないが、感傷的なところはあまりなかった。イノンはやさしさを示すのにセックスとジョークを使うタイプだった。だがアラバスターは……いつもこうだった。いきなりの意思表示、からかいとも侮辱とも好きなようにとれる曖昧な褒め言葉。これがなければ——彼がいなければ——あんたは相当、頑《かたく》なな人間になっていただろう。あんたは一見、強くて健康そうだが、心は彼の外見に近いものがある——砕けやすい石のようで、傷跡だらけで、あまり曲げすぎるとひび割れてしまいがちだ。

あんたは微笑もうとするが、うまくいかない。彼は微笑もうとはしない。あんたたちはじっと見つめあう。それがなにになるわけでもないが、それがすべてでもある。

もちろん、それは長くはつづかない。誰かが診療所に入ってきて、あんたたちに近づいてくる。驚いたことにイッカだ。うしろにはフジャルカがつづく。彼女は大儀そうに背を丸めて歩き、いかにもうんざりしたサンゼ人という風情だ——やすりで鋭く尖《とが》らせた歯のあいだを磨いた木っ端でつつきながら大きな曲線を描く腰に片手を当て、灰噴き髪は寝起きなのだろう、片側がぺたんこで、いつもよりひどくもつれている。

「邪魔して申し訳ないね」とイッカがいう。とくに申し訳なさそうな口調でもないが。「ちょっと問題があってね」

あんたはこの言葉が嫌いになりはじめている。とはいえもう訓練を終える時間だから、あんたはアラバスターに会釈して立ちあがる。「こんどはなに?」

「あんたの友だち。あの怠け者」トンキーのことだ。〈革新者〉の作業クルーには入っていないし、自分が担当する番でも所帯用の分配品を取りにいかないし、カーストの集会の時間になるといつも都合よく姿を消してしまう。ほかのコムでそんなことをしていたらとっくに追いだされていただろうが、彼女はカストリマで二番めに力のあるオロジェンの仲間のひとりという立場なので大目に見てもらえている。が、それにも限度がある。とくにイッカはかなり腹を立てているらしい。

「コントロール室を見つけてね」とイッカがいう。「鍵をかけて閉じこもっている」

「それって――」なんのことだ? 「なんのコントロール室なの?」

「カストリマの」イッカは説明しなければならないと気づいて、むっとしている。「ここにきたときにいったよね――ここの明かりとか換気とか、そういうものを機能させている機械装置があるって。その場所のことは秘密にしているんだ。万が一、気の触れたやつがぜんぶぶち壊してやろうなんて気になったら、ひとり残らず殺せるわけだからね。ところがあんたの学者さんはそこに入りこんで、邪悪な地球のみぞ知るなにかをやらかしている。だからまずはあんたに彼女を殺してもいいかどうか聞こうと思って。こっちはもうそういう気分になっているんでね」

「彼女は重要な部分にはなにひとつ影響を与えることはできないはずだ」とアラバスターがい

う。あんたもイッカもびっくりだ。あんたは、彼があんた以外の人間とかかわるのを見ることはめったにないから。イッカは、たぶん彼のことを薬のむだ遣いと思っていただけで、人とは思っていなかったから。が、彼のほうも彼女のことをたいして重要とは思っていない――それが証拠に、また目を閉じてしまっている。「おそらく自分自身が傷つくのが関の山だ」

「それはいいことを聞いた」とはいうものの、イッカは疑り深そうな目で彼を見ている。「ただの思いつきでいってるんでなければ、ほっとするところだけどね。だってあんたはこの診療所の外でなにが起きているのか知ってるはずがなさそうだからさ。でもまあ、いいご意見だ」

彼がおかしそうに軽く鼻で笑う。「わたしはここにきた瞬間からこの遺跡にかんして必要なことはすべて知っていた。もしエッスン以外の、きみたちのうちの誰かが、この遺跡に本来の能力を発揮させることができそうだと思ったら、一瞬たりともここにとどまってはいなかった」

あんたとイッカが見つめるなか、彼は重い溜息を洩《も》らす。少し喉がゴロゴロいうような溜息だ。あんたはそれが気になって、レルナに話しておこうと心に留める。だが彼がそれ以上なにもいわないので、ついにイッカがあんたのお友だち連中にはほんとうにうんざりという顔であんたを見て、ついてこいと手招きしながら外へ出ていく。

そのコントロール室というのは、かなり上へのぼったところにある。フジャルカは最初の階段をあがっただけで呼吸が荒くなっていたが、そのあとは慣れて規則正しい呼吸にもどる。イッカは十分たっても汗をかいてはいるものの、呼吸はそこそこ落ち着いている。あんたはまだ旅をしていたときの体力を維持しているから、上りは充分にこなせているが、階段、梯子《はしご》、コムのなかでも太いほうの水晶のまわりに取りつけられた螺旋《らせん》状のバルコニーとのぼりついでいくと、さすがにどんどん遠くなっていく床から気をそらす会話のひとつも欲しくなる。「カーストの義務を果たさない怠け者は、ふつうどうやって矯正しているの？」

「蹴飛ばすんだよ、それしかないだろ？」イッカが肩をすくめる。「だが、ただ灰出《はいだ》しするわけにはいかない——秘密を守るためには殺すしかない。もちろんそこまでいくには段階がある——最初は警告、つぎは聴聞会。モラットは——〈革新者〉カーストのスポークスウーマンなんだが——彼女はまだ正式に苦情をいってはいない。いってくれとたのんだんだが、煮え切らなくてね。あんたの友だちが、持ち運びできる水質試験装置をくれたっていうんだ。それがあれば、外に出ている〈狩人《かりゅうど》〉たちの命を救える場合もあるかもしれないっていってね」

フジャルカが錆びた笑い声をあげる。あんたは愉快になって首をふる。「それは気の利いた賄賂ね。なにはともあれ、彼女はいままで生きのびてきたんだもの」

イッカは目の玉をぐるりと回してみせる。「かもしれない。しかしそれは悪《あ》しきメッセージを送ることになる。たとえ仕事時間外になにやら役に立つものを発明したにしろ、どの作業クルーにも入らないままでも罰せられないやつがいる。それを聞いて、ほかの連中までさぼりはじめたらどうする？」

「なにも発明しなかった者は灰出せばいい」とあんたはいう。そして足を止める。イッカが立ち止まっているからだ。いまの言葉に腹を立てて立ち止まったのかとあんたは思うが、イッカはあたりを見まわしてコムの大空間をうっとりと眺めている。ここまでのぼってくると、コムの住人のほとんどはここより下に住んでいることになる。晶洞《しょうどう》には誰かの呼び声やなにかをハンマーで打つ音、作業クルーのひとりが歌う拍子取りの歌がこだましている。あんたが思い切ってすぐそばの手すりから下をのぞくと、ロープと板でつくった簡単な荷物用リフトが目に入る。晶洞のなかほどの高さまで荷物をあげるためのものだが、釣り合いおもりがついているわけではないから、重いものを持ちあげるには綱引きの要領でやるしかない。いまは二十人ほどが頑張っている。驚くほど楽しそうだ。

「融合するというあなたの考え方は正しかったわね」とフジャルカがいう。彼女もカストリマの活気あふれる暮らしに思いをめぐらせているのだろう。穏やかな声だ。「人手がなければここを機能させることはできなかった。あなたのいうことは大まちがいだと思っていたけど、そうじゃなかった」

イッカが溜息をつく。「いまのところは、いまのところはなんとかなってる」そういってフジャルカを見つめる。「あたしの考えが気に入らなかったなんて、これまでひとこともいったことないじゃないの」

フジャルカが肩をすくめる。「わたしは〈指導者〉の責任を負うのがいやで故郷のコムを出たの。ここでも〈指導者〉になるのはいやだったからね」

「意見をいうのに、あたしと女長《おさ》の座をかけてナイフで決闘する必要は、地球にかけて、ないんだけどな」

「〈季節〉がくるというときにわたしがコムでただひとりの〈指導者〉だったとしたら、わたしは人の意見にも注意を払うと思うなあ」フジャルカは肩をすくめると、イッカに微笑みかける。親愛の情めいたものがこもった微笑みだ。「すぐにもあなたに始末されるんじゃないかとずっと思ってたのよ」

イッカがハハッと短く笑う。「あんたがあたしの立場だったら、そうしてたってこと?」あんたはこの言葉に棘《とげ》を感じる。

「わたしが勉強した戦略本にはそう書いてあったのよ、たしかに――でもここでそんなことをするのはばかげていると思うわ。なにしろはじめてなんだから、こんな〈季節〉は……というかこんなコムは」フジャルカは、あてつけるようにあんたをじっと見る。あんたはカストリマの特殊性を示す最新の例だからな。「こういう状況下では、伝統はなにもかも錆びつかせてしまう。物事がどうあるべきかなんてことはどうでもいい、どうあってほしいかだけははっきりしている、そういう女長のほうがいいの。自分の構想を実現させるために必要なことをビシビシやっていく女長のほうが」

イッカはしばらく無言でフジャルカの言葉を吸収する。トンキーがなにをしたにせよ、それほど切羽詰まったことでもひどいことでもないのはまちがいない。やがて彼女は、もう休憩は充分と判断したのだろう、また上をめざしてのぼりはじめる。あんたとフジャルカは溜息をついて、あとにつづく。

「もともとここをつくった連中は、すべてを考え抜いていたわけじゃないと思うんだ」のぼりながらイッカがいう。「ここは効率が悪すぎる。壊れたり錆びたりする機械にたよりすぎている。それにオロジェニーは、力の源としては、基本的にこれほどあてにならないものはない。でもときどき思うんだ、もしかしたら最初はこんなふうにつくるつもりじゃなかったのかもしれない、なにかがあって、急いで地下に潜らなければならなくて、たまたま見つけた巨大な晶洞を最大限利用したのかもしれないって」イッカは手すりに手を添えながら歩いている。これは晶洞中に取りつけられている、もともとからあった金属製構造物のひとつだ。居住区域より上にあるものはぜんぶ古い金属製のもの。「かれらこそカストリマのほんとうの祖先にちがいないといつも思う。かれらは骨の折れる仕事を尊び、必要に迫られて適応していった。あたしたちみたいにね」

「みんなそうなんじゃないの？」トンキー以外は。

「ちがうのもいる」彼女はわかりやすい罠にはかからない。「あたしは十五のときに、みんなという範疇《はんちゅう》からはずれた。南のほうで森林火災があってね。干魃《かんばつ》の時期で。煙だけでコムの年寄りや赤ん坊が死んでいった。みんな、もうコムを出るしかないと思った。最後の最後にあたしは火がきているところまでいってみた。そうしたらほかの住人たちが防火帯をつくろうとしていたんだ。その作業中に六人が死んだ」彼女は首をふる。「うまくいくはずがなかった。火災の規模が大きすぎた。でも、それがあたしの仲間なんだ」

あんたはうなずく。あんたが知っているカストリマの住人もそうだという気がする。ティリモの知り合いたちも、ミオヴの住人も、アライアの住人も、ユメネスの住人もそうだ。恐ろしいくらい粘り強くなければ、誰もスティルネス大陸でこの時点まで生き残ることはできなかったはずだ。だがイッカはカストリマは特別だと思いたがっている――それに、変わっているという点に注目すれば、たしかに特別だ。だからあんたはよけいなことはいわない。それが賢明というものだ。

彼女がいう。「あたしは火を消した。森の燃えているところを凍らせて、それを利用してずっと南のほうに防風林代わりになる隆起をつくった。また火災が起きたときに備えてね。あたしがやることをみんな見ていた。そしてみんな、あたしの正体をはっきり知ったわけだ」

あんたは足を止めて彼女を見つめる。彼女がふりむく。半笑いを浮かべている。「あたしはみんなに、守護者を呼んでフルクラムに送りこみたいというのなら出ていく、と宣言した。つるし首にしたいのなら、誰も凍らせないと約束するともいった。みんなはどうすればいいか、三日間、相談していた。あたしをどうやって殺すか相談しているんだろうと思っていた」肩をすくめる。「とにかくあたしは家に帰って親と夕食を食べた――親は二人とも事情を知っていて、あたしの身を案じて戦々恐々としていた。馬車で密《ひそ》かに脱出させるという話も出たけれど、それはやめるように説得して、つぎの日はいつもどおり託児院にいった。けっきょくどうなったかというと、住人たちはあたしをどう訓練すればいいか話し合っていたということがわかったんだ。フルクラムには内緒でね」

あんたはあんぐり口を開ける。イッカの両親にはあんたも会ったことがある。まだまだ元気でいかにも頑強なサンゼ人の血統という感じだった。あの二人は信じられる。でも、ほかはどうだろう？　ふむ。カストリマはたしかに特別なのかもしれない。

フジャルカがいう。「へええ。それで、どんなふうに訓練したの？」

「うーん、こういう小さい中緯度地方のコムがどんなか、あんたも知ってのとおりでね、〈断層生成〉が起きたときもまだその話し合いの最中だった。だからあたしは自分で自分を訓練したわけ」彼女が笑い、フジャルカが溜息をつく。「それはわたしのコムの住人もいっしょ。完全に錆び頭だけれど、いい人たちよ」

あんたは考えてもむだと思いながら考えてしまう——ユーチェとナッスンを生まれたら、すぐにここに連れてきていさえしたらと。い、い、い、い、い、い、

「みんながみんな、わたしたちみたいなのを歓迎しているわけじゃないわよね」とあんたは、いまの思いに反論するかのように、思わず口にしてしまう。

「ああ、ブツブツいう声は耳に入っている。だからあんたが子どもたちを訓練してくれているのはうれしいし、タータイスに取りついた沸騰虫を始末するのをみんなが見ていてほんとうによかったと思っているんだ」ふっとまじめな顔になる。「タータイスはかわいそうなことをした。でもあれでまた、あたしたちのようなのを殺したり追放したりするよりここにいさせるほうがいいってことが証明されたわけだからね。カストリマ人は実利的なんだよ、エッシー」あんたは聞いたとたんにこのニックネームが嫌いになる。「実利的すぎて、ほかの誰かにああしろこうしろといわれても、すんなりとは動かない」

そういうと、彼女はまたのぼりはじめる。一拍遅れて、あんたとフジャルカも歩きだす。カストリマの容赦ないまでの白さに、あんたももう慣れている——建物として使われている

水晶のうちでかすかにアメシスト色がかったり、くすんだりしているものはほんのわずかしかない。だが、晶洞の天井は深いエメラルドグリーンのガラスのような材質のもので密閉されている。あんたはその色を目にして軽い衝撃を覚える。そのなかへ通じている最後の階段は人が五人、横に並んでのぼれるくらい幅が広い。だから天井とおなじグリーンの素材でできた、屋根裏に通じるスライドドアのようなもののそばにカストリマの〈強力《ごうりき》〉が二人いるのを見ても、あんたは驚かない。〈強力〉のひとりは女で、小さな網入りガラスの万能ナイフを手にしている。もうひとりは男で、太い腕をがっしりと組んでいる。

「まだなにも」あんたたち三人が到着すると、〈強力〉の男のほうがいう。「なかからずっと音は聞こえているんですがね――カチカチとかブーンとか、ときどき叫び声も。しかしドアは開かないまんまで」

「叫び声って?」フジャルカがたずねる。

男が肩をすくめる。「『やっぱり』とか『だからか』とか」

いかにもトンキーらしい。「どうやってドアが開かないようにしているのかしら?」とあんたがたずねると、女の〈強力〉が肩をすくめる。〈強力〉は筋肉だけで脳味噌がないというのはただの俗説だが、まさにそうとしか思えない者もたまにはいる。

イッカがまた、これはあんたの責任という顔であんたを見る。あんたは首をふりながら階段の上のほうまでのぼっていって、ドアをガンガン叩く。「トンキー、錆び、開けなさい」

一瞬、物音が途絶えたと思うと、かすかなカタカタいう音が聞こえる。そして「くそっ、あなたがきちゃったのか」というトンキーのつぶやきがドアから離れたところから聞こえてくる。

「ちょっと待って。なにも凍らせないでよ」

それからすぐにドアになにかがガタガタあたる音がしたと思うと、ドアがスライドして開く。あんたとイッカ、フジャルカ、そして〈強力〉二人は階段をあがっていく――イッカ以外は途中で足を止めて目を見張るばかりなので、腕組みして怖い顔でトンキーをにらみつけるのはイッカの役割になった。

天井のスライドドアから上の部分は高さ十五フィートほどの空洞になっている。床は天井とおなじエメラルドグリーンの素材でできていて、部屋自体は晶洞の灰緑色の天然の岩天井から下向きに突きだしたごくふつうの白っぽい水晶柱群を囲むかたちでつくられている。あんたが立ち止まり、あんぐりと口を開け、困惑のあまり言葉を失ったのは、このグリーンの仕切りの内側にある水晶がすべてチカチカと明滅しているからだ。それぞれなんの規則性もなしにチラチラ揺らめく像になったり固体になったりをくりかえしている。だがどの水晶も部屋の床から下へ突きだした部分はそうなってはいない。カストリマじゅうのほかの水晶もそうだ。カストリマの水晶は光を放つ以外――光っているのはただの岩ではないという警告だとしても――ほかの石英《せきえい》となんら変わるところはない。だがここで……あんたは突然、カストリマの能力にかんしてアラバスターがいっていたことを思い出し、そういうことかと合点する。カストリマの真実が突如として、恐ろしいほどに、あきらかになったのだ――晶洞に寄生しているのは水晶ではない、オベリスクになる可能性を秘めたものだ。

「剝《は》がれ錆び」〈強力〉がつぶやく。あんたの気持ちを代弁するひとことだ。

室内にはそこらじゅうにトンキーのガラクタが置かれている――奇妙な道具や石版、びっしり図が書かれた革の切れ端、そして片隅に藁《わら》布団。最近、彼女がアパートメントであまり寝ていないわけがこれでわかった。(彼女もホアもいないのは寂しいが、あんたはそれを認めようとしない。) 彼女はすたすたとあんたから離れていく。肩越しにふりかえってあんたをにらみつける。あんたがきて苛《いら》ついているのがありありとわかる。「錆びなんにもさわらないでよ」と彼女がいう。「あなたみたいな力のあるオロジェンがここのものにどんな影響をおよぼすか誰にもわからないんだから」

イッカがぐるりと目を回す。「なにもさわっちゃいけないのはあんただろうが。あんたはここに入ることも許されていないんだ。さあさあ」

「いやよ」トンキーが部屋のまんなかにある奇妙な低い台座のようなもののそばにしゃがみこむ。その台座は水晶柱のように見える。まんなかが切り取られた水晶柱の一部という感じだ――天井から(明滅する非現実的な)基部が生えているのが見える。そして台座のようなものはその延長部分で、基部と連携して明滅している。ただし基部と台座のあいだは五フィートほどすっぽりと抜けている。台座の表面、つまり切断面はとてもなめらかで、まるで鏡のように光っている――そして柱のほかの部分はチラチラ明滅して揺れ動いているのに、切断面はしっかりした固体だ。

一見したところ台座の上にはなにもない、とあんたは思っていた。ところがトンキーが台座の表面をやけに熱心に見つめているので、あんたも見てみようという気になって近づいていく。あんたがよく見ようとかがみこむと、彼女がちらっと見あげて、あんたと目が合う。そしてあんたは彼女の目にほとんどむきだしの喜びがあふれているのを見てぎょっとする。いやちょっとちがう――彼女がそういう人間だということはもうわかっている。あんたがぎょっとしたのは、その目の強い輝きと偽装をやめてあたらしくなった清潔な短い髪とこざっぱりした服装が、それなりの年になったビノフそのものに見えたからだ。どうして最初に会ったとき気がつかなかったのか、あんたはいまさらながら驚きを禁じえない。

だがいまはそんなことはどうでもいい。あんたは台座に集中しようとするが、ほかにもつい目を奪われてしまうものがいろいろある――部屋の奥に近いほうにある少し背の高い台座の上には床とおなじエメラルドグリーンの長さ一フィートほどの小さいオベリスクが浮かんでいるし、べつの台座の上には細長い大きな岩が浮かんでいる。壁にずらりと並んだ透明な正方形には、なんだかよくわからない装置の線図が表示されているし、その下に並ぶパネルにはそれぞれなにかを計測した数値を示すメーターが表示されているが、なんのことなのかあんたにはさっぱりわからない。

だが部屋のなかでいちばん地味なのは、大きな台座の上にあるものだ――小さい金属片が六個、どれも針のように細くてあんたの親指の爪くらいの長さしかない。カストリマの古代の構造物に使われている銀色の金属ではない――これはむらのない黒っぽい色でかすかに赤いほこりのようなものがついている。鉄だ。カストリマができて以来ずっと酸化で消えてなくなることもなく残っているとは驚くべきことだ。が――。「あなたがそこに置いたの?」とあんたはトンキーにたずねる。

彼女はたちまち怒り狂う。「そうよ、絶滅文明の遺物のコントロール中枢に入って、そこでいちばん危険な装置を見つけたんだもの、当然、すぐに錆びた金属を放りこむに決まってるわよ」

「お願いだから、ばかいわないで」それくらいいって当然なのだが、怒りよりも好奇心のほうが先に立って、あんたはつい聞いてしまう。「どうしてそれがいちばん危険だと思ったの?」

トンキーが台座の縁の面取りされた部分を指差す。あんたは顔を近づけてまばたきする。この台座の素材はほかの水晶柱のようになめらかではない――縁にびっしりと記号や文字が刻みこまれている。文字は壁のパネルのものとおなじだ――ほう。しかも赤く光っている。その赤い色は素材の表面のすぐ上に浮かんで揺らめいているように見える。

「そしてこれ」といってトンキーが片手をあげて台座の表面と金属片に近づけていく。と、赤い文字がいきなり空中に跳ねあがる――その現象をこれ以外どう表現したらいいのか、あんたにはわからない。文字は一瞬で大きくなってあんたの正面に浮かぶ。あんたの目の高さの空気が赤く輝く。警告のたぐいなのはまちがいない。赤は溶岩プールの色。有毒な藻以外すべての生きものが死に絶えた湖の色――噴火が迫っている予兆のひとつだ。時代や文化が変わっても変わらないことがある、とあんたは痛感する。

(一般的にいえば、それはまちがいだ。しかしこの場合に限っていえば、正しい。)

みんなが見つめている。フジャルカが近寄ってきて、浮かんでいる文字に触れようとする――が、指が文字を通り抜けてしまう。イッカもいつのまにか魅了されて台座のまわりを歩いている。「これがあるのは前から気づいていたけど、注意して見たことはなかったなあ。文字があたしといっしょに回ってる」

文字は動いてはいなかった。だがあんたが身体を傾けると――たしかに文字が少し回転してあんたの正面にとどまる。

トンキーが苛立《いらだ》たしげに手を引っこめて、フジャルカにもそうするよう手をふると、文字はたいらになって縮み、台座の縁にすっと収まる。「でもバリアはないのよ。ふつう、絶滅文明の遺物――この文明の遺物――のなかのものはほんとうに危険だとなんらかのかたちで密閉されているものなの。物理的なバリアがあるか、時が経ってだめになってしまったけれど以前はバリアがあったという証拠が残っているか、どちらかなのよ。もしほんとうにさわってほしくないものがあるとしたら、誰もそれにはさわっていないか、さわるのにもの凄く苦労したかどちらかね。これ？　これはただの警告。意味はわからないけど」

「あなたほんとうにこれにさわれるの？」あんたは跳びあがってきた警告を無視して鉄片に手をのばす。するとトンキーが凄い剣幕《けんまく》で止めにかかり、あんたはやってはいけないことをしようとして見つかってしまった子どものように、ビクッと身体を引く。

「錆びさわるなっていったでしょ！　いったいどうしちゃったの？」あんたはぐっと歯を食いしばるが、そういわれてもしかたがないし、母親の性《さが》で反論することもできない。

「ここへきてどれくらいになるの？」イッカはトンキーの藁布団のそばにしゃがみこんでいる。

トンキーは鉄片を見つめている。イッカの声が聞こえなかったのかとあんたは思う――彼女はなかなか答えようとしない。その顔に、ある表情が浮かんでいる。あんたがどうも好きになれないと思いはじめている表情だ。彼女のことはよく知っているとはとてもいえない。あんたがグリットだった頃に知ったことがほとんどすべてといってもいい。だが、彼女は冷酷な人間ではない。それははっきりしている。それがいつになく必要以上に顎を固く引き締めて、怖い顔をしているのはかなりよくない兆候だ。彼女はなにか企んでいる。彼女がイッカにいう。

「一週間。でも、なかに入ったのは三日前。だと思う。時間がわからなくなっちゃって」と目をこする。「あまり寝てないから」

イッカが首をふりながら立ちあがる。「まあ、とりあえずこの錆びコムを破壊してはいないようね。さあ、なにがわかったのか、話してもらおうか」

トンキーが慎重にイッカのほうを向いて視線を合わせる。「あの壁のパネルは水ポンプと空気循環システムと冷却工程を作動、調整するためのもの。でもそれはもう知ってるのよね」

「ああ。みんな死んでないからね」イッカが床についていた手のほこりを払いながら、じりじりとトンキーに近づいていく。思慮深そうに見えるが、どこか威嚇しているような雰囲気もある。彼女はサンゼ人の女としては小柄なほうだ――フジャルカより一フィート以上、背が低い。ほかの人間と比べると、それほど危険な匂いはしないが、あんたはいま彼女のオロジェニーがゆっくりと動きだすのを地覚している。彼女はついさっきまで、ドアを壊すなり凍らせるなりしてここに押し入る準備を整えていた。〈強力〉たちもじわりとトンキーに近づいて、イッカの無言の圧力がより大きなものになる。

「あたしが知りたいのは」とイッカが先をつづける。「あんたがどうやってそれを知ったかだ」足を止めてトンキーと向き合う。「あたしたちはその昔、試行錯誤を重ねてたしかめていった。どれかをさわったら冷えたとか、べつのをさわったら共同浴場の湯が熱くなったとか。だがこの一週間、なんの変化も起きていない」

トンキーが小さな溜息を洩らす。「わたしは何年も前から、いくつかの記号の意味をつかもうと研究してきたの。こういう遺跡をいくつもいくつも時間をかけて見てごらんなさい、おなじことが何度も何度もくりかえされているのがわかるから」

イッカが少し考えて、台座の縁の警告文のほうを顎で指す。「あれはなんていってるの?」

「見当もつかないわ。いったでしょ、意味をつかむって。読めるわけじゃないのよ。記号の意味をつかむ。言葉がわかるわけじゃないの」トンキーは壁のパネルのほうへ歩いていって、いちばん上の右の隅にあるひときわ目立つ図案を指差す。直観的にわかるようなものではない――緑色の、矢印のようだけれどくねくね曲がった、下を指しているような感じのもの。「水生植物園があるところには、かならずこの記号があるの。これは植物園の照明の明るさとか質に関係しているんだと思うのよね」トンキーはそういってイッカを見る。「じつをいうと植物園の光にかんするものだということはわかっているの」

イッカが少しだけつんと顎をあげる。トンキーのいうことが当たっている証拠だ、とあんたは思う。「つまりここはあんたが見たほかの遺跡と変わらないってこと？　ほかの遺跡にも、ここみたいに水晶があったわけ？」

「いいえ。カストリマのようなところは見たことがないわ。ひとつだけ――」トンキーはちらりと一度だけあんたを見てすぐに目をそらす。「そうね。カストリマとそっくりというわけじゃないな」

「あのフルクラムにあったものは、こことはぜんぜんちがうわ」あんたは思わず口走ってしまう。もう何十年も前のことだが、あんたはあの場所のことを細かいところまで覚えている。あれは穴だった。カストリマはなかに空洞のある岩。どちらもおなじ系統の人々がおなじことをするためにつくったのだとしても、どこにもその証拠はない。

「それが、じつはおなじなのよ」トンキーが台座のところにもどって警告を浮きあがらせる。そしてこんどは赤く輝く文字のなかのひとつの記号を指差す――八角形のなかに黒丸がある記号。どうしてさっきは見逃していたのだろう、とあんたは思う――赤のなかでしっかり目立っているのに。

「その記号、フルクラムでも見たのよ。照明パネルのいくつかに書いてあった。あなたは穴のなかをのぞくのに忙しくて見ていなかったと思うわ。でもわたしはあれ以来、五、六カ所、オベリスク建造場所に入ったことがある。あの記号はいつも危険なもののすぐそばに書いてあったわ」トンキーはじっとあんたを見ている。「そばで人が死んでいるのを見つけたこともあった」

あんたはふっと守護者のティーメイのことを思い浮かべる。死んでいるのを見つけたわけではなかったが、とにかく死んでしまった。そしてあの日、あんたも危うく死ぬところだった。つぎにあんたの脳裏に浮かんだのはドアのない部屋の大きく口を開けた穴の縁にいたときのことだ。穴の壁から小さな針のようなものが突きでていた……まさに、いまそこにある鉄片だ。

「ソケット」とあんたはつぶやく。守護者はそう呼んでいた。「汚染物質」あんたのうなじにチクチクする感覚が走る。トンキーが鋭い目つきであんたを見ている。

「〝なにか危険なもの〟といったって、どんな錆びものなのかわからないじゃないの」錆びもののかけらを見つめて立ち尽くしているあんたのそばで、フジャルカが困惑した口調でいう。

「いいえ、この場合は特別な錆びもののことをいっているの」トンキーがフジャルカをじろりとにらんでいう。めったにお目にかかれない光景だ。「それはかれらの敵をあらわす記号だったの」

くそっ。あんたははたと気づく。くそっ、くそっ、くそっ。

「え?」イッカがいう。「邪悪な地球、いったいなんのことなの?」

「かれらの敵」トンキーが台座の縁に寄りかかる――慎重に、だが断固たる意思を示しているつもりだ、とあんたは思う。「かれらは戦っていたのよ、わからないの? 終焉《しゅうえん》に向かって、かれらの文明が灰燼《かいじん》に帰す直前まで。どの遺跡も、その時代から残っているものはすべて、防御のため、生き残るためのものなの。いまのコムのようにね――ただしかれらには身を守るすべとして石の壁以上のものがいろいろとあったわけだけれど。たとえば、巨大な地下の錆び品洞とかね。かれらはそういうところに隠れて、敵を研究して、たぶん反撃用の武器をつくっていたのよ」トンキーはその場でくるりと回って、台座の上半分の水晶を指差す。彼女がそうしているあいだも、水晶はまるでオベリスクのようにチラチラと明滅している。

「ちがうわ」あんたは反射的に口にしている。みんながあんたのほうを向き、あんたはビクッと身体をひきつらせる。「つまり……」くそっ。だが、いまさら引っこみがつかない。「オベリスクは……」あんたはあのろくでもない話をどう説明したらいいのかわからないし、そもそも話す気になれない。どうしてなのか自分でもよくわからないが、もしかしたらアラバスターがあんたに話そうとしたときにアンチモンがいったのとおなじ理由かもしれない——トンキーやイッカたちはまだ聞く準備ができていない。さあ、こうなったらこれ以上説明しなくていいかたちで話を終わらせるしかない。「わたしは、オベリスクは防御のためのものとか……武器のようなものではないと思うけど」

トンキーはしばし沈黙してから、こうたずねる。「じゃあ、なんなの?」

「それはわからないわ」嘘ではない。あんたははっきりしたことは知らないのだから。「なにかの道具かもしれないわね。使い方をまちがえると危険な道具。でも人を殺すことを目的とはしていないもの」

トンキーが覚悟を決めたように切りだす。「わたしはアライアでなにがあったか知っているのよ、エッスン」

予期せぬ一撃で、あんたの心は打ちのめされてしまう。だが幸いなことに、あんたは予期せぬ一撃を安全に受け流す訓練をたっぷり積んできている。あんたはいう。「オベリスクはああいうことをするためにつくられたわけじゃないの。あれは事故だったのよ」

「どうしてそれを――」

「それはね、わたしはあの錆びものが焼け落ちたとき、あれと接続していたからよ！」あんたがピシリといい放った言葉が室内にこだまし、あんたは自分がひどく腹を立てていることに気づいてぎょっとする。〈強力〉の女がはっと息を呑む。そして目つきが変わる。とたんにあんたはティリモの〈強力〉たちのことを思い出す。ラスクが門を開けてあんたを外に出すようにといったときにあんたに向けられた〈強力〉たちの眼差し、あれとおなじだ。イッカでさえ、口にはしないものの、ここの住人を怖がらせてどうするの、落ち着きなさいという目つきであんたを見ている。そこであんたは深呼吸して口をつぐむ。

（あんたは少しあとになって、このとき使った言葉を思い出すことになる。焼け落ちる。あんたはどうしてそういったのか、それがなにを意味しているのか、いぶかしく思うものの答えは得られない。）

トンキーがゆっくりと大きな吐息を洩らす。室内の空気を代弁するような溜息だ。「わたしの仮定がまちがっていた可能性はあると思うわ」と彼女がいう。

イッカが手でゴシゴシ髪をこする。髪が潰れて頭が妙に小さく見えるが、手を離すと髪はすぐにふっくらともとどおりになる。「もうけっこう。カストリマがかつてコムとして使われていたことは前からわかってる。たぶん五、六回は使われてる。あんたがここに入りこんで錆びガキみたいな真似をする代わりに、あたしに聞いてくれていたら、ちゃんと教えてたんだけどね。知ってることはぜんぶ話してたよ。だってあたしもあんた同様、ここのことを理解したいんだから――」

トンキーがハハッと嘲るような笑い声をあげる。「あなたたちの知識ではそれは無理」

「――でもね、こんなばかなことをしでかしたんじゃ、あんたを信用するわけにはいかない。信用していない人たちにあたしが愛する人たちを傷つけるような真似をさせておくことはできない。だから、すぐにここから出ていってちょうだい」

フジャルカが顔をしかめる。「イーク、それは厳しすぎるんじゃない？」

トンキーはいっきに緊張して、怖さもあり傷ついてもいるのだろう、目を大きく見開いている。「わたしを追いだすなんてありえない。この錆びコムにはわたし以外、問題を解く鍵を――」

「この錆びコムにはあんた以外」とイッカがいう。〈強力〉たちはこんどは不安そうな顔で彼女を見ている。彼女がほとんど怒鳴っているような大声で話しはじめたからだ。「大昔に消えてしまった人たちのことを研究するいい機会だからといって、ここにいるみんなを火だるまにしかねない人間はいない。そしてなぜかあたしは、あんたがそのとおりのことをしでかすという気がしているんだ」

「じゃあ監視でもつけたら！」トンキーが出し抜けにいう。やけになっているようだ。

イッカがつかつかと近寄ってトンキーの正面に立つと、トンキーはたちまちおとなしくなる。

「あたしはここのことなんかなにもわからなくてもいいと思ってる」イッカがぞっとするほど静かな冷たい声でいう。「ここを破壊する危険を冒すくらいならね。あんた、おなじことがいえる?」

トンキーはイッカをにらみ返すが、震えているのがありありとわかるし、口もつぐんだままだ。しかし答えはわかりきっている、そうだろう? トンキーはフジャルカと似ている。二人とも〈指導者〉カーストの出で、ほかの人間が必要とすることを第一に考えるように育てられながら、自分を優先させる道を選んできた。疑問の余地はない。

つぎに彼女がとった行動を見てあんたがさほど驚かなかったのは、あとになって考えればの話だが、そういう理由があったからだ。

トンキーが身を翻して突進し、赤い警告文が閃《ひらめ》いたと思うと、針のような鉄片が一本、彼女の拳のなかに消える。彼女が鉄片をつかんだとあんたが認識したときには、彼女はもう踵《きびす》を返して階段口に向かって走っている。フジャルカがハッと息を呑む。イッカは少し驚きながらもほとんどあきらめた体で突っ立っている。二人の〈強力〉はうろたえて見つめるばかりだったが、遅まきながらトンキーのあとを追う。だがそのとき、トンキーが喘《あえ》いでよろめき、足を止める。〈強力〉のひとりがトンキーの腕をつかむ――が、トンキーが叫び声をあげるやいなや、手を離してしまう。

あんたは考えるより先に動きだしている。トンキーは、なにはともあれ、あんたのものだ――ホアしかり、レルナしかり、アラバスターしかり、まるで自分の子どもの不在を穴埋めするかのように、あんたはほんのいっときでもあんたの心の琴線に触れた人間を自分の養子にしようとしている。あんたはトンキーが好きなわけではない。それでも彼女の手首をつかんで手から血が流れているのを目にしたとたん、胃がきゅっと縮む。「なにが――」

トンキーがあんたを見る――ちらっと、怯《おび》えた動物のような目で。と思うと、ビクッと身を震わせてまた叫び声をあげる。あんたは危うく手を離しそうになる。あんたの親指の下でなにかが動いている、いる、いる、いるからだ。

「錆び？」イッカが口走る。フジャルカの手がトンキーの腕をはっしとつかむ。パニックに陥っているトンキーを押さえようと、あんたに力を貸してくれたのだ。あんたは説明のつかない激しい嫌悪感をなんとか押さえこみ、親指を動かす代わりにトンキーの手首をつかんで目で確認する。まちがいない。彼女の皮膚の下でなにかが動いている。跳びはねたりピクピク震えたりしているが、太い血管のなかを容赦なく上へ上へと進んでいく。大きさはまさにあの鉄片くらいだ。

「邪悪な地球」フジャルカがそういって心配そうにちらっとトンキーの顔を見る。フジャルカが思わず口にした罵り言葉の皮肉さに、あんたはヒステリックな笑いが洩れそうになるのをなんとか押しとどめる。

「ああ、くそっ、錆びっ、ちくしょう」トンキーが呻《うめ》く。「早く取って！　取ってくれたら二度とここへは入らないから！」嘘だ。が、いまだけは本気でそう思っているのかもしれない。

「嚙《か》み切って取ってやろうか」フジャルカがあんたを見あげていう。尖らせた歯はまさに小さいカミソリだ。

「だめ」とあんたはいう。それでは鉄片がフジャルカに入りこんでおなじことになるだけだからだ。舌は腕より切り開くのがむずかしい。

イッカが、「ナイフ!」と〈強力〉に――網入りガラスのナイフを持っている〈強力〉に――向かって怒鳴る。そのナイフは切れ味は鋭いが小さくて、武器というよりロープを切るためのものだ――急所を直撃しないかぎり、いくら刺したところで相手を殺すことはできない。いまあんたが使えるのはそれだけだ。トンキーが腕をふりまわして獣のように唸《うな》っているので、あんたは彼女の手首をつかんだままだ。誰かがあんたにナイフを手渡そうとするが、ぎごちない渡し方だし、刃のほうをあんたに向けている。ちゃんと握るのに一年かかったような気がするが、そのあいだもあんたはトンキーの褐色の肌の下でピクピク動きつづける塊《かたまり》をにらんだままだ。これは錆びどこへいこうとしているんだ? あんたはまともに考えられないほど静かに恐れおののいている。

ところがあんたがその動くものを切り取ろうとナイフを当てたとたん、そいつが消えてしまう。トンキーがまた悲鳴をあげる。涙まじりの、身の毛がよだつような悲鳴だ。問題のものは彼女の肉のなかに入りこんでしまっている。

あんたはナイフをさっと引いて彼女の肘のすぐ上あたりを深く切り裂く。あの物体の先回りをしようというのだ。トンキーが呻く。「もっと深く! 感じるの」

さらに深く切り裂けば骨にあたってしまうが、あんたは歯を食いしばってさらに奥まで切り開く。そこらじゅう血だらけだ。トンキーの喘ぎ声も食いしばった歯のあいだから洩れる声も無視して、あんたはあの物体を捜す——とはいえ内心では、見つけたらこんどはそれが自分の身体に入りこむのではないかと戦々恐々としている。

「動脈」とトンキーが喘ぎながらいう。震え、慟哭《どうこく》しながらひとことひとこと歯のあいだから絞りだす。「錆び高架道みたいに——ちかくうっ！　くそっ！」上腕の下半分をピシャピシャ叩く。あんたが思っていたより上までいっているらしい。太い動脈にたどり着いて、動きが速くなっているのだ。

ちかく。あんたはふとトンキーを見つめ、彼女がいおうとしていたことに気づいて、ぞっとする。地覚器官。イッカが近づいてきてトンキーの腕の三角筋のすぐ下をぎゅっとつかむ。彼女はあんたを見ているが、あんたはもうできることはひとつしかないと悟っている。小さなナイフではどうしようもない……が、ほかの武器がある。

「腕をのばして動かないようにしておいて」イッカとフジャルカがそのとおりにしたかどうか見もせずに、あんたはトンキーの肩をつかむ。あんたが考えているのはアラバスターのトリック——彼が沸騰虫を退治するのに使った、とても小さい正確に回転する局所的な円環体だ。こんどはトンキーの腕のなかを進ませて小さな鉄片を凍らせる。うまくいけばいいのだが。あんたは意識をのばし目を閉じて集中する。と、なにかが変化する。

あんたはトンキーの熱の奥深くにいて鉄片の金属格子を探し、その構造と彼女の血液中の鉄の構造とのちがいを地覚しようとしている。そして——あった。魔法の銀色の微光がそこにある。

ひょいひょいと動く氷のようなトンキーの細胞群のまんなかでこれに出会ったのは、あんたにとっては予想外のことだった。トンキーはアラバスターのように石に変わりつつあるわけではないし、これまでアラバスター以外の生きもののなかに魔法があるのを地覚したことはない。だが現にここに、トンキーのなかに絶え間なく煌《きら》めく銀色の糸のようなものがあって、彼女の足から上へあがってきている――どこからきたのかはどうでもいい――そしてあの鉄片のところで終わっている。鉄片があんな速さで動けたのもふしぎはない。ほかのものからエネルギーを得ていたのだ。そのエネルギー源を利用して、そいつはそいつ自身の巻きひげをのばし、トンキーの肉体とつながり、じわじわと進んでいたわけだ。彼女が痛がるのも無理はない――そいつが触れた細胞はまるで焼かれたように震えて死んでしまうのだから。そしてまた巻きひげは細胞に接触するたびに長くのびていく――そのえげつないものはそれと気づかれないようなやり方で彼女を餌にしつつ、彼女のなかで成長していく。先頭をいく巻きひげはつねにトンキーの地覚器官の方向をたしかめながら道筋を探って進んでいく。そしてあんたは本能的に、そいつをそのままいかせてはだめだとわかっている。

あんたは根っこにあたる糸から力を奪うなり枯渇させるなりできればと考えて、糸をつかもうとするが

ああ

まさか

そこには憎しみがあり
われわれはやらねばならないことはすべてやる
そこには怒りがあり
ほほう――やあ、小さな敵

「ちょっと！」耳元でフジャルカの声がする。怒鳴り声だ。「起きなさいよ！」あんたは知らぬ間に迷いこんでいた霧のなかから飛びだす。よし、わかった。あんたはほかに鉄片を動かしているものの気配を感じないかぎり、糸には触れないことにする。だが、一瞬でもそいつに触れた価値はあった。どうすればいいかわかったのだからな。

　あんたはハサミを思い浮かべる。限りなく精度の高い、煌めく銀色の刃を持つハサミだ。先頭をいく巻きひげを切る。巻きひげをすべて切っていく。さもないとまた生えてくるかもしれないからだ。汚染物質が鉤爪《かぎづめ》をのばしてトンキーのもっと奥深くに取りついてしまわないように切っていく。あんたはこの作業を進めながらトンキーのことを考えている。彼女の命を救いたいと思っている。だがいまこの瞬間は、あんたにとってトンキーはトンキーではない――彼女は粒子の集合体、物質の集合体だ。あんたは切断を完了する。

　これはあんたのせいではない。あんたは信じないだろうが……ほんとうにそうなんだ。

　そしてあんたがなんとか地覚器官の緊張を解いて知覚をマクロの世界にもどしたとたん、あんたは自分が血まみれになっていることに気づく。完全に血に覆われていて、あんたは愕然《がくぜん》とする。なぜトンキーが床に倒れてゼイゼイ喘ぎ、彼女のまわりに血の海がひろがってフジャルカが〈強力〉にベルトをよこせ、早く、早くと叫んでいるのか、あんたにはよくわからない。あんたは近くで鉄片がビクッと動くのを感じ、危機感を覚えて身をこわばらせる。あいつらがなにをしようとしているのか、いまのあんたにはわかっているし、それが邪悪なことなのも知っているからだ。ところが鉄片に目をやったあんたはとまどう。見えるのは幾筋か血が流れたあとのあるなめらかなブロンズ色の肌と見覚えのある布の切れ端だけだ。するとそのとき、なにかがピクピク動くのを感じ、あんたの手に重さがかかってその存在を知らせ、そして。そして。なんと。あんたはトンキーの切断された腕を持っている。

あんたはそれを落としてしまう。というよりはショックのあまり乱暴に放り投げてしまう。トンキーの腕はイッカと〈強力〉たちの少し先まで飛んでいって跳ねあがる。かれらはトンキーを囲んでなにかしている。たぶん彼女の命を救おうとしているのだろうが、あんたはそれすら理解できない。なぜならあんたの目は切り落とされたトンキーの腕の切断面に釘付けになっているからだ。少し斜めに切られた切断面からはまだ血が流れだし、ピクピク動いている。あんたが切り落としたばかりだからな。しかし待て、理由はそれだけではない。

骨のそばの小さな穴からなにかがのたくって出てくるのが見える。穴は動脈の切断面だ。そして、なにかはあの鉄片。鉄片はなめらかなエメラルドグリーンの床に落ちて、ただの無害な金属片のように、飛び散った血のなかに横たわる。

やあ、小さな敵。

幕《まく》間《あい》

ひとつ、あんたには見えないところで進行していることがあるのだが、それはあんたのここから先の人生に大きな影響をおよぼすことになる。そのことを想像してみてくれ。わたしのことを想像してみてくれ。あんたはわたしのことを知っていると思っている。物事を考える精神的な部分でも、動物的な本能の部分でも。あんたが目にしているのは肉をまとった石の身体で、あんたはわたしがかつては人間だったなんてじつは信じていなかったのに、わたしのことを子どもとして見ていた。アラバスターからほんとうのことを——わたしはあんたたちが言葉を持つずっと前からすでに子どもではなかったと——聞かされても、あんたはまだわたしを子どもだと思っている。もしかしたらわたしは一度も子どもだったことはないのかもしれない。だが、そう聞くのと、それを信じるのとはべつの話だ。

だとしたら、あんたにはわたしが同類のなかでどんな存在なのかを想像してもらうほうがよさそうだ——年寄りで、大きな力を持っていて、ひどく恐れられている、わたしはそういう存在だ。伝説といってもいい。怪物といってもいい。

こう想像してみてくれ——

カストリマは卵だと。石のなかに潜むこの卵は塵《ちり》に囲まれている。卵は屍肉《しにくく》喰いにとってなによりのご褒美だし、無防備に置き去りになっていれば手間をかけずにむさぼり喰える。カストリマの住人はほとんど気づいていないが、この卵はむさぼり喰われている最中だ。(イッカだけは気づいているかもしれないが、それでもまだ疑っているだけだろうと思う。)とにかくゆっくりと喰われているので、あんたたちは気づきにくい。われわれは非常にゆっくりと生きているんでね。とはいえ、本格的にむさぼりはじめてしまったら致命的だ。

しかしなにかが、屍肉喰いの動きを止めている。歯をむきだしてはいるが、獲物にぐさりと沈めてはいない。ここにもうひとり年寄りで大きな力を持つ者がいる――あんたたちがアンチモンと呼んでいるやつだ。彼女には卵を守る気はないが、その気になれば守ることはできる。彼女のアラバスターにかれらが手を出したら、まちがいなく守るだろう。ほかの連中はそれを知っていて、用心深くなっている。そんな必要はないのに。

かれらが恐れるべきなのはこのわたしだ。

わたしはあんたのそばを離れたその日にかれらのうちの三人を殺した。あんたがイッカと一本のメローを交互に吸っていたあのとき、わたしはイッカの石喰いをバラバラに引き裂いた。イッカがラスターと呼び、あんたはルビー・ヘアと呼んでいた赤毛の生きものだ。奪うためだけに潜りこんで、なにもよこさない、汚らわしい寄生虫め！　わたしは彼女を軽蔑している。われわれはよいことをするために生まれてきたんだ。それからアラバスターをつけまわして、アンチモンが気をゆるめたらすぐさま飛びかかろうとしていたやつら二人を襲った――ただし、アンチモンが助けを必要としていたからではない、ただたんにわが種属はあそこまでの愚かさが許せないからそうしたまでのこと。わたしはわれわれみんなのためにかれらを淘汰《とうた》したんだ。(気になるようならいっておくが、じつはかれらは死んだわけではない。われわれは死ねないんだ。一万年後になるか一千万年後になるかわからないが、かれらはわたしがバラバラに散乱させた原子から、元の自分を再構築させる。みずからの愚かさを長い時間をかけて熟慮し、つぎはもっとちゃんとやろうという考えに至るわけだ。)

この最初の殺戮《さつりく》でほかの連中の多くは逃げだした——屍肉喰いはじつは臆病者なんだ。しかし、遠くへはいかない。近くに残っている連中のなかに数人、話し合おうといってくるやつがいた。われわれ全員にとっていい話だという。たとえひとりでも可能性のあるやつがいればと思うが……なかにはアラバスターでなくあんたを見張っているやつが何人かいることがわかった。

わたしがかれらのまわりを回って慈悲の心もなくはないというふりをすると、かれらは白状した。かれらはもうひとりの古株のことを持ちだした——大昔のある争いがらみで、わたしも知っているやつだ。彼もわが種属の将来はこうありたいという展望を持っている。わたしのとは正反対の展望だ。彼はあんたのことを知っているんだ、わたしのエッスン、そして隙あらばあんたを殺そうとしている。あんたが、アラバスターがはじめたことを完結させようとしているからだ。わたしがいるから、彼はあんたには手を出せない……が、あんたが自滅するように仕向けることはできる。彼はもう自分の手助けをする貪欲《どんよく》な人間たちを北のほうで見つけて味方につけている。

ああ、これはわれわれの、ばかげた戦いだ。われわれはあんたの種属をいとも気安く利用する。あんたさえもだ、わたしのエッスン、わたしの宝、わたしの人質。いつかあんたがわたしを許してくれる日がくるといいのだが。

14　あんたは招かれている！

魔法をエネルギー源にした古代のサバイバル・シェルターの画一的な白い光のなかで、六カ月がすぎる。ここにきて数日後から、あんたは疲れると布で目隠しをして、自分なりの昼と夜をつくるようにしているのだが、まあまあうまくいっている。

トンキーの腕は、いっときひどい感染症を起こし、レルナがつくったごく基本的な抗生物質では抑えきれないかと思えたが、どうにか乗り切って再接着に成功する。命は助かったものの、熱がさがって赤味を帯びた感染ラインが薄れても指の動きは少々鈍いままだし腕全体に軽い幻肢痛や感覚麻痺《まひ》が残ってしまう。レルナはこれは治ることはないと考えている。トンキーはときどき、このことで呪いの言葉をつぶやくことがある。地層の試料採取やなにかをしている最中の彼女をあんたが見つけだして、無理やり〈革新者〉カーストの長《おさ》に会いにいかせるときはいつもそうだ。彼女の〝腕切り屋〟にたいする無礼が度を超すと、あんたはいつも、まず〈邪悪な地球〉のかけらが解き放たれて彼女の腕のなかを這《は》い進むことになったのは彼女自身のどうしようもない過ちのせいだということ、そしてイッカがまだ彼女を殺させずにいるのは、ひとえにあんたのおかげなのだから、いい加減黙ることを考えたほうがいいといってやる。そうすると彼女は口をつぐむものの、絶対に懲りない。スティルネス大陸では、なにひとつ変わることはない。

とはいえ……ときには変わるものもある。

レルナは怪物になってしまったあんたを許している。いや、完全にというわけではない。あんたと彼はまだティリモのことを気安く話すことはできない。それでも彼はトンキーの腕の手術をしている最中ずっとつづいていたあんたとイッカとの激しい舌戦を聞いていて、なにかを感じ取ったようだ。イッカはトンキーを診療台に寝かせて、そのまま死なせることを望んでいた。あんたはトンキーの命を救うために論争を仕掛け、勝利した。レルナは、あんたにとって死より重いものがあることを知ったわけだ。この評価を認めていいものかどうかあんたには判断がつかないが、古い友情がいくらかでも復活してほっとしているのはまちがいない。

フジャルカはトンキーを口説きにかかっている。トンキーのほうは最初は鈍い反応しか示さない。死んだ動物や本といった贈り物が、ずいぶんと砕けた「彼女のビッグな頭脳になにか歯ごたえのあるものが必要になったときのためにね」という言葉とウインクとともにアパートメントに届けられても、ただ困惑するばかりという感じだ。そこであんたは説明してやるしかない。フジャルカは、大柄な女が持つさまざまな価値観が複雑に組み合わさった結果、石にかんして社会に役立つ技術を持つ元コム無しは好ましい人物の最高峰を体現していると判断したのだというと、トンキーは一応いやそうな顔をして「気が散る」とか「一時の気まぐれだ」とか「ちょっと変わった趣味に走ってみたい」んだろうとかブツブツ文句を並べる。が、あんたはほとんどぜんぶ無視する。

問題を解決するのは本だ。フジャルカは本の背に長ったらしい単語が並んでいるのを選んでいるらしいが、あんたが家に帰るとトンキーが本に夢中になっているところに何度か出くわす。そしてついに、あんたが帰るとトンキーの部屋の入り口のカーテンがおりていて、トンキーがフジャルカに夢中になっているところ、というかそうだろうと思える音を耳にする。動きがままならない腕であそこまでできるとは、あんたも思っていなかった。いやはや。

たぶんこのカストリマとのあたらしい結びつきのようなもののせいだろう、トンキーはイッカにたいして自分の存在価値を証明しようとするようになる。（あるいはたんにプライドの問題なのかもしれない――トンキーは以前イッカに、いちばん勤勉な〈強力《ごうりき》〉のほうがよほどコムの役に立っているといわれて怒っていたことがある。）理由はなんであれ、トンキーは自分で考えたあたらしい予想モデルを評議会に持ちこむ――カストリマは動物性タンパク質の安定した供給源を見つけないと、一年以内に一部住人に動物性タンパク質欠乏症の症状が出るという予想だ。「まず鈍磨からはじまるだろうね」と彼女はあんたたち全員に説明する。「物忘れとか疲労感とか、そういうたいしたことのないものから。でもこれは貧血の症状なの。それが進むと認知症になったり、神経が傷ついたりする。その先は想像がつくでしょ」

肉の在庫がなくなってしまったコムにどんなことが起きるか、伝承学者が伝えてきた話は山ほどある。住人は体力が落ち、ひどく怯《おび》えるようになり、コムが攻撃にたいして無防備になる。そうならないための唯一の選択肢は人肉食だと、トンキーは説く。豆をもっと育てるだけでは足りないと。

この報告は有用な情報ではあるものの、誰もまともに耳を貸したがらず、イッカはこんな情報を表立って口にするトンキーをますますうとましく思うようになってしまう。集会が終わると、あんたはトンキーに礼をいう。誰もいわないから、あんたがいうしかないのだ。トンキーは下顎を少し突きだして答える。「だって、みんなが殺しあって共食いをするようになったら、研究をつづけられなくなっちゃうからさ」

あんたはオロジェンの子どもたちの訓練をテメルにまかせている。テメルは大人のオロジェンだ。子どもたちは彼は教え方があまりうまくないと文句をいっている――あんたのような凄い技ができるわけではないし、教え方が甘い分、上達しないという。(どうせならやっているときに聞きたかったが、それでも高く評価されるのはうれしいものだ。)あんたはテメルの代わりとしてカッターを訓練しはじめる。彼が、トンキーの腕をどうやって切断したのかと質問してきたあとのことだ。魔法を知覚したりオベリスクを動かしたりするのは彼には無理だろうとあんたは思っているが、少なくとも一指輪相当の力を持っているのはたしかだから、二指輪か三指輪にできるかどうか見てみたいという気持ちもある。とくにこれといって理由があるわけではないが。高レベルのことを教える分にはあんたがアラバスターから受けている訓練には支障がないはずだ――少なくともアラバスターから文句は出ていない。あんたはやる気だ。教える楽しさが恋しいのだ。

(あんたはイッカに技の交換を申し出る。彼女が訓練になんの興味も示さないからだ。あんたとしては彼女の技のノウハウを知りたいのだが、彼女は「お断り」といってウインクしてみせる。が、ただじらしているわけではないようだ。「いつかあんたに凍らされちゃったりしないように、トリックの種は袖のなかに隠しておかないとね」)

志願者で構成された交易団がテッテヒーのコムめざして北へ向かう。が、そのまま帰ってこない。イッカはもう交易団は派遣しないと決め、あんたも反対はしない。行方不明になった一行のなかに、前に訓練したオロジェンの若者がいたからだ。

しかしこの六カ月のあいだに、カストリマは食料供給問題以外に人口増加問題も抱えることになる。ひとりの女が無許可で妊娠してしまう。これは大問題だ。赤ん坊は何年も先までコムにはなんの貢献もしないし、どんなコムも〈季節〉のあいだは役立たずの人間を何人も養うような余裕はない。イッカは夫婦二組からなるその所帯は、年寄りか虚弱者か、誰かひとりが死んで、無許可で生まれた赤ん坊の分として回せるようになるまで、配給は増やさないと決める。これについてはあんたはイッカとまたひと悶着《もんちゃく》起こすことになる。理由は、イッカがその女に無造作にいった「それほど待たなくてもいいはずだ」というひとことがアラバスターのことをいっていると、あんたにははっきりわかったからだ。イッカはいっさい、いいわけしない——彼女は、自分はまさにアラバスターを念頭においてそういったのだし、早く死んでほしいと思っている、なぜなら少なくとも赤ん坊にはこの先役に立つ見込みがあるから、といってはばからない。

このあんたとイッカの怒鳴り合いからは思いがけない成果が二つ得られた——あんたが陸屋《ろくや》

根《ね》のどまんなかで精一杯の大声で怒鳴っても小さな揺れひとつ起こさないのを見て、みんなのあんたにたいする信頼度があがったことと、〈繁殖者〉たちがこの論争に決着をつけようと、赤ん坊に味方すると決めたことだ。赤ん坊が五体満足で生まれたらかれらの用役《ようえき》カーストに加えるという条件つきだが、近年の血統が望ましいものだということから、かれらは自分たちの子ども割り当てひとり分をその一家に与えるという。生まれる権利と交換にコムとカーストのために生殖可能な期間を子どもを量産することに捧《ささ》げる、これは高い買い物ではない、とかれらはいい、母親は同意する。

いうまでもなくイッカはこれまでタンパク質をめぐる現状をコムの誰とも共有していなかった。さもなければ〈繁殖者〉が他人をかばうようなことをするわけがない。（トンキーは独力で導きだしたのだ。）イッカはこの問題にほかの解決法がないことがはっきりするまで、誰にもいう気はないという。あんたもほかの評議会のメンバーも、しぶしぶ同意する。まだ一年あるということで。ところがイッカが沈黙しているせいで、あんたが体力回復の最後の仕上げをするためにトンキーを家に連れて帰った数日後のこと、男の〈繁殖者〉があんたをたずねてくる。その〈繁殖者〉は灰噴《はいふ》き髪とがっしりした肩、青みがかった黒目の持ち主で、あんたが健康な子を三人、それも強い力を持つオロジェンの子を三人産んだことにとても興味があるという。そしていろいろとあんたを褒めそやす。背が高くてがっしりしているとか、携行食だけで何カ月もの厳しい旅によく耐えたとか。そしてあんたは〝まだ〟四十三歳だと、それとなく本音を匂わせる。これを聞いてあんたはつい笑ってしまう。自分では世界とおなじくらい年寄りだと思っているのに、この可愛いおばかさんは、まだあんたは赤ん坊を量産できると思っているのだから。

あんたは遠回しの申し出を笑顔で断る……が、男とそんな会話をしたことで奇妙な感情が湧きあがってくる。不快なほど身に覚えがある感情。〈繁殖者〉が帰ると、あんたはコランダムのことを思い、カップを壁に投げつけて思い切り大声で叫ぶ。この騒ぎでトンキーが目を覚ます。そしてあんたはまた訓練を受けにアラバスターのところへ出掛けていくが、やり場のない怒りに身を震わせて黙って彼のまえに立っているだけなので、いっこうに埒《らち》があかない。そのまま五分がすぎる頃、アラバスターがうんざり顔でいう。「なにがあったのか知らないが、自分で解決するしかないんだぞ。わたしにはもうきみを止めることはできない」

あんたはもう負かしがたい相手ではなくなってしまった彼を憎む。そしてあんたを憎んでいない彼を憎む。

アラバスターはここ何カ月か、またひどい感染症に悩まされている。そして残された足をゆっくりと石化させていくことで生きながらえている。この自己導入外科手術とでもいうべきものは彼の身体に大きな負荷をかけることになるため、それでなくても少ない意識のはっきりしている時間は一回当たり三十分にまで縮み、そこにまたひとしきりの人事不省状態や断続的な眠りがちりばめられるというありさまだ。とにかく体力がないので起きているときでも耳を澄ましていないと声が聞こえないくらいだが、ありがたいことに数週間もやっていると聞き取りも楽になってきている。あんたは腕をあげていて、いまはあたらしくやってきたトパーズと前より簡単に接続できるようになっているし、アラバスターがどうやってスピネルをいつも近くに置いているナイフのような武器に変えたのか、少しわかりかけてきている。(オベリスクは導管だ。あんたは魔法が流れるように、そのなかを流れる、オベリスクとともに流れる。流れに逆らえば死んでしまうが、うまく共鳴すればいろいろなことができるようになる。)

だがそれと複数のオベリスクを鎖でつなぐこととのあいだにはまだまだ大きな隔たりがあるし、習得に時間がかかっていることはあんたも自覚している。アラバスターには、進み具合がのろすぎるといってあんたを罵倒する元気もないが、じつをいえばそんなことをする必要はない。日々衰えていく彼の姿が、あんたを突き動かすのだ。あんたは頭痛がして胃がよじれて、もうすべて放りだしてどこかへいって丸くなって泣きたいと思っていても、オベリスクの水のような光のなかに飛びこんで、何度も何度もオベリスクを押し動かそうと試みる。彼を見ているのは辛すぎるから、あんたは自分を押し殺して彼になろうと必死に努力する。

これには、ひとついいことがある――あんたに目的ができたことだ。おめでとう。

あんたは一度だけ、レルナの肩にもたれて泣く。彼はあんたの背中をさすって、ひとりで悲しむことはないんだよとやさしく態度で示してくれる。それは誘いなのだが、情熱からというよりは親切心からの誘いだから、あんたは無視しても罪悪感を覚えることはない。いまのところは。

こうして物事は一種の平衡状態に落ち着く。休息の時間でもないし、苦闘の時間でもない。あんたは生きのびる。〈季節〉においては、この季節においては、それ自体が勝利だ。

そしてホアがもどってくる。

§

それは悲しみとレースの日の出来事だ。悲しみというのは、また〈狩人《かりゅうど》〉が命を落としたことを指している。めったにとれない獲物――無事に冬眠できるとはとても思えないほど痩せこけた熊で、死に物狂いで攻撃してきたが、あっさり仕留められてしまった――それをコムに持って帰る途中、こんどは〈狩人〉一行が襲われたのだ。矢とクロスボウの太矢を雨あられと射かけられて三人が死んだ。生き残った二人は襲ってきた相手の姿を見ていなかった――矢は四方八方から飛んできたように見えたという。二人は首尾よくその場を逃れたが、一時間後、できれば仲間の遺体と貴重な熊の骸《むくろ》を捜しだそうと現場にもどった。驚いたことにすべてが襲撃者にも屍肉《しにく》喰いにも荒らされずにそっくりそのまま残っていた――が、死者とともにあるものが残されていた。汚いぼろ切れを結びつけた棒が地面に突き刺してあったのだ。ぼろ切れはしっかりと結わえつけてあって結び目が大きくふくらんでいた。ほつれた結び目になにかがはさまっているのだ。

あんたがイッカの集会室に入っていくと、ちょうどイッカがその結び目を切ろうとしているところだった。カッターがそばで見ていて、緊張した声で忠告している。「どう考えても危険だ、いったいなんなのか――」

「どうってことないさ」とイッカはつぶやいて、結び目を切る作業に集中している。とても慎重にいちばん太いところを避けているのは、そこになにか入っているからだ――なんなのかあんたにもわからないが、でこぼこした塊《かたまり》で軽そうだ。集会室はいつもより混み合っている。生きのびた〈狩人〉のひとりもきているからだ。灰と血にまみれていて、その顔からは仲間がなぜ死んだのか絶対に突き止めてやるという決意がうかがえる。あんたが到着するとイッカはちらっと顔をあげて確認するが、すぐに作業にもどる。彼女がいう。「うまくいかなかったら、あたしの面目は丸潰れだ。そうなったら、カッツ、あんたがあたらしい長だよ」

カッターは面食らって口をつぐみ、彼女は作業に専心して、無事、作業を終える。元は真っ白だった布についている輪っかや房はレースで、あんたの推量が正しければ、婆《ばば》さまが見たら貧乏暮らしを嘆いたにちがいない高級なものだ。縒《よ》りをかけた房がビリッとほどけると、そのなかに小さく丸めた革が入っている。メモだ。

いい、いい、レナニスへようこそ、と木炭で書いてある。

フジャルカが悪態をつく。あんたは長椅子に腰をおろす。床よりましだし、とにかくどこかにすわらずにはいられなかったからだ。カッターは信じられないという顔をしている。「レナニスは赤道地方にあるんだぞ」と彼がいう。つまり、もう消えてなくなっているはず――あんたがアラバスターから聞いたときとおなじ反応だ。

「本来のレナニスじゃないのかもしれない」とイッカがいう。彼女はまだ革の切れ端をひっくり返したり、ほんものかどうか見極めようというのかナイフで木炭の部分をこすったりしている。「あそこの生き残りの連中がコム無しになって、山賊よりは少しましな程度で、故郷の都市の名前を使っているとか。でなければ赤道地方に憧れている連中が、本家が焼け落ちる前には名乗れなかった名前を、ここぞとばかりに名乗っているとか」

「なんだっていいわよ」フジャルカがぴしゃりという。「誰が書いたにしろ、これは脅迫よ。どうするつもり？」

一同はあれこれ推測し意見をぶつけあうが、だんだんとパニックめいた空気が強まっていく。これといった計画がまとまるわけでもなく、あんたはイッカの集会室の壁に寄りかかる。彼女のアパートメントがある水晶の壁だ。水晶の柱が生えでている晶洞《しょうどう》の外殻につながる壁。晶洞の外殻はオベリスクではない。コントロール室にあるチラチラ光る水晶柱の一部ですら感じられてしかるべきパワーが感じられない――オベリスクのような非現実的な状態にあるとはいえ、ほんもののオベリスクとの共通点はそこだけだ。

だがあんたはあることを思い出す。ずっと昔、いまは真っ黒に燃え尽きた廃墟《はいきょ》と化している海辺のコムでのことだ。夕暮れどきのガーネット色の陽射《ひざ》しのなかで、アラバスターはつぶやいていた。陰謀のこと、見張られていること、そしてどこにも安全な場所はないと。壁を通して誰かが聞いていたかもしれないというんですか？　壁を、石そのものを通して？　とあんたはたずねた。昔は、彼がすることはまさに奇跡だとあんたは思っていた。

そしていまあんたは九指輪だとアラバスターはいう。そしていまのあんたは奇跡はたんに努力の問題、知覚の問題、そしてたぶん魔法がかかわっていることなのだと知っている。カストリマは古い堆積岩のまんなかに位置していて、その堆積岩のなかには遙《はる》か昔に死に絶えて砕けやすい木炭に変わってしまった森が血管のように走っている。そしてそのすべてが、まだ癒えていない古い断層の傷が交差する場所の上でかろうじてバランスを保っているのだ。晶洞は、いくらぶざまに地層のまんなかに詰めこまれているとはいえ、とにかく長いことここにあるので、いちばん外側の層はその場の鉱物と完全に融合している。そのおかげであんたは意識をカストリマの外へ苦もなく推し進めていける。意識は混じりけのない溶岩のように先細りしながら押しだされていく。これは円環体をひろげていくのとはちがう――円環体はあんたの力で、これはあんたそのものだ。こっちのほうがむずかしい。だが、力では感じ取れないことが感じ取れるし――。

「ちょっと、起きなさい」とフジャルカがあんたの肩を押す。あんたはふっとわれに返って彼女をにらみつける。

イッカが唸《うな》る。「フジャヤ、いつかいおうと思ってたんだ、ハイレベルのオロジェニーを邪魔するとどういうことになるか。あんただって想像はつくだろうけど、血なまぐさい話を微に入り細を穿《うが》ってしておきたいんだ。そうすれば抑止効果があるかもしれないからさ」

「彼女はただそこにすわってただけよ」フジャルカがふくれっ面で椅子に深くすわり直す。「で、あなたたちはみんな彼女を見ていただけ」

「わたしは北を聞こうとしていたのよ」あんたはピシリという。その場にいる全員が、頭がおかしいのか、という顔であんたを見ている。邪悪な地球、ここにひとりでもフルクラム仕込みの人間がいてくれたら。とはいえ、これはフルクラムでも上級者にしかわからないことだ。

レルナが思い切ってたずねる。「聞くって……大地を？　地覚するということですか？」

言葉で説明するのはとてもむずかしい。あんたはゴシゴシ目をこする。「いいえ、聞くの。振動。つまり、音はすべて振動なんだけれど……」みんなの表情がますます困惑したものになっていく。状況を説明しなければならないようだ。「北にはまだノード・ネットワークが残っているの」とあんたはいう。「アラバスターがいったとおりだった。赤道地方のほかの部分は大混乱になっているのに、そこだけ平静を保っている不動の領域があって、地覚《ちかく》しようと思えばできる。誰かがいまもかれらを、レナニスのまわりのノード保守要員を生かしつづけているの。だから――」

「だからほんものということか」カッターが不安げにいう。「赤道地方の都市が本気でわれわれを傘下に引き入れることにしたということだな」

「赤道地方人は引き入れるなんてことはしない」とイッカがいう。手にした革の切れ端を見つめたまま話す彼女の顎はこわばっている。「かれらは古サンゼ、というかそのなごりだ。サンゼがなにか取りもどしたいと思ったら、奪うだけだよ」

張り詰めた静寂がおりたあと、また静かに場が混乱しはじめる。むだに言葉が飛び交う。あんたは溜息《ためいき》をついてこめかみをゴシゴシこする。ひとりならもう一度やってみるのにと思わずにはいられない。さもなければ……。

あんたはまばたきする。さもなければ。あんたは宙に浮かぶトパーズの潜在的な力を地覚する。トパーズは半年前から灰の雲に見え隠れしながらカストリマ上空を漂っている。邪悪な地球。アラバスターはただたんに大陸の半分を地覚しているわけではない――スピネルを利用しているのだ。あんたはオベリスクを利用して地覚範囲をひろげることなど考えたこともなかったが、彼は呼吸するように自然にやっている。

「誰もわたしにさわらないで」とあんたは静かにいう。「誰も話しかけないで」みんなが了解したのかどうかたしかめもせずに、あんたはオベリスクのなかに飛びこむ。

（なぜかというと、まあ、あんたの気持ちのどこかにそうしたいという思いがあったから。何カ月ものあいだ、上へ落ちていく水と奔流の力の夢を見ていたからだ。あんたの種属について誰がなにをいおうが、あんたはただの人間だ。自分に力があると感じるのは気持ちがいいものだ。）

そしてあんたはひと呼吸するまもなくトパーズのなかにいて、トパーズを通してあんた自身を世界中にひろげていく。トパーズは空中にあるから、トパーズは空気だから、あんたは地中にいなくていい――トパーズは固体性を超越した状態で存在しているから、あんたも超越することができる。あんたは空気になる。そして灰の雲のなかを漂い、眼下を流れていくスティルネス大陸を見ている。地形図さながらの山脈、死にかけた森、糸のような道路。〈季節〉がきて何カ月もたったいま、そのすべてが灰色だ。大陸が小さく見えて、あんたはこれならあっというまに赤道までいける、と思うが、そう考えると少し怖い気もしている。理由はわからない。この力にわくわくする気持ちと、この力を使って世界を破壊してやろうという気持ちのあいだにはどれくらいの飛躍があるのだろう、という思いが頭に浮かぶが、あんたはそれ以上考えないようにする。（アラバスターもおなじことを感じていたのだろうか……？）だがあんたには義務がある、もう接続している、完璧に共鳴している。だからとにかくあんたは北へ向かって進んでいく。

だがあんたはすぐに、ぎくしゃくと動きを止める。赤道よりずっと近くに、あんたの注意を引くものがあったのだ。あまりにも衝撃的で、あんたはたちまちトパーズとの緊密な連携を失ってしまうが、それでもあんたはとても運がいい。ガラスが砕け散る一瞬ほどの間にあんたはオベリスクが持つ力の身震いするほどの壮大さを感じ、あんたが生きのびられたのは運よく共鳴できていたから、そして遙か昔に死んでしまった設計者があんたのようなまちがいを犯す者が出てきた場合に備えて用心怠《おこた》りなく手を打っておいてくれたからにほかならないと悟る。そしてつぎの瞬間には喘《あえ》ぎながら自分自身のなかにもどり、頭に浮かんだ言葉がなにを意味しているのかよく思い出せないうちに口にしている。

「焚《た》き火」とあんたはいう。少し息が荒い。レルナがやってきてあんたのまえにしゃがみこみ、あんたの脈をとる——が、あんたは彼を無視する。これは大事なことだ。「盆地」

イッカはすぐに理解してピンと背筋をのばし、顎を引き締める。フジャルカもだ——彼女はばかではない。さもなければトンキーが部屋に泊めるはずがない。フジャルカが悪態をつく。レルナは顔をしかめ、カッターはますますわけがわからずに困惑しながらみんなを見まわしている。「それでなにがわかるっていうんだ？」

まぬけなやつだ。「軍隊よ」落ち着きを取りもどしたあんたはピシリという。だが。言葉がうまく出てこない。「い、いるのよ……錆《さ》び軍隊が。盆地の森に。地覚できたの。焚き火が」「数は？」イッカはもう立ちあがって棚の長ナイフをひったくり、太ももにベルトで留めている。フジャルカも立ちあがり、イッカのアパートメントの戸口までいってカーテンを開ける。彼女が大声でエスニを呼ぶのが聞こえる。エスニは〈強力〉の長だ。〈強力〉は偵察に出たり〈狩人〉の補充要員になったりすることもあるが、こういう場合にはコムの防衛が第一の任務になる。

あんたはオベリスクのなかにいるときにあんたの意識を刺激した小さな熱の点がいくつあったのか数えきることはできなかったが、なんとか見当をつける。「百くらいかな？」だがそれは焚き火の数だ。ひとつの焚き火のまわりに何人くらいいるのだろう？　六、七人、とあんたは推測する。ふつうの状況なら、たいした数ではない。しかるべき四《よ》つ郷《ごう》知事なら比較的短時間のうちにその十倍程度の兵を戦闘配置につけることができる。しかし〈季節〉のあいだは、そしてカストリマのような小さな、人口もたいして多くないコムにとっては、五、六百人規模の軍隊は大きな脅威だ。

「テッテヒー」カッターがそうつぶやいて椅子に深くすわり直す。いつもより顔色が悪い。だがあんたは彼のひとことですべてを悟っている。六カ月近く前、盆地の森に警告として串刺しの死体が並んでいた。テッテヒーのコムは盆地の向こうの河口近くにあり、その川はカストリマの領土内を通って、最終的には南中緯度地方屈指の大きな湖まで通じている。もう何カ月もテッテヒーからはなんの音沙汰もないし、ここから先へ立ち入るなという警告の向こうへ送りこんだ交易団は帰ってこなかった。この軍隊はその頃、テッテヒーを襲ったのにちがいない。そしてしばらくそこで手間取ったのち、偵察の一行を送りだして領土を示す印を残したのだろう。貯蔵品を補充し、武器を修理し、傷を癒やした。もしかしたら戦利品の一部を遙か北のレナニスにまで送ったりしたかもしれない。そしてかれらはテッテヒーを新領土として同化し、進軍を再開している。

そしてなぜかここにカストリマがあることを知り、やあ、と挨拶している。

イッカも戸口へ向かい、フジャルカといっしょになって大声で叫ぶと、数分後には誰かが揺れ警報を鳴らして各世帯の長は陸屋根に集合と叫びはじめる。あんたはカストリマの——このロガだらけのコムの——揺れ警報を聞くのはこれがはじめてだが、低音でリズミカルでブザーの音に似ていて、思ったよりうるさい。なぜなのかはわかる——水晶の構造物が並ぶどまんなかで鐘を鳴らすのはおよそ最良の策とはいいがたい。にしても、だ。あんたもレルナもほかの面々もイッカのあとにつづいて動きだす。イッカはロープの橋をわたり、太い水晶柱二本のまわりを回って大股で進んでいく。険しい顔で、口を真一文字に結んでいる。陸屋根に着くと、もうけっこうな人数が集まっていて、イッカが誰かに錆び警報を止めるよう大声で指示すると実際に警報が止まる。すっぱりとたいらに切られた水晶の上には、不安げにささやきあう住人がびっしりと集まっていて危険なほどだ。手すりはあるが、それでも用心するに越したことはない。フジャルカがエスニに声をかけると、エスニが住人たちのまんなかにいる〈強力〉たちに指示を飛ばし、〈強力〉たちは手際よくとはいえないが、群衆をあともどりさせはじめる。恐ろしい悲劇が間近に迫っているかもしれないのに、そこから人々の目をそらしてしまうような恐ろしい悲劇を引き起こしてはならないからだ。

イッカが両手をあげて注目をもとめると、すぐに全員が口をつぐむ。「現在の状況を」と彼女は切りだし、三つ四つの簡潔な文章で、すべてを余すところなく伝える。一方、住人たちはといえば、ハッと息を呑んだり不安げにささやきあったりするだけで、パニックに陥ったりはしない。そんなカストリマの住人にも、あんたは尊敬の念を抱く。だが考えてみると、かれらはみんな鈍感な善きコム人だ。スティルネスでは昔から、恐怖や怯えをおもてに出すのは芳《かんば》しくないこととされている。伝承学者が伝える話には、恐怖を克服できない者にまつわる恐ろしい警告が山ほど出てくるし、そういう人間にたいしては、そんな問題をものともしないほどの金持ちか影響力のある人物でもないかぎり、コム名を名乗ることを許されないのがふつうだ。ひとたび〈季節〉がめぐってくると、そういう態度は影を潜めがちになる。

「レナニスは大都市よ」イッカの話が終わると、ひとりの女がいう。「ユメネスの半分くらいだけれど、それでも人口は何百万人にもなる。そんなところと戦えるの?」

「〈季節〉なんだから」とイッカより先にフジャルカが答える。イッカがじろりとにらむが、フジャルカは無視する。「選択の余地はないわ」

「戦える。カストリマがどういうつくりになっているか考えてごらん」イッカがつけ加える。

ダメ押しでフジャルカをにらんで口を封じている。「敵はこっちの背後から襲うことはできない。いざというときにはトンネルを塞いでしまえばいい——そうすれば誰もここへおりてくることはできない。あとはじっとしてやりすごすんだ」

だが、永遠にというわけにはいかない。貯蔵庫や水耕栽培園のものが不足してきて狩りや交易が必要になったら閉じこもってはいられない。それをいわないイッカを、あんたは尊敬する。住人のあいだにいくらかほっとした空気がひろがる。

「ここより南にある同盟コムに伝令を送る時間はあるんですか？」とレルナがたずねる。物資補給の問題をなんとか回避しようとしているのだと、あんたは感じる。「どこか助けてくれそうなコムはあるんですか？」

二つめの質問をイッカはふんと鼻であしらう。おなじ反応を見せる者はほかにも大勢いるし、なかには彼に哀れみの眼差《まなざ》しを投げる者もいる。〈季節〉だからな。しかし——「交易は助けになるかもしれない。非常時に不可欠な貯蔵品や医薬品をできるだけ大量に確保できれば、包囲にたいする備えもより万全なものになる。盆地の森を横断するのに少人数の集団なら何日か、大集団ならたぶん数週間はかかるだろう。強行軍で進めばもっと早いだろうが、知らない土地で無理を重ねるのは愚かだし危険だ。偵察隊がうちの領土に入りこんでいるのはわかっているが……」あんたをちらりと見る。「残りはどのへんまできているんだ？」

いきなりの質問だったが、あんたは答えを知っている。「本隊は串刺しの近くにいたわ」盆地の森を半分ほど進んだところだ。

「何日かできてしまうぞ」誰かがいう。動揺した甲高い声で、そのつぶやきがほかの住人たちにも伝染していく。ざわめきが大きくなっていく。イッカがふたたび両手をあげるが、こんどは口をつぐむのは群衆の一部だけで、あとの連中は推測や計算をやめようとせず、数人、群衆から離れて橋のほうへ向かう者もいる。自分たちなりの計画づくりに余念がないようだ。イッカの話など、もうどうでもいいのだろう。無秩序状態というわけではないしパニックが起きているわけでもないが、あたりの空気にはかすかに苦みを感じるほどの恐怖の匂いが漂っている。あんたは立ちあがって群衆のまんなかにいるイッカのところへいこうとする。静粛をもとめる彼女の隣に立って加勢するためだ。

が、あんたはすぐに立ち止まる。あんたがいこうとしている場所に誰かが立っているからだ。アンチモンともルビー・ヘアとも、いやあんたがコムまわりでときどき見かけるどの石喰い《いしくい》ともちがう。石喰いは、どういうわけか、動くところを見られるのを嫌う——ときどきなにかがぼんやり見えたと思うと、そこに彫像が立っていて、あんたを見つめている。まるで誰かがずっと昔につくった見知らぬ人物の彫像が最初からそこに立っていたかのように。

この石喰いは回転している。回転しつづけていて、みんなにその姿を見せ、回転する音を聞かせ、見つめている。あんたはやっとそれが実在していることを心に銘記する。灰色の御影石《みかげいし》の肉体、それと一体化したなめらかな髪、ほかよりほんの少し光沢の強い目。念入りに彫られたことを思わせる下顎の長さと重量感。たいていの石喰いは人が服を着た姿をとるものだが、この石喰いのトルソは人間の男の筋肉が見事に再現されている。あきらかに男性と思ってほしいのだろう。ならば男ということにしよう。彼は全身が灰色で、まさに彫刻にしか見えない。あんたとしてははじめて見るタイプだ。彫刻にしか見えないのだが……動いている。誰もがぎょっとして沈黙するなか、動きつづけている。そして口元にかすかな笑みを浮かべて、あんたたち全員を魅了している。手になにか持っているようだ。

あんたは回転する石喰いに目を凝らし、彼が持っているのは妙な形の血まみれのものだと見定めると、ここ何カ月かの経験がものをいって、突如、それは腕だと気づく。小さな腕だ。その小さな腕は一部が布にくるまれている。見覚えのある布。ずっと前に旅の途中であんたが買った上着の布。真っ赤に血塗られた人間とは思えないほど白い手にも見覚えがあるし、その大きさも見慣れたものだ。血まみれの腕の端から突きでている砕けた骨はガラスのように透き通っていて、きれいな切子面《きりこめん》になっている。あれは骨とはまったくの別物だ。

ホアそれはホアあれはホアの腕

「伝言がある」と灰色の石喰いがいう。その声は耳に心地よいテノールだ。口は動いていない。声は彼の胸から響いてくる。とりあえずこれは正常なことだとあんたは感じる。血の滴る禍々《まがまが》しい腕に目が釘付けになっているいま、正常と感じられるものがあるとすればの話だが。

イッカがやっと動きだす。たぶん彼女もどうにかショック状態から抜けだしたのだろう。

「誰からの?」

彼がイッカのほうを向く。「レナニスからのだ」そういってまた向きを変える。視線が群衆の顔から顔へと移っていく。人間が相手とつながりを持とう、いいたいことをみんなに伝えようとするときとおなじだ。彼の視線は、まるであんたがそこにいないみたいにあんたをかすめて通りすぎていく。「われわれには悪意はない」

あんたは彼が持っているホアの腕をじっと見つめる。

イッカは彼の言葉を疑っている。「それで軍隊がすぐそばで野営しているわけ……？」

回転。彼はカッターも無視している。「食料はたっぷりある。頑丈な壁もある。われわれのコムに加われば、すべてあなたたちのものだ」

「どっちかというと、あたしたちはあたしたちのコムのままでいたいんだけどね」とイッカがいう。

回転。彼の視線がフジャルカの上で止まる。フジャルカは目をぱちくりさせている。「あなたたちのところには肉がないし、領土内の資源は枯渇している。一年後には共食いすることになる」

ざわめきがひろがる。イッカは心底落胆して、ふっと目を閉じる。フジャルカは裏切り者は誰だといいたげに憤懣《ふんまん》やるかたない顔であたりを見まわす。

カッターがいう。「われわれ全員そっちのコムに入れるのか？　用役カーストはそのままで？」

レルナがこわばった声でいう。「カッター、そんなことを聞いてなんになるのか、ぼくにはわかりません――」

カッターがレルナに鋭い視線を投げる。「赤道地方の都市と戦えるわけがないだろう」

「それにしても、たしかにばかげた質問だね」とイッカがいう。やけにやさしい声で額面どおりには受け取れないが、あんたは心のどこかで――あの腕にショックを受けて沈黙してしまっている部分以外のどこかで――イッカはこれまでレルナを擁護したためしがなかったと気づく。あんたは前からずっとイッカとレルナはお互いに相手のことがあまり好きではないらしいという印象を持っていた――彼女は彼にたいしてやけに冷たいし、彼は彼女にたいしてやけに弱腰だ。だからこれは重要な反応といえる。「あたしがかれらの立場だったら、まちがいなく嘘をつくね。あたしたちを北へ連れていって、酸性の間欠泉と溶岩溜《だ》まりのあいだにあるコム無し用の掘っ立て小屋に押しこめる。赤道地方のコムは前にもそういうことをしているんだ。とくに労働力が必要なときにはね。この話がそれとはちがうという証拠がどこにあるんだい？」

灰色の石喰いが首を傾《かし》げる。それとくちびるに浮かべた微笑とが相俟《あいま》って、驚くほど人間的な顔つきになる――ほう、よく気が回るな、という表情。「われわれは嘘をつく必要はない」彼は快活な口調でそういって、絶妙な間をとる。ふむ、うまいものだ。住人たちが視線を交わし、居心地悪そうに身じろぎしている――イッカは反論せず、窮屈な沈黙がつづく。イッカが反論しないのは、石喰いのいうとおりだからだ。

そして彼がつぎの蹴りを入れてくる。「しかしわれわれはオロジェンには用はない」

静寂。身体が固まるほどの衝撃。イッカが間髪《かんはつ》を容《い》れずひとこと放って静寂を破る。「地下《ちか》火《び》」カッターが目をそらせる。レルナの目が大きく見開かれる。この石喰いがいったいなにをしたのか察しがついたのだ。

「ホアはどこ?」しんと静まり返るなか、あんたはたずねる。いまのあんたはそれしか考えられない。

石喰いの目がすっとあんたのほうへ動く。動いたのは目だけで、顔はまったく動かない。石喰いにとってこれはふつうの身体表現だが、この石喰いにとっては派手な動きの部類だ。「死んだ」と彼がいう。「われわれをここまで案内してきたあとで」

「嘘よ」あんたは自分が腹を立てていることにさえ気づいていない。自分がなにをしようとしているのか考えてもいない。あんたは、るつぼにいたときのダマヤのように、海岸にいたときのサイアナイトのように、ただ反応しているだけだ。あんたのなかのなにもかもが結晶し鋭く尖《とが》り、あんたの意識は切子面を刻むようにしてカミソリさながらに研ぎ澄まされ、あんたがそこにあることさえほとんど気づいていなかった糸を織りあげていくと、トンキーの腕のときとおなじことが起こる——シュシュシュイーン。あんたは石喰いの手をすっぱりと切り落とす。

石喰いの手とホアの腕が床に落ちる。人々が息を呑む。血は出ていない。ホアの腕がズシンと大きな音をたてて水晶の床に落ちる——見た目より重いのだ——そして石喰いの手が腕から離れてもっと硬いガシンという音をたてる。手首の断面はほかの部分とおなじ灰色だ。

石喰いはなんの反応も示していないように見える。が、そのときあんたはなにかが合体していくのを地覚する。魔法の銀色の糸とおなじような感じだが、数がとても多い。すると、手がピクピク動き、糸で引っ張られたかのように宙を飛んで腕の先にもどる。ホアの腕は床に残されたままだ。そして石喰いが向きを変え、ついにあんたと正面から向き合う。

「元にもどれないほどバラバラにされないうちに出ていきなさい」あんたは大地のように揺れる声でいう。

灰色の石喰いがにっと笑う。満面の笑みだ。目尻にカラスの足跡ができ、ダイヤモンドの歯が見えている——それがなんとも驚いたことに、威嚇しているわけではなく、ほんとうに笑っているように見えるのだ。そして彼は水晶の表面を通り抜けて落ちていき、姿を消す。一瞬、あんたは半透明の水晶のなかに灰色の影をとらえるが、彼の姿はぼやけていて、もはや人間どきではなくなっている。が、それは角度のせいかもしれない。そしてあんたの目でも地覚器官でも追い切れない速さで彼は下降し、去っていく。

彼の退場劇の余韻がこだまするなか、イッカが大きく息を吸い、吐きだす。

「さてと」彼女が住人たちに向かっていう。自分の指揮下にあると信じている住人たちに向かって。「どうやら話し合いをする必要がありそうだね」不穏なざわめきがひろがる。

それはあんたの耳には入らない。あんたは急いでまえに出てホアの腕を拾う。それは石のように重たい——しっかり踏んばらないと腰を痛めそうだ。あんたがくるりと向きを変えると住人たちはさっと道を開け、レルナが「エッスン？」と呼ぶ声が聞こえる。が、あんたはそれも耳に入れたくない。

そう、糸があるんだ。あんたにしか見えない銀色の糸が腕の切断面からまえへ波打ち、よじれているのだが、あんたが向きを変えると同時に糸も向きを変える。糸はつねに一定の方向を指している。だからあんたはその方向へ進んでいく。誰もあんたのあとについてこない。それがなにを意味しているのか、あんたはまったく気にしていない。とりあえず、そのときは。

銀色の巻きひげはあんたをあんたのアパートメントまで導いていく。

あんたはカーテンを開けてなかに入り、立ち止まる。トンキーはいない。フジャルカのところか、上の緑色の部屋にいっているのだろう。あんたの目のまえの床の上に足が二本ある。血だらけの切断面からダイヤモンドの骨が飛びだしている。いや、床の上ではない――床のなかだ。一部が床に埋まっている。片方は太もものところまで。もう片方はふくらはぎのところまで。なにかにつかまっていて、上へ抜けだそうとしているかのようだ。あんたがジージャの古い燧石《フリント》ナイフと交換した敷物にべっとりと血で描かれた線が二本、平行に走っている。心配になるほどの出血量だ。その線はあんたの部屋へとつづいている。部屋に入ったあんたは、ホアの腕を落としてしまう。自分の足の上に落とさなかったのは運がよかった。

ホアの残りの部分が、あんたがベッド代わりにしている床置きのマットレスのほうへゆっくりと這い進んでいる。もう片方の腕もなくなっている。どこにも見当たらない。髪の毛もごっそりなくなっている。あんたが入っていくと、足音が聞こえたのか地覚したのか、彼は動きを止めてその場にじっと横たわる。あんたが反対側にまわりこんでみると、下顎が半分もぎとられている。目はない。そしてこめかみのすぐ上に……嚙み跡がある。髪の毛がないのはそのせいだ。なにかが、まるでリンゴをかじるように彼の頭に嚙みついて、肉とその下のダイヤモンドの頭蓋骨を傷つけたのだ。べっとりと血で覆われていて、彼の頭のなかになにがあるのか、あんたには見えない。見えなくて幸いだ。

ふつうならぎょっとするところだが、あんたはすでに事情を察していたから驚きはしない。あんたのベッドのそばには彼がティリモからずっと手放さずに持ってきた小さな布包みがある。あんたは走っていってそれを開け、彼の残骸のところまで持っていってしゃがみこむ。「仰向《あおむ》けになれる？」

彼はあんたの言葉に応えて仰向けになる。下顎がないのであんたは一瞬、躊躇《ちゅうちょ》するが、そんなことはどうでもいいと思い直して布包みに入っている石をひとつ、ぼろぼろに崩れたホアの喉に直接、押しこむ。反射作用で筋肉が石を飲み下すところまで指で押していく。指に触れるホアの筋肉は温かくて人間とおなじ感触だ。（あんたの胃のなかのものがあがってくる。あんたはそれを意思の力で押しもどす。）あんたがもうひとつ石を食べさせようとしていると、数呼吸後、彼の全身が激しく震えだす。あんたはまだ魔法を知覚していることを意識していなかったが、ふいにそのことに気づく、ホアの身体が銀色に輝く糸で活気を帯びてきたのだ。一本一本が伝承学者の話に出てくる海の生きものの、さわると刺される触手のようにしなったり丸まったりしている。何百本もある。あんたは警戒してあとずさるが、ホアが低い唸るような声を出す。もっとくれという意味なのだろうと察して、あんたはもうひとつ石ころを彼の喉に押しこむ。そしてもうひとつ、さらにひとつ。そもそもそれほどたくさんあったわけではない。あと三つというところまできて、あんたは躊躇する。「ぜんぶ欲しいの？」

ホアも躊躇している。身体の動きでわかる。なぜその石ころが必要なのか、あんたにはわからない。いまの彼は激しく動く魔法の糸でできていて、彼の全身がその糸によって活気づいている。こんなものを見るのはあんたもはじめてだ。ただ、その魔法の糸以外、彼の身体の傷がよくなっている気配はない。誰にしろ、これほどの傷を負って助かるものだろうか？　ここまでの傷が治るものだろうか？　どう考えても彼が人間とは思えない。だがついにまた彼が呻《うめ》くような嗄《しわが》れ声を出す。さっきよりも低くて太い音だ。運命に身をまかせることにしたのかもしれない。それともあんたが彼の動物的な身体から出た動物的な音に人間性を重ねてそう想像しただけなのか。とにかくあんたは最後の三つの石を彼の喉に押しこむ。

すぐにはなにも起こらない。が、やがて。

銀色の巻きひげが彼の身体のまわりで大きくうねり、凄い速さで膨れあがっていく。そのあまりの狂乱ぶりに、あんたはあわててあとずさる。魔法になにができるのか、あんたも少しは知っているが、この荒れようはなんの制御もされていないとしか思えない。それは部屋全体にひろがり、そして――そして、あんたは目を細める。見えるのだ。地覚できるだけでなく、見えている。ホアのすべてがいまや銀白色に光り輝き、あっというまに、じかに見ていられないほど輝きを増していく――これならスティルでも見えるにちがいない。あんたは居間に移動して、ドアの陰から寝室をのぞくことにする。そのほうが安全な気がするからだ。あんたが敷居を越えた瞬間、アパートメント全体が――壁も床も、水晶のあるところすべてが――一瞬、ぶるっと震えて、半透明に、オベリスクのような非現実的状態になる。寝室にあるものが、家具もなにもかも明滅する白い光のなかで宙に浮きあがる。うしろからやわらかいドシンという音が聞こえてあんたは飛びあがり、ふりかえる。見ると、ホアの足が二本、血の跡をたどってずるずると居間の床をすべり、寝室に入っていく。あんたが落とした腕もおなじで、もう彼を取り巻く輝く泥沼のそばまで近づいていて光りはじめている。そして灰色の石喰いの手が手首にくっついたのとおなじように、ひょいと跳ねあがって彼の身体にふたたび結合する。

なにかが床からするするとあがってくる――いや、ちがう。床が水晶ではなくパテかなにかのように持ちあがってきて、彼の身体を包んでいく。彼が自分の身体を床で包み終えると、光が消える――すると床の素材がなにか黒っぽいものに変わりはじめる。あんたがまばたきして残像を消すと、ホアがいた場所にはなにか大きくて奇妙な、ありえないものが存在している。

あんたは一歩、二歩と寝室に入っていく――用心しいしいなのは、床も壁も元の固さにもどっているようだが一時的な状態ということもありうるからだ。足元の水晶は、前はなめらかだったのにいまはザラザラになっている。そいつは部屋の大半を占めるほどの大きさで、ふたたび固体化した床に半分埋まったあんたのベッド――ぐしゃぐしゃになったベッド――の横に鎮座している。あんたの足に半分空になった避難袋の肩ひもが絡まる。幸いなことに無傷だし部屋に溶けこんでもいない。素早くかがみこんで避難袋をつかむ――サバイバル生活で身についた習慣のなせる業だ。地球火、寝室のなかは暑い。ベッドに火はついていないが、それはあの巨大なものに直接触れていないからにすぎないとあんたは考える。そいつがなんにしろ、あんたはそいつを地覚できる。いや、それがなんなのか、あんたは知っている――玉髄《ぎょくずい》だ。晶洞の外側の殻に似た灰緑色の玉髄の巨大な楕円《だえん》形の塊。

なにが起きているのか、あんたにはもうわかっている。そうだろう? 〈断層生成〉のあとのティリモのようすは話したんだからな。谷のいちばん奥で、揺れの衝撃波で晶洞が解き放たれて、卵のようにパカッと割れた。晶洞はずっとそこにあったわけではない、とあんたは察している――これは魔法だ。自然現象ではない。いや、まあ、両方が少しずつといってもいいのかもしれない。石喰いにとってはその二つは大差ないものだからな。

そして何時間かのち――あんたは居間のテーブルですごして、湯気を立てる岩塊をずっと見張るつもりが、けっきょく寝てしまったんだが――とにかく目が覚めると、またおなじことが起きる。晶洞が割れる音は、爆発が起きたかと思うほど凄《すさ》まじい。圧力の変化で生じたプラズマの閃光《せんこう》が渦巻き、あんたが部屋に残していたものすべてが焼け焦げたり溶けたりしてしまう。ただし避難袋は無事だ。あんたが拾っておいたからな。たいした直観力だ。

あんたはびっくりして飛び起き、ガタガタ震えている。そしてゆっくりと立ちあがり、寝室に入っていく。室内は高温で息をするのも苦しい。まるでオーブンのなかにいるようだ――が、熱気がふうっと流れてアパートメントの入り口のカーテンが大きくうねって開く。すると熱気がたちまち冷めて、危険ではない、ただ不快なだけの温度になる。

が、そんなことなどあんたはほとんど気づいていない。なぜなら晶洞の割れ目からあらわれたもの、最初はやけに人間っぽくなめらかに動いていたのに、あっというまに調整してあの見慣れた断続的な動きにもどっていくそれが……ガーネットのオベリスクのなかにいた石喰いだったからだ。

やあ、また会えたね。

§

われわれの立場はスティルネスの物理的完全性となんら変わるところなく盤石――めざすは長期生存というまごうかたなき重大事である。この陸地の保全はいかに地震活動を安定化できるかに大きく依存しているが、何者も逆らえぬ自然法則によって、その安定を図れるのはオロジェニー能力を持つ者だけである。かれらの奴隷的境遇に一撃を加えることは地球そのものに一撃を加えることにほかならない。よって、かれらが優良健全なる血統であるわれわれと一部類似しているとはいえ、またかれらの管理は奴隷と自由人双方のために愛情ある者がおこなわねばならないとはいえ、オロジェニー能力はどの程度であれその持ち主の人間性を否定するものと考えてしかるべきである。かれらはまさしく劣等種、従属種として保有されるべき存在なのである。

――オロジェニー能力を背負った者の権利にかんする声明
第二回ユメネス伝承会議にて採択

15 ナッスン、拒絶される

若い頃のことでわたしが覚えていることといったら、色だ。そこらじゅうにあふれていた緑。白い真珠光沢の輝き。深くて生きいきとした赤。この三つの色は記憶に残っているのだが、ほかのことはほとんどがおぼろげで消えかけている。これには理由があるんだ。

§

ナッスンはフルクラム南極地方支所のなかにある事務室で椅子にすわっている。急に、母親のことがこれまでになくよくわかりはじめたところだ。

シャファとアンバーが彼女の左右にすわっている。三人ともフルクラムの人間が出してくれた安全が入ったカップを手にしている。ニダは〈見いだされた月〉にいる。誰かが残って子どもたちを監督しなければならないし、彼女はいまふつうの人間らしいふるまいを取り繕うのがむずかしいという事情もあるからだ。アンバーは無口だから、彼がなにを考えているのか誰もわからない。話はシャファが一手に引き受けている。かれらは〝上級者〟と呼ばれる三人と話をするということでこの部屋に招き入れられたのだが、〝上級者〟がなにを意味するのかはわかっていない。この三人の上級者たちは黒一色の制服――きちんとボタンを留めた上着とひだの入ったズボン――を着ている。ああ、だから帝国オロジェンのことを黒上着と呼ぶんだ。かれらは全身に力と恐怖をみなぎらせている。

なかのひとりはまちがいなく北極地方人の血統で、髪は白くなりはじめた赤毛、肌はあくまでも白く、緑色の血管がくっきりと見えている。歯は馬のように立派でくちびるが美しいので、彼女がしゃべっているあいだ、ナッスンは彼女の口元から目が離せない。名前は蛇紋石《サーペンタイン》。まるで似つかわしくない名だ。

「もちろん、あたらしいグリットは入ってきていません」とサーペンタインがいう。どういうわけか彼女は話すときはかならずナッスンを見て両手をひろげる。その指がかすかに震えている。この会合がはじまってからずっとそうだ。「まさかそんなことになるとは誰も思っていませんでした。つまり、少なくとも、この安全なシェルターが非常に貴重な時期に、ここには誰も使う予定のないグリットの寮があるわけです。そこでわれわれは近隣のコムに親のない子を、まだ正式にコムの一員にはなれない幼い子どもたちを受け入れると伝えましてね。なかなかいいアイディアでしょう？　それで避難民を数人受け入れたので、地元と食料などの取引交渉をはじめざるを得なくなったわけです。ユメネスからはもう補給はないので……」表情が曇る。「まあ、そういうことで。おわかりいただけますよね？」

彼女は哀れっぽい声で話している。愛想よく笑みを浮かべ、態度も非の打ちどころがないのに、そんな声で話している。ほかの二人も思慮深くうなずいているが、そんな声を出している。とにかく哀れっぽい声だ。ナッスンには、なぜ彼女がこの人たちのことをそんなに気にするのかよくわからない。哀れっぽい声も、なんだか胡散《うさん》臭い雰囲気も、そこからきているのだろう——守護者がやってきて、かれらが不安をかきたてられ、恐れ、怒っているのはまちがいない。それでもうわべだけは礼儀正しくしている。そのようすを見て、彼女は母親を思い浮かべる。父さんやほかの人が近くにいるときにはやさしい愛情あふれる母親のふりをし、二人きりになると冷たくて怖い顔ばかりしていた母親。フルクラム南極地方支所が、それぞれ少しずつちがうとはいえ母親のような人の寄り集まりなのかと思うと、ナッスンの歯やてのひらや地覚《ちかく》器官がムズムズしはじめる。

そして、アンバーの氷のように冷たく静かな表情やシャファのとってつけたような親しげな笑みを見れば、守護者たちもおなじ気持ちなのだとわかる。「たしかに、よくわかる」とシャファがいう。そして手にした安全のカップを回す。濁った液体は当然、白いままだが、彼はまだひと口も飲んでいない。「地元のコムはきみたちが過剰人口に住まいと食を提供することに感謝しているだろうと思う。その過剰人口に仕事をさせることもわかってはいるだろう。壁の警備。畑の管理——」言葉を切って、いっそう大きく微笑《ほほえ》む。「いや、庭の管理だな」

サーペンタインが微笑みを返し、同僚たちが居心地悪そうに身じろぎする。ナッスンには理解できない。〈季節〉はまだこの南極地方を完全に制覇したわけではないから、コムが緑地に作物を植えたり壁に〈強力《ごうりき》〉を配置したりして最悪の事態に備えるのは正しいことのように思える。ところがどういうわけかフルクラム南極地方支所がこれをやるのは悪いこと、このフルクラムがこれまでどおりに機能しているのは悪いことなのだ。ナッスンは上級者が出してくれた安全を飲むのをさっきからやめている。安全を飲んだことはこれまでに二回しかなくて、大人としてあつかってもらっているような気分だったのだが——シャファは飲んでいない、ということはじつはいまは安全とはいえない状況なのかもしれないと思ったからだ。

上級者のひとりはナッスンの親類といっても通りそうな南中緯度地方人の女だ——背が高く、肌はほどほどの褐色、カールした豊かな髪、太いウエスト、どっしりしたヒップ、立派な太もも。紹介されたはずなのに、ナッスンはこの女の名前が思い出せない。三人のなかでいちばん若いが、オロジェニーはいちばん強く感じられる——長い指には指輪が六個。そしてついに微笑むのをやめたのは彼女だ。両手を組み合わせて顎をほんの少しつんとそらせる。これを見てナッスンはまた母親を思い出す。母さんはいつもそんなふうだった。ダイヤモンド並みに強情な芯にやわらかな威厳をかぶせた感じ。その強情さをおもてに出して、女がいう。「ご不満のようですね、守護者どの」

サーペンタインがたじろぐ。もうひとりのフルクラム・オロジェン、煌斑岩《ランプロファイアー》と自己紹介した男が溜息《ためいき》をつく。シャファとアンバーがまるで申し合わせたように首を傾《かし》げる。シャファは興味深そうにますます大きく微笑んで、「不満なわけではない」という。彼が単刀直入なものいいを喜んでいることがナッスンにはよくわかる。「驚いただけだ。なにはともあれ〈季節〉が宣言された場合、フルクラムの施設は閉鎖されるのが通常のプロトコルだからな」

「誰が宣言するのですか?」と六指輪の女がたずねる。「きょう、あなた方がいらっしゃるまで、その手の宣言をすべき守護者はここにはひとりもいませんでした。地元のコムの〈指導者〉たちの対応はさまざまです――〈季節令〉を発令したり、ロックダウンだけだったり、いつもどおりのところもあります」

「それで、もし全員が〈季節令〉を発令していたら」とシャファがいう。相手の答えはすでにわかっているが、それでも相手の口からいわせたいときのとても静かな口調だ。「ほんとうに全員、みずから命を絶っていたかね? きみがいうとおり、ここにはきみたちに代わってその件を処理してくれる守護者がいないわけだからな」

ナッスンは驚いて飛びあがりそうになるのをどうにか抑える。みずから命を絶つ? だが彼女はやはり未熟だからオロジェニーが昂《たか》ぶるのを制御しきれない。三人のフルクラム・オロジェンがいっせいに彼女に目をやる。サーペンタインがうっすら微笑んでいう。「気をつけてください、守護者どの」ナッスンを見ながらシャファに話しかけている。「わけもなく絶滅に追いやられると聞いて、あなたのお気に入りが不安を覚えているようですよ」

シャファがいう。「この子にはなにひとつ隠すつもりはない」その言葉が愛と誇りに満ちていることに、ナッスンは驚く。彼がちらりとナッスンを見る。「昔からずっと、フルクラムは近隣のコムの壁や物資に依存して、かれらのお情けにすがって存続してきた。そして〈季節〉のあいだはなんの生存能力もない存在であるからして、帝国オロジェンは物資の争奪戦からは身を引くのが当然とされている――正常な、健全な人々の生き残る可能性が高まるようにな」

ひと呼吸置く。「さらにオロジェンは守護者の監督外では、あるいはフルクラムの外では存在を許されていないわけだから……」そういって彼は両手をひろげる。

「われわれがフルクラムなのですよ、守護者どの」ナッスンが名前を忘れてしまった三人めの上級者がいう。この男は西海岸地方人の系統だ――細身で直毛、頬骨が高くて顎が少ししゃくれている。彼も肌が白いが瞳は黒く、醒《さ》めた目をしている。彼のオロジェニーは軽くていくつもの層をなしていて雲母《うんも》のような感じだ。「それにわれわれは自給自足生活をしています。物資を枯渇させるどころか近隣の共同体に必要なサービスを提供しているほどです。さらには――たのまれたわけでも代償を得るわけでもなく――〈断層生成〉の余震がはるばるこんな南の果てまで到達したときには揺れを軽減させることまでしています。この〈季節〉がはじまって以降、南極地方のコムのほとんどが深刻な被害を受けずにすんでいるのは、われわれがいたからなのです」

「それは感心なことだ」とアンバーがいう。「じつに如才ない。それできみたちは非常に貴重な価値ある存在になるわけだからな。しかし、きみたちの守護者がここにいたら、けっして許さなかっただろう。と、わたしは思うがね」

三人の上級者全員が固まる。「ここは南極地方支所です、守護者どの」とサーペンタインがいう。微笑んでいるが、目は笑っていない。「ユメネスのフルクラムの何分の一かの規模です――指輪持ちのオロジェンはわずか二十五人、あとは成人に近いグリットが五人ほどいるだけです。何人もの守護者が常駐していたことは一度もありません。巡回で立ち寄るかあたらしいグリットを送り届けにくるか、守護者が滞在するのはほとんどそういう機会だけです。〈断層生成〉以降はひとりもきていません」

「たしかに何人もの守護者が常駐していたことはない」とシャファがいう。「しかし、わたしの記憶では三人いたはずだ。ひとりはわたしの知り合いだ」言葉を切る。ほんの一瞬、遠くを見るような目つきになり、視線をさまよわせ、少し困惑した表情を浮かべる。「ひとりは知り合いだった記憶がある」まばたきする。そしてまた微笑む。「ところがいまはひとりもいない」

サーペンタインの顔に緊張が走る。上級者たち全員が緊張している。それを見ているナッスンの心の奥のムズムズが大きくなっていく。「ここは壁をつくる前に数回、コム無し集団に襲撃されて」サーペンタインがいう。「かれらはわたしたちを守り抜いて、勇敢な死を遂げました」

あまりにも見えすいた嘘なので、ナッスンはぽかんと口を開けて彼女を見つめてしまう。「まあ」シャファが安全のカップを置いて小さな溜息を洩《も》らす。「思ったとおりだったということのようだな」

これからどうなるのか、ナッスンも予想はしていた。シャファがとても人間業とは思えない速さで動くのを見たことはあるし、彼とアンバーのなかの銀がマッチの炎のようにパッと燃えあがり身体中にひろがるのもわかった。それでもナッスンが察知するひまもないうちに、シャファはサーペンタインめがけて突進して拳をその顔にめりこませている。

サーペンタインのオロジェニーは彼女とともに息絶える。だがあとの二人の上級者はつぎの瞬間には動きだしていて、ランプロファイアーは椅子ごともんどり打ってうしろに倒れ、アンバーの目にもとまらぬ正拳突きを逃れる。六指輪の女は袖から吹矢筒を引きだす。シャファの目が大きく見開かれるが、彼の手はまだサーペンタインの顔にめりこんだままだ——彼は女のほうに突進しようとするが、腕にはずっしりと死体がはまっている。女が吹矢筒をくちびるに当てる。

女が矢を吹くより早くナッスンは立ちあがり、地中にいて、女を一瞬にして凍らせるべく円環体を回転させはじめる。女は驚いてビクッと身を震わせなにかを収縮させてナッスンの円環体が完全に形づくられる前に砕いてしまう——これは彼女の母親が、訓練中に彼女がしてはいけないことをしたときに使った技だ。そう気づいて愕然《がくぜん》としたナッスンはよろよろとあとずさる。

母さんはここで、フルクラムで、この技を習った、フルクラム育ちのオロジェンはこうやって若いオロジェンを育てるんだ、母さんのことで知っていたことはぜんぶこの場所で汚れをつけられて、それからずっと汚れがついたままだったんだ——。

しかしナッスンの気がそらされていたのはほんの一瞬のことだ。シャファはついに死体を引き裂いて手からふりはらい、ひと呼吸する間に部屋を横切って吹矢筒をつかみ、ひったくったと思うと、女が体勢を立て直すより早く女の喉に突き立てている。女はがっくりと膝をつき、むせながらも本能的に大地に手をのばすが、そのときなにかが波のように部屋を渡り、ナッスンは突然なにひとつ地覚できなくなって喘《あえ》ぐ。女も喘いでゼイゼイいいはじめ、喉を掻《か》きむしる。シャファが女の頭をつかんで首をいっきにグイッとへし折る。

ランプロファイアーはずるずると這《は》ってあとずさり、アンバーがゆっくりと近づいていく。ランプロファイアーは服の、なにか小さな重いものが布地に留めつけられていたところを手探りしている。「邪悪な地球」と彼は口走り、上着のボタンをグイッとひねる。「おまえたちは汚染されている！　二人とも汚染されている！」

だが、彼もそこまでだ。アンバーの姿がぼやけたと思うとナッスンの頬になにかが飛んできて、ナッスンは身をすくめる。アンバーはすでに男の頭を踏み潰している。

「ナッスン」シャファがいう。六指輪の女の死体から手を離して、じっと見おろしている。「段丘で待っていなさい」

「は、はい、シャファ」ナッスンは答える。そしてごくりと唾を飲む。身体が震えている。それでも彼女はくるりと向きを変えて部屋から出ていく。サーペンタインの話だと、あと二十二人、指輪持ちのオロジェンがそのへんにいることになる。

フルクラム南極地方支所はジェキティの町とたいして変わらない規模だ。ナッスンは管理棟として使われている大きな二階建ての建物から出る。あたりには年長のオロジェンが住んでいるにちがいない小さなコテージがいくつかひとまとまりになっていて、大きなガラス張りの温室のそばには細長いバラックが数棟並んでいる。コテージもバラックも大勢の人間が出入りしている。黒服を着ている者はほとんどいないが、ふつうの格好をしていてもオロジェンではないかと感じられる者は何人かいる。温室の向こうにゆるやかに傾斜した段丘があり、小さく区切られた庭地がたくさん並んでいる——いや、庭というには区画の数が多すぎる。これは農園だ。ほとんどの区画には穀物や野菜がびっしり植えられていて、大勢の人間が働いている。いい天気だし、守護者が管理棟にいる者をひとり残らず殺そうとせっせと仕事していることなど誰も知らないのだからしかたない。

ナッスンは段丘の上の丸石を敷き詰めた小道をきびきびと歩いている。つまずかないようにずっと下を向いて気を張っているのは、シャファが六指輪の女になにかしてからなにも地覚できなくなってしまったからだ。守護者がオロジェニーを封じることができるのは前から知っているが、実際の感覚として経験するのはこれがはじめてだ。目と足だけで地面を認識して歩くのはけっこうむずかしい。しかもひどく震えているからなおさらだ。慎重に片方の足のまえにもう片方を出して進んでいると、いきなり誰かの足がそこにあって、ナッスンはあわてて立ち止まる。びっくりして身体が固まってしまう。

「ちゃんとまえを見て歩いてよ」女の子がとっさに文句をいう。痩せっぽちで色白だが、髪は剛毛、青みがかった灰色の灰噴き髪《はいふ》で、ナッスンとおなじくらいの年頃だ。そのままいってしまうかと思いきや、その子はナッスンの顔をじっと見て立ち止まる。「ねえ、顔になにかついてるわよ。虫の死骸みたいのが。気持ち悪い」女の子は手をのばして指で払い落としてくれる。ナッスンは驚いて小さくビクッと身を震わせるが、礼儀を忘れはしない。「ありがとう。あの、まえを見てなくて、ごめんなさい」

「大丈夫よ」少女はそういってまばたきする。「守護者があたらしいグリットを連れてきたっていってたけど、あなたがそうなの？」

ナッスンはとまどい顔で少女を見つめる。「グ、グリット？」

少女の眉があがる。「うん。訓練生？　未来の帝国オロジェン？」少女は、この会話にはまったく似合わない庭仕事の用具が入ったバケツを持っている。「〈季節〉がはじまる前は守護者が子どもを連れてきてたのよ。あたしもそうやってここにきたの」

かたちとしてはナッスンもそうだ。「あたしも守護者に連れられてきたのよ」と彼女はオウム返しに答える。なんの心もこもっていない。

「あたしもおなじ」少女が醒めた顔になり、そっぽを向く。「もう手の骨を折られた？」

ナッスンはウッと息を詰まらせる。

彼女がなにもいわないのを見て、少女の表情が苦いものに変わる。「うん。グリットはみんな、いつかはやられるの。手の骨か指の骨か」少女は首をふると、素早く大きく息を吸う。

「この話はしちゃいけないことになってるんだけど、誰になんといわれようと、あなたのせいじゃないのよ。あなたが悪いんじゃないの」また素早く息を吸う。「また会おうね。あたしはアジェイ。まだオロジェン名はないの。あなたの名前は？」

ナッスンはなにも考えられない。シャファの拳が骨を砕く音が頭のなかでこだましている。

「ナッスン」

「会えてよかったわ、ナッスン」アジェイは礼儀正しく会釈すると、段丘におりる階段のほうへ歩いていく。バケツをゆらゆら揺すってハミングしている。ナッスンはそのうしろ姿を見つめて、なんとか意味を理解しようとする。

オロジェン名？

もう手の骨を折られた？

理解したくないこともある。

ここで。この……フルクラムで。だから母さんはわたしの手の骨を折った。

ナッスンの手が幻想痛を感じてピクッと動く。彼女はまた母親が手にした石が上にあがっていくのを見ている。一瞬、止まる。おりてくる。

ほんとうに自分をコントロールできるの？

母さんがわたしを愛してくれなかったのはフルクラムのせい。

父さんがもうわたしを愛してくれないのはフルクラムのせい。

弟が死んだのはフルクラムのせい。

ナッスンは、アジェイがせっせと鍬《くわ》をふるう細身の年上の少年に手をふるのを見つめる。この場所、この人たち。存在する権利のない人たち。

サファイアはそう遠くないところにいる——彼女とシャファとアンバーがフルクラム南極地方支所に向かって出発した二週間前からずっとジェキティの上空に浮かんでいる。さすがに目で見るには遠すぎるが、地覚することはできる。彼女が手をのばすと、チラチラ明滅するようで、どういうわけかそうなると知っていることに気づいて、彼女は驚く。彼女は本能的にそれと向かい合う方向を向いていた。それは視線の先にある。それを使うのに目もオロジェニーも必要ない。

(かつてのシャファが存在していたなら、これはオロジェンが持って生まれた性質なのだと彼女に教えていたかもしれない。ナッスンたちは生来、あらゆる脅威にたいしておなじように反応する——圧倒的な破壊力で対抗してしまうのだ。かつてのシャファなら、コントロールの訓練の必要性を痛感させるために彼女の手の骨を折る前にこのことを話していただろう。)

ここは銀の糸だらけだ。オロジェンたちはともに訓練を受け、経験を共有して、みんなつながっている。

もう手の骨を折られた?

それは三回呼吸するあいだに完了する。そしてナッスンは淡い青の世界から外へ落ち、その場に立ち尽くして震えている。やがてナッスンがふりかえると、目のまえにシャファが立っている。アンバーもいっしょだ。

「かれらはここにいてはいけなかった」ナッスンは唐突に口走る。「あなたがそういったから」

シャファは微笑んでいないが、それでもナッスンがよく知っているいつものシャファのままだ。「つまり、われわれを手伝ってくれたということか?」

ナッスンは頭がろくに働かず、嘘をつくこともできない。だから首をふる。「この場所はまちがっているから」と彼女はいう。「フルクラムはまちがっているから」

「そうか?」これは試験だが、どう答えれば合格するのかナッスンには見当もつかない。「どうしてそう思うんだ?」

「母さんはまちがっていた。フルクラムのせいでそうなった。母さんはあなたの、あなたの、味方でなくちゃいけなかったのに」わたしみたいに、と彼女は思う、改めて気づく。「ここは母さんをなにかべつのものに変えてしまった」うまく表現できない。「この場所のせいで母さんはまちがってしまったの」

シャファがアンバーを見る。アンバーは首を傾げ、一瞬、二人のあいだで銀がチラチラと明滅する。二人の地覚器官に埋めこまれたものが奇妙なかたちで共鳴しているのだ。しかしシャファは眉をひそめ、ナッスンは彼が銀を押しもどすのを目の当たりにする。彼にとっては苦痛を伴うことだが、それでも彼はやりとげ、彼女を見つめる。その目はぎらぎらと光り、顎は固く引き締まり、額には玉の汗が浮かんでいる。

「おまえのいうとおりなのだろうと思う」彼はそれしかいわない。「つまりこういうことだ――人を檻《おり》に閉じこめると、人はそこから逃げだそうと必死になるだけで、閉じこめた相手に協力したりはしない。ここで起きたことは、避けられないことだったのだろうな」彼はアンバーを見る。「とはいえ、だ。かれらの守護者はたるみきっていたのにちがいない。オロジェンの一団に出し抜かれてしまったのだからな。あの吹矢筒を持っていた女……あれはおそらく野生で、ここへ連れてこられる前に教わってはならないことを教わっていたのだろう。彼女が弛みになったにちがいない」

「たるんだ守護者か」アンバーがシャファを見ながらいう。「そのとおりだな」

シャファがアンバーに微笑みかける。ナッスンは困惑して顔をしかめる。「われわれは脅威を打ち砕いたのだ」とシャファがいう。

「ほとんどな」とアンバーが同意する。

シャファは小首を傾げてわずかに皮肉な空気を漂わせながらそれに応えると、ナッスンに視線をもどす。「おまえがしたことは正しかったんだ。われわれを助けてくれてありがとう」

アンバーはずっとシャファを見ている。とくにシャファのうなじのあたりを。と、シャファがいきなりふりむいてアンバーをにらみつける。笑顔が固まり、身体は死人のように硬直している。ややあってアンバーが目をそらせる。そのときナッスンは、ああそうかと合点する。アンバーのなかの銀は動きを止めて静まっている。どんな守護者もふだんはそうだ。が、シャファのなかの煌《きら》めく糸は生きいきと活動していて、シャファを苦しめている。しかし彼はそれと戦っている。そして必要とあればアンバーとも戦う気でいる。

わたしのために? とナッスンは驚く。喜びがこみあげてくる。わたしのために。

と、シャファがしゃがみこんで彼女の顔を両手で包む。「大丈夫か?」と彼はたずねる。彼の目がちらっと東の空をとらえる。サファイアが浮かんでいる方角だ。

「大丈夫」とナッスンは答える。嘘偽りのない答えだ。オベリスクとの接続はこんどはずっと簡単だった。ひとつにはこんどは不意打ちではなかったから、そしてもうひとつには日々の暮らしのなかで突然、奇妙な出来事が起きるのに慣れてきたからということもある。コツはオベリスクのなかに自然体で落ちていくこと、一定のスピードを保って落ちつづけること、そしてオベリスクは大きな光の柱のようなものと考えることだ。

「うっとりするな」とシャファは感慨深げにいい、立ちあがる。「さあ、いこうか」

こうしてかれらはフルクラム南極地方支所をあとにする。残されたのは畑に実った緑なす作物、管理棟で冷えていく死体、そして庭やバラックや壁のそばに点々と倒れているさまざまな色合いの人間の彫像だ。

§

だが、その日からずっと、三人でフルクラムを出てジェキティまで道路を歩き森の小道をたどり、他人の家の納屋で寝たり焚《た》き火を囲んで野宿したりしながら……ナッスンは考える。けっきょく考える以外やることがないのだ。アンバーとシャファは互いにひとこともしゃべらず、二人のあいだにはあらたな緊張が生じている。ナッスンはアンバーと二人きりにならないようにしているが、シャファがそうならないよう注意していてくれるので、それほど気を遣わずにすんでいる。これは絶対に必要なことというわけではない——ナッスンは、アイツにしたことやフルクラム南極地方支所の人々にしたことをアンバーにもできるだろうと思っている。オベリスクを使うのは地覚器官を使うのとはちがうし、銀はオロジェニーではない、それを考えれば守護者といえども彼女から無事逃れることはできないはずだ。だが彼女はシャファが浴場にいっしょにいってくれたり、夜、彼女を見守るために眠らずにいてくれたりする——どうやら守護者はそういうことができるらしい——、そういうのはちょっといいなと思っている。

また前のように誰か、誰でもいいのだが、守ってくれる人がいると思うとうれしくなる。だが。彼女は考える。

ナッスンは、シャファが彼女を殺さないという選択をしたことで同僚の守護者から見れば自分で自分を傷つけたことになってしまっているのが気がかりでならない。もっと気がかりなのは、たとえ彼のなかで銀が曲がりくねり燃えているのが見えていても、彼が歯を食いしばり、これも微笑みのうちだというふりをして苦しんでいることだ。銀はいっこうに静まる気配を見せないが、彼は彼女がその痛みをやわらげることを許さない。それをすると、翌日、彼女の感覚が鈍り、疲れ果ててしまうからだ。彼女は耐え忍ぶ彼を見つめて、彼をひどく傷つけている彼の頭のなかの小さなものを憎む。それは彼に力を与えるが、スパイクつきの革ひもでバシッと与えられる力のどこがいいというのだろう?

「どうして?」と、ある晩、彼女は彼にたずねる。かれらは絶滅文明の廃墟《はいきょ》に唯一残された、金属でも石でもない白いたいらな板の上で野営している。地面からはかなりの高さがある。このあたりには盗賊やコム無しがうろついている形跡があって、前の晩一泊した小さなコムで用心するようにいわれていたから、これだけの高さがあればとりあえずは早めに危険を察知できると考えたのだ。アンバーはいない。朝食用の動物をとらえる罠を仕掛けにいっている。シャファはそのあいだにひと休みしようと、ナッスンに見張りをまかせて寝袋に横になったところだ。ナッスンは彼が寝るのを邪魔してはいけないと思いながらも、どうしても聞いておきたくて、たずねてしまう。「なぜあなたの頭のなかにあれが入っているの?」

「ずっと昔に入れられたんだ」と彼がいう。疲れた声だ。何日もずっと寝ずに銀と戦いつづけているつけは大きい。「〝なぜ〟という思いはわたしにはない――ただそうでなければならないからそうなっているだけだ」

「でも……」また、どうしてと聞いてうるさがられたくない、とナッスンは思う。「ほんとうにそうでなければならなかったの？　なんのために？」

彼は微笑む。が、目は閉じている。「われわれは、おまえの同類がもたらす危険からこの世界を守るためにつくられたんだ」

「それは知ってるけど……」ナッスンは首をふる。「誰が、つくったの？」

「わたし個人を、ということか？」シャファは片目を開けて少し眉をひそめる。「それは……覚えていない。だがふつう守護者はほかの守護者がつくる。誰かに見つけられるか、意図して産みだされるかしてワラントに送りこまれ、訓練を受けて……改変される」

「あなたをつくった守護者は誰がつくったの、その前の守護者は？　誰が最初に、つくったの？」

彼はしばし黙ったままだ――その表情から、思い出そうとしているのだろうとナッスンは考える。シャファのどこかがひどくおかしなことになっていて、そのせいで記憶に穴が開いていることも思考に断層線級の圧力がかかっていることも、ナッスンはそのまま受け入れている。彼は彼だ。しかし彼がなぜいまの彼になっているのかは知っておく必要がある……そしてもっと大事なことなのだが、どうすれば彼をもっといい状態にできるのか知りたいと彼女は思っている。

「わからない」ついに彼がそう答える。そして吐きだすようにそういってまた目を閉じてしまったようすから、彼はもう話を終わらせたいのだろうとナッスンは察する。「けっきょく、理由はどうでもいいんだよ。どうしておまえはオロジェンなんだ？　人生、ときには黙って運命を受け入れるしかないこともあるんだ」

ナッスンはもう黙ろうと決める。するとまもなくシャファの身体から力が抜けて、彼は何日ぶりかで眠りに落ちていく。ナッスンは取りもどしたばかりの大地を探る感覚をのばして、近くにいる小動物などの動きの反響をとらえながら、油断なく見張りをつづける。アンバーも地覚できる。彼は彼女が地覚できる範囲の端のほうで規則的な動きをくりかえしている。罠を仕掛けているのだ。彼を地覚しているので、彼女は銀の糸を一本、自分の意識の網に織りこむかたちになっている。彼は彼女に地覚されるのを避けることもできるのだが、いまはそうはしていない。もしコム無しが密《ひそ》かに弓矢や銛《もり》の射程内に入ってくるようなことがあればそれも地覚できる。父親は負傷してしまったが、シャファは絶対におなじ目には遭わせないと彼女は心に誓っている。

アンバーからそう遠くないところで四つ足で歩いている重くて温かいもの、たぶん餌を漁《あさ》っているのだろうが、そいつ以外に気になるものはなにもない。なにも――

――いや、ある。なにかとても奇妙なもの。なにか……凄く大きなもの？　いや、小さい、せいぜい中くらいの大きさの岩か人程度だ。ただ、石ではない白い厚板の真下にいる。正確には彼女の足の下、わずか十フィートほどのところだ。

　彼女が気づいたことを察知したかのように、それが動きだす。まるで世界が動いているような感じがする。周囲の重力がほんの少し変化しただけで、ほかに異変はないが、ナッスンは思わず息を呑んで身をそらせる。すると、まるで彼女が精査しているのを感じ取ったかのように、その漠たる巨大なものが突然、飛びすさる。が、遠くへはいかずに少しするとまた動きだす――上向きに。ナッスンがまばたきして目を開けると厚板の縁に彫像が立っている。さっきまでそこにはなかったものだ。

　ナッスンはあわててはいない。なにはともあれ前は伝承学者になりたかったくらいだ――石《いし》喰《く》いやその存在をめぐるふしぎな話はたっぷり聞いてきている。だがこいつは彼女が思っていたのとはちがう姿をしている。伝承学者の物語のなかでは石喰いの肌は大理石で髪は宝石というのが定番だった。こいつは全身が、〝白目〟の部分まで、灰色だ。裸の胸は筋肉質で、きれいな鋭く面取りした歯をのぞかせてにっこり笑っている。

「きみが三、四日前にフルクラムを石化した子だな」と彼の胸がいう。

　ナッスンは息を呑んでちらりとシャファを見る。彼は熟睡しているし、石喰いも声を抑えている。彼女が叫べばシャファも起きるだろう――が、こういう生きもの相手に守護者になにができるというのか？　彼女自身、銀でなにができるのかわかっていない――石喰いは光り輝く銀の泥沼だ。彼のなかで糸が渦巻き、波打ち、ごちゃごちゃにもつれあっている。

　だが、石喰いにかんする伝承で、ひとつだけはっきりしていることがある――かれらは挑発さえしなければ襲ってはこない。そこで――「そ、そうよ」と低く抑えた声で彼女は答える。

「それがなにか問題なの？」

「いいや、まったく。きみのすばらしい仕事ぶりを賞賛したいだけだ」彼の口は動いていない。どうしてあんなに笑っているのだろう？　ナッスンは息をするたびに、あの表情はたんなる笑顔ではないという確信を深めていく。「きみの名前はなんというのかなあ？」

いかにも子ども相手という口調に、彼女はむっとする。「どうして？」

石喰いがゆっくりした動きで一歩まえに出る。石臼をひくような音がする。見た目は彫像が動いているようで不自然きわまりない。ナッスンが嫌悪感を覚えて身をすくめると、彼が動きを止める。「どうしてかれらを石化したんだ？」

「みんな、まちがっていたからよ」

石喰いがまた動きだして、厚板にのってくる。この生きものはとんでもなく重いから厚板が割れるか傾くかするかもしれないとナッスンは思う。とにかくとんでもない重さなのはまちがいない。人間の大きさ、人間のかたちのなかに山をひとつ詰めこんだようなものだ。しかし絶滅文明の素材にはひびひとつ入らず、石喰いはもう髪の房のひとつひとつがはっきりと見えるほど近くにきている。

「きみはまちがっていた」と、妙に響く声で彼がいう。「フルクラムの人々も守護者も責められねばならないようなことはしていないんだからな。きみは、きみの守護者がなぜ苦しまねばならないのか知りたがっていたな。答えは――する必要のないことをしているからだ」

ナッスンは身をこわばらせる。彼女はもっとちゃんと知りたいと思うがそう口に出す前に、石喰いの頭がシャファのほうを向く。と……なにかがチラチラと明滅する。調整具合があまりにも精緻で見ることも地覚することもできないが……突然、シャファのなかで活発に激しく脈打っていた銀がぱったりと動きを止めて静まり返る。もう活動しているのはあの地覚器官のなかの黒い針のようなしみだけで、ナッスンはそれがふたたびコントロール権を主張しはじめるのを間髪《かんはつ》を容《い》れず地覚する。だが、いまのところシャファはやわらかな寝息をたてて、ゆったりとさらに深い眠りに落ちていく。何日ものあいだ彼をギシギシと責め苛《さいな》んでいた痛みは、いまは消えている。

ナッスンは思わず喘ぐ――そうっと。シャファがやっとのことでほんとうに休めているのなら、絶対に邪魔したくないからだ。彼女は石喰いに話しかける。「どうやったの?」

「教えてやってもいいぞ。彼を苦しめているもの、彼の主人と戦う方法を教えることもできる」

ナッスンはごくりと唾を飲む。「そ、そうなの。知りたいわ」だが、彼女はばかではない。「なにと引き換えに教えてくれるの?」

「なにもいらないさ。きみが彼の主人と戦うのなら、わたしの敵と戦うことにもなる。そうなればわれわれは……味方同士だ」

石喰いがなぜ地中に潜んで彼女の言葉に聞き耳をたてていたのか、ナッスンにもやっとそのわけがわかった。が、そんなことはどうでもいい。シャファを救うためなら……。彼女はくちびるを舐《な》める。かすかに硫黄の味がする。ここ何週間かのあいだに灰のもやがだいぶ濃くなってきている。

「きみの名前は?」話を聞いていたのなら、とっくに知っているはずだから、これは同盟を組む手順のようなものだ。

「ナッスン。あなたは?」

「ないともいえるし、いくつもあるともいえる。好きなように呼べばいい」

名前はないと困る。名無しでは同盟の組みようがない、だろう?「ス、スティール」鋼《スティール》。彼女の頭に最初に浮かんだ言葉だ。なぜなら彼はとにかく灰色一色だから。「スティール?」それでかまわないというニュアンスが感じられる。「またくる」とスティールがいう。「邪魔が入らずに話せるときにな」

一瞬ののちには彼は地中に消え、何秒かのうちに山は彼女の意識からも消えてしまう。と思うとつぎの瞬間、絶滅文明の厚板を取り巻く森のなかからアンバーが姿をあらわし、彼女のほうに向かって丘をのぼってくるのが見える。近づくにつれてシャファが寝ていることに気づき、目つきが鋭くなるが、それでもナッスンは彼の姿を見て、掛け値なしにうれしいと感じてしまう。彼は三歩離れたところで立ち止まる。守護者の動くスピードを考えたら近すぎる距離だ。

「へんなことをしようとしたら殺すから」そういってナッスンはしかつめらしくうなずく。「わかってるでしょ? 彼を起こすのもだめだから」

アンバーが微笑む。「おまえならやりかねないな」

「やるわよ、本気でやるから」

アンバーは溜息をつく。そして深い哀れみのこもった声でいう。「おまえは自分がどれほど危険なのかすらわかっていない。わたしよりずっとずっと危険なんだぞ」

たしかに彼女はわかっていない。そしてそのことが大きな悩みの種だ。アンバーは内なる残虐性に突き動かされて行動するようなことはしない。もし彼が彼女を脅威ととらえているのだとしたら、それなりの理由があってのことにちがいない。だがそれはどうでもいい。

「シャファはわたしに生きていてほしいと思っている」と彼女はいう。「だからわたしは生きるの。たとえあなたを殺さなくてはならないことになっても」

アンバーはじっくり考えているように見える。彼女はアンバーのなかで銀が素早く明滅するのを一瞬、目にして、唐突に、本能的に、自分が話している相手はアンバーとはいいきれないと悟る。

彼の主人。

アンバーがいう。「ではもしシャファがおまえは死ぬべきだと判断したら？」

「死ぬわ」そこがフルクラムがまちがっていたところだと、彼女は確信する。かれらは守護者を敵としてあつかってきた。シャファがいっていたように昔はそうだったのかもしれない。でも同盟を組んだら、お互い信頼しあわなければならない。シャファは世界でただひとり、ナッスンを愛してくれている人だから、彼のためなら死にもする、殺しもする、世界をつくりなおしもする、とナッスンは思っている。

アンバーがゆっくりと首を傾げる。「そうなったらわたしもおまえの彼への愛を信じることになるだろう」と彼がいう。一瞬、彼の声がこだまする。彼の身体にこだまし、地中を通り、奥深くへ、こだましながら遠ざかっていく。「いまのところは」そういうと彼はナッスンの横を通ってシャファのそばに腰をおろし、みずから警護役を引き受ける姿勢を見せる。

ナッスンには守護者の理屈はわからないが、この何カ月かでひとつ学んだことがある――かれらはわざわざ嘘をつくようなことはしない。もしアンバーがシャファを信じるというのなら――ちがう。ナッスンのシャファへの愛を信じる、だ。でも、とにかくアンバーがこれは彼にとって意味があることだというのなら、それは信じていい。

だから彼女は自分の寝袋に横になり、あれやこれやは脇へ置いて緊張を解く。だが、しばらくは眠らない。たぶん神経が昂ぶっているのだろう。

夜の帳《とばり》がおりる。夜空は晴れているが、北から薄い灰のもやが流れてくる。そよ風にのって真珠色のちぎれ雲が一定の間隔で南のほうへ漂っていく。星が出てくる。もやの向こうで瞬く星をナッスンはしばらくのあいだ見つめているが、やがて心の緊張がほぐれて眠りの世界へと漂いはじめる。そのときだ、遅まきながら彼女は夜空の小さな白い光のなかのひとつがほかとはちがう方向に動いていることに気づく――ほかの星は西から東へ空を渡っていくのに、それはどちらかというと下に向かって動いている。ゆっくりと。一度見つけてしまったら、もう目が離せない。しかもそれは、ほかのより少しだけ大きくて明るい。奇妙だ。

ナッスンは寝返りを打ってアンバーに背を向け、眠りにつく。

これらのものは悠久の年月、ここに埋もれていた。骨と呼ぶのは愚かしい。さわると粉になってしまうのだから。
しかし骨より奇妙なのは数々の壁画だ。

§

見たこともない植物、文字かもしれないが、ただの模様やくねくねした線にしか見えないもの。そして――大地の風景の上、星々のまんなかに大きな丸い白いものが浮かんでいる壁画。不気味で、わたしは好きになれなかった。そこでその壁画を粉々に打ち砕くよう黒上着に命じた。

――熟練職女フォグリッド〈革新者〉ユメネスの日誌より
赤道地方東地区土技者《どぎしゃ》認可局文書館所蔵

わたしはこれまでどおりにこの話をつづけようと思う——あんたの心のなかで、あんたの声で、あんたが考えるべきこと、知るべきことを話す。無礼だと思うか？　無礼だな、それは認める。自分勝手だ。純粋に自分自身として話をすると、あんたの一部という感覚が消えてしまうんだ。それは寂しい。たのむ——もう少し、このままでつづけさせてくれ。

16　あんたは旧友と再会する

§

あんたは玉髄《ぎょくずい》の繭から突然あらわれた石喰《いしく》いをじっと見つめる。それは背中を丸めて立っている。そして微動だにせず、割れた晶洞《しょうどう》のまわりの熱気でかすかに揺らぐ空気の向こうから横目であんたを見つめている。その髪はあんたが、ガーネットのオベリスクのなかの、なかば現実なかば夢のいっときに記憶したものとおなじだ——灰噴《はいふ》き髪が突風に煽《あお》られて上にうしろにバサッとひろがったときの、凍りついたしぶきのような髪。色はたんなる白ではなくて白っぽい半透明のオパール色。だが、あんたが知っていた肉体的外観とはちがって、この石喰《いしく》いの

〝肌〟は〈季節〉がくる前の夜空のように真っ黒。そしてあのときあんたがひびだと思ったものはじつは白と銀の大理石模様の血管だと、あんたは気づく。身体にまとった衣服を模したもの――片方の肩からさがった簡素なキトン――の優美なドレープまで大理石模様が入った黒。大理石模様がないのは目だけで、白目の部分は艶消しのなめらかな暗黒。虹彩《こうさい》はいまだに氷白だ。黒い顔のなかでいかにもくっきりと際立ち、そこだけ先祖返りしたようで違和感があって、そのまわりもやはりホアの顔だということがすぐにはわからないほどだ。

ホア。彼は年をとっている、とあんたはすぐに気づく――顔が少年ではなく青年のそれになっている。やはり幅が広すぎるし、口は小さすぎる。人種は、と考えても意味がない。だがその凍りついた表情から、あんたは不安を読み取る。もっとやさしくて、あんたの同情を引きだすようにデザインされていたときの顔から感情を読み取るすべをあんたは学んでいたからな。

「どっちが嘘だったの?」とあんたはたずねる。問いは、それしか思い浮かばない。

「嘘?」声も、もう大人のものだ。声質は変わらないが、テノールの音域になっている。胸のどこかから聞こえてくる。

あんたは寝室に入っていく。急速に冷えていっているとはいえ、まだ不快なほど暑い。とにかくあんたは汗びっしょりだ。「人間の姿のほうと、いまのと」

「そのときそのときで、どちらも嘘ではない」

「ああ、そうよね。アラバスターがあなたたちは人間だといっていたわ。とにかく、昔は」

一瞬、静寂がおりる。「あんたは人間なのか?」

これにはあんたもハハッと笑うしかない。「公式にはってこと？　ちがうわね」

「ほかの者がどう考えるかは関係ない。自分ではなんだと思っているんだ？」

「人間」

「ならばわたしもそうだ」

彼はたったいま孵《かえ》ったばかりの二つに割れた大きな岩のまんなかに立って湯気を立てている。

「ああ、もうちがう」

「あなたのいうことをそのまま信じていいの？　それともわたしが自分をなんだと思っているのか、じっくり聞いてみる？」

あんたは首をふり、晶洞からなるべく距離をとるようにしてそのまわりを一周する。晶洞のなかは空っぽだ――結晶もできていないし、ごくふつうの沈殿物の層もできていない、ただの薄い石の殻《から》だ。となるとこれは晶洞とはいえないのかもしれない。「どうしてオベリスクのなかに入ってしまったの？」

「悪いロガを怒らせてしまったんだ」

あんたは驚いてつい笑ってしまい、足を止めてじっと彼を見る。気まずい笑いだ。彼は前とおなじように期待のこもった目であんたを見ている。目が前とはまるでちがってしまったからといって、なにか差し障りがあるだろうか？

「そんなことができてしまうなんて知らなかったのよ」とあんたはいう。「つまり、石喰いを閉じこめることができるなんて」

「あんたたちにはできたんだよ。われわれの動きを止められる数少ない方法のひとつだ」

「もちろん、殺すことにはならないのよね」

「ああ。殺す方法はひとつしかない」

「どんな方法なの？」

彼がさっと動いてあんたのほうを向く。ほんの一瞬の出来事だ——いきなり彫像のポーズががらりと変わっている。背筋をのばした高貴なポーズで、片手をあげている……手招きしているのだろうか？　それともなにか訴えようとしているのか？　「エッスン、あんたはいずれわたしを殺そうと思っているのか？」

あんたは溜息《ためいき》をついて首をふり、好奇心から真っ二つに割れた岩に手をのばして触れようとする。

「だめだ。あんたの肌にはまだ熱すぎる」ひと呼吸おいて彼がいう。「わたしはこうやって身体をきれいにするんだ、石鹸《せっけん》なしで」

ティリモの南の道端でのこと。少年は石鹸を困り顔で見つめ、やがてうれしそうに顔を輝かせた。やっぱりあの子だ。あんたはその思いを捨てることができない。だから溜息をついて、彼をなにかべつの存在、なにか驚くべき存在、なにかちがう存在としてあつかいたがる自分自身の一部を手放すことにする。彼はホアだ。彼はあんたを食べたがっている。そして失敗したとはいえ、あんたに力を貸してあんたの娘を見つけようとしてくれた。どんなに奇妙だろうと、この二つの事実には親密さが感じられる。それはあんたにとって意味のあることだ。

あんたは腕組みして、ゆっくりした足取りで晶洞のまわりを、彼のまわりを歩く。彼の目があんたを追う。「それで、誰にやられたの？」彼はなくなっていた目も下顎も再生させている。引き裂かれた手足ももとどおり彼の一部になっている。居間にはまだ血痕が残っているが、あんたの寝室にあったものはすべて、床張りや壁もろとも姿を消している。石喰いは物質の最小の粒子をコントロールすることができるといわれているから、自分自身の分離した物質を充当し直したり、使われずに余っている物質をべつの目的に使ったりするくらい苦もなくできるのだろう、とあんたは推測する。

「わが同類、一ダースほどに。そのあと、ある特定のやつに」

「そんなに大勢？」

「わたしにとってはみんな子どもだった。あんたを負かすのに、子どもが何人いればいいと思う？」

「あ、あなただって子どもだったわ」

「子どものように見えていただけだ」彼の声がやわらぐ。「あんたのためにそうしていただけなんだよ」

このホアとあのホアとのちがいは見た目以上に大きい。大人のホアがこういうことをいうと子どものホアがいったときとはまったくちがう印象になる。その印象が好ましいのかどうか、あんたは自分でもよくわからない。

「じゃあ、いままでずっと戦っていたわけね」あんたは気持ちを楽にしようと、話を元にもどす。「陸屋根《ろくやね》に石喰いがいたのよ。灰色の――」

「ああ」石喰いも不機嫌な顔をすることができるとは、あんたには思いもよらないことだったが、事実ホアはそんな顔をしている。「あれは子どもではない。最終的にはあいつにやられてしまったんだが、どうにかたいしたダメージは受けずに逃げられた」彼が手足も顎ももぎとられていながら、たいしたダメージと思っていないことに、あんたは驚きを隠せない。だが、少しうれしい気持ちもある。灰色の石喰いはホアを傷つけ、あんたがそいつに仕返しをしたわけだからな。ほんのつかのまに終わった復讐《ふくしゅう》だったかもしれないが、あんたは自分のことで復讐をしたような気になっている。

ホアはまだ弁解口調が抜けない。「それに……人間の肉体を着たままであいつと戦ってしまったのもまずかった」

部屋のなかはとんでもなく暑い。あんたは顔の汗をぬぐいながら居間にいき、少しでも涼しい空気がもっとよく循環するように入り口のカーテンを開けて束ねて、テーブルのそばに腰をおろす。そしてふりむくと、ホアが寝室の入り口に立っている。戸口のアーチに美しく縁取られた姿は、まるで沈思黙考する若者の習作のようだ。

「だから元の姿にもどったの？　彼と戦うために？」あんたが寝室にいたとき、ホアの石ころを包んでいたぼろ布はどこにも見当たらなかった。もしかしたら目的を果たしたあと火がついてただの黒焦げの布になり、ほかのものにまぎれてしまったのかもしれない。

「元にもどったのは、時がきたからだ」またあのあきらめたような口調だ。あんたがはじめて彼の正体を知ったときから、彼はそんな話し方をしていた。まるであんたの目のなかのなにかを見失って、それを取りもどすことはできないこと、そしてその事実を受け入れるしかないことを悟ったような口調――だが、それはいやだという気持ちを捨てる必要はないのだ。「あの姿を保っていられる時間には限りがあったんだ。その時間を減らして、あんたが生きのびられるチャンスを増やすことにしたんだよ」

「ええ？」

彼のうしろ、あんたの寝室で、彼の、た、卵の殻の残りが溶けていることに、あんたはいきなり気づく。いや、ただ溶けているわけではない。溶けて色が薄くなり、元の透明な水晶の素材にもどっていく。あんたの持ちものの破片のまわりで分離し、元の物質を再結合させ、また凝固していく。あんたはその光景に魅了されて、しばし彼ではなくそっちに目が釘付けになってしまう。

やがて彼がいう。「かれらはあんたに死んでほしいと思っているんだよ、エッスン」

「かれらって――」あんたは目を細めて彼を見る。「誰？」

「わが同類の一部だ。ただあんたを利用したいだけの連中もいる。だが、そんなことはさせない」

あんたは顔をしかめる。「どっちを？　殺させないということ、それとも利用させないということ？」

「どちらもだ」こだまのように響く声が急に鋭くなる。あんたは野獣のように歯をむきだして姿勢を低くしていた彼を思い出す。そして、まるで啓示を受けたかのように突然に、あることに気づく。そういえば最近、前ほど石喰いを見かけなくなっているのだ。ルビー・ヘアもバター・マーブルもアグリー・ドレスもトゥース・シャインも、みんな馴染《なじ》みの顔ぶれなのにここ何カ月か姿を見ていない。イッカでさえ〝彼女の〟が急にいなくなったといっていた。

「あなたが彼女を食べたのね」とあんたは出し抜けに口にする。

しばし間があく。「たくさん食べた」とホアがいう。抑揚のない口調だ。

あんたは、彼がクスクス笑いながらあんたのことをへんな人といったのを思い出す。あんたにくっついて丸まって寝ていたことも。地球火《ちきゅうび》、あんたは気持ちの整理がつかなくなっている。

「どうしてわたしなの、ホア？」あんたは両手をひろげる。ごくふつうの中年女の手だ。少しカサカサになっている。二、三日前に皮なめしの仕事を手伝ったので、肌が荒れて皮むけができたりしている。前の週のコム分配品のなかにナッツがあったので、それでこすったりしていた。油脂は貴重だから肌の手入れに使うより食料として食べるべきなのだが。右のてのひらには小さな白い三日月形のものがある。親指の爪の跡だ。寒い日にはそこの骨が痛む。ごくふつうの女の手。

「わたしにはなにも特別なところなんかないわ」とあんたはいう。「オベリスクとつながれる能力のあるオロジェンはほかにもいるはずよ。地球火、ナッスンとか――」だめだ。「あなたはどうしてここにいるの？」どうしてあんたにくっついているのかという意味だ。

彼はしばし沈黙する。そして――「あんたが、大丈夫かと聞いてくれたから」

一瞬、なんのことかわからない。が、すぐにピンとくる。アライアだ。美しく晴れわたった日、迫りくる危機。あんたは苦痛にもがきながらガーネットのオベリスクの調和不能なひび割れた中核に浮かんでいるとき、はじめて間近に彼を見た。彼はどれくらいのあいだあのなかにいたのだろう？〈季節〉のあいだに沈殿物が積もり、その上に珊瑚《さんご》が生えた。オベリスクはその下に埋もれていたのだからかなりの年月だろう。世界中の絶滅文明同様、忘れられてしまって当然の長年月。そしてあのときあんたは彼に大丈夫かとたずねた。邪悪な地球、あんたはあれは幻影だと思っていたんだ。

あんたは深々と息を吸いこんで立ちあがり、アパートメントの入り口に向かう。コムはとりあえず静かだ。いつもの仕事に励む人々もいるが、その数はいつもより少ない。人がいつもどおりに仕事をしているのは平和な証拠、というわけではない――ティリモでもみんな、あんたを殺そうとする寸前までいつもどおりに仕事をしていた。

トンキーは昨夜、また家に帰ってこなかったが、こんどばかりはフジャルカといっしょにいるのか上のグリーンの部屋にいるのか、それともべつのところにいるのか、あんたにもわからない。いまカストリマには生きた触媒がいて未知の化学反応に拍車をかけ、予期せぬ結果を早早に生じさせようとしているのだ。われわれのコムに加われ、と灰色の石喰いはいっていた。しかし、オロジェンには用はない、ともいった。

カストリマの人々は一度立ち止まって、雑種の中緯度地方人が大量に入ってくることを望んでいる赤道地方のコムなどあるはずがない、あったとしたらせいぜい奴隷にするか食用の肉にするかどちらかだ、と考えてくれるだろうか？　あんたの母親としての本能が警報を鳴らしている。自分の面倒は自分で見ろ、と本能が頭の奥のほうでささやく。一カ所に集めてしっかり守れ。少しでも背中を見せたらなにが起きるか覚悟しておけ。

あんたは手に持ったままだった避難袋を背負う。こんな状況になったら避難袋を肌身離さず持ち歩くのはあたりまえのことだ。そしてあんたはホアのほうを向く。「いっしょにきて」

ホアはまた急に笑顔になる。「わたしはもう歩かないんだ、エッスン」

ああ。そうか。「じゃあ、わたしはイッカのところへいくから、向こうで会いましょう」

彼はうなずくこともなく、あっさり姿を消す。むだな動きはいっさいしない。ああ、あんたもそのうち慣れる。

あんたがコムの歩道を歩き、橋を渡っていても誰もじろじろ見たりはしない。ただ通りすぎたあとに視線を感じて背中のまんなかがむずがゆくなる。あんたはまたティリモのことを考えずにはいられなくなる。

イッカはアパートメントにいない。あんたはあたりを見まわしてコムのなかでの移動パターンを目で追って、最終的に陸屋根にいきつく。彼女がまだそこにいるとはとても思えない。あんたは家に帰って、子どもが石喰いになるのを目撃して、数時間寝た。やはり、いるはずがない。

が、彼女はそこにいる。まだ陸屋根にいるのはほんの何人かだ――せいぜい二十人程度のやかましい集団で、すわっていたり、うろうろ歩いていたり、その顔には怒りや絶望や困惑の色が見える。その二十人にたいして、アパートメントや共同浴場や貯蔵庫に集まってそれぞれ少人数のグループで低い声でおなじ話をしている連中は百人ほどいる。が、イッカは陸屋根にいて、誰かが彼女のアパートメントから持ってきた長椅子のひとつにすわっている。あんたは彼女に近づくにつれて、彼女の声が嗄《か》れていることに気づく。それに、見るからに疲れている。だが、それでも話している。南部の同盟関係にあるコムからの補給ラインにかんする話だ。彼女が指示している相手の男は腕組みしてぐるぐる円を描いて歩きつづけ、彼女がなにかいうたびに話をまぜっかえしている。怖いのだ——怖くて話が頭に入ってこないのだろう。それでもイッカはなんとか説得しようとしている。ばかげた話だ。

自分の面倒は自分で見ろ。

あんたは人のあいだを縫って進んでいく。なかにはあんたを見てあとずさりする者もいる。あんたはイッカの横で足を止める。「二人だけで話がしたいんだけど」

イッカは話の途中で言葉を切り、まばたきしてあんたを見あげる。目が真っ赤で、乾燥して粘ついている。しばらく水分をとっていないのだ。「どういう話？」

「大事なことなの」イッカのまわりにすわっている連中への一応の礼儀として、あんたは軽く頭をさげる。「申し訳ないわね」

イッカが溜息をついて目をこする。目がますます赤くなる。「わかった」彼女は立ちあがり、少し思案してまわりの連中に向き直る。「あすの朝、投票だ。もしあたしの話に納得がいかないようなら……それはまあね。そのあとどうするかはわかってるだろうから」

イッカの先に立って歩いていくあんたを、みんな黙って見送る。

彼女のアパートメントにもどると、あんたはおもてのカーテンを閉めて、彼女の私室の入り口のカーテンを開ける。そこには彼女の地位を示すようなものはほとんど置かれていない――簡素な床置きのベッドが二つ、枕もたくさんあるものの、衣類はカゴに入っているし、本や巻物は部屋の片側の壁際に平積みになっている。本棚も鏡台もない。コムの分配品の食料は壁際に無造作に積みあげられ、その横にはカストリマではよく飲料水を保存するのに使われている瓢箪《ひょうたん》がある。あんたは瓢箪を素早く小脇に抱え、食料の山から乾燥オレンジとイッカが平鍋に水を張ってひたしてあった湯葉とキノコ、それに塩漬けの魚の小さいのをひと切れ、取る。まともな食事とはいえないが栄養にはなる。「ベッドで」あんたはそういって顎でベッドを指し、食べものをイッカのところへ持っていく。そしてまず瓢箪を渡す。

苛立《いらだ》ちをつのらせながらずっとあんたの動きを見ていたイッカが、強い口調でいう。「つくづくあんたはタイプじゃないね。こんなことのためにあたしをここまで引っ張ってきたの？」

「それだけじゃないわ。でもここにいるあいだは休まなくちゃだめ」イッカは不服そうな顔をしている。「そんなことじゃ誰にもなにも納得させることはできないわよ――」相手がいわれのない憎しみを抱いているならなおさらだ。「――疲れ果てて、ちゃんとものが考えられないような状態じゃ無理」

イッカはブツブツいいながらも、いわれたとおりベッドへいって端に腰をおろす。いかに疲れているかわかるというものだ。あんたが瓢箪を顎で指すと、彼女は従順に水を飲みはじめる

——素早く三口飲んで、いったんやめる。脱水状態のときはそうしろという伝承学者の教えどおりだ。「あたし、匂うね。風呂に入らなきゃ」

「いまにもリンチに走りそうな集団を説得して落ち着かせようとする前に、そう思うべきだったわね」あんたは彼女の手から瓢箪を取って、食べものの皿を押しつける。彼女は溜息をついて、しかめっ面でクチャクチャ嚙《か》みはじめる。「連中はそんなことをするつもりは——」それ以上、嘘の話を先へ進めるまもなく、彼女はたじろいだようすを見せて、あんたのうしろのなにかをじっと見つめる。あんたは、ふりむく前からわかっている——ホアだ。「あのねえ、だめ、だめだよ、あたしの錆《さ》び部屋に入るのは」

「ここで落ち合おうっていったの」とあんたはいう。「ホアよ」

「あんた——これが——」イッカは大きく息を吞んで、もうしばらくじっと見つめると、またオレンジを食べはじめる。ホアから目を離さずにゆっくり嚙んでいる。「人間を演じるのは飽きたってこと？　なんでわざわざそんなことをしたのか気が知れないよ——不気味すぎてとても人間とは思えなかったもの」

あんたは寝室のドアに近い壁際にいって床に腰をおろす。壁に寄りかかるのに避難袋が邪魔になるから背中からおろすが、確実に手の届くところに置いておく。イッカに向かってあんたはいう。「あなたはアドバイザー・グループのほかのメンバーやコムの住人の半分、スティルにもロガにも、もともとの住人にもよそからきた住人にも、話をした。でもあなたの視点からはかれらが抜けているわ」あんたはホアを見てうなずく。

イッカがまばたきして、これまでになく興味深そうにホアを見る。「前に、アドバイザー・グループに入ってくれっていった覚えがあるんだけどね」

「わたしはもうわが同類の代表として話すことはできない。あんたがあんたの同類を代表できないのとおなじでね」とホアがいう。「それに、もっと重要な仕事があるんだ」

イッカが彼の声を聞いて目をぱちくりさせ、まじまじと彼を見つめるのを見て、あんたはやれやれという顔でホアに向かって手をふる。イッカとちがってあんたは睡眠をとってはいるが、うだるように暑いアパートメントで椅子にすわって晶洞が割れるのを待つあいだうとうとしただけで、しっかり寝られたわけではない。「あなたが知っていることを話してくれるだけでいいのよ」そしてなぜかそれだけでは足りない気がして、あんたはひとことつけ加える。「お願い」

どういうわけか彼には進んで話す気がないように思えるのだ。彼の表情は変わっていない。姿勢もさっきあんたが見たときのまま、片手をあげてくつろいでいる若者のポーズ——場所は変わってもポーズは変わっていない。それでも。

あまり話す気がないのがはっきりするのは、つぎに彼がひとこと発したときだ。「いいよ」その口調にすべてがあらわれている。だがかまわない。どうにか聞きだしてみせる、とあんたは思う。

「灰色の石喰いはなにが望みなの？」そうたずねたのは、あの石喰いが望んでいるのはカストリマが赤道地方のコムに合流することなどではないと、あんたは錆び確信しているからだ。人間の民族だの国家だののあいだの政治的駆け引きは、なにかべつの目的でもないかぎり、かれらにとってはほとんど意味がない。レナニスの人々は彼の駒。けっしてその逆ではない。

「いまわれわれはかなりの数になっている」とホアがいう。「われわれのあいだでは民族といえるほどの数だ。そう呼ぶのはあながちまちがいではないと思う」

このこれまでの話とはあきらかにかけ離れた返答に、あんたとイッカは顔を見合わせる。イッカの目が、彼はあんたのお荷物よ、といっている。それでもなにか関係があるのかもしれないと、あんたは「それで？」と先をうながす。

「われわれのなかには、この世界が安全に宿せるのは一種類の人々だけだと考える者たちがいる」

ああ、邪悪な地球。これはアラバスターがいっていたことだ。彼はどう表現していた？ 古代の戦いの派閥。人々が……無力化することを望む一派。

石喰いたち自身のように、とアラバスターはいっていた。

「あなたたちはわたしたちを一掃したいの？」とあんたはいう。ささやく。「それとも……石に変えたいの？ いまのアラバスターのように？」

「われわれ全員がそうというわけではない」ホアが静かにいう。「あんたたち全員をというわけでもない」

石になった人々だけの世界。考えただけで、あんたは身震いする。あんたは灰が降りしきり、骸骨のような木々が立ち並び、そこらじゅうに気味の悪い彫像が立っていて、そのなかのいくつかは動いている、そんな光景を想像する。いったいどうやったらそんな世界が？　かれらを止めることはできない、が、いまにいたるまでかれらは互いに喰いあっているだけだ。（あんたが知るかぎりでは。）かれらは、アラバスターのようにあんたたちをひとり残らず石に変えてしまうことができるのだろうか？　そしてもし人間を一掃してしまいたいと思っているのなら、もうとっくにやっているはずではないのか？

　あんたは首をふる。「この世界には二種類の人々が生まれてしまったのよ。〈季節〉のせいで。オロジェンを勘定に入れるなら三種類ね――スティルはそう思っているわ」

「われわれ全員がそれで満足しているわけではない」彼の声はとても静かで穏やかだ。「非常に稀《まれ》なことなんだ、わが同類にあたらしい命が誕生するのは。われわれは延々と生きつづける。一方、あんたたちはキノコのように成長して子を産んで萎えていく。うらやましいと思わずにはいられない。そうなりたいと切望せずにはいられない」

　イッカが困惑顔で首をふる。彼女の声はいつもどおり落ち着きはらっているが、あんたは彼女の眉間にかすかにしわが寄っているのを見逃さない。それでもやはり少々不快だということを示したいのか、彼女の口がきゅっと片側にゆがむ。「なるほど」と彼女がいう。「つまり石喰いは昔はあたしたちだった、そしていまはあたしたちを殺したがっているということだね。だったらどうしてあんたたちを信用しなくちゃいけないんだい？」

「〝石喰い〟ではない。われわれ全員がおなじことを望んでいるわけではない。いまのままでいいと思っている者もいる。世界をもっとよくしたいと思っている者もいる……だが、どんな世界をめざすのか、意見が一致しているわけではない」彼の姿勢が一瞬にして変わる――てのひらを上にして両手をさしだし、肩をそびやかして、どうすればいいんだ？　というジェスチャーだ。「われわれも人なんだ」

「それで、あなたはなにを望んでいるの？」とあんたはたずねる。彼がイッカの質問に答えていないことに気づいたからだ。

あの氷白の虹彩がすっとあんたのほうに動いて、とどまる。じっと動かない彼の顔に切なさが宿ったようにあんたには見える。「前からずっと望んでいたことだよ、エッスン。あんたを助けること。それだけだ」

あんたは思う――〝助ける〟がなにを意味するか、意見は割れるでしょうね。

「ふうん、感動的な話だね」とイッカがいう。疲れた目をこすっている。「でもあんた、肝心なことが抜けてるよ。カストリマが破壊されることと……世界をある一種類の人々に渡してしまうことと、どう関係があるっていうんだい？　あの灰色のやつはなにを企んでるんだい？」

「それはわからない」ホアはまだあんたを見ている。さほど気に障るわけではない。「彼に聞こうとしたが、うまくいかなかった」

「推測でかまわないわ」とあんたはいう。そもそも彼が灰色の男にたずねたのには理由があると、あんたは確信しているからだ。

ホアの視線がさがる。あんたに疑念を抱かれて傷ついている。「彼は〈オベリスクの門〉が二度と開かないようにしようとしている」

「え、なに？」イッカがたずねる。だがあんたは困惑し、恐れ、驚愕《きょうがく》し、頭を壁にもたせかける。いうまでもない。アラバスター。食べものと太陽光に依存して生きている人々を一掃するのに、この〈季節〉が延々つづくようにして絶滅させる、これ以上簡単な方法があるだろうか？　闇に包まれていく地球を受け継ぐ者は石喰いしかいなくなる。そしてそれを確実にするために、唯一、〈季節〉を終わらせる力を持つ者を殺す。

あんた以外の、唯一の者、と気づいてあんたはぞっとする。いや、ちがう。あんたはオベリスクを操ることができるが、どうすれば二百以上もある錆びものを一度に起動させられるのか、いまはまだなんの手がかりもない。そしてアラバスターはいまでもそれができるのだろうか？　オロジェニーを使うたびに、彼はゆっくりと死んでいく。剝《は》がれ錆び――あんたこそが〈門〉を開ける能力まで持ち合わせている、ただひとり残された者だ。しかし、もし灰色の男の手飼いの軍隊があんたたちを二人とも殺してしまえば、どうころんでも彼の目的は達成されることになる。

「つまりは、灰色の男はとりわけオロジェンを一掃したいということよ」とあんたはイッカにいう。ずいぶん省略しているが、嘘ではない。あんたは自分にもそういいきかせている。そしてイッカにもそういっておく必要がある。彼女にはオロジェンが世界を救う潜在能力を持っていることを知られてはならない。さもないと彼女がみずからオベリスクに接続しようとするかもしれないからだ。そんなことをさせるわけにはいかない。これはまさにアラバスターがあんたにたいしてやってきたことだ――あんたにはその権利があるから真実の一部は話す、しかし自分を傷つけてしまいかねないから、すべては明かさない。そしてあんたはもうひとつ、一歩譲って話せることを思いつく。「ホアはしばらくのあいだオベリスクのなかに閉じこめられていたの。かれらを止められるのはオベリスクだけだと彼はいっていたわ」

それだけではない、と彼はいっていた。だがホアもまた知っていても安全な真実だけをあんたに伝えたのかもしれない。

「ああ、くそっ」イッカが苛立たしげにいう。「あんたはオベリスクを使う技ができるんだ。あいつに投げつけてやってよ」

あんたは呻《うめ》くようにいう。「それじゃどうにもならないのよ」

「だったらどうすればいいんだい？」

「知らないわよ！ ずうっとそれをアラバスターから教わっているところなんだから」そして、いいたくはないが、失敗している。いわなくてもイッカには推測がつくにちがいない。

「ご苦労なことだ」イッカが急に意気消沈したような顔になる。「あんたのいうとおり――寝なくちゃだめみたいだ。〈強力《ごうりき》〉を動員してコムにある武器を確保しておくようエスニにいっておいた。連中はおもて向き、赤道地方の連中を撃退しなくちゃならなくなったときに備えて武器をいつでも使えるよう準備している。でも実際は……」彼女が肩をすくめて溜息をつく。

あんたはそれですべてを察する。いま、人々は怯《おび》えている。無茶なことはしないほうがいいと思っている。

「〈強力〉が信用できないのね」とあんたは静かにいう。

イッカがあんたを見あげる。「あんたがどこからきたのか知らないけど、カストリマはほかとはちがうんだ」

あんたは微笑《ほほえ》みたいと思いながら微笑まない。どんなに不細工な笑顔になるかわかっているからだ。あんたはいろいろなところを歩いた末にここにたどり着いた。そしてどこへいってもスティルとロガは絶対にいっしょには暮らせないと思い知らされた。イッカがあんたの表情を見てほんの少し身じろぎする。そしてまた挑んでくる――「ねえ、あたしの正体を知っても生かしておいてくれるコムがほかにいくつある?」

あんたは首をふる。「あなたは役に立つ存在だった。それは帝国オロジェンにもいえることよ」だが他者の役に立つことすなわち他者と対等ということにはならない。

「なるほど。じゃああたしは役に立つ存在だ。あたしたちみんな。ロガを殺したり追放したりしたらカストリマ地下は失われてしまう。そうなったら、あたしたちはすぐさまあたしたち全員をロガみたいにあつかうにちがいないやつらのいいなりになるってことだ。あたしたちのご先祖さまがある人種を選んでそれに忠実にしたがうという道を選ばなかったというだけで――」

「さっきからずっと〝あたしたち〟といってるわね」とあんたはいう。穏やかな声で。あんたとしては彼女の幻想を打ち砕くのはあまり気が進まないのだが。

彼女が話を止める。顎の筋肉が一、二度ピクピクと動く。「スティルはいろいろな経験から、あたしたちを憎むようになってしまった。ちがう経験をすれば、ちがう気持ちになるはずだ」

「いま？　敵がすぐそこまできているというときに？」あんたはうんざりしている。なにもかもうんざりだと思っている。「いまこそかれらの最悪の一面があらわになるときよ」

イッカは長いことあんたをじっと見つめる。そしてがっくりと肩を落とす——背を丸め、頭を垂れる。灰噴き髪が首の左右に垂れて奇妙な、蝶《ちょう》の形にも見えるたてがみのようになる。顔がすっぽり隠れてしまう。だが彼女が弱々しく長々と息を吸いこむ音が、まるですすり泣きのように聞こえる。でなければ、笑っているのか。

「ちがうよ、エッスン」彼女がゴシゴシ顔をこすりながらいう。「とにかく……ちがう。カストリマはあたしの故郷なんだ。その思いはかれらとおなじなんだよ。あたしは故郷のために働いてきた。戦ってきた。あたしがいなかったらカストリマはここにはなかった——長年にわたって自分の身を危険にさらしてここを維持してきたロガたちがいなかったらカストリマはここにはなかったはずだ。あたしはあきらめない」

「自分の身を守ることがあきらめることになるわけじゃないし——」

「おなじだ。おなじなんだよ」イッカが顔をあげる。さっきのはすすり泣きでも笑いでもなかった。彼女は怒っている。あんたにたいしてだけではない。「あんたはね、みんなを——あたしの親や託児院の先生たちや友だちや恋人たちを——なにもせずに運命の手にゆだねろといってるんだよ。そんな連中はなんの価値もないといってるんだ。そんな連中は人でもなんでもない、殺されるために存在している動物だと。あんたはね、ロガはただの、ただの誰かの餌食になるだけの存在だ、あたしたちみんな永遠にそうなんだといってるんだよ！　あたしはそんなこと絶対に認めない」

揺るがぬ決意がみなぎっている。あんたは心の痛みを覚える。あんたも以前はおなじように感じていたからだ。いまでもこんなふうに思えたらどんなにいいだろう。現実的な将来に希望が持てたら、現実の共同体、現実の暮らしに希望が持てたら……しかしあんたはスティルの善意に期待したばかりに三人の子どもを失ってしまった。

あんたは避難袋をつかみ、片手で毛束をこすりながら立ちあがる。話は終わったというあんたの合図を読み取って、ホアが姿を消す。またあとで、ということだ。あんたが部屋のカーテンのまえまできたときだ、イッカが声をかけてきて、あんたは立ち止まる。

「みんなに伝えて」イッカがいう。その声からはもう激情は消えている。「なにが起きようと、あたしたちはなにもはじめられない」〝あたしたち〟が微妙に強調されているのは、彼女が、こんどは〝あたしたち〟を〝オロジェン〟という意味で使っているしるしだ。「起きたことを終わらせることすらしてはいけない。反撃すれば暴動が起きるかもしれない。人と話すときは少人数のグループにとどめること。できれば一対一がいい。集まって陰謀を企てていると思われないようにね。とくに子どもたちにちゃんと伝わるようにして。くれぐれも、子どもをひとりきりにしないように」

たいていのオロジェンの子どもは自分を守るすべを知っている。あんたが子どもたちに教えた技は沸騰虫《ふっとうむし》の巣を凍らせるだけでなく、攻撃者の動きを阻む、あるいは止めることができる。だがイッカは正しい――反撃するには人数が少なすぎる。反撃すればカストリマを破壊することになってしまう。ピュロスの勝利（大きな犠牲を払って得た、引き合わない勝利）だ。つまりオロジェンも何人かは死ぬことになる。そうなったらあんたは、たとえ救うことができるとしても、そのまま死なせてしまうだろう。そしてあんたはイッカにはそんなふうに考えるだけの冷徹さはないと思っている。

驚きが顔に出たのだろう。イッカが微笑む。「あたしは希望を持っている」と彼女がいう。「でも、ばかじゃない。あんたが正しくて、もうなんの希望も持てない状況になったら、戦うしかない。あたしたちを攻撃したことを後悔させてやる。でも、もうあとへは引けないという状況になるまでは……あんたが正しくないことを祈るよ」

あんたは自分が正しいと確信している。オロジェンはこの世界で永遠にカモにされつづける存在だという確信が、魔法さながらにあんたの脳細胞のまんなかで躍っている。不公平だ。とにかく自分の人生を価値あるものにしたい、それがあんたの望みだ。

しかしあんたはいう――「わたしも、わたしが正しくないことを祈っているわ」

§

死者はなにも望まない。

――銘板その三〝構造〟第六節

17 ナッスン対

ナッスンにとって自分を誇らしく思えるのはずいぶん久しぶりのことだったので、シャファの傷を癒やすことができるようになると、早くそのことを彼に知らせようと町を抜け、丘をのぼり、〈見いだされた月〉に着くまでずっと走りどおしだった。

〝癒やし〟と彼女は考えている。ここ数日、彼女は森のなかであたらしい技を練習していた。身体のなかの悪いところを見つけるのはいつも簡単というわけではない——ときには内部の銀の糸を慎重にたどって結び目やねじれを見つけなければならないこともある。最近、灰が降る頻度が増して、その傾向がずっとつづいているので、森のほとんどは灰色の濃淡のつぎはぎ模様になり、一部の植物はしおれたり、環境に反応して休眠状態に入ったりしている。これは植物にとっては自然なことで、銀の糸が途切れずに流れているのがその証だ。それでもナッスンが時間をかけて慎重に見てみると、変化が正常ではなかったり不健全だったりするものがしょっちゅう見つかる。体側《たいそく》に奇妙な腫瘍ができている、岩の下の地虫。〈季節〉がはじまってしまったのでこれまでより毒が強まってたちが悪くなっているから遠くから調べるだけだが、背骨が折れてしまっている蛇もいる。灰が溜《た》まってしまう凹型の葉っぱの代わりに灰をふり落としやすい凸型の葉っぱを生やしはじめた蔓《つる》メロン。寄生菌が蔓延《まんえん》して主がほとんどいなくなってしまった蟻《あり》の巣。

ナッスンは、そういうものをはじめ、ほかにもいろいろなもので悪いところを取り除く練習をつづけた。これは身につけるのがむずかしい技だ——患者にはいっさい触れずに糸だけを使って手術するようなものなのだから。一本の糸の端をできるだけ鋭くする技を学び、それで輪っかをつくってべつの糸を投げ縄の要領でとらえる技、そして三本めの糸の端を切断してその燃える先端を焼灼《しょうしゃく》に使う技を身につける。地虫の腫瘍を切除するが、地虫は死んでしまう。蛇の骨の折れた部分を縫い合わせてみるが、もともとあった症状の進行を早めただけ。植物の、いいいい、上向きに曲がるといっている部分を見つけて、下向きに曲がるように説得してみる。いちばんよかったのは蟻だ。寄生菌を完全に、いやそれどころか大半を取り除くことさえできなかったが、蟻に感染をひろげるような奇妙な行動を取らせていた脳内の接続部分を焼灼することができた。脳の働きが損なわれずにすんだのは、彼女にとってそれはそれはうれしいことだった。

ナッスンの練習が最高の成果をあげたのは、まだ灰や落ち葉が露で湿っている、ある朝のことだ。彼女はふたたび侵略してきたコム無しの一団に襲われる。シャファが打ちのめした一団はどこかへいってしまった。これはここが危険だということを知らない新顔の悪党どもだ。ナッスンはもう父親の心配をしなくていいし、無力でもない。悪党どものひとりを凍らせると、残りは一目散に逃げていく。が、ナッスンはぎりぎりのところで逃げるひとりの体内の糸がもつれるのを検知する。逃げる女の足元に穴を開けて女をとらえるには、旧式の、と彼女は考えるようになっているんだが、旧式のオロジェニーにたよるしかない。

ナッスンが穴の縁からのぞきこむと、女がナイフを投げる——当たらなかったのは幸運としかいいようがない。だがナッスンは女の視線が届かないところにとどまったままで、慎重に糸をたどり、女の手に長さ三インチの木の破片が骨をこするようにして刺さっているのを見つける。血中に毒素が入って、いずれ女は死ぬことになるだろう——すでに感染が進んでいて女の手は倍に膨れあがっている。コムの医者なら、いや一端《いっぱし》の獣医でも、摘出できるだろうが、コム無しに技術を要する治療を受ける贅沢《ぜいたく》は許されない。かれらは運まかせで生きている。〈季節〉中は、幸運に恵まれることなどまずないのだが。

ナッスンは女の幸運の女神になろうと決める。集中できるように近くに腰を据えて——女が喘《あえ》ぎ、汗をかき、なにが、どうなってるの、と叫んでいるあいだに——慎重に木の破片を抜き取る。ナッスンがまた穴をのぞきこむと、女は膝立ちで血が滴り落ちる手を押さえて唸《うな》っている。ナッスンは遅ればせながら麻酔の仕方を学ばなければならないと気づいて、もう一度、木に寄りかかってこんどは神経に向かって糸を投げ、神経をつかまえようと試みる。神経を麻痺《まひ》させてそれ以上痛まないようにする方法を学ぶのは少し時間がかかった。

だがとにかくその技を自分のものにしたナッスンは、穴の底に横たわって茫然《ぼうぜん》自失状態で唸っている女に礼をいいたい気持ちになる。だが、女をこのままいかせてしまうわけにはいかない——もし女を生かしておけば、ゆっくりとみじめに死んでいくか、またもどってきてナッスンが愛する誰かの安全を脅かすようなことをするかどちらかだろう。だからナッスンは最後にもう一度、糸を投げて女の脊椎のいちばん上のところをすっぱり切断する。痛みはないから、女がナッスンに用意していた死よりは親切というものだ。

そしていまナッスンは〈見いだされた月〉に向かう丘を駆けのぼっていく。こんな高揚した気分はアイツを殺《あや》めてしまって以来はじめてだ。シャファに会いたいあまり、敷地のなかにいるほかの子どもたちの存在にも気がつかないが、みんな動きを止めて醒《さ》めた眼差《まなざ》しで彼女を見つめている。シャファは子どもたちに、彼女がアイツにしたことは事故だったと説明していて、彼女にはみんなそのうち寄ってくるようになるからと請け合ってくれていた。彼女は友だちとの交わりが恋しくてしかたなかったから、シャファのいうとおりになりますようにと思っているが、いまはそれもどうでもいい。

「シャファ！」ナッスンは守護者たちのキャビンにまず頭を突っこむ。なかにはニダしかいない。ニダはいつものように片隅に立って、なにか考え事でもしているのか中空《うつ》を見つめている。だがナッスンが入っていくとすぐに彼女に焦点を合わせて、いつもながらの虚ろな笑みを浮かべる。

「あら、シャファの秘蔵っ子さん」と彼女がいう。「きょうはなんだか楽しそうね」

「こんにちは、守護者どの」彼女はニダとアンバーにたいしてはいつも礼儀正しく接している。かれらが彼女を殺したがっているからというだけで、礼儀を忘れていいということにはならないからだ。「シャファがどこにいるか知ってますか？」

「ウーデといっしょに、るつぼにいるわよ」

「わかりました、ありがとう！」ナッスンは引き留められないうちに急いでキャビンを出る。実力では二番手だったアイツがいなくなってしまったいま、自分以外に〈見いだされた月〉でオベリスクに接続できる可能性がある子どもはウーデしかいない、とナッスンにはわかっている。彼はとても小柄でひ弱だから訓練方法も彼に合ったものでなければならないが、そんな訓練ができる者はいないから、結果は期待できない、ウーデは母さんの厳しい訓練にはとても耐えられなかっただろうとナッスンは思っている。

それでもナッスンは彼にたいしても礼儀をわきまえていて、ウーデの気が散らないよう身体の弾みを極力抑え、オロジェニーはいっさい働かせずに、いちばん外側の実習用の円の端に駆け寄る。ウーデは大きな玄武岩の円柱を地面から浮きあがらせて、こんどはそれを地面にめりこませようとしている最中だ。円柱の動きはそれほど速くないが、ウーデはもう肩で息をしている。シャファはじっと彼を見つめたままだ。シャファの笑みはいつもほど大きくない。彼もわかっているのだ。

ついにウーデが円柱を地中に埋めもどす。シャファが彼の肩をつかんでベンチまで連れていく。ここまでやるとウーデは歩くのがやっとという状態だから、手を貸してやらなければならないのだ。シャファがナッスンをちらりと見る。ナッスンはすぐさまうなずいて食堂に走り、ピッチャーに入った果実水をコップに注ぐ。るつぼにもどってウーデにコップをさしだすと、ウーデはあんたを見て目をぱちくりさせるが、すぐに、受け取るのをためらったことを恥じるような表情を浮かべてコップに手をのばし、恥ずかしそうにうなずいて感謝を伝える。やはりシャファはいつも正しい。

「寮までひとりでもどれるか？」とシャファがウーデにたずねる。

「はい、大丈夫です」とウーデが答える。彼の視線がちらっとナッスンをとらえる。ナッスンは、彼がほんとうは付き添ってほしいけれどシャファとお気に入りの生徒とのあいだに割りこむようなことをしてはいけないと思っているのだろうと察しをつける。

ナッスンはシャファを見る。彼女は興奮しているが、待っていられる。シャファが片眉をあげて首を傾《かし》げ、手をのばしてウーデを立ちあがらせてやる。

ウーデを無事ベッドに寝かせると、シャファはベンチにすわって待つナッスンのもとへもどってくる。間があいたおかげで彼女はさっきより落ち着いている。そのほうがいい。彼を説得するには、落ち着きのある冷静な専門家ふうに見えなければいけない。なにしろ成長なかば、訓練なかばの女の子が魔法を使って彼の身体で実験をするという話なのだから。

シャファが彼女の横に腰をおろす。楽しそうな顔をしている。「よし。それで？」

ナッスンは大きく息を吸って話しはじめる。「あれをあなたから取りだす方法があるんです」

なんの話なのか、二人ともはっきりわかっている。シャファがまさにこのベンチにうずくまって頭を抱え、彼女には聞こえない声にささやき声で応じながら銀の苦痛に鞭《むち》打たれて震えていたあのとき、彼女は彼の横にすわって黙って命をさしだしていた。そいつはいまも彼のなかで怒りを込めて低くドクドクと脈打ち、彼に命令にしたがえといっている。彼女を殺せといっている。彼女はいつでも命をさしだすつもりでいる。彼女がいれば彼の痛みをやわらげることができるし、彼女は彼がほんとうに自分を殺すようなことはないと信じているからだ。愚かなことだと、自分でもわかっている。愛は殺人の予防接種にはならない。だが、彼には効くと信じるしかないのだ。

シャファが彼女を見て顔をしかめる。彼が不信感をまったく見せないのも、彼女が彼を好きな理由のひとつだ。「そうか。このところ、おまえは成長した……鋭くなってきたなと思っていたんだ。少しずつ着実にな。フルクラムでも、オロジェンにそういう変化が起きることがあった。この段階まで進めていいという許しが出るとな。かれらは自分が自分の教師になる。力が、ある特別な道筋に沿って、生まれ持った才能に応じたかたちで、かれらを導いていくんだ」額にかすかにしわが寄る。「しかし、ふつうわれわれはかれらをこの道筋からはずすようにしていた」

「どうして?」

「危険だからだ。当のオロジェン本人だけでなく、誰にとってもな」彼が彼女に寄りかかる。肩が温かくて、たよりになる。「おまえは、大半の者が死んでしまう段階を無事に超えた——オベリスクと結合するという段階を。わたしは……覚えている、ほかの者たちが結合を試みてどんなふうに死んでいったか」引き裂かれた記憶の赤剝けの断面をおそるおそる探るあいだ、彼は苦しそうな、とまどっているような、混乱したような表情を浮かべている。「少しは覚えているんだ。よかった……」彼はまた身を縮める。また苦しそうな顔をしている。こんどは彼を痛めつけているのは銀ではない。なにかいやなことを思い出したか、思い出すべきことが思い出せないか、どちらかだろうとナッスンは推測する。

どんなに技を磨いても、なにかを失った痛みを取り除いてやることは彼女には絶対にできない。そう思うと、浮ついた気分が吹き飛ぶ。しかしそれ以外の痛みを取り除いてやることはできるし、大事なのはそっちのほうだ。ナッスンは彼の手に触れて、細い線のような傷を指で覆う。微笑《ほほえ》んでもどうにもならないほど痛みがひどいと、彼は爪をたてて自分を傷つけてしまう。彼女はそれを何度も目にしてきた。きょうは数日前より傷が多くなっている。なかにはまだ生生しいものもある。「わたしは死ななかったわ」と彼女はいって、彼にその事実を思い出させる。

彼がまばたきする。彼をいまここにいる彼自身に引きもどすには、それだけで充分だ。「そうだ。おまえは死ななかった。しかしナッスン」彼が二人の手を合わせる――そして彼女の手を握る。彼の手は大きいから、ナッスンには握られている自分の手がまったく見えない。彼女は前からこれが好きだった。彼にすっぽりと包まれているのが。「わが情け深きナッスンよ。わたしはコアストーンを取り除いてほしいとは思っていないんだ」

コアストーン。彼女ははじめて強敵の名を知ったわけだ。ただ、この名前は筋が通らない。あれは石ではなく金属だし、彼の中心部《コア》ではなく頭のなかにある。でもそれはどうでもいい。彼女は敵意に燃えて歯を食いしばる。「あなたを傷つけているのに」

「それはしかたがない。わたしは裏切ったのだから」彼の顎が一瞬、引き締まる。「しかしわたしはその結果を受け入れたんだよ、ナッスン。大丈夫、耐えられる」

筋が通らない。「あなたを傷つけているのよ。わたしならその痛みを止められます。取りださなくても痛みを止められるけれど、ほんの少しのあいだだけだから、あなたとずっといっしょにいなくちゃならない」これはスティールと話し、あの石喰《いしく》いがすることを見ていて学んだことだ。石喰いの体内には、人などよりずっと多くの魔法があふれているが、ナッスンにはおよそのことを把握できる力がある。「でも、取りだしてしまえば――」

「取りだしてしまったら」とシャファがいう。「わたしはもう守護者ではなくなってしまう。それがどういうことかわかるか、ナッスン？」

わたしの父親になれるということだ、とナッスンは思う。すでにシャファはあらゆる意味で彼女にとってなくてはならない存在だ。ナッスンはこのことをそこまではっきりと意識してはいない。自分自身のことや自分の人生のことにしっかりと向き合う準備がまだできていないからだ。（この状況はすぐに変わることになる。）しかしその思いだけはある。

「そうなったらわたしは強さも健康も大半を失ってしまう」それが彼女の無言の願いへの彼の答えだ。「もうおまえを守ることができなくなってしまうんだよ」彼の視線がすっと守護者のキャビンのほうへ動き、ナッスンははたと気づく。そうなったらアンバーとニダが彼女を殺すということだ。

たしかに殺そうとするだろう、と彼女は思う。

彼が首を傾げる。もちろん彼女のふてぶてしいともいえる思いに気づいたからだ。「おまえには二人とも倒すことはできないぞ、ナッスン。さすがのおまえにも、そこまでの力はない。

かれらはおまえがまだ見たことのない巧妙な技を持っている。どういう技かというと……」また苦しげな顔になる。「かれらがおまえにどんなことができるのか、思い出したくもない」

ナッスンは下くちびるを突きだしそうになるのをぐっと我慢する。母親はそうすることを、口をとがらすといっていた。口をとがらすのとぐずるのは赤ん坊のすることだと。「わたしのことを理由にして、断ったりしないで」彼女は自分のことは自分で面倒を見られると思っている。

「いや、そうじゃない。自己保存欲求に訴えればおまえを説得できるのではないかと思って、いってみただけだ。しかし、わたし自身のことをいえば、身体が弱って病気になって死ぬのはいやなんだよ、ナッスン。おまえがコアストーンを取り除いたら、そうなってしまうんだ。わたしはおまえが思っているより年をとっているんだ――」また一瞬、あのぼんやりとした表情が浮かぶ。それを見てナッスンは彼が自分の年齢を覚えていないのだと悟る。「わたしが思っているよりも年をとっている。年をとるのを止めてくれるコアストーンがないと、年に追いつかれてしまう。五、六カ月もすれば、立派な年寄りだ。コアストーンの痛みと高齢からくる痛みを交換しただけになってしまう。そしてまもなく死ぬことになる」

「そんなのわからないわ」ナッスンは少し震えている。喉が痛む。

「わかる。見たことがあるんだよ。残酷なものだ。慈悲のかけらもない」シャファの目が細くなる。見たくない記憶を見ようとしているかのようだ。やがてその目がナッスンに焦点を合わせる。「わがナッスン。おまえをひどく傷つけることになってしまったかな?」

ナッスンはわっと泣きだしてしまう。なぜなのか自分でもよくわからない。ただ……ただ、もしかしたら自分はこうなることを望んでいたのかもしれない、このためにずっと頑張ってきたのかもしれない、と感じている。彼女はこれまでオロジェニーを使っていくつもひどいことをしてきているから、オロジェニーを使ってなにかよいことをしたい——それも彼の役に立つようなことをしたいと思ったのだ。彼は、彼女が何者であろうと理解してくれる、愛してくれる、何者であろうと守ってくれる、世界でただひとりの人だ。

シャファが溜息をついて彼女を引き寄せ、抱きしめる。彼女は彼にしがみつき、肩にすがって泣きじゃくる。ひと目につきやすい戸外にいるという事実も忘れて、長いこと泣きつづける。だがひとしきり泣いて涙も涸《か》れると、彼女は彼がまだしっかりと抱きしめていてくれることに気づく。近くにいるから彼のなかの銀が活発に動いて彼の身を焼き焦がしているのがよくわかる。彼の指先は彼女のうなじに置かれている。押しこんで彼女の地覚器官《ちかく》を破壊するのは簡単だ。ひと押しで彼女を殺せる。が、彼はそうしなかった。その衝動とずっと戦っていたのだ。彼は彼女のいうとおりにして助けてもらうことより、自分が苦しむこと、リスクを背負うことを選ぼうとしている。それはこの世でいちばんよくないことだ。

彼女は肚《はら》を決めて、彼の背中に回した両手をぎゅっと拳に固める。銀とともに躍り、ともに流れる。サファイアが近くにある。両方いっしょに流すことができたら、あっというまに終わる。精緻な外科手術のように、グイッといっきに。

シャファが張り詰めた声でいう。「ナッスン」彼のなかの銀の輝きが急になりを潜めて、かすかなほの暗い光になる。まるでコアストーンが彼女の考えに気づいて、脅威を悟ったかのようだ。

これは彼のためになることだ。

でも。

彼女はぐっと唾を飲む。彼を愛しているという理由で彼を傷つけたら、それも痛みになるのだろうか？　彼があとあと少しでも痛い思いをしなくてすむように、いまひどく痛い思いをさせるとしたら、それでも彼女はひどいやつということになるのだろうか？

「ナッスン、たのむ」

愛とはそういうものではないのだろうか？

だがそう考えたとき、彼女の脳裏に母親のことが浮かぶ。そして、肌寒い午後、太陽が雲に隠れて冷たい風に身震いしている彼女の指を母親の指が覆い、そのままたいらな石の上に押しつけたときのことが。痛みに耐えて自分をコントロールできれば安全だと確信できる。

彼女はシャファから離れて、ちゃんとすわり直す。もう少しで誰とおなじになりそうだったのかに気づいて、ぞっとしたからだ。

シャファは安堵《あんど》したのか後悔からか、しばらく動かない。やがて静かにいう。「朝から出掛けていたんだろう。なにか食べたのか？」

ナッスンは空腹だが、それを認めたくない。なぜだか急に、二人のあいだに距離を置かなければという気がしたのだ。彼の意思に反してでも彼を助けたいという衝動がこれ以上疼《うず》かないように、彼を愛しすぎないようにするためのなにかが必要だという気がする。

彼女は自分の手を見ながらいう。「わたし……わたし、父さんに会いにいきたい」

シャファはすぐには返答しない。反対なのだ。彼を見なくても地覚しなくても彼女にはわかる。アイツを殺めてしまった日に起きたことは、ナッスンもいろいろ聞いている。シャファがジージャになにをいったかは誰も聞いていないが、シャファがジージャを押し倒して馬乗りになり、まっすぐに彼を見てにやりと笑ったことは大勢が目撃している。ジージャは怯《おび》えた目を大きく見開いて、シャファを見つめていたという。なぜそういうことになったのか、彼女には想像がつく。だがナッスンは、なんとかシャファの気持ちを考えないようにする。はじめてのことだ。

「いっしょにいこうか？」とシャファがたずねる。

「いいえ」父親の扱い方はわかっているし、シャファが彼を我慢ならないやつと思っていることも知っている。「すぐにもどります」

「かならずそうするんだぞ、ナッスン」親切そうに聞こえるが、これは警告だ。

しかし彼女はシャファの扱い方も心得ている。「はい、シャファ」彼を見あげていう。「心配しないで。わたしは強いから。あなたが強くしてくれたんですもの」

「おまえは自分で強くなったんだ」彼の眼差しはやさしく、恐ろしい。氷白の目はそうならざるをえない。冷酷さの上に愛の層が重ねられていてもだ。感情が動くと疲れる。だが彼女は丘を下ってジェキティの町に入る。知っている人間がいれば相手が会釈しようがしまいが、とにかく頭をさげる。降灰や空が雲に閉ざされた状態がまだときおりですんでいるうちに蓄えを増やしておこうということで、町ではあたらしい穀物倉を建てている。ごくふつうの静かな日、ごくふつうの静かな町。どこかティリモを思わせるものがある。〈見いだされた月〉とシャファの存在がなかったら、ナッスンはこの町を嫌っていたかもしれない。母さんがどうやってかフルクラムから逃れたあと、目のまえには大きな世界が開けていたのにどうしてあんな静かな田舎町を選んだのか、ナッスンには永遠にわかりそうもない。

こうして母親のことを考えながら、ナッスンは父親の家のドアをノックする。〈彼女の部屋があるとはいえ、ここは彼女の家ではない。だからノックしたわけだ。〉

ジージャが、まるでどこかへ出掛けるつもりだったかのように、でなければずっと彼女を待っていたかのように、すぐにドアを開ける。なにかニンニクを使った料理の匂いが、奥の小さな炉端から家の外へと漂ってくる。ジェキティのコムの分配品は魚と野菜が多いから魚のポトフかな、とナッスンは思う。ジージャが彼女と会うのはひと月ぶりだ。ジージャの目が一瞬、大きく見開かれる。

「父さん」と彼女がいう。ぎごちない。

ジージャがいきなりしゃがみこむ。そしてなにが起きているのかナッスンにもわけがわからないうちに、彼女をさっと抱きあげる。そして抱きしめる。

ジェキティが、いまはいい意味で、ティリモのように感じられる。母さんもいるけれど彼女をいちばん愛してくれるのは父さんで、ストーブに魚でなくて鴨《かも》のポトフがのっていたあの頃。

母さんが、近所のカークーサの仔が家庭菜園のキャベツを盗んだと大騒ぎしていたっけ――トゥッケおばさんはカークーサをちゃんとつないでおいたためしがない。あたりにはいまのようにいい匂いが漂っていた。料理の匂いに、削りたての石のぴりっとした匂いとジージャが石をやわらかくしたりなめらかにしたりするのに使っていた薬品の匂いが混ざっていた。裏庭ではユーチェがビューンといいながら走り回り、空中高く飛びあがろうとしながら、落ちてる、落ちてる、と叫んでいて――。

ナッスンはジージャに抱きしめられたまま、ふいに気づいて身を硬くする――ユーチェ。飛びあがっていた。上へ落ちていた、いやそのふりをしていた。

ユーチェ、父さんが殴り殺してしまったユーチェ。

ジージャはナッスンの緊張を感じ取って、おなじように身を硬くする。そしてゆっくりと身体を離し、彼女を下におろす。喜びの表情が薄れて不安に変わっていく。「ナッスン」と彼がいう。視線で彼女の顔を探っている。「大丈夫なのか?」

「わたしは大丈夫よ、父さん」もう少し抱っこされていたかった。そう思わずにはいられない。だが、ユーチェのことを思い出して、気をつけなければと改めて思う。「会いたかったわ」

ジージャのなかに生まれていた不安感が少しだけ薄らぐ。彼はなにをいおうか迷っているのか口ごもるが、やっと脇にどいていう。「なかに入れ。腹は減ってないか？　おまえが食べる分もあるぞ」

というわけで彼女はなかに入り、二人は食卓について食べ、ジージャはずいぶん髪がのびたとか、コーンロウやプーフ（丸くふくらませた髪型）がよく似合うとかやけによくしゃべる。それは自分でやったのか？　少し背がのびたんじゃないか？　ナッスンは顔を赤らめて、そうかもしれないと答えるが、ジージャに最後に背を測ってもらったときからたっぷり一インチはのびたとわかっている――シャファが〈見いだされた月〉へのコムのつぎの分配のときにあたらしい衣服を請求することになるかもしれないからといって、測ってくれたのだ。ほんとうに大きくなった、とジージャがいう。心底、誇らしげで、ナッスンの心の防備もほどける。とてもきれいで、とても強い。まるで――父親が口ごもる。ナッスンは食卓の皿に目を落とす。彼が、まるでおまえの母親のようだ、といいそうになったからだ。

愛とはそういうものではないのだろうか？

「いいのよ、父さん」ナッスンは無理してそう答える。母親のように美しくて強い――ナッスンにとっては辛いことだが、愛はいつも辛いことと表裏一体でやってくる。「わたしも母さんに会いたい」いろいろありはしたが、ナッスンはほんとうにそう思っている。

ジージャがわずかに身を硬くする。顎の曲線を描く筋肉が小さくピクッと動く。「わたしはべつに会いたいと思ってはいないんだがなあ」

あまりにも見えすいた嘘なので、ナッスンは自分もそうだというふりをするのも忘れて、じっと見つめてしまう。ほかにもいろいろなことを忘れてしまったのはまちがいない。常識まで忘れてしまって、「でも父さんは会いたいと思ってる。ユーチェにも会いたいと思ってる。わたしにはわかるの」と口走ってしまう。

ジージャは身をこわばらせて彼女を見つめる。彼女がこれを声に出していったという事実にショックを受け、彼女がいった内容に恐怖を覚え、そのショックと恐怖の狭間で身動きできなくなっている。だがナッスンがたどり着いた答えは父親にとってはあたりまえのことだったから、不意打ちされたショックが突然、怒りに変わってしまう。

「丘の上の……あそこではおまえにそんなことを教えているのか？」と彼は唐突にたずねる。「父親を軽んじろと教えているのか？」

ナッスンはどっと疲れを感じる。なんとか彼の無神経さに合わせてステップを踏もうとしてきたが、もう疲れ果ててしまった。

「軽んじてなんかいないわ」と彼女はいう。抑揚をつけずに話しているつもりだが、声に苛立《いらだ》ちがあらわれているのが自分でもわかる。どうしてもそうなってしまう。「ほんとうのことをいっただけよ、父さん。でも父さんが――」

「ほんとうのことなんかじゃない。あれは侮辱だ。わたしはああいういい方は好きじゃないんだよ、お嬢さん」

そういわれて彼女はうろたえてしまう。「どんないい方？　わたしはなにも悪いことはいってないわ」

「人をロガ呼ばわりするのは悪いことだ！」

「わたしは……そんなことはいわなかったわ」だが、たしかにある意味、そういっていたのはまちがいない。ジージャが母さんやユーチェに会いたがっているということは、母さんやユーチェを愛しているということ、それはつまりロガ好きということだ。でも。わたしはロガ。これを口に出してはいけないと彼女はわきまえている。でも、いいたい。

ジージャが反論しようと口を開くが、思いとどまったようだ。彼は視線をそらし、テーブルに肘をついて両手で尖塔《せんとう》の形をつくる。気を鎮めようとするときによくとる姿勢だ。

「ロガは」と彼がいう。口のなかに不浄なものがあるようないい方だ。「嘘をつくんだよ。人を脅し、操り、利用する。邪悪な存在なんだよ、ナッスン、〈父なる地球〉とおなじくらい邪悪なんだ。おまえはちがう」

それも嘘だ。ナッスンは生きのびるために、嘘をついたり人を殺したり、しなければならないことをしてきた。そのうちのいくつかは彼を生きのびさせるためにしたことだ。彼女は、そうしなければならなかったことがいやでたまらない。そして彼がそのことにまったく気づいていないという事実に苛立っている。いまもそうなのに、彼はまるでわかっていない。

どうしてまだ彼を愛しているのだろう？　ナッスンは父親を見つめながら、そう考えている自分に気づく。

だが彼女はこう口にしている——「父さんはどうしてわたしたちをそんなに憎んでいるの？」

ジージャがたじろぐ。たぶん彼女がさらっとわたしたちといったせいだろう。「べつに憎んではいない」

「でも母さんのことは憎んでいるわ。きっとユー——」

「憎んでなんかいなかった！」ジージャがテーブルを押してうしろにさがり、立ちあがる。ナッスンは思わず身をすくめるが、ジージャはくるりとうしろを向いてゆっくりと歩きだす。そして不格好な小さい半円を描きながら話をつづける。「わたしはただ——わたしはかれらがなにができるか知っているんだよ。おまえにはわからないだろうが、おまえを守る必要があったんだ」

　魔法のように強烈な閃《ひらめ》きがいきなり降ってきて、ナッスンはジージャがユーチェの死体をまたいで立っていたことを覚えていないのだと悟る。肩や胸を波打たせ、歯を食いしばって、おまえもそうなのか？　と聞いたことも覚えていないのだ。いまの彼は彼女を脅したことなど一度もないと思いこんでいる。彼女を荷車から枯れ枝と石ころだらけの斜面に叩き落としたことなどないと信じている。なにかがジージャの頭のなかにあるオロジェンの子どもたちの物語を書き換えてしまったのだ——ナッスンの頭のなかではノミで石に刻まれたように不変なのに。たぶんそのなにかが、彼にとってのナッスンをロガではなく娘に書き換えてしまったのだろう。その二つを分けることなどできるはずがないのに。

「かれらのことは子どもの頃に身をもって学んだ。おまえより小さいときにだ」ジージャはもう彼女を見ていない。ゆっくり歩きながら、身振りを交えて話している。「マケンバのいとこだ」ナッスンは目を細めて考える。マケンバさんのことは覚えている。会うといつもお茶のような匂いがしていた物静かなお婆《ばあ》さん。町医者のレルナはその息子だ。町にマケンバさんのいとこがいただろうかと考えて、そういえば、と思い当たる。

「ある日、スペードシードのサイロのうしろに彼がいるのを見かけたんだ。しゃがみこんで震えていたから、具合が悪いのかと思った」ジージャは歩きながらずっと首をふっている。「わたしはもうひとり、べつの男の子といっしょだった。三人でよくいっしょに遊んでいたんだ。カールがリティスクに近づいていって身体を揺するとリティスクが――」ジージャがふいに言葉を切る。歯をむきだしにしている。そのときとおなじように肩で息をしている。「カールが悲鳴をあげて、リティスクは、止められない、どうすればいいかわからないといっていた。氷がカールの腕を這《は》いのぼっていって腕がもげた。地面に血溜《だ》まりができていった。リティスクはごめんといって泣いていたが、それでもカールをどんどん凍らせていった。止めてくれなかった。わたしが駆けだしたとき、カールはわたしに向かって手をのばしていた。そのとき凍っていなかったのは頭と胸と、その腕だけだった。遅すぎた。それはわかっていた。助けを呼びに駆けだす前から、もう手遅れだったんだ」

父親がしたことにはそれなりの理由が――特別な理由が――あったとわかっても、ナッスンにはなんの慰めにもならない。彼女に考えられるのはただひとつ――ユーチェがそんなふうにコントロールを失うことは絶対にありえない、母さんがそんなことは絶対させなかった、ということだけだ。それはまちがいない。母さんは、場合によっては町の反対側にいてもナッスンのオロジェニーを地覚し、鎮めることができた。つまり、ユーチェはジージャを怒らせるようなことはなにひとつしていなかった、ということだ。ジージャは息子が生まれるずっと前にまったくの別人がしたことを理由に、自分の息子を殺したのだ。ほかのなによりもこれが大きくものをいって、ナッスンはついに父親の憎しみはまったく理不尽なものだと結論を下す。

だから父親が急に横目で疑わしげな視線をナッスンに投げたときにも、ナッスンの心の準備はほぼ整っていた。「どうしておまえはまだ治っていないんだ?」

理不尽きわまりない。だが彼女はなんとかしようと試みる。かつては、この男が彼女の世界のすべてだったときもあったのだから。

「もうすぐ治せると思うわ。銀でいろいろなものをつくったり、人のなかからなにかを取りだしたりする方法を習ったから。オロジェニーがどう働くのか、どこから生まれるのかはわからないけれど、取りだすことができるものなら、きっと——」

「あそこにいるほかの怪物どもも、誰ひとりとして自分を治せたものはいない。いろいろと聞いて歩いたんだ」ジージャの歩くペースがあきらかに速くなっている。「みんなあそこへいっているのに少しもよくなっていない。あの守護者たちとあそこで暮らしているのに、人数がどんどん増えているのに、ただのひとりも治っていないんだぞ! あれは嘘だったのか?」

「嘘じゃないわ。もっとうまくなれば、治せるようになるから」彼女は本能的にわかっている。充分に精密なコントロール力を身につけてサファイアのオベリスクの力を借りれば、ほとんどなんでもできるようになるはずだ。「でも——」

「どうしてまだうまくできないんだ? ここにきてもう何カ月もたつんだぞ!」

い、い、いとてもむずかしいから、といいたかったが、彼は聞きたくないだろうと彼女は悟る。オロジェニーや魔法を使ってものを変容させるためには、オロジェニーや魔法の熟練の使い手になるしかない。そんな話、彼は聞きたくないだろう。けっきょく彼女はなにも答えない。答えても意味がないからだ。彼が聞きたい答えを口にすることはできない。彼がオロジェンを嘘つき呼ばわりし、挙げ句の果てに彼女が嘘をついているといいつのるのは理不尽だ。

彼女が沈黙していることにすぐさま疑念を抱いて彼は足を止め、彼女を責め立てる。「おまえはよくなろうという努力をしていない、そうだろう？　正直にいうんだ、ナッスン！」

彼女は心底、錆《さ》び疲れている。

「わたしはよくなろうと努力しているわ、父さん」ようやくナッスンは答える。「もっとよいオロジェンになろうと努力しているわ」

ジージャが、まるで彼女に殴られたかのようにうしろに飛びのく。「そんなことのためにおまえをあそこに住まわせてやっているんじゃないぞ」

彼は自分ではなにもしていない――シャファがそうさせたのだ。彼はいまや、自分にも嘘をついている。だが彼がいまついている嘘――彼女が生まれてからずっとつきつづけてきた嘘、と彼女は突然、気づいたのだが――、その嘘ほど彼女を悲嘆に暮れさせるものはなかった。彼は彼女を愛しているといっていたけれど、けっきょくそれはほんとうではなかったのだ。彼はオロジェンを愛することはできない。そして彼女はまさにそのオロジェンなのだ。彼はオロジェンの父親にはなれない。だからずっと彼女に、本来の彼女ではないものになれといいつづけてきたのだ。

彼女は疲れている。疲れ果ててうんざりしている。

「わたしはオロジェンのままでいたいのよ、父さん」と彼女はいう。彼の目が大きく見開かれる。彼女は恐ろしいことをいっている。彼女がありのままの自分を愛するのは恐ろしいことだ。

「わたしが好きなのはものを動かしたり、銀をしたり、オベリスクのなかに落ちていくことなの。嫌いなのは――」

彼女は自分が嫌いなのはアイツにしてしまったこと、そしてとくにいやなのは彼女になにができるか知った人たちが彼女にたいしてとる態度だといおうとするが、そのひまはない。ジージャが素早く二歩、まえに出て、目にも止まらぬ速さで手の甲をふるって、彼女を椅子から弾き飛ばす。

帝国道を進んでいたあの日とおなじだ。あのとき彼女は気がついたら斜面の下に転がっていた。痛かった。きっとユーチェもそうだったのだろう、と彼女は気づく。またひとつ、唐突に真実が見えた。いま、あるべき姿だった世界が、つぎの瞬間にはまったくちがう、完全に壊れた世界になってしまう。

少なくともユーチェには憎しみを覚える時間はなかった、と彼女は悲しみのなかで思う。

そして彼女は家をまるごと凍らせる。

反射的にしたことではない。意図して、円環体を正確に寸分違わず家の形に合わせてつくりあげてしたことだ。壁の外の人間は誰ひとり巻きこまれていない。彼女は円環体に中心核を二つつくっていた。それぞれの中心に彼女と父親が入っている。彼女は肌の産毛に冷気を感じ、気圧が低くなって服や編んだ髪が引っ張られるのを感じている。ジージャもおなじことを感じながら悲鳴をあげている。血走った目を大きく見開いているが、なにも見えない。凍りついて悲惨な死に方をした少年の記憶が彼の顔に張りついている。やがてナッスンは立ちあがり、しっかりと凍りついてつるつるにすべる床の向こうにいる父親を見つめる。目のまえには椅子が倒れている。大きく曲がってしまってもう使えそうもない。ジージャはよろよろとあとずさり、氷に足をとられて転ぶ。床をすべっていってテーブルの脚にぶつかる。

もうなんの危険もない。ナッスンは父親がこれ以上暴力をふるわないよう、警告としてほんの一瞬、円環体を出現させただけだ。だがジージャはまだ悲鳴をあげつづけている。そしてナッスンはパニックに陥ってうずくまったままの父親をじっと見おろしている。哀れに思うべきなのかもしれない。後悔するべきなのかもしれない。だが彼女が実際に感じているのは母親にたいする冷たい怒りだ。理屈に合わないことはわかっている。ジージャがオロジェンを恐れるあまり自分の子どもを愛せないのは、ほかの誰でもないジージャの問題だ。しかし彼女はかつては無条件に父親を愛していた。彼女はその完璧な愛を失ってしまった。それを誰かのせいにせずにはいられないのだ。母親はそれを背負っても耐えられる、と彼女にはわかっている。もっと強い人といっしょになってわたしたちを産んでくれればよかったのよ、と彼女は思う。どこにいるのかわからないエッスンにそう呼びかける。

つるつるに凍った床をすべらないように歩くのはなかなかむずかしいし、ドアを揺すってギーッと開けるのにも少し手間取ってしまう。やっとドアが開く頃にはうしろにいるジージャの悲鳴は止まっていたが、荒い息遣いは聞こえる。息を吐くたびに呻《うめ》くような声が洩《も》れる。彼女はふりかえりたくないのだが、けっきょくは無理してふりかえる。よきオロジェンでいたいから、そしてよきオロジェンに自己欺瞞《ぎまん》は許されないからだ。
ジージャが、まるで彼女の眼差しに彼を燃やしてしまう力でもあるかのように、ビクッと身を震わせる。
「さよなら、父さん」と彼女はいう。彼から返事はかえってこない。

§

そして彼が彼女を生きながらにして氷で燃やしたとき、彼女が流した最後の涙は地に落ちて〈壊滅の季節〉さながらに砕け散った。ロガに対しては、心を石にせよ。かれらの魂に宿るのは錆びだけなのだから！

——伝承学者の説話「氷のくちづけ」より
ベベック四《よ》つ郷《ごう》ムシダ劇場にて、ウォズ〈伝承学者〉ベベックの語りを録音したもの。（注記：赤道地方の巡回伝承学者七名が署名した書簡には、ウォズは〝三流ポップ伝承学者〟であり、われわれとは無関係と記されている。よってこの説話は偽作の可能性がある。）

18
あんたは秒読みに入る

イッカとの話が終わると、わたしはあんたを脇へ引っ張っていく。比喩的ないい方だがな。

「あんたが灰色の男と呼んでいるやつは〈門〉を開けるのを邪魔しようと思っているわけではない」とわたしはいう。「さっきは嘘をついたんだ」

あんたはわたしにたいしてとても用心深くなっている。あんたがそれで悩んでいることもわたしにはわかっている――あんたは、わたしが見た目であんたをどれほどだましていたか、わたしを見るたびに思い出すというのに、それでもわたしを信じたいと思っている。しかしあんたは溜息《ためいき》をついてこういう。「ええ。なにかありそうだと思っていたわ」

「彼は、あんたを操ることができなければ、あんたを殺してしまう気だ」わたしはあんたの皮肉を無視して話をつづける。「あんたは、もし〈門〉を開けることができたら〈月〉を取りもどして〈季節〉を終わらせる気でいる。彼がほんとうに欲しがっているのは、彼の目的のために〈門〉を開けてくれる人物だ」

あんたにはまだゲームの全貌は見えていないが、これでプレイヤーの顔ぶれはわかったわけだ。あんたは眉をひそめる。「その目的って、どっちなの？　現状を変えるほう？　それとも現状維持？」

「さあな。それが問題になるのか？」

「たぶんならないわね」あんたは毛束を手でこする。ついこのあいだ、きれいにねじり直したばかりだ。「だからカストリマを手に入れてロガをひとり残らず追いだしたいのかしら？」

「そうだ。彼はなんとしてもあんたを自分の思いどおりに動かす方法を見つけるつもりだ。もし見つからなければ……あんたは彼にとって無用の長物になる。いや、それどころではない。あんたは彼の敵になってしまう」

あんたは〈地球〉の倦怠感《けんたいかん》を漂わせて溜息をつき、返事はせずにただうなずいて去っていく。わたしはあんたをじっと見送る。あんたのことが気がかりでならない。

§

あんたは絶望したときはいつもそうだが、アラバスターのもとを訪ねる。

もう彼の元の姿はあまり残っていない。両足を放棄して以来、彼は薬で昏々《こんこん》と眠りつづけていて、母犬の乳をもらう仔犬のようにアンチモンに寄りかかっている。あんたは彼のところへいっても講義してくれとたのまないこともある。これは時間のむだだ。彼が無理して生きながらえている唯一の理由は、天体規模の破壊をあつかう技術をあんたに伝えるためだということははっきりしているのだから。あんたのほうは二、三回、彼に現場を押さえられたことがある

——ふと目を覚ますとあんたは彼の巣の横で丸くなって寝ていて、彼があんたをじっと見おろしていたのだ。彼はそのことであんたを叱ったりはしなかった。たぶん叱るだけの元気がなかったのだろう。あんたとしてはありがたいことだが。

いま彼は、あまり動きはしないが起きている。あんたは彼のそばに落ち着く。アンチモンはこのところ完全に彼の巣のなかに入っていて、あんたがいくとほとんどいつも彼用の〝生きた椅子〟の姿勢をとっている——膝をつき、足をひろげて両手を太ももに当てた姿勢だ。アラバスターは彼女のまえにすわって彼女に寄りかかっている。足は腐っているが背中の火傷《やけど》は何カ所か治ったので、これが唯一、起きあがっていられる姿勢なのだ。幸い、彼女には乳房がないから寄りかかりやすいし、服に似せたものは尖《とが》ってもざらついてもいない。腰をおろすあんたをアラバスターの目が追う。まるで石喰《いしく》いのようだ。そんな比較をしてしまうことが、あんたはいやでたまらない。

「まただわ」とあんたはいう。なにがまたなのかは説明しない。彼はいつだってそれでわかるからだ。「どうして……ミオヴで。あそこまでできたの？　どうして？」あんたはもうこの場所を守るために戦う気も、ここで生活を築いていく気もなくなってしまっているのだ。あんたの本能は、カストリマがあんたの敵になる前に避難袋をつかんで仲間を連れて逃げだせといっている。〈季節〉がすっかり本格化してきたいまここを出るのは死の宣告に等しいかもしれないが、死ぬ確率はとどまるほうがもっと高いはずだ。

彼がゆっくりと深く息を吸いこむ。これは答える気があるという証拠。言葉を口にするのに少し時間がかかるのだ。「そうしようと思ってしたわけではない。きみは妊娠していた――わたしは……寂しかった。うまくいくだろうと思ったんだ。しばらくは」

あんたは首をふる。あんたが妊娠していることを彼はあんたより先に知っていた。当然の話だ。が、いまはそんなことはどうでもいい。「あなたはかれらのために戦った」〝かれら〟を強調するのは少し骨が折れたが、それでもあんたはしっかりそこを強調した。あんたとコランダムとイノンのためだったのはまちがいないが、彼はミオヴのためにも戦ったのだ。「かれらも、いつかはわたしたちと敵対していたはずよ。あなただってそれはわかっていた」コランダムがあまりにも強大な力を持っているとわかったら、あるいはもし守護者たちをどうにか追い払えたとしてもミオヴを離れてどこかほかへ移るしかなくなったとしたら。それは避けられないことだった。

彼が、ああ、と肯定ととれる声を洩《も》らす。

「だったらどうして？」

彼はゆっくりと長い溜息を洩らす。「そうならない可能性もあったからだ」あんたは首をふる。あまりにも信じがたい答えで、たわごとにしか聞こえない。しかし彼はこうつけ加える。

「少しでも可能性があるなら、試してみる価値はある」

彼は、きみのために、とはいわないが、あんたはそういわれたような気がしている。外に出た言葉の下にあってかろうじて地覚できる、言外の意味というやつだ。あんたの一家がほかの人々にまじって、その一員として、人並みの暮らしができるように。人並みのチャンス。人並みの努力。あんたは彼を見つめる。そして衝動的に手を彼の顔に持っていき、傷跡のあるくちびるに指を走らせる。彼はそんなあんたをじっと見つめて、あのささやかな四分の一の微笑をプレゼントしてくれる。いまの彼にはそれが精一杯なのだ。が、あんたにとっては充分すぎるほどのお返しだ。

そしてあんたは立ちあがり、薄くてひびの入った、あるかなきかのカストリマを救うチャンスを拾いにいく。

§

イッカは翌朝、投票をおこなうとみんなに告げていた――レナニスの〝申し出〟から二十四時間後だ。カストリマはなんらかの返事をしなければならないが、イッカは自分の非公式な評議会だけで決めていいとは考えていないのだ。投票して結果にどんなちがいが出るのか、あんたには皆目見当がつかない。もしコムがひと晩、無傷ですごせたらそれは錆《さ》び奇跡だと、彼女が強く主張したら話はべつだが。

コムのなかを歩いていくあんたを、みんなが見ている。あんたはかれらの視線にまどわされないよう、まっすぐまえを見ている。

あんたはカッターとテメルのところに立ち寄ってイッカの指示を伝え、みんなにひろめてくれとたのむ。テメルはいつも子どもたちを訓練に連れだしているから、生徒たちの家へいって、

二、三人の学習グループをつくるようにすすめ、信頼できる大人の家にいるように指示するという。あんたは「信頼できる大人はいない」といいそうになるが、それは彼も承知している。どうしようもないことだから、わざわざ口に出す必要はない。

カッターはこのイッカの指示をほかの大人のロガ数人に伝えるという。ロガといっても誰もが円環体を投じたり、自分をうまくコントロールできたりするわけではない――あんたとアラバスター以外はみんな野生だからな。しかしカッターなら、そうできない者はできる者とかならずいっしょにいるように手配してくれるだろう。そして彼は無表情のままこうつけ加える。

「それで、誰があんたと組むんだ?」

自分があんたと組んで見守ってやるということだ。そう思うと背筋が寒くなって、あんたはその自分の反応に驚く。なぜかはわからないが、あんたはこの男を本気で信用したことは一度もない。彼がこれまでずっと正体を隠して生きてきたという事実がひっかかるのだ――あんたのティリモでの十年間を考えると、たいした偽善者ということになる。だが、クソ剝《は》がれ錆び、そもそもあんたは誰にしろ他人を信用しているのか? 彼が自分の仕事をまっとうしてくれるならそれでいいことだ。あんたは無理してうなずく。「じゃあ、用事がすんだらわたしを捜しにきて」彼もうなずく。

そこであんたは少し休もうと決める。あんたの寝室はホアの変身のおかげでめちゃくちゃだし、トンキーのベッドで寝る気にもなれない――もう何カ月もたつが、白カビの記憶は簡単には消えない。そしてもうひとつ、あんたはイッカと組む相手がいないことに遅まきながら気づいていた。彼女は自分のコムの住人を信じているが、あんたはちがう。ルビー・ヘアはホアが食べてしまった。とりあえず彼女はイッカを生かしておきたいと思っていたはずなのだが。そこであんたはテメルに背負い袋を借り、自分のアパートメントにもどって必要不可欠な食料をかき集め——避難袋とまではいかないが、イッカが難色を示したときにそれを押し切るもっともらしい理由にはなる——、それを持ってイッカのアパートメントに向かう。（そうすることで、カッターがあんたを見つけるのに手間取ることにもなる。）寝室のカーテンの奥から寝息が聞こえてくるところを見ると、イッカはまだぐっすり眠っているようだ。彼女のところの長椅子は、とくに旅していたときのでこぼこの寝床に比べると、とても寝心地がいい。あんたは、しばらくこの世界のことは忘れようと、避難袋を枕にして丸くなる。

そしてあんたはイッカが罵り言葉を吐く声で目を覚ます。彼女はよろめきながら猛スピードであんたの横を通り抜けていく。アパートメントの入り口のカーテンの片方を半分引きちぎってしまうほどの勢いだ。あんたはあたふたと起きあがる。「なに——」といいかけたとき、外から叫び声が聞こえてくる。怒声だ。群衆の怒声。

ついにはじまったということだ。あんたは立ちあがってイッカのあとを追う。袋を二つつかんだのは本能のなせる業だ。

晶洞《しょうどう》の底の共同浴場のそばに人だかりができている。イッカはあんたには真似のできないやり方でどんどん下へおりていく——金属梯子《はしご》を滑りおり、階段の踊り場の手すりを乗り越えると身体を揺すって下の踊り場に移り、足元で危険なほど揺れる橋を駆け抜ける。あんたのほうは分別のある、自殺行為にはほど遠い方法でおりていくから、あんたが人だかりの現場に着く頃には、イッカは、みんな静かに、話を聞け、うしろにさがれ、と大声で叫んでいる。

人だかりのまんなかにいるのはカッターだ。素っ裸にタオル一枚という格好で、いつもの何事にも無関心なカッターとは別人のような雰囲気だ。切迫した、肚《はら》をくくったような、挑むような、逃げる覚悟を決めた表情。そして五フィート先には地面にすわった男の凍った死体がある。いじましい恐怖の表情を永遠に顔に張りつけて、もがきながらあとずさる最中に凍りついてしまった死体。あんたは知らない顔だ。が、それはどうでもいい。問題はロガがスティルを殺したということだ。これは、カラカラに乾燥させて油をしみこませた焚《た》きつけ同然のコムのまんなかにマッチを投げこんだようなものだ。

「――どうしてこんなことになったの？」イッカが叫んでいる。あんたは人だかりに近づいていく。イッカの姿はほとんど見えない――すでに五十人近くの住人が集まっている。あんたは人を押しのけていちばんまえまでいくこともできるが、そうはしないでうしろのほうにいることにする。いまは人目を引かないほうがいい。あたりを見まわすと、レルナがいる。彼も人だかりのいちばんうしろに潜むように立っている。彼があんたを見て、目を見開き、顎を引き締める。そして近くには――ああ、燃える地球――三人のロガの子どもたちもいる。ひとりはペンティという、ロガの子どものなかでも勇敢だが無分別な子たちのボスだ。彼女はまえのほうのようすをもっとよく見ようと、つま先立ちで首をのばしている。そして人をかきわけてまえへいこうとしたところで、あんたと目が合う。あんたが〝お母さんの顔〟で見つめ返すと、たちまち縮みあがってうしろにさがる。

「どうしてこうなったかなんて、錆び誰が気にするというんだ？」〈革新者〉のひとり、セキムだ。あんたが彼を知っているのはトンキーがよく彼のことで文句をいっているからだ。あの男は愚かすぎて〈革新者〉カーストにふさわしくない、たいして重要ではない〈指導者〉カーストにでもぶちこんでおけばいい、というのがトンキーの言い分だ。「これはなぜ――」

セキムの話を誰かの怒鳴り声がさえぎる。「くそロガ！」

すると誰かが怒声を飛ばす。「くそ黙って聞け！　イッカが話してるんだぞ！」

「ロガ怪物のことなんか誰が錆びかまうもんか――」

「人喰《ひとく》いの錆び息子、ぶちのめしてやろうか――」

誰かが誰かを小突く。小突き返す、罵る、殺してやると叫ぶ。もう収拾がつかない。

そのとき、ひとりの男が人垣から飛びだしてきて凍った死体のそばにしゃがみこみ、死体をどうにかひしと抱きしめる。男と死体とはよく似ている。凍った顔でもそれはわかる――たぶん兄弟だろう。男の悲痛なむせび泣きがあたりに響くと、群衆はふいを突かれて沈黙し、静寂がさざ波のようにひろがっていく。やがて男のむせび泣きが深い、魂を引き裂くようなすすり泣きに変わる。人々は落ち着かなげに身じろぎしている。

イッカが、男の嘆きが用意してくれた絶好の機会をとらえて、深々と息を吸いこみ、一歩まえに出る。そしてカッターに向かってピシリという。「あたしはなんていった？　あたしは錆びなんていった？」

「あいつが襲いかかってきたんだ」カッターがいう。彼にはかすり傷ひとつできていない。

「嘘だ」とイッカがいう。群衆のなかの何人かがおなじ言葉をくりかえすと、イッカはかれらをじろりとにらみ、声が静まるまでにらみつづける。そして死んだ男に目をやる。顎がこわばっている。「ベティンがそんなことをするはずがない。鶏の群れの世話をする番になったときだって、一羽も殺せなかったくらいだ」

カッターが彼女をにらみつける。「わかっているのは、わたしは風呂に入りたかったということだけだ。すわって身体を洗おうとしたら、あの男が離れていった。まあいい、そんなものだろうと思って、べつに気にもしなかった。そのあと湯船に入ったら、そいつに殴られたんだ。思い切り、うなじを」

怒りを含んだ低いささやきがひろがる——が、居心地悪そうに身じろぎする者もいる。巷《ちまた》の噂では、ロガを殴るならうなじがいちばん効果的といわれている。これはほんとうではない。力いっぱい殴って脳震盪《のうしんとう》を起こさせるとか頭蓋骨にひびを入れるとかすれば、相手は倒れるだろうが、地覚《ちかく》器官にはなんの影響もない。それでも一般的にはそう信じられている。もしそれがほんとうなら、カッターが反撃する理由にはなるわけだ。

「錆びごとをいうな」唸《うな》り声でそういったのは、かすかにシューッという音をたてているベテインの亡骸《なきがら》を抱いている男だ。「ベッツはそんなことはしない。イーク、あんたも知ってるよなあ、こいつは——」

イッカがうなずき、男に近づいて肩に触れる。群衆がまたぎごちなく身じろぎする。秘められた怒りの風向きが変わる。一瞬、イッカのほうへ、ほんの少しだけ。「知ってるとも」彼女の顎の筋肉が一度、二度、ピクピクと動く。彼女があたりを見まわす。「誰かほかに二人のけんかを見た者は？」

数人が手をあげる。「ベッツが離れていくのは見たわ」と女がいう。ごくりと唾を飲んで、カッターを見る――鼻の下に玉の汗が浮かんでいる。「でも、ただ石鹸《せっけん》に近いほうにいきたかっただけだと思う」

「あの男はわたしを見たんだ」カッターがピシリという。「ああいう目つきがなにを意味しているのか、こっちはわかっているんだ！」

イッカが片手をひとふりして彼を黙らせる。「わかってるよ、カッター、でも黙って。ほかには？」と女にたずねる。

「それだけよ。目をそらして、つぎに見たらあれがあったのよ――渦が。風と氷も」顎をこわばらせて顔をしかめる。「あんたたちがどうやって人を殺すか、知ってるでしょうが」

イッカは女をにらみつけるが、こんどは女に賛成する声がいくつもあがって、思わずたじろいでしまう。群衆をかきわけてカッターに近づこうとする者がいる――誰かが引き止めるが、それがなければカッターに襲いかかっていったにちがいない。イッカは自分が住人たちの支持を失いつつあることを自覚している。あんたはそうと気づくが、イッカは住人たちにはそれを見せないようにしている。このままでは群衆は暴徒と化し、彼女の手に負えなくなってしまうだろう。

ところが、だ。あんたの予測ははずれる。彼女にはひとつできることがあるんだ。

彼女はカッターのほうを向くと彼の胸に手を置いてなにかを送りこむ。あんたはその瞬間には積極的に地覚していないから、その余波だけを地覚する。それは――うん？　それは……何年か前、大陸の五分の一ほど離れたところでアラバスターがホットスポットを叩いて服従させたときの技に似ている。これは局所的だし、見た目も凄惨ではないが、あの守護者がイノンにしたことに似ている。ロガにそんなことができるとは、あんたもまったく知らなかった。

なんにしろ、カッターには喘《あえ》ぐひまさえない。かっと目を見開く。よろっとうしろに一歩さがる。そして倒れる。その顔にはベティンの恐怖に匹敵する驚きの表情が張りついている。

誰もが押し黙る。あんぐりと口を開けているのはあんただけではない。

イッカが息をつく。なにをしたにしろ、かなりの力を奪われたようだ――少しふらつくが、すぐにしっかりと背筋をのばす。「もう充分だ」彼女はそういってふりかえり、群衆を見まわす。「充分すぎるくらいだ。正義はなされた。そうだろう？　さあ、みんな、錆び家へ帰るんだ」

みんながそのとおりにするとは、あんたは思っていない。血に飢えた群衆を煽《あお》るだけだと思っている……が、あんたはまるでわかっていないことがはっきりする。人々は多少わさわさと動き、またいくらかブツブツ文句をいうが、やがて散っていく。嘆き悲しむ男のすすり泣きが、どこまでもかれらのあとを追う。

午前零時、と計時係が告げる。投票まであと八時間だ。

「ああするしかなかった」とイッカがつぶやく。あんたはまた彼女のアパートメントにいて、彼女のそばに立っている。彼女が住人たちを見られるように、そして住人たちからも彼女が見えるように、カーテンは開けっぱなしだが、彼女は入り口の戸枠に寄りかかって震えている。といってもほんのわずかなので遠目にはわからないはずだ。「ああするしか」

あんたは敬意を込めて正直に答える。「そうね。そのとおりよ」

もう二時だ。

§

五時になる頃には、あんたは少し寝ようかと考えている。思ったより静かなのだ。レルナとフジャルカもイッカのところにきている。誰もあんたが寝ずの番をしている、黙って哀悼の意を表している、カッターを悼んでいる、世界が（また）終わるのを待ち構えている、とはいわないが、それがあんたのしていることだ。イッカは長椅子にすわって両手で膝を抱え、壁に頭をもたせかけて疲れた顔でぼうっと宙を見ている。

また叫び声が聞こえるが、あんたは目を閉じて無視しようとする。ところがそれは甲高い子どもの悲鳴で、あんたは無視どころではなくなって完全に感情移入してしまう。ほかの連中が立ちあがり、あんたも立ちあがって、みんなでいっせいにバルコニーに出る。住人たちが、アパートメントにするには小さすぎる水晶柱のまわりにつくられた広々としたデッキのひとつに向かって走っていく。あんたたちもそっちへ向かう。コムではこの手のデッキを倉庫代わりに使っているので、そこには樽や竹かごや粘土製の壺《つぼ》が積まれている。壺がひとつ倒れているが、割れてはいないようだ——あんたがほかの連中といっしょにデッキに着いて目にするのはこれだ。それで、あんたが目にするほかの光景の説明がつくかといえば、そんなことはまったくない。

またさっきのロガの子どもたちがいる。ペンティとその子分たちだ。叫んでいるのはそのうちの二人で、女を引っ張ったり叩いたりしている。その女はペンティをデッキの床に押さえつけて喉元をつかみ、ペンティに向かって怒鳴っている。あんたより十歳くらい若くて、あんたよりがっしりしていて、あんたより髪が長い——名前はウェイニーン、〈耐性者〉のひとりだ。あんたがキノコ棟や共同トイレのシフトでいっしょになったときには親切にしてくれたが、陰では悪い噂を聞いたこともある。ウェイニーンは、レルナがときどき吸っているメローや、コムのごく少数の連中が飲んでいる安ウイスキーをつくっている。〈季節〉がはじまる前には、採鉱や交易の仕事をしていたカストリマ生まれの住人たちの単調で退屈な暮らしを活気づける手伝いをしてかなりの富を築き、四つ郷《よごう》の徴税官の目につかないよう酒や煙草《たばこ》をカストリマ地下に隠していたという。世界が終わってしまったのは、彼女にとっては好都合だった。だが彼女は自分の商売の最大の顧客でもあるので、彼女が赤い顔をして大声でがなり、噴火したての火山より強い毒気を吐きながら千鳥足で歩いているのはそう珍しいことではない。ウェイニーンは年がら年中たちの悪い酔っ払いというわけではないし、なんでもおおらかに分けあうし、シフトを休んだことは一度もないから、彼女が酒を飲もうが煙草を吸おうが誰もうるさいことはいわない。みんなそれぞれのやり方で〈季節〉とつきあっているのだ。しかしなにがあったのか、いまの彼女は歯止めがはずれてしまっている。そしてペンティが火に油を注いでいる。フジャルカやほかの住人たちが女を少女から引き離そうと大股で歩み寄っていく。そしてあんたは、ペンティが自分をコントロールしていてデッキ全体が凍りつくようなことになっていないのは上出来だと自分にいいきかせる。そのときだ、女が拳をふりあげる。

拳

あんたは見た、ジージャの拳の跡を、ユーチェの腹と顔に四つ平行に並んだ痣を

あの拳が

拳が

拳が

だめ

あんたはほぼ同時に、トパーズのなかに、そして女の細胞のあいだにいる。そうしようと思ってしたわけではない。あんたの精神は落ちていく、飛びこんでいく、上昇する黄色い光の奔流のなかへ、まるでそこが本来の居場所であるかのように。あんたの地覚器官は銀の糸を囲ん

で収縮し、あんたはオベリスクと女と、両方の一部になり、これが起こらないようにする、二度と、二度と、起こらないように、ジージャを止めることはできなかったが――。

「もうこれ以上、子どもはひとりも」あんたがつぶやくと、あんたの仲間たちが驚いて不安そうにあんたを見る。と思うとすぐにあんたを見るのをやめる。けんかをふっかけていた女が突然、悲鳴をあげ、子どもたちがそれに輪をかけた大声で悲鳴をあげているからだ。ペンティまで悲鳴をあげている。なぜなら彼女に覆いかぶさっている女がキラキラ光る色彩豊かな石に変わってしまったからだ。

「もうこれ以上、子どもはひとりも！」あんたは近くにいる連中を地覚することができる――評議会の面々、悲鳴をあげている女、ペンティと仲間の女の子たち、フジャルカも誰も彼もみんな。カストリマにいる全員。かれらはあんたの神経の繊条《せんじょう》組織の上でトントン、ガタガタ、足踏みしていた。かれらはジージャだ。あんたは酔っ払い女に焦点を合わせ、ほとんど本能に駆り立てられて女から動きと命を絞りだし、なにかはわからないが魔法の反応の副産物に置き換えていく。石のように見える副産物に。それはアラバスターを、あんたのもうひとりの死んだ子どもの父親を、死に追いやりつつあるもの、**もうこれ以上、錆び子どもはひとりも**。この世界はいったい何世紀にわたって、ロガでない子どもが安心して眠れるようにロガの子どもを殺してきたのだろう？　みんな、ジージャだ、このろくでもない世界はシャファだ、カストリマはティリモでフルクラムで**もうこれ以上**そしてあんたはオベリスクのパワーをあんたを通して迸《ほとばし》らせあんたの視界のなかにいる者もその向こうにいる者も誰も彼も殺そうとしはじめる。

なにかがあんたとオベリスクとの接続に揺さぶりをかけてくる。あんたは突然、いままでなんの支障もなく与えられていた力を得ようと戦わなければならなくなる。あんたはなにも考えず歯を食いしばり、われ知らず唸《うな》り、拳を握りしめ、心のなかで二度と彼にあんなことはさせないと叫ぶ。あんたはシャファの姿を見ている、ジージャのことを考えている。

そしてあんたはアラバスターを地覚している。あんたとオベリスクとのつながりを激しく鞭打《むちう》つ白い巻きひげの光輝のなかに彼を感じている。あんたの力に抗して戦っているのはアラバスターの力だ……そしてその力は戦いに負けようとしている。彼はあんたが知っている方法を使っているはずなのに、あんたを打ち破れずにいる。彼ならその方法であんたを打ち破れるはずなのに。彼は弱くなっているのか？　ちがう。あんたが前よりもずっと強くなっているのだ。

そのとき突然、そのことの意味があんたが陥っていた記憶と憎悪の遁走《とんそう》をぴしゃりと打ち据えて、あんたは冷たい衝撃的な現実に引きもどされる。あんたは魔法で女を殺してしまった。あんたは魔法でカストリマを壊滅させようとしていた。あんたは魔法でアラバスターと戦っている――そしてアラバスターはこれ以上の魔法に耐えられなくなっている。

「ああ、冷酷な地球」とあんたはつぶやく。そしてすぐに戦うのをやめる。アラバスターがあんたとオベリスクとの接続を断つ――その手際はいまだにあんたより繊細だ。しかしあんたは接続を断つ彼が弱っているのを感じ取る。彼の力が薄れていくのを感じ取る。

あんたは自分でも気づかないうちに走りだしている。いや、走るとまではいえないかもしれない。魔法対魔法の戦いと、いきなりオベリスクとの接続を断たれたこととが相俟《あいま》って、方向感覚はおかしくなっているし疲れ切ってもいるからだ。あんたはまるで酔っ払っているみたいによろよろと手すりやロープをつかんで進んでいく。誰かがあんたの耳元で怒鳴る。誰かの手があんたの腕をつかむが、あんたは唸り声をあげてその手をふりはらう。そしてなんとか命を落とさずに地面までおりる。おかしなことに、ぼやけた顔がつぎつぎと通りすぎていく。まともに見えないのはあんたが声をあげて泣いているからだ。あんたは泣きながら、だめ、だめ、だめ、と口走っている。自分がなにをしてしまったのか、どんなにあんたの言葉が、身体が、魂が否定しようと、あんたにはわかっている。

そしてあんたは診療所にいる。

あんたは診療所のなかにいて、不条理なほど小さい、けれども見事なつくりの、石像を見おろしている。色とりどりではないし磨かれてもいない、冴《さ》えない薄茶色一色の石像。抽象的な、原型的な石像といってもいいかもしれない——最期の瞬間を迎えた男。切り詰められた魂。人にあらざる者、人たりえぬ者。かつて見いだされ、いまは失われた者。

あるいはただたんに、アラバスターと呼んでもいいかもしれない。

時刻は五時半。

§

七時、あんたがアラバスターの亡骸のまえでうずくまっているところにレルナがやってくる。あんたは彼がすぐそばで足を止める音をかろうじて聞き取り、なにをしにきたのかといぶかしむ。不用意にもほどがある。わたしがまたプツッと切れて彼まで殺してしまわないうちに出ていってくれ、と思う。

「イッカがあなたを殺したりしないようにとコムのみんなを説得しましたよ」と彼がいう。「ぼくがみんなにあなたの子どものことを話しました。それで、ウェイニーンはあんなふうに叩いていたらペンティを殺してしまったかもしれないということで、うーん、合意できて。あなたの過剰な反応は……理解できるということになりました」ひと呼吸置く。「その前にイッカがカッターを殺していたことも影響しています。彼女は前よりもみんなに信頼されていますから。みんなわかっているんです、彼女があなたを擁護するのはただ……」息を大きく吸って肩をすくめる。「おなじ一族だからというわけではないと」

そうだ。フルクラムの教官からはそう教わった――ロガはみんなまったく同一なのだと。ひとりの罪はみんなの罪だと。

「誰も彼女を殺せはしない」ホアだ。いうまでもなく彼はここにいて投資対象を守っている。レルナはこれを聞いて不安げに身じろぎする。しかしそのとき、またべつの声が聞こえる。「誰も彼女を殺せはしない」それがアンチモンの声とわかって、あんたはたじろぐ。

床にうずくまっていたあんたは手をついてゆっくりと身体を起こす。アンチモンはいつもとおなじ場所にすわっている。彼女はずっとここにいたのだ。かつてはアラバスターだった石の塊《かたまり》を、彼が生きていたときとおなじようにうしろから支えている。彼女の視線はすでにあんたに注がれている。

「彼はあなたのものにはならないわ」とあんたはいう。唸り声で。「わたしも」

「あなたは欲しくはない」とアンチモンがいう。「あなたは彼を殺したのだから」

　ああ、くそ。あんたは絶望が生みだす怒りを持ちつづけようとする、それを使って彼女を平然と無視するための力に焦点を合わせ、手をのばそうとするが、怒りは溶けて羞恥心に変わってしまう。いずれにしろあんたの手が届くのはあのアラバスターのいまいましいオベリスク製長ナイフだけだ。スピネル。そいつは、まるであんたの顔に唾を吐くように、そいつをつかもうとぶざまにのばしたあんたの手をほとんど一瞬のうちに蹴り返す。あんたはまちがいなく侮辱されてしかるべき相手だ、そうだろう？　石喰いも、人間も、オロジェンも、剝離したオベリスクさえもそうだと知っている。あんたは無に等しい存在だ。いや——あんたは死だ。そしてあんたはまたひとり、愛する人を殺してしまった。

　あんたはあとに残され、拒絶され、あんたの中心核《コア》でゼンマイ仕掛けの痛みのエンジンがキリキリと回転しているかのような苦痛に苛《さいな》まれ、床に四つん這《ば》いになる。オベリスクの建造者だったらこの痛みを制御してなにかに活かす方法を発明できたかもしれないが、かれらはみんな死んでしまっている。

　なにか音がして、あんたは深い悲しみから引きずりだされる。見ると、アンチモンが立っている。堂々たる立ち姿。情を寄せつけぬ仁王立ちだ。彼女が自分の鼻越しにあんたを見る。両手で抱いているのはアラバスターのなごりの茶色い塊。この角度からだと、かつて人間だったようにはまったく見えない。もっとも公式には人間ではなかったわけだが。

「だめ」とあんたはいう。こんどは強気で挑戦しているわけではない――嘆願だ。彼を連れていかないで。だがこれは彼が望んだことだ――彼から多くのものを奪った〈父なる地球〉ではなく、アンチモンに与えてくれと彼はいっていた。選択肢はそれしかない――〈地球〉か石喰いか。あんたはリストに入っていない。

「彼からの伝言がある」と彼女がいう。抑揚のない話し方はいつもとおなじだが、それでも。どういうわけか。哀れみだろうか？ 「『オニキスが鍵だ。まずネットワーク、つぎに〈門〉。錆びつかせるな、エッスン。イノンもわたしも、いわれなくきみを愛したわけではない』」

「え？」とあんたは聞き返すが、アンチモンはチラチラ瞬いて半透明になっていく。そのときはじめてあんたは、石喰いが岩のなかを移動する方法と、オベリスクが現実の状態と非現実の状態のあいだを行き来する方法はおなじだということを悟る。

見ていてもなんの役にも立たない。アンチモンはあんたが憎む〈地球〉のなかへ消えてしまう。アラバスターとともに。

あんたは彼女に取り残されたまま、彼に取り残されたまま、その場にすわりこんでいる。頭のなかは空っぽだ。だがそのとき誰かの手があんたの腕に触れ、誰かの声があんたの名を呼び、オベリスクとではないつながりが生まれると、あんたはその方向を向く。向かずにはいられない。あんたはなにかを必要としている。それが家族でも死でもないとしたら、それ以外のなにかだ。だからあんたはふりむきざまにつかむ。するとそこにいてくれたのはレルナで、彼の肩は温かくてやわらかい。あんたはそれを必要としている。彼を必要としている。いまだけは、どうか。いまだけは、公式の名称など関係なく、人間らしさを感じたい。人間の腕に包まれて、人間の声を、「かわいそうに、かわいそうに、エッスン」という耳元でささやく声を聞いていれば、自分は人間なのだと感じられるかもしれない。少しのあいだは人間でいられるかもしれない。

§

七時四十五分、あんたはまたひとりですわっている。

レルナは助手のひとりと話をしにいってしまった。たぶん診療所の入り口であんたを見守っていた〈強力《ごうりき》〉だろう。あんたの避難袋の底にはものを隠しておけるポケットがある。数年前、とある革細工師からこの特別な避難袋を買ったのは、このポケットがついていたからだ。このポケットを見せられたとき、あんたはそこに入れたいものをすぐに思い浮かべることができた。エッスンとしてはあまりしょっちゅう見ないようにしていたもの。なぜならそれはサイアナイトのもので、サイアナイトは死んでしまったからだ。それでもあんたは彼女のなごりを手元に置きつづけている。

あんたは避難袋に手を突っこんでポケットを探り当て、指でなかをまさぐる。包みはまだそこにある。あんたはそれを引っ張りだして粗末な麻布の包みを開く。指輪が六つ、磨かれた準宝石の指輪が六つ、出てくる。

九指輪のあんたには数が足りないが、どっちにしろ最初の四つはあんたにとってはどうでもいいものだ。あんたはその四つを捨てる。捨てられた指輪は音をたてて床を転がっていく。残った二つ、彼があんたのためにつくってくれた二つを、あんたは左右の手の人差し指にはめる。

そしてあんたは立ちあがる。

§

八時。コムの各所帯の代表が陸屋根《ろくやね》に集まっている。

コム分配品ひとり分につき一票という決まりだ。またイッカが円のまんなかにいる。腕組みして注意深く無表情を保っているが、あんたが地覚している周囲の秘められた緊張感のほとんどは彼女のものだ。誰かが古びた木箱を持ってきていて、人々はそのまわりをぐるぐる歩きながら互いに言葉を交わし、紙や革に自分たちが選んだ答えを書きつけて箱に票を投じていく。

あんたはレルナを従え、陸屋根に向かって歩いていく。人々があんたに気づくのは橋にさしかかったあたり、かれらのすぐ近くまでいってからだ。あんたがくるのを見た誰かが、大きく喘ぐ。べつの誰かが甲高い声でみんなに警告する――「おい、錆び、彼女がきたぞ」人々はよろけそうになりながら、あたふたと道をあける。

当然だ。あんたの右手にはアラバスターのあのばかげているとしかいいようのないピンクの長ナイフ——小型化され、あたらしい形につくり直されたスピネルのオベリスク——があるのだから。あんたはすでにそいつとつながり、共鳴している——もうそれはあんたのものだ。これまでそいつがあんたを拒絶していたのは、あんたが不安定でまごついてばかりいたからだが、いまのあんたはそいつのなにが必要なのかちゃんとわかっている。あんたは焦点を定めることができたのだ。スピネルはあんたが許さないかぎり人を傷つけることはない。この先あんたが許すか許さないかは、またべつの問題だ。

　あんたが円のまんなかに進んでいくと、投票箱を持っていた男が箱を下に置いてあとずさる。イッカが眉をひそめてまえに出てきて、「エッスン——」と声をかける。だがあんたはそれを無視する。あんたはいっきにまえに出ると、いきなり本能に導かれたようにやすやすと自然にピンクの長ナイフの柄を両手で握り、腰をくるっとまわしてナイフをふるう。ナイフが木箱に触れると、その瞬間に木箱が消えてしまう。切ったわけでも砕いたわけでもない——そのものを構成していた微粒子に分解されてしまったのだ。目で見る分には、ほこりがたって光のなかで煌《きら》めき、消えていったように見える。石になったのだ。大勢の人々が喘ぎ声をあげたり叫んだりしている。つまり自分たちが投じた票を吸いこんでいるということだ。たぶん害にはならないだろう。たいした害には。

　あんたはふりむいて長ナイフを持ちあげ、その切っ先でゆっくりとひとりひとりの顔を指していく。

「投票はなし」とあんたはいう。あたりはしんと静まり返っていて、何百フィートも下にある共同浴場のパイプから水滴が落ちる音まで聞こえる。「出ていきなさい。レナニスが受け入れるというなら、いきなさい。でもここにとどまるつもりなら、このコムの一部がべつの一部を捨て石にしていいと決めるようなことはさせないから。誰がコムの住人なのか決めるような投票はさせない」

何人かがもぞもぞ動いたり顔を見合わせたりしている。イッカがあんたを、こいつは危険な生きものかもしれないという目で見ている。あんたにはそれがおかしくてしかたない。もういい加減、〝かもしれない〟はなくていいはずだ。「これは……」「エッスン」と彼女が話しはじめる。狂人に話しかけているような声音だ。「これは……」彼女は言葉に詰まってしまう。これがなんなのかわかっていないからだ。しかしあんたはわかっている。これは正真正銘のクーデターだ。誰が責任者になるかはどうでもいい。だがこの一点にかんしては、あんたは独裁者になる気でいる。あんたは、アラバスターがこの人々をあんたから守るだけのために死んでいったことにはしたくないのだ。

「投票はなし」とあんたはもう一度いう。託児院の十二歳の子どもたちに伝えるように、よく通る声で。「ここは共同体《コミュニティ》よ。みんなひとつになりましょう。お互いのために戦いましょう。それができないなら、わたしがあなたたちをひとり残らず錆び殺すから」

こんどは真の静寂がおりる。誰ひとり動かない。みんな怯《おび》えを遙《はる》かに通り越して白目を剝いている。これはあんたのいうことを信じている証だとあんたは確信する。

よし。あんたは踵《きびす》を返してその場から立ち去る。

幕《まく》間《あい》

変化しつづける深みで、わたしは敵と共鳴する――というか共鳴しようとする。「休戦を」とわたしはいう。嘆願だ。どの派閥も、すでにあまりにも多くのものを失っている。月。未来。希望。

ここまで深いところだと、返事を言葉として聞くことはほとんど不可能だ。返ってくるのは怒り狂う反響音、圧力と重力の凄《すさ》まじい波動。わたしは、いっときのちには、押し潰されないように逃げだすしかなくなる――これは一時的な後退にすぎないつもりとはいえ、いますぐ対応策を講じないわけにはいかない。あんたたちの種属のなかではさまざまな変化が起きつつある。あんたたちの種属はいつも、いったん最終的な結論を下すと、その後の動きは素早い。わたしもそれに備えておかなければならない。

どんな場合も、怒りがわたしの唯一の答えだった。

19　あんたは乱闘に備える

あんたが最後に地上へいってから一カ月。あんたが狂気と苦痛にまみれてアラバスターを殺してから二日。〈季節〉がくるとあらゆるものが変わってしまう。

カストリマ地上は占領されている。あんたがはじめてコムに入るときに通ったトンネルは塞がれている――コムのオロジェンのひとりが地中から大きな石板を押しあげて見事に密閉した。たぶんイッカがやったか、カッターがイッカに殺される前にやったかどちらかだろう――コムであんたとアラバスター以外に最上級の精密なコントロール力を持っているのはこの二人だけだった。その四人のうちの二人は死んでしまい、敵は門前に迫っている。あんたが電灯の光の輪のなかに入っていくと、トンネルの入り口を塞ぐ石板のすぐそばに集まっていた〈強力《ごうりき》〉たちがいっせいに立ちあがり、すでに立っていた連中は背筋をピンとのばす。〈強力〉たちのなかにいたエスニの副官のジーバーはあんたの姿を見て、なんと笑顔になる。つまりそれだけ悪い状況ということ、それだけみんな不安ということだ。みんなあんたをわれらが闘士と思うほど常軌を逸しているのだ。

「気に入らないね」とイッカはあんたにいっていた。彼女はコムにいて、トンネルの封鎖が破られたときに備えて防備を整えている。いちばんまずいのはレナニスの偵察隊にカストリマの晶洞《しょうどう》の換気ダクトを発見されてしまうことだ。換気ダクトはうまく隠されている——ひとつは地下河川が流れる洞窟にあり、ほかのものもめったに人がくることのない場所に設置されていて、まるでカストリマをつくった人々は自分たちが自分たちを襲うことを恐れていたかのようだ——が、万が一、塞がれてしまったらコムの人々は外へ出ていかざるをえなくなる。「それと向こうには石喰《いしく》いがついている。あんたは軍隊のひとつや二つどうにでもできるくらい危険で錆《さ》びなやつだ、エッシー、それはまちがいないが、誰も石喰いとは戦えない。もしあんたが石喰いにやられてしまったら、こっちは最大の武器を失うことになるんだからね」

彼女があんたにそういったのは展望台でのことだ。あんたたち二人は作戦を練るために展望台にいっていた。二人のあいだは、ほぼ一日近く、ぎくしゃくしていた。あんたが投票を禁じたことでイッカの権威はそがれ、住人の自分たちもコムの運営に意見をいう権利があるという幻想は打ち砕かれてしまった。あれは必要なことだったとあんたはいまでも思っている——戦って守る価値があるのは誰の命か、そんなことを投票で決めてはいけない。イッカもちゃんと賛成していた。あんたの話を受け入れていた。しかし、彼女がダメージを負ってしまったのもたしかだ。

あんたはそのことであやまりはしなかったが、生じたひび割れを修復しようとはした。「カストリマの最大の武器はあなたよ」とあんたははっきりいった。ほんとうにそう思っていた。正体を隠さずに共同体《コミュニティ》の一員として暮らしているロガを殺すことに何度も失敗してきたスティルのコム、カストリマがここまで生き残ってこられたのは奇跡だ。たとえ〝まだジェノサイドにおよんだことがない〟というのがハードルとしては低いものだったとしても、ほかの共同体はそれさえクリアできていない。あんたとしては、そこは正当に評価するつもりだ。

それが二人のぎごちなさをやわらげてくれた。「まあとにかく、錆び死なないでよね」彼女はあんたにそういった。「いまのところ、あんたなしでこのてんやわんやを乗り切れるかどうか、あたしも自信がないからさ」イッカはこういうところがうまい。人を、なにかしなければという気にさせてしまう。だから女長《おさ》がつとまるのだ。

そして、それゆえにあんたはいまレナニスの兵士の野営地だったカストリマ地上を歩いているのだ。そしてあんたは怖いと思っている。いつだって、人のために戦うのは自分のために戦うのよりむずかしい。

灰が絶え間なく降るようになって一年、コムには膝の高さまで灰が積もっている。最近、少なくとも一回は雨が降って灰が固まったから、表面の粉のような層の下に湿った泥の硬い皮のようなものが地覚《ちかく》できるが、その程度のものでもしっかりしていると感じられる。敵の兵士たちが、かつては空き家だった家々のポーチや戸口にたむろしていて、あんたを見ている。軒下の灰が固まっていないところでは、灰はほとんどの家の壁の半分くらいまでの高さに積もっているから、窓は掘りださねばならなかっただろう。見たところ、兵士たちは……ただの人だ。制服を着ていないからそう見えるのだが、それでも統一感はある――全員、完全なサンゼ人か、ほとんどサンゼ人といえる外観だ。灰まみれで色褪《いろあ》せた旅行着になにか色が見えると思って目を凝らすと、出自を告げる美しい繊細な布きれが腕や手首、額に巻きつけてある。ということは、かれらはもう故郷を失った赤道地方人ではない――コムをつくったということだ。いや、コムよりも古くからある、コムよりも原始的なもの――かれらは部族を形成したのだ。そしていま、あんたたちのものを奪おうと、ここにきている。

だがそれを除けば、かれらはただの人だ。多くはあんたと同年配か年上。大半は自分は役に立つということを証明しようとしている〈強力〉の余剰人員かコム無しだろうと、あんたは見当をつける。女よりも男のほうがわずかに多いが、それもうなずける。たいていのコムは赤ん坊を産める女より産めない女を先に追いだすものだ――が、ここにいる女の数は、レナニスが健康な再生産者に不自由していないことを示している。これは強いコムの証だ。

かれらの目が、カストリマ地上のメインストリートを歩いていくあんたを追う。灰にまみれていない肌、こざっぱりした髪、服の色もはっきりわかる。当然、あんたは目立つ。茶色い革のズボンと生成《きな》りの白シャツを着ているだけだが、灰色の道路、灰色の枯れ木、灰色のどんよりと曇った空、どこもかしこも灰色のこの世界では、その茶と白がめったに見かけない色になってしまっている。しかも見るかぎり中緯度地方人はあんただけだし、かれらに比べたら小柄なほうだ。

が、それはどうでもいい。あんたのうしろにはスピネルが浮かんでいる。あんたの頭からきっちり一フィートの距離を保って、ゆっくりと回転している。あんたがそうさせているわけではない。どうしてそうなっているのか、あんたにもさっぱりわからない。あんたが手に持っているとき以外は、勝手にそうしているのだ——下に置いておこうとしても勝手に浮きあがって、こうしてあんたのあとをついてくる。アラバスターを殺《あや》めてしまう前にどうあつかえばいいのか聞いておけばよかったのだが、ああ、まったく。いまスピネルはしっかりした実体から半透明へ、また実体へと、うっすら瞬いていて、回転しながらかすかなエネルギーのハム音を発している。そのハム音をあんたは聞いている——地覚するのではなく、耳で聞いている。それに気づいた人々の顔がひきつる。それがなんなのかは知らないかもしれないが、不吉な音だということはわかっているのだ。

カストリマ地上の中心部に、丸屋根のついた開放的なあずまやのようなものがある。イッカの話では、以前はコムの集会場で、結婚を祝うダンスやパーティの会場、ときにはコムの全体会議の議場として使われていたという。あんたは、近づいていくにつれ、それが作戦本部のようなものに変わっているのを見てとる——そのなかでは男も女も思い思いに立っていたりしゃがんでいたり、椅子にすわっていたりしていてクスクス笑いも聞こえてくるが、そのなかに新品のテーブルを囲んで立っている一団がいる。さらに近づいていくと、にわかづくりのカストリマの概略図や隣り合う地域の地図が見える。かれらはそれを見ながら話し合っている。そしてあんたは、かれらが換気ダクトの位置を少なくとも一カ所、突き止めているのに気づいて愕《がく》然《ぜん》とする——近くの川の小さな滝の裏にあるやつだ。たぶんそれを見つけるまでには偵察兵がひとりか二人、犠牲になったことだろう——その川の土手はいまや沸騰虫《ふっとうむし》の塚だらけなのだ。これはまずが、そんなことはどうでもいい——とにかく、ひとつは見つかってしまったのだ。

い。

あんたが近づいていくと、地図を囲んで話し合っている連中のうちの三人が顔をあげる。そのうちのひとりが近くのやつを肘でつつくと、そいつはふりむいて誰かを揺すって起こす。あんたはテーブルから数フィートのところで立ち止まる。起こされた女はいかにも眠そうに顔をこすりながら、テーブルまわりの連中の輪に加わるが、とくに印象的な人物というわけでもない。サイドの髪が耳のすぐ上で切ってある――ナイフで雑にぶち切ったという感じだ。そのせいで小柄に見えるが、とくに小さいわけではない――胴は凹凸のない樽形、たいらな胸は子どもを少なくともひとりは宿したことがありそうな腹に溶けこんでいて、足は玄武岩の柱のようだ。着ているものはほかの連中と変わらない――部族の一員のしるしは褪せた黄色の絹のスカーフで、首にゆるく巻きつけている。だが半分寝ぼけた顔でも彼女の眼差《まなざ》しにはただならぬものがあり、あんたもつい彼女に注目してしまう。

「カストリマ?」挨拶のような調子で、女があんたにたずねる。なにはともあれあんたが誰なのか、知りたいのはそれだけということだ。

あんたはうなずく。「代表として話をしにきたわ」

女がテーブルに両手をついてうなずく。「つまりこちらの伝言が届いたということね」彼女の眼差しがちらりと動いてあんたのうしろのスピネルをとらえると、彼女のなかでなにかがカチリと調整されたかのように表情が動く。あんたが目にしているのは憎しみではない。憎しみは感情の動きだ。この女がいまあっさりとやったことは、あんたをロガだと認識した、だからあんたは人ではないと判断した、そういうたぐいのことだ。無関心は憎しみよりたちが悪い。

とはいえ。あんたはそれに対抗して無関心でいることはできない——相手を人間として見ずにいることはできない。ならば、憎しみでまにあわせるしかない。そしてさらに興味深いのは、彼女はどういうわけかスピネルのなんたるかを知っている、それがなにを意味するかを知っている、ということだ。すこぶる興味深い。

「わたしたちはそちらに加わる気はない」とあんたはいう。「力ずくででもというなら、好きにすればいい」

女が首を傾《かし》げる。副官のひとりが仲間のほうを見てクックッと笑うが、仲間にじろりとにらまれてすぐに黙りこむ。笑ったやつを黙らせるという行為を、あんたは好ましく思う。それはつまり敬意のあらわれだ——あんた自身にたいしてではないにしろ、あんたの能力にたいしての。そしてたとえカストリマに勝ち目はないと思っているにしてもカストリマにたいしての礼儀はわきまえているということでもある。たとえ現実的には、おそらく勝ち目はまったくないにしても、だ。

「わかっていると思うが、こちらは攻撃する必要すらない」と女がいう。「ここにいすわって狩りだの交易だので出てくるやつを殺すだけでいい。兵糧攻めだ」

あんたはなんとか顔色ひとつ変えずに答える。「肉は少なめだから、しばらくすると——少なくとも何カ月かはかかるだろうけど——ビタミン欠乏症にはなるわね。それ以外、備えは万全よ」あんたは頑張って肩をすくめる。「ほかの共同体は簡単に肉不足を回避しているしね」

女がにやりと笑う。歯は尖《とが》らせていないが、厳密にいえば犬歯が必要以上に長いようにあんたには思える。だがそれも一瞬のことだから、たぶん勝手なイメージの投影だろう。「たしかに、それがお口に合うならね。だからわれわれも換気口探しに力を入れてきたんだ」女が地図をトントンと叩く。「換気口を塞いで、そっちが弱るまで空気を遮断してからトンネルを塞いでいる障害物を破壊して踊りながら入っていく。地下に住むなんてばかげている——そこにいることがばれてしまったら、いいカモだ。簡単に仕留められる」

そのとおりだが、あんたは首をふる。「そっちが侵攻してくるなら、わたしたちは手強《てごわ》い相手になる。しかしカストリマは金持ちではないから、せいぜいロガだらけではないほかのコムとおなじ程度の貯蔵品しかない」あんたは効果を狙ってひと呼吸置く。女は平然としているが、その場にいるほかの連中のあいだにはざわっとした空気がひろがっていく。あんたの言葉の意味を悟ったのだ。よし。連中は考えているということだ。「そこらには、簡単に割れるクルミがいくらでもあるのに、どうしてわたしたちにこだわる必要があるの？」

あんたはほんとうの理由を知っている。灰色の男が〈オベリスクの門〉を開けられるオロジェンを探しているからだが、彼がそのことをかれらに話しているはずはない。なにが、力のある安定した赤道地方のコムを征服者に変身させてしまったのか？　いや、待てよ——安定しているはずはない。レナニスは比較的〈断層〉に近い。いくらノード保守要員が生きていようと、そんなコムで暮らしていくのはむずかしいだろう。日々、有毒なガスが吹き抜けていく。降灰もここよりずっとひどくて四六時中マスクをしていなければならないだろう。〈地球〉のお情けで雨が降れば降ったで大変だ――雨が混じりけなしの酸ということもありうるし、それも近くの〈断層〉が熱と灰を量産している環境で雨が降るのなら、という話だ。果たして家畜がいるのかどうかも疑わしい……となると、かれらも肉不足に直面しているのかもしれない。

「生き残るために必要だからだ」と女がいう。あんたは意表を突かれた思いだ。女は背筋をのばして腕組みしている。「レナニスは人が多すぎて貯蔵品が不足している状態だ。赤道地方のほかの都市の生き残りがみんなレナニスの戸口に集まってきて野営している。われわれとしてはこうするしかなかったんだ。さもなければ、レナニス一帯にとんでもない数のコム無しを抱えこむという問題に直面することになる。かれらを武器代わりにして自分の食い扶持《ぶち》を自分で調達させせて、余りをコムに持って帰るようにさせるほうがましなんだよ。この〈季節〉は終わりそうにないからね」

「終わるわ」

「いつかはね」女が肩をすくめる。「うちの地科学者の計算では、キノコやらなんやらを大量に育てて住人の数を厳密に制限すれば、〈季節〉が終わるまで生きのびられるだけの資源を維持できる可能性があるそうだ。遭遇したほかのコムから貯蔵品をいただけば、その可能性は高くなる――」

あんたは我慢しきれずにぐるりと目を回す。「貯蔵パンが千年もつと思うの?」それとも二千年か。一万年か。しかもそのあと数十万年は氷の時代がつづく。

女はあんたが話し終えるまで待っている。「――それに再生できるコムと供給ラインを構築するという策もある。海洋資源がある海岸地方のコムや、いまでも低光量植物を育てられそうな南極地方のコムが必要になってくるだろう」女が、これまた効果を狙って間を置く。「しかし、中緯度地方人は食べすぎる」

なるほど。「つまり基本的には、わたしたちを一掃するためにここにきたということね」あんたは首をふる。「だったらどうしてそういわなかったの？　どうしてオロジェンはいらないなんてばかなことをいうの？」

うしろのほうから誰かが「ダネル！」と声をかけると、女が目をあげてぼんやりとうなずく。あきらかにこれが女の名前なのだろう。「そっちが内部分裂して互いに攻撃しあう可能性はいくらでもある。そうなったら乗りこんでいって残ったやつらを片付けるまでだ」女が首をふる。「さあ、この先は厳しいことになるよ」

突然、鈍い執拗《しつよう》なバズ音があんたの地覚器官に叩きつけられる。悲鳴のように耳障りな警告音だ。

地覚したということはもう手遅れということだ。あんたはすでにオロジェニーを打ち消す守護者の力がおよぶ範囲内にいるということなのだから。それでもあんたはつまずきそうになりながらもくるりと踵《きびす》を返して、錆び町全体を一瞬で凍らせてしまうほどの巨大な円環体を回転させはじめる。あんたはオロジェニーが打ち消されることを予期して、身を守るシールドになる小さな円環体を展開させることはしなかった。破砕ナイフがあんたの右腕に突き刺さってしまったのはそのせいだ。

あんたはアラバスターがこの手のナイフは痛いといっていたことを思い出す。投げて使うための小さなものだが、上腕に深く刺さって骨が欠けていそうなほどだから痛くて当然だ。しかしアラバスターは詳しい話はしてくれなかった――彼の死から何十時間かたったいまあんたは、この愚かな役立たずの錆び野郎、と彼に不条理な怒りをぶつけずにはいられない。このナイフのなにかが全神経系に火をつけたと思うほどの痛みなのだ。火がいちばん高温になって白熱しているのは地覚器官だ。腕からは離れた場所なのに。あまりの激痛に全身の筋肉が痙攣《けいれん》する――あんたはバタンと横ざまに倒れて、悲鳴をあげることさえできない。全身をひきつらせてその場に倒れたまま、あんたはひとりの女を見あげている。女は大声で騒ぎ立てるレナニスの兵士たちのあいだを抜けて近づいてくると、にやりと笑ってあんたを見おろす。驚くほど若い、いやそう見えるだけなのか。しかし見かけはどうでもいい。彼女は守護者なのだから。上半身裸で、肌は黒い。サンゼ人に囲まれているから、その黒さが際立つ。胸は小さくて乳輪ばかりが目立ち、あんたは自分が最後に妊娠したときのことを思い出す。ユーチェを失ったあと、あんたは乳首はもう前のように小さくはならないだろうと思っていた……そしていまあんたは、イノンのように揺さぶられてバラバラにされてしまうときは痛いのだろうかと考えている。

なにもかもが漆黒の闇になる。あんたは最初、なにが起きているのかわからない。死んだのだろうか？　そんなにあっさりと？　まだなにもかもが火で炙《あぶ》られていて、悲鳴をあげようとしているような気がする。だがそのときあんたはあらたな感覚に気づく。動いている感覚。突進している。というか風のように動いている。皮膚の微小な感覚器官に異質な分子が当たる。

それは……妙に穏やかな感覚だ。あんたは痛みをほとんど忘れている。そして光。いつ閉じたのか自分でも意識していなかったまぶたに光を感じて、あんたはぎょっとする。まぶたが開かない。誰かが罵り言葉を吐いてそばにやってくると、手であんたを押さえつける。こんなふうに神経系が爆発していてはオロジェニーは使えないから、あんたはパニックを起こしそうになる。が、そのとき誰かがあんたの腕からナイフを引き抜く。まるであんたのなかで揺れ警報のサイレンが突然止まったような感じだ。あんたはほっとして、ごくふつうの痛みのなかに沈みこみ、随意筋が動かせるようになったので目を開ける。と、そこにはレルナがいる。あんたは彼のアパートメントの床に横たわっている。光の出所は水晶の壁だ。そしてレルナは抜いたナイフを手にしてあんたを見おろしている。彼の向こうにはホアが懇願するような姿勢で立っている。ずっとレルナに向かって懇願していたのにちがいない。彼の目はあんたのほうを見ているが、懇願のポーズをわざわざ変えるまでのことはしなかったようだ。

「焼けつくような錆び痛みだったわ」とあんたは呻《うめ》くように洩《も》らす。そして、なにがあったのか悟って、ホアに向かっていう。「ありがとう」あんたが守護者に殺される寸前に、ホアがあんたを地中に引きこんでくれたのだ。こんなことをありがたく思う日がくるとは、さすがのあんたも思っていなかった。

レルナはナイフを床に落として、包帯を取りにいってしまう。出血はそれほど多くない——ナイフは腕に直角に、腱《けん》に平行するかたちで刺さっていたので、腱が切れることもなく、太い動脈を傷つけることもなかったようだ。ショック状態でまだ両手が少し震えているからなんともいえないが、レルナは生死にかかわる手当をしているときのような人間とは思えないほどの凄《すさ》まじいスピードで動いているわけではないから、あんたは少しほっとしている。

あんたに背中を向けて必要な道具を用意しながら、レルナがいう。「交渉はうまくいかなかったということですね」

あんたと彼とは最近どうもぎくしゃくしている。彼はあんたへの思いをはっきり示したのに、あんたは真正面から答えていない。かといって拒絶したわけでもない。それがぎくしゃくの原因だ。数週間前アラバスターに、きみはセックスしたくなると怒りっぽくなるたちだから、そろそろあの青年としたらどうだといわれたことがある。あんたは彼をろくでなしと罵って話題を変えたが——たしかにアラバスターのせいでそのことをよけい考えるようになったのは事実だ。

しかしあんたはアラバスターのことも思いつづけている。これは悲しみなのだろうか？　あんたは彼を憎み、愛し、何年ももとめつづけ、無理やり忘れ、ふたたび出会い、ふたたび愛し、殺した。この悲しみはユーチェやコランダムやイノンにたいする感情とはちがう——この三人にたいする感情はあんたの魂のなかでいまだに血を流しつづけている裂け目だ。アラバスターを失ったことであんたが感じているのは、ただ……自分が何者なのかはっきりわかっていたつもりだったのに少しぼやけてしまったという思いだ。

それにいまはあんたの性生活の大変動についてあれこれ考えている場合ではなさそうだ。

「ええ」とあんたは答え、肩を揺すって上着を脱ぐ。下に着ているのはカストリマの暖かさにちょうどいいノースリーブのシャツだ。レルナがもどってきてしゃがみこみ、やわらかい布きれでつくったガーゼ代わりのもので血をふきとっていく。「あなたのいったとおりだったわ。上にいくべきじゃなかった。守護者がいたのよ」

レルナの視線がふっとあがってあんたの目をとらえ、また傷にもどる。「守護者はオロジェニーを止めることができると聞いたことがあります」

「そいつはそうする必要もなかった。そのくそナイフが代わりにやってくれたから」なぜなのか、イノンのことを思い出してみるとわかるような気があんたはしている。あの守護者も彼のオロジェニーを打ち消してはいなかった。たぶんオロジェニーを使っている最中のロガに効果があるのは、皮膚がらみのなにかだけなのだろう。あの女もその手であんたを殺そうとしたのだ。だがレルナの顎の筋肉はもうぎゅっと引き締まっている。それを見てあんたは、彼にはいわないほうがよさそうだと判断する。

「守護者がいることは知らなかった」思いがけず、ホアが口をはさんでくる。「すまない」

あんたはじっとホアを見つめる。「石喰いが全知全能とは最初から思っていなかったわ」

「わたしはあんたを守るといった」血肉のある人間のかたちをとらなくなってから、ますます声に抑揚がなくなっている。あるいは、声は変わっていないのに、声に彩りをつける身振り手振りがないせいで、あんたには抑揚がないように聞こえてしまうのかもしれない。それなのに、彼は……怒っているように聞こえる。たぶん自分自身にたいして怒っているのだろう。

「守ってくれたわ」レルナが腕にきっちりと包帯を巻きはじめて、あんたは小さく身をすくめる。だが縫わなくてすんだのだ。これくらいなんということはない。「地面の下に引きずりこまれたくはなかったけれど、最高のタイミングだったわ」

「あんたは傷ついてた」まちがいなく自分にたいして怒っている。彼は長いこと少年の姿でいたが、その頃の口調がよみがえったのはこれがはじめてだ。彼は石喰いとしては若いほうなのだろうか？　気持ちが若いのか？　とても開放的で正直だから若いと思っていいのかもしれない。

「わたしはなんとしてでも生きる。大事なのはそれよ」

彼が黙りこむ。レルナは黙って手を動かしている。二人が醸しだす非難の空気にはさまれると、あんたも多少の罪悪感を覚えずにはいられない。

その後あんたはレルナのアパートメントを出て、イッカが独自に作戦本部を設けた陸屋根《ろくやね》に向かう。誰かがイッカのアパートメントから残りの長椅子も運んできていて、それがほぼ半円形に並べられ、いつもの評議会を外に出したようなかたちになっている。その証拠にフジャルカがいつものように長椅子をひとつ占領して大きく足をひろげてすわり、片肘ついて頭を支えた姿勢をとっているし、トンキーは半円のまんなかあたりでゆっくりといったりきたりしている。そのまわりには不安そうな顔あるいはうんざり顔の住人たちが自分の椅子を持ってきてすわっていたり、硬い水晶の床にじかに腰をおろしていたりするが、人数は思ったほどではない。陸屋根に向かう途中であんたも気づくのだが、コムでは住人たちがさまざまな作業を進めてい

ほかの部屋では矢にせっせと羽根をつけていたし、ほかの部屋ではクロスボウをつくっていた。晶洞《しょうどう》の底では長ナイフの扱い方を教える教室のようなものが開かれていて、すらりとした若者が三十人ほどを相手にナイフを上下にふるう使い方を教えているし、上のほうの展望台のそばでは〈革新者〉たちがひっかかると石が落ちてくる罠のようなものを仕掛けている。

だがあんたとレルナが陸屋根にあがると、みんながピンと首を立てる——あたりがぱっと活気づく。あんたがみずから志願してカストリマの答えをレナニスに伝えるために地上にいったことは誰もが知っている。あんたがこの役を買ってでたのには、ここを乗っ取るつもりはない、あくまでもトップはイッカだということを示すためという目的もあった。住人たちはそれを見て、あんたは頭がいかれているかもしれないが、とりあえずは味方だと受け取っているようだ。あんたたちの瞳には期待があふれている！　が、その期待はあっというまにしぼんでいく。あんたは帰ってきたものの、その腕には血染めの包帯。誰が見てもほっとできる光景ではない。

トンキーがなにか大声で論じている。彼女でさえ戦いに備えてスカートをフレアの入ったパンタロンに穿《は》き替え、髪を頭のてっぺんでまとめてぼさぼさの巻き毛の毛玉みたいにしているし、左右の太ももには黒曜石ナイフを革ひもで装着している。ある意味、すばらしいいでたちだ。つぎにあんたは彼女がなにをいっているのか聞き耳をたてる。「第三波はいちばん繊細なタッチが必要になるの。圧力で動くんだから、わかる？　温度差があれば突風が吹いて、気圧がさがる。ただし、スピードが命。それと揺れは禁物。どっちみち森を失うことにはなるけれど、揺れは穴を掘るのとおなじことになってしまうからね。必要なのは移動させることだから」

「それはなんとかなる」とイッカがいうが、困ったような顔をしている。「少なくとも、ある程度は処理できる」

「だめ。すべていっきにやらないと」トンキーが足を止めてイッカをにらみつける。「そこは妥協できないから」そのときあんたの姿に気づいて、彼女は言葉を切る。その目がすぐにあんたの腕の包帯をとらえる。

イッカがふりむいて目を剝く。「くそ」

あんたはうんざり顔で首をふる。「試してみる価値はあったわ。理を説いてどうこうなる相手ではないということがわかったんだから」

あんたが腰をおろすと、陸屋根にいる人々は静まり返り、あんたは地上に出てどんな情報を収集できたか報告する。余剰人員で組織された軍隊が空き家を占拠していること、ダネルという名前の司令官のこと、少なくともひとりは守護者がいること。それに加えてあんたにはすでにわかっていたこと——相手側には石喰いがついていて、赤道地方のどこかにかれらが大挙して集まっている場所があること——も話すと、事態が厳しいものだということがいっそうはっきりする。だがいちばん問題なのは、まだわかっていない数々の事柄だ。

「向こうは、肉が不足していることをどうやって知ったんだい?」灰色の石喰いが肉が不足していることを暴いてしまったので、住人たちはイッカがその件をみんなに伏せていたことを知ってしまったわけだが、そのことでイッカを非難しようという者はいないようだし、少なくともいまその話を持ちだそうという動きは見えない。女長はそういう選択をするものとみんな思っているのかもしれない。「錆び換気口はどうやって見つけた？」とあんたは話しはじめるが、イッカにさえぎられてしまう。

「人手さえあれば、見つけるのはそうむずかしくはないし」

「むずかしいんだよ。われわれはこの晶洞をなんだかんだ五十年間使ってきた。この土地のこともわかっている――それでも換気口を見つけるのに何年もかかった。ひとつはかなり離れた川沿いのろくでもない泥炭湿地のなかにあって天まで届くくらい臭いし、たまに火がつくこともある」イッカは長椅子に浅く腰かけ、膝に肘をついて溜息《ためいき》を洩らす。「そもそもどうしてわれわれがここにいることがわかったんだ？　長年の交易相手でさえカストリマ地上しか見たことがなかったのに」

「向こうにはオロジェンもいるのかもしれませんよ」とレルナがいう。このところずっとたいていはロガといってきた彼が配慮のあるオロジェンという言葉を使うと、あんたの耳には不自然な、わざとらしいいい方のように聞こえる。「だとしたら――」

「ちがう」とイッカがいう。そしてあんたを見る。「カストリマは巨大だ。あんた、この地域に入ったときに地面に巨大な穴があることに気づいた？」あんたは意表を突かれて目をぱちくりさせる。イッカはあんたが答える前にうなずく。あんたの表情がすべてを物語っているからだ。「ああ、気がついて当然だったはずだ。ところがこの場所にはなにかがあって……どういえばいいかな。オロジェニーを脇へそらせてしまうんだ。それがなかに入ると、知ってのとおり逆になる――晶洞はあたしたちの力を使って自分を動かしている。こんど上にいったら、半殺しの目に遭わなければだけど、ここを地覚できるかどうか試してみるといい。あたしのいってることがよくわかるから」彼女は首をふる。「たとえ向こうに手飼いのロガがいたとしても、あたしたちがここにいることに気づくはずはない」

フジャルカが溜息をついてごろりと仰向《あおむ》けになり、ブツブツとなにかつぶやく。するとトンキーが歯をむきだしている。たぶんフジャルカのクセがうつったのだろう。「そんなこと関係ないじゃない」トンキーが嚙《か》みつく。

「それはね、あなたが聞きたくないというだけのことよ、ベイブ」とフジャルカがいう。「まちがっているわけじゃない。あなたはなんでもきちんとさっぱりが好き。でも人生はそうはいかないわ」

「あなたはなんでもぐちゃぐちゃなのが好きよね」

「イッカはなんでも説明がつくのが好き」イッカがあてつけがましくいう。

トンキーは口ごもり、フジャルカが溜息をついていう。「コムのなかにスパイがいるんじゃないかと思ったのはこれがはじめてじゃないわ」

ああ、錆び。聞いている住人たちのあいだに動揺がひろがっていく。レルナがじろりと彼女を見ていう。「それはばかげている。カストリマを裏切ろうと思う人なんかいませんよ。このコムに迎え入れてもらった人はみんなほかにいくところがない人なんですから」

「それはちがうわ」フジャルカがゴロンと横向きになって起きあがり、にやっと笑って尖った歯をちらつかせる。「わたしはママの生まれコムにいくこともできた。ママはわたしの生まれコムにくる前はそこで〈指導者〉のひとりだった――競争相手がわんさかいてね、ママは女長になりたかったのよ。わたしが生まれコムを出たのは、ママのあとを継いで女長になるのがいやだったからよ。いやなやつだらけのコムだった。でもわたしは地下の穴のなかで何年もむだにするつもりはいっさいなかった」彼女はイッカを見る。

イッカが長く辛そうな溜息を洩らす。「あたしがあんたを灰出《はいだ》さなかったことをいまだに怒っていたなんて信じられない。いったでしょ、助けてくれる人が必要だったって」

「たしかにね。でも、もしあのときそうたのまれていたら、ここには残っていなかったっていってるだけ」

「古サンゼの再来になるという妄想を抱いた人口過剰の赤道地方のコムのほうがいいということですか？」レルナがしかめ面でたずねる。

「わたしはちがうわよ。でも、レナニスのほうがいいと思う人もいるかもしれないってこと。レナニスに居場所ができるなら、わたしたちを売ってもいいという人がね」

「スパイを探さなくちゃだめだ！」ロープの橋のそばから誰かが叫ぶ。

「だめよ」すかさずあんたはピシリという。教師としての声だ。全員がビクッとしてあんたを見る。「ダネルはカストリマを内部分裂させるつもりだったといったのよ。ここでロガ狩りのようなことをはじめるわけにはいかないわ」これには二つの意味があるが、あんたはべつに如才なくふるまおうとしているわけではない。みんなが見るからに不安げな顔であんたを見つめているのは教師としての声だけが原因ではないことは、あんたも充分承知している。あんたのうしろにはまだスピネルが浮かんでいるのだ。レルナのところからずっと、あんたについてきている。

イッカが目をこする。「いい加減、人を脅かすのはやめなよ、エッシー。つまりさ、あんたがフルクラム育ちで、しつけができていないことはわかってるけど……コムでそのふるまいは感心しないね」

あんたは少し当惑し、大いに侮辱された気分で目を細める。が……彼女は正しい。コムは信頼と恐怖の絶妙なバランスの上に成り立っている。そうやって生きのびてきたのだ。あんたが先走ったことで、そのバランスが大きく崩れかけている。

「わかったわ」とあんたはいう。みんなが少し緊張を解く。イッカがあんたをいい負かすことができるとわかってほっとしているのだ。少しこわばったクスクス笑いまでいくつかあがっている。

「でもやっぱり、いま、スパイがいるかどうか話し合うのは意味がないと思う。もしいるのなら、レナニスはもう知るべきことを知っているわけだから、わたしたちにできるのは、向こうが予想もつかないような策を考えることだけよ」

トンキーがあんたを指差し、フジャルカをわかった？　という目つきでにらみつける。

フジャルカは浅くすわり直し片手を膝に置いて、あんたをねめつけている。彼女はふだん、あまり意見を主張することはない——それはカッターの役目だった——が、いまは肚《はら》を決めているようすで、きりっと引き締めた顎に決意の固さが見てとれる。「でも、まだここにスパイがいるかどうかは錆び重要よ。予想がつかないようにできればいいけれど——」

騒ぎは展望台ではじまる。陸屋根からはよく見えないが、誰かがイッカの名を叫んでいる。イッカはすぐに立ちあがって展望台のほうに向かうが、小さな人影が——使い走りの仕事をしているコムの子どもたちのひとりが——矢のように走ってきて、イッカが陸屋根から大橋を渡りきらないうちに彼女と出会う。「上のトンネルからの伝言です！」と少年は、イッカがまだ走っているうちから声を張りあげる。「レナニスが大ハンマーで入り口を打ち破ろうとしています！」

イッカがトンキーを見る。トンキーが勢いよくうなずく。「モラットが充電は完了したといってた」

「ちょっと、なんの話？」とあんたはたずねる。

イッカはあんたを無視して、子どもにいう。「うしろにさがって、計画どおりに動け、と伝えて。さあ、いきなさい」少年はくるりと向きを変えて走りだす。だがめざす方向は展望台とは少しずれている——少年が片手を高くあげ、拳を握り、ぱっと開く。するとコムじゅうから笛の音が鳴り響いて、この手信号がリレーされていることを伝えてくる。そして住人が集団でわさわさと動きだし、トンネルへ向かっていく。そのなかにはあんたが知っている顔もある——〈強力〉や〈革新者〉だ。なにが起きているのかあんたにはさっぱりわからない。

イッカがあんたのほうを向く。驚くほど冷静な顔をしている。「あんたの力が必要になる」と彼女が静かにいう。「向こうが大ハンマーを使っているのなら、けっこうなことだ――向こうにはロガがいないということだからね。しかし向こうが本気でここにおりてくる気だとしたら、トンネルを壊してもそう長くは食い止められないだろう。ここに閉じこめられるのもなんだし。脱出トンネルをつくるのに手を貸してくれないか？」

あんたは意表を突かれて、少しあとずさる。トンネルを壊す？　だがいうまでもなくそれが唯一の対抗策だ。カストリマは、人数でも武器の数でも上まわる相手を撃退することはできない。しかも向こうには石喰いや守護者がついている。「どうするつもり、逃げるの？」

イッカが肩をすくめる。彼女がこれほど疲れた顔をしている理由が、あんたにもやっとわかってきた――いまにもロガに攻撃を仕掛けてきそうなコムをどうあつかうか苦慮しているだけでなく、この先どうなるかという恐怖とも戦っているのだ。「不測事態対応策だ。最低限、何日間かすごせるだけの備蓄品は、もう脇洞穴に運びこませてある。もちろんぜんぶは持ちだせないだろう。一部しか持っていけないかもしれない。だがもしここを離れてどこかに隠れていれば――あんたが聞く前にいっとくけど、数マイル離れたところに備蓄用の洞穴があるんだ――そこで隠れていれば、たとえレナニスがここに押し入ってきても真っ暗な、なんの価値もない、長居すると窒息してしまうコムがあるだけだ。やつらは奪えるものを奪って出ていく。そうなったら、ここにもどってこられるかもしれない」

これがイッカが女長になっている理由だ――あんたが自分主演のドラマにかまけているあい

だにイッカはこれだけのことをしていたのだ。とはいえ……。「もし向こうにひとりでもロガがいたら、晶洞は機能するわ。ここはかれらのものになる。そしてわたしたちはコム無しになる」

「ああ。不測事態対応計画としてはお粗末だよね。あんたのいうとおりだもの」イッカが溜息をつく。「だからトンキーの計画を試してみたいんだ」

フジャルカが腹立たしげにいう。「わたしは女長にはなりたくないって錆びいっ、いっ、たでしょう、イーク」

イッカがぐるりと目を回してみせる。「コム無しになるほうがいいっていうの？　真剣に考えなさいよ」

あんたはすっかり途方に暮れてイッカからトンキーへ、そしてまたイッカへと視線を移す。

トンキーが苛立《いらだ》たしげに溜息をつくが、いやいやながらも説明しはじめる。「コントロールされたオロジェニー。コムを中心にしたこのあたり一帯をぐるっと囲む輪のなかの地表で冷気を持続的に爆発させていくの。その輪がゆっくりと内側へ閉じていくようなかたちでね。そうすれば沸騰虫が興奮して群れをつくる。ほかの〈革新者〉たちが何週間もかけて沸騰虫のふるまいを研究していたの」彼女が指をひらひらっと動かす。たぶん無意識のうちにこういう研究を取るに足りないものと思っているのだろう。「うまくいくはずよ。ただ素早くやらないとだめ。正確さと持久力を兼ね備えた人が素早くやらないとね。そうでないと沸騰虫は穴を掘って冬眠に入ってしまうから」

あんたはすぐに了解する。凄いことを考えたものだ。これならカストリマも無傷ですむ。それでも——あんたはイッカを見る。イッカは肩をすくめるが、あんたにはその肩に緊張が見えるように思える。

イッカがどうオロジェニーを使っているのか、あんたにはいまもわからないままだ。彼女は野生だ。理論的にはあんたができることは彼女もやる能力があることになる——独学で研鑽《けんさん》を積めば、基本を身につけて、そこから技を洗練させていくこともおそらく可能だろう。ほとんどの独学のロガは……そんなことはしない。だがあんたはイッカがオロジェニーを使っているときに地覚したことがある。フルクラムにいたら、二指輪か三指輪程度だろうが、指輪持ちになっていたのはまちがいない。彼女なら小石ではなく大きな丸石を動かせる。

しかも、だ。なぜか彼女はカストリマから半径百マイル以内にいるロガをおびき寄せることができる。それに、なんだかわからないがカッターに使った技もある。そのうえ彼女には堅実さがあり、安定感も備わっている。そしてこれといった証拠を見たわけではないが、並々ならぬ強さを思わせるものがある。あんたのフルクラム式査定結果を疑いたくなるような強さが。二指輪や三指輪を地覚した感覚とはちがうものがある。

それでも。オロジェニーはオロジェニー——地覚器官は地覚器官。肉体には限界がある。

「軍隊はカストリマ地上も盆地の森も占拠しているわ」とあんたはいう。「それだけ大きな輪を凍らせるとなると、半分もいかないうちにあなたは意識を失う」

「かもしれない」

「まちがいないわ！」

イッカがぐるりと目を回す。「自分が錆びなにをすることになるのかはちゃんとわかってる。前にもやったことがあるからね。やり方があるんだ。あんたは、なんというか――」彼女が口ごもる。あんたは、もしこの窮地を無事切り抜けることができたらカストリマのロガは自分がすることを言葉で説明できるようにしなければと思わずにいられない。イッカが、あんたの思いを耳にしたかのようにじれったそうに溜息をつく。「もしかしたらこれはフルクラムのやり方なのかな？　ほかのロガといっしょにやるときに、みんなおなじペースを保って、最小の能力で最大の持久力を維持する訓練をするっていうのは……？」

あんたは目を細める……そしてぞっとする。「地球火《ちきゅうび》に錆びバケツ。あなた知ってるの――」ずっと昔、アラバスターが二度あんたにさせたことがある。一度はホットスポットを封印するために、そして一度は毒を盛られた彼自身の命を救うために。「並列スケーリングのやり方？」

「そういうふうにいってるの？　とにかく全員が並列で、うーん……網目をつくるようにして、前にカッターとテメルとやったことがあって……。とにかく、いまもできるんだ。ほかのロガたちを使って。子どもたちだって役に立つ」彼女が溜息を洩らす。あんたにはもう想像がついている。「大事なのは、全員を束ねるやつでね……」軛《くびき》という言葉があんたの脳裏に浮かぶ。あんたは遠い昔のアラバスターとの刺々《とげとげ》しいやりとりを思い出している。「最初に燃え尽きるのはそいつだ。そうならざるをえない……摩擦を引き受けることになるからね。さもないと網目をつくっているほかの連中がお互いの力を打ち消しあうことになってしまう。それじゃあ、なにも起こらない」

燃え尽きる。死ぬ。「イッカ」彼女よりあんたのほうが技量も正確さも百倍すぐれている。あんたはオベリスクを使うことができる。

彼女がなにか思いにふけっているようすで首をふる。「あんたは誰かと、うーん、〝網目をつくった〟ことはあるの？　いっただろ、練習が必要なんだよ。それにあんたにはほかにしなくちゃいけない仕事がある」彼女の眼差しには強い決意が感じられる。「あんたの友だち、とうとう逝っちゃったみたいだね。あんたが教わらなくちゃいけないこと、教えてくれたの？」

あんたは目をそらす。口のなかが苦い。なぜならあんたがオベリスクを使って彼を殺してしまったという事実こそ、個々のオベリスクを操れるようになった証拠なのだから。だが、〈門〉の開け方についてはなんの進展もないままだ。たくさんあるオベリスクをまとめて操るにはどうすればいいのか、あんたは知らない。

まずネットワーク、つぎに〈門〉。錆びつかせるな、エッスン。

ああ、地球。ああ、すばらしきまぬけ野郎、とあんたは思う。これはアラバスターに投げかけた思いであると同時に、あんた自身に投げかけた思いでもある。

「教えてちょうだい、その……網目をあなたとつくる方法を」あんたは出し抜けにいう。「ネットワーク。ネットワークと呼ぶことにしましょう」

彼女がしかめっ面でいう。「いったでしょ――」

「それこそ彼がわたしにさせたかったことなのよ！　クソ剝《は》がれ錆び」あんたはくるりと踵を

返して歩きだす。興奮と同時に恐れと怒りも感じている。みんながあんたを見つめている。「オロジェニーのネットワークをつくるんじゃなくて――」彼はこれまでずっと自分の身体のなか、あんたの身体のなかの魔法の糸を教材にしてきた。糸がどうつながり、どう流れるか、感覚をつかむ訓練をさせてきた。「それに、もちろん、彼は錆び教えてくれなかった。いったいどうやってあれだけ感度よくやってのけたのかしら？」

「エッスン」トンキーが心配そうな顔をして、あんたを横目で見ている。「あなた、わたしみたいになってきてるよ」

あんたは彼女に笑いかける。アラバスターにあんなことをしてしまってからというもの、もう二度と笑えないと思っていたのに。「アラバスター」とあんたはいう。「診療所にいた人。わたしの友だち。彼は十指輪のオロジェンだったのよ。北のほうで大陸を破壊したのは彼なの」

人々がざわめく。パン屋のトリノがいう。「フルクラムのロガ？　あの男がフルクラム出身のロガで、これを引き起こしたっていうのか？」

あんたは彼を無視する。「彼には理由があった」復讐《ふくしゅう》、そしてコランダムが生きるはずだった世界をつくるため――コランダムはもう生きてはいないが。〈月〉のことを話す必要はあるだろうか？　いや、そんな時間はないし、話してもかれらを混乱させるだけだ。あんただって混乱しているんだから。「いままで彼がどうやっていたのかわからなかった。『まずネットワーク、つぎに〈門〉』イッカ、あなたがしようとしていること、どうやるのか、どうしても教えてほしいの。教えてくれるまで、あなたを死なせるわけにはいかないのよ」

なにかがあたりを揺るがす。地揺れに比べればたいした揺れ方ではないし、局地的だ。あんたもイッカも、そして陸屋根にいるほかのロガたちもすぐさまふりむいて上を見あげる。爆発。誰かが小型の指向性爆薬でカストリマの外に通じるトンネルのひとつを崩落させたのだ。ややあって、展望台から声があがる。あんたが目を細めてそっちを見ると、〈強力〉の一団が——あんたがダネルたちレナニスの連中と話すために上にいったとき、コムに通じるいちばん大きなトンネルを守っていた〈強力〉たちが——駆けてきて立ち止まり、荒い息をついている。不安そうな顔……しかもほこりまみれ。逃げる途中でトンネルを爆破してきたのだ。

イッカが首をふりながらいう。「じゃあ、いっしょに脱出トンネルをつくろうか。お互い、やってるあいだに相手を殺さずにすむことを祈ろう」

彼女が手招きするので、あんたはついていく。そして二人で小走り気味に晶洞の反対側に向かう。すぐにそっちへ向かったのは暗黙の了解のなせる業——二人とも晶洞にもうひとつ突破口をつくるならどこがいちばんいいか、正確な位置が本能的にわかっているのだ。デッキを二つ迂回《うかい》し、橋を二つ渡ればもうそこは晶洞の反対側の壁で、アパートメントにするには短すぎるずんぐりした水晶がびっしりと並んでいる。いい具合だ。

イッカが両手をあげて四角形を描く。なにをしているのか、あんたはいぶかしく思うが、そのとき突然、鋭利なオロジェニーの力を地覚して合点する。イッカは晶洞の壁を四カ所で刺し貫いたのだ。うっとりするほどすばらしい技だ。彼女がオロジェニーを使うところは前にも見ているが、これほど正確を期して使うのは見たことがない。それに——あんたの予想とはまっ

だすことができる。まるで機械で削ったような仕上がりだ。あんたがやったとしてもこれほどうまくはいかないだろう。そしてあんたは、はたと気づく——彼女は小石を動かす必要がないから動かせないのかもしれない。フルクラムでは正確さを見るために、小石を動かす試験をする。イッカの場合は、ただ正確にやる必要があるから正確にやっているだけ。あんたが試験したら彼女は不合格だろうが、それは試験方法がまちがっているからなのかもしれない。

いま彼女はひと息ついている。そしてあんたは彼女の〝手〟が自分のほうにのびてくるのを地覚する。あんたはアパートメントにするには細すぎるので倉庫や小さな道具屋が入っている水晶のまわりにめぐらされたデッキに立っている。もともとあったものではないので手すりは木製だから、体重を預ける気にはなれない。それでもとにかくあんたは手すりを握って目を閉じ、イッカがオロジェニー的につながろうとさしだしてきた〝手〟に〝手〟をのばす。

彼女があんたをつかむ。アラバスターとやった経験がなかったら、あんたはパニックに陥っていたかもしれないが、感触はあのときといっしょだ——イッカのオロジェニーはあんたのと融合するような感じで、あんたのを消費していく。あんたはリラックスしてすべてを彼女にまかせる。じつは、あんたはすぐに自分のほうが彼女より強いことに気づいていて、ほんとうは自分が主導権を握れる、握るべきだと思っている——が、ここではあんたは教わる立場で、彼女が先生役だ。だから一歩さがって学ぶことに徹する。

それは、一種のダンスのようなものだ。彼女のオロジェニーは……波立ち、あちこちに小さな渦を生みながらよどみなく流れる川のようだ。あんたのはもっと速くて深くて直線的で力強いが、彼女はあんたのを巧みに調整して、二つの流れをひとつにまとめていく。あんたのはよりゆっくりとゆるやかになり、彼女のはあんたの深さを利用して力を強め、より速くなる。あんたがふと目を開けると、彼女は水晶柱に寄りかかって、そのままずるずるとしゃがみこんでいく。集中しているあいだ、自分の身体のことに気を遣わなくていい姿勢をとっているのだ……と、あんたは晶洞の結晶質のなかにいて、殻《から》を突き抜け、晶洞を囲む岩のなかを掘り進み、古代の冷たい石のゆがみ、ひずみに沿って流れていく。イッカといっしょに流れるのは驚くほどたやすい。アラバスターとはじめてやったときはもっと荒っぽかったが、それは彼があまり慣れていなかったからかもしれない。イッカはほかの連中と何度もやっているから、これまで出会ったどの教師にも引けを取らない立派な教師だ。

しかし――

いい、しかし。ああ！　あんたにも、もうよく見えている。

魔法だ。イッカの流れに魔法の糸が織り合わされている。彼女の駆動力のあんたより弱いところを支え、触媒として働き、あんたとの接触面をなめらかにしている。いったいどこから出てきているのだろう？　イッカは岩そのものから魔法の糸を引きだしている。これもまた驚きの事実だ。あんたはいまのいままで岩のなかに魔法があるとは知らなかったのだから。とはいえ魔法はたしかに岩のなかにあって、アラバスターの石化した部分の微粒子のあいだを飛び交っていたのとおなじように、珪素《けいそ》や方解石《ほうかいせき》の微粒子のあいだでひらひらと動いている。いや。

ちがう。珪素に触れはしているが、飛び交うのは方解石と方解石のあいだだけだ。魔法の糸は方解石が生みだしている。方解石は岩のなかの石灰岩包有物内に存在している。何百万年か何十億年か前、この一帯は大洋あるいは内海の底だったのだろう、とあんたは推測する。海の生きものたちが何世代にもわたってここで生まれ、生き、死に、その死骸が海底に層をなし圧縮されていった。あそこに見えるのは氷河に削られたあとか？　なんともいえない。あんたは地科学者ではないからな。

だが、ひとつピンときたことがある――魔法は生きものに由来している、ということだ。生きているもの、生きていたもの、大昔に生きていて、いまはべつのものに変わってしまったもの。そう思い当たったとたん、あんたの認識になにやら変化が起こり、そして

そして

いい

そして

突然、見えた――ネ、ッ、ト、ワ、ー、ク、だ。岩はおろかそのすぐ下のマグマにまでいきわたり、森や化石化した珊瑚《さんご》や石油溜《だ》まりを宝石のようにつなぎ、大地を織り合わせる銀色の糸の網。跳ね飛ぶ蜘蛛《くも》の子の網に乗って空中へ。雲のなかでも、細いとはいえ水滴のなかの微生物のあいだに糸は渡っている。あんたの知覚が届くかぎり高いところまで、星々をかすめそうなところまで糸はのびている。

そしてオベリスクに触れると、糸はまったくべつのものになる。あんたの意識の地図――これがいまやあんたの地覚器官でとらえられる以上に遠くまで、突如として何マイルも何十マイ

ルも先までひろがっているんだが——その地図上に浮かんでいるオベリスクはそれぞれ何千、何百万、何兆もの糸の集合体になっている。オベリスクはその力で上空にとどまっていられるのだ。どれも銀白色に輝いて、チラチラと脈打つように明滅している——邪悪な地球、これが実体化していないときのオベリスクの姿なのか、とあんたは思う。オベリスクは宙に浮かび、実体から魔法へ、また実体へと明滅し、それとはべつの実在の平面であんたはその美しさに驚嘆して息を呑む。

そしてあんたはすぐ近くでの変化に気づいて、また息を呑む——。

支配権を握っているイッカがあんたをグイッと引き、あんたは遅まきながら、あんたが直観的に知った真実のなかをあてもなくさまよっているあいだも彼女があんたの力を利用していたことに気づく。もう堆積岩や火成岩の層を貫いて、上に向かうあたらしいトンネルができている。なかは階段だ。幅が広くて奥行きが浅い階段がまっすぐ上にのびていて、一定の間隔で広い踊り場が設けてある。この階段は掘ってつくったものではない——イッカは掘る代わりに岩を変形させたのだ。押し潰して壁をつくり、壁を圧縮して階段にした。密度が増したので、周囲の岩の重さでトンネルが潰れてしまうことはない。だがイッカはトンネルづくりを地上に出る寸前のところでやめている。そしてあんたとのネットワーク（またこの言葉だ）を解消してしまう。あんたは目をぱちくりさせながらもすぐにその意味を理解して、彼女を見る。

「最後はあんたにまかせる」とイッカがいう。立ちあがって、尻についたほこりを払っている。だいぶ疲れているようだ——あんたが驚いたりほかに気を取られたりしていたから調整に苦労したのだろう。やると決めはしたものの、彼女には無理だ。谷の半分までいかないうちに燃え尽きてしまうだろう。

だが、もう彼女がやる必要はない。「ぜんぶ、まかせてもらうわ」

イッカが目をこすりながらいう。「エッシー」

あんたは微笑《ほほえ》む。このニックネームで呼ばれてカチンとこないのははじめてだ。そしてあんたはいま彼女から学んだばかりの方法で、アラバスターがしたように彼女をつかみ、コムにいるロガ全員をつかむ。（あんたがつかんだとたん、ロガの集団がきゅっと身を縮めるのが感じられる。イッカにそうされるのは慣れているが、これはちがう軛だと地覚したのだ。あんたはまだ彼女ほどの信頼を勝ち得ていないからな。）イッカが身を硬くするが、あんたはなにもせず、ただ彼女をつかんでいる。そして、まちがいない、自分ならできると確信する。

あんたはスピネルと接続して、よりいっそう確信を深める。スピネルはあんたのうしろに浮かんでいるが、あんたは接続した瞬間にそれが明滅するのをやめて地球が震えるような無音の波動を送りだすのを地覚する。準備完了、とそれがいっているようにあんたは感じる。まるで言葉がしゃべれるような気がする。

イッカが突然、大きく目を見開く。オベリスクの触媒作用がどうロガのネットワークを……充電した？　目覚めさせた？　目覚めさせたのか地覚したからだ。これはアラバスターが何カ月もかけてあんたに教えようとしたことを、いまあんたが実行しているから起きたことだ――オロジェニーと魔法を、互いが支えあい強めあうかたちでいっしょに使い、全体の力を強める。

そしてそれをひとつの目標めざして協力しあっているオロジェンのネットワークと統合する。全員の力が合わさると個々の力を足したよりも強い力が生まれ、それをオベリスクにつなぐとその力が何倍にも増幅される。驚くべきことだ。

アラバスターがそれをあんたに教えそこなったのは、彼もあんたとおなじだったからだ——彼もあんたもフルクラムで訓練を受け、フルクラムの限界内にとどまっていた。力をエネルギーと方程式と幾何学的図形という側面からしか教わらなかった。アラバスターは特別な存在だったから魔法を操る方法を身につけることができたが、その実体はなんなのかまではわかっていなかった。それはあんたもおなじで、いまもってわかっていない。イッカが——捨て去るべき既得の知識などなにひとつない野生のイッカが——鍵だったのだ。あんたがもっと謙虚だったら……。

いや。ちがう。アラバスターは生きていただろうとはいえない。彼は〈オベリスクの門〉を使って大陸を真っ二つに引き裂いたときに死んでいたのだ。あの火傷《やけど》では助からなかった——あんたが終止符を打ってやったのは慈悲といっていい。いつかはあんたもそう思えるようになる。

イッカが目を細め、顔をしかめる。「大丈夫?」

彼女はあんたの魔法を知っているから、あんたの悲しみを感じ取っているのだ。あんたは喉に詰まった塊《かたまり》に抗して、無理やり唾を飲みこむ——あんたのなかに囲いこんだ力を逃さないよう注意しながら。「ええ」とあんたは嘘をつく。

イッカはお見通しだ。彼女は溜息をつく。「あのね……あたしたち二人で切り抜けるんだ。あたしの貯蔵庫にユメネス産のセレディスが隠してあるんだけど、酔っ払いたい？」

あんたの喉の塊がパチンと弾けて、あんたはそれを笑いといっしょに吐きだす。セレディスはユメネスのすぐそばの山の麓でとれるおなじ名前の果物からつくられる蒸留酒だ。そこ以外ではセレディスの木はうまく育たないから、たぶんイッカの隠蔵品はスティルネス大陸最後のセレディスということになるだろう。「値段がつけられないくらい酔っ払う？」

「悲惨なほど酔っ払うよ」彼女の笑みは疲れてはいるが心からの笑みだ。

あんたはイッカの言い草が気に入って、「二人で切り抜けられたらね」と応じる。だがあんたはもう、切り抜けられると確信している。オロジェンのネットワークとスピネルには充分すぎるほどの力がみなぎっている。あんたはカストリマをロガにとってもスティルにとっても、あんたの側にいるすべてのものにとって安全なところにすると決意している。誰も死ぬ必要はない。死ぬのは敵だけだ。

あんたはまえを向き、両手をあげて指をひろげる。あんたのオロジェニーが――そして魔法が――のびていく。

あんたはカストリマを知覚する――地上も地下も、そのあいだのものも下のものも上のものも、すべてを感じ取る。いま、レナニスの軍隊はあんたのまえにいる。あんたの精神の地図上に熱と魔法の何百もの点として存在している。自分たちのものではない家のなかに集まっている者がいくらかいて、あとは地下のコムに通じる三つのトンネルの入り口に群がっている。三つのうち二つのトンネルでは、カストリマのロガたちが入り口を封じるために置いた巨大な丸石が砕かれている。そのうちのひとつでは大量の石が通路を潰してしまっていて、何人かの兵士が死んでいる。身体がどんどん冷えていくのがわかる。ほかの兵士たちはせっせと石をどかしているが、きれいにするには少なくとも数日はかかるだろう。

だが、残るひとつでは――剝がれ錆び――仕掛けた装薬が見つかって無力化されてしまっている。消費されなかった化学ポテンシャルのえぐみ、血に飢えた汗の酸味が感じられる――かれらはなにものにも邪魔されることなくカストリマ地下への道をたどっていて、もう展望台までの道のりの半分をすぎたあたりまで進んでいる。あと何分かで、先陣を切る長ナイフやクロスボウ、投石器、槍で武装した数十人の〈強力〉がコムの防衛陣と衝突する。そのうしろからは何百人もの兵士が列をなしてトンネルに入ってきている。

なにをしなければならないか、あんたにはわかっている。

あんたはこの近景からぐっと身を引く。いま、あんたの下にはカストリマを取り巻く森がひろがっている。遠景――カストリマの台地の縁、そしてそのそばの窪地すなわち盆地の森を味わっている。ここにはかつて海があったこと、その前は氷河があったこと、そしてその前のこともはっきりとわかる。この地域を構成している命の光と炎の群れが森全体にひろがっているのもわかる。あんたが思っていたよりも多いが、その多くは〈季節〉の猛攻撃に対抗して冬眠したり隠れたり自己防衛したりとさまざまな策を講じている。川沿いがずいぶん明るく輝いている――沸騰虫が両岸の土手や、台地とその向こうの盆地のほとんどを占める領域にはびこっているのだ。

あんたはまず川からはじめる。川沿いの土や空気、石を慎重に冷やしていく。冷気は拍動するように送りこむ。冷やして、やめて、また冷やして、やめて、もう少し冷やして、という具合に。あんたは冷気の円の内側の気圧をさげているので、風は円の内側に、カストリマに向かって吹いている。これが虫の動きをうながし、警告にもなるのだ――動けば生きていられる、とどまれば凍らせて絶滅させてしまうよ、ろくでなしのおチビちゃんたち。

沸騰虫が移動していく。あんたは虫たちを輝く熱の波として知覚している。熱の波は地下の巣から湧きでて多くの犠牲者のまわりに築かれた地上の餌場へと押し寄せていく――何百もの巣、何百万匹もの虫、カストリマの森がそこまで沸騰虫の巣穴だらけになっていたとはあんたも思っていなかった。肉不足になるというトンキーの警告はもう無意味だし、手遅れだ――これほどの肉食生物が相手ではとうてい勝ち目はない。昔からずっと、けっきょくは人間の味に慣れていくしか手はなかったのだ。

が、いまはそんなことはどうでもいい。冷気の輪はカストリマの領土を完璧に囲いこんでいて、あんたはエネルギーの波を内側へ押しこんでいく、追いこんでいく。虫たちの動きは速い――しかも、錆び、飛ぶこともできるのだ。あんたは沸騰虫に鞘翅《さやばね》があることをすっかり忘れていた。

そして……ああ、燃える地球。あんたは突如として地上で起きていることを見るのでも聞くのでもなく地覚できるだけという事実に感謝したい気持ちになる。

あんたが感じ取っているものは圧力と熱と化学物質と魔法で描かれている。いまここにある輝く生きものの群れはレナニスの兵士たちだ。木と煉瓦《れんが》でできたもののなかに集まっていて、そこへ燃えるように熱い沸騰虫の大群が押し寄せていく。家の基礎を通して、あんたは激しい足音やドアが勢いよく閉まる音、肉体同士がぶつかりあったり床に倒れたりする音を地覚する。パニックで小規模な揺れが起きている。虫が兵士たちに取りついて沸騰し湯気をたてると、兵士たちの身体がまばゆく輝く。

タータイス〈狩人《かりゅうど》〉カストリマは運が悪かった――沸騰虫はほんの数えるほど取りついただけだったから、それでは死ななかった。いまは兵士ひとりひとりにそれぞれ何十匹もの沸騰虫が取りついて全身を覆い尽くしている。これはある意味、親切というものだ。かれらは、あんたの敵は、長いことのたうちまわることなく、カストリマ地上の家々は一軒、また一軒と元のように静かになっていく。

(あんたの軛でつながったネットワークが震える。誰だってこんなことはいやに決まっている。あんたは手綱を引き締め、仕事に集中させる。もう情けをかけている場合ではない。)

沸騰虫の大群はもう地下室に移動しはじめていて、カストリマ地下への隠しトンネルを見つけて集まっていた兵士たちの上に降り注いでいる。ここであんたはスピネルの力への依存度を高めて、トンネルのなかの生きた点々のどれがレナニスの兵士でどれがカストリマの防衛陣なのか地覚《いか》しようとする。かれらは密集して戦っている。あんたは味方を助けなければならない――ああ――錆び――くそ。イッカがあんたのコントロールに逆らって跳ねあがり、ネットワークに没入しすぎて彼女が大声でいっていることが聞こえていなかったあんたは、やっとそのことに気づく。

やるべきことはわかっているはずだよ。

そこであんたはトンネルの壁から塊を引っ張りだし、それを使ってトンネルを密閉する。カストリマの〈強力〉と〈革新者〉の一部が沸騰虫がいる側に取り残され、レナニスの兵士の一部が安全な側に入ってしまう。誰しも、すべてが思いどおりにいくわけではない。

あんたはトンネルの石の向こうであがる悲鳴の振動を地覚せずにはいられない。

だが、あんたがそれをどうにか無視しようとしているうちに、近くで悲鳴があがる。トンネルのとはべつの、地覚器官ではなく鼓膜で知覚できる悲鳴だ。あんたは驚いて、ネットワークを解体しはじめる――が、まにあわない。あと少しというところでなにかがあんたの軛をグイッと引っ張る。軛が壊れて、あんたもほかのロガたちも折り重なるようにして倒れこみ、お互いの円環体を打ち消しあってしまう。あんたは連携から抜ける。錆びなにが起きたのか？ ロガのうち二人が連携から引き剝がされてしまっている。

目を開けてみると、あんたは木製のデッキにぶざまに倒れている。片方の腕は不自然にねじれて身体の下敷きになっているし、顔は貯蔵品を密封した箱に押しつけられている。わけがわからないまま唸《うな》りながら立ちあがろうとする、膝がガクガクしている。軛役は骨が折れるのだ。

「イッカ？ いったいなにが……？」

積んである密封箱の向こうから音が聞こえる。喘《あえ》ぎ声も。足元のデッキからは木が軋《きし》む音。

なにかとんでもなく重いものが支柱に圧をかけているようだ。そして石を嚙み砕くような音。前に聞いたことがあると気づいても思わずたじろいでしまうほど大きな音だ。あんたは密封箱の縁と木製の手すりをつかんで、なんとか片膝立ちになる。それだけで充分に見える――ホアが。あんたの意識がすぐに、なかば反射的に〝戦士〟と名付けてしまうようなポーズをとっている。片手で生首をぶらさげているのだ。それは石喰いの頭で、髪は真珠母貝のきれいにセットされた巻き毛、顔は上くちびるから下がなくなっている。石喰いのそれ以外の部分、上くちびるから下は、なにかに手をのばしたポーズで固まったままホアの正面に立っている。あんたの位置からはホアの横顔の一部が見えている。顎は動いていない、というかなにも嚙んでいないが、彼の美しく彫りあげられた黒大理石のくちびるにはうっすらと石の粉がついている。石喰いのうなじには部分かつらくらいの大きさの巻き毛が残っていて、嚙み跡とおぼしき傷が見える。あれはやはり前にも聞いたことのある音だったわけだ。

　つぎの瞬間、石喰いの残りの部分が粉々に砕け散って、あんたはホアのポーズが拳で相手の胴体をぶち抜いた姿に変わっていることに気づく。すると彼の目がすっとあんたのほうへ動く。彼が口のなかのものを飲みこんでいないのはあんたにもわかるが、どっちみちしゃべるのに口は使わないのだから、それはどうでもいいのだ。「レナニスの石喰いたちがきている。カストリマのオロジェンに襲いかかろうとしている」

　ああ、邪悪な地球。あんたはどうにか立ちあがるが、頭がくらくらするし足もふらつく。

「数は？」

「多い」さっと動きがあったと思うと、ホアの顔がもう展望台のほうを向いている。あんたも目をやると、そこでは激しい戦いがくりひろげられている——カストリマの住人がトンネルまでおりてきたレナニスの兵士たちの侵攻を食い止めようとしているのだ。あんたはレナニス勢のなかにダネルがいるのに気づく。彼女は長ナイフを二本ふるって〈強力〉二人を相手にし、そばではエスニがべつのクロスボウをよこせと叫んでいる——彼女のは、なにかが絡まって使えなくなってしまっている。彼女はクロスボウを投げ捨て、瑪瑙《めのう》のナイフを抜く。ナイフが光を浴びて白く煌《きら》めき、彼女はダネルとの戦いに飛びこんでいく。

つぎにあんたはもっと近くに注意を向ける。ペンティがロープの橋の途中でロープに絡まって動けなくなっている。あんたはひと目で理由を察知する——彼女のうしろのほうにある金属製のデッキにこれまで見たことのない石喰いが立っているのだ。全身レモンゴールドで、くちびるのあたりだけが白雲母。女の姿をしたその石喰いは片手をのばして、こっちへおいでといようように指を曲げている。あんたからペンティまでは五十フィートくらいありそうだが、少女の頰を涙が伝い落ちているのが見える。彼女は絡まったロープをはずそうともがいているが、片方の手はバタバタ揺れるだけでなんの役にも立っていない。骨が折れている。

手の骨が折れている。あんたは全身に針で刺されたような痛みを感じる。「ホア」

彼が敵の頭を木製デッキに落とした音がズシンと響く。「エッスン」

「すぐに地上へいかなくちゃならないの」あんたは上にあるそれを地覚できている。魔法で感じ取れている。そいつはぼうっと巨大な姿をあらわしつつある。最初からここにいたのに、あんたはずっと避けてきた。前はそこまでの力は必要なかったが、いまはまさにその力が必要なときだ。

「地上はあいつらが這《は》いまわってるよ、エッシー。沸騰虫しかいやしない」イッカは水晶の壁に寄りかかって、かろうじて立っている。石喰いは水晶も通り抜けてくる、と警告してやりたいところだが、時間がない。あんたの動きが遅れれば、石喰いたちはなにがあろうと彼女に襲いかかるにちがいない。

あんたは首をふりながらよろよろとホアのほうへ向かう。彼はあんたのところへこられない——とんでもなく重いから、木製のデッキがまだ壊れていないのがふしぎなほどだ。彼が倒した石喰いがあたりに散乱するただの石の塊になってしまったいま、彼のポーズはまたちがうものになっている——水晶の壁に片手をついているが、身体はまっすぐあんたのほうを向いている。そしてもう一方の手をあんたに向かって、さあどうぞというようにさしだしている。あんたはホアが小川の縁の泥のなかに転げこんでしまった日のことを思い出す。あんたは、ダイヤモンドの骨と古代伝承にも語られていないものでできているホアがどれくらい重いのかも知らず、立ちあがらせようと手をさしだした。彼は秘密を守るためにあんたの好意を無視し、あんたは傷つかないようにしようと思いながら、やはり傷ついていた。

いま、カストリマは暖かいのに彼の手はひんやりと冷たい。そして硬い——だが地覚しても石という感じではない、と実感して、あんたはつかのまその感触に魅了される。奇妙な手触りだ。あんたの指の圧力にほんの少しだけ反応する柔軟さがある。指紋もある。あんたはその事実に驚く。

つぎにあんたは彼の顔を見あげる。もう敵を殺したときに見せていた冷たい表情ではなくなっている。くちびるにかすかな笑みが見える。「もちろん、あんたの力になる」と彼がいう。彼のなかにまだあの男の子の面影がたっぷり残っているのを感じて、あんたは思わず微笑みを返しそうになる。

これ以上この場面を分析している時間はない。一瞬にしてカストリマがぼやけて真っ白になり、つぎの瞬間にはあんたのまわりは暗闇に、地中の闇になってしまうからだ。だが、ホアの手があんたの手にのっている。だからあんたはパニックに陥ったりはしない。

と思うと、あんたはカストリマ地上のあずまやのまえに立っている。死者と死にゆく者のまっただなかだ。あんたのまわりの歩道にもあずまやの敷石道にもレナニスの兵士たちが倒れている。誰も彼も身もだえして身体をよじった姿だ。なかには、毛氈《もうせん》を敷いたように沸騰虫にびっしりと覆われて身体が見えない者もいる。ほんの数人だが、まだ腹這《はらば》いで悲鳴をあげている者も。ダネルが攻撃計画を立てるのに使っていたテーブルがすぐそばにひっくり返っていて、その表面を甲虫が這いまわっている。またあの匂いがする。塩水に浸けた肉の匂いが。沸騰虫と、あんたがつくりだした気圧変化で生まれた微風とで、空気が渦を巻いている。

虫が一匹あんためがけて矢のように飛んできて、あんたは立ちすくんでしまう。が、一瞬のちには虫がいた場所にホアの手があって、潰された虫がシューッとヤカンの湯が沸騰したときのような音をたてて消えていき、熱湯が滴り落ちる。「円環体をつくったほうがいい」とホアがいう。剝がれ錆び、そのとおりだ。あんたは安全に円環体を立ちあげるためにホアから離れようとするが、ホアは握った手にほんの少しだけ力を込める。「オロジェニーはわたしを傷つけることはできない」

あんたはオロジェニーだけでなく、べつの力も自由に使いこなせるが、それは彼も知っているわけだから、大丈夫ということなのだろう。あんたは自分のまわりに高く緊密な円環体を立ちあげる。湿気があるので雪が渦巻く。沸騰虫はたちまちあんたを避けるようになる。たぶん虫は体温を察知して獲物を追うのだろう。

そしてあんたは空を見あげる。空の一部を覆い隠す漆黒を。

オニキスは、これまでにあんたが見たどのオベリスクともちがっている。いくつかは不規則な形で先端もぎざぎざだったりしたが、ほとんどは破片のような形——両端が尖った六角柱か八角柱——だった。ところがこれは卵のようなカボションで、あんたの呼びだしに応じて、数週間前にここに到着したときから隠れていた雲の層のなかからゆっくりとおりてきている。どれくらいの大きさなのか、あんたにも見当がつかないが、カストリマ地上の空をぐるりと見まわすとオニキスの両端はほぼ南から北まで、灰色の雲がかかった地平線からほの暗く赤い地平線まで達している。その表面にはなにも映らず、光ってもいない。よくよく見ると——じっと見ようとするとつい身体が縮こまりそうになるのだが——縁のあたりにちぎれ雲がかかっている。それがなければ、オニキスが実際にカストリマの空高くに浮かんでいるとはとても思えない。見ていると、距離が近くなるような気がする。あんたの真上だ。あんたは手をあげるしかない……が、心のどこかで、手をあげるのは怖いと思っている。

地層が揺れるようなドシンという音がして、あんたのうしろに浮かんでいたスピネルが地面に落ちる。まるで上空の偉大な物体に懇願しているかのようだ。あるいはただ、オニキスがここにきてあんたを引き寄せているからなのか。オニキスはあんたを引っ張り、引きあげ——

ああ、地球、あんたは凄い速さで引き寄せられ——

——ほかのオベリスクに指示を出すことができない。指示をする余裕がない。あんたは上へ落ちていく。虚空へ飛びこんでいく。虚空があんたに向かって突進してくるというよりは、虚空があんたを吸いこんでいくという感じだ。あんたはほかのオベリスクでの経験からその流れに身をまかせるのがいいと学んでいたが、いまはそれではだめだとあんたはすぐに察知する。流れに身をまかせればオニキスはあんたをまるごと呑みこんでしまうだろう。かといって逆らうこともできない——逆らえばバラバラに引き裂かれてしまう。

いちばんいいのは、オニキスの引きに逆らいながらもその隙間を漂うという一種の不安定な均衡状態をなんとかして保つことだ。そしてあんたのなかにはすでにオニキスがかなり入りこんでいる。過剰なほどに。この力を使わないと、使わないと、いやちがう、なにかがおかしい、均衡状態からいつのまにかなにかが出ていっている。と、突然あんたのまわりで光が激しく波打ち、あんたは自分が何兆、何京の魔法の糸に絡め取られていることに気づく。しかも糸は締めつけを強めている。

存在のべつの平面で、あんたは悲鳴をあげる。これはまちがいだった。オ、ニ、キ、ス、は、あ、ん、た、を、喰っている。悲惨きわまりない。アラバスターはまちがっていた。こんな死に方をするくらいなら、石喰いたちに好き勝手にカストリマのロガをひとり残らず殺させ、コムを破壊させるほうがましだ。ホアにあの美しい歯でバラバラに噛み砕かれてしまうほうがましだ——少なくともあんたは彼が好きなのだから

彼を愛しているのだから

あ、あ、あ、愛しているのだから

魔法の鞭《むち》ひもが無数の方向からキリキリと締めつけてくる。突然、漆黒を背景にして光の格子が煌々《こうこう》と光り輝く。あんたは見ている。これはもうあんたの理解がおよぶ範囲を大きく超えてしまっているから、ほとんど不可解な世界といっていい。あんたはスティルネス大陸を見ている。大陸全体を。あんたは惑星のこちら側半分の地殻を感じ取り、反対側のかすかな風味を味わっている。凄い——そして地下火《ちかび》、あんたは愚か者だ。アラバスターはあんたにいった——まずネットワーク、つぎに〈門〉、と。あんたはひとりでこれをなしとげることはできない——大きなネットワークの緩衝装置として働く小さなネットワークが必要だ。あんたはまたカストリマのオロジェンたちに向かってぎごちなく手をのばすが、つかむことができない。もうさっきより人数が少ないし、あんたが手をのばしているあいだにもぽっと増えたりふっと減ったりしている。それにみんな、たとえあんたの要求でも応えられないほどの恐怖にとらわれている。

だがあんたのすぐ隣に小さな力の山がある——ホアだ。あんたは彼に手をのばそうとはしな

い。その力がぎょっとするほど異質だからだが、ホアのほうから手をのばしてくる。そしてあんたを安定させる。あんたをしっかりとつかむ。

そのおかげであんたははたと思い出す――オニキスが鍵だ。

その鍵で〈門〉の錠を開ける。

〈門〉がネットワークを起動させる――。

すると突然、あんたのまわりでオニキスが脈動しはじめる。マグマまで届くほど深く、地球ほども重い脈動。

ああ地球、彼がネットワークといっていたのはオロジェンのネットワークのことではなかった
最初はスピネルだ――いつものようにすぐそばにいる。つぎはトパーズ――その明るい軽やかな力はなんの抵抗もなくあんたに服従する。

くすんだ石英《せきえい》――ティリモからゆっくりとあんたのあとを追ってきた旧友、アメシスト。クンツァイト。翡翠《ジェイド》。

ああ、
瑪瑙。碧玉《ジャスパー》、オパール、黄水晶《シトリン》……

あんたは口を開けて叫ぶが、なにも聞こえない。

ルビー　リチア輝石　アクアマリン　ペリドット　そして
「多すぎる！」この言葉を心のなかで叫んでいるのか声に出しているのか、あんたにはわから

ない。「多すぎるわ！」

あんたの隣にいる山がいう。「みんなあんたを必要としているんだ、エッスン」

そしてピシリと焦点が合い、すべてがくっきり見える。〈オベリスクの門〉は目的にかなうときだけ開くのだ。

下へ。晶洞の壁へ。チラチラ光る原《プロト》魔法の柱――カストリマはこれでできている。あんたはその構造内の汚染物質を地覚感知する。表面を這いまわっているものはそのままにしておく。（イッカ、ペンティ、ほかのロガたち全員、そしてコムの存続をかれらにゆだねたスティルたち。みんな、あんたを必要としている。）

だがそこには晶洞の結晶格子に干渉してくるものがある。物質と魔法を縒《よ》り合わせた糸に乗って、寄生主のなかに入りこもうとする寄生虫のように、晶洞の外殻のまわりの岩に潜りこんでいく。そいつらも山だ――しかし、あんたの山ではない。

悪いロガを怒らせてしまった、とホアはいっていた。どうしてオベリスクに閉じこめられてしまったのかと聞いたときのことだ。そうだ、敵対する石喰いたちの仕業だったのだ。錆びまちがいない。

あんたはふたたび叫び声をあげるが、こんどは懸命に絞りだした叫び声、攻撃の雄《お》叫《たけ》びだ。**ブツッ**とあんたは格子を壊し、魔法の鞭ひもを断ち切って、あんたの思いどおりの形に固め直していく。**ビシッ**と水晶柱をごっそり持ちあげ、地下の敵めがけて槍のように投げつけて押し潰す。あんたはホアを傷つけた石喰い、灰色の男を捜すが、あんたの家に押し入ろうとしている山々のなかにはいない。いるのは彼の子分ばかりだ。いいだろう。ならば、とあんたはやつにメッセージを送ることにする。かれらの恐怖で書かれたメッセージを。

あんたはけっきょく少なくとも五人の敵の石喰いを水晶に閉じこめてメッセージを送り終える。石喰いを閉じこめるのはじつに簡単だ。かれらは愚かにもあんたが見ているまえで水晶のなかを移動しようとする。水晶と位相を等しくしていくのだ――あんたはただ位相をずらしてやるだけでいい。それでかれらは琥珀《こはく》のなかの虫のように凍りついてしまう。あとのやつらはあわてて逃げていく。

何人かは北へ逃げる。気に入らない。いまやあんたにとって距離などないに等しい。あんたが急上昇し、突っ走り、急降下すると、そこはもうレナニスだ。糸に絡め取られ体液を吸われて干からびた獲物たちのまんなかに陣取った蜘蛛のように、ノードの格子のなかに鎮座している。〈門〉は惑星規模でなにかするためのものだ。力を下に送りこんで、ペンティを殴り殺そうとしていた女にしたのとおなじことをレナニスの住人すべてにして罰してやることぐらい、あんたにとってはなにほどのものでもない。どちらもおなじ弱い者いじめだ。かれらの細胞のあいだにあるチラチラ光る銀を、細胞が固くなり、ぴくりとも動かなくなるまでねじっておけばいいだけ。細胞は石になる。それがすむとカストリマは戦争に勝利している。ほんのひと呼吸のうちに。

さあ、ここからが危険なところだ。わかるだろう――このオベリスクのネットワークを焦点なしに使うということは、その焦点になるということ、そして死ぬということだ。カストリマの安全が確保されたいま、あんたがやるべきことは〈門〉に破壊される前に〈門〉との接続を断って離脱することだ。

しかし。あんたにはカストリマの安全を確保する以外にもやりたいことがある。あんたも知ってのとおり〈門〉はオロジェニーのようなものだ。意識的にコントロールしないと、どんな欲望にたいしてもそれが世界を破壊したいという欲望であるかのように感応してしまう。そしてあんたには、いまも、この先もコントロールのしようがない欲望がある。この欲望は、あんたの過去や自己防衛的な受け身の性格や数々の失望同様、あんたの真髄をなすものだ。

ナッスン。

あんたの意識が回転する。南へ。跡を追っていく。

ナッスン。

干渉。痛い。真珠　ダイヤモンド

サファイア。サファイアは〈門〉のネットワークに引き入れられまいと抵抗している。これまで何十、何百のオベリスクに圧倒されて、あんたは気がついていなかったが、やっとわかった、これは

ナッスン

彼女だ

これはあんたの娘、ナッスンだ。自分の心の芯がどんなものかわかっているのとおなじよう

に、あんたは彼女の心の芯にあるのは無感動な複雑さだということを知っている。これは彼女だ、とこのオベリスクにびっしり書いてある。あんたは彼女を見つけた。彼女は生きているのだ。

〈門〉の（あんたの）目的が果たされたので、〈門〉は自動的に遊離しはじめる。ほかのオベリスクが接続を断つ――そして最後にオニキスがあんたを解放する。しぶしぶ、ひんやりとした不服そうな空気を漂わせながらだが。ではまた、こんど。

なにかが突然あんたのバランスを崩し、あんたの身体はぐったりとなって傾いていく。と、誰かの手があんたを支え、まっすぐに起こしてくれる。あんたは顔をあげることもできない。自分の身体が重くて、遠いものに感じられる。まるで石のなかにいるような感覚だ。もう何時間もなにも食べていないが、空腹はまったく感じない。自分の耐久力を遥《はる》かに超えた負担がかかっていたのに、なんの疲れも感じない。

あんたはいくつかの山に囲まれている。「休むんだ、エッスン」と、あんたが愛している山がいう。「あんたの面倒はわたしが見る」

あんたはうなずく。頭が石のように重い。そのときあらたな存在があんたの注意を引き、あんだは最後に一度だけとばかりになんとか顔をあげる。

あんたのまえにアンチモンが立っている。相変わらず無表情だがそれでもそこにいるというだけでなにか慰められるものがある。彼女は敵ではないと、あんたは本能的にわかっているからだ。

彼女の横に、またべつの石喰いが立っている——背が高く痩せぎすで、ドレープが入った〝服〟を着ているが、どこかしっくりこない。全身真っ白だが、顔立ちは東海岸地方人のそれだ——ふっくらしたくちびる、すっきり通った鼻筋、高い頬骨、そして巧みに彫られた縮れ髪。目だけが黒い。そしてその目は、かすかに見覚えがあるものを見るような、記憶のはずはないが記憶めいたものがちらついて当惑しているような、そんな眼差しであんたを見つめているのだが……あんたにはその目がどこか見慣れたもののように感じられてならない。

なんと皮肉なことか。あんたが雪花石膏《アラバスター》の石喰いを見るのはこれがはじめてだ。

そしてあんたは気を失う。

§

もし死んでいなかったら？

——リド〈革新者〉ディバースから第七大学に宛てた書簡より

ガーネットのオベリスクが浮上したのちアライア四《よ》つ郷《ごう》およびコムの急使経由で送られ、アライア壊滅の知らせが電信でひろまった三カ月後に受け取られたもの。

未詳の参考文献

幕《まく》間《あい》

あんたはわたしの腕のなかに倒れこみ、わたしはあんたを安全な場所に連れていく。安全といっても相対的に安全ということだが。あんたはわたしのよからぬ同胞、あんたをコントロールできないからという理由であんたを殺そうとしていたわたしの同類を追い払った。とはいえカストリマのなかにおりていき、慣れ親しんだ静かな空間に出現すると、むっとするような息やその他もろもろ人の身体から出る匂いに混じって鉄の匂いが感じられる。新鮮な鉄の匂い——血液に含まれる鉄分が変化したものだ。歩道や階段に死体が転がっている。滑走ロープからぶらさがっている死体もある。しかし戦いはほとんど終わっている。理由は二つ。ひとつは侵入者が、沸騰虫だらけの地上と敵——侵攻軍の兵士のほとんどが死んでしまったいま、数では勝っている敵——とのあいだで身動きできなくなってしまったと悟っていることだ。生きのびたい者は投降し、投降すればさらに悲惨な死が待っていると恐怖に駆られた者はみずから剣やカストリマの水晶柱に身を躍らせていった。

二つめの理由は晶洞《しょうどう》の損傷がひどいという避けがたい事実だ。コムじゅうどこもかしこも、前は明るく輝いていた水晶がいまは不規則に脈打つように明滅している。かなり長い水晶柱が一本、壁から剝《は》がれ落ちて晶洞の床にはその破片が散乱している。共同浴場ではいつも湯船に流れこんでいる湯が止まっていて、ときどき突発的に噴きだしてくる。コムの水晶柱のうち数本にはひびが入って暗くなっている——が、その暗い柱それぞれのなかにさらに黒っぽいものが見える。凍りつき、閉じこめられた、人もどきの姿。

愚か者どもめ。わがロガを怒らせた報いだ。

わたしはあんたをベッドに寝かせて、そばに食べものと水を確保しておく。あんたと友になるためにまとっていた加速被覆は脱いでしまったから、食べさせるのはむずかしいだろうが、たぶんわたしがやらなければならなくなる前に誰かきてくれるだろう。われわれはレルナのアパートメントにいる。わたしはあんたを彼のベッドに寝かせた。彼は喜ぶだろうと思う。あんたもそうだろう。また人間らしさを感じたくなったらな。

(わたしはそういう関係をねたんだりはしない。あんたには必要なものだから。)

だが、あんたを寝かせるときは寝心地がいいように気を遣った。そして片腕は、目が覚めたらすぐ、どうするか決めなければならないとわかるよう、掛け布団の上に出しておいた。

あんたの右腕は、茶色くて固い、魔法が凝集したものになっている。けっして粗雑なものではない——あんたの肉体は純粋で完璧で健全だ。すべての原子があるべき姿を保っているし、深遠なる格子はなんの乱れもなく強靭《きょうじん》。わたしは一度だけ、ほんの一瞬、あんたに触れてみるが、わたしの指はほとんど圧を感じない。ついこのあいだまでまとっていた肉体への憧れがぬぐいきれない。だが、いずれ克服してみせる。

あんたの石の手は拳を握った形になっている。手の甲には、手の骨と垂直に交差するひびが入っている。魔法があんたを再形成するあいだも、あんたは戦っていた。（あんたは戦っていた。それこそあんたのあるべき姿だ。あんたはずっと戦ってきた。）

ああ、感傷的になっているな。肉体をまとっていた頃が懐かしくて、ついわれを忘れてしまう。

こうしてわたしは待つ。そして何時間後かはたまた何日後か、レルナはほかの人間の血の匂いと彼自身の疲労の匂いを漂わせて、アパートメントにもどってくる。そして居間で立ち番をしているわたしを見るなり立ち止まる。

立ち止まっているのはほんの一瞬だ。「彼女はどこだ？」

そうだ。彼はあんたにふさわしい。

「寝室にいる」彼はすぐ寝室に向かう。わたしはついていく必要はない。彼がもどってくるからだ。

しばらくして——何分後かはたまた何時間後か、ちがいはわかっているが、わたしにはなんの意味もない——とにかく彼はわたしがいる居間にもどってくる。そしてどさりとすわりこみ、顔をこする。

「彼女は死なない」とわたしはいわずもがなのことをいう。

「ああ」あんたが昏睡《こんすい》状態だということは彼もわかっている。あんたが目を覚ますまで、しっかり面倒を見てくれるだろう。やがて彼は手をおろしてわたしを見あげる。「きみはまさか、その」くちびるを舐《な》める。「彼女の腕を」

彼のいいたいことはわかっている。「彼女の許しなしにはしない」

彼の顔がゆがむ。わたしは少し不快感を覚えるが、すぐに少し前まで自分も四六時中どっぷりと感傷的になっていたことを思い出す。そんな状態から抜けだせてよかった。「立派な心がけだ」と彼がいう。たぶん侮辱的な意味合いでいったのだと思う。そんな口調だった。

もう片方の腕は食べないと決めてかかっている彼ほど立派ではない。たんに儀礼的にそうしているだけということもあるにはあるが。

しばらくして、といっても彼が動いていないから何年もたってというわけではないが、彼がひどく疲れた顔をしているところを見ると、たぶん何時間かあとだろう。彼がいう。「これからどうすればいいのかわからない。カストリマはもうすぐ息絶えてしまう」まるでこの言葉を強調するかのように周囲の水晶がふっと暗くなり、われわれは暗闇に突き落とされる。アパートメントの外からの光が目障りだ。と思うと、また水晶が光りだす。レルナがふうっと息を吐く。恐怖アルデヒドの匂いが強い。「わたしたちはコム無しだ」

もし敵が首尾よくエッスンやほかのオロジェンたちを抹殺していたとしてもやはりコム無しになっていたはずだと指摘したところでどうなるものでもない。彼もそのうちゆっくりと、いろいろ苦労しながら、そう悟ることになるだろう。しかし、ひとつ彼が知らないことがあるから、声に出していってやる。

「レナニスは死んだ」とわたしはいう。「エッスンが殺した」

「え？」

わたしの声は聞こえているはずだから、聞こえたことが信じられないということだろう。

「ということは……彼女が凍らせたのか？　ここから？」

いや、彼女は魔法を使ったのだが、彼には肝心なことだけいっておく。「レナニスの壁のなかの者はみんな死んだ」

彼はじっくりと考えている。永遠かと思うほど長いこと。いやもしかしたら数秒間かもしれないが。「赤道地方の都市には膨大な量の貯蔵品があるはずだ。われわれが何年も生きのびられるだけのものが」すると彼が顔をしかめる。「そこまでいって大量の品物を持って帰るのは大仕事だな」

彼はばかではない。彼が自分で答えを見つけるまで、わたしは過去に思いをめぐらせる。そのうち彼がはっと息を呑み、わたしはまた彼に注意を向ける。

「レナニスは空っぽだ」彼はわたしを見つめ、立ちあがってドタドタ、フラフラと部屋を横切っていく。「邪悪な地球――ホア、きみがいいたかったのはそれか！　無傷の壁、無傷の家、貯蔵品……それに奪い合う相手もいない！　いまどき、北へ向かうなんて正気の沙汰ではないからな。みんなでそこに住めるんだ」

やっとだ。わたしはまた瞑想《めいそう》にふけるが、彼は歩きながらブツブツひとりごとをいい、ついには大声で笑いだす始末だ。と思ったら、足を止めてわたしをじっと見る。疑い深そうに目を細めている。

「きみはぼくらのためにはなにもしないよね」と彼が静かにいう。「なにかするのは彼女のためだけだ。どうしてレナニスのことをぼくに教えてくれたんだ？」

わたしがくちびるを弓形に曲げると、彼がいかにも気味悪そうに顎にぐっと力を入れる。よけいなことはしないほうがよかったようだ。「エッスンがナッスンのために安全な居場所をもとめているからだ」とわたしは答える。

沈黙。一時間ほどだろうか。それとも一瞬か。「ナッスンがどこにいるのか彼女は知らないのに」

「〈オベリスクの門〉を使うと知覚の精度があがる」

たじろぐ。動きを表現する言葉を思い出してみる――たじろぐ、息を呑む、しかめっ面をする。「地球火《ちきゅうび》。それじゃあ――」彼は真顔になってふりかえり、寝室のカーテンを見つめる。そうだ。あんたは目が覚めたら娘を見つけにいく気だろう。そう気づいたレルナの表情がやわらぎ、筋肉の緊張が解け、姿勢がゆるむ。それがなにを意味しているのかわたしにはさっぱりわからない。

「どうして？」彼がひとりごとではなく、わたしに話しかけているのだと気づくのに一年かかった。しかしわたしがその先を推測しきれないうちに、彼は質問を最後までいい終えていた。「どうしてきみは彼女といっしょにいるんだ？　ただ……空腹だからか？」

わたしは彼の頭を握り潰したいという衝動を抑えこむ。「彼女を愛しているから。当然のことだ」ほうら――ちゃんと礼儀正しく答えられた。

「当然そうだろうな」レルナの声がやわらかくなっている。

そうとも。

そして彼はわたしが与えた情報をコムのほかのリーダーたちに伝えるために出ていく。それからの一世紀、あるいは一週間か、コムの住人たちは長く厳しい旅に備えて荷物をつくり体力をつけ、必死に準備を進める。何人かにとっては、それこそ命懸けの旅だ。しかしほかに選択肢はない。それが〈季節〉を生きるということだ。

愛《いと》しい人よ、眠れ。傷を癒やせ。わたしが歩哨《ほしょう》に立ち、ふたたび旅立つときにはそばにいよう。当然のことだ。死は選択肢のひとつ。それは保証しよう。あんたのために。

（だがあんたのためではない。）

20 ナッスン、切子面《きりこめん》を刻まれる

だが同時に……。

わたしは地中の音に耳を澄ます。反響音を聞く。あたらしい鍵がカットされると、刻み目がつけられ鋭利に研がれて、オベリスクに接続し、オベリスクを歌わせることができるようになる。そのことは、われわれみんなが知っている。われわれ……希望を持って……その歌い手を見つけようとしている者はみんな。われわれ自身が鍵を回すことは永遠に禁じられているが、回す方向を左右することはできる。オベリスクが共鳴するときは、まちがいなくわれわれのうちの誰かが近くに潜んでいると思ってくれていい。われわれはつねに話し合っている。だからわたしも知っているのだ。

§

真夜中、ナッスンが目を覚ます。バラックのなかはまだ真っ暗だから、彼女は軋《きし》みがちな床に用心しながらそっとおりて靴を履き、上着を着て部屋を横切る。ほかの子たちは、たとえ目を覚まして彼女の動きに気がついていたとしても、身じろぎひとつしない。屋外便所にいくとでも思っているのだろう。

外は静かだ。灰の雲が厚くなっているのでわかりにくいが、夜明け間近で東の空が明るくなりはじめている。ナッスンは丘を下る道のところまでいく。眼下のジェキティの町にはいくつか明かりが灯《とも》っている。農夫や漁師のなかには、もう起きている者もいるのだろう。しかし〈見いだされた月〉はしんと静まり返っている。

なにが彼女の心を引っ張っているのか？　まるで髪になにかネバネバしたものがひっかかっていて、グイッと取ってしまいたいのに取れないみたいで、彼女は苛《いら》ついている。その感覚の中心にあるのは地覚《ちかく》器官——ちがう。もっと深いところにあるものだ。そのなにかが彼女の脊椎の輝きを、細胞のあいだの銀を、彼女を大地や〈見いだされた月〉やシャファやサファイアと結びつけている糸を、グイグイ引っ張っている。サファイアはジェキティの空を覆う雲のすぐ上に浮かんでいて、ときおり雲の切れ間から姿をのぞかせる。苛立ちの種は……その種があるのは……北だ。

北のほうでなにかが起きている。

ナッスンは感覚に導かれるままにるつぼのモザイク模様のところまでのぼっていき、そのまんなかで立ち止まる。風が巻き髪をなぶり震わせる。ここまでのぼってくると、ジェキティを囲む森が、まるで地図を見ているように、一望のもとに見渡せる——丸みを帯びた樹冠もところどころにリボン状にのびている玄武岩の露頭も。彼女は移動していく力を、反響する無数の線を、接続を、増幅を知覚している。だが、いったいなんの？　なぜ？　なにか巨大なものだということはわかるが。

「きみが知覚しているのは〈オベリスクの門〉の開門だ」とスティールがいう。彼がいきなり横に立っていても彼女は驚かない。

「オベリスクはひとつじゃないの？」とナッスンはたずねる。地覚器官がそういっているからだ。たくさんあると。

「どれも大陸のこちら側半分に配置されている。壮大なメカニズムの百の部品が本来の意図どおりにふたたび動きだしたんだ」スティールの声はバリトンで驚くほど耳に心地よく、いまは哀愁を帯びているように聞こえる。ナッスンはいつのまにか彼の人生、彼の過去に思いを馳《は》せ、自分のような子どもだった時代があったのだろうかと考えてみるが、それはありえないとしか思えない。「桁外れの力だ。惑星の心臓部と〈門〉を通じてつながれる……そして彼女はその力を、なんともつまらない目的のために使っている」力ない溜息《ためいき》。「そしてまた、〈門〉をつくった者たちもそうだったのだろうと思う」

スティールがいう彼女は母のことだとナッスンはなぜか察している。母さんは生きている。怒っている。そして桁外れの力を手にしている。

「目的は？」ナッスンはあえてたずねる。

スティールの目がすっと彼女のほうに動く。彼女は、誰の目的なのか特定していない――彼女の母親なのか、それともオベリスクをつくり、戦略的に配置した古代の人々のなのか。

「もちろん、敵を殲滅《せんめつ》するためだ。そのときは偉大なもののように思えるが、じつはちっぽけで自己中心的な目的にすぎない——それでも意義がないわけではないが」

ナッスンは、あの二人の守護者の死んだような微笑《ほほえ》みから学び、地覚し、そこに見たもののことをじっと考える。「〈父なる地球〉が反撃した」と彼女はいう。

「人とおなじだ。奴隷にしようとする相手には反撃する。それは理解できるだろう？」

ナッスンは目を閉じる。たしかに。考えてみれば、ほんとうによく理解できる。世界は強い者が弱い者をむさぼり食うというかたちで動いてはいない。弱い者が強い者の耳に毒を注ぎ、ささやきかけてかれらをも弱い者にしてしまう、それがこの世界だ。そしてけっきょくは骨を折られた手とロープのように縒《よ》り合わされた銀の糸と敵を滅ぼすために地球を動かすくせに小さな男の子ひとり（女の子ひとり）救えない母親、それがすべてだ。

ナッスンを救ってくれる人はひとりもいなかった。母親はそうなるだろうと警告していた。

ナッスンが恐怖から自由になりたいと思ったら、自分でその自由をつくりだすしかないのだ。

だから彼女はゆっくりとふりむいて、父親と向かい合う。父親は彼女のうしろに静かに立っている。

「ナッスン」と彼がいう。彼女を呼ぶときのいつもどおりの声だが、ほんとうはそうではないと彼女にはわかっている。彼女は数日前、彼が住んでいる家をすっぽり氷で覆ってしまった。彼の眼差《まなざ》しはその氷のように冷たい。彼の顎は固く引き締まり、身体がかすかに震えている。

彼女が視線をおろすと、彼の手はぎゅっとなにかを握っている。ナイフだ——赤いオパールの美しいナイフ、父親が最近つくったもののなかでは彼女も気に入っていたナイフ。わずかに虹のような輝きを放ち、なめらかな光沢があって、削りだされた刃のカミソリのような鋭さの完璧な目くらましになっている。

「ああ、父さん」と彼女はいう。そしてちらりとスティールを見る。スティールはまちがいなくジージャの意図に気づいている。だがこの灰色の石喰《いしく》いは夜明け前の森の風景や、大地を変化させる数え切れないほどの出来事が起きている北のほうの空から、わざわざ目を離すようなことはしない。

ならば。彼女は父親に視線をもどす。「父さん、母さんは生きているわ」

この言葉が彼にとってなにか意味を持っていたとしても、彼はなんの反応も見せない。ただそこに立って彼女を見ている。とくに彼女の目を。彼女の目は昔から母親の目そっくりだった。

突然、なにもかもがどうでもよくなってしまう。ナッスンは溜息をつき、両手で顔をゴシゴシこする。永劫《えいごう》の年月、憎しみを抱きつづけてきた〈父なる地球〉もかくやと思えるほど、疲れ切っている。憎むのは疲れる。虚無主義に徹するほうが楽だ。もっとも彼女はまだこの言葉を知らず、知るのは数年後のことになるが。それでもやはり、いま彼女が感じているのはそれだ——圧倒的な、なにもかもなんの意味もないという感覚。

「父さんがどうしてわたしたちを憎むのかわかる気がする」父親にそう話しかけながら、彼女は両手を脇におろす。「父さん、わたしは悪いことをしてしまったわ。父さんが思っていたとおりよ。どうすれば悪いことをしないでいられるのか、わからないの。みんながわたしが悪い子になることを望んでいるから、ほかのものにはなりようがないの」そして彼女はためらいながらも、何カ月か前から心に秘めていながらいえずにいたことを口にする。いまを逃したら、この先いえる機会があるとは思えないのだ。「たとえわたしが悪い子でも、父さんが愛してくれたらいいのにと思うわ」

だがそういいながら彼女の頭にあるのはシャファのことだ。なにがあろうと、父親がそうであるべきように彼女を愛してくれるシャファ。

ジージャはただ彼女を見つめつづけている。静寂のなか、どこかべつの場所、地覚とどういう呼び名かわからないが銀の糸の感覚とが占めている意識の平面で、母親がくずおれるのをナッスンは感じる。もっと詳しくいえば、チラチラ光りながら移動していくオベリスクのネットワークを維持していた母親の奮闘が急に終わってしまったのを彼女は感じたということだ。ネットワークが彼女のサファイアに触れた気配はまったく感じていない。

「ごめんなさい、父さん」と、ナッスンはついにいってしまう。「父さんを愛しつづけようとしたのよ、でもだめだった」

彼は彼女よりずっと大きい。武器も持っている。彼女はなにも持っていない。彼が山のように重々しく動きだす。肩が先に出て、体軀《たいく》がつづき、ゆっくりと止められないほどのスピードになっていく。彼女の体重は百ポンドあるかないか。勝ち目はまずない。

しかし父親の筋肉がピクッと動くのを彼女が感じた瞬間、地面と空気に軽い衝撃が響きわたり、彼女は意識を空に向けて、一度だけ朗々と鳴り響く指示を下す。

サファイアが一瞬で変形する。そこに生じた真空に空気が流れこみ、激しく震動する。その音はナッスンがこれまで聞いたどんな雷の音よりも大きい。突進しはじめたジージャがびっくりしてよろめき、上を見あげる。つぎの瞬間、サファイアがナッスンのまえにドンと落ちて、るつぼのモザイクの中心にある石と彼女を中心とする半径六フィートの円内の地面にひびが入る。

それはもう彼女がいまのいままで見あげていたサファイアではないが、形はどうあれサファイアであることはたしかだ。彼女は青い石でできた長いチラチラ光るナイフの柄《つか》に手をのばす。そして柄をつかむと、彼女はそのなかに少し落ちこんでしまう。光と影がちらつく水のような切子面を抜けて、上へ流れる。大地のなかへ、下へ流れる。〈門〉をつくっているすべての部品をかすめて、外へ、遠くへ流れる。彼女が手にしているのは、これまでとまったくおなじ途方もない山のように巨大な銀の力の発電機。おなじ道具がより融通のきく、使い道の広いものになっているだけだ。

ジージャがそれを見つめ、彼女を見つめる。一瞬、彼が動揺し、ナッスンは待つ。ここで彼が向きを変えて逃げてくれたら……なんといっても、かつては父親だった男だ。彼はその頃のことを覚えているのだろうか？　覚えていてほしい、と彼女は思う。二人の関係はもうなにひとつ元にもどることはないだろうが、それでもその頃の記憶が大きな意味を持つものであってほしい。

だめだ。ジージャが大声で叫びながらナイフをふりかざして、ふたたび突進してくる。

だからナッスンは地面に落ちているサファイアのナイフを持ちあげる。長さは彼女の胴体とおなじくらいあるが、重さはゼロ――そもそもサファイアは宙に浮かんでいるものなのだから。いまは彼女の上ではなく、正面に浮かんでいるだけだ。厳密にいえば、彼女はサファイアを持ちあげたわけではない。あたらしい位置に移動しろと念じたので、そのとおりになっているだけ。サファイアはいま彼女の正面にある。つまり彼女とジージャとのあいだに。ジージャが彼女を刺そうと身体を傾けたらまともにぶつからざるをえない位置に。そうすれば必然的に彼女の力が彼にまともに激突することになる。

彼女はジージャを氷で殺すわけではない。いまのナッスンはほぼ毎日、オロジェニーではなく銀を使うのが基本になっている。ジージャの肉体の変化はアイツのときよりスムーズでむだがない。彼女が自分がなにをしているか意識できているのが大きな理由だ。それにはっきり意図してやっているということもある。ジージャが、オベリスクと接触した部分から石に変わっていく。

だがナッスンは運動量のことを考えていなかった。ジージャは、サファイアから目を離し、身をよじって自分の身体に起きていることを目撃し、悲鳴をあげようと息を吸いこむあいだも、前進しつづけている。息を吸いきれないうちに彼の肺は固まってしまう。が、動きがコントロールできなくなってバランスを崩し、攻撃するというよりは倒れる姿勢に変わっても突進の勢いは止まらない。動きの中心にあるナイフはナッスンの肩をとらえる。彼が狙っていたのは心臓だったが。

突然、刺された痛みに襲われて、ナッスンの集中はたちまち途切れてしまう。これはまずい。刺された痛みさながらにサファイアも輝きを増し、半現実の状態と現実の状態をチラチラ行き来しはじめる。彼女は喘《あえ》ぎ、よろめく。これでジージャは一瞬にして完全に固まり、彫像と化す。煙水晶の縮れ髪、赤い代赭石《たいしやせき》の丸顔、濃紺のセレンディバイトの服。服がこの色なのは、彼が娘のあとをつけるために目立たない黒っぽい服を選んでいたからだ。だがこの彫像が立っているのはほんの一瞬のことだ——サファイアの明滅がさざ波となって彼を貫く。打ち鳴らされた鐘の音のように彼のなかを駆け抜ける。かつてイノンという男にある守護者が使ったオロジェニーを本人の内側に向けて作用させる技、あの衝撃と似ていないこともない。

ジージャもやはり砕け散ってしまうが、湿り気はいっさいない。彼はもろくて割れやすい、粗雑なつくりだ。彼のかけらはコロコロ転がってナッスンの足元に落ち着く。

ナッスンは父親の残骸をじっと見つめる。長く、痛い、一瞬。〈見いだされた月〉でも、ずっと下のジェキティの町でも家々に明かりが灯りはじめている。みんなサファイアの雷鳴で目を覚ましたのだ。声が行き交い、あわてて地中を探ったり地覚したりする動きがあり、ばたついている。

いま、スティールも彼女といっしょにジージャを見おろしている。「これはけっして終わらない」と彼がいう。「よくなることもない」

ナッスンはなにもいわない。スティールの言葉が、水に投げこまれた石のように彼女のなかに沈んでいくが、彼女はさざ波ひとつ立てない。

「きみはけっきょく愛する者をすべて殺してしまうことになる。母親。シャファ。この〈見いだされた月〉にいる友だち。それは避けようがない」

彼女は目を閉じる。

「が……ひとつだけ方法がある」慎重に、じっくりと考えているような間。「どんな方法か、教えようか？」

シャファがやってくる。彼女は彼を、彼のバズ音を地覚できる。彼の脳のなかにある彼を苦しめつづけているもの、彼女が取り除くといっても許してくれないものを地覚できる。シャファ、彼女を愛してくれているシャファ。

きみはけっきょく愛する者をすべて殺してしまうことになる。

「ええ」彼女は思い切って答える。「教えて、どうすれば……」声が小さくなって途切れてしまう。みんなを傷つけなくてすむのか、といいたかったのだがいえない。すでに多くの人間を傷つけてしまっているからだ。彼女は怪物だ。しかしその怪物性を封じこめる方法はあるにちがいない。ひとりのオロジェンの存在がもたらす脅威に終止符を打つ方法はあるはずだ。

「〈月〉がもどってくるんだ、ナッスン。〈月〉はずっと昔に、ラケットにひもでつながれたボールを打つみたいにして遠くへ飛ばされてしまったんだ――しかし、ひもがついているからもどってくる。それをそのままにしておくと、ここを通過してまた遠くへ飛んでいってしまう――そういうことが過去にも数回あった」

彼女は父親の片方の目を見ている。顔の破片に埋めこまれた目は、かけらの山のまんなかから彼女を見あげている。彼の目は前は緑だったから、いまは美しい色合いの、斑《ぶち》が入ったペリドットだ。

「だが〈門〉を使えば、きみは〈月〉を……そっと押してやることができる。〈月〉の軌道――」やわらかい、楽しげな声。「通り道を調整してやるんだ。また通りすぎて迷子になってしまわないように、通り道を調整して家に帰してやる。〈父なる地球〉はずっと〈月〉に会いたがっている。〈月〉をまっすぐここに連れもどして〈地球〉と再会させてやるんだよ」

ああ。ああ。どうして〈父なる地球〉が彼女が死ぬことを望んでいるのか、彼女は突然、悟る。

「もの凄いことになるぞ」とスティールがそっと彼女の耳元でささやく。いつのまにかすぐそばにきている。「〈季節〉を終わらせることになるんだからな。それですべての季節が終わる。しかも……きみはいま感じていることを二度と感じなくていいことになる。誰も二度と苦しまなくてすむようになるんだ」

ナッスンはスティールをじっと見つめる。彼は彼女に向かって腰をかがめ、その顔には滑稽といってもいいような茶目っ気たっぷりの表情が刻まれている。

そのときシャファが小走りにやってきて、二人のまえで足を止める。彼はジージャの残骸を見つめていて、自分がなにを見ているのか気づいた瞬間にその顔に衝撃波が走る。ナッスンはそのようすをしっかりと目撃している。彼の氷白の目が彼女をとらえ、彼女は彼の表情を探る。胃が痛くなりそうなのを歯を食いしばって我慢する。

彼の顔にあるのは苦悩だけだ。彼女のために恐れ、彼女のために悲しみ、彼女の血まみれの肩を見て案じている。用心深く、保護者らしい怒りをにじませて、スティールに焦点を合わせる。やはり彼女のシャファだ。彼の心遣いに慰められて、ジージャがもたらした痛みが消えていく。シャファは彼女がなにになってしまおうと愛してくれる。

だからナッスンはくるりとスティールのほうを向いて、いう。「〈月〉を家にもどす方法を教えて」

補遺1　サンゼ人赤道地方併合体の創立以前および以後に起きた〈第五の季節〉一覧

（最新から最古へ、の順）

〈窒息の季節〉……帝国暦二七一四年―二七一九年。直接的原因：火山の噴火。場所：南極地方のディヴェテリス周辺。アコック山の噴火で半径五百マイルの範囲が、肺や粘膜で凝固する細かい灰の雲に覆われた。南半球では五年間、陽光が遮られたが、北半球はそこまでの影響は受けなかった（二年で回復）。

〈酸の季節〉……帝国暦二三二二年―二三二九年。直接的原因：揺度《ようど》十以上の揺れ。場所：不明。大陸から遠く離れた海底。突然のプレート移動でジェット気流主流の通り道に火山の連なりが生じ、ジェット気流が酸性化して西海岸地方へ、その後スティルネス大陸のほぼ全土に流れこんだ。海岸地方のコムのほとんどは津波の第一波で壊滅。残るコムも船や港湾設備が被害を受けて漁業が成り立たず、消滅したり移住を余儀なくされたりした。雲による大気への影響は七年間におよび、海岸地方のpH値異常はその後さらに何年もつづいた。

〈沸騰《ふっとう》の季節〉……帝国暦一八四二年―一八四五年。直接的原因：湖底地下のホットスポットからの噴出。場所：南中緯度地方テカリス湖四《よ》つ郷《ごう》。この噴出によって何百万ガロンもの蒸気や微粒子物質が大気中に放出され、大陸の南半分では三年間にわたって酸性雨が降り、陽光の遮蔽状態がつづいた。しかし北半分はこれといった影響は見られなかったため、この状態を〝真の〟〈季節〉と呼べるかどうか、古代学者のあいだでは意見がわかれている。

〈息切れの季節〉……帝国暦一六八九年―一七九八年。直接的原因：鉱山事故。場所：北中緯度地方、サスド四つ郷。まったくの人的要因で生じたもの。北中緯度地方北東部炭田の端にあった炭鉱で起きた火災が引き金となった。当該地域以外ではときおり陽光が射しこみ、降灰や大気の酸性化も見られなかった比較的穏やかな〈季節〉で、〈季節令〉を発令したコムはごく少数だった。ヘルダインでは当初の天然ガス噴出と火炎に包まれたすり鉢状の穴の急速な拡大により約千四百万人が死亡したが、帝国オロジェンが穴の縁を密閉、沈静化し、それ以上の延焼を防ぐことに成功した。封じこめられた火災はそれ以降、百二十年間にわたって孤立したまま燃えつづけた。この火災の煙は卓越風にのってひろがり、当該地域では数十年にわたって呼吸器疾患を引き起こし、ときに大量の窒息者も出た。また北中緯度地方の炭田が失われたことにより暖房用燃料コストが高騰すると同時に地熱の利用や水力発電が大幅に採用され、土技者《どぎしゃ》ライセンス制度の創設につながった。

〈歯の季節〉……帝国暦一五五三年―一五六六年。直接的原因：海底の揺れが引き金となって起きた超巨大火山の破局噴火。場所：北極地方の亀裂群。海底の揺れの余波で、それまで知られていなかった北極点近くのホットスポットからマントルが上昇し、これが引き金となって破局噴火が起きた。噴火の音は南極地方でも聞こえたという証言がある。灰は超高層大気まで上昇し、急速に地球全体にひろがったが、もっとも大きな影響を受けたのは北極地方だった。前回の〈季節〉から九百年以上たっていたため、当時は〈季節〉は伝説にすぎないという考え方が一般的で備えがおろそかになっていたコムが多く、被害が増大した。この時期、食人風習が北から赤道地方までひろまったと伝えられる。この〈季節〉の末期にユメネスでフルクラムが創設され、北極地方と南極地方に支所が置かれた。

〈菌類の季節〉……帝国暦六〇二年―六〇六年。直接的原因：火山の噴火。場所：赤道地方東部。モンスーン期に火山の噴火が相次いだことによって湿度が高くなり、大陸の二十パーセント以上の地域で六カ月間にわたって曇天《どんてん》がつづいた。その点では〈季節〉としては穏やかなほうだったといえるが、噴火のタイミングがモンスーン期だったことで菌類の繁殖に最適の条件が整ったため菌類が赤道地方から南北中緯度地方へとひろがり、当時、主要作物だったミロック（現在は絶滅）を駆逐していった。その結果、収穫が激減して、飢饉《ききん》が解消するのに四年（菌類による胴枯れ病が蔓延《まんえん》するのに二年、農業システム、食料配給システムの復旧に二年）の歳月を要した。影響を受けたコムのほとんどは備蓄食料で乗り切ることができたため、帝国の救済策、〈季節〉対策計画の効力が実証されたかたちとなったうえ、帝国はミロックに依存していた地域に備蓄していた種を惜しみなく分け与えた。その結果、中緯度地方および海岸地方の多くのコムが自発的に帝国に参入し、勢力範囲が倍に拡大して帝国は黄金期を迎えることとなった。

〈狂気の季節〉……帝国暦紀元前三年―帝国暦七年。直接的原因：火山の噴火。場所：キアシュ・トラップ。古い超巨大火山（これより約一万年前に〈二連の季節〉を引き起こしたのとおなじ火山）の複数の火道からの噴火により、暗緑色から黒色の普通輝石が大量に大気中に排出された。その結果、闇に閉ざされた状態が十年間つづき、通常の〈季節〉がもたらす破滅的被害に加えて、精神疾患の発症率が上昇した。サンゼ人赤道地方併合体（通称、サンゼ帝国）は、ユメネスのヴェリシェ将軍が心理作戦を駆使して病的状態にある複数のコムを征服したことにより生まれた。（第六大学出版部刊行『狂気学』参照のこと。）ヴェリシェ将軍は、ふたたび陽光が射した日に、みずから皇帝を名乗った。

〔編纂《へんさん》者注記：サンゼ帝国建国以前の〈季節〉にかんしては矛盾する、あるいは確証のない情報が多い。下記の〈季節〉は二五三二年の第七大学古代学会議において是認されたものである。〕

〈放浪の季節〉……帝国暦紀元前八〇〇年頃。直接的原因：磁極の移動。場所：立証できず。この〈季節〉の到来によって当時の主要交易作物数種類が絶滅した。また真北が移動したことで花粉媒介者が混乱をきたし、二十年間にわたって凶作がつづいた。

〈風向変化の季節〉……帝国暦紀元前一九〇〇年頃。直接的原因：不明。場所：立証できず。未知の原因により卓越風の向きが変わり、正常にもどるのに長年月を要した。陽光の遮蔽は起きていないが、かなりの規模の（そしておそらくは大陸から遠く離れた海底での）地殻変動的事象以外に原因は考えられないため、これは〈季節〉であるとのコンセンサスが得られている。

〈重金属の季節〉……帝国暦紀元前四二〇〇年頃。直接的原因：不明。場所：南中緯度地方、東海岸近辺。火山の噴火（イルク山と思われる）により十年間、陽光が遮蔽されると同時にスティルネス大陸の東半分に水銀汚染がひろがって被害が増大した。

〈黄海の季節〉……帝国暦紀元前九二〇〇年頃。直接的原因：不明。場所：東海岸地方、西海岸地方、および南極地方までの海岸沿いの地域。この〈季節〉については赤道地方の廃墟《はいきょ》で発見された遺物に書き記されているだけで、それ以外の資料などは存在しない。未知の原因によりバクテリアが広範囲にひろがり、海の生物のほとんどが毒性を帯び、海岸地方で数十年にわたって飢饉がつづいた。

〈二連の季節〉……帝国暦紀元前九八〇〇年頃。直接的原因：火山の噴火。場所：南中緯度地方。当時から伝わる歌謡や口承伝説によると、あるひとつの火口からの噴火で三年間、陽光が遮蔽されたという。それが解消しはじめた頃、最初のものとはべつの火口が噴火し、陽光遮蔽はさらに三十年間つづいた。

補遺2　スティルネス大陸の全四《よ》つ郷《ごう》で一般的に使われている用語

安全……交渉の場、敵対する可能性のある二者がはじめて相まみえる場、その他、公式の会合で昔から供されている飲みもの。植物の乳液が含まれていて、あらゆる異物に反応する。

石喰《いしく》い……肌も髪も、全身が石のように見える知的ヒューマノイド種属。その姿はめったに見ることができない。どのような存在なのかはほとんどわかっていない。

打ち工《く》……石、ガラス、骨などで小型の道具類をつくる職人。大規模なコムでは機械を使うなどして大量生産もおこなっている。金属をあつかう打ち工、あるいは腕の悪い打ち工は俗に錆《さ》び屋と呼ばれる。

造山能力《オロジエニー》……熱、運動などにかかわるエネルギーをあやつって地震事象をあつかう能力。

造山能力者《オロジエン》……訓練されているいないにかかわらず、オロジェニーを持っている者。蔑称：ロガ。

海岸地方人……海岸地方のコム出身者。海岸地方コムで、帝国オロジェンを雇って暗礁《あんしょう》などを高く引きあげ、津波からコムを守るだけの資金のあるところはごくわずかなので、海岸地方の都市は再建をくりかえさざるをえず、その結果として資力に乏しいところが多い。大陸の西海岸地方人の多くは肌の色が白く、直毛で、ときに目に蒙古《もうこ》ひだのある者がいる。東海岸地方人の多くは肌が黒く、縮れ毛で、ときに目に蒙古ひだのある者がいる。

カークーサ……中型の哺乳類《ほにゅうるい》で、ペットとして飼ったり、家や家畜の番をさせたりすることもある。通常は草食性だが、〈季節〉の期間中は肉食性になる。

〈革新者〉……一般的に知られている七つの用役《ようえき》カーストのひとつ。〈季節〉の期間中、技術的問題、論理的問題の解決を担えるだけの創造性と応用力に富む知性の持ち主が〈革新者〉に選ばれる。

〈季節令〉……コムの長《おさ》、四つ郷知事、地方知事、もしくは権利ありと認定されたユメネスの〈指導者〉が発令する戒厳令。〈季節令〉が発令されているあいだは四つ郷および地方の統治権は一時的に停止され、コムが独立した社会政治的単位として機能するが、帝国の方針で、近隣のコム同士が協力しあうことが強くもとめられている。

金属伝承……錬金術や天体学同様、第七大学が否認した信用のおけない似非《えせ》科学。

粗粒砂岩《グリット》……フルクラムで基本的な訓練を受けている段階の、まだ指輪を授かっていない子どものオロジェン。

〈強力《ごうりき》〉……一般的に知られている七つの用役カーストのひとつ。〈季節〉の期間中、身体強健で重労働や保安を担える者が〈強力〉に選ばれる。

コム……共同体《コミユニティ》。帝国統治システムにおける最小社会政治的単位で、通常、ひとつの都市、ひとつの町がひとつのコムということになるが、大都市の場合は数コムが含まれる。コムの構成員として容認された者には貯蔵品を使う権利、保護される権利が与えられる代わりに、税を納めるなど、なんらかのかたちでコムに貢献することがもとめられる。

コム無し……どのコムにも受け入れてもらえない犯罪者などの好ましからざる者。

コム名……大半の市民が持っている第三の名前。当人がコムにたいする忠誠の義務と各種権利を有していることを示す。通常、成人に達したときに授けられ、当人が共同体《コミュニティ》の有用な構成員になると見込まれていることを示す。コムへの移民はコムへの受け入れを要請し、受け入れられれば、そのコムの名を自分の名にすることになる。

サンゼ……もともとは赤道地方の一国家（帝国紀元前の政治システムの単位だが、当時は軽視されていた）で、サンゼ人種の母体。〈狂気の季節〉が終わったとき（帝国暦七年）、サンゼ国は廃止され、皇帝ヴェリシェ〈指導者〉ユメネスの統治のもと有力なサンゼ人コム六つからなるサンゼ人赤道地方併合体となった。〈季節〉の余波が残るなか、併合体は急速に勢力を拡大し、帝国暦八〇〇年頃までにはスティルネス大陸の全地方を包含。〈歯の季節〉の頃には併合体は一般的には古サンゼ帝国、あるいは単に古サンゼと呼ばれるようになった。その後、〈季節〉の際には（ユメネスの〈指導者〉の助言のもと）各地方で統治するほうが有効と考えられるようになったため、帝国暦一八五〇年の協定をもって、併合体は公式に消滅した。実際には、ほとんどのコムが依然として帝国の統治、金融、教育等々のシステムを継承しており、ほとんどの地方知事はユメネスに敬意を表して税を納めている。

サンゼ基語……サンゼ人が使う言語で古サンゼ帝国の公用語。現在はスティルネス大陸のほとんどの地域で使われている共通語。

サンゼ人……サンゼ人種の構成員。ユメネスの〈繁殖者〉基準では、サンゼ人の典型はブロンズ色の肌、灰噴《はいふ》き髪、筋骨型もしくは肥満型の体型で、成人の身長は最低六フィート以上とされている。

私生児……用役カーストなしで生まれた者。そうなる可能性があるのは、父親不詳で生まれた男児だけ。ただし優秀な者はコム名をつける際に母親の用役カースト名をつけることを許される場合もある。

守護者……フルクラム以前からあるとされる体制の構成員。スティルネス大陸内でオロジェンを追跡し、保護し、導く。

新コム……最新の〈季節〉以降に生まれたコムの俗称。少なくとも一度以上〈季節〉を生き抜いたコムは、その有効性、強さが証明されたということで、一般的には新コムよりも暮らしに適しているとみなされている。

不動人《スティルヘッド》……オロジェンがオロジェニーを持たない者にたいして使う蔑称。略して〝不動《スティル》〟ということが多い。

赤道地方……赤道周辺の地域。海岸地方は除く。赤道地方のコム出身者は赤道地方人と呼ばれる。気候が穏やかで、大陸プレートの中央にあることから比較的安定しているため、赤道地方のコムは富裕で、政治力も強いところが多い。かつては古サンゼ帝国の中核をなしていた。

セバキ人……セバキ人種の構成員。セバキ人の国セバクはかつては南中緯度地方の一国家（帝国紀元前の政治単位だが、当時は軽視されていた）だったが、古サンゼ帝国に征服されて四つ郷システムに組みこまれた。

〈第五の季節〉……地震活動あるいは大規模な環境変化によって引き起こされる、長期間――帝国の定義によると六カ月以上――にわたる冬。

〈耐性者〉……一般的に知られている七つの用役カーストのひとつ。飢餓《きが》や疫病に抗して生き残る力を持つ者が選ばれる。〈季節〉の期間中、衰弱した者の面倒を見、死体の処理をすることがもとめられる。

第七大学……地科学と石伝承の研究で知られる大学で、現在は帝国の資金で運営されている。所在地は赤道地方のディバース市。前身に当たる大学は複数あるがいずれも民間で共同事業として運営されていた。なかでも有名なアム・エラットの第三大学（帝国暦紀元前三〇〇〇年頃）は当時は独立国家とみなされていた。小規模な地方大学、四つ郷大学は第七大学に上納金を支払い、その見返りに専門知識や物資を得ている。

託児院……大人たちがコムで必要とされる仕事をしているあいだ、まだ仕事のできない幼い子どもたちの面倒を見るところ。事情が許せば学習の場ともなる。

断層……地中の亀裂が激しい揺れや噴きを起こす可能性の高い場所。

地科学者……岩石について、また自然界で岩石が存在する場所について研究する者。科学者全般を指す。とくに力を入れて研究しているのが岩石学、化学、地質学だが、スティルネスではこれらは別々の学問分野とは考えられていない。オロジェニー学――オロジェニーとその影響を研究する学問――を専門に研究している地科学者はごく少数しかいない。

地覚《ちかく》……大地の動きによって生じる感覚。大地の動きを感じとる器官が、脳幹にある地覚器官。動詞：地覚する。

地方……帝国統治システムの最上位。帝国が承認しているのは、北極地方、北中緯度地方、西海岸地方、東海岸地方、赤道地方、南中緯度地方および南極地方。各地方に知事がいて、各四つ郷から報告があがるシステムになっている。各地方知事は公式には皇帝が任命するかたちだが、実務上、ユメネスの〈指導者〉によって、ユメネスの〈指導者〉のなかから選ばれるのが通例。

中緯度地方……大陸の中緯度地帯――赤道地方と、北極地方あるいは南極地方とのあいだ――に位置する地方。この地方の出身者は中緯度地方人と呼ばれる。スティルネスでは発展の遅れた僻地《へきち》とされているが、この世界で必要な食料、原材料、その他必需資源の大半の供給源となっている。北中緯度地方と南中緯度地方がある。

貯蔵品……貯蔵してある食料や物資。コムは〈第五の季節〉の到来にそなえて、つねに護衛つき鍵つきの貯蔵所に必要物資を蓄えている。貯蔵品を分与される権利があるのは承認されたコムの構成員だけだが、成人は未承認の子どもなどに物資を分与できる。個々の家庭も物資を貯蔵していることが多く、家族以外の者からまもる手立ても講じている。

帝国道……古サンゼ帝国の革新的技術の産物のひとつである幹線道路（徒歩あるいは馬に乗って移動する際に使う高架道）で、主要なコムおよび大規模な四つ郷同士をつないでいる。土《ど》技者《ぎしゃ》と帝国オロジェンのチームが建設したもので、オロジェンが地震活動地域内のもっとも安定した経路を決定し（あるいは安定した経路がなければ地震活動を鎮め）、土技者が〈季節〉期間中に旅がしやすいよう河川などの重要資源を道路の近くに配した。

伝承学者……石伝承と失われた歴史の研究者。

土技者《どぎしゃ》……土工事——地熱エネルギー施設、トンネル、地下インフラ、採鉱など——をおこなう技術者。

南極地方……大陸のもっとも南に位置する地方。南極地方のコム出身者は南極地方人と呼ばれる。

ノード……地震活動を減らしたり鎮めたりするためにスティルネス全土に配置された帝国が管理するステーションで、ネットワークを形成している。フルクラムで訓練されたオロジェンは希少なため、多くが赤道地方に配置されている。

灰噴き髪《はいふきがみ》……サンゼ人種の特徴的形質で、〈繁殖者〉用役カーストの現行ガイドラインでは、なにかと都合がよいので選択淘汰《とうた》において有利とされている。灰噴き髪は著《いちじる》しく硬くて太く、通常、上に向かって火炎のようにのび、ある程度までいくと垂れて顔や肩にかかるかたちになる。耐酸性で水に浸してもほとんど水を含まず、極端な環境でも灰を浸透させないフイルターの役目を果たすことが実証されている。大半のコムでは〈繁殖者〉ガイドラインで承認されているのは質感のみだが、赤道地方の〈繁殖者〉は望ましい要素として天然の〝灰〟の色（出生時の色がスレート色から白）であることもとめられるのが一般的。

破砕地……激烈かつ／あるいはごく最近の地震活動で破壊された土地。

〈繁殖者〉……一般的に知られている七つの用役カーストのひとつ。健康で均整のとれた体型の者が選ばれる。〈季節〉の期間中、選択的措置によって健全な血統を維持し、コムないし人種の改良に寄与することがもとめられる。〈繁殖者〉用役カーストの生まれでも許容基準に満たない者は、コム名をつける際、近親者の用役カースト名をつけることが認められている。

避難袋……必需貯蔵品を詰めた持ち運びしやすい小型の袋で、大半の家庭で、揺れなどの緊急事態に備えて用意している。

噴き……噴火のこと。海岸地方のいくつかの言語では火山のことも指す。

沸騰《ふっとう》……間欠泉、温泉、蒸気噴出口のこと。

フルクラム（てこの支点の意）……〈歯の季節〉のあと（帝国暦一五六六年）、古サンゼが創設した準軍事的組織。本部はユメネスにあるが、大陸全土を最大限カバーするため北極地方と南極地方に支所が設けられている。フルクラムの訓練を受けたオロジェン（帝国オロジェン）は、訓練を受けていない者が使えば違法とされるオロジェニーの技能を、守護者の監督のもと厳格な規則にのっとって使うことが法的に許されている。フルクラムは自主的に運営され、経済的にも独立している。帝国オロジェンは黒の制服を着用するため、俗に〝黒上着〟と呼ばれる。

北極地方……大陸のもっとも北に位置する地方。北極地方のコム出身者は北極地方人と呼ばれる。

道の家……すべての帝国道および多くの一般道に一定の間隔で置かれている施設。どの道の家にも水源があり、耕作地や森、その他有用な資源の近くに設置されている。多くは地震活動がごく少ない地域にある。

メラ……中緯度地方の植物。赤道地方でとれるメロンの近縁種。地上を這《は》う、つる植物で、通常は地上に実をつける。〈季節〉の期間中は地中に塊茎《かいけい》状の実をつける。一部の種は花を用いて昆虫をつかまえる。

指輪……帝国オロジェンの階級を示すために用いられる。階級のない訓練生は、初指輪を得るために一連の試験に合格しなければならない。最高位は十指輪。指輪はすべて準宝石を磨いたもの。

揺れ……大地の地震性の動き。

用役名……大半の市民が持っている第二の名前。その人物が属している用役カーストを示す。承認されている用役カーストは二十あるが、古サンゼ帝国以来、現在も一般的に使われているのは七つのみ。有用な資質は同性の親から引き継がれることが多いという理論に基づき、用役名は同性の親のものを承継する。

四つ郷……帝国統治システムの中間位。地理的に隣接する四つのコムで構成される。各四つ郷に知事がいて、各コムの長から報告があがるかたちになっている。四つ郷知事はその報告を地方知事に伝える。四つ郷内で最大のコムが首都とされ、大規模な四つ郷の首都同士は帝国道でつながっている。

緑地……石伝承の忠告にしたがって大半のコムのなか、あるいは壁のすぐ外に確保されている休閑地《きゅうかんち》。コムの緑地は〈季節〉でないときには、農地や家畜の飼育場、あるいは公園として使われることもある。個々の家庭でも個人的に菜園や庭を維持していることが多い。

謝辞

この三部作のおかげで、わたしは五部作、七部作、十部作、さらにはそれ以上の何百万ワードにもおよぶサーガを著した作家の方々によりいっそうの敬意を抱くようになった。これを聞いて「そうそう」と思う方も「そんなことない」と思う方もいらっしゃるとは思うが、それでもいわせていただきたい――長い、入り組んだ物語を一冊書くのは、大変なんです。多数部作作家に熱狂的敬意を。

今回は大いなる感謝をつぎの方々に捧げます――本書を一年で書き終えることができるようフレックスタイムをあれこれ調整してくださった本業のボス、定期的にかかってくる「なにもかも永遠にうまくいかない」と愚痴るわたしの長電話にいつもながら耐えてくれるわがエージェントと編集者、わたしがなにか、というかなにもかも、いうのを忘れていても我慢してくれるオービット社の宣伝広報エレン・ライト（エレン、休みの日に仕事のメールをチェックするのはやめて）、急なお願いでも光速で意見を返してくれるベータ・リーダー（原稿段階のものを読んで、意見を述べたり、著者の質問に答えたりする読者）で作家グループ、オルタード・フルーイッドのメンバーである医療コンサルタントのダニエル・フリードマン、わたし独自の火山の設計、構築（長い話になります）に力を貸してくれた、やはりオルタード・フルーイッドのメンバー、クリス・ダイクマン、魔法地震学創始パーティのために無料でスペースを提供してくださったブルックリンのワード・ブックストア、ペースを落として呼吸しろと指示してくれた、わが父、わたしがどんなに遠くまでこられたか、そしてそれがじつはなんのためなのかを思い出させてくれたオクテイヴィア・プロジェクトの女子たち、そして最後に、執筆作業中、まさにいま休憩が必要という瞬間に本棚からラップトップに飛び移る技をついに完成させたらしい、わがトンデモ猫の**キング・オジマンディアス**。

解説

勝山海百合

本書『オベリスクの門』は、N・K・ジェミシンN. K. Jemisinの〈破壊された地球〉The Broken Earth三部作の二作目で、『第五の季節』（創元SF文庫）の続編、二〇一七年のヒューゴー賞長編部門を受賞した*The Obelisk Gate*（2016）の邦訳である。The Broken Earthは、三部作すべてがヒューゴー賞（優れたSF作品に贈られる賞。世界SF大会参加者・登録者の投票で選ばれる）を受賞しており、二〇二一年七月現在、未だ並ぶ者はない。また、ジェミシンはヒューゴー賞長編部門を受賞した初めてのアフリカ系アメリカ人、黒人作家でもある。

本書について触れるまえに、シリーズの設定と、前作『第五の季節』について簡単に紹介する。

〈破壊された地球〉の舞台は、数百年ごとに大規模な天変地異によって〈第五の季節〉（以下〈季節〉）がもたらされる地球である。この地球はわれわれが住む地球とは別の架空の惑星だが、人類が文明を築き歴史を積み重ねている。〈季節〉は容赦なく人類が築いた社会制度や文明を破壊してきた。人口は激減するが、人類は生き延びる知恵を石に刻み、口から口へ伝える形で情報を共有して命脈を保っていた。

熱や運動などのエネルギーを操る特殊能力オロジェニーをもつ者はオロジェンと呼ばれる。

・幼い頃から厳しい訓練を受けたオロジェンはスティルネス大陸を支配する帝国で重用されるが、守護も訓練もされない市井《しせい》のオロジェンは忌《い》み嫌われ、オロジェンとわかれば幼児でも排除することに社会的な合意がある。

『第五の季節』は、〈季節〉が始まった直後、オロジェニーをもつ幼い息子が父親に殺され、遺体が放置された家に母親が帰ってくるところから始まっている。この母親、中年女性のエッスンは息子の死を嘆き悲しんだのち、姿を消した夫と娘を探す旅に出る。

並行して語られるのはオロジェニーをもつ二人の女性の物語で、一人は辺境の小さな村で、家族にも疎《うと》まれながら暮らす少女ダマヤ。彼女の元に都会から一人の男が訪ねてきて、一緒に来れば殺されることなく、能力を活かして生きられると言う。選択肢のないダマヤは、この男、守護者と一緒に村を出る。守護者とはオロジェンを守護し、指導する者だが、『第五の季節』を読んだ諸氏は、かれらがどのような存在で、単にオロジェンを守護するだけではないことをすでにご存じだろう。ダマヤは若いオロジェンたちと一緒に暮らし、学び、成長するが、辛《から》くも生き延びたとも言える。訓練中にいなくなる者もいるのだ。もう一人は訓練を積み、帝国にオロジェンとして奉職するサイアナイト。オロジェニーを社会の安定のために使い、制服を身に着け、市民からは敬して遠ざけられている。あるとき、サイアナイトは能力の高いベテランのオロジェンとともに地方都市への出張を命じられる。港の使用を阻む隆起した珊瑚礁の除去のためだが、その途上で訓練から脱落した仲間がどんな扱いを受けているかを目の当たりにする。

娘を探す旅の途上で、エッスンはオロジェンを受け容れているコム（コミュニティ）に引き寄せられるように出会う。地底にある巨大晶洞《しょうどう》内のそのコム、カストリマに身を寄せることになるが、コムのリーダーはオロジェンの女性イッカ、かつて一度も守護者に出会ったことがない野生のオロジェンである。そしてここでは思いがけない人物がエッスンを待っていた。再会は嬉しい、懐かしいだけとは限らず、エッスンはいま地球に訪れている〈季節〉は終わらないことを知る。つまり、人類は徐々に数を減らし、復興することなく絶滅するということだ。

本書『オベリスクの門』はその続きとなる。

エッスンは娘を探しに行きたいが、生き別れていた瀕死《ひんし》のパートナー（体の末端から緩やかに石に変化しつつある）にオロジェニーと地球の秘密を教わったり、コムに存続の危機が訪れたりするためにカストリマを離れることができない。また、本書では、『第五の季節』ではちらりとしか出てこなかった強いオロジェニーを持つ娘、父親に連れ去られたナッスンのパートがある。娘の側から見た家族や母親の様子が描かれ、ナッスンが賢く繊細で、しかし未熟なオロジェンであることがわかる。ナッスンと一緒にいる父親のジージャは、先にも書いたがナッスンの弟でもある幼い息子を殺している。優しい父の記憶しかなく、嫌われたくない一心でジージャの顔色を窺《うかが》うナッスンは憐《あわ》れで、生きることの苦しみに満ちている。やがて彼女にも新しい出会いがあり、成長して変わっていく……。

生きる苦しみと言えば、オロジェンであることを隠して生きてきたエッスンも苦難の道を歩いてきているのは『第五の季節』の読者はご存じだろう。人間としての当然の権利、生きること、能力を活かして社会の一員となることがしばしば侵害される。帝国に奉職し、帝国を安定した社会であらしめているオロジェンに、報酬や福利厚生の手当はあっても人権はない。帝国に与《くみ》しないオロジェンは、エッスンのように能力が知られないよう注意深く暮らすしかないし、オロジェンであることを知られたら二度と元の生活には戻れず、誰も知る人のないコムへ逃れるしかない。

少女の成長の物語、一人の母親の復讐の意志、地球と人類の行く末を左右しようと知恵を絞り能力を駆使するものたちの思惑が合わさり、読者を引きつけて離さない物語が展開するが、その背景には、人間が他の人間から持てる物を一方的に搾取《さくしゅ》して富を築いた、アメリカの白人奴隷主と黒人奴隷の歴史がある。オロジェンの存在の向こうに、アフリカから、同意もなく黒人を木や石のように船に積んでアメリカ大陸に運んで使役《しえき》した歴史が透けて見えるだろう。歴史や人権の勉強をするつもりでなく面白く読んでから、ふと黒人奴隷の苦難の歴史に思いを馳《は》せても遅くはない。

アメリカの奴隷制度は十九世紀半ば、およそ百六十年前になくなった、遠い過去のことだと思っていて、黒人奴隷のイメージが『アンクル・トムの小屋』のままであったら、刷新したほうがいい。例えば、コルソン・ホワイトヘッドの『地下鉄道』(ハヤカワepi文庫)は、南部の黒人奴隷を奴隷主の白人たちがどのように扱ったかを小説の形で克明に描いている。奴隷たちが命からがら逃亡するわけもわかるし、逃亡に失敗して連れ戻されたらどんな罰を受けるか、罰を恐れて逃げる気を失うわけもよくわかる。逃亡奴隷を追う専門のハンターは執念深く、黒人を匿《かくま》った白人も残虐に処刑され、黒人の死体は街道脇の木に吊るされる。「奇妙な果実」がぶら下がる木々が延々と続く道。映画なら、元奴隷で奴隷解放運動家ハリエット・タブマンの半生を描いた『ハリエット』（ケイシー・レモンズ監督、二〇一九年）を薦めたい。人間が人間に対してどれほど残酷になれるかがわかる。これらは興味深い作品であるものの、楽しいストーリーではないことをお断りしておくが、奴隷解放運動は実を結ぶことになるので、希望はある。

奴隷制度はなくなったが、一九六四年に公民権法が成立するまで分離政策が敷かれた。公共の場所が分けられ、学校が分けられ、黒人が就ける職業も限定的で選択肢は少なく、黒人と白人の結婚も許されなかった。

アメリカ航空宇宙局ラングレー研究所でロケットの打ち上げに必要な軌道計算などに従事した黒人女性計算手たちの奮闘を描いた『ドリーム』（セオドア・メルフィ監督、二〇一六年）では、黒人女性が「用事のあるときに席にいない」と上司に叱責される場面がある。黒人女性用のトイレが遠くにあるので、往復するだけで時間がかかるのだ。これは作劇上の演出で、当時（一九六一年）のラングレー研究所ではすでにトイレは黒人白人共用になっていたそうだが、似たようなことはどこでもあった。

奴隷主でなくても、小さくても権力を持つと理由をつけて弱者を支配し、虐げてしまいがちなことは、人権侵害のニュースが毎日報じられることからも知ることができる。ジェミシンの書くものからは、機会があれば他人を支配したくなるという人類の弱点を自覚したうえで、世界を良い方向に動かそうという意志を感じる。

ジェミシンは黒人女性であるが、アメリカのSF作家は白人男性が多く、黒人で女性は少数派だ。近年は多様な出自、アイデンティティーの作家が増えているが、これまでマージナライズ――瑣末《さまつ》な、取るに足りないとみなされていたマイノリティ作家たちが、「SFあるいはファンタジーなら自分の書きたい話を書ける」ということに気づいて声を上げ始めたためだろう。

黒人女性のSF作家と言えば、オクテイヴィア・E・バトラーがいる。自分の場所を制度の中に確保するために自身の一部を売り渡すという、奴隷制度時代に黒人奴隷がしていたことを異星人と地球人の話に置き換えて描いたり、奴隷制度の時代に、現代アメリカの黒人女性を入り込ませ、当時の黒人が奴隷主たちにどのように扱われていたかを生々しく描写したりした。ジェミシンは明らかにバトラーの衣鉢を継ぐ者だ。遠い未来や、架空の惑星を舞台に、極限状態で人間が尊厳のためにどのように振る舞うかを描いている。そこには熱い血が流れ、痛みが脈打っている。

ところで、バトラーは二〇〇六年に泉下《せんか》の客となったが、ジェミシンは読者と直接触れ合う機会で、彼女にオクテイヴィア・バトラーと呼びかける人が多くて辟易《へきえき》しているとSNSで発言していた。バトラーは偉大だがジェミシンとは別人だし、両者に対して失礼だ。アフリカ大陸やアジア出身のニューカマーの作家たちが、名前が発音しづらいと、人前で白人作家に正しくない発音で紹介されることもいまだにあるが、それと同じく、相手を侮り軽く見ている証左となる。それに差別的だと反発する人たちもいるが、笑って追従する人たちもまだいる。残念ながら。

本書の話に戻る。エッスンは一万年続くかも知れない〈季節〉を終わらせる方法を探るうち、失われた文明の遺物、オベリスクがオロジェニーと響き合うことを知る。更に、地球内部の火にのみ注意を払っていたが、天体の動きにも注意を払うべきなのではと気づく。

オロジェンを持っているがゆえに、自分の持っているもの、能力も血を分けた子どもも奪われ続けた登場人物の一人はこう呟《つぶや》く。

「将来、なんらかの選択をするときのために覚えておくといい——選択によっては凄《すさ》まじい対価を払わねばならない場合もあるということをな。しかし、ときにはそれだけの対価を払う価値があることもあるんだ」

ずっとエッスンの傍らにいる、物語の語り手は、エッスン（あんた）の姿をこう表現する。

〝人はけっして補いきれないほど多くのものを奪われてしまうことがある。（中略）奪われて奪われて奪われて、残されたものが希望だけになるまで奪われて、そしてあんたはその痛みに耐えきれずに希望を手放した。〟

そして、エッスンの決意。

〝奴隷として生きるくらいなら死んだほうがまし。〟

続編にして最終巻の *The Stone Sky*（2017）の邦訳は創元ＳＦ文庫から二〇二一年刊行予定となっている。楽しみに待ちたい。

〝というわけで話は先に進んでいく。〟

検印
廃止

訳者紹介　1951年生まれ。青山学院大学文学部英米文学科卒業。訳書に、アシモフ『夜来たる［長編版］』、クラーク『イルカの島』、ジェミシン『第五の季節』、ウィアー『火星の人』他多数。

オベリスクの門

2021年9月10日　初版

著者　N・K・ジェミシン

訳者　小《お》野《の》田《だ》和《かず》子《こ》

発行所　(株)東京創元社
代表者　渋谷健太郎

162-0814/東京都新宿区新小川町1-5
電話　03・3268・8231-営業部
03・3268・8204-編集部
URL　http://www.tsogen.co.jp
萩原印刷・本間製本

乱丁・落丁本は、ご面倒ですが小社までご送付ください。送料小社負担にてお取替えいたします。

ISBN978-4-488-78402-7　C0197